SHESHU
YAOJIA

社树姚家 上

黄天顺 著

陕西新华出版 陕西人民出版社

图书在版编目（CIP）数据

社树姚家 / 黄天顺著. -- 西安：陕西人民出版社，2023.6
ISBN 978-7-224-14957-9

Ⅰ．①社… Ⅱ．①黄… Ⅲ．①长篇小说－中国－当代 Ⅳ．①I247.5

中国国家版本馆CIP数据核字(2023)第099355号

出 品 人：赵小峰
策　　划：许晓光
责任编辑：许晓光
　　　　　王金林
封面设计：杨亚强

社树姚家

作　　者	黄天顺
出版发行	陕西人民出版社
	（西安北大街147号　邮编：710003）
印　　刷	陕西隆昌印刷有限公司
开　　本	787毫米×1092毫米　1/16
印　　张	51.25
字　　数	660千字
版　　次	2023年6月第1版
印　　次	2023年6月第1次印刷
书　　号	ISBN 978-7-224-14957-9
定　　价	120.00元

如有印装质量问题，请与本社联系调换。电话：029-87205094

你越能回溯历史,便越有可能展望未来。

——(英国)温斯顿·丘吉尔

目 录

上 册

序　　曲	姚驸马镇守南阳	遭变故迁居泾阳	/ 001
第 一 章	忙农事日子艰难	谈商业穷则思变	/ 027
第 二 章	当掮客入川经商	社树姚商海滥觞	/ 045
第 三 章	恒裕堂开张兴旺	泾阳帮雅州名扬	/ 063
第 四 章	社树村修花门楼	姚家茶迷美秋娘	/ 087
第 五 章	国易主商民罹难	家歇业黯然回陕	/ 109
第 六 章	姚一阳再进雅安	另打鼓不畏艰难	/ 123
第 七 章	学藏话生意顺畅	结良缘猛龙过江	/ 141
第 八 章	姚昂干筹谋有方	永聚公初现曙光	/ 161
第 九 章	永聚公一分为三	社树姚银鞘炫眼	/ 181
第 十 章	谋大事联络各方	巧布局商路无障	/ 203
第十一章	恒昌堂人称百万	关中道富名盛传	/ 224
第十二章	合伙制涉足自贡	操盐业远销云南	/ 248
第十三章	林则徐禁烟遭贬	姚玉如诚心相伴	/ 271
第十四章	林则徐剿抚刀客	姚玉如扶贫济困	/ 293

第十五章	谈强国心怀忧伤	开私塾培育贤良	/ 317
第十六章	左宗棠奉旨入陕	众陕商输粮捐款	/ 340
第十七章	左宗棠祭奠恩师	姚玉如兴办学堂	/ 366
第十八章	严树森撰驸马碑	社树堡呈奢华相	/ 385

下 册

第十九章	左宗棠改革茶政	关中道禁种罂粟	/ 405
第二十章	左宗棠抬棺出征	姚汉唐茶粮随行	/ 428
第二十一章	泾阳帮智斗外商	茯砖茶畅行蒙疆	/ 453
第二十二章	谋复兴异军突起	货西北三足鼎立	/ 475
第二十三章	屡丧权国运衰败	众陕商捐资纾困	/ 497
第二十四章	仁在堂浴火涅槃	姚文青历尽苦难	/ 521
第二十五章	想求学时运多蹇	遇吴宓终生为伴	/ 543
第二十六章	弃学业初涉雅安	斩乱麻夺回主权	/ 562
第二十七章	进锅庄再续前缘	寻商机不畏艰险	/ 588
第二十八章	茯砖茶技艺入川	镇嵩军围困西安	/ 614
第二十九章	制蜡烛上海名扬	贩丝绸跨海越洋	/ 638
第 三 十 章	遭年馑关中罹难	天增公捐粮捐款	/ 662
第三十一章	李仪祉修泾惠渠	关中道变粮棉仓	/ 685
第三十二章	闹兵谏举世震惊	大誓师八路东征	/ 706
第三十三章	交鸿儒初心未央	遭空袭雪上加霜	/ 725
第三十四章	过腾冲富贵逃亡	办实业黯然神伤	/ 748
第三十五章	逢内战商事艰难	护吴宓躲避暗探	/ 771
第三十六章	顺潮流公私合营	捐飞机青史留名	/ 790
尾 声			/ 811

序 曲

姚驸马镇守南阳　遭变故迁居泾阳

元至正十四年（1354），初夏黎明时分，阴云四合，晨曦未露，沔阳[①]城内外静悄悄的，间或有早起的鸟儿啾啾飞过，也无法打破宁静的氛围，一切与往常没有两样。如此静谧的清晨，谁也不会料到这里即将发生一场异常惨烈的战争。

卯时刚过，隐藏在距沔阳城五里之外山丘后面的元军阵营一阵骚动，一位头戴银盔、身穿银甲的年轻将领手提一杆丈八铁枪快速走出了营帐，卫兵把马牵到他跟前说："姚将军，一切准备妥当，就等您发布命令了。"

[①] 沔阳：治所在今湖北仙桃市西南沔城镇。辖境相当今湖北仙桃、洪湖、天门三市。明嘉靖十年（1531）属承天府。清属汉阳府。1912年改为沔阳县。

这位被称作姚将军之人名叫姚成,他满意地对卫兵点了点头,随后把长枪一挥,翻身上马,大声喊道:"三军儿郎,跟我姚某人一起去踏破沔阳城,活捉匪首丁普郎。"话音未落,已带头冲出营地。

姚成一马当先,三万元兵个个盔甲鲜明,手握各种兵器,呈六路纵队紧随其后奔腾而出。顿时田野里尘土飞扬,旌旗蔽日,奔跑声、呼吸声清晰可闻,空气中顿时弥漫起大战前的紧张气息。不到一顿饭时间,三万大军齐聚沔阳城下,刹那间,战鼓擂动,喊声如雷,震天动地。元兵先用火炮攻城,随后士兵集团冲锋,猛攻沔阳城外围红巾军阵地,顿时箭矢横飞,刀光闪闪,血流成河,沔阳城变成了一个巨大的绞肉机,不断吞噬着双方士兵的生命。

太阳穿过云雾渐渐升起来了,但血战更加惨烈。红巾军守将丁普郎站在东门城楼上,远眺着城下帅旗下骑着一匹红色战马的年轻元将,正在指挥着元军如狼似虎地猛攻四面城池,再看元军不顾性命地冲锋陷阵,心里顿时没有了底气。徐寿辉[①]在蕲水称帝之后,他被封为大将军,随后带领五万人马溯江而上,接连攻陷汉阳、兴国、武昌等地,威顺王宽彻普化及湖广平章政事和尚弃城而逃。他趁势又攻取沔阳,复陷安陆府,从未遇到过对手。出征之后的凯歌高奏,多次被徐寿辉擢升,使他的声望大有压过太师邹普胜之势。他没有料到,在沔阳城遇到了驻守南阳的年轻将军姚成。此刻姚成奉右丞相脱脱之命,率军从南阳出发奔袭沔阳,想一鼓作气剿灭他率领的红巾军。

丁普郎见双方拼死力战,血肉横飞,惨叫四起,不由得心惊胆战。元军武器精良,训练有素,队伍严整,完全把生死置之度外。再看红巾军将士,武器杂乱,刚从农民转变为士兵,碰见以前望风而逃的元军犹如虎狼

---

① 徐寿辉:贩布商人出身。元末与邹普胜、倪文俊等起兵反元,攻陷蕲水及黄州路,红巾军天完政权领袖。

之师，遇见今天这样拼死猛攻的元军，就像绵羊遇见了狼群，全然忘记了战前的部署。

一个时辰之后，元军把城外的红巾军几乎全歼，攻到了城门下。丁普郎想再不能被动迎战了，于是匆匆走下城楼，披戴整齐，手握一柄长杆大刀，打开城门，率部一拥而出，旋风般杀向元军。

一直在远处观战的姚成，望见城门打开，一员红巾军大将率先冲出城门，紧接着掌丁字帅旗的数千人的队伍紧随其后，一齐向己方杀来。姚成猜到守城的丁普郎急了，心中一阵暗喜。他提起长枪，双腿一夹，胯下战马一溜烟地奔向正在冲杀的红巾军。元军兵将见主帅身先士卒，带头冲锋陷阵，士气大振，齐声呐喊着拥向红巾军。

丁普郎正准备大开杀戒，忽听到不远处人喊马嘶，抬头一看，见刚才站在帅旗下的年轻将军一马当先，抖动长枪向自己冲了过来。丁普郎不敢急慢，手中大刀一挥，手下士兵立即呈雁翅形排开，先稳住阵脚。待到姚成拍马赶到，也不答话，提刀催马与姚成战在一起。

两名主将大战，双方兵将擂鼓助威，摇旗呐喊，喊声震天动地。两个人刀枪并举，战马盘旋，刀刀要命，枪枪夺魂，直杀得尘土飞扬，天昏地暗。二十多个回合之后，丁普郎渐渐力怯，刀法逐渐混乱，败迹已显，知道自己遇上了硬茬，随即调转马头，败向城门。

姚成长枪一挥，催马追了上去。那些摇旗呐喊的红巾军，从没见自己的主帅吃过败仗，等他们想撤走时，大队元军已拥到眼前，像砍瓜切菜似的一阵乱砍。跑在前面的丁普郎听见后面惨叫声四起，知道刚才带出城迎敌的将士多半已命丧黄泉了。他急催战马跑进城门，没料到姚成马快，守卫城门的兵将来不及关闭城门，姚成已挥舞着长枪闯进城门洞，众人慌忙四下逃散，元军大队人马一拥而上，攻破了沔阳外城。

姚成因瓮城红巾军的阻拦，在外城耽搁片刻，丁普郎已飞马冲进内城，并关闭了城门。姚成无奈，只好指挥元兵猛攻内城。逃进帅府的丁普郎明白沔阳城很难坚守了，他在后悔自己疾兵冒进、好大喜功的同时，心里也在詈骂各路探子竟然没有发现大队元军已到自己眼皮子底下。现在后悔和詈骂都没有用了，当务之急是赶紧想办法出城逃命。丁普郎打量了一眼尾随自己败进帅府的众将官，沮丧地说："姚成悍勇，元军凶猛，沔阳城很难保住了，当下保存实力要紧。我们须尽快向武昌撤退，然后向皇上①求救，诸位看如何？"

一位将军说："元军包围了沔阳城，但他们集中主力猛攻东门，西门元军较少，说明姚成没有一口气吞下我们的实力。大帅如果想从沔阳城撤退，我看从西门走最好。"众将点头认可，都说愿意听丁元帅差遣。

丁普郎见大家都有撤退之心，下令道："众将官率军向西门集中，趁元军还没有攻进内城，赶紧收拾金银细软，在天黑前从西门撤退。"众人轰然而散。

在东门瓮城指挥元军猛攻的姚成见城头抵抗渐渐减弱，亲自擂起战鼓，命令大炮连续猛轰，城头守军抵挡不住，四散逃命。姚成指挥士兵撞开城门，一马当先冲进内城。

等到了沔阳内城丁普郎的元帅府前，只见大门洞开，连个守卫都没有。姚成料想丁普郎已逃。走进元帅府，果然见遍地狼藉，四下搜寻，人迹全无。

时间不长，攻击西门的将军派人赶到元帅府报告，他们看到一部红巾军士兵打着绣有"丁"字的帅旗，拼出一条血路，闯出西门，绕道往武昌方向而去。

姚成等奉命攻城的其他几位将军陆续到齐了，便一面安排人安抚民众，

---

① 皇上：即徐寿辉。

一面做了简短部署。他要求留下三千兵将守城,其余将士立即出发,紧追丁普郎赶往武昌,打他个措手不及。说完话,姚成见几位将军面露难色,心里也清楚大家都很疲劳,但如果不乘胜追击,让丁普郎和守卫武昌的红巾军有了防备,此后攻击武昌的难度更大,伤亡更多。

姚成面色一沉,说:"诸位都很辛苦,士兵也很疲劳,但丁普郎比我们更甚。兵法云兵贵神速,出其不意。丁普郎猜测我们要在沔阳城休整,我们应该抓住这个机会,乘胜追击,不给他们喘息的机会,趁势夺取武昌!"

几位将军见主帅决心已下,不好再说什么,跟着姚成出了帅府,马上召集部下,紧随着姚成往武昌方向追击而去。

丁普郎带着残兵败将逃回武昌,见到守将倪文俊,咬牙切齿地叙说一番沔阳城丢失的情况。倪文俊说:"丁元帅自起兵之日起,未打过败仗,此番败在姚成手下不足为耻。你等先休息,几天后,我带着武昌兵马去收复沔阳城,替你出这口恶气。"

丁普郎听了这话,猜到倪文俊清楚姚成的底细。他说:"此前只听说南阳有位年轻将军,武艺了得,善于带兵,没想到就是这个姚成。倪元帅既知他的底细,不妨给我说说,免得以后碰见他再吃亏。"

倪文俊沉吟着说:"姚成是元初汾阳(今山西汾阳)人姚枢[①]的后裔。

[①] 姚枢(1203—1280),字公茂,号雪斋、敬斋。原籍营州柳城(今辽宁朝阳),后迁洛阳(今河南省洛阳市)。金末元初政治家、理学家。金朝末年,蒙古军破许州城,姚枢到燕京投靠杨惟中,被引荐北觐窝阔台汗。皇子阔出统兵攻南宋,姚枢随杨惟中访求儒、道、释、医、卜等类人才。蒙古军攻陷德安,他从俘虏中访得名儒赵复,力劝其北上讲学授徒,使理学在北方传布渐广。姚枢从赵复处尽得程朱传注诸书,始习理学。后出任燕京行台郎中,旋即弃官隐居于辉州苏门。海迷失后二年(1250),忽必烈召姚枢至漠北询问治道,他陈述儒家传统的帝王之学、治国之道,深受器重。忽必烈受命总制漠南汉地军事,姚枢建议他在与南宋接壤地区屯兵,积谷守边,徐图灭宋,被采纳。后随忽必烈攻大理、鄂州,他屡谏屠戮。忽必烈即位后,姚枢以藩府旧臣预议朝政,参订一代制度,官至中书左丞。至元十七年(1280),姚枢病逝,年七十八。元朝追封姚枢鲁国公,谥号"文献"。

姚枢于金代末年随父亲姚渊迁居许州（今河南许昌），蒙古大军攻破许州后，姚枢出逃到燕京（今北京）投靠杨惟中，后被推荐给元太宗窝阔台。后来姚枢随皇太子阔出统兵攻宋有功，被窝阔台任命为燕京行台郎中，后来任朝廷大司农。他因看不惯官场黑暗，弃官到辉州苏门（今河南辉县北）隐居，成为北方阐扬宋代程朱理学①的一个重要人物。据说其后代有人研究程朱理学，有人研究兵书战策，驻守南阳的姚成就是姚家从军的代表。姚枢曾经随阔出攻宋，在治军打仗方面颇有心得，姚成传承家训，能耐肯定不会差。"

丁普郎听完这番话，倒吸了一口凉气。

令倪文俊、丁普郎没有料到的是，第二天曙光初现，武昌城就被姚成率领的元军三面围攻，只留下了从长江逃生一条路。当元军战鼓擂动，大炮轰鸣，喊声遍野的时候，倪文俊、丁普郎尚在床上酣睡。

二人被炮声、呐喊声惊醒后，匆忙披挂战袍，他们刚出房门，守城兵将接连来报，姚成率领元军已将武昌城三面包围，请两位元帅速速定夺是守城还是撤退。倪文俊作为武昌城守将，对姚成率领的元军也颇为忌惮，加上此前没有详细布防，如果仓皇迎战，必将损失惨重。

他看了一眼丁普郎，底气不足地说："姚成率军奔袭武昌，出乎意料。看他的部署，志在必得。我们仓促应战，未必能守得住武昌。不如暂且撤

---

① 程朱理学：亦称为"程朱道学"，是宋明理学的主要派别之一，也是理学各派中对后世影响最大的学派之一。理学的天理是道德神学，同时成为儒家神权和王权的合法性依据，由北宋时期河南(今河南洛阳)人二程(程颢、程颐)兄弟创立，其间经过弟子杨时、再传罗从彦、三传李侗的传承，到南宋时期朱熹集为大成。理学根本特点就是将儒家的社会、民族及伦理道德和个人生命信仰理念，构成更加完整的概念化及系统化的哲学及信仰体系，并使其逻辑化、心性化、抽象化和真理化。这使得理学具有极强的自主意识，形成了理高于势、道统高于治统的政治理念，为抑制君权，让中国政治在宋明两朝走向了平民化和民间参政议政提供了理论支持。也使得逻辑化抽象化系统化的伦理道德化的主宰"天理""天道"取代了粗糙的"天命观"和人格神，是中国及世界哲学思想的一次巨大飞跃。

退，保存实力，回到蕲水后向皇上禀告，请皇上从太师邹普胜处调兵遣将，再收复武昌、沔阳。"

丁普郎看到倪文俊去意已定，再说无益，只好点头同意他的主张。

等姚成率领大队元军冲进武昌城，发现几乎是一座空城。城内倪文俊元帅府的境况和沔阳城丁普郎的元帅府几乎一样，都是一片狼藉，了无人迹。

姚成命令部下出榜安民后，准备召集诸将商议继续攻击汉阳城时，却接到了知枢密院事也先帖木儿要求他迅速回南阳的军令。姚成本想趁此时将士士气正旺、势如破竹之机一举收复汉阳，无奈在元朝汉人地位低下，即便是统军之将，也不敢公然违抗军令。他仰天长叹一声，安排好武昌城的守卫事宜之后，带着亲兵卫队打马如飞地赶往南阳。

回到南阳，姚成才知道除了颍州人刘福通倡乱颍州、萧县人李二倡乱徐州、台州人方国珍寻机进攻温州外，还有定远人郭子兴攻陷濠州、泰州人张士诚占据泰州，一时间天下大乱，枭雄四起，占地为王，战火纷纷。右丞相脱脱亲率大军讨伐徐州，令知枢密院事也先帖木儿（脱脱亲弟弟）、陕西行省平章政事月鲁帖木儿赴南阳、襄阳等地平叛。

姚成在南阳府衙拜见也先帖木儿、月鲁帖木儿等人后知晓了天下形势，心情异常郁闷。

也先帖木儿见姚成年轻英俊，一表人才，又连续收复沔阳、武昌等地，心中大喜。他说："姚将军攻城略地，能征善战，实在是朝廷之福，民众之幸。此番我等奉右丞相之命南下，就是想依靠姚将军这样的军中英杰，荡平群寇，确保大元江山固若金汤。"

听了主帅的夸赞，姚成脸上的表情舒展了一点。他说："现在群雄四起，割地称王，单靠征剿难保一劳永逸，朝廷还得另外想办法才是。"

月鲁帖木儿趁机插话说:"国家大事,自有皇上和右丞相谋划,况且右丞相已有了应对之法,我等只需按照右丞相的安排行事即可。"

元朝入主中原以来,把民众分为四个等级,蒙古人、色目人①、汉人、南人等级分明,汉人一般在朝廷很难主事,即使与蒙古人、色目人官职同等,在地位上也低于他们。姚成明白他的一番话是在提醒自己,不要忘了自己的身份。

也先帖木儿见姚成不再言语,眼睛圆睁,暗示了一下月鲁帖木儿。随后,他说:"姚将军不要误会,我从大都出发时,右丞相已率军前往徐州,等他剿灭徐州贼寇,我们合兵一处,荡灭徐寿辉。目前,我们各守现有城池,不让贼寇再行作乱就是了。"

姚成见主帅已经有了主意,知道自己就是有再好的建议,也未必能够采纳,他说:"卑职遵命,绝不擅自行动,自作主张。"

也先帖木儿点点头,突然问道:"姚将军成家了吗?"

姚成以为他不相信自己的承诺,准备用家人做人质,逼迫自己听从命令。好在这些年来,他一直醉心于研读兵书,操练士兵,没顾得上成家。听到也先帖木儿的问话,他立即回答道:"卑职效命疆场,生死乃是转瞬之间的事,考虑到成家是个累赘,故此尚未成家。"

也先帖木儿听说姚成尚未成家,心中突然冒出一个大胆的念头。他微笑着说:"姚将军一心为国,赤胆忠心,值得钦佩。俗话说,男大当婚,女大当嫁。姚将军也不能因军务繁忙错过青春年华啊!如果姚将军有意成家,我愿意替姚将军做媒,保证姚将军抱得美人归。"

---

① 色目人:色目人是除了蒙古人、汉人、南人以外的所有人的总称,词源出自"诸色目人(各种类的人)"。色目人是一个统称,这一称呼之下包含了众多民族,其中这些民族有中亚的也有西亚的,可谓是鱼龙混杂。比如中亚的花剌子模人、党项人、鲜卑人、粟特人、阿拉伯人等都包含在色目人里面。这些人的国家大部分都是在蒙古彻底征服南宋之前就被另一支西征的蒙古人所征服,大量的色目人便因此来到了中国大地。

姚成猜不透他的葫芦里卖的啥药，只当是开玩笑，有点羞涩地说："大人的一番好意卑职领了。如果没有其他要紧事，卑职就回去了。"

等姚成走后，月鲁帖木儿好奇地问："大人，您真有心替姚成这个汉人将军做媒？"

也先帖木儿点头说："我正有此意，你觉得如何？"

月鲁帖木儿问道："大人准备把哪家姑娘嫁给姚成？"

也先帖木儿说："天子的五公主。"

月鲁帖木儿一听要把五公主嫁给姚成，吃惊地说："您不会开玩笑吧？大元入主中原以来，被誉为黄金家族的四大汗国①后裔子孙中，还没有哪个公主嫁给汉人做妻子的。"

也先帖木儿说："此一时彼一时也。颍州沈丘阔阔台后裔察罕帖木儿就把妹子嫁给了王姓汉人，生下外甥王保保，后改名扩廓帖木儿。就是当今皇上②，也因为赏识汉人贺惟一，为了让他任左丞相，特赐国姓，改名太平。何况四大汗国后裔虽贵为黄金家族血脉，但这仅是对男性而言的。蒙古女人地位不高，你也知道。就算皇上不愿把五公主嫁给姚成，也可以用偷梁换柱之计，把宁宗或者文宗的公主装扮成五公主下嫁。姚成没去过大都，更没有见过公主，咋知道嫁给他的公主不是皇上的亲生女？"

月鲁帖木儿明白了主帅想用公主下嫁这一招笼络姚成的小九九。他说："难得大人一番热心。卑职常年任职陕西，不清楚朝廷内部的事，只要大人

---

① 四大汗国：元朝时期的四大汗国分别是：窝阔台汗国、察合台汗国、钦察汗国（也叫金帐汗国）、伊利汗国。这四大汗国，实际上就是成吉思汗子孙们的封地，他们有一定的自治权，但同时要奉元朝的皇帝为共主，要承认元朝的皇帝是"可汗"，他们不过是"汗"而已，要听从元朝中央皇帝的调遣。在蒙古语里，"汗"和"可汗"的意思是很不同的。"汗"相当于汉语的"王"，而"可汗"才是"皇帝"的意思。

② 皇上：指元惠帝。元代入主中原后最后一位皇帝，又是北元的开国皇帝，名妥欢帖木儿，死后庙号惠宗，明太祖朱元璋以其"知顺天命，退避而去"，给予了"顺帝"的尊号。元史称其为元惠帝，明史称其为元顺帝。

觉得可行，卑职愿意助人为乐。"

月鲁帖木儿其实并不清楚也先帖木儿的用心。此前，也先帖木儿奉脱脱之命，与卫王宽彻哥率兵十余万出讨河南起义军，因其恃才傲物，尤其是掌握大权之后，更加趾高气扬，目中无人。在上蔡初胜韩咬儿之后，不但鞭笞军士，就连卫王也不屑一顾。等到了沙河，一连驻扎了两三个月，不思进攻，只图享受。此时军中传言刘福通领兵来劫营，弄得他寝食难安。忙乱了好几天，却未见劫营，气得他把所有军官斥辱了一番，并下令以后不得妄言，违令者斩。军官们不堪其辱，一哄而散，黉夜逃跑。等他知道情况后，帐下只剩亲兵数百名，自己只好逃到朱仙镇与先期到达的卫王会合。此事被朝廷知晓之后，命他交出了兵权。通过前番战场较量，他明白自己不是带兵打仗的料，现在知道姚成治军有方，能征善战，就想把姚成笼络到自己身边，一旦有军功，也好加官晋爵。

姚成回到将军府，思虑了半天，也没弄清楚也先帖木儿的意图，索性把心思用在了操练南阳军队上面。他每天早起，督促军队加紧训练，闲暇时看一下兵书，在相对悠闲中打发难得的太平时光。

一个月之后，也先帖木儿告知姚成，皇上派人护送五公主即将到达南阳，他即将成为元代有史以来第一位汉人驸马。消息传出后，那些跟随姚成征战的汉人将领无不欢欣，他们在替姚成高兴的同时，仿佛也看到了自己的未来。也先帖木儿要求姚成把将军府重新收拾，装扮一新，又让他置办了新郎官礼服，只等五公主驾到就拜堂成亲。

过了几天，五公主在随从护送下进入南阳城，住在驿馆，等候吉日。姚府里的亲兵们忙前忙后，把整个院落翻修了一遍，新房早已布置停当，就等一对新人拜堂成亲，龙凤呈祥。

到了良辰，也先帖木儿、月鲁帖木儿等一干武将文臣齐聚姚成府邸，也先帖木儿手捧圣旨，大声向前来贺喜的亲朋嘉宾宣布，惠帝敕封姚成为驸马都尉，众人欢呼雀跃，祝贺姚成双喜临门。随后，由傧相司仪主持，笙簧合奏，鞭炮齐鸣，请出一对新人。五公主一身红色凤冠霞帔，姚成一身红色装扮，两人行了交拜礼，众人欢呼，新人入洞房合卺。一宵恩爱，不必细说。从此，姚成因军功喜得公主就成了一段佳话。

姚成原以为自己能娶公主，并被敕封为驸马都尉，自然是得到了皇上的赏识，他此后就有更多为朝廷效命的机会。加上右丞相脱脱的亲弟也先帖木儿做媒玉成好事，自己的文韬武略不怕没有施展的机会。谁料想皇上宠信奸佞哈麻兄弟，受哈麻蛊惑，下诏免去了脱脱兵权，削去官爵，安置淮安。也先帖木儿受兄长牵连，也被削去官爵，安置宁夏。脱脱刚到淮安，诏命又令他到甘肃，还未启程，圣旨又命他转徙云南。已升为左丞相的哈麻听说脱脱几次折腾之后，性命犹存，心怀不安，于是假传圣旨，赐脱脱鸩酒，令他自尽。脱脱还以为是皇上的意思，向北方三拜，接过毒酒，一饮而尽，呜呼哀哉，时年四十二岁。脱脱一死，大元失去了擎天柱。哈麻怕留下隐患，开始清算脱脱信任之人，就连与脱脱素未谋面的姚成也受到了牵连。

元至正二十三年（1363）秋季，河南行省平章太不花主持军务，他奉左丞相哈麻密令，免去姚成一切职务，限令三天之内必须离开南阳。姚成接到这样的命令，先是感慨自己报国无门，后来一想大元江山已经四面楚歌了，朝堂内还在钩心斗角，争权夺利，顿觉心灰意冷。

回到官邸，姚成把太不花的命令向五公主叙说了一番，五公主叹息着说："自当今皇上登基以来，天下地震、水灾频发，旱灾不断，太阴犯太微垣，太白经天，此等异象昭示着天下将要易主，皇上猜忌脱脱，宠信哈麻，弄得天怒人怨，府库日虚。连年征战，连年歉收，百姓困苦，天下不靖。天下大乱之际，正是朝廷用人之时。哈麻不让你率军平叛，却限令你离开南阳，真是昏聩至极！我知道夫君心忧朝廷，我又何尝不想天下太平啊。"

姚成紧锁眉头道："今天下多事，海内不宁，天呈异象，民怨沸腾。几年来，常见的是覆军之将、残民之将、怯懦之将、贪婪之将，对这些将领朝廷从无惩戒。大军所过之处，鸡犬一空，货财俱尽，杀戮无数，尸横遍野。就以河南行省来说，地域三千余里，郡县星罗棋布，每年向朝廷上缴的钱谷数百万计，现在所存的只有封丘、延津、登封、偃师几处郡县。民间传言，剿寇大军所到之处，人不忍说。未到之处，早已寒心。再这样下去，大元非亡国不可。"

五公主见夫君已被朝廷抛弃，还如此忧国忧民，劝说道："夫君已被解除兵权并限期离境，就是想报效朝廷也没有机会了。眼下当务之急，就是离开南阳之后，我们往何处去？"

姚成说："公主乃是帝室贵胄，千金之躯，岂能随我颠沛流离。我看不如送公主回大都，我自己找一个安静之处苟且偷生吧。"

五公主听姚成要送自己回大都，就猜想到了他的心思。五公主与姚成成亲以来，互敬如宾，夫妻恩爱，每次姚成出征，她都会再三叮咛，昼夜担忧，生怕他有个闪失。现在姚成让自己回大都，自是出于安全考虑，绝无其他意思。她说："我经常听说汉人女子是嫁鸡随鸡，嫁狗随狗，从不因丈夫家境贫寒或者仍然健在，就离开丈夫回娘家的，除非是因为女人失德被休。俗话说，夫妻本是同林鸟，何忍分作两路人。夫君如今让我回大都，难道是想休妻吗？另外，夫君真的以为我就是当今皇上的五公主吗？"

姚成听了此话，知道其中有误会，他急忙说："我没有休妻的想法，只是觉得公主跟着一个被剥夺官职之人在乱世中流浪于心不忍。难道公主不是惠帝的女儿吗？"

五公主说："你没有休妻之意让我感到欣慰，也佐证了汉人常说的'一日夫妻百日恩，百日夫妻似海深'所言不虚。你也知道，黄金家族虽说血统高贵，但女人在黄金家族的地位与其他家族并没有两样。当初，也先帖木儿向皇上上奏章请求把五公主嫁给你，皇上听了哈麻的建议，用我这个前朝文宗的公主替代五公主下嫁。皇上有三个儿子，十多个公主，他让我替代五公主下嫁，其实也是在清除文宗留下的影响。我嫁给夫君几年了，早就无法回大都。夫君去哪里，我愿意誓死相随。"

姚成见妻子愿意随自己漂泊，他沉吟着说："不管如何，你总是公主身份。既然公主不愿夫妻分离，那咱们就要想好该往何处去。"

五公主说："一切听从夫君安排。"

姚成说："现在山东、江南群雄四起，刘福通奉韩林儿为小明王，建都亳州，国号宋。朱元璋改集庆路为应天府，自称吴王。陈友谅自称皇帝，国号汉。明玉珍兵陷云南，立国号夏。天下汹汹，刀兵四起，几乎无太平之处了。我们要想安稳地生活，只有往相对太平的陕西去隐居了。"

五公主说："我这个公主让夫君为难了。陕西自古以来就是历朝建都之地，土地肥沃，水陆交通发达，尤其是关中一带，四季分明，物产丰富。我们去陕西关中隐居，应该是个不错的选择。"

姚成见五公主同意了自己的主张，他说："这也是无奈之举。我听说改朝换代从根本上说有六条，一是轻大臣，二是解权纲，三是图安逸，四是堵言路，五是离人心，六是滥刑狱。这六条现在的大元朝廷都占全了。对于朝廷四处征讨，也有四条祸端，一是不慎调度，二是不资群策，三是不明赏罚，四是不择将帅。说实话，不是我不想保大元朝廷，而是有心平叛没有机会。现在，朝廷加封扩廓帖木儿（王保保）为太傅、河南王，总制关、陕、晋、冀、山东诸道，并给予了生杀予夺之权，这是在强藩，同时也是历朝亡国之因。就是关陕一带的李思齐、张良弼、孔兴等人，也是拥兵自固，隐蓄异图。依我之见，咱们哪一方都不参与，找一个好去处隐居吧。"

五公主听完姚成一番分析，她说："就依夫君之见。汉族女人嫁人之后，一般都随夫姓，以后你对外人可以称我为姚吴氏，这样也可以避免不少麻烦。"

姚成说："五与吴同音，看着可行，只是委屈公主了。"

五公主苦笑着说："生在乱世，能苟全性命就不错了，还谈啥名分地位。公主之名对我来说早已名存实亡。现在咱们又被小人猜忌，还是放弃幻想，祈求平安吧。"

姚成见五公主如此豁达，会心地一笑。

第二天一大早，姚成骑马，姚吴氏坐马车，带着两名亲兵和一些金银细软悄悄出了南阳城，一路向西直奔关中。

姚成一行进入潼关后，沿着大路继续往西，虽然一路上满目荒凉，民不聊生，但境况明显比河南等地要好。过了灞河桥，他们没有进入长安城，折向西北方。过渭河、泾河之后，只见田地平坦，河渠纵横，就像来到了世外桃源。

他们绕过泾阳县城继续往西走了二十余里地，到了一个叫王桥镇的地方，找了一家客栈停住了脚步。姚成看到此处峨仲（嵯峨山、仲山）高耸于北部，泾河水环其南部，有王御史渠浇灌，村落相连，禾麦盈阡，民风淳朴，倒是一个理想的居住地。

他对姚吴氏说："我们现在所到之地，就是素有关中白菜心之誉的泾阳县。自唐代开始，泾阳县就是西部贸易的集散地，商贸发达，经济繁荣。两宋时期，这里也是西北茶叶、药材、瓷器、丝绸的水陆交易中心。我不选择在县城找地方,是怕树大招风,走漏了消息。我看王桥这地方靠近泾河引水渠首,农田平坦,灌溉不愁,在此购置田产,可以保证后代安居乐业,不知夫人意下如何?"

姚吴氏一路隔着马车的窗纱看路边的风景,也觉得只有过了泾河进入泾阳地界后才有了百姓安居乐业的气息,她听丈夫征求自己的意见,就回应道:"一切全凭夫君做主。如果能在这附近购置田产,也就不用继续奔波了。"

姚成与客栈掌柜闲聊时,掌柜发现姚成虽然身材魁梧、气宇轩昂,但却面露凄容,心事沉重。他说:"我看客官心事重重,何不到附近的大(dài)安寺求神问卦,预卜吉凶?"

姚成听掌柜这么一说,有点好奇地问:"这大安寺难道就这么神奇?"

掌柜见姚成将信将疑,自豪地说:"这座大安寺位于泾河以北,西面有乾陵、昭陵,东面有阳陵,南望关中千里沃野,北依嵯峨摩天之险,历来是关中佛家圣地。该寺始建于六朝十六国时期,陕西北部匈奴左贤王刘卫辰之子赫连勃勃建立胡夏国(又称郝连夏)后,入侵关中,残暴嗜杀,狂妄自慢,关中人民受害极深,大量土地被鲜卑族占领。后秦弘始九年,赫连勃勃驻扎在大安寺附近的土丘,并在寺旁修建烽火台(又名赫连台)作为报警通信用的信号台。赫连勃勃死后,胡夏国被击败,寺院及烽火台屡经战乱,荡然无存。后来关中信众在官府的支持下重建寺院,正式起名为大安寺,有大殿两座,香火极旺。"

姚成听了掌柜一番叙说,心想自己也没确定去往何方,不如到大安寺去求神问卦,求得心里安稳。他说:"多谢掌柜一番美意和指点,我明天一大早就带上贱内一起去大安寺祈求神灵护佑。"

掌柜笑着说:"替客官分忧解难,提供服务,乃是店家本分。客官有何难处尽管提,只要能做到,我一定尽力而为,绝不推辞。"

姚吴氏是蒙古人，本来就信奉佛教，听丈夫说附近有一座极其灵验的大安寺，也想前去拜佛烧香，预卜未来。她说："既然夫君想去求神问卦，我愿一同前往。"

第二天一大早，姚成没有带亲兵，自己赶着马车前往大安寺。进了山门，只见两座大殿高大巍峨，四周古树参天，香烟缭绕，宛如仙境。许多信众虔诚地在大殿前烧香，随后进入大殿跪拜祈祷。

夫妻二人参拜大雄宝殿供奉的观音菩萨，许下心愿。刚出大殿门，就碰见一位年约七旬、鹤发童颜、身披红色袈裟的老和尚。姚成赶紧上前作揖，并说："敢问尊者可是大安寺方丈？"

老和尚微笑着说："施主仅凭穿戴就猜出了老衲的身份，眼力不俗啊！老衲主持大安寺多年，阅人无数，从未见到过施主这样的人物。施主有何难处，不妨随老衲到禅房一叙。"

姚成看到方丈对自己的身份有疑惑，赶紧说："多谢方丈垂青，我因俗事烦心，正需要方丈指点迷津。"

方丈听完姚成的话，转身就走，姚成夫妻紧随其后。他们绕过两座大殿，来到了后面一座清静的小院。方丈走到禅房前，抬手轻轻一推，房门吱扭一声随之开启。进到禅房，姚成夫妻看到房间四周堆满了经卷，迎面的供桌上供奉着一座观音菩萨的青铜塑像。

方丈让座之后，打量了一眼姚吴氏，说道："施主千里奔波来到此处，莫非是想在此地安家落户？"

姚成暗吃一惊，心想方丈可能猜到了自己的身份。他谦逊地说："眼下刀兵四起，群雄逐鹿，民不聊生，哪有我们夫妻的安身之所啊。"

方丈说："心静则自然静。施主如果能放下以前的功名利禄、荣华富贵，此地就是安身之所。"

姚成说："富贵如云烟，功名如粪土。我们能千里奔波到此，正有在此安身立命之愿,还望方丈指点一二。"

方丈问了姚成姓名,闭目沉思了一会,随后睁开眼睛说:"泾阳素称关中富县,有关中白菜心之美誉。这里从唐代开始就是西部贸易的中心,商贸发达、交通便利、物产丰富、民风淳朴。国家一旦安泰,泾阳又将成为西部经济中心。施主如果真有在此地安家落户之意,不妨选择靠近泾河、树木茂盛的村庄置办产业,必将福荫子孙,富贵绵长。"

姚成想到自己眼下的境况,对方丈充满了感激。他说:"不知道方丈为何指点我在泾河边上安家落户?"

方丈说:"这里靠近王御史渠渠首,是历代引泾灌溉最受益的地方。北边有嵯峨、仲山护佑,南边有白莽原阻挡,形成了一个天然盆地。加上雨水充足,四季分明,只要肯下苦,不愁吃穿用度。"

姚成揖首再拜,心怀感激地说:"以后有事还要麻烦方丈指点。"

方丈说:"佛家普度众生,慈悲为怀。施主有何难处,尽管来寺院就是了。"

回到王桥客栈,姚成托客栈掌柜四下打听有人是否愿意出售田产。过了几天,果然打听到社树村有一富户人家要搬迁到长安城去,愿意将自有的十亩水浇地和一院关中四合院出售。姚成亲自到社树村转悠了一圈,发现这里的风物与方丈所言不谋而合,就下定决心要在社树村安家落户。后来经过客栈掌柜从中撮合,最终买下了社树村的土地和田产,姚家从此落户社树村。

生活安静下来之后,姚吴氏陆续给姚成生儿育女,姚家随之进入人丁兴旺时期,但问题也随之而来。

对于角色的转换,姚成显然没有做好思想准备。在训练士兵、攻城略地方面,他是一名优秀的将军,但在犁耧耙耱、播种施肥方面,他却不是一个庄稼把式。姚成给随他而来的两名亲兵成家之后，就让他们另立门户，自己一个人务弄十亩田地，人常说隔行如隔山，姚成如今面对的就是隔行这种尴尬。刚当农民，不是庄稼缺水少肥，就是产量不如人。尤其是随着儿女的陆续出生，日子过得就有些恓惶①。

姚成在为日常生计感到苦闷之际，猛然间想起了自己当年对大安寺方丈说过有事烦请方丈指点的话。虽说现在天下基本太平了，日常的生活凭着自己的辛劳也勉强过得去，但对前程他依然感到迷茫。

有一天晚饭后闲聊时，姚成对姚吴氏说："我们在社树村已经隐居几年了，现在已是儿女双全，但还没有去大安寺还愿，让我心里颇为不安。明天我想去大安寺拜谢方丈，夫人一起去烧香还愿如何？"

姚吴氏点头说："现在朱明王朝已基本统一全国，建都南京，听说朱元璋派大将徐达率军攻破了大都，我也想知道前朝皇上的下落。夫君有事要请教方丈，我们一同去。"

第二天一大早，姚成套上马车，载着姚吴氏和一双儿女直奔大安寺。进了山门，一家人在大殿烧香跪拜祈祷之后，姚成问一位管理大殿香火的僧人："敢问大师，方丈大师最近可好？"

僧人回应说："方丈大师最近身体欠安，一直在修禅打坐。施主有事找方丈大师吗？"

姚成听说方丈大师身体欠安，心里顿时觉得有些愧疚。他说："我几年前和方丈大师有过约定，因俗事耽搁未能及时拜访他。今日到大安寺烧香还愿之后，想趁机拜见大师问安，并有事求教。"

僧人见姚成一脸虔诚，随即说："方丈大师近期在修禅养心，全寺上下众僧都不便打搅他。贫僧听施主说曾经和方丈大师有过约定，满怀虔诚

---

① 恓惶：关中方言，意指穷困潦倒，可怜兮兮的样子。

之意,今天就破例领施主去见方丈大师,好让方丈大师为施主答疑解惑。"姚成听了僧人的话,大喜过望。他对姚吴氏说:"夫人领着儿女们到其他大殿随喜①去吧,等我拜见完方丈大师之后,再去寻找你们。"

姚吴氏早就猜到姚成有事要请教方丈大师,她微笑着说:"请夫君放心去吧。我带着孩子们到各大殿随喜,咱们在山门口会合即可。"

安排了姚吴氏之后,僧人在前面带路,领着姚成直奔后面小院。

到了方丈大师清修的禅房门前,僧人停下脚步回头对姚成说:"请施主留步,等贫僧向方丈大师禀告之后,依方丈大师之意再说。"

时间不长,就见方丈大师身穿红色袈裟,步履稳健地出了禅房。他微笑着说:"几年未见施主,容颜变得有些清瘦,但精神依然健旺。请施主随老衲进屋,有事到屋里再说。"

进了方丈大师的禅房之后,姚成发现禅房里面的布置和摆设与几年前没有多大变化。他在一个蒲团上坐下之后说:"听说大师身体欠安,特来问候。"

方丈大师说:"一点小病,没啥大碍,有劳施主挂念了。施主有啥疑惑之事尽管讲。"

姚成说:"当初经大师指点,我在距此不远的社树村购置了房产,现在已经生儿育女了。一个人改变当初的营生,干一种新鲜的营生并不容易,日子过得紧巴巴的。昨日猛然间想起了大师当年的话,就想趁到寺里还愿之际,再次向大师请教。"

方丈大师点头说:"隔行如隔山,肯定有一个熟练的过程。施主能改变谋生手段,说明施主早就释怀了,此乃人生一大幸事。佛教云:'人为善,福虽未至,祸已远离;人为恶,祸虽未至,福已远离。'施主出身不

---

① 随喜:佛教语,指见人做善事而乐意参加,泛指随着众人参加集体送礼等。旧指游览寺院或随人游玩等。出自《忏悔文》"弱性蒙心,随喜赞悦"。

凡，或许早就看破了，老衲就不絮叨了。"

姚成见方丈大师早就猜透了自己的身份，只好说："生在尘世，势必会被凡事缠扰。我虽然已经放弃了早年的想法，但对如何在尘世中立足，还请大师指点。"

方丈大师说："寺院虽是参禅礼佛之地，也是各种信息汇集之所。现在国家已然太平，元朝皇帝逃到了蒙古草原，建立了北元朝廷。施主有心到大安寺来还愿，老衲就告诫施主一句话：一日有三善，三年天必降之福。一日有三恶，三年天必降之祸。施主按照此话去做就可在尘世间立足。"

姚成一听方丈大师的话，猜测他有劝诫自己信佛之意，但心中的块垒仍没有化解。他虚心请教问："天道轮回，朝代更迭，世事变幻，人世间是否真有天道、地道、人道之说？"

方丈大师沉思了一下说："儒释道三教之中都有天道、地道、人道之说。施主不是佛门中人，老衲就不用佛教用语给施主解释了。天道、地道、人道之说，道教是采用《易经》谦卦象辞中的一句话：'天道下济而光明，地道卑而上行，天道亏盈而益谦，地道变盈而流谦，鬼神害盈而福谦，人道恶盈而好谦。谦，尊而光，卑而不可逾，君子之终也。'就是说，天道、地道、人道的规律是：天道必然要亏损过于盈满的，而增益谦虚的；地道必然是变动盈满的，而流入谦下的；鬼神之道是损害盈满的，而福佑谦让的；人道是厌恶满盈的，而爱好谦退的。这里的谦字是谦让、谦和之意，理解了道教的这个谦字，施主就会受惠无穷。儒教基本上认同商圣范蠡当年曾向越王勾践进谏之说：'夫国家之事，有持盈，有定倾，有节事，持盈者与天，定倾者与人，节事者与地。'就是说，持盈靠天道，一个国家要维持强盛状态，应该顺应天道，盈而不溢；定倾靠人道，只有任用合适的人，才能使一个国家从危亡险境中安定下来；节事靠地道，国家要注重经济建设和生产，处事要有所节制，从而奠定强国之基。儒道两家对天道、地道、人道虽然侧重点不同,但都主张干事要遵循规律,不可逆天行事。"

姚成以前研读过《易经》,对儒教倡导的天道、地道、人道颇为了解,现在听了方丈大师一番解释,似乎明白了方丈大师的用意。他说:"大师的意思和荀子说的'天道不可违,地道不能逆,人道不可虐'有异曲同工之妙。生在尘世,受各种诱惑很多,难免产生疑惑,除了遵循儒道两家的天道、地道、人道这三道之说,大师还有告诫我的话吗?"

方丈大师说:"人生在世,就是生活在三道之中。三道是相辅相成的,不可或缺,谋大事必须遵循天道,就是荀子说的天道不可违。顺应天道,不逆地道,用好人道,则可干出一番事业。俗语说得道多助,失道寡助,无道则人神共愤,必遭天谴,轻者危及自家性命,重者祸及家族性命,甚至会造成家破人亡的恶果,不可不慎重。"

姚成点头说:"我家祖上对程朱理学颇有研究,但我当初的志趣在报效国家,没有专心去做学问。如今大明王朝已经建立,国家太平了,我也甘愿做一个普通人。请问大师,如何教育后辈在尘世中立足?"

方丈大师沉吟着说:"《韩诗外传》云:'德行宽裕,守之以恭者荣。土地广大,守之以俭者安。禄位尊盛,守之以卑者贵。人众兵强,守之以畏者胜。聪明睿智,守之以愚者哲。博闻强记,守之以浅者智。故易有一道,大足以治天下,中足以安国家,近足以守其身。'施主要想做到让家族兴旺,长盛不衰,记住恭、俭、卑、畏、愚、浅六个字即可。"

姚成听完方丈大师这番话,心里的疑惑顿解。他感激地说:"弟子谨遵大师教诲。其实历代改朝换代,就是没有遵守天道、人道、地道运行之法,违背了天道、地道、人道运行之理。一个家族的兴盛,犹如一个国家的治理,不可违背规律。今天请教大师后,一切都释然了。姚家能否在社树村开枝散叶、繁荣兴盛,除了让后辈们记住大师的教诲,还要看后辈们的造化。"

方丈大师看着姚成微笑着说："《管子·霸言》中说'立政令，用人道；施爵禄，用地道；举大事，用天道。'用好这三道，就不枉老衲和你一番长谈了。"

姚成知道再不能继续打扰方丈大师清修了，起身作揖拜谢说："但愿子孙们都能按照大师指点的去做，牢记天道酬善，地道酬勤，人道酬诚。"

方丈大师双手合十道："做好人，身正心安魂梦稳；行善事，天知地鉴鬼神知。只要后辈们不做伤天害理之事，就可保平安无灾。"

姚成回家后，把他和方丈大师的对话向姚吴氏细说了一遍。姚吴氏欣慰地说："皇上既已去了蒙古草原，我就放心了。如今天下太平，我们就做个耕读传家之人吧。"

姚成说："俗语说耕读传家久，诗书继世长。等度过了眼前的困难，还是让孩子们读些诗书吧。不管后辈们以后干啥营生，我们还是要叮嘱他们牢记'立政令，用人道；施爵禄，用地道；举大事，用天道'这三道。为人父母者，无不希望儿孙们健康富裕、生活安乐。至于他们今后如何在人世间立足，会干出什么事情，并非父母有良好愿望就能成功。"

姚吴氏明白丈夫这番话就是彻底放弃仕途，安心扎根社树村做一个耕读传家之人了。她说："只要我们尽到自己的责任，儿孙自有儿孙福。"

从当年农忙季节开始，有一个头戴尖顶斗笠、身穿蓝布衫裤、赤脚草履、紫面白发的老人经常在农忙季节来指点姚成农事。他问了几次老人的姓名，老人都笑而不答，有一次问得急了，老人就说自己叫黄米爷。有时在青黄不接之际，黄米爷还会背负米粮来接济姚成一家。

十多年后，姚成夫妻已把儿女们拉扯大了，但黄米爷却久久不见踪影，姚成猜想老人可能已经亡故。为了感念黄米爷，姚成专门赶到县城，请一位丹青高手，按照自己的描述，画了一幅黄米爷的画像，在年关祭祀祖宗时挂在正屋墙上，让儿女们祭拜。从此，年关祭拜黄米爷就成了社树姚家雷打不动的一项议程。当然，姚家后代们请丹青高手也把姚成和公主画成画像，在年关将他们的画像与黄米爷一起祭拜也成了惯例。

姚成无法预知自己的后辈们能否像方丈预测的一样在太平盛世继承祖宗家业，闯荡出一番辉煌。

这正是：莫言天命本无常，转瞬将帅农耕忙。

试看明清陕西帮，姚家商海掀波浪。

社树姚家

上部

闯关西

明清之际，陕西人把入川到打箭炉（今四川康定）以西经商称作闯关西。

明洪武六年（1373），明政府在西康实行『茶马交易』，令将雅安、名山、天全、荥经、邛崃等川南五县的茶叶贩运康藏，诞生了中国历史上第二条康藏茶马古道和四川历史上风云激荡五百年的『五属边茶贸易』。陕西茶商为了获取更多利润，同时为了汉藏交易方便，不顾朝廷『汉不入藏、藏不入汉』的禁令，硬是闯禁区，先后把交易地点由东往西从朝廷规定的黎州（今四川汉源）逐步推进到雅州、碉门（天全）、岩州（泸定），直到打箭炉。

陕西茶商以敢冒风险、勇闯禁区的开拓精神，推动了明政府进行政策调整，使明清西部贸易呈现出波澜壮阔的发展局面。

第一章

忙农事日子艰难　谈商业穷则思变

蜀道戈壁任驰骋，消磨几多人生。商海云谲听涛声。纾难显忠勇，国是总关情。

三百余年如一梦，国殇家难纵横。尘封典籍藏峥嵘。品茗论兴衰，青史著儒名。

光阴似箭，岁月如梭。弹指一挥间，一百多年过去了。一百多年，在人类历史的长河中只是一瞬间的事，但对定居在社树村的姚家来说，不单单是人口繁衍，种族延续。如果把姚成算作落户社树村的第一代，到现在姚家已经是第八代了。

明朝初年，明政府分别于洪武三年（1370）、洪武四年（1371）针对陕西承宣布政使司管辖范围（包括现在陕西、甘肃、青海及宁夏、西康等大部分地区）实行了量身定做的"食盐开中"和"茶马交易"政策，大批关中有识之士趁势而起，很快就形成了中国商业舞台上的第一大商帮，他们纵横南北，垄断淮扬盐场，迅速积累了巨量财富，与后来的晋商、徽商并称明中期以前的三大商帮。

姚清纯、姚方钟昆仲在耕作农田的同时，先是听说弘治十五年（1502）钦点状元武功人康海①弃儒经商，富甲一方。后来又听说三原人科举状元温纯②弃儒经商，惠及乡邻。尤其是泾阳人雷士俊（现泾阳县云阳镇西门外雷村人）涉足淮扬盐场，发家致富。这些传闻，不断刺激着他们的神经。

当年春天，姚清纯、姚方钟两兄弟在忙活麦田春灌，看着绿油油的麦田，姚清纯忽然间感叹着说："今年小麦长势良好，可惜不管如何务弄这十几亩麦田，仅能养家糊口啊！"

姚方钟笑着说："咱家从第一代老祖先落户社树村以来，一直就是耕读传家。如今，耕者没有多少田地，读者没有出过举人。再这样下去，姚家恐怕永无出头之日了。"

姚清纯一听兄弟这话，就猜到姚方钟肯定有想法。他说："据说第一代先祖曾经是元代的驸马都尉，因避难落户社树村。我曾经偷看过族谱，上面记载着先祖对后辈的一些文字，除了'耕读传家久，诗书继世长'之

---

① 康海（1475—1540）：字德涵，号对山、沜东渔父，陕西武功人。明弘治十五年（1502）状元、秦腔鼻祖、史学家、文学家、戏剧家。任翰林院修撰。明武宗时宦官刘瑾被诛，因名列瑾党而免官。康海以诗文名列明朝"前七子"之首，与李梦阳、何景明、徐祯卿、边贡、王九思、王廷相号称"七才子"，亦即文学史上的明代"前七子"。所著有诗文集《对山集》、杂剧《中山狼》、散曲集《沜东乐府》等。

② 温纯（1539—1607）：字景文，一字叔文，号一斋，陕西三原人。明嘉靖四十四年（1565）进士，历任知县、巡抚、吏、工部尚书等职。明万历三十五年（1607）闰六月卒于三原故里，年六十九岁。《明史》载："（温）纯清白奉公，五主南北考察，澄汰悉当，肃百僚，振风纪，允称名臣。"他一生为创建地方公益事业不遗余力，虽三朝为官而家无积，是三原古龙桥的倡建者。明天启元年，追谥恭毅，著有《历官谏草》《学一堂全集》《杜律一得》《大婚礼汇笔记》等，被后人整理为《温恭毅公文集》。

外,还有一段《管子·霸言》中的话。"

姚方钟好奇地问:"《管子·霸言》中都说了些啥?"

姚清纯说:"《管子·霸言》中说'立政令,用人道;施爵禄,用地道;举大事,用天道。'虽然我对这些话理解得不到位,但也猜到了祖先让后辈们要学会利用机遇。"

姚方钟有点遗憾地说:"可惜我们整天在农田里忙活,哪有资格用啥人道、地道、天道呀?"

姚清纯说:"我不这样看。管子在霸言中说的'举大事,用天道',我看就是要借助朝廷对陕西施行的'食盐开中'和'茶马交易'政策做生意。只要用好天道经商致富了,就有资格谈论人道、地道。"

姚方钟扭头看了一眼兄长,笑着说:"听兄长之言,要弃农经商并非随口之说,而是经过深思熟虑了?"

姚清纯说:"这些年忙活农田里的事,打下的粮食只能维持一家人的温饱,勉强度日。姚家要想出人头地,发家致富,决不能拴在这十三亩土地上,必须走出这块小天地,到外面去闯荡,否则就无法远离贫穷。"

其实姚方钟心里也清楚,随着姚家人丁兴旺,仅有的十三亩地不管再咋务弄,也仅能保证全家温饱,要想凭土地所产物品发家致富,只能是白日做梦。他何尝不想外出闯荡,不说与康海、温纯、雷士俊等人看齐,最起码能借助朝廷的政策,做到富裕程度,再也不会为全家族人的吃喝用度操心费神。但一想到父亲一直坚守的传统观念,他有些心劲不足地说:"父亲一直恪守着耕读传家的理念,经常在我们面前念叨'耕读传家久,诗书继世长',这说明他老人家压根就没有让我们经商发家的念头。虽然我们现在以务农为生,日子过得并不富裕,但毕竟是正经的营生,要说动父亲让我们从事让人瞧不起的商业,恐怕还是有难度啊。"

姚清纯说:"穷则思变。我们虽不是贫寒之家,但也绝对不是富庶之户。百十年来，姚家秉承耕读传家的古训，只是在先祖的基础上增加了三亩土地，仅够养家糊口而已。大明立国以来，不要说姚家子弟科举中进士，连个举人都没有。这种状况再不改变，我们真的是愧对列祖列宗了。"

姚方钟见兄长确有经商致富的决心，心里暗暗高兴。他说："自古以来，贫寒之家多有通过经商发家致富的，还没有听说耕种土地富可敌国的。现在淮扬盐场已经被陕商、晋商、徽商三大商帮垄断，我们在无资本的情况下无法进入。我听说鄠（音hu）县（今西安市鄠邑区）牛东乡人闯关西（到四川康定做生意），在打箭炉把茶叶生意做得风生水起，日进斗金，生活安泰。在打箭炉的陕西街上，几乎都是河南帮（渭河以南商帮的简称）商人。论做茶叶生意，泾阳人有得天独厚的条件，兄长如果确定了要经商，我看咱兄弟二人一起入川，这也是古人所说的打虎亲兄弟，上阵父子兵。"

姚清纯见兄弟同自己心念相同，他笑着说："应该是兄弟齐心，其利断金；同心之言，其臭如兰。既然我们兄弟都有弃农经商的想法，就一起劝说父亲转变观念。如果咱俩经营有方，就不愁不能发家致富，光宗耀祖。"

姚方钟知道大哥心意已决，说："我早有弃农经商的念头，一直为如何劝说父亲同意我们经商而苦恼。兄长既然有经商的想法，想好了如何劝说父亲让我们弃农经商了吗？"

姚清纯说："对于如何让父亲同意我们去经商，我也想了不少计策，甚至翻阅了大量典籍。说起来你可能不相信，我全文研读过商祖范蠡《十八商经》中的'三谋三略'，仔细研读过司马迁所著的《货殖列传》，对于康海、温纯、雷士俊等人的经商心得也研究了一番。我相信，你我齐心，一定能说服父亲让我们兄弟入川经商。"

姚方钟听兄长做足了功课，高兴地说："事不宜迟，今天晚上咱们就去找父亲。如果能说服父亲放弃老观念，允许咱们去经商，再决定何时动身。"

姚清纯兄弟虽然信心满满，没料到还是碰了软钉子。

当天晚饭后，姚清纯兄弟瞥见父亲在堂屋的方桌旁坐着喝茶，就知道好时机到了。

姚清纯兄弟相跟着走进堂屋，姚老掌柜就知道儿子们有话要对自己说。他放下手中的细瓷茶壶，威严地问："你们兄弟一起来，是有事要对我说吗？"

姚清纯清了一下嗓子，随后说："父亲，姚家祖上自落户社树村以来，到我们这一代已经是第八代了。八代人辛苦劳作，仅能混个温饱。我想要改变姚家的现状，必须涉足商海。太史公司马迁曾说：'夫用贫求富，农不如工，工不如商，刺绣文不如倚市门。此言末业，贫者之资也。'我知道您老人家一直恪守着耕读传家的家训，但姚家现在仅有十三亩土地可耕，读书科举更是与姚家无关。要想改变现状，我们必须穷则思变，另辟蹊径。"

姚老掌柜清楚宗族的情况，一直遗憾姚家没有能力供后辈们读书参与科举，导致姚家从大明开国以来，后辈们在耕田之余读书的最好成绩就是考中秀才。现在，听大儿子这么明目张胆地直言，他板着脸说："自汉武帝划分士农工商以来，历代都把经商视为末流。你们要想经商，就是在本末倒置。姚家在泾阳虽不是名门望族，但也丢不起这个脸。"

姚方钟着急地说："父亲，三原人温纯、孙豹人，泾阳乡党雷士俊等人的大名您总听说过吧。温纯是科举状元，孙豹人、雷士俊是举人，他们都能弃儒经商，我们这些贫寒子弟为啥不能经商？"

姚老掌柜知道两个儿子商量过了，但固有观念仍在提醒他不能轻易放纵儿子们涉足生意，辱没了祖上的名声。他说："虽然经商可以暴富，但终究让人瞧不起，有辱家门。"

姚清纯见父亲依然抱着老观念不放，不禁也有些着急，说："父亲，汉武帝时期划定的士农工商等级，经过唐宋元几代之后，已经有了新的变化。武功人康海是弘治十五年钦点状元，温纯是科举状元。按道理，他们就是士，属于最高等级，但他们还是弃儒经商，主营商业，从事末业，难道他们就不懂得其中的道理，没有咱们睿智？他们都能本末倒置去经商致富，那是因为当今之人的等级观念发生了巨变。您老抱着古老观念不丢，姚家啥时候才能发家致富？"

姚老掌柜难以反驳大儿子的话，但对士农工商等级的变化，他还是心存疑虑，问道："难道如今的世道真变了？"

姚清纯看出来父亲对自己的话似信非信，他说："有智者曾说：'古者四民分，后世四民不分。古者士之子恒为士，后世商之子亦能为士。此宋元明以来变迁之大较也。天下之士多出于商，则纤啬之风日益甚。然而睦姻任恤之风往往难见于士大夫，而转见于商贾，何也？则以天下之势重在商，凡豪杰有智略之人多出于焉。其业则商贾也，其人则豪杰也。为豪杰则洞悉天下物情，故能为人所不为，不忍人所忍。是故为士者转益纤啬，为商者转敦古谊。此又世道风俗之大较也。'父亲大人啊，这位智者的这段话好像就是针对您说的。"

姚方钟见父亲没吭声，他接着说道："当朝思想家何心隐有一次无意中给士农工商重新排了座次，他说：商贾大于农工，士农大于商贾，圣贤大于士。康海、温纯、雷士俊等人在训诫子弟时也说：夫商与士，异术而同心。就是说，行贾、为士，只是谋利手段不同，并无等级的高低贵贱之分，二者各有功用，人们各随所愿。"

姚清纯接过话头说："孙豹人曾经写诗说：'满路尊商贾，穷愁独缙绅。古今风俗异，难只怪仪真。'大明立国百十年来，关中道上富商大贾比比皆是，谁说过他们啥？就是朝廷，也对他们开放边禁，屡次嘉奖，说他们输粮边关，周流天下，为国分忧，对安定边疆起到了其他阶层起不到的作用。"

姚老掌柜看到两个儿子一唱一和，决心经商，心里颇为担忧。他说："你们所说的康海、温纯、雷士俊，我也知道一些情况。康海家族和咱们家一样，都是元代末年从河南迁入陕西的，不同的是，康海的高祖康汝辑曾任成祖的老师，辅导过太子。康汝辑的三个儿子都是高官，长子和幼子官拜上林苑监和副监，次子康年在扬州经商，主营盐业和木材，皇上赐银数千两，商税全免，富甲一方。孝宗弘治十五年，康海参加会试，顺利通过殿试，遂登进士第一，被钦点为状元，后来任翰林院修撰兼经筵讲官，参与过宪宗、孝宗两朝实录。正德初年，户部主事李梦阳①因代户部尚书韩文章草拟奏疏弹劾权倾朝野的大太监刘瑾②被捕下狱，刘瑾欲置李梦阳于死地，危急关头，李梦阳向康海求救。康海立即去见刘瑾，据理力争，刘瑾觉得理亏，释放了李梦阳。后来刘瑾案发，被凌迟处死，作为同乡的康海被反对派诬陷为刘瑾同党，罢官免职。康海丢官后，被他援救的李梦阳却没有进一言为康海求情。曾经有人劝康海向朝廷申辩其冤，康海断然拒

---

① 李梦阳（1473—1530），字献吉，号空同，汉族，祖籍河南扶沟，出生于明代庆阳府安化县（今甘肃省庆城县）。李梦阳于弘治六年（1493）登癸丑科乡试解元，弘治七年（1494）登甲寅科进士。正德二年（1507），刘瑾假传旨贬李梦阳为山西布政司经历（掌管出纳文件），并勒令其退职回家，后刘瑾又罗织罪名，使李梦阳入狱。多亏康海力求，才使李梦阳免死。正德五年（1510），刘瑾被诛，李梦阳平反，官复原职，升为江西按司提学副使。后又因其得罪人太多，最后以"欺压同列，挟制上官"之罪居家闲住。嘉靖八年十二月三十日（1530年1月28日）李梦阳卒，时年五十八岁。隆庆初年，谥景文。他善工书法，得颜真卿笔法，精于古文词。明代中期文学家，复古派"前七子"的领袖人物。提倡"文必秦汉，诗必盛唐"，强调复古，《自书诗》师法颜真卿，结体方整严谨，不拘泥规矩法度，学卷气浓厚。李梦阳所倡导的文坛"复古"运动盛行了一个世纪，后为袁宗道、袁宏道、袁中道三兄弟为代表的"公安派"所替代。

② 刘瑾（1451—1510），陕西兴平人，明朝正德年间宦官。本姓谈，六岁时被太监刘顺收养，改姓刘，净身入宫当了宦官。弘治间犯罪，被赦免后侍奉朱厚照。明武宗正德元年（1506）以进献飞禽走兽来博取明武宗的欢心，得以数次升迁，官拜司礼监掌印太监，被时人称为"八虎"之首。后被同为"八虎"之一的张永带头揭发，明武宗朱厚照下令以"反逆"罪凌迟处死。

绝了。此后，康海往返于武功、扬州之间，但他没有按照其叔父康銮提出的'贾道'①去精心打理康家商业，却用主要精力在扬州老城区东南隅修建了一条以他名字命名的康山街，同时又创建了自家的戏班子康家戏班，并用秦声演唱杂剧和曲词，被人称为康王腔。以康海的聪明才智尚且在官场失意之后，无心经营商业，最终导致家业衰败。你们去经商，就是侥幸能发家致富，结果又能如何？"

姚清纯听完父亲一番长谈，明白了父亲的心思。民间俗语说富不过三代，以康家祖上显赫的地位、巨额的财富，到康海手中最终也衰败了。父亲的话，其实也是在担心即便姚家能发家致富，也可能会昙花一现，甚至留下让世人诟病的话柄。

没等姚清纯说话，姚方钟插话说："康海才高八斗，疾恶如仇，在经历过宦海沉浮之后，已经和朝廷在政治上、经济上撇清了关系。他寄情山水，传播文化，还是值得肯定的。如果说按照世俗的观念，康海在官场失意之后，在商业上没有继承祖业，导致家族衰败，被人讥讽的话，三原人温纯却是以商发家之后值得我辈效仿的典范。"

姚清纯接着兄弟的话说："温纯家族是南宋末年因避祸由山西洪洞县逃到三原县定居的。温纯的父亲温朝凤幼年丧父，家中一贫如洗，无奈到四川、湖北之间经商，凭着对家庭的责任心和坚毅性格，积累了一定资本，改变了家境，成了中等商家。大明政府对陕西施行'食盐开中'政策时，温朝凤将多年积蓄转化成盐业投资，全家迁往扬州，专门经营盐业，后来

---

①贾道：在中国商业史上，是陕西商人最早提出了"贾道"的基本概念和按贾道经营的科学思想。15世纪，陕西咸阳商人樊现就提出了商业规律问题，他说"吾南至江淮，北进边塞，弱冠之患独不一者，天监吾不能欺尔！贸易之际人以欺为计，予以不欺为计。故吾日益而彼日损。谁谓天道难信哉！"随后陕西武功商人康銮将樊现的"天道"思想提升到"贾道"的理性高度，并将薄利多销、转快利多作为"贾道"的基本内涵，表现了极高的经营灵性和职业自觉。

成为关中道上著名富商。温纯之所以能高中状元，后来历任都察院右都御史、工部尚书等职，成为陕西文人的重要代表之一和一代名臣，没有其父经商积累的财富做基础是不可能的。温纯在京师倡修三原会馆，在家乡兴修三原县城北部的龙桥，兴建文昌阁、尊经阁，引进关中名士讲学，为家乡培养人才等，都对后世产生了深远影响。经商之家要想长盛不衰，避免社会上各种不良诱惑，我看还是要注重文化熏陶，注意培养人才。"

姚老掌柜无法辩驳两个儿子的言论，这时也不想挫伤他们要弃农经商的积极性。他遗憾地说："在先祖流传下来的家训中有一句话叫'举大事，用天道'。可惜的是，朝廷对陕西施行'食盐开中'和'茶马交易'两大政策，咱们都没有抓住，现在你们决意要涉足商海，恐怕已经错过了天道，也就是丧失了朝廷的政策机遇。"

姚清纯见父亲已不再坚持反对他们兄弟弃农经商，微笑着说："本朝初年，咱们家既无多余粮食参与'输粟塞上，得捆盐于淮南北'的输粮换引，更无富余人力踊跃前往两淮盐场支盐贩卖，肯定就错过了好机遇。弘治五年叶琪变法之后，朝廷允许有钱即可购买盐引①，淮扬盐场的竞争也发生了巨变，原先宋应星说的'(扬州)商之有本者，大抵属秦、晋与徽郡三方之人'变成了徽商第一，陕商第二，晋商排在第三。经营盐业利润丰厚，但需要大量本钱，动辄数百万两白银。虽然我们错过了所谓的天道，但朝廷的政策还在延续，现在去经商为时还不晚。如果再次错过机遇，就后悔莫及了。"

---

① 盐引：盐引是宋代以后历代政府发给盐商的食盐运销许可凭证，源于盐钞法。宋庆历八年（1048），兵部员外郎范祥变通盐法，由折中法的交实物改为交钱买盐钞，商人凭盐钞购盐运销，官则用所得之钱收购粮草。由于盐钞发行过多，盐钞法败坏。宰相蔡京于徽宗政和三年（1113）推行盐引法。盐引分为长引和短引。长引销外路，短引销本路。严格批缴手续和缴销期限，长引1年，短引1季。限定运销数量和价格。明代初年，朝廷鼓励商人输运粮食到边塞换取盐引，给予贩盐专利的制度，又称开中。开中之制系沿袭宋、元制度，但明代多于边地开中，以吸引商人运粮到边防，充实边境军粮储备。

姚老掌柜清楚自家的家底，他迟疑地问："就算我同意你们去经商，咱家也拿不出多少本钱来。到何处去经商，你们想好了没有？"

姚清纯见父亲松了口，他说："'食盐开中'政策，成就了大批陕商输粮换引，齐聚淮扬盐场，创造了财富传奇。'茶马交易'政策促使陕商涉足川藏，几乎垄断了康藏贸易。但自叶琪变法之后，原来的输粮换引已变成了以银买引，我们本钱不多，想参与淮扬盐场的盐业经营几乎不可能了。到江南贩运丝绸、棉布，或者到安化贩运黑茶在泾阳加工成茯砖茶销往西北，动辄也需要十几万到百十万银两，依咱家现有的实力，都不可能。依我之见，只有入川参与康藏贸易比较现实。"

听儿子说要入川，姚老掌柜担忧地说："自古以来都说蜀道难，难于上青天。你们要入川，可有苦受了。"

姚方钟则一副天不怕地不怕的样子说："我听说鄠县、临潼、长安、蓝田的陕商在打箭炉（现在四川省康定市）经商叫河南帮（渭河以南商帮的简称），泾阳、三原、韩城、朝邑等地陕商被称作河北帮（渭河以北商帮的简称），其中鄠县牛东乡、沙河寨、第五桥等村的商人又被称作牛东帮。如果我和我哥去打箭炉经商，不出几年，或许能让河北帮改称泾阳帮。"

姚老掌柜见姚方钟尚未入川就口出狂言，不免担心。如果把这种狂傲、浮躁之气带进商业经营，势必会产生无法预知的后果。他以教训的口吻说："古人说'商以察尽财''贾以智求富'，既然你们决心经商，我有几句古人经商的心得叮嘱你们：'无财作力，少有斗智，既饶争时，此其大经也。在商海要审时度势，与时俯仰，获其赢利，以末敛财，用本守之；以武一切，用文持之。虽变化有概，故足术也。'没弄懂经商的要义，就口出狂言，也不怕别人听到笑话。既然你们铁了心要去经商，我也不强行阻拦了。你们入川后，我会继续督促族人力农致富，也希望你们能经商发财。"

姚清纯正色应道："父亲的教诲，我们兄弟谨记。看来父亲对经商之道也颇有研究啊！我和弟弟先去四川雅州、打箭炉看看，也会时刻牢记您说的'以末敛财，用本守之；以武一切，用文持之'的教诲。"

姚老掌柜看到事情已无回旋余地了，便关切地问："你们打算从哪条道路入川？啥时候动身？"

姚清纯说："元代屡次用兵西征，西藏、青海诸部臣服，四川雅州、荥经、天全、汉源等处都属于陕西行都使管辖。当时陕商入川，基本上从西宁、洮州取道西康，但路途遥远。现在西部安定，入川没必要走西宁、洮州取道西康，可以从陈仓道或者傥骆道翻越秦岭，经过二十八马站到达成都。如果去打箭炉，还要走二十马站。如果父亲同意我们入川，我明天就去鄠县牛东乡，看牛东帮陕商有无回家探亲之人。如果有，我与他们商量好时间，准备随牛东帮商人一起入川。"

姚老掌柜叹息了一声，感慨地说："儿大不由父啊！家里的事由我和其他族亲操心，你们放心去吧。不过想随人入川，不必舍近求远。王桥镇东街于家早年在雅州经商，开设有恒泰盛茶号，每年办引近万张，盈利超过一百万两白银。你们可以到于家看看是否有回来的相公（旧时商号伙计的称谓）。如果有，可以随他们一同前往。"

对于父亲说的王桥于家，姚清纯、姚方钟兄弟这些年没少听人唠叨过他们家经商的传奇故事。于家先祖在元代末年就已经入川做生意，除了在四川开有很多当铺、茶店和布店，在汉中、汉阴也开设有分号。听人说自洪武年间开始，于家的恒泰盛茶号就主营康藏茶叶贸易，每年获利丰厚，早就在王桥东街盖起了豪宅大院，也吸引了不少乡党为发财致富前去投奔。

姚清纯说："我抽空到王桥去一趟，打听一下情况。如果真有回来的相公，我与他们商量看啥时候动身合适。"

姚老掌柜说："你们一心想弃农经商，发家致富，我也拦不住，但你们必须要有充足的心理准备。经商虽能发家致富，但也有许多辛酸，其中的苦衷是一般人无法承受的。"

姚方钟笑着说："务弄庄稼也有苦衷。我想做生意经商，只要做到公平合理，买卖公道，不辞辛劳，按贾道经营，就会有所收获。"

姚老掌柜说："你把做生意经商想得太简单了。世人都看见经商之人发家致富，没有几个人真正理解商人的苦衷。我记得有一首《古风》就道尽了商人的苦衷，要不要我给你们念叨一下？"

姚家两兄弟虽然知道商海波诡云谲，变幻无常，但他们觉得只要明天道，了人道，自然就能通商道。现在听父亲说起商人的苦衷，就知道他是在变换方式教育他们。

姚清纯说："请父亲大人训示，也好让我们有个心理准备。"

姚老掌柜沉思了一下说："我记得这首《古风》是这样说商人苦衷的：

人生最苦为行商，抛妻弃子离家乡。
餐风宿水多劳役，披星戴月时奔忙。
水路风波殊未稳，陆程鸡犬惊安寝。
平生豪气顿消磨，歌不发声酒不饮。
少赀利薄多资累，匹夫怀璧将为罪。
偶染小恙卧床帏，乡关万里书谁寄？
一年三载不回程，梦魂颠倒妻孥惊。
灯花忽报行人至，阖门相庆如更生。
男儿远游虽得意，不如骨肉长相聚。
请看江上信天翁，拙守何曾阙生计？"

诵完《古风》之后，姚老掌柜继续说："何去何从，你们自己选择。"

姚清纯听罢，心里顿时觉得沉甸甸的。他说："入川经商势在必行，就是妻子不理解或者阻拦，我也会做通她的工作，保证不会因为我们入川经商闹得家庭不和睦，让外人看笑话。"

姚方钟接着说："我们入川是为了发家致富，让全家人过上好日子，她们不会有意见的。"

姚老掌柜微笑着说："不要把话说满了，出水才看两腿泥哩。"

姚家两兄弟没想到，当他们和妻子谈起入川做生意时，妻子的态度还真让姚老掌柜给说中了。

姚清纯当晚和妻子姚李氏谈起要入川做生意时，立马碰上了钉子。姚李氏有些幽怨地说："你是不是已经厌烦了如今的生活，想离开我们母子去贪图清闲？"

姚清纯一听这话愣了一下，随即说："入川经商之事，我已经谋划许久了。今天晌午给麦田春灌时，听到方钟兄弟也有此意。我们好不容易劝说父亲同意我们入川去经商，想通过经商发财致富，改变姚家的现状，你咋能说我厌烦你们，贪图清闲去了？"

姚李氏说："古人云，少不入川，老不离蜀。你虽然不是少年，但到了四川，谁能保证你不被天府之国的温柔乡吸引？如果真的经商发财了，四川遍地的美女还能让你做一个坐怀不乱的柳下惠？"

姚清纯听妻子是为这事忧心，笑着说："还没入川，你就瞎操心了。俗话说男人是个扒扒，女人是个匣匣。没有男人在外面把财富往家里扒，你这匣匣装啥呀？再说天府之国虽好，但毕竟不是故乡。人都有思念家乡的通病，就像戏词唱的梁园虽好，终非久留之地。人到了一定年龄，总归还是要叶落归根的。"

姚李氏说："父亲一直主张耕读传家，看不起商人，你们兄弟咋就让他改变了观念?"

姚清纯叙说了他们兄弟劝说父亲的过程,轻轻叹了口气说:"其实父亲的理想并非就是耕读传家久,诗书继世长这么简单,依我看,他的理想应该是古人说的'课奴隶耕作,教弟子读书'。现在,姚家仅有十三亩土地,根本达不到这个理想,就只能退而求其次了。不管如何务弄现有的土地,大家也只能混个温饱,吃着粗茶淡饭,穿着棉布粗衣。就说读书吧,因为生计并不宽裕,姚家也没有能力供养子弟常年读书。如果要想后辈出人头地,恢复昔日祖上的荣光,就只有走入川经商、发财致富这条路。等姚家变成富裕之家了,还愁供养不起几个子弟常年读书吗?"

姚李氏知道丈夫说的是实情,但一想到丈夫要常年离开自己入川,心里还是恋恋不舍。她说:"我知道你是一头犟驴,一旦打定主意,九匹马也把你拉不回来。本朝以来,关中道上许多经商致富的大户,看到银钱并不能提升自己的社会地位,于是声色犬马,在贪图享乐中最后落了个身败名裂,家财四空,有些人还客死他乡,成了无名野鬼。你入川经商了,又有谁知道我的苦楚啊!"

姚清纯劝解道:"我虽是粗人,但也知道君子三戒。《论语》中说'君子有三戒,少之时,血气未定,戒之在色;及其壮也,血气方刚,戒之在斗;及其老也,血气既衰,戒之在得。'就是说人在年轻时要戒色,蓄元气。应该把精力放在正处。这个色并不只是女色,而是代表着欲望。对于一些偏离道德的行为,更需要节制、约束。中年时要戒斗,养和气。这个争斗并不只是好勇斗狠,也包括生意场上的钩心斗角。人一旦变成这样的品行,人生的关注点、价值观就会发生变化和扭曲,从而无视人生的真正乐趣,即使有朝一日功成名就,所获得的喜悦也是畸形的。因此应当努力克制自己,变得平和谦让。老年时戒得,养正气。得是贪得,包括财富、地位、美色等。不只是有权有势,即使在普通生活中,也存在着贪恋小便宜，或者爱攀比等现象。过于在乎一些小利小得，贪婪无度，就会损害元气，损身折寿。"

姚李氏听完姚清纯一番叙说，心里虽然对他入川的担心有所缓解，但仍有心结没有完全打开。她说："我给你哼一首关中小曲吧。"

姚清纯很少听到妻子唱小曲，他高兴地说："我洗耳恭听。"

姚李氏随即哼唱道："半截瓮，栽蒜薹，娘让出门做买卖。临行前，娘安咐，回头看看你媳妇。搽的油，戴的花，看着看着放不下，不如在家做庄稼。"还未唱完，就已泪眼婆娑了。

姚清纯明白妻子的良苦用心，一下子把她拥在了怀里……

姚方钟和妻子姚王氏谈起准备入川经商时，姚王氏把正准备递给丈夫的茶杯往方桌上重重一蹾，沉着脸说："你们想入川经商，为啥上几代人不去，偏偏到了你们这一辈要去？"

听话听音，从妻子的话里，姚方钟听出了埋怨。他说："大明初年，朝廷对陕西施行'食盐开中'和'茶马交易'政策时，一是姚家没有能力去参与，二是虽然祖先隐姓埋名，但已有人猜出了姚家的身份，不便抛头露面，惹出祸端。现在百十年过去了，人们都把姚家当作普通人家对待了，也就没有了顾忌。一代人有一代人的使命，一代人也应该有一代人的担当。这些年，我和兄长竭尽全力耕种这十几亩农田，生活却紧巴巴的，这说明务农耕田是无法达到富裕的。看到关中道上不少人经商致富，我们也想做生意经商，改变咱家的现状。"

姚王氏说："人常说少不入川，老不离蜀，你难道就狠心抛下我们母子入川经商，实现你的发财梦吗？"

姚方钟笑着说："夫人记错了，民间俗语说少不入川，老不进甘。少年时期入川经商，容易被天府之国的山川秀水和遍地美女吸引，不愿意回家。老年时期不到甘州、肃州一带经商，是怕年老体衰无法忍受当地恶劣的气候条件。这次入川经商，我和大哥一起去，你难道还不放心吗？"

姚王氏明白这兄弟两个早就串通好了要一起入川。想到多年来夫妻之间的恩爱，她叹息着说："一旦离开家乡，就不知道啥时候能回来了。"

姚方钟知道妻子舍不得自己离开，但为了姚家后辈能有机会出人头地，他们不得不这么做。他安慰妻子说："入川经商一般都是三年左右回家一次，我们又不是新婚的夫妻，难道还丢不下儿女情长吗？说实在的，我也想过三十亩地一头牛，老婆娃娃热炕头的舒坦日子，可惜我们做不到。不要说我和大哥了，陕商中就有新婚不久出门做生意的，何况我们已经是一对老夫妻了。"

姚王氏不悦地说："你这还没出门，就嫌弃我老了吗？"

姚方钟见妻子误会了自己，急忙辩解说："我不是这个意思。俗语说一日夫妻百日恩，百日夫妻似海深，我咋敢嫌弃夫人呀！"

姚王氏说："那你给我说说有哪家新婚丈夫撇下爱妻出门经商了？"

姚方钟说："本朝初年，陕西商人郑韶经华山时遇到皇甫尚书，被其女看中，后来入赘皇甫尚书家。新婚刚过一月，郑韶要负货远行，他对妻子说'我就是一个小商人，多年游走南北，唯利是求，经常负货以求南北之财。现在已经与小姐成婚了，我想继续去做生意。'他妻子说：'新婚宴尔，如胶似漆，还没听说新婚夫妻刚过了一个月就要离开的。你若现在离家去经商，别人还误以为我爱钱财不爱夫君哩。'郑韶无奈就暂时取消了行程。过了几日，郑韶再也待不住了，他又对妻子说：'我就是一个商人，泛江湖，涉道路，乃是常分，虽深诚见挽，若不远行，亦心有不乐。'其妻无奈，只好送新婚丈夫携货上路，外出行商。你看人家尚书之女都能舍得新婚丈夫去经商，你难道不舍得我去吗？"

姚王氏苦笑着说："人活一世，草木一秋。唉，既然你和大哥都有经商致富的梦想，我也不便强行阻拦，惹人笑话。"

姚方钟见夫人同意了自己和兄长入川，高兴地说："我是和大哥一起入川经商的，大哥的为人和人品你难道不了解吗？有大哥时刻监督，我就是不安分，大哥也会替你收拾我的。"

姚王氏说："有大哥替我监督，我当然放心了。我忧心的是你们入川经商，哪里有那么多本钱呀！"

姚方钟一听这话，兴奋劲顿时大减。他说："车到山前必有路。我明天就和父亲、大哥商议如何凑够入川经商的第一笔本钱。"

第二天晚上，姚家父子三人为拼凑入川经商的本钱之事又坐到了一起。

姚老掌柜听完姚方钟的担忧说："姚家近些年来确实没啥积蓄，拿不出成千上万两白银让你们入川经商，就是几百两白银也拿不出来啊！"

姚清纯说："我知道咱家的家底。就是要入川做生意，也不能影响家人们的正常生活。我看这样，今年夏收之后，除了留够家人的口粮，把多余的小麦全部粜出，能卖多少钱我们就带多少钱，大不了我们从小本生意做起。"

姚老掌柜说："就依老大的说法。你们兄弟要远行了，叮嘱一下你们的媳妇，多为你们准备几双布鞋和衣服。出门在外，不比在家。"

姚方钟笑着说："请父亲放心吧，我们又不是小孩子。俗话说的'在家千般好，出门一日难'，我们知道。"

姚老掌柜说："你们能做通媳妇的工作，说明两个媳妇都是明事理、识大体之人。商场如战场，波诡云谲，错综复杂，瞬息万变，临别为父也没啥好送给你们的，就以白居易的一首诗相送吧。"

两兄弟对视了一眼，齐声说："孩儿愿听父亲教诲。"

姚老掌柜随后说："白居易曾有诗云：'世途倚伏都无定，尘网牵缠卒未休。祸福回还车轮毂,荣枯反覆手藏钩。龟灵未免刳(音ku)肠患,马失应无折足忧。不信请看弈棋者,输赢须待局终头。'愿你们好自为之。"

这真是：士农工商一堵墙,舍本求末费思量。

兄弟齐心想求财,胸怀梦想堪赞赏。

第二章

当掮客入川经商　社树姚商海滥觞

当年夏收过后,姚老掌柜留足口粮,把富余小麦全部粜出,加上历年家里积攒下来的银两,凑够了一百两白银交给姚清纯昆仲做盘缠,送他们跟着于家相公踏上入川之路。

姚清纯兄弟没想到与他们一起入川的除了于家恒泰盛茶号一个张姓相公,还有家住桥底镇川刘村的恒泰盛茶号三掌柜刘富盛。

出发的这天一大早,姚清纯昆仲赶到桥底镇东街于家大门口,发现门口右侧的拴马桩上拴着一匹膘肥体壮的枣红马,张相公穿着一身棉布长袍,头戴草帽,正在门口等候他们。

姚清纯紧走几步,双手抱拳,对张相公说:"张相,不好意思,让您久等了。"

张相公看到两位二十岁出头的,身穿粗布长衫,脚蹬百层布鞋,各自身背着一个粗布褡裢的壮实青年站在自己跟前。他笑着说:"我们约好的时辰还没到,谈不上不好意思。我先到东家门口,是在恭候东家雅州茶号三掌柜刘富盛。刘掌柜现在东家堂屋里听候指示,等他办完事情,咱们一起上路。"

姚方钟瞥了一眼红马,小声问:"张相公,这匹红马是给您准备路上骑的吗?"

张相公摇着头说:"这是给刘掌柜骑的。我们这些当相公的,在茶号也分三六九等,我刚满三年学徒期,这是第一次回老家。像我这种学徒在茶号地位很低,没资格享受骑马的待遇。茶号只有东家和掌柜才能享受,再就是年龄较大的掌柜,无法骑马了,可以坐轿。"

张相公刚说完,从于家精雕细琢的高大门楼内急匆匆走出一位身穿月白色府绸长袍的青壮男子,此人身材魁梧,浓眉大眼,鼻直口阔,走路虎虎生风。他走到枣红马跟前,解开缰绳,踩着马镫,一翻身就上了马背。等他抖紧缰绳,双腿一夹马肚子准备出发时,才瞥见张相公跟前站着两个壮实的小伙子。他问道:"你们就是社树村姚家的后人?想跟着入川做生意?"

姚清纯赶紧回答说:"我叫姚清纯,那位是我弟弟姚方钟。我们兄弟想跟着刘掌柜一起入川,寻找商机。"

刘富盛笑着说:"年龄不大,志气不小啊。时间不早了,咱们趁早赶路,有些话走在路上再说不迟。"说完话,在马屁股上轻轻一拍,顿时马蹄声响起,一行人出了王桥镇。

众人过泾河、醴泉,穿乾县、岐山,直往陈仓而去。一路上或许是刘富盛在考虑与东家商量的生意上的事情该咋落实,很少言语。他不说话,张相公和姚氏兄弟也不敢言语。

这一天，众人越过陈仓，快进秦岭了，刘富盛跳下马牵着走，等姚清纯赶上来，他回头问："姚东家，你打算到雅州还是打箭炉？"

姚清纯听刘富盛把自己称作东家，脸色腾地一下就红了。他不好意思地说："刘掌柜千万不敢这样称呼我。我们兄弟随您入川，充其量就是小打小闹，不敢妄称东家。这次入川，我们带的银两不多，可能从掮客①起步，以后还望刘掌柜多指导，多帮衬。"

刘富盛见他言语客气，很有分寸，笑着说："陕商从本朝初年走上商业舞台后，一直有守望相助的传统，乡里乡党的，自然应该互相提携、帮衬。你们这样贸然入川，难道就不知道入川经商的艰难？"

姚方钟抢着说："刘掌柜，不管是读书，还是经商，不吃苦中苦，难成人上人。老辈人都说，力农致富，经商发财。可我从没见过经营土地致富的，只听说过做生意发大财的。为了经商发财，就是吃再多的苦，我们都能承受。"

刘富盛望着连绵起伏、巍峨高耸的秦岭，又看了一眼蜿蜒在峭壁悬崖下的羊肠山路，想考验这两个姚家后生的勇气，于是说："张相公，咱们一行走了三天了，但一直在关中道上行走，地势平坦，也不费劲。从今天起，就要翻越秦岭了，你把陕商入川的二十八马站给姚家兄弟念叨念叨。"

张相公说："陕商入川二十八马站有一个顺口溜，是这样说的：醴琚岐宝黄凤南，留坝褒勉大宁砖。中子歇脚奔朝天，翻过棋盘到广元。明月峡谷剑门关，嘉陵湍急栈道悬。昭化袍哥仁义举，梓潼大庙歇一晚。石牛江油是平川，绵德什邡罗江县。落凤坡前说英贤，广汉新都一日还。夜拢蓉城陕会馆，屈指一月差两天。就是说，从泾阳出发到成都要走二十八天。我们已经过了醴泉、岐山、宝鸡，现在要翻秦

---

① 掮客：替人介绍买卖，从中赚取佣金之人。

岭，还有二十五天的山路要走。"

姚方钟张大了嘴，没有吭声。他心想从泾阳到成都还确实是路途遥远、道路艰难，尤其是要翻越秦岭、棋盘关，过明月峡、剑门关，没有一段路好走。但既然在父亲面前夸下了海口，就是刀山火海也必须要闯一闯。他说："入川经商，肯定会有艰难，我们兄弟已经有了思想准备。"

刘富盛嘴上没说，心里对这两个年轻人多少还是有些轻视。姚氏兄弟一看就不是经常吃苦之人，要忍受商人风餐露宿、鸡声茅店的困苦，还要忍受寂寞难耐、思念亲人的煎熬，这不是一般人能做到的。他说："道听途说终归浅，须知经商要躬行。我当年初到打箭炉恒泰盛茶号，是从背夫做起的。背夫也叫茶背子，主要是茶号用来运输茶叶的。从雅州背负二百多斤的茶叶，走十五天山路，其中要翻越大相岭，路途的辛苦可不是能用言语叙说的。"

姚清纯早就听说过陕商闯关西，他见刘富盛并非不善言谈之人，乘机问道："刘掌柜，听说陕商当年有闯关西一说，您能给我们说道说道吗？"

刘富盛微微一笑，心想这兄弟两个还真是见缝插针想知道陕商在雅州、打箭炉经商的情况。他说："陕商在本朝初年入川经商，被人称作炉客，就是到打箭炉经商的客地商人。当初，大明政府刚刚稳定，关中道上一些有识之士趁着朝廷对陕西实行'食盐开中'政策，在淮扬盐场发家致富，光宗耀祖。还有一些想发财之人没有本钱，就入川闯关西。这个闯关西，就是到打箭炉以西寻求机会。说起来你们可能不相信，当初的炉客其实是一大批上当受骗者。他们听说西藏遍地黄金，赚钱很容易，就成群结队直奔打箭炉。谁知道到了打箭炉，才弄清西藏虽有黄金矿藏，但他们缺乏技术，更没有本钱，大部分人只好去打工，我的东家于家就是当年闯关西的炉客。于家在发财梦破灭之后，凭着吃苦耐劳，行走在雅州、打箭炉之间做小生意，后来积累了财富，盘下一个客栈，这才当了东家，坐店经营。

经过几代人辛苦打理，才有了现在日进斗金的规模，也让河南帮对泾阳人刮目相看了。"

说话间，只见刚才湛蓝的天空飘过几朵乌云之后，随之变得阴沉起来，就像蓝色的巨布被倒上了浓淡不一的墨汁，山谷里也刮起了阵阵凉风。刘富盛知道，这是要下大雨的前兆。他对姚家兄弟和张相公说："赶紧赶路，最好在大雨之前赶到大散关驿站，否则不但会淋成落汤鸡，弄不好还有性命之忧。"

第一次出远门的姚家兄弟有点不以为然，但还是加快了脚步。张相公疾步赶上姚家兄弟，有点气喘地说："山里的天气就像孙猴子的脸，说变就变。刘掌柜说得没错，看样子一会就会有大雨。"

一行人急匆匆地刚赶到大散关驿站门口，就听天空中一声惊雷炸响，随后就是电闪雷鸣，狂风大作，天空好像被撕裂一样，天河之水倾泻而下，顿时雨如直线，形成了密不透风的雨幕。雨水砸在地面上，溅起的水花就像一朵朵盛开的白色花瓣，不一会就覆盖了驿站院落的地面。让第一次见到山中大雨的姚家兄弟感到了恐怖。

这场大雨一直下了一个时辰才停。雨后的大散关四周碧绿清新，山色如黛，空气中弥漫着丝丝甜味。过了一阵，有几个行人真像落汤鸡似的赶到了驿站，据他们说，刚才的大雨造成了山体滑坡，下面的道路已经被阻断了，估计没有三四天清理无法通行。

姚清纯兄弟听了这几个人的话，直佩服刘掌柜经验丰富。要不然，他们一行很可能会在此耽搁，误了行程。

在驿站简单吃过晚饭，西边的天际露出了绚丽的晚霞。刘富盛对姚清纯等人说："俗话说，朝霞不出门，晚霞晒死人。看来明天是个赶路的好日子。你们早点休息，养足精神，咱们明天争取多赶点路，把今天耽误的时间补回来。"

一行人此后按照刘富盛的安排，晓行夜宿，直到翻越川陕交界的棋盘岭时才有了又一次有关入川道路的交谈。刘富盛对姚家兄弟说："前面就是棋盘岭了。岭上的棋盘关是川陕交界的咽喉，是四川连接秦岭以北的东北、华北、中原以及西北的唯一道路，它与白水关、葭萌关、剑门关合称川北四大名关，也叫西秦第一关。蜀道经棋盘关时，山势险恶陡峻，道路崎岖难行，上有千仞岩石，下有万丈溪流。行走在谷间小道，不断转圈，这就是所谓的盘。古道两旁苍松耸立，阴森中透着寒意；头上一线蓝天，白云缥缈，寂静中充满生机。进入棋盘关，一定要小心谨慎，紧盯脚下的道路，不要四处乱看，否则就可能坠下悬崖，成为壮志未酬的冤魂。"

听了刘富盛的善意提醒，姚家兄弟感激地点了点头。进入棋盘岭后，姚家兄弟才体验到刘富盛所言不虚，蜿蜒在山涧的古道，曲折往复，盘旋而上，一边是悬崖峭壁，一边是沟壑深涧，不宽的道路全是人工开凿，在棋盘关的险绝处还立有一石碑，上刻"小心移步"四个红色大字。此碑是在提醒来往行人，经过此地切勿大意，否则随时有坠入深涧的可能。

众人提心吊胆地上了棋盘关，刘富盛把马拴在路旁一棵松树上，找了一块石头坐下，掏出旱烟袋，装上烟丝，摸出火镰点燃后，香香地猛吸了一口。看着烟雾袅袅飘散，他问坐下休息的姚家兄弟："棋盘关凶险吧？接下来的明月峡、剑门关比棋盘关还要凶险。传说明月峡是秦惠王灭蜀时由'五丁开道'所开，三国时，诸葛亮为了讨伐曹魏，对栈道做了修整。明月峡是金牛道入川的咽喉要道，素有'川北门户''川北之钥'之称，历来是兵家必争之地，也是商旅入川之要途。剑门关有天下雄关之称，有一夫当关、万夫莫开之险。过了这两处险关，我们才能进入成都平原，也就是说才开始算是入川了。"

姚方钟感慨地说："以前听人说，进了终南山，眼泪擦不干。我以为是开玩笑，吓唬想入川之人的。今天上了棋盘关，才亲身体验到蜀道难，难于上青天了。我们既然能上棋盘关,明月峡、剑门关就不在话下。刘掌柜,您放心,我们兄弟两个一定会跟着您到雅州的。"

刘富盛赞赏地说:"入川经商是关中人发财致富的梦想,但有一句话我还是要提醒你们。川地人说,外来客商独脚伙,本地家雀帮手多。到了雅州之后,不管你们干啥,一定要与乡党们搞好关系,最好别惹当地人。"

姚清纯说:"多谢刘掌柜提醒。我们到了雅州之后,先看一看经营啥好。实在没有好营生的话,就跟着贵号伙计跑几趟打箭炉,然后再做打算。"

刘富盛说:"你是想自做掌柜,独立经营啊!"

姚清纯说:"我听说不管是河南帮还是河北帮,当相公都要三年,而且收入微薄,仅够自己糊口。我们兄弟入川,东拼西凑,才凑了一点本钱,不想把时间耗在当相公上面。您说我们独立经营也好,狂妄自大也罢,事到如今,自己做买卖可能是我们唯一的选择了。"

刘富盛磕掉烟袋锅里的烟灰,欣赏地说:"年轻人就应该有王侯将相,宁有种乎的志气。以后有啥困难,可以到恒泰盛茶号来找我。"

此后的一个多月时间里,他们披星戴月,过明月峡、越剑门关、穿翠云长廊、经梓潼大庙、翻鹿头关、白马关,经成都直奔雅州。

雅州是明初茶马司所在地,出碉门(现四川天全县)就是藏区。在姚家兄弟未到雅州之前,陕西茶商就打破了朝廷"汉不入藏,藏不入汉"的禁令,把茶马交易的地点推进到了接近藏区的打箭炉。在雅州收购"五属边茶"[①]进行加工贸易的多是河北帮,其中以泾阳商人居多。泾阳商人又以于家的恒泰盛茶号为代表。

---

① 五属边茶:明政府在雅州(今雅安)、黎州(今汉源县)设茶马司,将雅安、天全、名山、射洪、邛崃五县所产茶叶命名为五属边茶,运往藏区进行茶马交易。

姚家兄弟跟随刘富盛到了雅州之后，发现这里店铺林立，商贸繁荣，操各地口音者都有。街上熙熙攘攘，人流涌动，望子①飘扬，看货的、讨价还价的声音不绝于耳。他们一行穿过人群，走到一家五间面阔的茶号门前，只见屋檐下悬挂着一块匾额，上书恒泰盛茶号，正门两边的廊柱上悬挂着一副对联："边茶香带羌江情；藏马蹄跃高原风。"未等姚家兄弟仔细打量，店内闪出一个相公，疾步走到刘富盛面前问安，然后接过枣红马的缰绳，牵着马匹走进了茶号旁边的一条小巷。

刘富盛转过头对姚家兄弟说："这里就是于家在雅州的恒泰盛茶店总号。你们不嫌弃的话，可以到茶店去歇息一下，然后决定去留。"

姚家兄弟见刘富盛已经到了茶号，再跟着进去不合礼节，还可能让茶店相公以为刘富盛带回来了两个学徒。姚清纯站住脚步，双手抱拳对刘富盛作了一个长揖，随后说："感谢刘掌柜盛情。我们找个客栈先住下，明天再来打搅吧。"

刘富盛有许多事情需要跟大掌柜、二掌柜商量，便未再客气，就说："那也好。你们一路劳顿，先去休息。还是那句话，有啥困难尽管来找我。"

姚家兄弟找了一家客栈放下行囊，不顾旅途疲劳，迫不及待地走上雅州主城区的街道。他们留心观察这里陌生的一切，发现许多商铺都在出售康藏羊毛、皮货、麝香、鹿茸、茶叶、布匹、绸缎、瓷器，甚至还有藏金。穿城而过的青衣江上茶船遍布，商客攒动，好一个西南商贸繁荣之地。

转悠回来，兄弟两个开始商量下一步的路到底该咋走。姚清纯说："我们既然不想给别人当学徒、做相公，就只有自己先干起来。从刚才在街面上看到的打听到的行情看，凭着从家里带来的银两，估计只能先从背子这样的苦力活干起了。"

---

① 望子：旧时商号门前悬挂商号字号的旌旗。

姚方钟点头说:"哥,背子虽然辛苦,但自行采购出售获利丰厚。在来雅州的路上,我听张相公说,从雅州采购茶叶、布匹到打箭炉获利至少双倍。我们两个都年轻体壮,别人能干的,我们肯定能干,就是吃点苦也是应该的。"

姚清纯说:"从雅州到打箭炉九百里山路,翻山越岭,溜索过河,可真是富贵险中求啊。既然咱们决定从背子干起,明天就去恒泰盛茶号找刘掌柜,从他的总号批发茶叶、布匹,然后随当地的背子一起去打箭炉闯荡一番。"

姚方钟说:"就依兄长所说,明天就开始联系货源,准备闯关西。"

当姚清纯兄弟向刘富盛表明来意后,刘富盛瞪大眼睛看着眼前的两个年轻人,好像不认识似的。他说:"你们这股子关中愣娃的气魄,这真令我钦佩。茶叶和布匹可以按照你们要求的数量给予价格上优惠。不过对于你们闯关西,我还是要啰唆几句。"

姚清纯明白这是刘富盛关心他们兄弟,他感激地说:"刘掌柜有啥嘱咐尽管说,我们洗耳恭听。"

刘富盛说:"从雅州到打箭炉有一条大路和两条小路可走。大路自雅州经荥经翻越大相岭至汉源,再翻越飞越岭至泸定沈村渡过大渡河,经雅家梗至打箭炉。小路一条是自天全翻二郎山到岚安,经烹坝、冷竹关、瓦斯沟至打箭炉,另一条自天全经马鞍山过五里沟、嘉靖河坝,经烹坝渡口、冷竹关和瓦斯沟到打箭炉。我建议你们走大路。明天有七八个当地的背子要送茶叶去打箭炉,你们就跟他们一道上路,也好有个照应。"

姚方钟说:"人说在异地老乡见老乡,两眼泪汪汪。我看刘掌柜如此照顾我们兄弟,应该是老乡见老乡,热泪满眼眶才对。"

刘富盛笑着说:"小伙子,常言说出水才看两腿泥哩,但愿你们从打箭炉回来能够热泪满眼眶才好。"

第二天早上，气候凉爽，万里无云，江风阵阵，空气中弥漫着一股清新的味道。这一切，正好为远行人送行。

姚清纯背了二百斤重的茶叶，姚方钟背了二百斤重的布匹，张相公又给他们每人准备了一根丁字形拐杖（俗称"拐艳子""蹾拐子"）和一块圆形的篾条。张相公叮嘱他们说："拐尖镶铁杵的拐杖是用来撑着茶包歇气用的，圆形的篾条挂在胸前，是用来刮汗的。这一队行人当中有一对夫妻，你们会看到女背子的茶包上还要挂上几个笋壳，那是歇下背子站着小便时做水槽用的，有的女背子还会把吃奶的孩子挂在胸前。总之，一路上看到啥情况都不要大惊小怪，吃住行走随大流。"

姚清纯兄弟按照张相公的提醒，把圆形的篾条挂在胸前，手拄着拐杖刚走出恒泰盛茶号大门，就看见八个当地的背子背着茶叶，背后垒起的茶包高出人头许多，从后面根本看不见人的上身，只能看见杵在地上的两条腿。张相公把姚家兄弟领到这群人跟前，指着他俩对一位年纪稍长者说："李队长，这两位是刚从关中入川的小本经营者，他们跟随你们一起去打箭炉。这一路上道路险峻，翻山渡河，还望你多提醒和照顾。"

李队长和其他人一样，都是短衣短裤，脚蹬麻鞋，头上缠着黑色布条。他看了一眼姚家兄弟，点头说："你放心，老子不会让他们出任何意外的。"

姚方钟见李队长对张相公自称老子，心里有点不舒服，挪动身子就想上前辩驳。姚清纯见弟弟动作，知道发生了误会，他伸手拦住弟弟，靠近他小声说："川地人说老子，龟儿子，是他们的口头禅，千万别为了此事惹得双方不愉快，伤了和气。"

姚方钟扫了一眼兄长，点了点头。

一行十人排成一列，离开恒泰盛茶号，走出雅州城不远，就上了山路。

过了荥经县城休息的时候，李队长靠近姚家兄弟，用丁字拐杖撑住茶包，好奇地问："小伙子，你们真是陕西关中人？"

姚方钟回答说："听话听音，这还有假？"

李队长说："关中人在雅州开茶号，大都是坐店经营，谁还像你们亲自背茶包，跟我们一样下苦力。"

姚清纯说："听说当年闯关西的陕商和他们的伙计都是从背子这苦力活干起的，我们刚刚入川，本钱不多，没有资本坐店经营，就只能从背子起步了。"

李队长说："四川没有云南那样善走山地高原的骡马，加上茶马古道必经的险要地势不适合骡马通行，就产生了背子这个行当。在雅州当地，人力背夫又称二哥或背子，是一种最苦的谋生方式。这样的苦力活，要有人组织，有人担保，防止背夫们中途撂包，我这个队长就是保证我们这一行人把货物安全送达的。雅州的背夫们多来自汉源、天全、荥经、泸定，一般是农闲时间，靠背背子谋生，运的东西除了茶外，还有米、肉、油、糖、布匹、药材等。我们这些背子是实在没办法了才干这苦力活，难道你们这些有钱人也乐意干这苦差事？"

姚清纯苦笑着说："我们如果是有钱人，就在雅州坐店经营了，谁还会来受这苦。既然同是受苦人，咱们互相照应吧，确保把货物安全送到打箭炉。"

李队长说："我们挣的就是背东西的辛苦钱，不把货物完好无损地送到打箭炉指定的商号，就没人会给我们工钱。"

姚清纯兄弟听了这话，无言以对。

翻越大相岭时，只见山体高耸，连绵逶迤，山顶云雾缥缈，似纱似雾，山上树木茂盛，间或能看到各种鸟儿飞过，留下不同的鸟鸣声。山道像一条趴在山体上的长蛇，一路蜿蜒向上，望不到尽头。道上遍布着几乎大小相同但深浅不一的坑窝（俗称拐子窝）。空手走在这样的山道上尚且费劲，何况是身背重物，每移动一步就像在登天梯。爬到半山腰，李队长带头用手中的丁字拐支撑在背架之下，让拐子的末端杵在石头上，停下来休息。

见大家气喘吁吁、汗流浃背地赶过来，李队长对姚家兄弟说："姚掌柜，看见道上的拐子窝了吗？它就是历代背子留在这条茶马古道上的烙印，也是血泪的见证。这些拐子窝是一代又一代背子一次又一次偶然的重复，在石头上留下的印记。每次看到它们，都能让我感到生活的艰辛和不易啊。"

姚清纯感慨地说："就是因为生活不易，我们才想改变生活，干这等苦差事啊。不要说我们几个大老爷们，你看那个女背子，比我们更艰辛。"

女背子用篾条刮了一下脸上淌下来的汗水，大咧咧地说："论起吃苦，老子不比你们爷们差。爷们能干的事，老子照样能干。"

李队长笑着说："你这个女背子不简单，不说你是巾帼英雄，最起码是女中豪杰。趁着歇息，你把那段青杠拐子歌谣给大伙唱一下，也好解解乏。"

女背子问道："为啥让老子唱？是不是欺负老子是女人？"

李队长笑着解释道："女人唱歌好听嘛，谁愿意听一个爷们嚷嚷，大家说对吧？"

女背子看了看自家男人，见自家男人对着自己笑着点头，就说："唱就唱，老子还怕你们听不成。"

于是，山道上响起了一阵凄婉的歌声。姚清纯兄弟第一次听到这样的唱词：青杠拐子龙抬头，阿哥你打拐别打斜石头，三拐两拐打不住，挣些毛病在心头。青杠拐子铁尖尖，阿哥背茶脚板翻，弯弯曲曲羊肠道，才刚下坡又上山。青杠拐子二尺高，相约阿妹去背茶包，不是爹娘管得紧，妹要跟哥去背茶包。

女背子唱完歌谣，却无人鼓掌，众人心里都沉甸甸的，好像堵了一块石头。

只有姚方钟饶有兴趣地悄悄对兄长说:"背夫千千万,皆为穷苦人。拐子跺山惊天地,山歌一吼泣鬼神。草鞋踏破云深处,千夫已过大相山。"

姚清纯瞪了一眼弟弟,悄声说:"你还有这等闲情雅致,不知道前面还有啥险山恶水等着咱们哩。"

姚方钟吐了吐舌头,没再吭声。

真正让姚家兄弟感到万分惊险的是过大渡河。他们一行到达泸定沈村之后,紧接着就是过大渡河。大渡河是川藏茶马古道的天堑,过往商货只能靠藤索"援索悬渡"。对于自小生长在关中平原的姚家兄弟来说,生平第一次知道还有这种方法过河的。

一行人来到河前,只见横亘在面前的大渡河宽三十余丈,水深不见底,水面上形成了俗称竹筒水的无数旋涡,即便是水性再好的人也无法泅渡。

李队长见姚家兄弟望着河水发呆,他说:"大渡河水流湍急,无法架桥,船横渡时,要先拉牵到上游二里许,放船后,由有经验的艄公掌舵,十余名船工篙橹齐施,与水流速度形成合力,使船体沿一条斜线冲到对岸。对岸渡口有石阶,如对不正,碰到两侧石壁上,就会船毁人亡,因此摆渡货物价钱极高。为了保险,也为了省钱,我们还是采用溜索这种古老的交通方式渡河吧。"

姚清纯不知道溜索是何种工具,但见李队长早有主意,他说:"我们没有经验,全凭李队长做主。"

李队长把大家带到河边一处地方,他们看到有两条绳索,分别系于河流两岸的树木上,一头高,一头低,形成了高低倾斜之势。李队长说:"这就是背子们经常渡河的溜索。你们不要小瞧了溜索,它不仅可以溜渡人,还可以溜渡货物、牲畜等。"

他见姚家兄弟面有难色,知道他们对用溜索过河心存胆怯或者不相信,便笑着对女背子说:"女汉子,你第一个过河如何?"

女背子不屑地说:"老子又不是第一次过大渡河。"

只见她麻利地从背后的茶包里取出一个竹篾编织的环形物,然后紧了紧背后的茶包,大步走到溜索跟前。她把环形物搭在溜索上,双手紧握,两腿用力向溜索下面的石头上一蹬,随后连同茶包就像挂在溜索上一样,迅速向对岸滑去。转眼间,已到了对岸,她取下环形物,大声呼喊:"老子过来了,你们快点,别让老子等急了。"

李队长安排几个背子过河后,对姚家兄弟说:"用溜索过河,在南方习以为常,你们是北方人,可能还不习惯。不过不要紧,如果害怕的话,过河时,眼睛别看河道,只看溜索。只要心无杂念,转眼间就过河了。刚才那个女背子都敢过河,我相信你们也不会输给她的。"

姚家兄弟明白这是李队长在激将,但事到如今,他们只能照葫芦画瓢,按照前面背子的办法过河了。姚清纯过河时,眼睛确实没敢往下看,只觉得耳旁呼啦啦一阵风声响起,一瞬间就到了对岸。姚方钟过河时,忍不住眼睛瞥了一眼河道,马上感到头晕目眩,赶紧闭上了眼睛。

众人过了大渡河,又走了几天,终于抵达打箭炉。李队长说:"我们这批货物是送给恒泰盛茶号打箭炉分号的,你们的货物可以自作主张。咱们就此别过吧。"

姚清纯就像要离开娘的孩子一样,心里空落落的,不知道该咋办。姚方钟见兄长没言语,他说:"李队长,我们随你们一起去恒泰盛茶号,等弄清这里的情况后我们再做决定。"

李队长说:"在打箭炉经营茶叶生意的,除了恒泰盛茶号是泾阳客商,其他的大都是河南帮客商。你们要想图省事,可以在购货价格上翻一倍卖给他们。"

姚清纯听他这么一说,证实此前张相公所言获利双倍属实。于是说:

"我们到打箭炉来，不是想图省事，而是想摸清楚这里的行情，然后决定该咋干。"

李队长便带着一行人穿过城门，直往恒泰盛茶号而去。到了茶号，姚清纯见这里掌柜的面相和刘富盛颇为相似，就上前套近乎。

掌柜笑着说："我是雅州总号三掌柜刘富盛的弟弟，叫刘富强，现任打箭炉分号掌柜。你们未到之前，我哥已经托人带来口信，说是有两个社树村的乡党跟着背子们一起来打箭炉，没想到就是你们。别站在这里说话了，赶紧进店吧。"

姚清纯兄弟在如此遥远的地方，听到熟悉的家乡口音，心中一阵激动，就连说话的声音也发了颤。他们按照刘富强的安排，跟着一个相公把货物放在仓库里，又在这个相公的指引下去洗漱。

等洗去一路风尘之后，刘富强热情招待了他们。在饭桌上，刘富强说："陕商的伙计有几十年都没人干背子这种苦力活了，没料到你们兄弟倒干起了这种苦营生，真是受罪了。说吧，到了打箭炉想干啥？"

姚清纯感激地说："说句老实话，我们兄弟半个多月了，到今天才算吃了一顿热乎的饭菜，说感谢吧有点生分，但刘掌柜的情谊我们不会忘记。我们之所以到打箭炉来闯关西，确实是想了解关西的行情，看看能否做点生意。还有一点最主要的，也不怕你笑话，就是我们本钱不多。"

刘富强打量了一番姚家兄弟，明白他们既想发财，又苦无本钱。他说："在打箭炉做生意以茶叶为大宗物品，营销方式有三种，一是由总店派伙计押送茶叶到藏区的分庄，分销给当地藏民，运回藏区的药材、麝香、毛皮等作为回程货，这是河北帮惯常采用的方式。二是由总店将茶叶批发给打箭炉的其他陕帮茶商，由他们再押送到自己设在藏区的分号销售，河南帮最大的恒盛和茶庄就是由打箭炉买茶叶、布匹、绸缎等运往木里销售，再由木里收购金子、麝香等运回来推销。三是由打箭炉总店通过居间锅庄把茶叶批发给到打箭炉购茶的藏商，由他们驮茶返回藏区售卖。从目前情况看，这三种方式好像都不适合你们。"

一席话不啻雪水灌顶，但已经走到打箭炉了，活人咋能叫尿憋死。姚清纯说："刘掌柜所说的三种方式，是对有实力和分店的商家而言的，我们现在充其量是白手起家，不敢妄想。眼下的状况，逼迫我们只能从背子做起，等有了本钱开店，才敢选择三种方式中的一种。"

刘富强看到姚家兄弟勇于知难而进，笑着说："从你们身上，我看到了当年陕西炉客闯关西的愣劲和豪气。这样吧，明天我安排一个伙计带你们出关入藏区，帮着你们把带来的茶叶和布匹销完。回程的话，可以带上藏区的麝香、皮毛或者药材到雅州销售。只要能吃苦，不怕挣不来银钱。"

回到刘富强给他们安排的客栈，姚家兄弟在感慨了一番之后，突然觉得背部出奇地发痒。姚清纯让姚方钟脱掉上衣，发现弟弟的背部几乎全磨烂了，他见房间的方桌上放着一把茶壶，便把茶叶倒出来，用嘴嚼碎，敷在弟弟背上的磨烂处，姚方钟痛得一阵抽搐，嘴里不由得呻吟起来。过了一会儿，姚方钟说："刚开始有点痛，现在好多了。"

姚清纯说："茶叶本来就是一味中药，有止痛止血的功效。你把衣服披上，给我背上也敷一些。"

姚方钟并不清楚自己背上的伤情，看见兄长背部几乎全无好处，不由得唏嘘不已。他按照兄长刚才的方法，给姚清纯的背部敷上了一些茶叶。

等到夜半入睡时，他们才发现，根本没办法躺着睡觉，只能趴在床上了。经过半个月的艰苦跋涉，翻山过河，极度疲劳的兄弟俩尽管是趴在床上，也很快进入了梦乡。

第二天到了关外进入藏区，姚家兄弟根本听不懂藏语，一切全凭刘富强派来的伙计张罗。几天之后，他们以进货价五倍的售价卖完了全部货物，又在带路伙计的指导下采购了麝香、药材和少许皮毛，返回了打箭炉。

刘富强见姚家兄弟旗开得胜，同样很欣喜。他说："只要能吃这份苦，受得了这份罪，用不了几年，就可以积累下本钱，购买店面，当一个坐店经营的掌柜，再也不用关内关外两头跑了。"

姚家兄弟对刘富强的感激之情无法言表，对着他连连作揖以表感谢。

就这样，姚家兄弟虽然从小本经营起步，但因经常关内关外跑，不辞劳苦，接触面广，消息灵通，行情清楚，进货对路，五年之后，逐渐积攒了十五万两白银。

小有成就的姚清纯对弟弟说："离家入川时，父亲曾经说，无财作力，少有斗智，既饶争时，此其大经也。我们无财作力的时代即将结束，下来准备咋干？"

姚方钟知道兄长有了想法，他故意说："我看这几年的经营方式不错，虽说经常风餐露宿，但获利颇丰，我们还是干熟不干生吧。"

姚清纯说："你见过几个游村转巷的货郎发财致富的？要想发财，必须和恒泰盛茶号一样，驻中间，拴两头。"

姚方钟笑着说："兄弟跟你开玩笑的，千万别当真。只有开了总店，开设分号，请人当账房，派人进货，咱们居中调度，才能把生意做大。哥，你说咋办吧！"

姚清纯说："雅州是五属边茶产地，我们不能离开产地说生意。依我之见，咱们在雅州盘下一家门面，在打箭炉开设一个分号，只有这样才能把生意做活、做大。"

姚方钟说："我完全赞同兄长的想法。俗话说不谋全局者，不足以谋一域；不谋万事者，不足以谋一时。只要有了干大事的想法，何愁事情干不成。兄长坐镇雅州，我去打箭炉。我想用不了几年，一定会让别人对我们兄弟刮目相看的。"

不久，姚清纯在雅州中街盘下了一座三间面阔的店面，起名恒裕堂，从此正式踏入了川藏贸易的行列。

有诗赞曰：翻山越岭入川藏，掮客虽苦自当强。

要说陕商渭北帮，姚家兄弟好儿郎。

第三章

恒裕堂开张兴旺　泾阳帮雅州名扬

恒裕堂开张时,恒泰盛总号掌柜、东家于福元和已经晋升为二掌柜的刘富盛亲临现场祝贺,其他河北帮陕商并没有因为新出现了一个竞争对手心存妒忌,又见于福元送上了贺礼,纷纷前往捧场。河南帮陕商听说此事后,也委托恒盛和茶庄二掌柜送来了贺礼。

热闹过后,姚方钟带着几个伙计动身去了打箭炉,姚清纯见留下的几个伙计不足以应付日常局面,随后招聘了几个伙计,张罗着下一步的事情。尽管台子搭起来了,接下来的戏该咋唱,他心里还是有些底气不足。这么多年他们兄弟两个单枪匹马闯关西,虽说挣了不少钱,但毕竟是小打小闹,做的都是转手生意,从来没有涉足过茶叶采购的源头。在管理方面,七八个人也好办,两个人紧盯着伙计干活,一般都不会出差错。现在,要把生意做大，开设分号，就必须改变原来的经营管理方式，进行一番鸟枪换炮式的改变，否则根本无法实现他们的设想。思前想后，姚清纯觉得，在确定了驻中间、拴两头的经营模式之后，最要紧之事莫过于把恒裕堂的管理制度确定下来。

苦思冥想了几天，姚清纯依然没有理出一个清晰的思路，但在关乎恒裕堂未来发展大计方面，他不敢率性而为，轻易决断，毕竟这是从小本经营到大资本运作转折的关键。他把商圣范蠡的《经商十八法》翻阅了若干次，也没有找到适合眼下情况的。思来想去，他最后下决心向对自己一直照顾有加的刘富盛请教。

这天晚饭后，姚清纯提着几样礼品，来到了雅州三元街。这条街道靠近青衣江，虽说在川地，但建筑风格大部分是关中四合院样式，弥漫着浓厚的关中民俗风味。走在三元街，看着熟悉的关中式建筑，姚清纯不由得思念起了社树村家中的父母和妻儿，想起妻子当年凄婉的唱词，更记得姚李氏含着泪说的话：我知道你想改变姚家的现状，让老人和儿女们活得滋润一点，但你受的罪有谁知道，我担惊受怕又向谁去诉说呀！

真是往事如烟，岁月如流。姚清纯这些年在外飘荡，每天累得骨头都像散了架似的，只要沾上床铺就能立马酣睡，平时想的都是如何把生意做好、做大，几乎很少有空去惦念家中的亲人。现在，眼前的关中建筑，勾起了他沉寂已久的乡愁，他对着黄昏的天空长吼了一声，随即吟道："青山年年有，明月照九州，少年人儿江湖上游。游来游去不回头。好忧愁，好忧愁。愁的是父母在，不远游。唉，光阴迅速流。"

等心绪平静下来，他发现自己已经走到了刘富盛的家门口。上前敲门，时间不长，一个小伙计把门打开，见姚清纯身穿湖蓝色棉布长袍，头戴瓜皮帽，手提礼品盒站在门外，小伙计赶紧说："您是恒裕堂姚东家吧，快请进。"一边说着，一边接过礼品盒，带姚清纯穿过第一进院落，直奔第二进院落的正屋。

此刻，刘富盛刚吃过晚饭，正坐在正屋客厅八仙桌旁的太师椅上喝茶，听见门外有敲门声，知道有人上门了。但他没料到，去开门的小伙计带进来的却是刚开张不久的恒裕堂的东家姚清纯。

刘富盛站起身笑着说："稀客啊！今天啥风把你这个财东吹到我这寒舍来了。"

姚清纯明白这是刘富盛调侃自己，也是在善意提醒没事要经常走动，别等有事了才登门造访，弄得就像到寺庙烧香似的，没事的时候谁也不想去，有事的时候临时抱佛脚。他歉疚地说："雅州号称雨城，经常有风，但今天奇怪了，既没雨，更没风，我自己走到贵府来了。以前因生计所迫，整天忙碌，多有怠慢，还望刘掌柜海涵。说实话，兄弟还真是无事不登三宝殿啊，遇到难题了，需要向您请教啊！"

刘富盛笑着说："开个玩笑嘛，还逗得你把您这样的尊称都用上了，这不是在打我的脸吗？先坐下，喝口茶，有事慢慢说，老哥保证知无不言，言无不尽。"

姚清纯见八仙桌上方悬挂着一幅商圣范蠡的工笔画像，两边贴着一副对联："富贵须自守虽高不危虽满不溢；德才无他长有功勿伐有能勿矜。"他不好意思细瞧，但能感到刘富盛对范蠡极是尊崇。坐下后，他端起景德镇出产的细瓷茶杯喝了一口茶水，微笑着说："老哥知道我想问啥吗？"

刘富盛说："既然是无事不登三宝殿，肯定就是大事、要事。你的恒裕堂刚开张，能有啥大事、要事？无非是想从我这里套出一些茶号经营管理的具体办法来。乡党，我没说错吧？"

姚清纯见刘富盛一下就猜透了自己的心思，他红着脸说："还真让你说对了。以前我们兄弟是小打小闹，伙计少，好经管。现在恒裕堂开张，伙计肯定得增加，管理环节也要增多。坐店经营对我们来说是大姑娘坐轿头一回，许多事情没有经历过，凭空又想不出好办法。就登门求取真经来了。"

刘富盛听完姚清纯的话，表情严肃地说："陕商在本朝初年走上商业舞台之后，经过几十年摸索，总结出了驻中间、拴两头的经营模式。这种模式又经过几代人的完善，现在已被大多商家采用，但具体细节还要根据财东的要求进行细化。因此，每家商号虽说在经营模式上大同小异，但在具体办法上却不尽相同。这么说吧，驻中间、拴两头这种模式产生了东西制这种具体的经营机制，而东西制又产生了两种不同的形式，一种是领东掌柜制，一种是水牌掌柜制。不知道你想采用哪一种？"

姚清纯心里咯噔了一下。他原以为刘富盛会简单介绍一些商号的具体管理办法，没料到刘富盛却说出了这些新名词。对东西制、领东掌柜制、水牌掌柜制闻所未闻的他显得甚是迷茫。

刘富盛见姚清纯沉默着不吭声，就说："想干大事，就要有大气度、大格局，不要以为自己出资就只能自己赚钱，一定要有利益分享的度量。格局不大，事情永远做不大。"

姚清纯知道这是刘富盛在敲打自己，他赶紧解释说："老哥误会兄弟了。说实话，我是第一次听你说这些新名词，既感到新奇，又不知道具体所指，一下子有些犯迷糊。"

刘富盛说："东西制就是从小本经营、个体单干到抱团发展、集团化经营的大胆创新，也是一种质的飞跃。在这种机制下，投资人为东方，即财东；领资经营者为西方，即掌柜。为了满足经营资金的需要，经常会吸纳一些股东，但股东一般只根据资本分享利润而不直接经营，掌柜可以根据市场供求变化独立组织营销，也就是资本所有权和经营管理权实现分离。你现在是自资自营，还没有到实行东西制经营机制的时候，因此感到新奇。但从你们兄弟的闯劲来看，想把生意做大，东西制乃是大势所趋。"

姚清纯像个学生似的等候刘富盛继续往下说，没料到刘富盛却打住了话题，端起了茶杯。他知道，这是刘富盛在试探自己是否有他刚才说的大气度、大格局。对于已经踏入商海这些年的他们兄弟来说，做梦都想尽快发财致富，每天都想多赚银钱，这是人性使然，并非只有他们兄弟才有。一下子要把经营权委托掌柜独自去经营，如果掌柜心怀鬼胎，自己的投资安全如何保证？

当他向刘富盛说出自己的疑虑时，刘富盛哈哈一笑说："后生可畏啊！一般人听完我刚才的话，格局小的人，宁愿自资自营，也不敢涉足领东掌柜制，看来你的心思比较缜密，想得够远。其实，为了解决领东掌柜制这种形式下财东投资不管经营、掌柜经营不负盈亏这个难题，从物质利益上调动掌柜和伙计们的积极性，大多数商号采取了记名开股的办法，就是对那些在商号经营做出贡献的掌柜以他们的人力作为投资，在商号占有一定的股份，享受与股东同样的权利，我们把这种方式叫订生意。被记名开股的掌柜以人力转为股份，对商号经营风险负有连带责任，这时的掌柜叫领东掌柜或者叫带肚子掌柜。采用这种机制，能够使掌柜和股东利益一致，也能刺激他们为商号卖命。掌柜记名开股后，商号红利分为人银两部分，银为东方，人为西方，并协商分成比例，一般是银六人四。目前，恒泰盛茶号采取的就是这种经营机制。"

姚清纯听完这段话，心里的疑惑顿消。他笑着说："关中人都知道锅盔比烧饼大，把烧饼分一半给你和把锅盔分一半给你，绝对是两个不同的等级。我不是怕掌柜分红利，而是担心辛苦挣来的本钱无法控制。听了老哥一番叙说，我真是醍醐灌顶，茅塞顿开，心里一下子亮堂了。话说回来，只要领东掌柜能挣大钱，咱也不怕人家多拿，毕竟他拿的永远没有咱拿得多嘛。"

刘富盛看着姚清纯说："开窍了就好。"

姚清纯赶忙起身给刘富盛的杯中续了茶水，接着说："烦请老哥把水牌掌柜制再解释一下。"

刘富盛不紧不慢地喝了口茶说："水牌掌柜制这种体制有弊端，你听完后要仔细斟酌使用。在这种体制下，掌柜对商号没有开股投资关系，只负责经营责任。说白了，就是掌柜是商号的雇佣人员，只负责财东每年下达给他的经营目标。商号可以自由选择掌柜，掌柜也可以任意选择商号。同时还规定了人不占银，银不占人，就是掌柜有钱不能向本商号投资或者占银股红利，只有少数经营有方、获利较厚的掌柜才被允许记名开股，因此掌柜更迭频繁，人才难求。"

姚清纯暗自琢磨，觉得其中确实有些不妥。在理清管理思路之后，他问到了在雅州的茶叶经营问题，不想却像挨了一记闷棍。

刘富盛没料到眼前这个在雅州、打箭炉闯荡了五六年，本钱并不雄厚的年轻人竟然有经营边茶贸易的想法。为了不让姚清纯吃亏，少走弯路，他善意地提醒说："乡党啊，边茶贸易确实能赚大钱，但首先得有大本钱。除了本钱，第一要能够在茶马司取得足够的茶引①。第二要有场地和熟练的茶工加工茶叶。恒泰盛虽然位居雅州第一大茶商，茶号的熟练茶工却是高价从泾阳请来的。他们的茶叶紧压技术秘不外传，而且雅州的熟练茶工并不多，你想在雅州招茶工那是不可能的。要不是泾阳茶工有独门手艺，河南帮尤其是牛东帮早就染指茶叶采购、加工了，哪里能等到你现在来参与从源头上进行茶叶贸易。"

姚清纯明白刘富盛所言句句属实，但对他竭力想从源头上参与茶叶经

---

①茶引："引"是商人向官府纳税后获得的从事茶叶贸易的凭证，是官府通过发放以引据形式制作、买卖、运输茶叶的配额凭证，配发给茶商按指定地点、规定数量收购和销售，从事茶叶贸易。北宋末年，引又分陕引和甘引，陕引以太原、西安为主要市场，甘引以兰州为主要市场。"引茶制"延续到1873年，由时任陕甘总督左宗棠改为"票茶制"，实行以票代引，并延续到了新中国成立。

营的雄心来说，打击还是不小。稍许沉默之后，他不甘心地说："我眼下在本钱、场地和茶工方面尚不具备从源头上参与茶叶贸易的条件，那就暂且搁置，等条件具备后再说。斗胆问一句，如果我真的参与边茶贸易，老哥怕不怕我跟恒泰盛竞争？"

听到如此一问，刘富盛哈哈大笑，底气充沛，余音不绝。他突然之间的大笑，弄得姚清纯云里雾里的不知道所以然，顿时有些发蒙。

刘富盛笑完之后说："唐代朝廷对茶叶经营实行榷制，就是朝廷专营。两宋对茶叶实行引制，就是现在沿用的茶引制。到了本朝，太祖皇帝制定了《茶马法》，在雅州设立茶马司，专事茶马交易。要想从事茶叶贸易，必须先到茶马司预交银两取得茶引，然后才能按照茶引进行经营。我笑的原因，不是笑你想参与茶叶经营，而是笑你小瞧了恒泰盛和我。本朝初期，雅州每年出产茶叶二百四十万斤，由于实施《茶马法》，茶农和茶叶经营者都获利，刺激了茶叶生产。现在，雅州的五属边茶每年产量近四百万斤，依然是产销两旺。按照每引一百斤计算，四百万斤就是四万引，每引上关税十两，就是四十万两，加上采购、运输、赊账、人工、场地、门面等费用，没有一千万两白银肯定会影响销售。于家虽然积累了巨额财富，但想独家全吃，肯定力不从心。你想参与茶叶经营，其实也是在减轻恒泰盛的压力，何乐而不为哩。"

姚清纯明白了刘富盛并没有嘲弄自己，心里不由涌动着一股暖流。他思忖以刘富盛对茶叶贸易的精通，不参与其中简直是屈才。

姚清纯问："老哥难道不想独自参与茶叶经营吗？"

刘富盛说："本来没有这种想法，看着你们兄弟胆大敢闯，也激发了我的雄心。只是于家对我兄弟不薄，这座三进四合院就是财东于福元对我多年辛苦付出的回馈，让我辞职另起炉灶，还真有点话难出口呀！"

姚清纯见刘富盛也有了参与茶叶经营的心思，就说："于家虽说财力雄厚，但要独家垄断茶叶贸易有难度。老哥如果有想法，不妨和于财东谈一下，把话说开，共同经营。"

刘富盛本来不想深说了，但已然透露了心思，便随口说："现在茶叶收购、加工旺季已过，我找机会和于东家谈一次。他同意，我单干。他不同意，我仍然给他打工。"

姚清纯好奇地问："如果于东家同意老哥单干，您准备给茶号起个啥字号？"

刘富盛沉思了一会儿说："就叫义兴茶号吧。一来不忘于家的大义、仁义，二来也希望茶号生意兴隆、兴旺。"

姚清纯击掌说："义兴茶号，这个名字好！"

刘富盛笑着问："兄弟今后如何打算？"

姚清纯回应道："眼下只能先干老本行，尽可能把布匹、药材、糖、盐、皮毛等生意做大，另外就是回泾阳寻找股东，筹集本钱。"

说到了回泾阳，刘富盛叹息着说："我上次回泾阳已经是三年前的事了。一日离家一日深，好似狐狸入山林。虽然此处风景好，还有思家一片心。"

见刘富盛说到了思念家乡，姚清纯不禁心中顿感愧疚。此时夜色已深，万籁俱寂，他不好意思再打搅刘富盛，就起身告辞了。

目送姚清纯走出正屋，刘富盛叹息了一声说："生于忧患，死于安乐。此言不虚。如果再不另起炉灶，就让姚家兄弟捷足先登了。"

刘富盛拿定主意要自立门户后，没料到东家于福元主动和他说起了让他单干的事，而且极具煽动性。

这天后半晌，恒泰盛东家于福元处理完总号各种业务后，就转悠到二掌柜刘富盛的房间，打算和他聊天解闷。

刘富盛听到房门前一阵脚步声，抬头一望，于福元正好抬步跨过了门槛。他起身让座、沏茶，然后问："东家有啥事情要交代吗？"

于福元打量着刘富盛干净整洁的房间，惬意地说："今年茶叶加工已经完成，茶叶产量比往年增加了二成，将来肯定红利丰厚啊。"

刘富盛见东家没有回答自己，只好说："恭喜东家财源茂盛，生意兴隆。"

于福元点了点头，盯着刘富盛问："刘掌柜，你说独乐乐好，还是众乐乐好？"

刘富盛看出东家的目光有些怪异，一时弄不清他问话的真实意图，就回应道："独乐乐是一种情趣、雅兴，众乐乐是一种情怀、度量。至于说哪种好，我认为没有标准，主要看个人爱好。"

于福元笑着说："一句玩笑话，就把你弄紧张了，这跟见过世面、经过风浪的刘掌柜不匹配嘛，抱歉啦。于家先祖当年当炉客，创下了恒泰盛这份家业，让后辈们继续在商海闯荡。但是，近几年来，于家应对雅州茶马司的官茶贸易早就身心俱疲了，其中也包括你。我刚才问话的意思，就是想打探一下你有没有做茶叶贸易的想法。如果有，就是众乐乐。如果没有，我就只好独乐乐了。当然，我希望众乐乐最好，也就是你说的要有一种情怀、度量。"

刘富盛明白了东家话里的意思，他仍然疑惑地问："东家这是想为辞退我找借口吧？"

于福元诚恳地说："你把我的好意弄误会了。这些年，你为了恒泰盛殚精竭虑，昼夜辛劳，我是看在眼里，记在心里。如今茶叶生意越做越大了，于家难以独占。说句私心话，我也不想让河南帮染指，这才想到让你另起炉灶。虽说咱们之间早就实行了银六人四的管理机制，但说实在的，还是我吃肉，你啃骨头。这肉吃多了，未必是好事，也该让你尝尝吃肉的滋味了。否则，再过几年，就是有了肉，牙口也不行了，肠胃更无法接受。"

刘富盛见东家诚心鼓励自己另起炉灶，感激地说："谁都想吃肉，关键是要有一副好牙口，一副好肠胃。说实话，姚家兄弟六年前随我入川，当时我就想把他们留在总号当相公，谁知人家不愿意，决定自己单干，对此，我当时并不看好。不料短短几年，姚家兄弟竟然弄出了一家恒裕堂字号出来，真的让我感到汗颜。如今东家让我单干，别的我都不怕，就担心自己年龄偏大，受不了那份罪了。"

于福元说："在商业行当有句话叫有力吃力，无力吃智。刘掌柜浸淫商海多年，是闻名陕商的老江湖，凭着你过人的智慧，还害怕经营不好一个茶号？"

见东家当面夸赞自己，刘富盛不好意思地说："东家和我年岁相仿，却对我另立字号寄予厚望，让我确实感动。我就是新开了茶号，也愿意尊东家为通行领袖（行业老大），共同应对市场变化，一起发财致富，绝对不私自哄抬物价，坏了陕商诚信经营的名声。"

于福元说："商圣陶朱公曾说：'能用众力，则无敌于天下矣；能用众智，则无畏于圣人矣。与天下同利者，天下持之；擅天下之利者，天下谋之。'希望我们携手共进，共同发财。对了，你准备给茶号起个啥名字？"

刘富商沉吟片刻说："如果开张的话，我想起名叫义兴茶号。"

于福元喝了口茶水，沉思了一会儿，点头说："这个名字吉祥、吉利。"

刘富盛说："仅靠字号名字吉祥、吉利，未必能把生意做大。陕商要想常胜不败，就要总结生存法则。我的感悟是：生财有大道，则拳拳服膺，仁也是，义也是；君子无所争，故源源而来，孰与之，天与之。弩而不贪，见好就收，让利双赢，讲求人与自然、人与人的和谐相处。"

于福元竖起大拇指，衷心说道："今天与你一席话，让我长见识了，说刮目相看也不为过。你明天就不用到总号来了，去准备义兴茶号开张的事情吧，届时我送你一份大礼。"

姚清纯回到恒裕堂，把刘富盛说的经营机制仔细琢磨了几天。他觉得以恒裕堂现在的实力，要想与根深叶茂的恒泰盛和准备开张的义兴茶号竞争非得出奇招不可。在斟酌比较了领东掌柜制和水牌掌柜制的优缺点之后，他准备对领东掌柜制进行变革，以便迅速积累资本。等谋划逐渐成熟后，他决定和弟弟商量一下，达成共识。

姚方钟接到兄长让他赶回雅州的口信时，刚把在打箭炉租赁的门面房收拾完毕。听送口信的伙计说，要火速赶回雅州。他问不出原因，只好安排好店铺的事情，不敢耽搁就上了路。在路上，他还在猜想，才到打箭炉几天，难道雅州总号就出了大事，否则，兄长也不会这么火烧眉毛地催自己了。猜不透到底出了啥事，让他一路上忐忑不安。回到雅州，进了商号，姚方钟见大哥面色如常，像没事一样，一直悬着的心才落回了肚子里。

姚清纯安排弟弟简单吃过饭，就把他叫到了自己的卧室。刚进卧室门，姚方钟就急不可耐地问："哥，这么着急把我叫回来，真的有急事？"

姚清纯先给弟弟沏了一杯茶递给他，这才说："肯定有急事，否则，不会让你刚到打箭炉又赶回雅州。"

姚清纯把自己拜访刘富盛时听到的所有事情给弟弟叙说了一遍，随后说："我原以为把总号开设在雅州，就可以参与茶叶源头上的经营了，跟刘掌柜谈过之后，才清楚我们现在的实力差得很远。不要说领取一万份茶引，就是五千份茶引，我们也没有那么多本钱，当务之急是如何迅速扩张实力，而不是直接参与茶叶从源头开始的贸易。对于东西制中的领东掌柜制，我思虑了好久，也想出了变革的办法。这些大事，必须跟你商议，你说这是不是急事、大事？"

姚方钟虽是第一次听到东西制、领东掌柜制、水牌掌柜制、记名开股制等新鲜名词，但他并不想仔细了解，有了兄长的细心研究，他完全可以相信。于是，他直奔主题说："哥，你就说该咋办吧。"

姚清纯说："采取东西制这种经营管理方式适合咱们的现状，我比较了一下领东掌柜制和水牌掌柜制的优劣，觉得可以对领东掌柜制进行适合咱们自己的变革。我是这样想的：领东掌柜制之中有记名开股这种激励方式，掌柜以人力作为股份，重在分红，这是这种方式的长处。我想在记名开股的基础上，允许有实力的掌柜出资入股，或者用他们的薪俸作为资本入股。掌柜本来有人力股，加上资本股，红利肯定比只有人力股多，这样就更能吸引人，也能激发他们为商号效命的积极性，更重要的是能快速增加商号的资本积累。"

姚方钟听了兄长的话，觉得他确实动了脑筋。人力股和资本股相结合，的确比只有人力股发挥的激励作用更充分。但如何分红利，几年分一次红利，兄长还没说。他问："哥，我同意你允许掌柜资本入股的办法，但对如何分红也必须给资本入股的掌柜们交代清楚。"

姚清纯说："在陕商中间基本上都建立了一般不轻易示人的万金账，就是投资人按股份大小入股，并将享有的各种权利以契约的形式予以确认。万金账这个名字有商祖范蠡'富至巨万'之意，载明了投资人的股份和分红与认债的权利和义务，一般为纸心布皮，装潢精美，长期放在柜里，不用不出。分红也叫破账，就是按照议定比例分割盈利，陕商约定成俗的办法是三年分一次账，就是三年分红一次。计算办法是将应分红利总额列为被除数，以股东的成数之和除之，再以除得的商与每位股东的成数相乘，就是每个股东应分的红利。如果生意赔了，无利润可言，所有股东等于白干，另外还需将预领的银钱如数退还。我们现在急需资本，因此我想三年破一次账，免得入股掌柜有看法。"

姚方钟笑着说："办法不错，考虑得很缜密，就是计算办法有些繁杂，这事我弄不了，还是你来弄。哥，还有一些事情你也应该考虑一下。"

姚清纯愣了一下，随即说："我知道你想说啥。既然咱们挂起了恒裕堂的招牌，就要像恒泰盛一样做百年商号，此事的关键在于商业人才的培养和任用。我是这样想的：由总号初收学徒，就是俗称的小伙计，让他们练习商务，兼供奔走之役。若掌柜考察其商情已熟悉，性格稳重、办事谨慎，则可升为帮柜，可以上柜台，帮着料理门市。帮柜考绩较优者，升为二柜，可以经理账目。二柜在伙计中地位较高，事务较闲，但承担的责任较重。二柜能积攒银钱数千两并存在商号内的，升为掌柜，可以独当一面，主持分号日常经营。掌柜、二柜、帮柜、伙计皆无薪俸，只有零用钱和置办衣服的费用，每年大约数两至数十两，其报酬主要在分红。这样就能把所有人的利益捆绑在一起，形成利益共同体。能用众力，则无敌于天下；能用众智，则无畏于圣人。"

姚方钟听完兄长一番叙说，钦佩地说："还是当哥的思谋得周全，就按你说的办。"

见弟弟完全同意自己的想法，姚清纯欣慰地说："到底是自家兄弟，血脉相通，凡事都能想在一起。眼下还有一件大事，需要你带一万两白银回老家泾阳一趟。"

姚方钟有点吃惊地看着兄长说："眼下咱们最缺的就是本钱，为啥还要带一万两白银回家？我知道咱们入川经商六年多未回家，也没给家里捎钱，但在这急需银钱的节骨眼上，咱们不能因小失大、自毁长城啊！"

姚清纯见弟弟不明白自己的意思，只好说："多年经商未回家，这是咱们在孝敬父母和赡养家人方面的失职，也可以说是一种罪过。我知道现在急需银钱，但依然决定让你带钱回家，有两个方面的想法：一是孝敬父母，善待家人，最好能给姚家的孩子们请个先生，在家里开设私塾，教他们读书识字。二是想让你请的茶工、掌柜，甚至伙计们看看，入川经商确实能发财，吸引他们到恒裕堂来效力。如果你不带银钱回家，既对不起父母和家人，也无法说动其他人随你入川。"

姚方钟恍然大悟，不住点头说："哥啊，你真是用心良苦啊！好，就按你说的办。我准备一下，买点当地特产，然后就动身。不过，我这一回去，往返就是小半年，你可要受苦了。"

姚清纯说："你还是想想如何把银两安全送回家吧，这里的事我扛着，不用你操心。"

姚方钟心里顿时沉甸甸的。从雅州到泾阳六千多里路，而且大多是山路，一路的凶险他是经过的。带着一万两白银回泾阳，确实不是一件容易的事。

就在姚家兄弟为如何把银两安全送回泾阳的事瞀乱①之际，刘富强满面春风地登门给他们送来了大红色的请柬。

刘富强看见姚家兄弟都在，高兴地说："没料到你们兄弟都在雅州，看来我跑一趟就够了，也不用人捎话了。"一边说着一边双手把一张大红色请柬递给姚清纯。

姚清纯赶忙请刘富强落座，让弟弟沏茶。一阵忙活之后，姚清纯打开请柬，见上面用工整的楷体字写着三日之后，义兴茶号开张，邀请姚东家光临捧场的话语。看来义兴茶号即将登上雅州茶叶贸易的商业舞台。

姚清纯双手抱拳说："恭喜刘东家，贺喜刘东家。义兴茶号开张，泾阳商贾又多了一家字号，你们兄弟真是给泾阳人长了脸啊！"

---

① 瞀乱:关中方言读 mu luan。意思是不舒服,不适,思绪烦乱。

刘富强说:"姚东家此言差矣!要说长脸,恒裕堂开张可在义兴茶号的前面啊。"

姚清纯说:"恒裕堂虽说在义兴前面开张,但字号只是个招牌,别人仅凭字号还不能知道商号经营的啥。义兴就不一样了,字号上明确标明了是茶号,有点官办茶商的意思。你说这两个字号能一样吗?"

刘富强说:"义兴茶号是我哥起的名字,我想他可能也没有想得太多吧。"

姚方钟插言说:"你哥老谋深算,纵横捭阖商海二十多年,肯定对自家商号起个啥名有讲究。不说这些咸淡话了,开张之日,我们一定登门恭贺,而且要一醉方休。"

刘富强说:"义兴茶号开张之后,我要回泾阳一趟。"

姚清纯不解地问:"义兴茶号刚开张,正是千头万绪之际,你咋挑这个时候回泾阳?"

刘富强说:"义兴茶号以茶叶贸易为主,同时兼营当地特产,为了不和老东家恒泰盛公开竞争,我哥把义兴茶号的主营业务方向放在了甘藏地区,现有人手明显不够。我哥让我回泾阳招揽人才入川,你说我能不回去吗?"

姚方钟说:"真是碰巧了,我哥也让我回趟泾阳,咱们结伴而行如何?"

刘富强一听姚方钟也回泾阳,高兴地说:"瞌睡碰到枕头了,真是嫽咋了!我听说老东家于福元碰巧要派伙计押送银两回泾阳,咱们正好跟押送银两的镖队一起回去,这样也安全一些。"

姚方钟嘿嘿笑着说:"我正在为如何安全回泾阳感到叵烦[1]哩,没想到还真是瞌睡碰到枕头——巧到家啦。"

---

[1] 叵烦:泾阳方言,指不耐烦,纠结。

刘富强说:"那就一言为定,等我家茶号开张后咱们随于家镖队一起回老家。"

三天后,义兴茶号在三元街中段正式开张,五间面阔的门面房被粉刷一新,正门屋檐下悬挂着红色丝绸,两旁立柱上挂着一副雕刻精美的金字对联:"化智为利化利入义贾之根;审时度势诚信至上商之本"。不管是牛东帮,还是河北帮,来参加庆典的陕西商人无不对这副对联赞不绝口。尤其是恒泰盛东家于福元一下子送给义兴茶号二十万两白银外加一块占地近十亩的茶叶加工场地,让所有参加庆贺的乡党们瞠目结舌,钦佩不已。

义兴茶号开张后,姚方钟、刘富强跟着于家镖队回了泾阳,姚清纯开始独自担当起了恒裕堂在雅州、打箭炉的生意。尽管弟弟不在四川,但姚清纯心里燃着一团热火,硬是把布匹、食盐、糖、茶、绸缎、皮毛等生意不断扩大,同时招聘了关中东部华山脚下一个老中医的后人张良才坐镇打箭炉分号,主要负责从藏地收买麝香、鹿茸、虫草、贝母、狐皮、猞猁等物。

姚方钟怀着极度兴奋的心情,带着一万两白银回到社树村时已经临近黄昏了。此刻的村里,牲口归圈,成年人正在等着吃晚饭,一群半大不小的孩子们在街道上闹得正欢。他们看见从村东头来了三辆马车,上面装载着大小不一的木箱子,都跑过去看稀奇。

姚方钟看到兄长姚清纯的大儿子姚旺财领着一群孩子跑到了马车跟前,他笑着骂道:"旺财,你不认得二爸啦?"

姚旺财听到有些熟悉的声音,再仔细一看坐在车辕上穿着青色长袍、头戴瓜皮帽的中年男子,扑上去欢喜地叫道:"二爸,还真是你呀!你拉了些啥东西回来啦?"

姚方钟说:"快回去告诉你爷,就说我带好东西从四川回来了。"

姚旺财说:"行,我这就回去告诉我爷这个好消息。"

看着侄子远去的身影,姚方钟在感到欣慰的同时,不由得感慨岁月的流逝。当年离开家乡时,姚旺财刚记事,拉着父亲的衣服死活不松手,哭着喊着要一起去。这些年不见,侄子已经成村子里的孩子王了。

就在满脑子回忆往事时,马车已到了父亲的家门口。姚旺财正扯着爷爷的手往门外走。姚方钟赶忙跳下马车,紧走几步向父亲行跪拜礼。

姚老掌柜看着跪在自己面前的儿子,又瞥了一眼马车,强压着激动的心情,颤声说:"快起来吧。先把马车赶回家。"

不等伙计们卸完马车上的木箱,姚王氏已带着儿子姚旺盛急匆匆到了姚老掌柜的宅院。姚旺盛看到多年不见的父亲,跑上前喊道:"爸,您真的回来啦?"

看到儿子长高了许多,也壮实了不少,尤其是他充满喜悦的喊叫声,让姚方钟心里格外舒坦。他笑着说:"我不回来,你能把谁叫爸?"

姚旺盛笑着说:"好几年了,我都没有叫过爸了。"

姚方钟看着妻子姚王氏,点头对儿子说:"这就对了。这个世界上你就只有我这一个爸。"

众人来到客厅,姚方钟打开木箱,白花花的银锭就呈现在了大家面前。他颇为自豪地说:"这么多年,我和大哥在雅州、打箭炉来回奔波,不但在雅州开设了一家恒裕堂商号,还带回来一万两白银。"

姚老掌柜心里吃了一惊,说:"这些年你们兄弟受苦了。能有今天这样的成就,说明你们当初的选择没错。儿啊,你带回来一万两白银,准备干啥呀?"

姚方钟怕父亲和嫂子、妻子为自己和兄长担忧,没敢讲述他们曾经吃过的苦,流过的汗,受过的罪,只是简单向父亲汇报了他和兄长的打算,随后说:"我哥曾经说父亲的理想是'课奴隶耕作,教弟子读书。'现在有了白银，全凭父亲做主。"

姚老掌柜说："这是我今生见到的最大一笔钱财，肯定要让它们发挥大作用。你哥说得没错，我就是打算用这笔钱财聘请先生，让姚家孙子辈读书上进。"

姚方钟笑着说："有了这笔钱财，今后您老人家就可以称作姚老太爷了。"

姚老掌柜微笑着说："是啊，可是沾了你们兄弟的光了。"

当天晚上，姚王氏打发儿子睡觉后，缠着姚方钟非要让他讲述入川以后的经历，姚方钟实在糊弄不过，就把他和兄长闯关西的辛苦详细叙说了一番。

姚王氏眼里泛起泪花，怜惜地搂着丈夫的腰说："没想到你和大哥遭了这么大的罪！"

姚方钟叮嘱说："我们遭罪的事你千万别跟大嫂念叨，免得大嫂担忧。人常说不吃苦中苦，难为人上人。好在我们吃了苦，受了罪，也得到了好报，这可能就是天道酬勤吧。"

姚王氏松开紧搂丈夫腰的手，娇羞地说："这么多年都没跟你亲热了，今晚你想做几次人上人，我都奉陪到底。"

姚方钟一听这么刺激的话，多年的压抑和思念顿时变成了冲动。俗话说：久别胜新婚，这一宵恩爱，不必细说。

半年之后，姚方钟带着十几个精壮老乡返回了雅州。

兄弟见面，姚清纯安排完新来伙计住宿后，首先问的就是家里的情况。姚方钟说，家里情况还好，父母年龄虽然大了，但都精神矍铄，同宗兄弟和睦相处，没有败坏家风之举。他把带回去的银两全部交给了父亲，让修缮姚家房舍，聘请先生，开设私塾，教导后辈，也算实现了父亲的心愿。唯一和父亲发生不愉快的事，就是父亲要用剩余的银钱置办土地。

姚清纯听完弟弟的叙说，一下子放心了。对于父亲置办土地，他说："当初咱们入川经商时，父亲就说过，以末敛财，用本守之。意思就是用商业经商所得的盈利购置土地，回归农业。现在，他要这么做，就让他去做吧，只要他高兴就行。我记得父亲当年还给我们说过，无财作力，少有斗智，既饶争时，此其大经也。现在，我们就到了少有斗智，既饶争时阶段了。"

姚方钟笑着说："哥，你也不问问我嫂子和儿女的情况？"

姚清纯说："你不是说一切安好嘛！"

姚方钟说："嫂子对你带给她的礼物非常满意，当着我的面夸赞你哩。"

姚清纯嗔怪地说："饭可以满口吃，话不能随便说。你嫂子是啥脾性，我能不知道吗？"

姚方钟说："知道就好。姚家几个侄子听说雅州好玩，都争着要来，让我一顿臭骂，随后才安生地跟着先生读书去了，倒是有两个同宗兄弟想来雅州，我让他们跟着随后进川的刘富强一起来。"

姚清纯说："这样安排比较妥当。"

姚方钟问："哥，我不在雅州大半年了，商号生意咋样？"

姚清纯说："你走之后，我聘请了懂中医的张良才做了打箭炉掌柜，让他打理打箭炉的生意，我在总号调度，收入倒是比往年有大幅度增加。"

姚方钟快慰地说："那就好。我就知道只要哥坐镇雅州，肯定没嘛哒①。"

---

① 没嘛哒：关中方言，没有问题。

第二天早上，姚清纯把全部新招来的伙计叫到一起，把恒裕堂的伙计制度、入股办法给他们重新讲解了一遍。最后，他说："既然乡党们愿意到恒裕堂来共谋发展，咱们就把丑话说到前头。从今往后，乡党们就是恒裕堂的伙计，我要求所有伙计必须干净整洁，穿戴整齐。既然是经商，大家就应该知道，商字就是一个人立在门市里，用口和人说话。说话就是切磋行情、沟通买卖、磨合价格，而且还要耳听八方，眼观六路，捕捉各方信息。只有做到了这些才可以称之为万货之情可得而观也。理解了这个商字，并按照商字的含义去做，才能做一个合格的伙计。大家记住一点，恒裕堂永远不需要闭口不言的哑巴伙计，也不欢迎邋遢痴呆的伙计。"

两年之后，恒裕堂除了茶叶采购、加工方面尚未涉足，在其他行业可谓是风生水起，实力急剧扩张。有了这样的资本基础，参与茶叶源头贸易的想法重新燃起。姚家兄弟商量之后，决定在新茶下来之前，让原来说好的茶工从泾阳动身入川，姚清纯去拜访通行领袖于福元和义兴茶号东家刘富盛，姚方钟去寻找茶叶加工场地。

于福元、刘富盛见姚清纯提着礼品来拜见他们，就不约而同地预感到雅州即将诞生第三家泾阳人开设的茶叶商号了。

彼此寒暄过后，姚清纯直接表达了自己想从源头上参与茶叶贸易的想法。于福元扭头扫了一眼刘富盛，笑着说："好事，喜事，值得庆贺。不过关于藏区茶叶交易，我有必要给你老弟啰唆几句。你可知道，边茶贸易首先得取得茶引，这是经营官茶的凭证和前提。在雅州，茶引有腹引、边引、土引之分。腹引行内地，边引行边地，土引行土司。每年茶商在产茶地纳款申请茶边引，凭引票载明的数额向销售地输出茶叶。还有重要的一点就是，你所取得茶引总量的八成必须为朝廷换取战马，其余二成才可自由贸易。"

姚清纯依稀记得，本朝戏剧家汤显祖写有一首《茶马》诗，专门述说了陕西茶商在西番进行茶马交易的情况，其中就有"以篚计分率，半分军国资。番马直三十，酬篚二十余。配军与分牧，所望蕃其驹。月余马百钱，岂不足青刍"的诗句，也发出了"羌马与黄茶，胡马求金珠。羌马有权奇，胡马皆骀驽。胡强掠我羌，不与兵驱除，羌马亦不来，胡马当何如"的感慨。虽说自己还没有直接参与茶马交易，但对茶马交易的行情多少还是知道的。他说："这几年下来，我大概也了解了茶贵马贱的行情。但是说实话，给朝廷换取战马所获取的利润并不比单纯销售茶叶差。"

刘富盛说："姚东家这叫谋定而后动，未雨绸缪。把事情都想周全了，才能把事情做好。这几年，仅凭着恒泰盛和义兴茶号扛着官茶贸易的旗帜，早弄得我们力不从心了。你现在加入更好，但愿将来三分天下你占其一。"

于福元接着说道："你尽快收拾地方，招聘茶工，争取今年茶叶采收季节就加入进来，至于疏通茶马司的事情我替你去做。"

姚清纯大喜过望，连忙站起身，分别对他们二人鞠躬致谢。

恒裕堂茶场开工后两年，恒泰盛、义兴茶号、恒裕堂三大茶号就垄断了雅州五属边茶九成的贸易量。为此，久负盛名的牛东帮给他们起了个名字叫泾阳帮。当姚清纯把当年弟弟曾经在父亲面前夸下的海口向于福元、刘富盛叙说后，这两位东家乐得哈哈大笑。爽朗的笑声余音悠长，有一股子豪气、霸气，也夹带着乡情、亲情，还可以说是一种欢喜过后的情绪释放。

笑过之后，于福元说："既然三足鼎立的局面已经形成了，我倚老卖老，还是要唠叨几句。牛东帮把咱们叫泾阳帮，既是一种无奈，也是咱们实力使然。在边茶贸易上，咱们占据了上游，我提议把下游的官茶贸易尽可能交给牛东帮去做。这样大家都有事可做，都有利润可赚，就避免了冲突。"

刘富盛接着说:"做生意和干其他事情一样,也有个分工,彼此配合。单以边茶贸易来说,我们也不可能把所有事情做完,这倒不是人力不够,主要是精力不够。再说了,世上的生意哪有一个人能够做完的。"

姚清纯心里清楚,即使他现在跻身官茶贸易的源头了,但从三家的市场份额来看,恒裕堂实力最小,根本没有占到三分之一,反倒是义兴茶号后来居上,位居首位。刘富盛自义兴茶号开张起,就尊称于福元为通行领袖,也很尊重他的意见,现在两人都提议泾阳帮占据茶叶贸易上游,把下游销售让给牛东帮,他就无话可说了。

于福元见姚清纯不吭声,一时也猜不透他的心思,又说道:"凡人存心处世,务在中和。不可因势凌人,因财压人,因能侮人,因仇害人。倘遇势穷财尽,祸害临身,四面皆仇敌矣。唯能处势益谦,处财益宽,处能益逊,处仇益德,方为保身保家之良策。"

姚清纯知道于福元对自己产生了误会,他赶紧说:"两位东家的提议我完全赞同。同是陕商,不能窝里斗,让别人看笑话。"

于福元说:"姚东家不但在茶叶贸易上大展拳脚,在其他行当也比我们两个做得好,说你现在要风得风、要雨得雨有点过,但要说你日进斗金、财源滚滚绝非虚言。"

姚清纯憨笑着说:"清纯就是再日进斗金、财源滚滚,也比不上你们两位东家财大气粗、实力雄厚啊。"

刘富盛看了一眼姚清纯,转换了话题,说:"听说你现在实行联号制[①]的新办法啦。"

姚清纯说:"啥事都瞒不住刘东家的眼睛。其实联号制也不是啥新玩

[①] 联号制:明清时期陕商和晋商的一种商号经营模式,就是商号实行"产供销一条龙"的经营体制,使商号保持良好的循环态势。

意，就是把商号的产供销连成一起，形成一条龙的经营管理模式。这种模式两位东家都在用，只是没有给它起个名称而已。"

于福元说："还是清纯脑瓜子灵光。富盛啊，看来我得把恒泰盛交给儿子承宗来打理了。我这脑瓜子有点跟不上趟了，再当这个通行领袖可能会闹出笑话来的。"

刘富盛随即说："于东家要让儿子继承家业，我等无权反对，但总不能把通行领袖之职也辞了吧。"

于福元说："我在雅州前后三十多年了，可以说是阅尽了世态炎凉，看遍了花红柳绿。人生能有几个三十年？现在，咱们三家基本上垄断了边茶贸易，短期内无人能改变，我就想回泾阳老家去休养了。伙计们都有退出商号的年龄限制，难道咱们就不能给自己也定个退休的年龄？"

姚清纯见于福元去意已决，遗憾地说："于东家一走，清纯以后就少了一个求教之人啊！"

于福元说："千里搭席棚，总有宴罢人散的时候。所谓江山代有人才出，各领风骚几十年吧。"

刘富盛闻听于福元的话，心里不由得泛起一丝伤感，他说："真是无情岁月催人老啊。于东家不提入川三十年还好，一提这事，我还真有点动了思乡之情哩。我也入川二十多年了，再干几年就交给富强干吧。"

姚清纯见话题有点沉重，连忙问道："于东家准备啥时候回老家？"

于福元略加思索，回应道："九月份秋高气爽之际回老家，顺便欣赏一下秦蜀两地绝美的风景。"

姚清纯说："我陪于东家一起回泾阳如何？"

刘富盛听姚清纯也要回泾阳，以为他是一时心血来潮，为了讨好于福元。他问道："姚东家真的要回泾阳老家？"

姚清纯笑着说："回个老家，还蒸（关中方言中'真'的谐音）的煮的。我听说牛东帮允许伙计十年回一次老家，我好歹也算是个东家，该回趟家了。"

刘富盛屈指一算，点头说："是啊，是啊，真该回家了。拜托你一路上照顾好于东家。"

姚清纯爽快地答应说："小事一桩，不用刘东家交代也应该效劳。"

这真是：天下聚散本无常，交流心得益智商。

携资返程看美景，大兴土木富名扬。

第四章

社树村修花门楼　姚家茶迷美秋娘

回到商号，姚清纯把他和于福元、刘富盛说的话向姚方钟叙述了一遍，重点提到了他要陪着于福元回泾阳。

姚方钟高兴地说："我完全同意不和牛东帮争下游销售，也赞同你跟于东家回老家。十年了，你还没回过老家，除了父母惦记你，嫂子想念你，估计孩子们都不认识你了。弄不好还真会出现'儿童相见不相识，笑问客从何处来'这样的场面。对了，还有一件大事忘记告诉你了，你离开家里后，嫂子就身怀有孕了，又给你生了一个带把的。这孩子今年已九岁了，名字是父亲起的，叫旺川。估计他见了你会躲得远远的，根本不相信凭空出来了一个多年未见的父亲。"

姚清纯听说自己又有了儿子，喜出望外，不由得连声埋怨兄弟说：

"你可真是糊涂，连这样的大事都能忘记。难怪这些年你嫂子不曾捎来关于这孩子的半点口信，想来肯定是满腹怨气啊！"话锋接着一转，又喜道："没关系，只要是我的种，见了面肯定会黏糊的。这次回家，我准备带十万两白银回去，给家里修建一座像样的宅子，另外再购置一些土地，弥足一百三十亩。咱给父亲展示一下，十年时间，咱哥俩让家里的土地增长了十倍，好让父亲心情舒畅，活得滋润一些。"

姚方钟说："哥，如今咱有钱了，应该孝敬父母，善待家人。你说的我都同意，但有一点还是要提醒你。"

姚清纯说："别卖关子了，想说啥就说吧。"

姚方钟说："十万两白银不是个小数字，如何安全往回带是个问题。我上次随于家镖队回老家时，看见于家都是把银两装在用白铁铸的银鞘箱内，每鞘装五十两或者一百两的银锞数十个，用肩挑或者骡马运载，沿途还聘请官府兵丁做保镖护送。这次你陪于东家回老家，他家的贵重物品能少吗？他们肯定会押送银两回去，于东家和沿途官府关系不错，安全问题不用太操心。我的意思是咱也赶紧打造一些银鞘箱，除了你这次使用，以后每年都用得着。"

姚清纯赞许地说："就按你说的办。"

当年秋高气爽之际，姚清纯陪着于福元坐船过泾河临泾渡，上了河北岸，正式踏上了家乡的土地。关中平原平展辽阔，一望无际，田垄里绿油油的玉米秆上大都结着两三个棒子，头上的缨子正在由红变黑；棉花地里棉桃绽放，好似绿碧色的海洋中泛起了无数白色的雪浪。

于福元望着眼前的丰收美景，慨然说道："走遍万山千水，还是家乡最美啊！"

姚清纯说："常言说，出门千般好，不如家逍遥。如今踏上家乡的土地，就觉得亲切、舒坦，就连乡土的气息都与别处不一样，有一种亲近感、愉悦感。于东家从此可以在这生养自己的土地上安度余生了，而我还得为商号之事再去操劳，真有些羡慕啊！"

于福元说："人生不过百年，谁都有老的时候。不用着急，再过几十年，姚东家也会像我一样叶落归根，又回到这块土地上。"

姚清纯十年前就是从于家大门口出发入川的，至今仍对于家巍峨高耸、精雕细刻的门楼和两边的拴马桩记忆犹新，对于家的豪华阔绰、富名远扬充满了敬意。想到自己此次回来，一个主要任务就是修建姚家大院，他就想趁送于福元回家的便利，走进于家大院仔细瞧瞧，也好为姚家大院的修建做些必要的准备。他说："关中道上的人都说，于家大院精雕细刻，建筑精巧，布局紧凑，是关中建筑的典范，不知道于东家可否让小弟进去观瞻一番？"

于福元爽快地说："于家大院没啥神秘之处，姚东家想瞧瞧，尽可随意。"

虽然于福元说得轻描淡写，但姚清纯进了于家大院之后，还是被震撼到了。于家大院是一个坐北朝南三院连在一起的三进式四合院联合体，中间一院是主院，第一进院除了讲究精工细致之外，多采用石、砖、木装饰。第二进院是精华部分，门内的东西厢房、墙壁上镶嵌着高浮雕石刻，雕刻着花瓶、香炉、七仙姑送子、天官赐福等图案，尤其是二进院的门楼木雕，几乎包含了中国传统所有寓意吉祥的事物，如祥云、蝙蝠、佛手、如意卷草纹、石榴、柿子、李子、牡丹、荷花、锦鸡等，这些图案神形兼备，美不胜收，展现了工匠高超的技艺，让人眼花缭乱，目不暇接。迎面是一座修建在高台上的五开间单檐歇山顶建筑，外廊立柱全部立在青石礅上，房门和窗户也都是吉祥图案，靠近北面山墙处摆着一张楠木方桌，四周放着博古架，上面琳琅满目摆放着各种珍奇古玩，墙上悬挂着名人字画。第三进院是建筑工艺最考究的绣楼，专供未出阁的小姐们住的。姚清纯不好意思进去，只在院门外望了一眼，记住了大概布局。东西两侧的院和中间主院一样，也是三进式四合院，建筑风格几乎一样，它们在第二进院左右两侧的院墙上开了一个月亮门，与主院相通。这个连体建筑群，从外面看，三个大门通向外面，但里面却彼此相通，别具风格。

简单参观了于家大院，姚清纯心里已然有了姚家院子的大致轮廓。他问："于东家，修建这座连体四合院，肯定花了不少银钱。我刚才抬头看到屋脊上的吻兽都是闭口的，不知道有何用意？"

于福元笑着说："房脊上的吻兽叫鸱吻，据说能吞万物，职责是看护房屋建筑的安全。闭口的鸱吻叫闭口兽，意为财不外露。官宦人家房脊上的鸱吻一般是开口的，意思是房主要为民说话。我们是商贾之家，不能用开口鸱吻，只能用闭口鸱吻。"

姚清纯心想，幸亏多问了一句，否则就可能闹笑话。他说："多谢于东家指点。我此刻已是归心似箭，想早点回去。"

于福元说："十年未回家，心情可以理解。镇上离你家还有一段路，还让我派人护送你吗？"

姚清纯说："牙长一点路，不会出啥事。小弟这就告辞，您也早点和家人团聚吧。"

姚清纯在夕阳西下时分带着十几个人，赶着满载银鞘箱的几辆马车回到社树村。骑在马上的姚清纯打量着十年未回的村庄，觉得村里除了各种树木越发高大、茂盛之外，村中坑坑洼洼的道路依旧，两旁庄户人家的房屋虽然格局未变，但显得愈发破旧。

几个穿着短衣短裤正在街道上低头玩耍的孩子，听见一阵马蹄声和车轴滚动时发出的吱扭声，不约而同抬起头。只见一个骑着高头大马之人，带着几辆马车正往村东头走来，他们一起跑过去看热闹，并且发出了欢快的叫声。孩子们的大呼小叫，惊动了在各自宅院里休息的大人，有几个中年男人走出大门，先是望见一个依稀认识之人，随后就把目光盯在了后面马车上装的精致箱子上了。

姚清纯跳下马，不断和乡党们打招呼，但这些人却一时想不起来咋称呼他。彼此憨憨一笑，匆匆而过。快到村东头时，他看到自家宗亲弟弟姚清民站在街道旁看热闹，便大声喊："清民，你连哥都不认识了？我是清纯啊。"

姚清民揉揉眼睛，仔细一瞧，确实是堂兄姚清纯。十年未见，比以前更干练了，也明显老了。姚清民几步上前拉住姚清纯的手羡慕地说："哥，真的是你！看样子发大财了啊！"

姚清纯笑着说："先不说发财不发财，快带我回家吧。"

姚清民一个急转身，撇下了他，大步直向姚家飞奔而去。等姚清纯带着车队快到自家大门口，父母双亲带着姚李氏和几个孩子已站在门外了。

姚清纯疾步上前，扑通一下跪在了父母跟前，泣不成声地说："儿子十年未在父母面前尽孝，羞愧难当啊！"

姚老太爷和老伴早已喜极而泣，激动地说："快起来吧，后面还有伙计们哩，你这样跪着，让他们咋办？"

姚清纯站起身，瞥见妻子姚李氏跟在母亲身后，好像故意在躲自己。他说："媳妇，别愣着了，赶紧叫方钟媳妇过来帮忙，给伙计们准备饭菜。今天到家了，再弄些酒。"

吃过晚饭，一家人在正屋其乐融融，欢聚一堂。美中不足的，就像姚方钟说的那样，虽然姚清纯离家入川时，大儿子姚旺财、女儿姚芙蓉已经记事了，但此刻见到十年未曾谋面的父亲，只是怯怯地叫了他一声父亲，然后就躲在了母亲和爷爷的背后，从远处偷偷看自己。倒是从未见过面的小儿子姚旺川一点不生分,黏在他身边。姚清纯把小儿子搂在怀里,一边抚摸着他的头,一边简要地把这些年在雅州和打箭炉经商的事情向父亲做了汇报,把他带着银两回老家的打算和盘托出。最后,他说:"我和方钟辛苦挣钱,就是为了孝敬父母,关爱家人。现在我们在四川虽说辛苦一点,但毕竟挣下了不菲的家业,也应该改善家里的条件了。"

姚老太爷听完儿子的诉说,唏嘘着说:"十年啦,你们没少让爹娘提心吊胆!现在,你们事业有成,我很快慰。十年时间,你们让当初的本钱翻了不知多少倍,光是你带回来的银两就是当年的一百倍。你说要弥足一百三十亩土地,也刚好是咱家当年土地的十倍。儿啊,你们的辛苦值了,爹为你们感到骄傲和自豪。至于修建大院之事,爹娘老了,忙活不动了,你看着办吧。"

姚清纯见父亲没有反对自己的想法,反而大力支持,他兴奋地说:"我想在村东头新购四亩地,弄出一个关中道上有名的大院来,让别人也叫咱家大院为姚家大院。"姚清纯没料到,虽然他修建了一座关中道上有名的大宅院,但乡亲们却给起了另外一个名字。

当天晚上,姚清纯在自己的卧室里,把带给姚李氏的礼物一一摆在炕上,姚李氏虽然满心喜欢,但表情依然冷峻。姚清纯清楚,媳妇这些年拉扯三个孩子确实不容易,很可能吃尽了苦头,甚至受尽了委屈。为了逗媳妇开心,满脸赔笑道:"当年我入川时,你给我唱了一段关中民谣《半截瓮》。现在我回来了,也给你唱一段关中民谣咋样?"

姚李氏嘴角一撇,小声说道:"你会唱民谣,我咋没听你唱过?"

姚清纯心里暗喜,随即唱道:"今年柜上买卖好,捎回珍珠和玛瑙。捎回人参好几根,捎回狐皮大氅貂皮袄。穿在俺妻玉体上,大街市上走一遭。"

姚李氏嗔怪地说:"现在穿上狐皮大氅貂皮袄,你想把我热死呀!"

姚清纯上前一把抱住媳妇，就把她按倒在了炕上……

对姚家大院的修建，姚清纯事必躬亲，要求石料选择富平县的青石（当地人叫墨玉），石匠也请富平工匠。椽、檩选用秦岭深山出产的松木，木工、瓦工全请当地的有名匠人，就连小工，他都亲自挑选，严格要求。

为了保证修建质量，他把堂弟姚清民叫过来当监工。他对姚清民说："房屋地基挖一丈深，然后用三七灰土每层五寸夯起来，要求每个锤子窝都不能渗水。所有青砖必须水磨，每个人每天磨两块，要求严丝合缝。瓦工每天砌三百块青砖，不能超越，砖缝全部用石灰、糯米汁浇灌。这些事你现场紧盯，就像万历年间修咱们的崇文塔一样，不能有丝毫马虎。"

姚清民说："哥，那你干啥呀？莫非要当甩手掌柜？"

姚清纯说："我盯石雕、木雕，椽、檩选材和上漆防腐，事情不会比你少。"

姚清民笑着说："你这哪是在盖庄户人家的宅子，分明就是在盖皇宫嘛！"

姚清纯假装生气地说："别胡扯！把安排你的事干好就行了，再瞎胡咧咧小心我撕烂你的嘴。"

姚清民多年未见堂兄，如今听他说出了这样的话，吐了吐舌头，没敢再言语。

一年过后，姚家一次性修建了一座三进院三院连体的建筑群，虽然在布局上基本和于家大院相似，但最大的区别在中间一院门楼的造型和砖雕、石雕上。大门外面左右修建有青石拴马桩、上马蹬。屋檐采取三层歇山顶样式，从上到下，层层递减，远看好似凤凰展翅。在严丝合缝的青砖上精雕着财神送宝、天官赐福、吉祥花卉、祥云松鹤等图案。门口放置一对石鼓，精雕细琢了一对石狮，门内照壁外面有能工巧匠雕刻的一幅秦岭山水旅行图，并在两边镶嵌了一副砖雕对联："铭先祖大恩大德以礼仪传家风；训后辈务实务本但求清白在人间"。二进院、三进院里面的石礅、门窗上，雕刻着凤凰、鸳鸯、松柏、竹梅、菊荷等图案，房屋内的木质屏风上刻着二十四孝图、山水湖泊等图案。别出心裁的是，姚清纯在三进院的后面修了一座三院相通的花园，里面挖了水塘，种植了名贵花草，堆砌了一座假山，并在假山上修建了凉亭，摆上了石桌石凳。

姚家大院建成后，有个村民在姚家中院大门口仔细看了半天，感叹着说："就光是这座花门楼的花费，也够普通庄户人家吃上几辈子了。"围观的村民附和着说，这座花门楼在关中道上独一无二。从此，姚家宅院就被关中人称作花门楼了。

搬进新居后，姚清纯对父亲说："我该入川了。姚家现在有一百三十亩土地，自家人忙不过来，我想让堂弟姚清民帮着打理。另外，堂弟姚方鼎一直缠着我要入川经商，我看他是一块经商的好材料，准备让他随我入川，帮着我料理打箭炉的生意。"

姚老太爷说："你这一去不知何年是归期了。我这身子骨怕是等不到再见你了吧？"言语中流露着悲凉。

姚清纯知道父亲为自己入川感到伤感，但人在江湖，往往是身不由己。他也不忍心让弟弟一个人在雅州、打箭炉之间常年奔波。他说："商旅之人，难免会抛家离舍，经常是泛江湖，涉道路，只有这样，才能发家致富，泽被子孙。我和弟弟早已不想'三十亩地一头牛，老婆娃娃热炕头'的普通百姓生活了。"

姚老太爷叹息着说："好男儿志在四方。我不拖你们的后腿，你继续去闯关西吧。家里有了土地，有人经管，你们也尽可放心。"

姚清纯说："小富既安是大多数人的通病，我和方钟不想学。我们在雅州虽然辛苦一点，但仍然想把商号继续做大，要给子孙创造更多的财富。"

姚老太爷说："姚家祖上曾经留下来一段话，就是针对发家致富之后的后人们说的。现在你们经商有了成就，我就把这段话送给你们，也让你和方钟引以为戒。"

姚清纯早就猜到父亲有话对自己讲，他谦逊地说："请父亲明示，孩儿们一定铭记在心，并教育子孙后代也要永远铭记。"

姚老太爷说："祖上留下的这段话，也并非是祖上的心得，而是《韩诗外传》中的话。《韩诗外传》云：'德行宽裕，守之以恭者荣。土地广大，守之以俭者安。禄位尊盛，守之以卑者贵。人众兵强，守之以畏者胜。聪明睿智，守之以愚者哲。博闻强记，守之以浅者智。故易有一道，大足以守天下，中足以守其国家，近足以守其身。'要想让姚家家族兴旺、长盛不衰，你们不管是经商，还是做人，一定要时刻记住恭、俭、卑、畏、愚、浅六个字。"

姚清纯会意地说："按天道可以高调做事，但为人必须低调。我们常年在外经商，和孩子们相处的时间有限，也没有多少时间教育他们，还要请父亲叮嘱所聘先生给儿孙们讲清其中的道理。经商之家，要想长盛不衰，也必须培养人才。只有后继有人，才能继承祖业。这几年，我也总结了一些经商的心得，就是天道酬勤、地道酬善、人道酬诚、商道酬信、业道酬精。"

姚老太爷赞许地说："有道理。如果后辈们丢失了勤、善、诚、信、精这些经商心得，距离败家就不远了。"

当年秋季，姚清纯带着姚方鼎和十几个乡党走陈仓古道翻越秦岭，经过棋盘关、明月峡、剑门关等险要之地，回到了雅州总号恒裕堂。

姚家兄弟一年多未见，自然格外亲热。姚方钟特意把此前入川帮着打理生意的堂兄弟姚清泉、姚清德和几个已经升为二柜的乡党叫到了三元街一家陕商开的酒楼,大摆宴席,既是给兄长接风洗尘,也是欢迎姚方鼎加入恒裕堂。

酒酣之际,微醺的姚方鼎红着脸说:"早就听说蜀道难,没料到还真是难走。要不是羡慕清纯哥入川经商发了大财,借我几个胆,我也不会独自闯关西的。"

姚方钟笑着说:"这就叫'纸上得来终觉浅,绝知此事要躬行'。没有富贵险中求的决心和冲劲,你待在老家务弄土地,一辈子也难发财。"

姚清泉接着说道:"虽说棋盘关、明月峡、剑门关等地山路奇绝,危崖高耸,但你毕竟是空手走路。要知蜀道难,下次你随方钟哥去打箭炉,翻一下大相岭,过一次大渡河,非把你吓得尿裤子不可。"

姚清纯见大家跟姚方鼎这个生瓜蛋子开玩笑,明白其用意无非是想让这个刚入川的堂弟不要把蜀道难挂在嘴上,同时要对在川地经商有足够的心理准备。他说:"我回家一年多了,这次我去打箭炉看看,顺便带上方鼎兄弟。不过丑化说在前头,此次去打箭炉不能空手去,人人都要当一次背子,捎带货物过去。"

姚方鼎不知道啥是背子,好奇地问:"背子是啥东西?"

一个王姓二掌柜说:"今天先喝酒,到时候你就知道了。"

酒宴散后,姚清纯在恒裕堂账房专门询问了这一年多的生意情况。姚方钟一一向兄长做了汇报,然后说:"虽说恒泰盛、义兴茶号、恒裕堂现在垄断了藏区茶叶贸易,但也并不是平安无事,都在暗中较劲,尤其是于承宗当了恒泰盛东家之后,一直惦念着夺回头把交椅,想当通行领袖。"

姚清纯笑着说:"年轻人有志气是好事,关键还要看行动,更要看结果。"

姚方钟说:"朝廷对西南边茶贸易一直要求'汉不入番,番不入汉',

要想扩大茶叶贸易，在现有的三种办法中，只有通过锅庄这种掮商性质的藏民组织来刺激藏民需求了。"

姚清纯点头说："我此次回泾阳，抽空和当地几大茶商交流了一下，参观了他们的茯砖茶加工场所和外运包装，收获不小。在回来的路上我就想到了通过锅庄扩大销售的问题，咱兄弟可真是不谋而合啊！我这里有对茶叶包装的一些想法，你明天让茶工用上好的明前茶按照我的要求，准备一百五十斤，三天后我带人去打箭炉，让张良才陪我到几大锅庄看看行情，回来后咱们再决定咋办。"说完话，从衣袋里摸出一张纸条，递给了姚方钟。

姚方钟接过纸条，展开一看，会心地笑着说："还是哥哥想得周全。你这种变革，不但能减轻运输重量，对茶叶通风、保存和销售都有好处。"

姚清纯说："咱不能王婆卖瓜自卖自夸，等样品出来后，还要看锅庄的态度。"

十月初，在川地平原地区，还是秋高气爽、气候适宜、景色迷人的，但大相岭、打箭炉一带因地处青藏高原边缘，已经有了初冬肃杀的气象，冷风阵阵，落叶飘零，草木枯萎，不时还会飘上一阵雪花。

这天傍晚时分，张良才身穿黑色薄棉袍，头戴黑色瓜皮帽，站在折曲河东岸的商栈门口四下打量。此时，天空阴云四合，冷风尽吹，街道上行人稀少，生意萧条。他正准备让二掌柜苗凤岐招呼伙计们打烊关门时，无意间瞥见一行十多个背子迈着沉重的脚步，哼哧哼哧地正向自己所在方向走来。张良才没听说近期有人要送货过来，看到这一行人逐渐走近，愈发觉得惊奇，就站在了商栈门口张望，待他们快到眼前了，这才发现走在前面的竟然是大东家姚清纯。

张良才急忙朝商栈内大喊了一声："伙计们快出来帮忙。"随即跑到东家跟前，帮他卸下茶背子，有点埋怨地说："大东家要来炉城也不让人先捎个话过来，我们也好到城外迎接你们呀！"

姚清纯呵呵一笑，见商栈二掌柜苗凤岐和伙计们纷纷走出商栈大门来帮忙，大声说："让背子们全部到商栈卸货，不能把货卸在大门口。张掌柜，你把我背的货物单独存放，我另有重用。"

吃过晚饭后，姚清纯让姚方鼎去找张良才、苗凤岐，让他们全部到自己的住房里来。

等大掌柜、二掌柜到了后，姚清纯吩咐给他们每人沏茶。

张良才喝了一口茶水，钦佩地说："大东家，陕商各字号的伙计们早就不当背子了，你如今年龄也不小了，比不得当年，有啥事过不去嘛，来一次炉城还非要当一回背子！"

姚清纯盘着腿坐在炕上，不停地捏着脚说："岁月不饶人啊，看来以后再也干不了这档子事了。我这次来炉城带来了几个新伙计，原本想让他们当一次背子，知道货物运输不易，也想提醒他们今后在炉城经商，不能轻易降价。我怕他们不理解，自己就和他们一起当背子，这就是古人说的：人不率则不从，身不先则不信。谁知这一趟下来，确实感到力不从心了。"

苗凤岐说："大东家这是在言传身教啊！"

姚清纯转过话题，问道："两位掌柜，今年茶叶丰产，总号茶叶收购和加工比往年增加了两成，你们看如何在来年新茶下来之前销售完这些茶叶啊。"

两位掌柜对望了一眼，苗凤岐说："还是由大掌柜汇报吧。"

张良才见苗凤岐推辞，只好说："依我们两个此前的核计，最好通过锅庄增加贸易量。"

姚清纯见两位掌柜和自己想到了一起，心中暗喜。他继续说："说说理由。"

张良才说:"我在打箭炉替东家经营商栈多年,逐渐摸清了当地的风土人情。以前,我们只知道打箭炉是三国时期蜀国丞相诸葛亮派将军郭达在此打铁造箭、炉火常年不熄而得名的,其实这个地方在藏语中就叫打折多,意为打曲(雅拉河)、折曲(折多河)两河交汇处。藏语打折多和汉语打箭炉发音相似,因此汉藏民众皆称此地为打箭炉,简称炉城。之所以说这段废话,就是说,和藏民打交道,尤其是做生意,首先在语言交流上有困难,其次在深入藏区交易上有许多禁忌,这两个问题我们在短期内很难克服。这些年,朝廷规定的茶马交易量几乎未变,但茶叶产量却逐年增加,销售压力随之而来。要解决供销矛盾,我们认为可以借助锅庄熟悉藏区民众分布、语言、习俗、渠道等多方面优势,扩大销售量。"

姚清纯点点头,赞许地说:"两位掌柜身处汉藏交界处,信息灵通,视野开阔,办法可行。以前往来炉城,听说过一些锅庄的故事,你们谁给我再详细说一下。"

张良才看着苗凤岐说:"苗掌柜多次深入藏区销售茶叶,与锅庄的卡佳和秋娘都熟悉,还是苗掌柜给大东家讲吧。"

苗凤岐瞪了一眼张良才,随后说:"东家,要说这锅庄,其实也是陕西商人的杰作。本朝初年,朝廷规定茶马交易的地点在雅州、碉门(现四川省天全县)两处,后来陕西茶商为了获取更多利润,违背禁令,私自贩茶到炉城。茶商们到炉城后,找来石头支起锅做饭,这些用来支锅的石头就叫锅桩。当地民众见陕商们做饭笨手笨脚,就主动帮助他们做饭,料理生活,并兼顾沟通贸易。这些当地人看到帮助陕商介绍生意有利可图,于是在汉藏交界处造屋垒院,支锅煮食,扎桩拴马,招待商旅,逐渐形成了具有牙商性质的锅庄。关内外大小土司由此也介入汉藏贸易,同时因为朝贡频繁,公务日杂,兴建了有固定场所的四大锅庄。在本朝洪武初年茶马交易兴起后,四大锅庄在做贸易的基础上,又硬性包揽了汉藏贸易的牙商业务。其中早在元代就兴建的锅庄有包家锅庄（藏人叫瓦斯碉）、木家锅庄（藏人叫甲人色），元末本朝洪武初年兴建的有汪家锅庄（藏人叫下必崇），本朝永乐年间兴建的有杨家锅庄（藏人叫拨土家）。四大锅庄中因包家锅庄曾诞生过一位活佛，藏人来炉城大多愿意居住在此，借此寻求活佛保佑。"

姚清纯听完苗凤岐这段介绍，委实感到语言不通确实是藏地商贸一大难题。他顾不得继续往下想，就说："苗掌柜，你把卡佳或者秋娘再给我介绍一下。"

苗凤岐继续说："锅庄一般是一楼一底的四合院建筑，大多分布在炉城近郊，掌握锅庄经营的多为女主人，藏语叫阿加卡巴，意思是能说会道的大姐，后来就演变成了锅庄的代称。炉城附近的藏女在十五岁以上受雇于茶商，住在锅庄，被汉人称作沙鸨。凡茶客与藏民贸易，经沙鸨居间翻译、撮合，即使发生纠纷通常也由锅庄主调停裁决，双方大都能接受，一般不会有异议。至于张掌柜刚才说的卡佳和秋娘，其实就是四大锅庄中其中两个锅庄的女主人。"

姚清纯笑着问："苗掌柜，如果我想去拜访锅庄的女主人，你认为应该去拜访卡佳还是秋娘？"

苗凤岐说："卡佳年轻漂亮，能歌善舞。秋娘稳重健谈，办事牢靠。如果要做生意，我认为应该去拜访秋娘。"

姚清纯说："好。时候不早了，你们先回去休息。明天一大早你就去准备一些礼品，从柜面带上半匹上好丝绸、半匹棉布，随我一起去拜见秋娘。"

苗凤岐听东家说要去拜见秋娘，心里咯噔了一下。

第二天早上，姚清纯洗漱完毕，出了房门，抬头一看，天空碧蓝，万里无云，阳光尽情挥洒在这片神奇的高原上。简单吃过早饭，姚清纯带着苗凤岐、姚方鼎和两个伙计，牵着驮有货物的马匹出了恒裕堂商栈。

一行人出炉城北门不远，就上了缓坡。姚方鼎第一次进入藏区，心里充满了好奇，感到一双眼睛不够用似的，目光所到之处，草原碧绿如绸缎，叠瀑碧潭紧相连，奇峰异石昂首立，森林茂密难透风，牛羊群随处可见，花香四溢，飞鸟鸣唱，满目的异域风情，让他兴奋异常，像个孩子似的大呼小叫。

姚清纯放慢了脚步，等苗凤岐走近自己时问道："苗掌柜，秋娘是包家锅庄的女主人吧？包家锅庄除了诞生过一个活佛，还有啥独特之处？"

苗凤岐说："据说洪武年间，当地藏族土司犯了杀头之罪，皇帝追究，包家先祖自愿进京代土司领刑。皇帝嘉其忠义，用金头镶其身运回打箭炉安葬，并且赐汉姓为包，意思是既包了土司所有罪，又包了土司永远忠于朝廷。因此，包家锅庄成为明正土司的首辅，在汉藏茶叶贸易中做得最大。"

姚清纯说："哦，我就猜想另有原因，不仅仅是包家锅庄诞生过一个活佛。"

时间不长，一行人就来到了包家锅庄外面。包家锅庄大门采用大型花岗岩砌筑，门洞旁柱及门顶檐为汉式木架，上盖筒瓦，挑起爪角。门楣用藏式木质方块图案镶嵌，红黄蓝色相间，色彩明丽，别有韵味。进入大门，是一座一进四院，院子全用青石板铺就，三方是一楼一底的房屋，楼房用红杉立架。中间为正房，两旁是厢房。

未等姚清纯仔细观看，一位穿着大领无袂藏袍、头戴平顶帽、腰束皮带、手拿念珠的男子迎上来。他一见苗凤岐，叽里咕噜地说了一大通姚清纯根本听不懂的话。苗凤岐指了指姚清纯对他说了几句。这个脸色黑红的大汉便领着他们一行往后面走。

姚清纯发现包家锅庄占地颇大，房屋数量一时间无法计算，除了有花园、果园，还有经堂。走进正房，藏民大汉用手指了指客厅里放着的椅子示意他们先坐下，然后进了后堂。

不一会儿，姚清纯听见一阵配饰的清脆碰击声响起，接着就看见一个藏族小姑娘走了进来。小姑娘头戴红绿色绒饰尖顶小帽，下穿黑红色相间的十字花纹毛裙，上衣是齐腰间的绸缎小袖短衣，左手戴银钏，右手戴砗磲圈，胸前戴有两串银镶珠玉的念珠和佛盒。小姑娘见一位中年汉族男人打量自己，脸色有些羞红，她指了一下后面，随着一阵环佩叮当，一位雍容华贵的二十多岁的藏族女子走了进来。

这位藏族女子穿着光滑柔软的玄青色裙子，外面罩着藏青色外袍，蓝色的波纹皱褶上缀着孔雀领花朵，脚上穿着镂花织锦的筒靴，腰间系着红宝石镶嵌、丝穗婆娑的腰带，手臂上戴着金钏和海螺镯，中间无名指上套着绿宝石镶嵌的戒指，颈上佩红色玛瑙项饰，胸前悬着层次分明的珊瑚、琥珀的短项圈和珠玉穿成璎珞的长项链。头发对半分开，梳在两旁，当中是珠缨顶髻，披散在身后的一股股小辫，缀满金银、珠玉、宝石，真可谓珠光宝气，灿烂夺目。

苗凤岐马上起身，右手捂在胸前，低头说："秋娘好！"

这位被称作秋娘的藏族女子随即说："苗掌柜，大驾光临，也不提前打声招呼，怠慢了。"

苗凤岐向秋娘引荐道："这位是恒裕堂大东家姚清纯。此番姚东家亲自登门拜访秋娘，是有要事相商。希望秋娘看我薄面，多多照顾恒裕堂的生意。"

秋娘侧身对姚清纯说："姚财东好。"

姚清纯赶紧说："秋娘好。今后咱们可能要经常打交道，还是按照陕商的叫法，你就称我姚东家吧。"

秋娘笑着说："好，今后就称你姚东家。"

姚清纯说:"没想到秋娘汉话如此流利,真让人钦佩。"

秋娘说:"说一口流利的汉话是我辈谋生的手段,不流利不行啊。"

姚清纯示意姚方鼎将礼物奉上,秋娘见是丝绸、棉布和一些珠宝玉器,另有几块大小不一用麻纸包裹砖块一样的东西,秋娘微微一笑道:"初次和姚东家见面,就让你破费了。这些麻纸包裹的是啥东西?"

姚清纯让姚方鼎撕开麻纸,只见里面包裹的是大小不一的茶砖。姚清纯说:"此前在藏区销售的茶叶多用竹篾包装,每包十斤。去年我回了一次老家西安府泾阳县,发现泾阳茶商销往甘肃、青海、蒙古、新疆乃至西域各国的茯砖茶都是用麻纸包装的。选用麻纸包装,可以通风透气,保持茶叶干燥,耐贮藏。至于分成不同重量的茶砖,也是考虑到牧区民众消费能力有所差异。"

秋娘听了姚清纯的一番解释,又上下打量了一下眼前这位姚东家。暗自佩服姚清纯不愧是行家里手,考虑问题很是周全。她说:"用竹篾包装十斤的茶砖在牧区销售确实遇到了一些问题。藏民和汉民一样,也有贫富之分,一些贫穷的藏民一次买十斤茶叶有困难,往往三斤、五斤购买,藏商为了满足他们的需求,就要把十斤的茶砖剁开,经常造成浪费,也造成茶叶价格上涨。另外,包装茶叶的竹篾会磨破马匹皮肤,给牧民造成不必要的麻烦,甚至损失马匹。如今,姚东家采用麻纸包装,又把茶砖分成不同等次,藏民一定会更加喜欢的。"

见秋娘对自己的变革由衷赞赏,姚清纯朗声道:"包装是一方面,关键还要看茶砖质量。方鼎,你拿一块茶砖给这位小姑娘,麻烦她冲泡一下,请秋娘品鉴。如果秋娘觉得满意,咱们再商谈合作之事。"

在藏族小姑娘冲泡茶叶之际,姚清纯不失时机地恭维道:"秋娘对茶叶贸易了如指掌,让我好生佩服。"

秋娘微笑着说:"我做的都是些小事。要说到佩服,还是你们陕西茶商更值得钦佩。本朝初年，茶马交易的地点先在黎州（今四川汉源）、雅州，你们为了获取更多利润，同时为了方便藏区民众，不顾朝廷'汉不入藏，藏不入汉'的禁令，硬是闯禁区，先后把交易地点由东往西推进到碉门（天全）、岩州（泸定），直到现在的打箭炉。朝廷无奈，也只好承认现状了。姚东家，你说谁更值得钦佩？"

说话间，小姑娘已经泡好了茶，用银盘托了进来。她先后给在座的每人面前放了一杯。秋娘端起茶杯，顿觉茶香扑鼻，沁人心脾。只见汤色橙红，喜庆吉祥。她小口细品，滋味醇厚，甘润顺爽，回味悠长。

秋娘放下茶杯，欣喜地说："姚东家，这样的茶叶有多少我都可以替你销售。说实话，锅庄的主要业务就是给汉藏客商当经纪人，从中收取手续费谋生存。姚东家，你每年想让我们替你销售多少，经纪费如何计算？"

未等姚清纯回答，苗凤岐走到他面前小声耳语说："锅庄的经纪费用一般是按销售总额的百分之二到三收取，按道理应该汉藏客商对半支付，但多年形成的习惯是经纪费用全部由汉族客商支付。东家跟秋娘好好商谈一下，看能否争取一个好的结果。"

姚清纯见秋娘一直盯着自己，料想秋娘已经大致猜到了苗凤岐说话的内容。为了避免直接谈经纪费尴尬，他岔开话题说："秋娘，自唐代以来，就是汉藏一家亲。咱们不能只说银钱，那样太生分。"

秋娘眼珠一转，说："姚东家这话从何说起？"

姚清纯微笑着说："唐代文成公主进藏，下嫁松赞干布，促成了汉藏和谐相处，繁荣发展。长安是文成公主的娘家，我们从西安府也就是汉唐时期的长安来，按道理说我们还是藏民舅家之人。汉人有个习惯，都尊舅家为上司衙门，就是尊舅家人为大。我们今天是来求你帮忙销售茶叶的，就不说谁大谁小了，双方平等，你只要觉得公平就行。"

秋娘笑着说："姚东家此番言语，看似东拉西扯，但也有一定道理。既然汉藏两家有舅甥关系，那我就直说了，如果恒裕堂每年通过我们包家锅庄销售茶叶三十万斤左右，咱们按照成交额的百分之三收取经纪费用。如果每年销售五十万斤以上，按照成交额的百分之二收取经纪费用。"

姚清纯心里快速盘算了一下，爽快地说："就按照秋娘说的，咱们一言为定。"

秋娘见姚清纯干脆利索，说："陕西茶商向来一言九鼎，诚实守信，也希望姚东家能够言出必行。"

姚清纯说："秋娘尽管放心。你跟陕商打交道多年，早就熟悉了陕商的秉性。陕商经常是吐口唾沫砸个坑，就是生意做赔了，也绝对不会在货物质量、数量和价格上和顾客胡搅蛮缠。另外，我有个不情之请，不知道秋娘能否帮忙？"

秋娘见姚清纯性格豪爽、说话干脆，心里就有些喜欢，听他说请自己帮忙，便问道："姚东家有啥难处需要我帮忙？如果我能帮，绝不推辞。"

姚清纯说："我需要帮忙之事其实秋娘也知道。近年来，汉藏交界处强盗蜂起，土匪横行，一言不合，死伤紧随。恒裕堂承担着朝廷茶马交易的重任，经常需要深入藏区以茶换马，在茶叶运输途中经常是危机四伏，有几次不但丢失了茶叶，伙计也多有损伤。我想请秋娘帮忙，在我们往藏区运输茶叶时，能否跟藏民结伴而行？藏民行走骑马，随身携带刀枪，一般强盗或者土匪很难接近，也不敢惹他们，这样就保证了货物的安全。如果秋娘能撮合成此事，藏民的保镖费用我们可以另行计算。"

秋娘暗想藏商通过锅庄经纪做生意，锅庄把经纪费全部转嫁到了汉商头上，所有藏商对锅庄都感恩戴德。如果让汉商随藏商一同进入藏区，藏商也不会损失啥，还能趁机和汉商搞好关系，说不定还能把药材、皮毛卖个好价钱，何乐而不为？至于藏民的保镖费用，只要自己张口，估计没有几个藏民敢收，这又会增加一笔财富。于是点头说："姚东家所言，小事一桩。以后恒裕堂往藏区运送茶叶，让苗掌柜提前告知我一声，我一定安排好藏民随行。"

双方皆大欢喜。

返回炉城的路上，姚清纯抽空问姚方鼎："兄弟，自打你入川，我都没问过你感觉如何。我现在问你一句，对入川经商后悔吗？"

姚方鼎憨憨一笑说："我不后悔。以前，只觉得你这个当兄长的能吃苦，肯卖力气。入川以来看着兄长处理事情，才知道你智慧过人、胆大心细、决策果断，让我长见识了。跟着兄长学经商，肯定能学到不少东西。"

苗凤岐插话说："其实我跟方鼎兄弟的看法基本一致。东家凡事未雨绸缪，心思缜密，决策果断，既能身体力行，又能长袖善舞，更能把各方面人才笼络到一起归自己所用，相信恒裕堂将来的发展不可限量。"

姚清纯摆摆手，说："生意二字看似简单，其实要仔细琢磨还是能发现一些门道的。一个意字，由立字、曰字和心字组成，就是说做生意，要站着把心里的话说出来，而且是最主要的，要不然也不会把曰字放在立字下面，心的上面。古人说：'商旅之人，无财作力，少有斗智，既饶争时，此其大经也。'恒裕堂已经过了无财作力阶段，正处在少有斗智，既饶争时阶段。今天我们能与秋娘达成默契，让藏民护送茶叶商队，既是斗智，也是争时。"

苗凤岐说："不用东家督催，我等自当奋发。"

姚清纯说："汉藏茶马交易起于唐代，当时朝廷对茶叶贸易实行榷制，就是朝廷专营，为此专门设立了榷茶司。宋代实行茶引制，成立了茶商军专事茶马交易。到了本朝，太祖皇帝亲自制定了《茶马法》，设立了茶马司，沿袭了宋代的管理办法。依我之见，不管是榷茶制，还是茶引制，朝廷首先考虑的是政治因素（指明政府制定的以茶治边政策），其次是军事因素（以茶换马，武装军队），最后才是照顾牧区民众'一日无茶则滞，三日无茶则病'和'宁可三日无粮，不可一日无茶'的生活需求。对了，方鼎啊，你记得郿县张载①张横渠先生的'横渠四句'吗？"

姚方鼎听堂兄突然提到关中大儒张载，随即说："张载是北宋时期著名的思想家、哲学家、教育家，关学的创始人，因辞官后居住在陕西郿县（现在称眉县）横渠镇开门讲学，又被后世称为张横渠。张载创立关学后，对关中学子影响深远，使历代学子对人生、社会都持进取态度，处板荡②之世则谈兵论剑，于和平之时则关心民众疾苦，并把'修身齐家治国平天下'当作一生的不懈追求。普通人受关学影响，大都敢作敢为，顺天行事，把勤劳致富当作安身立命之本。尤其让人难以忘怀的就是'为天地立心，为生民立命，为往圣继绝学，为万世开太平'四句。不知道兄长这时候问这个是啥意思？"

姚清纯赞许地点点头，却没有回答姚方鼎的话，而是继续问："你知道这四句话的含义吗？"

姚方鼎摸着头皮说："我自己理解得不到位，就用宋朝官员叶采的解释回答兄长吧。叶采曾经是这样解释这四句话的：天地以生生为心，圣人参赞化育，使万物各正其性命，此为天地立心也；建明义理，扶植纲常，

---

① 张载(1020—1077)，字子厚，世称横渠先生。凤翔郿县(今陕西省宝鸡市眉县横渠镇)人。北宋思想家、教育家、理学创始人之一，其"为天地立心，为生民立命，为往圣继绝学，为万世开太平"的名言，被称作"横渠四句"，因其言简意赅，历代传颂不衰。宋神宗熙宁十年(1077)，张载病逝于临潼，时年五十八岁，尊称张子，封先贤，奉祀孔庙西庑第三十八位，与周敦颐、邵雍、程颐、程颢合称"北宋五子"。著有《正蒙》《横渠易说》《经学理窟》《张子语录》文集等，后人编为《张子全书》《张载集》。

② 板荡：《诗·大雅》有《板》《荡》两篇，都是写当时政治黑暗，政局动乱。后用指政局混乱、社会动荡。唐太宗《赐萧瑀》诗有"疾风知劲草，板荡识诚臣"之语；董必武在《辛亥革命三十周年》中说："缅怀先烈奋斗的艰辛，眷念中原板荡的沉痛，吾人纪念辛亥革命，吾人驱逐日寇到鸭绿江东之心将更坚强千百倍！"

此为生民立道也;继绝学,谓缵述道统;开太平,谓有王者起,必取法利泽,垂于万世。"

姚清纯微笑道:"是这个意思。宋代理学家认为儒学道统自尧、舜、禹、汤、周文王,至于孔子,至于孟子。孟子既没,其道不传。至宋儒兴,才倡明了千载不传之学,所以称为'为往圣继绝学'。咱们不说儒学,就说经商。本朝以来,陕商在西部贸易中的大宗交易几乎都与国计民生有关,尤其是茶叶贸易。我们这些贩夫走卒所做的茶叶贸易,解决了朝廷的战马需要和增加了税收,为朝廷安定西北和西南提供了保证,这是否可以叫'为万世开太平'?同时,茶叶贸易也解决了牧区民众的生活所需乃至疾苦,是否可以叫'为生民立命'?"

苗凤岐和姚方鼎第一次听姚清纯这样评价他们从事的边茶贸易活动,一时都瞠目结舌。

有诗赞曰:百姓生活岁月长,高原美景易感伤。

　　　　传奇往事转瞬过,风云人物进庙堂。

第五章

国易主商民罹难　家歇业黯然回陕

姚清纯首开和秋娘紧密合作之先河，第一年就旗开得胜，凯歌高旋。到了第二年，恒裕堂的边茶贸易量已在三大家中位居第二，稍逊于通行领袖义兴茶号。姚清纯对此并未感到志得意满，而是亲自坐镇炉城指挥，不断把恒裕堂的边茶贸易向藏区延伸，于是一连串的消息不断传来，先后有运输茶队抵达巴塘、果塘，紧接着由藏商代销的恒裕堂茶叶又在昌都、拉萨的市面上出现了。

听到恒裕堂制作的茶叶在拉萨市面上销售的消息后，姚清纯在感到快慰的同时，也觉得有些力不从心。长年在炉城坐镇，让他感到身心俱疲，辉煌产生的激情刚过，他突然觉得心里空落落的，让贤的想法如灵光乍现。

回到雅州总号，姚清纯见弟弟姚方钟也有了老态，心中一阵酸楚，唏嘘不已。

姚清纯说:"兄弟,你我到雅州一晃二十多年,都已年过半百了。在炉城时,我还想着我回老家泾阳去,委托你坐镇总号指挥经营。如今看来,还不如咱兄弟一起回去安享晚年吧。如你愿意随我一起回去,就把总号交给清泉、清德和总账房朱厚财,把炉城分号交给方鼎、张良才、苗凤岐经营。你看如何?"

姚方钟见兄长已萌生退意,怕说出不同意见会刺痛兄长的心。他说:"咱兄弟当年一起入川闯关西,如今一起回老家再好不过了。商圣范蠡在《人谋》篇中说'用人要正,忠奸定兴废。大事要慎,妄托受大害'。说句真心话,我还是觉得让你儿子旺财或者旺川、我儿子旺盛他们入川来亲自坐镇经营比较妥当。虽说清泉、清德和方鼎都是自家兄弟,但毕竟人心隔肚皮,我担心他们也不愿意承担如此重任啊!"

姚清纯点头默许了兄弟的建议,他说:"我看旺川是个经商的料,回到老家后,叫旺川和他哥旺盛一起入川,让旺财留在老家照顾家里的一切。"

主意已定,姚清纯兄弟这天特意在三元街上的陕菜酒家订了包间,把从炉城赶到雅州的姚方鼎、张良才、苗凤岐连同总号的姚清泉、姚清德、朱先生一起请到了酒家。

众人进门落座后,发现气氛有点不对劲。按照往常的惯例,两个东家同时出现,而且是把总号、分号的大掌柜、二掌柜和总账房同时约在一起,一定有喜庆之事要宣布,两位东家见了大家也都是喜笑颜开、满面春风,今天他们却一反常态,面色凝重,心思难猜。

姚清纯见众人都在看着自己,他微笑着说:"今天把大家请到这里来,是想告知大家一个重大的变动。我和方钟入川二十多年了,年岁已高,精力已逐渐不济了,就想叶落归根,一起回家。我们两个商议,总号的商务暂由清泉、清德和总账房朱先生联合决策，等旺盛、旺川到雅州锤炼几年后，再交给他们总揽全局。炉城分号继续由方鼎、良才和凤岐共同经营。俗话说，天下没有不散的宴席，今天这顿饭，就算是我和方钟跟大家的告别宴。"

姚方钟接着说道："这些年，大家都很辛苦，我和兄长心里有数，尤其是良才、凤岐到恒裕堂较早，又长年在炉城操劳，更令我们兄弟钦佩和感激。离别之际，对总号、分号管理交代一下，已经使用多年的管理制度大的方面暂不改变，小的方面有点变化，也关乎在座各位的切身利益。我和兄长授权你们，在内部奖惩方面，对有贡献的员工要进行多方关怀，对于连任积攒有劳绩者，可以允许坐号休养，照常分红。对伙计违背号规者，可以开除。"

姚方钟的话，给在座各位吃了一颗定心丸。他们这些人，按照商号的规定，有的已经连任三次大掌柜或者二掌柜，就是晚来者，也已经连任两次大掌柜或者二掌柜。这些年在管理岗位上操劳，不但薪俸稳定，分红也不菲。现在，东家又在原来号规基础上，允许他们坐号休养，照常分红，并给了他们可以开除违背号规伙计的大权，真的是恩威并重，名利双收，咋能不让他们感到快慰。

朱先生说："商圣范蠡曾说，于己有利而于人无利者，小商也；于己有利而于人亦有利者，大商也。这些年，我跟着两位东家参与多种商业贸易，确实见识了东家的大商风范。原以为还能继续跟着东家学习经商，没料到两位东家要一起回老家，甚是遗憾。作为总账房，我有一句肺腑之言，不知道当讲不当讲？"

姚清纯说："朱先生是恒裕堂的总账房，对商号经营了如指掌，有啥话尽管说。"

朱先生说："我要说的事，东家定已知晓。近些年，除了西南不靖，盗匪横行，听说满人在东北崛起，不断蚕食大明辽东一带疆土，战事频繁，国库日虚。为应对危局，朝廷赋税逐年增加。恒裕堂虽说供销两旺，但经营利润却在下降，状况堪忧啊！"

姚方钟说："朝廷要应对满人危及大明江山，剿抚盗匪，自然会增加赋税。我们虽是商家，但有按律缴纳赋税的义务。只有国内安宁，边防无事，我们才有生意可做，大家才能有银钱可赚。"

姚清纯见朱先生和姚方钟扯远了，他端起酒杯说："国家大事自有人操心，你们两个把话题扯远了。言归正传。商号今后的经营就拜托大家审时度势，相机行事了。来，喝酒！"

姚清纯兄弟无法预知，他们当年带着百十两白银入川闯关西，创建了名闻川藏的恒裕堂，积累了巨额财富。但到了他的孙子辈，却因战乱不休，商道不通，赋税繁杂，黯然回到了原点。

俗话说，商业的兴衰和国运是紧密相连的。国运昌盛，则商业繁荣，货物周流天下，财源可达三江，国库日渐充盈。国运衰微，则商业凋敝，货物迟滞，周转日艰，国家财税收入锐减。恒裕堂在姚清纯嫡孙姚瑞鲲执掌大权时，面临的就是大明王朝逐渐衰落乃至亡国的困局。

明熹宗（1605—1627）时期，内部宦官魏忠贤权势熏天，党羽遍布，官场黑暗，民不聊生；外部大金努尔哈赤屡犯辽东，战事频仍。明朝最后一位皇帝朱由检（1611—1644）即位之后，为了应对辽东战事，下令裁减内地兵饷数十万两，减省各处驿站数十万个，加上连年水荒旱荒交替，兵不得饱，驿无存粮，百姓纷纷揭竿而起，大明王朝已临崩溃。

姚瑞鲲坐镇雅州总号，兼管炉城分号，一心想效仿祖辈，安心经营祖辈留下来的产业，谁知道在泾阳老家料理家务的弟弟姚瑞鹏不断派人入川向他传来噩耗。

崇祯三年（1630）秋，族弟姚瑞祥入川带来了姚瑞鹏的亲笔信，而且向姚瑞鲲详细汇报了泾阳老家的艰难处境。

姚瑞祥说:"朝廷不断增加各种赋税,不要说普通百姓苦不堪言,就是像王桥于家、川刘村刘家,还有其他富商大户都疲于应对,弄得家财日渐减少,有些人甚至已经捉襟见肘。县令大人在召集全县富商大户们开会追缴赋税时说,西安知府说了,自本朝初年开始,关中道上民众借朝廷食盐开中、茶马交易两大政策,产生过无数富商大户,同州府(现陕西省大荔县)都让富商云集的韩城、渭南、朝邑按时缴纳新增赋税,作为西北经济、商贸中心的泾阳、三原,包括高陵县,都应该按时完税。此后,县令大人每天派人到各家督催,经常是闹得鸡犬不宁。瑞鹏哥为了应付差事,又不敢忤逆朝廷法令,只好把历年积攒的银钱不断拿出来上缴,导致家中余财所剩无几。这两年,朝廷赋税花样繁多,只增不减,瑞鹏哥实在没办法应付,派我入川当面向您请示,看下一步咋办。"

姚瑞鲲苦笑着说:"我能有啥好办法?此前,你哥写信曾告诉我,陕西近年来旱灾、水灾、蝗灾不断,陕北更是遍地哀鸿,好在咱家多年经商,家有余财,田有所产,还不至于饿死人命。至于朝廷增派赋税,也只有按照官府要求缴纳了。姚家历代皆是顺民,断不至于抗税不缴吧?"

姚瑞祥说:"要是就这些情况,瑞鹏哥也不会让我专门入川来给您当面汇报了。"

姚瑞鲲心里咯噔了一下,心想难道还有比屡增赋税更严重之事。他说:"你拣主要的说,我看如何应付。"

姚瑞祥接着说:"关中道盛传陕北府谷王嘉胤扯旗造反,手下有李自成、张献忠两员大将,他们跟着王嘉胤在山西、河南等地与官军激战。朝廷为了尽快剿灭这股农民军,再次下令筹集军饷。兵部尚书杨嗣昌给崇祯皇帝献了筹饷四策:一因粮,每亩加输六合,岁折银八钱;二溢地,土田须核实输赋;三开捐,富民输资,得为监生;四裁驿,原有驿站,概属军官管理，裁节各费，悉充军饷。据杨尚书预算，此四策可增饷二百八十万两，增兵十二万人。崇祯皇帝龙颜大悦，一一照准，其诏书还有'暂累吾民一年，除此腹心大患'等词语。各级官府接到朝廷旨意，又开始了新一轮筹饷。瑞鹏哥苦无良策应对，又不能贱卖祖上置办的家当，就派我入川当面向您请示来了。"

姚瑞鲲叹息了一声，说道："这可真是船到江心舱底漏，破屋偏逢连阴雨啊！四川虽没有陕西灾情严重，但老百姓的日子也不好过。熹宗天启年间，云南、贵州等地少数民族起义，波及大半个西南，直到崇祯皇帝继位时才平息。最近这一两年，藏区也不安生，严重影响了咱们的商业贸易，也造成了多次货物被劫，损失惨重。现在，陕西各级官府又在落实杨尚书提出的筹饷四策，更让我们雪上加霜。四策之中，粮、地两项和姚家有关，看来不得不多付银两了。开捐之事咱不参与，姚家子孙有能耐在科举中求得功名是好事，绝对不能以输资求取监生的虚名，让人唾骂。裁驿之策虽说与姚家无关，但已造成了恶果，据说李自成原本就是驿卒，因裁撤驿站成为流民，后来造了反。"

姚瑞祥听完堂兄的一番话，还是没有得到结果。他着急地问："哥，您就说咱们该咋办吧。"

姚瑞鲲说："现在雅州、炉城生意难做，每年收入大部分都给茶马司和官府缴了税赋，总号随时有入不敷出的可能。既然家里困难，我想裁撤一部分伙计，带上部分积蓄，随你一起回去。"

姚瑞祥说："这不是在缩小商业规模吗？"

姚瑞鲲神情黯然地说："自打爷爷辈入川闯关西，创建了恒裕堂商号，姚家字号在汉藏民众中间就有了诚实守信、价格公道、交货及时的美誉，恒裕堂和恒泰盛、义兴茶号被牛东帮誉为泾阳帮，曾经垄断了西南茶马交易。到了父辈，他们苦心经营，虽说没有再开疆拓土，但也算守住了市场份额，为后辈们安居乐业创造了条件。到了我们这一辈，天灾人祸不断，大明江山危在旦夕。作为商家，咋能在天灾和兵祸不断中保持正常经营啊！俗话说，富不过三代，这话可能就应验在咱们身上了。"

姚瑞祥没料到自己一句话，让堂兄如此伤感。他赶紧说："人常说，家有百口，主事一人。就是因为瑞鹏哥拿不定主意，对雅州、炉城生意情况不了解，这才让我当面向您请示并拿主意的。哥，既然生意难做，就按照您说的办吧。"

姚瑞鲲说："天呈异象，兵祸连连，我猜可能要改朝换代了。历代经商之人，有几个能在战乱中把生意做大的？我明天就让总账房归拢银两，分别让大掌柜、二掌柜征求总号伙计、茶厂伙计们的想法。如果伙计们想回去，就让总账房把薪俸发了，你随伙计们一起回去也安全一些。雅州离泾阳有七十多天的路程，往返一次就是小半年，要想及时沟通信息也很困难。你回去后告诉瑞鹏，家里的事让他相机决断，不用再派人给我送信了。"

姚瑞鹏自从派姚瑞祥带着自己的亲笔信入川之后，心里也很匡烦。姚家自祖辈入川闯关西以来，一直秉承的是"以末致富，以农守之"的古训。他掌管姚家家产以来，前十多年还差强人意，这几年就让他焦头烂额了。官府不断新增赋税，雅州总号运送回来的银两又在逐年减少，要想保持住姚家两代人积攒下来的产业已经很困难了。

这天早上，姚瑞鹏骑着马出了花门楼散心，无意中到了村东头的大路上。看着笔直的大路，他忽然想到这条大路直通王桥镇，于家大院就在王桥镇东街，自己何不去找于家大院现在的东家商议一下看如何应对眼前的局面。

他骑着马来到于家大院大门口时，见左侧的拴马桩上拴着一匹没有一点杂色的白色骏马,诧异在当今战乱频起的年代,谁还能有这样一匹良驹。等他拴好坐骑,转过身准备往大门口走的时候,就瞧见于家大院二管家王永昌恰巧抬步跨出大门门槛。

王永昌虽说已好久未曾与姚瑞鹏谋面,但依然热情地开玩笑说:"姚东家,今天啥风把你吹来了?"

姚瑞鹏笑着说:"今天叵烦,信马由缰地转悠,就到了你们东家大门口了,怕是注定今天要登门拜访于东家。对了,这匹白马是谁的?真让人羡慕、眼馋啊!"

王永昌说:"白马是川刘村刘东家的。他比您早到一袋烟工夫,此刻在正屋和我们东家闲聊哩。快请进,你们三个东家能不约而同地聚在一起,也是一种缘分。"

姚瑞鹏跟着王永昌进了一进院,发现左右厢房的门窗上油漆陈旧,就连屋檐下石磴上的廊柱油漆也有些剥落,远没有以前来的时候光鲜了,甚至是有一点破败。进了二进院,未等他打量,就看见于东家已站在正屋门前的台阶上迎候他。于东家笑着说:"姚东家光临寒舍,蓬荜生辉啊!"

姚瑞鹏知道这是于东家在调侃自己好长时间没来了。他说:"老哥说这话就是在打兄弟的脸!好久没有走动了,今天不请自到,还望老哥海涵。"

于东家一指正屋说:"刘东家比你早来了一步。今天咱们当年雅州茶叶贸易三巨头的后人不约而同相聚,老哥我非常开心。快请进吧。"

姚瑞鹏刚跨进正屋门槛,原先坐在靠北山墙八仙桌左侧太师椅上的刘东家就站起了身,微笑相迎。姚瑞鹏双手抱拳,对刘东家说:"瑞鹏不请自来,打搅了你们商议好事,见谅!"

刘东家说:"这年代还有啥好事?我一个人在家觉得憋闷,就来找于东家谝闲传①。能在于家碰见姚东家,说明咱们有缘分。客气话不说了,快请坐。"

等姚瑞鹏在靠近于东家下首的太师椅上落座,王永昌给他沏上一杯茶之后,于东家说:"我知道大家最近过得都很苦闷,咱们今天就一起想个办法咋样?"

刘东家说:"我先说一个观点,如果大家认可,我再往下说,否则就成了废话。既耽误了时间,也对当前的局面一点用处都没有。"

于东家和姚瑞鹏对视了一下,同时点了点头。

刘东家接着说道:"作为商家不参与政治可以,但绝对不能不关心时局,甚至政局。国家动荡,灾害频繁,饿殍遍地,吏治腐败,贪官横行,这些都是商家的劫数。上次在县衙开会,县太爷说我等商家发财致富都是沾了朝廷当年对陕西实行'食盐开中''茶马交易'等政策的光,这一点我们不否认,但这也不能成为要求富商大户积极捐银的硬要求。近年来,清军在辽东攻城略地,大肆劫掠,百姓生灵涂炭,财产尽丧,苦不堪言。内地高迎祥自封闯王,带着李自成、张献忠等纵横秦、晋、豫、鄂四省,官军和起义军激战,造成商道不通,商家货物损失难计其数。泾阳茶商自万历二十三年起就以湖茶(湖南安化黑茶)作为制作茯砖茶的原料,通过资江、洞庭湖、长江、汉江、丹江转运,现在湖北、河南到处是战事,茯砖茶原料紧缺,多家茶号歇业。至于布商、盐商、丝绸商、瓷器商等,大多数在惨淡经营,前景堪忧。依我之见,这可能是要改朝换代了。常言说,覆巢之下,岂有完卵。虽说我们受过朝廷的恩惠,理应报效朝廷,但凡事总得有个度吧?"

于东家说:"刘东家说的都是实情。至于改朝换代之说,似乎也有道

---

① 谝闲传:关中方言,意思指闲聊。

理。当朝崇祯皇帝虽说惩治了魏忠贤，但依然相信阉党。各级官吏对百姓横征暴敛，不加体恤，才造成了百姓揭竿而起的局面。朝廷抵御清兵需要军饷，剿灭起义军需要军饷，崇祯皇帝下诏说'暂累吾民一年，除此腹心大患'，我看有些玄乎。不要说一年了，就是三年甚至五年也未必能平定内患，消除外患。只要朝廷还在，苛捐杂税就会没完没了。至于说度嘛，恐怕是欲壑难填呀！"

姚瑞鹏附和着说："本朝二百多年来，关中地区尤其是泾阳、三原，就是西部经济中心、西部商务总汇。现在，局势动荡，盗匪横行，陕西巡抚、西安知府把关中富商当成一块食之不尽、用之不竭的肥肉，就是起义军也会把这一带当成筹集军饷的理想之地。朝廷勒索无度，我等是在劫难逃啊！我们都是商家之后，偏偏在人到中年时遭遇乱世，可谓是一大悲哀。人都说商家锱铢必较，但又有谁不珍惜自己的性命和族人的生命？"

于东家苦笑着说："商圣范蠡当年曾向越王勾践进谏说'夫国家之事，有持盈，有定倾，有节事。持盈者与天，定倾者与人，节事者与地'。就是说，持盈靠天道，一个国家要维持强盛状态，应该顺应天道，盈而不溢；定倾靠人事，只有任用合适的人，才能使一个国家从危亡险境中安定下来；节事靠地道，国家要注重经济建设和生产，处事要有所节制，从而奠定强国之基。现在，朝廷天道、人道、地道俱丧，一味催粮加饷，无非就是想榨干我们的家财。在保财和保命两者之间，只能选择保命，毕竟钱财乃身外之物。有了命，还可以挣钱财，没了命，啥都是空的。"

姚瑞鹏说："挣钱犹如针挑土，花钱就像水推沙。经过这几年不断捐款纳税，我已是徒有虚名。再这样下去，可能只有变卖祖宗留下来的家业了。"

于东家说："钱是王八蛋，花了咱再赚。生逢乱世，还是保命要紧吧。只要能做到问心无愧，哪怕让人说咱是败家子也认了。"

三个人无人料到，姚瑞鹏无意间说的在劫难逃竟一语成谶。

崇祯七年（1634）夏季，高迎祥、李自成、张献忠等率领起义军连克关中道澄城、富平、三原、高陵、泾阳、乾州（今陕西乾县）等地，陕西腹部富庶地区顿时惨遭战祸蹂躏，普通百姓人心惶惶，富商大户如坐针毡。

起义军占据泾阳、三原之后，为了筹集粮饷，发布了"输银助饷"之法，就是按照朝廷官员官职高低确定助饷数额，告示规定九卿五万两白银，中丞三万两白银，监司一万两白银，州县长吏减半。富商大户按照商号门店面积和贮存银两数量参照朝廷官员等级执行，地主富豪根据土地面积缴纳军粮，同时开仓赈济贫民。起义军在当地有些贫民的带领下，分别到富商大户家催粮要银，一时间，整个县城商业停顿。

此时的姚家，早已不复早年的荣光了。多年来，不断捐银纳税，姚家祖辈、父辈积攒下来的家底逐渐被掏空，等起义军占据泾阳县城时，姚瑞鹏掌控下的姚家产业几乎只剩下了土地和房产。

这天早上，姚瑞鹏刚起来，就听到花门楼外一阵喧哗声。他急忙披上衣服，趿拉着布鞋就往门口跑，刚到大门口，就见几个起义军士兵在一个当地贫民的带领下，不顾姚家看门人的阻拦，硬往大门里闯。

姚瑞鹏怕弄出乱子，急忙大喊："各位军爷，有话好说，千万别动手。"

领路的贫民对领头的士兵说："说话的就是花门楼姚家的姚财东。"

那个士兵"哼"了一声，冷着脸说：闯王命令所有富商大户按照告示要求，限期把银两和粮食缴到县衙，违令者严加惩处，以儆效尤。"说完话，便把一纸写有姚瑞鹏姓名和缴纳银两、粮食的告示甩给姚瑞鹏。

姚瑞鹏接过告示一看，登时眼冒金星，头晕目眩。他恳求着说："军爷，姚家早就家徒四壁了，哪里有两万两白银和两万斤粮食呀？"

领头的士兵圆睁双眼，语气冷横地说："我是奉命行事，姚财东可是闻名关中的财东，家财万贯。我把丑话说到前头，如果你故意拖延，不能按期缴纳，我们就顾不了许多了！"话音刚落，就带着人转身走了。

姚瑞鹏手捏着告示发抖，心情极为沮丧。他蹒跚地刚走到正屋坐下，姚瑞祥气喘吁吁地赶了过来。

姚瑞祥进屋后见堂兄脸色铁青，手指发颤，急忙问道："哥，是不是起义军催粮逼银了？"

姚瑞鹏把手中的告示一扬，气呼呼地说："你自己看吧。"

姚瑞祥看完告示，登时瞠目结舌，不知道该说啥好。

姚瑞鹏长叹道："要按期缴纳银两和粮食，姚家就得砸锅卖铁啊。"

看到兄长满是愤懑和牢骚，姚瑞祥劝道："哥，你不是说过生逢乱世，保命要紧嘛，咋又想不开了？"

姚瑞鹏苦笑着说："当时我和于东家、刘东家说保命要紧，那是在说气话，没承想气话变成了谶语。不管是朝廷，还是起义军，我们哪一个敢得罪呀！如今，这一纸轻飘飘的告示，就是一道阎王的催命符啊！兄弟，花门楼如今还有啥，你不清楚吗？"

姚瑞祥小声嘀咕道："那也不至于砸锅卖铁吧？"

姚瑞鹏心疼地说："为了姚氏宗族不惹火烧身，只有贱卖土地了。兄弟，你去找人把祖上置办的土地出售六十亩，我把家里的金银玉器、珍玩字画归拢一下，咱们尽快凑够告示上说的数目吧。"

姚瑞祥狐疑地问："哥，你真要贱卖祖产输银助饷？这可是姚家辛辛苦苦挣下的家业啊！"

姚瑞鹏无可奈何地说："我难道不知道这是爷爷拿命拼下来的家当？事到如今又有什么办法？还是先应付了眼前之急吧。"

姚瑞祥走后，姚瑞鹏在心里祷告，但愿这一切尽快过去。但严酷的现实，让他的心愿再次落空。

当年仲秋过后，朝廷派三边总督洪承畴率领十万大军入陕西围剿起义军，洪承畴一路攻击前进，很快光复了泾阳县城。驻扎泾阳县城后，洪承畴向朝廷催要粮饷，兵部无粮饷可调，崇祯皇帝下诏命他就地筹饷。

洪承畴深知关中历经多轮盘剥，已经没有多少油水可榨了，但十万官军要吃饭，要军饷，他这个督帅必须要想方设法保证，否则将无战心，兵无斗志。无奈之下，只得将"输银助饷"之法复制一遍，可怜的泾阳百姓再次被搜刮了一场，昔日被人称作关中白菜心的泾阳，民生凋敝，生机全无。

洪承畴总算没有辜负朝廷重托，在渭南、临潼之间和高迎祥、李自成率领的起义军激战，关中道上到处尘土飞扬，杀声四起，伏尸遍野，血流成河。经过几个月的鏖战，起义军兵败退出了陕西。

姚瑞鹏听说洪承畴率领官军击败农民军后，心里一点喜悦之情也没有，祖上置办的土地如今只剩下二十多亩，尚不足以前的零头。家中的金银玉器、字画古玩被贱卖，就连家眷们的金银首饰也全都被典当。如今，姚家的境况和一般农户没啥两样了，唯一的区别就是姚家还有一座已经破败的花门楼，它似乎还能证明姚家曾经辉煌过。每当想到这些年经他手出去的钱财，姚瑞鹏心里就满怀愧疚，他唯愿兄长不要怪罪自己就谢天谢地了。

花门楼在逐渐失色，雅州的情况同样也不容乐观。

在雅州竭力维持恒裕堂生意的姚瑞鲲不断听说老家发生的事，不由得心力交瘁。这些年，雅州的生意越发艰难，虽说没有发生大的战乱，但朝廷的苛捐杂税并没有少摊派。逐年增税加赋，同样让恒裕堂难以承受。尤其是由于湖北、河南、安徽一带战乱不断，导致在雅州收购的皮毛、药材几乎无法通过长江外运，货物积压，周转不灵。在江南订购的布匹、丝绸、瓷器没法运进来，造成商号违约，损失惨重。就是藏汉之间的茶叶贸易，也因藏区政权动荡，销量大幅度减少。

姚瑞鲲面对困局，期盼着战乱早点结束，希望恒裕堂能恢复正常经营，谁料到厄运接踵而至。

接连数年，天府之国遭遇兵荒马乱、生灵涂炭，先是张献忠率兵入川，后是朝廷四面围剿，接着又是清军涌入四川，尤其是清兵奔驻雅州、名山两地后，将民间谷豆荞麦抢掠一空，鸡鸭牛羊屠杀殆尽，就连瓦屋茅舍也被尽数焚毁。姚瑞鲲看不到战事结束的希望，他预感到再不做决断，很可能就要丧身异地他乡了。

安排剩余不多的伙计撤离后，雅州总号二掌柜王增川因与当地女子结婚成家，表示愿意留在雅州，替东家照顾房产。王增川说："东家，我知道现在四川的局势，南明军队和当地起义军都在和清兵作战，灾祸随时都可能降临。但雅州总号是恒裕堂起根发苗之地，总不能无人照看吧。请东家放心，等战乱结束后，我一定会在雅州等东家返回总号，重新开张。"

姚瑞鲲见他心意已决，无奈地说："我把总号的房契、地契交给你保管，但有一点你要记住，如果遇到危险，千万不要顾及房产，保命要紧。人只有活下来，才有翻身的希望。"

王增川点了点头说："只要我在，房契、地契就在。"

姚瑞鲲看着王增川坚毅的脸，想到老家的境况，突然仰天长啸。他心想，父亲给他们兄弟起的名字中有鲲鹏二字，是希冀他们能像鲲鹏一样，扶摇千里，展翅翱翔，搏击风浪，光宗耀祖。父亲肯定无法预料改朝换代的连年战争，早已让他们折戟沉沙，黯然神伤了。他们不但没能保住祖上的产业，而且输得精光，几乎又回到了当年祖辈入川闯关西时的光景。

有诗叹曰：时来天地皆同力，运去英雄不自由。

历朝商旅兴衰事，都与国运共戚休。

第六章

姚一阳再进雅安　另打鼓不畏艰难

历代王朝初建，都会休养生息，鼓励农耕，祈求江山永固，万世流传。而清顺治皇帝入主中原后，朝廷的主要精力在剿灭南明军队和各地反抗者，直到顺治十八年福临第三子八岁的玄烨嗣位，改元康熙，全国依然没有平静。

关中平原这块富庶之区，八百里秦川，经过几十年战乱之后，民生凋敝，土地荒芜，商业几乎停顿。康熙二年（1663），朝廷在陕西首先实行屯垦制度，由官府给驻军耕牛、农具和种子，鼓励驻军耕作，所产粮食供应驻军。到了康熙十年，又颁布诏令，规定凡是普通民众愿意垦种荒芜土地的，由官府每顷给耕牛、农具补贴白银五两，给种子七斗，同时每顷土地给人工四名，折合银钱八钱四分，统一由府库支付。

姚家恒裕堂从明清更迭之际撤回陕西泾阳后，昔日闯关西的炉客早已故去。掌门姚九裕眼下就遇到了和当年姚老太爷同样的难题。

姚家第十二代子弟姚一阳此时已经成年，经过多年耕作，姚家也逐渐积攒了一些本钱。姚一阳见家道日渐丰裕，就动了心思，要学祖先去闯关西。

这天午饭后，姚一阳趁着歇晌时间，殷勤地给坐在正屋方桌右手的父亲沏茶递烟，然后说了自己的想法。

姚九裕沉吟着说："你太爷爷兄弟两个当年确实闯过关西，也为姚家积攒下了不菲的家业，谁料想在生意逐渐兴隆之际，碰上了连年战乱，姚家三代人闯关西积累的财富几乎荡然无存。如今，你又想闯关西了，让我说啥好呢！"

姚一阳说："我太爷爷他们闯关西，在雅州一带闯出了恒裕堂近百年的名号，积累了财富，也让姚家子孙有了读书科举的机会。要说家产荡然，所剩无几，关中道上又有几个富商大户逃过了改朝换代的战争劫难？我的志向不是守着家里这点田地过一辈子，而是想重振太爷爷时期的辉煌。如今天下太平了，朝廷又颁布了湖广填四川①的诏令，我看这就是机会。"

姚九裕说："朝廷之所以颁布湖广填四川的诏令，那是因为四川人口的情况比前些年陕西更差。据说，现在四川人口不及张献忠入川以前的十分之一，就连朝廷派到四川的官员都为税赋发愁哩。做生意嘛，就是要人口多才能把生意做大。我看你如今想入川，根本就不是时候，还是再等上几年再说吧。"

姚一阳清楚父亲说的是实情，但却不同意父亲的观点。他说："湖广

---

① 湖广填四川：是指发生在清朝初年的一次大规模移民。明末清初，四川经过几十年战乱，剩余土著人口不足十万。因此从中央到地方各级官府采取了一系列措施吸引外地移民，其中以湖广行省人口最多。湖广填四川的移民，最初主要来自湖南省和湖北省。在明朝时期，湖北省和湖南省统称为"湖广行省"，康熙时期，朝廷将"湖广行省"一分为二，变成湖南省和湖北省，但老百姓依照传统的说法，依然将湖南省和湖北省称为"湖广"，于是，"湖广填四川"的说法就流传开来。因湖北、湖南位于长江下游，因此现在有些移民还自称是下江人。

填四川，甚至河南、陕西填四川，本身就是商机。明朝初年，明太祖朱元璋下诏从山西大量移民到河南、江南，有些人就看到了是一种商机，趁势而为，发财致富了。如今康熙皇帝下诏移民，和明朝初期如出一辙。再说了，我太爷爷当年在雅州还留有字号和家产，咱们再不过去继承，估计留下来的家产就会变成别人的产业。"

姚九裕听父亲说过祖上当年撤离雅州时，确实留下了一个叫王增川的二掌柜看护姚家创立的恒裕堂商号，并将商号房契、地契交给了王增川保管。近些年来，他不时惦念着雅州商号，但因路途遥远，四川战乱不休，加上朝廷在关中鼓励农耕，就打消了去雅州的念头。如今，儿子提起此事，也多少迎合了他的心意。他说："我不反对你去闯关西，但战乱之后，家里刚恢复温饱生活，没有多少本钱给你去雅州经商呀！"

听话听音，父亲这一番话，分明是同意了自己入川，只是担心没有多少本钱而已，姚一阳说："当年姚家祖上入川闯关西，也没有多少本钱。祖先从捎客做起，创下了恒裕堂商号，修建了花门楼。只要父亲同意，就是空手入川我也乐意。我不相信，祖上能做的事我就做不到。"

姚九裕还是有些担忧，他说："如今的四川，早就不是当年的天府之国了。据说到处土地荒芜，残垣断壁，人口稀少，野兽肆虐，瘟疫流行，你去了跟谁做生意啊？"

姚一阳笑着说："湖广填四川就是为了增加四川人口，开垦荒地。俗话说猫吃鱼，狗啃骨头，猪睡觉，各有各的活法。只要移民进入四川，就有生意可做。再说了，恒裕堂当年跟打箭炉附近的藏民、彝民，甚至羌民都有来往，我不相信我去了之后，没生意可做？父亲，你是怕我移民到四川不回来了吧？"

姚九裕说："姚家祖上在明朝发财致富，尚且把挣下的银钱运送回来修建花门楼，你一个穷光蛋到了雅州，就是发财了，我也不怕你不回来。

另外，你堂叔的儿子姚良佐是顺治庚子年武科进士，前几年入川平叛，听说早晋升为游击将军了。如果有缘的话，说不定你们在四川还能遇见。"

姚一阳说："能在四川遇见良佐更好，说不定他还能看在宗亲的分上，对我有所帮助。古人说耕读传家久，诗书继世长。姚家入川闯关西，也是把'以末致富，以农守之'当成了家训，这些我都不会忘记的。最近，我听说当年的牛东帮有人想入川，王桥东街于家、川刘村刘家也有人想入川，我想跟他们一起，路上也好有个伴儿。还有就是我把当年随祖上在雅州、打箭炉经商的后辈们也找了几个，他们也愿意随我入川一起去恢复当年恒裕堂的商务。有了这些知根知底的伙计相帮，我相信一定能弄出点名堂来的。"

姚九裕说："这样也好，省得家人为你操心了。对了，你准备啥时候走？"

姚一阳说："五天以后吧。我已经和于家的于荣泰、刘家的刘昌敏联系好了，到时候一起走。"

姚一阳还是沿着当年姚家祖上曾经走过的道路入川，虽说看到的景色、走过的山路与百十年前他祖先所经历的相差不大，但进入四川之后，当地的惨景仍然令他们一行企图恢复祖上荣光之人触目惊心。风餐露宿对商旅者来说是家常便饭，但进入四川后，经常是拿着银钱买不到吃的东西。刚移民到四川的各省民众，操着不同的方言，穿着不同的服饰，但都把粮食视作延续种族的保证，不肯轻易出售，更不用说开饭馆招待行旅了。姚一阳一行饱一顿、饥一顿地赶到雅州后，王增川的后人王忠义哭诉了当年发生的往事，更让他伤心不已。

在雅州三元街来回转了几圈，几经打听，姚一阳终于从一位年迈的老人那里知道了当年恒裕堂二掌柜王增川有一个嫡孙王忠义住在距恒裕堂不远的一间破屋里。姚一阳在几个伙计的陪同下，找到老人所说的破屋时，震惊万分。这间破屋，面阔两间，没有门窗，屋面千疮百孔，根本不可能遮挡风雨。不大的院落里，杂草丛生，蚊蝇飞舞，可以看出，几乎没人出入。

姚一阳一行进了院子，站在杂草中向屋里喊了一声："有人吗？我是恒裕堂东家姚瑞鲲的后人姚一阳，想找二掌柜王增川的后人。"

屋子里传来一阵轻微的响动，随后走出来一个骨瘦如柴的青年男子，他穿着一件看不出颜色的破长衫，趿拉着一双已露出脚趾的布鞋，蓬头垢面地踱到屋檐下，眯缝着眼睛打量着姚一阳和几个伙计，他狐疑地问："我就是王增川的孙子王忠义，请问你们找我有啥事？"

姚一阳看到面前要找的人如此窘迫，不好再说什么，只好言道："我是姚一阳，好不容易找到你，肯定有要事。这样吧，你先随我走，咱们找一家客栈先吃点东西，其他事情等吃完饭后再说。"

王忠义有气无力地说："也好。"随后就趿拉着布鞋跟随姚一阳一行出了院子。

到了客栈，姚一阳让跟他一起入川的刘崇德带着王忠义先去洗漱，并小声叮咛说："找几件干净的衣服让他换上。"

等了半个时辰，客栈伙计把饭菜端上了方桌，姚一阳等人刚坐下，刘崇德领着打扮一新的王忠义走了进来。

姚一阳站起身，拉着王忠义仔细瞧了瞧，见王忠义长相忠厚，身板不错，因为长时间营养不良，身体单薄，瘦骨嶙峋。他拉着王忠义的手说："请王仁兄上座。"

洗漱一新又换了一身干净衣衫的王忠义，显得精神多了。他听姚一阳请自己坐上座，连忙摆手谦让道："老东家来人了，理当我做东请大家，可你们刚才也看见了，我孤身一人，家徒四壁，身无分文，无隔夜之粮，让大家见笑了。如今东家让我上座，我就是再不知趣，也不敢从命。"

姚一阳见王忠义确实难为情，自己就坐在主位上，让王忠义坐在了自己右首，余者纷纷落座。姚一阳说："今天这顿饭意义非同寻常。能在雅州找见当年王增川二掌柜的嫡孙王忠义，这是我们此行入川以来的最大收获，也是前世修来的缘分。我提议，大家一起干了第一杯酒。"

跟着姚一阳入川的众人一路风餐露宿，几乎没有吃过几顿饱饭，更不要说有酒喝了。今天见东家慷慨解囊，宴请大家，全都是一饮而尽。

姚一阳接着说："顺治初年，因四川战乱，我家祖上委托二掌柜王增川先生照看雅州恒裕堂总号房产，今天能与王忠义仁兄相见，足见老天爷眷顾恒裕堂。有了恒裕堂这块老字号招牌，我们恢复它往昔的荣光就有了根基。为此，我提议大家干了第二杯。"

众人纷纷举杯，又干了第二杯。

姚一阳环顾了一下大家，笑着说："当年祖上闯关西，情况比咱们现在还差。俗话说，富贵险中求，没有等来的富贵，更没有财神送上门的富贵。大伙能跟着我入川，说明都有发财的梦想。有了这个梦想，大家才能心往一处想，劲往一处使。在入川途中，大家没少听三国故事，当年刘关张桃园结义，啥都没有，硬是闯出了三分天下的局面。今天，我们在此相聚，情况比刘关张要强，我相信我们也能闯出一片属于自己的天地。我看王仁兄好像也没有正经事，以后你就到恒裕堂来，咱们一起让恒裕堂重新焕发生机如何？"

看到姚一阳盛情邀请，王忠义慨然回应说："只要东家需要我，我会像我爷爷一样，为了恒裕堂赴汤蹈火，义不容辞。"

姚一阳欣慰地说："有了王仁兄这句话，我心里更有底气了。来，干了第三杯。"

酒足饭饱之后，姚一阳让王忠义带着大家一起去看恒裕堂商号门店，王忠义迟疑了一下，随后在前面带路，直奔三元街中段。

一行人来到一家三间面阔的房屋前，王忠义指着破旧的房屋说："姚东家，这就是当年恒裕堂商号。"

姚一阳简直不敢相信眼前这座破败不堪的房屋就是当年叱咤川藏的恒裕堂。房屋门前的台阶遭到了毁坏，屋檐下的廊柱有火烧的痕迹；大门上的油漆几乎全部剥落，露出了松木底色，并且有被撞击的凹痕；屋面上原来覆盖的陶制瓦片大部分脱落，有些地方露出了泥胎。挂在大门上的铜锁早已锈迹斑斑，暗示着很久没人动过它了。

王忠义从怀里摸出一把钥匙，接连在锁孔处捅了几次，终于打开了铜锁。他用力一推大门，一声沉闷的吱扭声响过之后，大门渐渐打开。门店里一片狼藉，放置货物的货架东倒西歪，有些已经被毁坏，上面落满了厚厚的灰尘。人刚进去，栖息在屋梁上的麻雀扑棱棱乱飞，气流带动了尘土，屋内顿时乌烟瘴气。

跟在王忠义身后进到屋子里的姚一阳急忙用手捂住了口鼻，快步走到院落里。左右两侧的厢房也破败了，窗门已不知去向，只剩下黑黢黢窗门洞。迎面的正屋几乎只剩下了空架子，一眼可以望到第三进院落。

王忠义率先踩着齐膝深的荒草，快步走向后院。在后院右侧一间厢房前停住了脚步，弯下腰仔细打量着墙上的砖缝，终于把手伸向了距离地面不到一尺的地方。他敲了敲墙砖，蹲了下去，在荒草中找到一根铁钉，在墙砖的砖缝上狠劲划了几下，随后用力一撬，被划的墙砖松动后，他小心翼翼地把墙砖抠了出来。

姚一阳一直跟在王忠义身后，看着他一连串动作，直到王忠义从墙洞里掏出一个竹筒。姚一阳猜到这个竹筒可能和恒裕堂有重要关联。

果然，王忠义当着一行人的面，拔掉封堵竹筒的软木塞，竖起竹筒，一卷用油纸精心包裹成圆柱状的东西就落在手里。他轻轻剥开包裹在外面的油纸，把里面的东西捧到姚一阳面前。

姚一阳展开一看，是几张陈旧的纸张，分别是恒裕堂总号和茶厂的房契、地契。看着这些多年被隐藏在墙缝里的祖产地契，姚一阳鼻子一酸，眼泪溢出了眼眶。他一把搂住王忠义，和他紧紧拥抱。

回到客栈，姚一阳对刘崇德等人说："从明天开始，大家都去恒裕堂总号，先清理垃圾，随后修补，尽快让恒裕堂总号恢复原来的面貌。"众人见姚一阳毫不气馁，一副要大干的架势，都点了点头。

姚一阳拉着王忠义，把他带进了自己的房间，随后让刘崇德给他们沏茶。

喝了一口茶后，姚一阳问："王仁兄，说说这些年你家的情况。"

王忠义放下茶杯，哽咽着说："姚东家，一言难尽啊！"

姚一阳能够想象得出王忠义一家为了保住这些房契、地契，必定受了常人无法想象的磨难，但他很想知道究竟发生了啥事。姚一阳看着王忠义说："王仁兄，不着急，慢慢说。"

王忠义悲从中来，眼泪夺眶而出，说："当年姚老东家从雅州撤回陕西时，因为我奶奶是当地人，我爷爷就自告奋勇地要求留下来守护恒裕堂总号和茶厂。他根本想不到后来会发生一连串的灾祸。"

王忠义告诉姚一阳，当时大批清兵攻入四川后，为了解决粮草问题，就大肆抢夺百姓口粮，稍有不从，便杀人烧房，雅州城变成了人间地狱。王增川为了保住恒裕堂总号，与放火的清军发生争执，被打断了腿。恒裕堂总号被打砸抢劫后，王增川拖着断腿逃往西川谋生，不久后病故。临终之前，他把隐藏房契、地契的隐秘之处告诉了儿子，并让他一定转交给恒裕堂东家。没过几年，因战乱缺吃少穿，有病难医，王家死的死，亡的亡，就剩下王忠义一根独苗。

王忠义在战乱结束后回到雅州,看到恒裕堂总号满目疮痍,茶厂已成废墟,荒草丛生。他溜回恒裕堂后院的厢房里查看父亲交代的事情,发现竹筒还在,总算放下了心。随后的这些年,他就住在距离恒裕堂不远处一家早就无人的破屋里,忍饥挨饿地等着恒裕堂东家的后人来找。如今总算物归原主,他也算替爷爷了却了一桩心愿。

听完王忠义的叙说,姚一阳唏嘘不已,对王家三代人保护恒裕堂资产充满了感激。他说:"王仁兄,如果你不嫌弃,咱们今后就一起共事。我刚到雅州,对这里的情况不熟悉,还要仰仗王仁兄帮衬哩。"

王忠义说:"多谢东家一番好意。不过,从现在起,东家就不能再称呼我为仁兄了。国有国法,店有店规,东家今后还是称我王伙计吧。"

姚一阳笑着说:"至于咋称呼,咱们以后再说。我现在关心的是,当今皇帝下诏湖广填四川后,雅州的情形如何?"

王忠义说:"湖广填四川的人,大多是湖北、湖南的下江人,他们无奈溯江而上,在川东居留者多,成都城里几乎各地人都有,包括陕西人。现在到达雅州和川西的人不多。康熙皇帝颁布诏令,允许到四川的各地民众开垦荒地为自己所有,并且五年之内免除税赋,这几年四川才有了生机。"

刘崇德趁机插话说:"姚东家,咱们也可以借此跑马圈地。咱们现在多弄一些土地,将来总号扩张了,就不愁没地方。"

姚一阳看了刘崇德一眼,点点头赞许地说:"忠义,咱们明天一起拿着恒裕堂总号、茶厂的房契和地契去拜会雅州知府,把以前属于恒裕堂的资产予以明确。如果知府支持咱们兴办商号,再趁机圈地,以备将来所需。"

姚一阳没料到接下来会在雅州遇见堂弟姚良佐,更没想到雅州知府并未设置障碍而是爽快地答应了自己的请求。

秋季的雅州,气候凉爽,空气湿润,青衣江波澜不兴,似乎一切与战乱之前并无二致。但姚一阳知道，这远远不是父亲给他描述的雅州风貌：青衣江上商船帆樯如林，三元街上人头攒动，商家望子迎风飘扬，商家店铺顾客如潮。如今的三元街上，行人稀少，门店破旧，残垣断壁随处可见，根本不像是一座商埠重镇。

早上起来，姚一阳安排刘崇德带着伙计到恒裕堂总号清理垃圾，自己则带着王忠义直奔雅州知府衙门。

还未靠近衙门口，几个站在大门外的衙役就冲着他们高声大喊："官衙重地，闲杂人等不得靠近。"

姚一阳低眉顺眼地走上前，满面堆笑说："官爷，小民恒裕堂商号东家姚一阳，想求见知府李大人，麻烦官爷通报一声。"随后双手把拜帖[①]捧给一个年长的衙役。

那衙役看了看拜帖，笑着对同伴说："一个商号的东家也想拜见知府大人，简直是痴心妄想。"

姚一阳见衙役不愿意通报，恳求他说："小民虽是一介商人，但也是为了增加朝廷赋税而来。恒裕堂自明中期以后就在雅州从事商务活动，后来因战乱歇业，现在想恢复业务。恳请官爷给通报一下，小民感激不尽。"

年长的衙役冷眼乜了他一眼，手指一松，拜帖轻飘飘地落到地上。一个年轻衙役一脚踩在拜帖上，讥讽地说："一介草民想拜见知府大人，真是拎不清自己是半斤还是八两了。赶紧滚蛋，我们知府大人正在和游击将军姚大人商谈剿匪的大事，哪有时间接见你！"

姚一阳仍不死心，赔着笑脸说："官爷，小民能否等知府大人谈完要事之后再拜见？"

年轻衙役冷哼了一声说："你是聋子吗？我叫你赶紧滚蛋。"未等说完

[①] 拜帖：旧时拜访别人时所用的名帖，相当于今天商务场合所用的名片。

就一把推搡过去，准备赶他走。

此时，从知府衙门里慢悠悠走出一个穿着清兵服饰的带刀士兵，他刚跨出府衙大门，就看见衙役正在驱赶两个穿着长袍的年轻人，正想看热闹的他猛然间听到争执中有熟悉的乡音，仔细一听，确实是陕西关中口音。他快步走下府衙门口的台阶，走到跟前，突然喊叫了一声："这不是一阳仁兄吗？你咋跑到雅州府衙来了？"

姚一阳听见有人叫他，抬头一看，觉得眼前的士兵有些面熟，仔细一打量，才认出正是当年随着堂弟姚良佐一起从军的儿时玩伴庞三虎，急忙说："三虎兄弟，多年未见，你穿着这身行头①我都不敢认了。你也知道我家祖上当年在雅州创办了恒裕堂商号，前些年因战乱歇业，如今我到雅州准备恢复经营，为了房契、地契之事想拜见知府大人，没料到被这几位官爷挡住了。"

庞三虎大眼瞪了一下几个衙役，冷笑着说："你们知道被阻拦的人是谁吗？我告诉你们，这位东家就是姚将军的堂兄姚一阳，真是狗眼看人低。一阳兄，你别跟他们计较了，想见李大人，那还不是碎碎个事。他们不愿意进去通报，我去。"

几个衙役顿时低头哈腰，满脸堆笑。那个年长的衙役说："我们咋知道姚东家是姚将军的堂兄啊！既然有这层关系，就请姚东家快进去吧。"

姚一阳转过头对王忠义说："你在门口稍等，我进去拜见李大人，把事情说完之后一起回去。"随后，就跟着庞三虎穿过府衙大门，绕过正堂，进了二堂，也就是知府处理公务、接见各级官员之处。走在前面的庞三虎转身对姚一阳说："我现在是良佐哥的带刀护卫，是他最信任的人。因为经常陪着他出入雅州府衙，这里的衙役、师爷、书办等几乎都认识我，就

---

① 行头：关中方言，指一个人穿着的衣裳。

连李知府也会看在良佐哥的面子上给我几分薄面。你在这里稍候,我进去通报。"

片刻之间,姚一阳还没来得及观赏二堂外面的景观,就见庞三虎急匆匆跑了出来说:"李大人请一阳仁兄到二堂。"

刚跨进二堂的门槛,姚一阳就听到了一声熟悉的问候:"大哥,多年未见,想死兄弟了。"

姚一阳抬头一看,只见堂弟姚良佐穿着武官服饰,头戴花翎,正迎了出来。姚一阳赶紧上前,两个人的手紧紧地握在了一起。

李知府没料到姚将军能在他的府衙见到堂兄,也是欣喜万分。他说:"既然是自家兄弟,快请姚东家落座,有话慢慢说。"

姚一阳转过身向李知府行礼,笑着说:"今天碰巧见到三虎兄弟,要不然我一介商民,怕是很难见到知府大人啊!"

李知府料到定是衙役刁难他了,说道:"姚东家别跟衙役们一般见识。你今天登门造访,肯定是有要事。咱们当着姚将军的面,当场办公,我尽可能给你解决。"

姚一阳从怀里取出房契、地契捧给李知府,把自己的想法说了一番。李知府当即就说:"这些房契、地契足以证明这些财产是恒裕堂的,如果姚东家想让官府再出一纸文书,那也是小事一桩,没有问题。当今圣上鼓励已经入川的民众开垦荒地,恢复生产,这对你们这些商家来说也是好事。姚东家需要本府支持的,可以尽管说。"

姚良佐说:"恒裕堂总号和茶厂是姚家几代人在雅州通过闯关西积累下的家业,应该由官府出一纸文书明确一下。如今,四川各地正在逐渐恢复生活秩序,大哥可以趁机把恒裕堂的商业经营恢复起来。普通民众开垦荒地,耕作务农,土地归开垦者所有。我看雅州城内有好多荒废的房舍,不知道李大人可有鼓励商家开发的想法或举措?"

李知府颔首道:"如今朝廷鼓励开垦荒地,产权归农户所有,五年不收税。对于商业贸易,也要求加快货物流通,增加地方赋税。雅州虽不像成都那般几经战火蹂躏,但也民生凋敝,生存艰难。为了恢复农业生产和商业贸易,我再不拿出举措来,不说有负朝廷重托,就是四川巡抚也不会答应啊。我看这样,姚东家如果想扩大经营,不妨在城内红义巷大街上寻找地方,象征性付些费用,由官府出具文书,把姚东家看上的地方划归恒裕堂如何?"

姚一阳本来是想让官府出具文书确认恒裕堂总号和茶厂土地财产所有权的,没料到李知府会许诺如此优厚举措,这确实是千载难逢的机会。但恒裕堂现在百废待兴,人员紧张,本钱短缺,如果再购置土地或房产,必将影响商业贸易。

姚良佐见兄长沉吟不语,猜到他肯定有难处,但这样的好机会岂能错过。他说:"李大人,我堂兄初到雅州,人生地不熟,突然碰到李大人说的这等好事,不知如何应答,还望李大人见谅。我看这样,明天我陪堂兄到街面上转转,如果看上了无人居住的残破房产,还望李大人好事做到底。"

李知府会意地笑着说:"这事好说。本府境内的匪患也希望姚将军尽力。"

姚良佐和李知府对视了一眼,双方哈哈大笑。

从知府衙门告辞,姚良佐让庞三虎牵着马跟在后面,他和姚一阳并肩一路叙旧。走过一段路后,姚良佐说:"大哥,我这几天没事,邀请你到我那里坐坐如何?"

姚一阳正想询问刚才姚良佐为啥痛快地表示要在红义巷购置房产,就一口答应说:"只要不影响你的公务就行。"

姚良佐说:"四川匪患已近三十年,不在乎这几天。再说,李知府尚未提供粮草,我也不能让士兵饿着肚子去剿匪呀。"

到了游击将军府门口,姚良佐吩咐庞三虎:"三虎,你把王仁兄招待好,我有些私事要和大哥商议一下。"

庞三虎跟随姚良佐多年,清楚他的秉性,嘿嘿笑着说:"请将军放心,我一定照顾好。"

姚良佐带着姚一阳直奔将军府书房,他让侍候自己的亲兵退下,亲自给姚一阳沏茶。确认周围再无旁人后,轻声说:"刚才在知府衙门,我建议你到红义巷街上去看一下无人居住的残破房屋,是想提醒你借助朝廷恢复农耕生产和商业贸易的政策,用较低的价钱购置房产,以备将来所需。我知道,你此次入川到雅州必是想尽快恢复姚家产业,这让我感到很欣慰。要不是姚家祖上在雅州经商,积累了财富,姚家的子孙就无法参加科举,也就没有我的今天。我估计你带的银两不多,怕购置房产增加不必要的开销,不敢回应李知府的话。大哥,我这里就有一笔现成的买卖,只要做好了,就能很快回笼资金,不会影响你的大事。"

姚一阳听说有生意可做,而且是堂弟能做决定的生意,连忙问道:"是啥生意?"

姚良佐说:"马上就要进入初冬了,我带的五千士兵穿的还是夏装。你想办法尽快弄一些布匹到雅州,我要给士兵换冬装。你也知道,从顺治二年起,朝廷诏令入川清兵粮饷就地解决,八旗清兵和入川的吴三桂部降清军队得到诏令,开始与民众抢粮食,稍有不从,就大开杀戒,其惨景甚至超过了扬州十日、嘉定三屠。我不想让我率领的汉族士兵与民争食,更不想落下个人屠的骂名,今天去找李知府,就是让他为军队解决粮饷,但没有提士兵换装问题。冥冥之中正好碰到了大哥,或许这就是天意。"

姚一阳心中暗喜,说:"离家时,我父亲就说如果幸运的话,能在四川碰到你，没想到咱们还真的碰到了。不但碰到了，你还送上了第一单大生意，真是祖宗保佑啊！做完你这个大单，我想尽快恢复姚家在雅州、打箭炉的茶叶、药材和皮毛生意。"

姚良佐说："你不说茶叶贸易，我还真忘了一件大事。今年夏天，户部大臣向皇上建议，要将明朝茶马交易的以茶安边或者以茶治边政策改为纯粹的商业贸易，据说皇上已经同意了，估计很快就会下达诏令。"

姚一阳心里咯噔了一下，难道茶叶贸易无法做了吗？他忙问："大清军队不需要战马吗？"

姚良佐知道姚一阳误会了，他说："军队当然需要战马呀。不过以八旗兵为主力的清兵，习惯了骑乘东北产的战马，对西番马匹不感兴趣。户部也因为用茶叶换取西番战马，在全国调拨，花费巨大，就向皇上建议让茶商到当地官府直接缴纳税款，领取茶引，减轻各地负担。"

姚一阳说："这样也好，省得官府对换取的战马挑三拣四了。"

姚良佐说："我让军需官先垫付一些布匹款，你抓紧时间去购买布匹。四川各地表面上太平，其实也是危机四伏。如果需要士兵护送，你尽管开口。"

姚一阳向姚良佐投去感激的目光。他说："我明天就让王忠义带着刘崇德去成都采购布匹。咱们虽是堂兄弟，但我得保证绝对不能把事情弄砸，让别人说闲话。"

姚良佐说："你说的王忠义就是跟着你去知府衙门的那个人吗？此人靠得住吗？"

姚一阳把王忠义的仁义之举向姚良佐叙述了一遍，感慨地说："身处乱世，能做到这种地步，堪称忠仆、义仆。他的做法还真像唐太宗《赐萧瑀》诗中说的'疾风知劲草，板荡识诚臣'，令我感动万分。虽说他是忠仆、义仆，但其实干能力如何，还需要考验。人常说忠仆难得，有能力为东家竭尽全力的忠仆更不多见。我入川带的人不多，只能通过这件事再次考验他了。"

姚良佐说："等忙完了这件事，你再准备茶厂的事，估计茶叶生意要等到明年才能做了。至于药材、皮毛生意，你见机行事。需要我帮啥忙，尽管来找我。"

姚一阳利用布匹生意艰难起步，也通过了对王忠义、刘崇德等人能力、人品的考验。他初步决定自任恒裕堂总号和打箭炉大掌柜，王忠义任恒裕堂总号二掌柜，刘崇德任茶厂二掌柜，跟随他一起入川的赵新生任打箭炉二掌柜。

未等到第二年茶叶上市，姚良佐因剿乱有功已调往江南苏松一带任沿海水师游击将军了。不过，凭借着姚良佐在雅州的人缘和关系，此时的姚一阳把刚走上正轨的恒裕堂总号和打箭炉分号经营得风生水起。

在茶叶上市之前，姚一阳把王忠义、刘崇德、赵新生等人召集到一起，对总号和分号做了统一安排。他说："咱们去年秋季重新开张，不但恢复了总号和分号业务，还在红义巷购置了房产，为茶叶分号开张做好了准备。对于商号的薪俸管理，有必要给大家明确一下。按照陕商和姚家祖上的规矩，咱们还是实行人四银六的老办法，就是各位掌柜以人力入股，占分管商号经营利润的四成，东家出资占经营利润的六成。虽说咱们相处大半年时间了，配合也默契，但总得把丑话说到前头，亲兄弟还明算账哩，何况我们这些一起干事闯关西的商家。对于伙计的管理也延续姚家祖上制定的规程，大家有啥想法都可以说。"

几个二掌柜见东家把话说到这个份上，又是按照陕商多年来形成的默契办法办事，都点头同意。

姚一阳见大家都无异议，心情愉悦地说："在座的除了王忠义是当年留在雅州照看恒裕堂祖业的兄弟，其他人都是跟着我一起入川闯关西的泾阳人。可以说，我们基本上都是出门在外打拼的游子，有人难免会有思乡的时候，为此，我特意交代伙房，中午做锅盔燃面，晚上做包子稀饭，让大家尽可能吃上家乡饭，也让大家记住我们是干啥来了。"

赵新生笑着说："东家这样安排，还不把从泾阳来的伙计们乐死。"

刘崇德打趣地说："这就叫挣钱不挣钱，混个肚子圆。"

姚一阳面色一沉，严肃地说："我们可不是来混个肚子圆的，是要闯关西发财致富的，是要给远在泾阳的家人有个交代的。"

王忠义见赵新生、刘崇德不好意思再说话，他说："我祖上也是关中人，因为爷爷娶的我奶奶是当地人，便入乡随俗了。东家说的没错，我们闯关西，冒风险，是在追求发财致富的梦想，更是想改变商人地位切切实实的行动。姚东家，我在四川多年，对打箭炉一带的风土人情、地理环境也熟悉，我请求东家把我和赵掌柜调换一下。一来赵掌柜不太熟悉藏民、彝民风俗，对锅庄交易不清楚；二来打箭炉地处藏汉交界处，生活上也多有不便。我觉得我去打箭炉比较合适。"

姚一阳不由得心里对他又平添一分信任。未等姚一阳说话，赵新生说："王掌柜，我看你孤身一人，莫非是想到打箭炉找一个锅庄的秋娘结婚成家吧？"

姚一阳明白王忠义的用心，他说："新生，你别把好心当成了驴肝肺。忠义一心为你所想，为商号所想，你倒好，说人家要去锅庄找一个秋娘结婚成家。要我说，忠义若真是找到一个中意的秋娘结婚，我在打箭炉给忠义修建一院住宅当贺礼。"

王忠义憨笑着说："东家的心意我领了。有一个风俗你们可能不知道，就是藏族女子一般不会跟汉族男子成家的。"

刘崇德说："你说的是一般藏女不会与汉族男子成婚，那你就找一个二般的藏女嘛,活人还能叫尿憋死。"

姚一阳心想若能与锅庄的秋娘攀亲甚至成亲,对商号往藏区销售茶叶无疑是绝对的好事,听了刘崇德开玩笑的话,他问:"忠义,真的没有汉人和藏女结婚的先例?"

王忠义略一迟疑,回应道:"还真有一个比较特殊的例子。"

姚一阳听说确有汉人和藏女结婚的先例,一下子来了兴趣。他说:"你把这故事说来听听。"

王忠义说:"本朝初年,朝廷让主管巴塘的土司进京朝贺,土司因不懂汉语,就委派了一位精通藏语的鄂县人杨宿代表他进京。杨宿到了京城,向礼部递交了一份巴塘情况的详细报告,并受到了皇帝单独接见。皇帝对杨宿的汇报很满意,给主管巴塘的两位土司下了委任状,敕封他们为大营官和二营官,还赏赐了大量金银财宝。杨宿回到巴塘后将进京情况进行了汇报,两位土司欢喜异常,大营官把自己的一百多亩土地送给了杨宿,在巴塘排位第三的贵族拉宗巴还将自己的女儿嫁给了杨宿的儿子,从此藏汉不通婚的规矩才算是解禁了。据我所知,这是迄今为止唯一的一桩藏汉联姻婚事。"

姚一阳笑着说:"既然藏族贵族都能把女儿嫁给汉人,打破藏汉不通婚的规矩,你就有了机会。再说了,今天在座的除了你还懂几句藏语,我们都是一口关中话,根本无法和锅庄的秋娘或卡佳交流,更不能顺畅地做生意。我看你也别为难,碰上心仪的藏女也可以成家,我此前说给你送贺礼的话绝对算数。"

这真是:再次入川受熬煎,幸有忠仆保家产。

姚氏贤弟献良计,紧锣密鼓又扬帆。

第七章

学藏话生意顺畅　结良缘猛龙过江

王忠义带着姚一阳的期待去打箭炉的同时，总号和茶厂被刘崇德、赵新生装点得生机勃勃，已经修理和粉刷一新的总号门店屋檐下又挂上了恒裕堂的醒目招牌。雅州的生意虽不像太平年代那样兴隆，但也在逐步恢复。尤其是到雅州谋生之人不断增多，给雅州的繁荣兴盛带来了希望。

时令进入初春之后，雅州的气候虽依然寒冷，但却无法阻止春天的脚步，各种树木、花草陆续发芽乃至开花，到处都散发着春天的气息。看到青衣江边野草变绿，迎春花绽放后，姚一阳决定要和恒泰盛东家于荣泰、义兴茶号东家刘昌敏达成攻守协议。明中期以后，于家一度是雅州茶叶贸易的通行领袖，后来虽被义兴茶号取而代之，但于刘两家因为有过东家和伙计的关系，来往紧密，早就成了世交，很容易在关键问题上达成共识。

这些陈旧的往事在提醒姚一阳，就是在朝廷诏令废除茶马交易，茶叶贸易转为商业贸易之后，他也必须在新茶上市之前和于家、刘家两位东家商定茶引如何分配，免得各自为战，抢夺份额，让牛东帮看笑话。

这天午饭后，姚一阳带着赵新生去曾经的通行领袖义兴茶号拜访刘昌敏，他想让赵新生趁机和刘昌敏进一步搞好关系，以便更好合作。

姚一阳刚跨进义兴茶号门槛，迎面碰上了义兴茶号总账房王德贵。王德贵一身薄棉布长袍，乌黑的长辫垂在身后，显得很干练。他满面笑容说："姚东家大驾光临，可真是稀客呀！今天早上刘东家听见喜鹊叫，说是要有贵客临门，没料到是姚东家。"

姚一阳回应说："关中人常说话有三说，巧说为妙。王总账这番话让人听了心里舒坦。俗话也说，无事不登三宝殿，我今天是专门拜访刘东家来了，他在吗？"

王德贵说："刘东家此刻在正屋喝茶，我带姚东家进去吧。"说完就带着姚一阳和赵新生穿过临街门店，直奔二进院。姚一阳四处打量，见义兴茶号内外收拾得干净利落，在简陋中不失大气。二进院正屋的廊柱上新挂了一副长联："富贵须自守虽高不危虽满不溢；德才无他长有功勿伐有能勿矜。"他年前来拜访刘昌敏时，屋檐廊柱上还光秃秃的，如今悬挂上这副对联，一下子便使堂内增添了儒雅之气。

未等姚一阳思量，刘昌敏已迎出客厅，笑着说："姚东家，快请进。"

进了正屋，迎面山墙摆放着一张楠木八仙桌，两侧各是一把楠木太师椅。两位东家落座，刘昌敏笑着说："姚东家，你不说我也知道你为啥来了。大家心知肚明，我看不妨把于东家也请过来，一起合计合计如何？"

见刘昌敏一句话挑明了来意，姚一阳挑起大拇指说："刘东家真是神机妙算啊！把于东家请来更好，这样咱们三对面，把今年茶叶贸易的事商议一下，免得为了一些鸡毛蒜皮的小事吹胡子瞪眼，伤了和气。"

刘昌敏扭头对王德贵说:"王总账,麻烦你上前院叫二掌柜刘春生去恒泰盛总号请于东家过来,就说有要事相商。"

等王德贵走后,刘昌敏说:"姚东家,去年咱们三个一起入川到雅州,就数你的生意做得好,让人佩服呀!"

姚一阳说:"去年我们一行到雅州后,把主要精力和本钱放在收拾烂摊子上了。我因堂弟姚良佐驻军在此,无意间做了一些布匹生意,没啥大不了的。现在朝廷已诏令废弃茶马交易政策,改为商业贸易,但官府仍然对茶引控制很严,我们要想传承祖业,还需要先向官府缴纳税款,领取茶引,凭引采购、加工、贸易。不知道刘东家如何打算呀?"

刘昌敏说:"茶叶贸易改变了规程,对我们有好处。明朝时期,用茶换马虽说获利也丰,但经常被官府挑肥拣瘦,祖辈们因此看够了官府衙门官老爷的眉高眼低。如今,茶叶能正常商业贸易了,我们就相对轻松了。至于今后如何打算,还是等于东家来了,咱们一起计较吧。"

姚一阳猜测刘昌敏不愿意提前把自己的想法全盘托出,或者是于刘两家此前已经商量过,只是怕他在茶引这个关键环节有异议,不好当面反驳出现尴尬局面。既然刘昌敏不愿意说,他打着哈哈说:"也好,等于东家来了,一起商议。"

时间不长,于荣泰就急匆匆地赶来,姚一阳、刘昌敏忙起身相迎。随后,大家一起落座。

等王德贵给于荣泰沏上茶之后,刘昌敏说:"今天把于东家请到义兴茶号来,确实是有一件大事需要大家一起商量。大家都知道,朝廷已颁布诏令,从今年起,茶叶贸易改变了前朝以茶治边进行茶马交换的做法,变成商品贸易了。据我所知,茶叶虽然是商品贸易,但官府对茶引数量还是严格控制的。四川经过近三十年战乱,人口大幅度下降,五属边茶产区茶农数量和茶叶产量受到了严重影响。从今年的情况看,根本无法达到明朝末年的三百五十万斤左右，按照明朝茶引计量办法，估计今年官府给雅州的茶引在三万左右。大家都是做茶叶贸易的，是否先商量一下该如何认购茶引？"

姚一阳自忖刘昌敏此前肯定拜访过李知府，否则，不可能知道得这么详细。未等他开口，就听于荣泰说："明朝后期，雅州茶叶贸易以义兴茶号、恒泰盛、恒裕堂三大商号为主，我看这个大格局最好维持别变。至于官府准许交易多少茶引，我看除了三大家自己资本实力之外，还要考虑能否完全销售。我的意见是，三分天下，各自利用原有渠道采购、加工、销售，互不干涉。"

刘昌敏听了于荣泰的话，明显感到了压力。一是明末刘家义兴茶号是雅州茶叶销售的通行领袖，一度占据了四成的市场份额，其余两大家基本上平分秋色，于荣泰想提升恒泰盛的市场份额，争取三家并驾齐驱，明摆着想改变原有格局。二是就是每家一万引，义兴茶号也没有那么多本钱。他见姚一阳不吭声，只好说："三家平分天下主意不错，关键还是要看本钱是否充足。"

姚一阳瞥见于荣泰正在看自己，他表态说："我同意刘东家说的要看本钱是否充足。说实话，我们去年一起来雅州，挣的钱不多，花的钱不少。按照官府每引缴纳税款八两银子计算，一万茶引就是个不小的数字，加上采购、加工、运输、人工等费用，没有两百万两银子周转恐怕难以办到。恒裕堂眼下没有这么多本钱，只能就事论事，根据自己的本钱申领茶引了。"

刘昌敏瞪了于荣泰一眼，接着说道："义兴茶号也没有那么多本钱。于东家财力充足的话，可以把我们两家剩余的茶引全吃下，这样就能独占鳌头了。"

于荣泰听出刘昌敏话里隐含着讥讽之意，感到自己刚才的话有点冒失。

他微红着脸说:"我的本意还是咱们三家从源头上垄断雅州茶叶贸易,至于申领多少茶引还是要看各家的实力。说句实话,恒泰盛并没有想独占鳌头,眼下也没有这个实力。"

姚一阳说:"大难过后,各家实力受损,一下子难以恢复到兴盛时期。再说,川藏地区人口也下降了,申领那么多茶引卖不出去咋办?依我之见,不管官府今年准许申领多少茶引,咱们还是维持原来的格局,义兴茶号占四成,恒泰盛和恒裕堂各占三成。"

刘昌敏听到了他想说又不好意思说的话,对姚一阳投去了感谢的目光。姚一阳能在关键时刻和自己不谋而合,大大出乎他的意料。为了打消于荣泰的疑虑,他说:"市场份额是个敏感话题,我和姚东家此前没有谈论过,一直在等于东家到来后共同商量,就是怕于东家对我们两家有所猜疑。现在,姚东家提出了维持四三三格局,我没有意见,不知道于东家意下如何?"

于荣泰见姚一阳和刘昌敏配合默契,好像穿上了一条裤子,怕说多了得罪他们,就说:"姚东家说的没错,于家也存在本钱不足的问题,更难以做到一万茶引。对于四三三格局,我没意见。具体的茶引数额,还是等知府李大人明确了再说吧。"

刘昌敏送两位东家出门时,对走在于荣泰后面的姚一阳小声说:"商场如战场,只有永恒的利益,没有永远的朋友。"

姚一阳笑了笑,没有吭声。

王忠义带着几个伙计到了打箭炉之后,按照姚一阳叙说的情况,终于在城内折多河东岸找到了一家残破已久的房屋。这座临街的房屋,多年未住人,窗门早已不知去向,就连椽子也被偷走了不少。王忠义苦笑着对几个伙计说:"虽然大家一路艰辛,但还得亲自动手把房屋维修好,否则,我们连落脚的地方都没有。"

几天之后，刚把房屋收拾得像点样子，一个三十多岁、穿着藏袍的青壮年找上门来。此人虽说面色黑里透红、身体强壮，但一眼就能看出并非纯血统藏民。他走到王忠义跟前，用不熟练的汉语问："你们这里是恒裕堂打箭炉分号吗？我找你们这里的张良才张掌柜。"

听了穿藏袍男子的话，王忠义愣了一下，随后他想起来，东家姚一阳曾经对他说过，清初打箭炉分号掌柜和伙计撤回陕西之前，这里由姚方鼎、张良才、苗凤岐三个掌柜负责经营，其中张良才曾经是打箭炉分号的大掌柜，主要负责药材、皮毛生意。想到此，他问道："你叫啥名字？为啥找张掌柜？"

穿藏袍男子说："我的藏语名字叫多吉波瓦，意思是金刚英雄，汉族名字叫张吉祥。据我母亲说，张掌柜是我父亲。我多次来找，这里都没有人，今天好不容易看到你们了，就想问一下我的父亲张掌柜现在何处？"

王忠义脑袋嗡的一下就大了。他心里说，我的妈呀，这里八字还没见一撇，就来了个上门认亲的，而且还跟藏民有关，今后的日子可咋过呀！见面前的男子并无恶意，只是在急切地等着他的回应，他问："多吉波瓦，唉，我还是叫你张吉祥吧。你今年多大了？有啥证据说明张掌柜是你父亲？"

穿藏袍男子说："叫我张吉祥也好。我今年三十二岁了。据我母亲巴桑卓玛说，当年张掌柜经常深入藏区采购药材、皮毛，一表人才，为人干练，我母亲曾经是汪家锅庄女主人卡佳的沙鸦，就是精通汉藏语言的翻译。他们在生意往来上打交道次数多了，就慢慢好上了，并且怀上了我。没料想我母亲怀孕之后，就再也没有了我父亲的音信。这些年了，我母亲隔三岔五地让我来炉城寻找父亲，但只看见这个店面逐年破败，就是没有人影。今天碰到了你们，谁能告诉我父亲的踪迹？"

王忠义根据张吉祥说的年龄，暗自一算，就明白了张吉祥极有可能是在炉城分号撤离前张良才和沙鸧巴桑卓玛的孩子。按时间推算，回到陕西的张良才估计早已不在人世了。正当他想把话说破之际，又想到巴桑卓玛三十多年一直在寻找张良才，如果实话实说，肯定对她是一个无情打击，甚至有可能会要了她的性命。王忠义说："张吉祥这个名字好，比你那个多吉波瓦的藏名顺口多了。这么说吧，我现在是恒裕堂炉城分号的二掌柜，叫王忠义。你的父亲张良才三十多年前确实是这里的大掌柜，但他因战乱早就回陕西老家了，他好像没有对任何人提起过有你这么一个藏族儿子。现在我这里正好缺人手，看在你父亲曾经在这里任掌柜的分上，我请你留下来帮我做生意如何？"

张吉祥摇着头说："我不会做生意，只想找我父亲。"

王忠义心想这人咋是一根筋嘛，再说我都不知道你父亲家住哪里，咋能告诉你去哪里寻找。王忠义说："你父亲是陕西关中人，炉城距离关中有三千多里路，你一个人不知道具体地址咋去找？你不会做生意不要紧，可以慢慢学，重要的是你懂藏语、汉语，这是我们最需要的。还有就是你有藏民身份，与锅庄的秋娘或卡佳打交道也方便。至于找你父亲嘛，等以后有伙计到炉城来，我们慢慢打听你父亲的具体住址，等有了你父亲的详细情况，我就请示东家让你到关中去寻找如何？"

张吉祥无奈地说："我只能回去把今天打听的情况告诉我母亲，让她决定吧。"

王忠义善意地说："你回去告诉你母亲，就说你父亲回陕西了，说不定还会回炉城的，这样她就有了念想。至于你嘛，还是刚才那句话，欢迎你来炉城分号。如果你能发挥你的特长，挣了钱，最起码能让你母亲生活得更好一些。"

张吉祥先是点了点头，随后毫不犹豫地说："如果母亲同意我来你们商号当伙计，我一定会让母亲生活得更好的。"

三天后，一身藏袍的张吉祥又来找王忠义了，他高兴地说："我母亲同意我先来你们商号当伙计，并且说寻找我父亲的事以后看机缘。"

王忠义听完这话，估计巴桑卓玛已经猜到了张良才的境况，对巴桑卓玛的大度和包容充满了敬意。他说："既然你愿意到炉城分号来，我们以后一起共事。我初到炉城，对锅庄交易还不太清楚，有些问题需要向你请教，希望你能帮助我。"

张吉祥爽快地说："按照汉人商号的规矩，你是掌柜，我是伙计，掌柜想知道啥事尽管问，我保证把我知道的全部告诉你。"

王忠义问："锅庄女主人一直都叫秋娘或者卡佳吗？"

张吉祥说："不同的锅庄有不同的称呼，秋娘是包家锅庄女主人的称呼，卡佳是汪家锅庄女主人的称呼。虽然每个锅庄女主人都有一个固定的称呼，但具体人是会更换的。不管是秋娘还是卡佳，藏语的意思就是年轻漂亮、能说会道的大姐。除了秋娘或者卡佳，她们的身边都会有一个年轻漂亮的女翻译，也就是沙鸨。这些沙鸨从十五岁左右学习汉语和做生意，一般到三十岁左右年老色衰了就会被更年轻者替换。"

王忠义明白了沙鸨的意思。按照张吉祥的说法，沙鸨做的事和汉人生意场上的捐客一样，只不过她们精通汉藏语言，可以居中撮合生意。他说："要和藏商、藏民做生意，就离不开藏语、汉语都精通之人。你来分号就帮我大忙了。对了，吉祥，我安排给你的第一件事，就是把做生意时常用的简单藏语翻译成汉语，好让分号的伙计都懂一点藏语，方便和藏商、藏民交流。"

张吉祥为难地说："王掌柜，我不识字，只会说，不会写呀！"

王忠义说："不识字不要紧，我让账房先生吴云山配合你咋样？"

张吉祥说："我尽力而为吧。"

随后，王忠义安排吴云山和张吉祥一起协商，要求他们一定要在短时间内弄出一本简单的汉藏语对照的读本来。

新茶上市后,姚一阳和赵新生一起押运茶叶、布匹、糖、盐等物品来到了炉城分号。卸货之后,姚一阳发现商号的伙计空闲时,每个人手里都捧着一本薄册子,嘴里叽里咕噜地说着他听不懂的话。一时好奇的他就向离自己最近的一个伙计借书,想看一下伙计们究竟在看啥书,而且读得那么认真。

伙计见姚一阳伸手要书,一边笑着说:"姚东家,这是我们王掌柜规定所有伙计必读的《藏语读本》,而且要所有伙计一定要烂熟于心,我还没有全记住。难道姚东家也感兴趣?"一边把书递给了他。

姚一阳接过书一看,见封面上用工整的楷书写着《藏语读本》四个字,翻开第一页,发现上面用藏语写着"充本"两个字,后面用汉语写着"陕西商人"四个字。再往后翻,出现了类似关中顺口溜一样的一段话:"天叫郎,地叫撒,酥油芒,盐巴查,驴子固儿,马叫打,吃饭叫作撒马撒"。

他觉得这样的汉藏语翻译很有趣味,正想和伙计交流一下想法,就见王忠义带着张吉祥、吴云山一起过来了。

王忠义指着张吉祥说:"东家,这个伙计叫张吉祥,精通藏语和汉语,他和账房吴云山一起,编写了这本《藏语读本》供大家学习藏语。"

姚一阳说:"辛苦你们了。我代表恒裕堂和所有陕商感谢你们。我曾经听我父亲说过,当年我家祖上在炉城创建分号,就因为不懂藏语而伤透了脑筋。如今,有了这本《藏语读本》,让伙计们了解和学习一些藏语,对我们和藏商、藏民做生意大有好处。你们两个可真是功德无量呀!"

王忠义问:"东家,当年炉城分号大掌柜是不是叫张良才?"

姚一阳点头回应说:"炉城分号的大掌柜是叫张良才,他原先和二掌柜苗凤岐掌管分号经营,后来姚家祖上姚方鼎也来到炉城。王掌柜,你咋突然问起了以前的事？"

王忠义说："张吉祥藏语名字叫多吉波瓦，意思是金刚英雄。你可能想不到，这个张吉祥就是张良才张掌柜和汪家锅庄卡佳的沙鸦巴桑卓玛的儿子。张吉祥到分号来找父亲，我发现他会说汉语，就把他留下了，并让吴云山和他一起编写了这本《藏语读本》供大家学习。"

姚一阳说："金刚英雄，这个名字好！张吉祥也不错。从名字可以看出，巴桑卓玛确实精通汉藏语言，也培养了一个优秀的儿子。我代表恒裕堂欢迎你呀！"

张吉祥憨笑着说："能为商号出点力是应该的。"

姚一阳说："你放心，作为姚家商号的后代，我不会亏待你的。茶马交易变成商业贸易之后，我们和藏商、藏民直接打交道的机会就增多了，语言不通就是双方交流的一大障碍。我在路上还在思虑着如何解决这个难题，没料到王掌柜已经做到我前面去了，真可谓有远见卓识啊！"

王忠义谦虚地说："哪里，哪里，作为分号掌柜，理应为东家分忧解难，没啥好说的。"

晚饭后，姚一阳把王忠义、赵新生、吴云山等人叫到一起，先通报了当年茶叶采购、加工等问题，随后对茶叶、布匹、盐、糖等货品的销售，对药材、皮毛、土特产等采购谈了他的想法。

王忠义听完姚一阳一番叙说，觉得东家的安排合乎常理，切实可行。他说："出炉城东门就是通往藏区、彝区的道路，官府在东门设关卡征税，纳税之后，所有货物才可进出炉城。恒裕堂如今是在恢复当年的业务，进出藏区就可能成为家常便饭。我建议，一是为了加快货物流转，快速回笼资金，炉城分号通过锅庄以批发货物为主；二是由张吉祥带领伙计深入藏区收购药材、皮毛、土特产等物品，因张吉祥有藏民这个身份，又熟悉藏区山川地理、风土人情，不但可以节约资本，还可以减少和藏民的摩擦，更不会引起纠纷。我还有一个不成熟的想法，就是通过锅庄交易，最好能在锅庄收购总号畅销货物，减少现银交易，避免不必要的风险。"

姚一阳认真听了王忠义的想法，觉得很有道理。炉城距离雅州近九百里路，多是高山大川，路途艰险，携带银两多有不便，而且藏川交界处并不安宁，遇上土匪抢劫，事情就会更糟糕。他说："王掌柜考虑得比较周详，我同意。对于通过锅庄交易，不知道王掌柜会选择哪一家？"

王忠义说："炉城附近的锅庄在明代中期以前有四家，现在已经发展到了十多家，看样子以后还会增多。当年老东家是通过包家锅庄进行茶叶贸易的。我在张吉祥的陪同下，陆续拜访过包家锅庄、汪家锅庄、罗家锅庄、木家锅庄、杨家锅庄等大锅庄，对黄家锅庄、王家锅庄、安家锅庄等小锅庄也进行过考察，总的来说，还是传统的四大锅庄实力雄厚，信誉良好，不管是汉商还是藏商，都愿意和他们做交易。经过比较，我建议我们选择汪家锅庄进行藏区、彝区贸易。"

赵新生打趣地说："你是王掌柜当然选汪家锅庄了，好赖也是照顾自家人生意吧？"

王忠义的脸色立马就变得难看起来。他知道赵新生是跟东家一起入川的泾阳乡党，但为了自己的清白，必须要正面回应这种无端猜疑。他沉着脸，语气严肃地说："汪家锅庄藏语叫下必崇，和我姓王的没有一点关系。之所以选择汪家锅庄，是因为他们兴建较早，住客多为甘孜、昌都、波密、查耳等处藏商，贸易量也大，是其他锅庄无法相比的。如果赵掌柜认为我有私心，就请姚东家另行选择。"

看到自己把玩笑开大了，引起了误会和不快，赵新生忙不迭解释说："王掌柜，我不懂藏语，还以为你选择汪家锅庄可能和你有关系哩，兄弟纯属言者无心，别无他意。冒犯之处，请多包涵。"双手抱拳，向王忠义接连作揖，赔礼道歉。

姚一阳在一旁沉着脸说："作为商号的管理者，最要紧的是要肝胆相照，彼此尊重，不要乱猜疑，更不能无事生非。我经常对伙计们说，空闲时要多读书，多了解一些和人沟通的技巧，多向古人学习做人做事的方法。今天这事，是咱们自己人关起门说话，如果和官府或者锅庄庄主也这样说话，岂不把事情办砸了。"

赵新生吐了吐舌头，向王忠义扮了个鬼脸。他说："谨遵东家教诲，以后再不敢胡言乱语了。"

姚一阳接着说道："古人说：君子之过也，如日月之食焉。过也，人皆见之；更也，人皆仰之。我不反对开玩笑，但也要看场合，更要看在场的都是谁，谈论的是啥话题。闲话不扯了，言归正传。王掌柜，从你刚才说的情况看，是胸有成竹了？"

吴云山插话说："王掌柜到炉城之后，刚收拾完分号门店，张吉祥就因为寻找父亲找上门来。王掌柜见张吉祥藏语、汉语都精通，就把他留了下来，随后让我和张吉祥一起编写《藏语读本》。等《藏语读本》初步编完后，他就在张吉祥的陪同下，多次进入藏区了解各家锅庄情况。根据此前我们交流的情况看，王掌柜的建议切实可行。"

姚一阳见吴云山和王忠义看法一致，也和自己的想法不谋而合，就说："那今年就按照王掌柜说的办，争取一炮打响。王掌柜，你还有啥想法尽管说，不要拘谨，更不必顾忌。"

王忠义笑着说："东家言重了。要说想法嘛，我还没有考虑成熟，怕惹东家笑话。"

姚一阳猜到王忠义肯定还有其他想法，刚才赵新生的玩笑话让他有了顾忌，因此不愿意当面说出来，就鼓励说："三个臭皮匠顶个诸葛亮，何况我们是四个人在一起。你有想法就大胆说，即使是错的，我也不会怪你，更不会笑话你的。"

王忠义说:"那我就斗胆说了。第一,跟藏民、彝民打交道做生意,首先要彼此尊重,平等待人。第二,如果东家方便的话,最好抽空去拜见藏族土司、彝族土司,和他们搞好关系。在藏区、彝区做生意,有时候会受到劫匪的抢掠,货物损失不说,人员也会有伤亡。如果和藏族土司、彝族土司搞好关系,这些劫匪就不敢打咱们货物的主意了。第三,如果有可能,最好能像陕商在河西走廊一带做生意一样,给商队配上保镖,保护货物和伙计们的安全。"

姚一阳沉思了一下,立即表态说:"王掌柜的三条建议,条条在理,都是为商号着想,我完全支持。这次来炉城比较匆忙,没有考虑到拜见藏族、彝族土司的事,何况在炉城也买不到他们觉得稀奇的东西,带的礼物不合适反倒会弄巧成拙,等下次来炉城,你陪我一起去拜访他们。对于平等做生意之事,我也赞同。只有彼此处在平等地位,事情才好办,生意才好做。要告诫所有伙计,就是跟单个藏民做生意,只要价格说好了,绝对不能在秤上亏待人家。在藏区、彝区做生意,确实存在劫匪抢掠的风险,姚家祖上当年是随藏商深入藏区的,较好地避免了许多麻烦。现在,可以让张吉祥利用他藏民身份的方便,为商队保驾。也可以和汪家锅庄商量,和藏商一起深入藏区。但在炉城到雅州这九百多里路程上仍然存在劫匪打劫的可能,雇用保镖之事,我回到雅州和义兴茶号、恒泰盛的东家见个面,看能否共同雇用保镖。"

王忠义说:"常言道天下未乱蜀先乱,天下已治蜀后治。现在这个局面就印证了这句话。请东家放心,炉城分号一定不辜负东家的重托,尽快让货物流转起来,让银钱滚动起来。"

姚一阳见王忠义信心满满,笑着说:"还有一件大事,就是你尽快迎娶一个卡佳或者秋娘,我也好在炉城给你修建一座关中四合院。"

王忠义笑了笑，没有吱声。

王忠义的努力没有白费。当年恒裕堂茶叶销售一路领先，早早就完成了销售任务，当然其中也有恒裕堂改变茶叶包装的功劳。同时，张吉祥利用藏民身份的便利，带着分号伙计随藏商运输队深入藏区，一度到了甘孜、昌都，采购的药材、皮毛、土特产不但质量好，数量也大，对恒裕堂尽快恢复元气做出了贡献。

在第一个三年分账时，姚一阳见几个掌柜所分红利极其可观，就产生了细化祖上在东西制管理模式下创立的领东掌柜管理办法的想法。除了人四银六这种分红比例，他想吸纳更多资金，迅速扩大经营品种和范围，尽快完成恒裕堂在川藏地区的商业网络，做到产供销一条龙经营。

姚一阳在第一次分账之后，把雅州总号、炉城分号的掌柜、账房请到一起开了一个神仙会。所谓神仙会，就是把商号所有股东请到一起，商议商号的重大决定、分红比例、人才遴选等敏感问题。

等大家在总号正屋大堂坐下后，姚一阳笑着问大家："经过大家的共同努力，在第一个分账期，你们不但拿到了应得的薪俸，也分得了应有的红利，大家对此还满意吧？"

总号账房陈富民率先说："三年一个账期，这是陕商的老规矩。三年来，不管是总号，还是茶厂、炉城分号，大家都能心往一处想、劲往一处使，做到了供销两旺，尤其是藏区、彝区茶叶贸易更是在第一年的基础上实现了翻番，为总号整体经营贡献巨大。根据总号获利情况，东家按照三年前人四银六的约定，给大家第一次分红。据我测算，商号所有伙计收入在同行中也应该是位居前列。不管你们是否满意，我觉得三年的辛苦付出值了。"

刘崇德、王忠义、赵新生、吴云山等人纷纷点头表示同意。赵新生说：

"茶叶销售和药材、皮毛采购主要得益于炉城分号，王掌柜功不可没，我们是秃子跟着月亮沾光，应该感谢王掌柜和吴先生。"

王忠义见赵新生当着东家和其他掌柜的面夸赞自己，不好意思地说："要说有功，那也是东家和藏族土司、彝族土司搞好了关系，保证了咱们商队在他们的地域畅通无阻，才有了今天这样的成就，东家才是最大的功臣。"

姚一阳笑着说："功劳都是大家的。作为东家，理应为大家修路搭桥。看到大家都分到了红利，我有一个想法想和你们商量一下，如果你们同意，咱们按照新约定办。如果你们有异议，权当我没说，还是按照老规矩办。"

刘崇德一直在总号，此前也没有听姚一阳有啥新想法，现在听东家这么一说，他急切地问："东家有啥想法尽管说，别吊我们的胃口，让我们干着急。"

姚一阳说："我看大家分红不菲，就想鼓励大家参股商号经营。此前实行的人四银六办法，你们是以人力、智力入股，没有本钱投入。现在你们手里有了分红可以做本钱，可否和我一起投资，按照投入本钱的多少在东家所占的六成中再分红。这样做，是为了扩大经营品种和范围，开设更多的分号，完善销售网络。何去何从，你们选择，我不强迫。"

姚一阳一番话说完，大家都沉默了。他看到气氛有点凝滞，就端起茶杯品茶，装作不经意中品读众人的表情，他不想影响这些人在如此重大的事情上做决定。面前的这些人，跟着他闯关西，谁都要给家乡的父母妻儿有个交代，一下子把所有分红拿出来投资，确实有些勉为其难。

王忠义见大家都不吭声，他看了一眼姚一阳，随后说："大家都知道我是孤身一人，也不要说我站着说话不腰疼。我同意东家说的办法，也愿意用红利参股总号经营。我知道大家都拖家带口的，这三年也没给远在关中的家人捎过多少银钱，都想趁着分红改善家人的生活条件，这是人之常情。但现在，川藏地区人口逐渐增加，总号生意日渐红火，我觉得此时东家能让大家参股一起经营，是东家大度，是有福同享的一种胸怀。即使大家不能把所有分红都拿出来参股，最起码也能拿出来一部分吧？"

吴云山这些年一直和王忠义在炉城，两个人配合默契，想法往往也一致。他也觉得这是一个发财的好机会，就说："我看好恒裕堂的发展前景，愿意把红利的六成拿出来参股。"

炉城分号掌柜、账房表态后，刘崇德、赵新生、陈富民纷纷表态，均愿意拿出分红的六成参股。

姚一阳微笑着说："王掌柜刚才说我大度，有一种情怀，有点过誉了。想当初，大家一起收拾烂摊子，共同努力，才有了今天的局面。我的做法，充其量就是古人说的'苟富贵，勿相忘'罢了。陈总账，虽然大家都表态要参股，你还是要根据每个人的情况酌情办理，然后根据参股本钱写好契约，作为下一个分账期分红的依据。另外，按照总号对伙计的管理办法，有些伙计表现不错，也该晋升了。大家看，哪些伙计堪当重任？"

众人议论纷纷，赵新生提出了茶厂伙计晋升人员，刘崇德提出了总号伙计晋升人员，唯独王忠义没有吭声。

姚一阳心里清楚王忠义肯定有想法。他说："王掌柜，炉城分号身处汉藏交界处，是恒裕堂的前线，这几年的成绩有目共睹，难道你没有合适的人员可以晋升？"

王忠义说："炉城分号不是没有合适人员需要晋升，而是我考虑的晋升档次和总号对伙计的管理办法有出入，因此还在犹豫该不该说。"

姚一阳说："规矩都是人定的，只要你说得有道理，咱们可以修改。世上哪有百年不变的规矩嘛。"

王忠义说："既然规矩可以变，我斗胆提议张吉祥任炉城分号三掌柜。"

王忠义话音落地，在座的都大吃了一惊。

姚一阳笑着说："这个提议不错，值得肯定。这些年，张吉祥为恒裕堂做出的贡献大家心知肚明，理应破格晋升。我不怕掌柜增加，就怕用人不当。这些天，我一直在考虑红义巷的房产该如何更好地利用，王掌柜的提议让我打开了思路，有了新想法。我看这样，所有分号统一叫恒裕堂。把红义巷的房产重新装修，茶号搬到红义巷去经营，布匹和丝绸另设分号，也搬到红义巷去经营，总号以后只管药材、盐、糖、土特产经营。分号多了，你们也参股了，应该给你们更大的权力。我决定辞去总号、分号大掌柜，恒裕堂总账房由陈富民担任，总号大掌柜由刘崇德担任，红义巷茶号大掌柜由赵新生担任，红义巷布匹、丝绸分号大掌柜由李富林担任，茶厂大掌柜由刚才赵新生提议的钱运来担任。鉴于炉城分号的特殊性，炉城分号大掌柜由王忠义担任，账房由吴云山担任，二掌柜由张吉祥担任。大家看如何？"

姚一阳的一番话，真可谓一石激起了千层浪，在每个人的心中都泛起了层层涟漪，久久不能平静。这些年，他们跟着姚一阳闯关西，见识过他对许多事情的杀伐决断，但在关乎他们利益方面从没有像今天这样的大胆决策。允许掌柜、账房参股，就把所有参股者变成了带肚子掌柜，各分号的经营业绩不但直接和东家有关，也和他们这些参股者有了直接联系，因利益的一致性，东家和他们就变成了利益共同体。姚一阳这样做，不仅仅是为了念旧，感念他们在恢复恒裕堂业务方面所做出的努力，而是为了让他们这些所谓的创业者与他一起分享恒裕堂的成果。

王忠义见大家既兴奋，又不说话，他说："姚东家这是在普度众生哩！你们别只顾着自己心里颤活①，也给姚东家表个态呀！"

---

① 颤活：关中方言，表示高兴、愉悦、兴奋。

众人七嘴八舌地表达自己的想法，总的意思是同意姚一阳提出的办法。他们愿意追随东家，共同发财致富。

姚一阳兴奋地说："既然咱们统一了意见，那么除了炉城分号之外，其他分号大掌柜根据业务的需要，也可以提出二掌柜、三掌柜人选，然后大家一起商议决定。要想把恒裕堂做大，就得注意培养人才，我的想法是，不但要开笼放鸟，也要栽树引凤，要不惜打破常规，提拔我们自己需要的人才。只要有了人才，就不愁事情做不大。另外，大家还应该把眼光放长远一点，不要仅局限在闯关西，要放眼整个川藏地区，谋定而后动，争取在下一个分账期有更好的成果。"

吴云山笑着说："估计等不到下一个分账期，有人就会有意想不到的好成果了。"

这句话把好几个人说得云里雾里的，只有姚一阳猜到了吴云山话里的真实含义。

姚一阳说："看来我真得在炉城兴建一座关中四合院了，这是好事。忠义，啥时候准备办喜事，大家一起给你热闹热闹。"

王忠义瞪了吴云山一眼，低着头没有回应姚一阳的问话。

吴云山接着说："这几年咱们商号茶叶、布匹、丝绸等货物之所以能畅销藏区、彝区，离不开汪家锅庄沙鸨达娃央宗在其中的撮合。人非草木，岂能无情。两个异性接触的时间长了，难免暗生情愫，尤其是年轻人，更像干柴烈火一般。王掌柜要不是考虑到藏汉很少通婚这个习俗，估计早就抱得美人归了。"

其他人这才明白，王忠义这几年偷偷摸摸地干了一件大事，不由得对他刮目相看。

看到大家把目光都瞄到了自己身上，王忠义知道不说实话不行了。他说："吴账房说的有些玄乎，你们千万别当真。这几年，我和达娃央宗确实多次接触过，要说彼此有好感没错，但人家能否嫁给我这个汉人，我心里还是没谱。"

陈富民说："汉藏自古以来就有通婚的习俗，唐代文成公主嫁给了松赞干布，被传为佳话。虽说当年张良才张掌柜和巴桑卓玛有婚姻之实，没婚姻之名，但却给商号贡献了一个张吉祥，也算是汉藏通婚的一个活生生的例子。如果你们两个对眼，我看还是尽快把事情定下来，我们也好喝喜酒嘛。"

吴云山说："王掌柜不说老实话，还是有所隐瞒。张吉祥的母亲当年就是汪家锅庄的沙鸨，因为精通汉藏语言，才和张掌柜好上了。王掌柜对如今汪家锅庄的沙鸨达娃央宗有好感之后，张吉祥私下问过人家，人家愿意嫁给王掌柜。咱们就等着喝喜酒吧。"

姚一阳见王忠义的婚事终于有了眉目，高兴地说："能在做生意的同时，搞定一个沙鸨，可以看出忠义高明的手段。我就说这几年恒裕堂的茶叶能早早销售一空，原来是达娃央宗在暗中帮忙呀！汉藏通婚，和平共处，一起发财，这是大好事。陈总账，你等会让厨房弄几个好菜，再烫点好酒，咱们先给忠义庆贺一下。"

赵新生笑着说："如果说以前汉藏之间有一条不可逾越的江，如今王掌柜娶了达娃央宗，就是搭起了汉藏通婚的桥。猛龙过江，风光旖旎，前程似锦啊！"

刘崇德接着说道："给王掌柜在炉城修四合院时我去当监工，一定要把炕盘结实，否则新婚之夜把炕弄塌了，会让达娃央宗说汉人不诚实，盘个炕都不结实。"

众人哄堂大笑，羞得王忠义面红耳赤。

姚一阳笑着说："你们几个过来人，就别取笑忠义了。你们谁没有过怀抱娇妻，被翻红浪的时候？忠义，如果需要有人替你提亲，我这个东家义不容辞，当仁不让。"

王忠义喜道："多谢东家了！到时候一定请东家到炉城来主婚，大家一醉方休。"

有诗叹曰：喜事连连话川藏，生意兴隆精神爽。

从此边地起波浪，后人江边吼秦腔。

第八章

姚昂干筹谋有方　永聚公初现曙光

诗曰：冬去春来年复年，花开花谢尘世间。

不觉白驹过隙去，岁月轮回又换天。

自从王忠义和汪家锅庄沙鸦达娃央宗成婚后，恒裕堂就把川藏生意做得如烈火烹油，日渐红火。等到第三个分账期，恒裕堂不但获利丰厚，而且分号不断扩张，声誉日隆，姚一阳当年在红义巷购买的房产几乎全部被占用，商号雇用的伙计早就超过了三百人。

俗话说，树大风必摧，钱多贼惦记。就在姚一阳准备第九次分账之后把恒裕堂交给孙子姚昂干经营的关键时刻，红义巷绸缎分号发生了伙计和顾客的激烈冲突。

这天早上，已是白发苍苍的姚一阳把嫡孙姚昂干叫到总号的书房，把他近三十年来管理商号的心得和各项管理制度交给了姚昂干，并特意叮咛说："恒裕堂经过这些年的快速发展，已经在川藏地区有了名望，在普通民众心目中有了良好的口碑，也引起了所有商家的关注。你虽然到雅州有一段时间了，也弄清了所有分号的经营情况，但我还是要告诫你几句话，千万不可弄砸了恒裕堂的招牌。"

二十岁出头、精明能干的姚昂干心里清楚，恒裕堂这块招牌虽说在明中期以后就有了，但真正让官府和民众认可的还是爷爷姚一阳历经艰辛的大半生付出。现在老人家要落叶归根了，难免不放心。姚昂干谦逊地说："爷，您有啥话尽管说，孙子一定铭记在心，并保证恒裕堂只会越来越好，决不会给您老人家丢脸。"

姚一阳清楚孙子的秉性。这个看似听话的大孙子，其实骨子里有着一股傲气，也有陕西人敢作敢为的勇气。当初，他原本想让二孙子昂千接替自己的，昂干却说他是姚家孙子辈老大，理应承担家庭重任，并且他弟弟昂千学业出众，不能因为经商耽误了科举。到雅州后，他迅速和各分号的大掌柜、二掌柜打成一片，并在极短的时间内就充分了解了各分号人员配置、经营情况，这让姚一阳打消了顾虑，从而有了放心归根的想法。他看着孙子说："商海波诡云谲，凡事都要谋定而后动，切不可大意失荆州。今天，我不给你说如何经商了，特意把孔圣人的一段话送给你。孔圣人说：'聪明圣知，守之以愚；功被天下，守之以让；勇力抚世，守之以怯；富有四海，守之以谦。'你要仔细揣摩这段话的含义。经商之人首先要学会做人，其次才是做事，再次才是做大事。爷老了，当年跟着我到雅州的一些分号掌柜、二掌柜年纪也不小了。这人一上年纪，难免有三昏六迷七十二糊涂之时，比不得你们年轻人体力充沛、精力旺盛。对于老人，你一定要善待他们，就是不用他们了，也要按照商号入股契约的约定，让他们自己选择是否退出。"

姚昂干还未应答，就见总账房陈富民领着绸缎分号大掌柜牛万顺急匆匆抢进书房。牛万顺满头大汗、气喘吁吁地说："老东家、少东家，大事不好啦，快赶紧想办法呀！"

姚昂干一头雾水，不知道到底发生了啥事，让牛万顺这个见多识广的大掌柜也变得如此慌张，语无伦次。他拉着牛万顺请他坐下，然后倒了一杯茶水递给他，这才说："牛掌柜，别着急，把话说清楚，啥大事不好啦？"

牛万顺顾不上喝茶，擦了把额头上的汗珠说："刚才绸缎分号来了一个长相俊俏、打扮时尚的幺妹①，她看上了咱们绸缎分号的水红色缎子，在讲价钱时和柜面伙计发生了口角，随后大声争吵了起来。未等二掌柜上前处理，就从店铺外面闯进来几个穿着黑色劲装的彪形大汉，他们二话不说，上前就把柜面伙计和二掌柜一顿暴打，还砸坏了店铺一些家具，然后扬长而去，有认识他们的人说，这伙人是精忠山码头的人，吵架的俊俏幺妹叫陈雪娇，是精忠山码头舵把子的妹妹。我们和这个精忠山码头素无瓜葛，这伙人不但打了伙计和二掌柜，还扬言事情没完，这可咋办呀？"

姚昂干总算听明白发生了啥事，对牛万顺所说的精忠山码头，他也是一无所知。为了安慰牛万顺，他说："牛掌柜，冤有头，债有主。只要知道他们是谁，事情就好办。我不相信朗朗乾坤之下，难道就没有王法了！"

姚一阳沉吟着说："昂干，先不要冲动。常言说临事让人一步，自有余地；临事放宽一分，自有余味。舵把子的妹妹为了缎子价格和柜面伙计争吵，看似小事一件，也说明了陕商言不二价有弊病。你来雅州时间不长，

---

① 幺妹：四川方言，指年轻漂亮的女子。

对精忠山码头不太了解，让陈总账给你说一下它的来历吧。"

陈富民说："老东家所说的精忠山码头其实是雅州乃至整个四川的袍哥组织。康熙初年，练家子出身、长年漂泊在外的当地人陈近南回四川，在雅州红义巷的东头创建了精忠山码头，他自称总舵主，手下的伙计一律互称袍哥。对于袍哥这个称呼，据说是取《诗经》上'岂曰无衣，与子同袍'之义。随后几年，陈近南在全川各地开设了分舵。据我所知，雅州精忠山码头应该是全川的总舵。这些袍哥有时在陆路受雇于商家做保镖，也在青衣江上搞船运，一般不会欺行霸市、欺压平民的。今天咋跟你们发生了冲突？"

牛万顺说："我听二掌柜说那个幺妹非要让柜面伙计降价，伙计不降，两个人在言语上发生了冲突，就弄成了如今这个局面。"

姚一阳说："陕商多年来一直恪守诚信经营的原则，讲究货真价实，不但在川藏，就是在全国，大家都知道陕西商人做生意，从来都是一口价，绝对不跟顾客讨价还价。柜面伙计做得没错，我估计是这个幺妹不了解陕商做生意的规矩，才发生了口角，引起了冲突。依我之见，这件事不能报官府处理，得私下解决。雅州精忠山码头既然是总舵，咱们最好别得罪他们，要想办法消除误会。昂干，这件事就交给你去处理。如果你能妥善处理好此事，我就可以放心回老家休养了。"

姚昂干当即表态说："爷，你放心，我绝对不会让你失望的。"

姚昂干在牛万顺的陪同下，来到红义巷丝绸分号，询问柜面伙计与陈雪娇发生冲突的详细过程。他把陈雪娇挑选的水红色缎子拿在手里看了看，暗自称赞能看上这种颜色缎子之人绝非一般女子。他对二掌柜说："带上这匹缎子，跟我一起到精忠山码头拜见陈总舵主。"

二掌柜见识过那个幺妹保镖的强悍和霸道，本来心里就发怵，现在听到少东家让他一起去拜见陈总舵主，就感到腿肚子在转筋，但事到临头，再害怕也得硬撑着。他把缎子往腋下一夹，跟着姚昂干出门就赶往红义巷东头。

直走到红义巷最东头一座宅院前，两人停下脚步。姚昂干看到五间面阔的宅院大门口站着两个身穿黑色劲装的年轻人，就上前递上自己的拜帖，说："恒裕堂少东家姚昂干前来拜见陈总舵主，烦请通报一声。"

其中一个黑衣人打量了姚昂干一眼，面无表情地说："陈总舵主去了南方，不在码头，你改天再来吧。"

碰了软钉子，姚昂干略觉尴尬，他微笑着说："如果陈总舵主不在码头，我想拜见师爷，麻烦你通报一声。"

那黑衣人不耐烦地说："这里没有师爷，你快走吧。"

姚昂干见门口的两人不愿意进去通报，但事情还得解决，无奈之下，他冲着门里面朗声说道："恒裕堂少东家姚昂干求见陈总舵主。"

这一声中气十足，惊得二掌柜腿脚发软。

陈雪娇从恒裕堂绸缎分号回来后，把几个打人的袍哥臭骂了一顿，埋怨他们不该不问青红皂白就动手。气不打一处来的她操起一把宝剑在院子里挥舞以解心中闷气，就听到门外的声音。于是快步走到门口，高声说："我哥不在，你们有啥话就跟我讲。"

二掌柜急忙闪到姚昂干身后，小声说："这女子就是早上到店铺惹事之人，少东家可要小心了。"

姚昂干见面前的年轻女子一身红色劲装，柳眉杏眼，俏脸含春，樱桃小口，身材窈窕，如果不是手提宝剑，谁也不会把她看作是习武之人。姚昂干赶紧上前施礼说："恒裕堂姚昂干参见陈姑娘。"

陈雪娇见来人知道自己的身份，一边扭身往院里走，一边说："有啥事进来说吧。"

她带着姚昂干、二掌柜穿过二进院，走到三进院正屋门口时，随手把宝剑递给了站在门口的一个黑衣男子。进了屋，首先映入眼帘的便是挂在正中靠山墙八仙桌上方的一幅工笔彩绘的《关羽夜读〈春秋〉》画像，两旁贴着一副对联：义存汉室三分鼎；志在春秋一部书。

未等姚昂干仔细打量屋内陈设，陈雪娇就说道："我是江湖女子，喜欢直来直去。少东家有什么话就直说。老子敢在恒裕堂分号闹事就不怕事。"

姚昂干见陈雪娇说话干脆利索，毫不掩饰自己的想法，猜测她可能以为自己是上门追究，微笑道："陈姑娘误会了。我能坐下来说话吗？"

陈雪娇冷着俏脸说："随便坐。有话直说，你们想干啥？"

姚昂干坐下后说："陈姑娘可能对陕商的经营风格不太了解，这才造成了误会。明朝初年，陕商到雅州闯关西，被当地人戏称为老陕出门一根棍，干的活大多是木工、瓦工、银匠一类的活，但他们不惜体力，说话算数，做的活质量好，价格公道，很快就有了好的口碑。后来经商，被人称为陕棒槌，意思就是陕商喜欢直来直去，一般对所经营的货物报的都是最低价，不喜欢和顾客讨价还价。这种做法，和南方商人不同，但却说明了陕商诚实自尊，不善言辩。我想早上陈姑娘就是碰上了门店伙计不愿意讲价钱这档子事，才闹出了误会。现在，我带着绸缎分号二掌柜亲自上门道歉，并愿意将陈姑娘选中的水红色缎子免费赠送，陈姑娘觉得如何？"

刚才，姚昂干说到陕商被人称为陕棒槌时，陈雪娇就忍不住偷偷笑了。现在对方并未追究己方打人一事且要把自己选中的缎子免费赠送，她觉得于情于理都说不通。于是爽快地说："恒裕堂绸缎分号在雅州口碑好，生意大，我才慕名而去的，没料到发生了误会。既然是误会，双方都有责任，我回来后就把跟随我的几个兄弟都教训过了，我这里向少东家赔罪。我们会给你们的伙计赔偿医药费，双方就算扯平了。至于兄弟们说的事情没完，你就当耳旁风，不要当真。缎子请你们带回去，我不会无故接受你们免费相赠的，老子再穷也不缺这几个钱。"

姚昂干笑着说："我们也算是不打不相识。我看陈姑娘是个爽快人，我也不是吝啬鬼。既然说了要把缎子相赠，就断没有再拿回去的道理，再说我也不可能空手来拜精忠山码头吧。咱们一回生，二回熟，说不定以后还有互相帮忙之处，就请陈姑娘笑纳吧。"

陈雪娇笑着说："你还真是个一根筋的陕棒槌。这批缎子先放在这儿，权当以后恒裕堂和精忠山码头做生意的订金。少东家，你回去给老东家说，此事就算过去了。抽空我再去恒裕堂总号给老东家赔礼道歉。"

陈雪娇爽朗的性格、姣好的面容、干脆利索的办事方式，使得姚昂干忽然有了一种莫名的冲动，他认为这就是一个奇女子，能与这样的女子交往，或许对自己以后经营商号颇有益处。想到此，他说："欢迎陈姑娘到恒裕堂总号做客，我一定盛情相待。"

陈雪娇说："没有其他事你就赶紧回去吧，省得老东家惦记。"

姚昂干让二掌柜把带来的缎子放在八仙桌上，两个人一起急匆匆地离开了精忠山码头。

转眼间到了康熙三十五年（1696）。这一年夏初，雅州知府衙门告示所有商号，康熙帝颁诏"准行打箭炉市，番人市茶贸易"，朝廷正式确认了打箭炉是汉藏交易的重要集市，允许把四川的油、盐、茶、米、布匹等物资经茶马古道运至打箭炉，再转运到西藏、尼泊尔和印度。姚昂干看到这个告示，心中一阵激动，暗想自己得有所行动了。这几年，他不但把爷爷留下的产业做得顺风顺水，实力大增，还和陈雪娇成了好朋友。在他的心里，绝不是仅守着雅州、打箭炉这两个地方做生意，他的目标是要放眼全川，把生意做到四川各地。要想进一步扩充经营网络，首先得把位于三元街的总号搬到已经有多家分号的红义巷去；其次他想在泸定、成都、重庆、泸州（今四川泸县）、绵州（今四川绵阳）等地设立分号，真正做到以雅州为中心，辐射全川。多年来，姚昂干基本上形成了自己独特的决策方式，在事情还没有完全想透彻、重要人事没有敲定之前，他很少征求他人的意见，更不会轻易和其他掌柜或者总账房商量，总是一个人仔细斟酌，力求想出一个比较妥善的方案来。

这天后半晌，天气晴朗，万里无云，这在雅州来说，也是一个难得的好天气。姚昂干心里有事，就想到青衣江边上走一走，顺便缓解一下压力。临出总号大门时，看到堂弟姚昂才在院子里看书，就叫上姚昂才陪他到了青衣江边。

初夏的青衣江边，微风吹拂，船帆点点，不时响起一阵船工号子。江水缓缓流动，两岸人头攒动，走在江边，有一种闹中取静的韵味。姚昂干一路上并不说话，一直沿江岸往上走，直到无人处才停下了脚步。他拣起一个石块，弯下腰，手臂一抡，石块在江面上不断跳动，带起了一连串的水花，最后沉入了江底。

姚昂才见堂兄玩起了打水漂，他笑着说："哥，做生意我不如你，玩打水漂你可就不如我了。"随即拣起一个扁平的石块，弯下腰，顺手一甩，果然激起的水花更多，飞出的距离更远。

姚昂干看着江水说："兄弟，会唱秦腔吗？"

姚昂才说："会一点，但不敢说唱得好。"

姚昂干说："如果哥让你唱一段，你会唱啥？"

姚昂才说："我给你唱一段《张连卖布》咋样？反正这里没人，我也不怕你笑话。"

姚昂干笑着说："到底是做生意，学戏都学的是《张连卖布》。好，你就来一段。好长时间没听到家乡戏了,让我过一下瘾。"

姚昂才哼唧了几下,算是清了清嗓子,随后就大声唱道:

先把那渭南县当铺坐下,西安府开盐店咱当东家。
兰州城京货铺招牌悬挂,西口外金刚钻发上几车。
穿皮袄套褐衫骑骡压马,烧黄酒猪羊肉美味有加。
娶妻小赛过那南京俏画,买丫头和小子装烟倒茶。
清早起人参汤先把口下,到晌午把燕窝拌成疙瘩。
张口兽琉璃瓦高楼大厦,置几顷水浇地百不值下。
银子多使不了这可咋办?寻几名好伙计四路访查。
幸喜得四路里粮食涨价,百十名走粟行银赚万八。
捐功名只要那官高势大,仿巡抚坐总督布政按察。

说实在的,姚昂干从没有听过堂弟唱秦腔,这一段唱完,让他心里觉得异常舒坦。他刚想鼓掌称赞,忽听见远处传来了陈雪娇的声音:"唱得不错,再来一段。"

姚昂干抬头一看,陈雪娇穿着一身藕色裙装,用一根黄色丝绸把一头青丝扎在脑后,正大步向他们走来。

陈雪娇还没走到姚昂干跟前,就笑着说:"还没有挣多少钱,就想着'捐功名只要那官高势大,仿巡抚坐总督布政按察'了,志向不小啊!"

姚昂干猜到陈雪娇找他有事,就说:"你咋一个人跑到江边来了?找我有事吗?"

陈雪娇说:"没有谁规定只能你来江边我就不能来呀!我刚才到三元街总号去找你,总账房陈老先生说你往江边来了,我就找了过来。正愁着该往哪个方向，就听到有人吼秦腔，循着声音过来，果然是你们兄弟在此悠闲玩耍。刚才那段秦腔蛮铿锵有力的，可惜我只听到了后面几句。告诉你一个好消息，我哥回到雅州了，他说想见你一下。"

姚昂才冲着堂兄做个鬼脸，坏笑着说："大舅哥终于要见妹夫了。"

姚昂干见陈雪娇俏脸上泛起了红晕，害羞地低着头不说话，他抬腿轻轻踢了姚昂才一脚说："狗嘴里吐不出个象牙来，胡咧咧个啥哩！"

陈雪娇岔开话题问："你还有闲工夫跑到江边上让昂才给你唱秦腔，是不是想家了？"

姚昂干说："最近雅州知府刘大人召集所有商号东家开会，说朝廷诏令打箭炉将作为汉藏贸易的集市，我想趁此机会扩张恒裕堂的商务，在其他地方增设分号。有些事情让我烦恼，一时间也没有合适的人商议，就到江边来了。看到滚滚江水，想到了小时候经常戏耍的泾河水，这才让昂才唱了一段。"

陈雪娇说："这是好事，说明你还真有志向。咱们回去吧，我哥在精忠山码头等你哩。"

姚昂干见无法推辞了，对姚昂才说："你先回去，但千万别胡言乱语，等我想好了再说。"

姚昂才说："你放心，我没有胡言乱语的毛病。"

陈雪娇见姚昂才越走越远，这才说："你还真想立足雅州，经营全川呀？"

姚昂干说："经营全川是我的初步想法，如果有机会，我想沿着长江往下走，最好能到苏杭一带。"

陈雪娇俏皮地说："看来雅州地方太小了，已经放不下你这颗心了。到苏杭好呀，俗话说，上有天堂，下有苏杭嘛。但愿你到了苏杭，不要忘了雅州。"

姚昂干清楚陈雪娇想说啥，只是碍于是一个姑娘家不好开口明说而已。他说："雅州是姚家起根发苗之地，也是姚家所有生意的根，我怎么能忘记？对了，你哥回来能待多久？咱们相识这么长时间了，我可第一次见他，还真不知道该说些啥？"

陈雪娇说："你爱说啥就说啥，不用问我。我把丑话说到前面，就是做两头大，我也愿意。"随即转身跑开了。

姚昂干不由得心中暗喜。说实话，他们两个相识几年，他确实喜欢上了陈雪娇。对于一个常年在外经商之人来说，喜欢一个异性很正常，有的商人经常喝花酒，逛娼寮，既是为了应酬，更多的是为了宣泄。他也年轻，之所以没有像其他商人一样，就是因为心中挂念着陈雪娇，怕她瞧不起自己。两头大这个称谓，早在明朝时期的陕商、晋商中就流传过，就是老家有一个明媒正娶的妻子，在经商之地还有一个相好。这样在两地生活都有人照料，更重要的是都有家的感觉。没料到陈雪娇也知道两头大这回事情，并且还当面表明了自己的态度。他此前没敢向陈雪娇表白自己的想法，就是怕她生气、受委屈，现在，陈雪娇自己说不惜做两头大，他高兴还来不及哩，更不要说推辞了。

陈雪娇回到精忠山码头二进院正屋，见哥哥和几位袍哥说话，就说："哥，恒裕堂东家姚昂干一会儿就到。你们先忙，我回屋去了。"

几个袍哥听说总舵主一会儿有事，纷纷起身离开了。

陈近南近些年一直在广东、福建一带活动，有时也去北京，但他的真实身份只有极少数人知道。作为国姓爷郑成功的部将，他奉命回到雅州开设精忠山码头，就是为了积蓄反清复明的力量，等待时机成熟，和台湾遥相呼应，以图恢复大明江山。此次他回到雅州，听说妹妹和恒裕堂东家姚昂干来往过密，超出了一般异性朋友关系，本来他想教训陈雪娇，但一想朝廷在康熙帝的统治下，不但剪除了权臣鳌拜，剿灭了三藩叛乱①，荡平了噶尔丹，还鼓励农耕，恢复生产，加上郑成功去世，郑经继位，自己颇受排挤，他反清复明的心就凉了大半截。妹妹陈雪娇年龄也不小了，再拖下去，无疑会耽误青春。反清复明遥遥无期，江湖又很险恶，让妹妹嫁个可靠之人也不失为一种好的选择。

就在陈近南沉思之际，姚昂干手提着几样礼品已跨进正屋。听到脚步声的陈近南刚抬头，就看到一个身穿青色绸衫的年轻人已然站在了自己面前。只见他把礼品往八仙桌上一放，双手抱拳，对自己作揖，然后说："恒裕堂东家姚昂干拜见陈总舵主。"

陈近南见他气宇轩昂，一表人才，欠欠身笑着说："久闻姚东家大名，今日一见，果然名如其人啊！快请坐。"

吩咐人给他沏了一杯茶，这才说："精忠山码头基本上都是江湖人士，干的营生无非是跑船拉纤，护送货物，能和姚东家结缘，实乃三生有幸啊！"

姚昂干说："恒裕堂和精忠山码头熟络，也是从不打不相识开始的。当初要不是恒裕堂绸缎分号伙计得罪了令妹，我们也不会结缘的。我听令妹说总舵主回来了，就赶紧过来拜访，并有一事相求并请总舵主做主玉成。"

陈近南听出姚昂干有提亲之意，微微点头，提醒说："雪娇从小娇生惯养，常年习武，身上一股子江湖气。我这个当哥的常年在外，也很少对她管教，就养成了她自以为是，独断专行的性格。这样一个姑娘家，一般人是不敢娶的。"

---

① 三藩叛乱：清朝康熙初年，平西王吴三桂、靖南王耿精忠、平南王尚可喜等汉族藩王，借口康熙做出撤藩的决定，结合海内外反清势力起兵的战争。自康熙十二年(1673)冬吴三桂举兵始，至康熙二十年(1681)清军攻占云南，吴三桂之子吴世璠自缢而终，共历时八年。

姚昂干说:"江湖儿女性格豪爽,倒是和陕商的性格很般配。如果总舵主不嫌弃我是一介商民,我这就请人到府上来提亲。"

陈近南说:"我知道雪娇和你是两情相悦,也知道你在老家泾阳已经娶妻生子,她愿意嫁给你做两头大,我这个当哥的也不好坚决反对。江湖之人,很少计较这些,只要你能善待她,我就放心了。"

姚昂干没料到陈近南会如此痛快地表明态度,他激动地说:"请总舵主放心,我一定不会亏待雪娇的。如果恒裕堂能和精忠山码头攀上亲缘关系,前景肯定会比现在好。"

听到姚昂干想借助精忠山码头的势力,陈近南不禁心里担忧。姚昂干并不知道自己的真实身份,如果精忠山码头和恒裕堂走得太近,将来要反清复明,岂不把恒裕堂牵扯进来。他又不好当面反驳姚昂干的想法,随口说:"姚东家这个想法不错,你还有其他打算吗?"

姚昂干知道陈近南走南闯北,见多识广,何况又答应了自己和陈雪娇的婚事,在心里就把他当成了值得信赖的人。关中人有一个习俗,凡大事都要和妻子的娘家人商量,把舅家人当作上司衙门对待。他说:"朝廷已诏令打箭炉作为汉藏茶叶贸易的集市,我不能总守着祖上留下来的一点产业,就想趁此机会在泸定、成都、重庆、泸州、绵州等地设立分号,真正实现祖上以雅州为中心,辐射全川的愿望。"

陈近南说:"这么多分号一旦设立,你考虑过如何管理吗?"

姚昂干说:"我想出了一个办法,您看是否合适。各地分号设立后,我打算实行联号制经营,就是各地分号统一名称,在陕商传统的东西制基础上进行产供销一条龙经营。另外,我觉得恒裕堂这个名号和恒泰盛听起来有些相似,不明就里的人很容易会误认为是一个东家,为此,我决定把恒裕堂改为永聚公,就是让各分号永远聚在一起。"

陈近南觉得很有道理,而且这个想法的操作性很强,也适合当前现状。

他说:"就按你的想法去办吧,我没有意见,也祝愿你能心想事成。有句话我得告诫你,恒裕堂也好,永聚公也罢,都不能和精忠山码头走得太近,来往过密,其中的缘由我不能告诉你,也不想让你知道,总之这是为你们好。雪娇和你成婚后,永聚公如果有需要船运或者护镖,让雪娇到码头来协调,你最好别出面。"

姚昂干突然间觉得陈近南很神秘,自己都能把想法全部告诉他,而他却有拒人于千里之外的意思,他不甘心地问:"总舵主还有啥事叮嘱我吗?"

陈近南说:"康熙帝已颁诏打箭炉进行茶叶贸易,这是好事。据我所知,西藏黄教和红教因为藏南、藏北的统治权问题已经发生了冲突,你在打箭炉的分号暂时维持现状,尽快把川北、川东的事情做好为上策。"

还未等姚昂干表态,陈雪娇跨过门槛脆生生地笑着说:"哥,初次见面你就指教姚东家该干啥了,这未免有点冒失吧。"

陈近南笑着说:"姚东家,你看我刚才说的是否属实?雪娇,你们还没有成婚,就当着姚东家的面怪罪我啦,以后你们的事情我还敢发言吗?"

陈雪娇脸色绯红,羞涩地说:"你是大舅哥,我们不麻烦你还能麻烦谁?"

陈近南说:"真是女大不中留啊!还没结婚,胳膊肘就往外拐了,我这个当哥的今后日子就难过喽。"

姚昂干和陈雪娇成婚后,把原来三元街恒裕堂总号的三进院做了住宅,把新成立的永聚公总号搬到了在红义巷新购置的五进院落里。随后,姚昂干决定姚昂才到绵州任大掌柜,姚宏春到成都任大掌柜,姚时春到重庆任大掌柜,张广财到泸定任大掌柜,赵顺利到泸州任大掌柜。

一下子新任命了五个大掌柜,不但在永聚公总号引起了轰动,就是整个雅州陕商圈对此也分外关注。在新任大掌柜们上任之前，姚昂干决定提前召开总号神仙会，统一思想，提出要求。

这天早上，永聚公总号二进院正屋里熙熙攘攘，不断有人进进出出。总号所管辖的红义巷茶号、药材铺、茶厂、绸缎铺、打箭炉分号等二十多个大掌柜、二掌柜、账房先生欢聚一堂。

所有人到齐后，姚昂才跑到三进院去请姚昂干。他进了书房，看见新婚不久的嫂子陈雪娇正站在堂兄身旁，监督堂兄喝她精心煲的参汤，就开玩笑说："嫂子真会体贴我哥啊！"

陈雪娇说："你哥一天劳神费力的，不应该照顾一下吗？"

姚昂才笑着说："劳神不假，但更费力。"

陈雪娇一听堂弟跟她开玩笑，嗔怪地说："就你知道得多。要不嫂子给你也找一个幺妹，让你晚上也有事可干。"

姚昂干见两个人斗嘴，就问："人都到齐了？"

姚昂才说："全到了，就等你了。"

姚昂干顺手把汤碗递给陈雪娇，说："走，咱们去开神仙会。"

陈雪娇说："开啥会？咋成了开神仙会？我得去看看都来了哪些神仙。"

看到东家进了正屋，原本热闹喧哗的屋子里马上就变得安静无声了

姚昂干的目光扫了一圈这些大掌柜、二掌柜和账房先生，笑着说："咱们这有点像梁山英雄开会呀！"

未等掌柜们说话，陈雪娇笑着说："梁山英雄那是大块吃肉、大碗喝酒，可惜你们这些神仙享受不到了。"

姚昂干扭头看了一眼站在自己身后的妻子，对大家说："放心，等开完神仙会，我一定请大家大块吃肉、大碗喝酒。"

随后，他把自己的打算向在座各位掌柜进行了通报。他说："神仙会

这个名字起得好，就是要大家各显神通。对新设立的五个分号，你们选择人员，并把二掌柜、账房先生人员名单上报总号审批。还望各位到了各分号所在地之后，要留心观察当地民众日常生活所需，了解行情，和当地官府、商家搞好关系。今天这个神仙会之后，所有商号统一使用永聚公字号，这叫联号经营，就是在以前东西制经营的基础上实行更切合实际的产供销一条龙经营模式。对于各位的薪俸，还是执行人四银六的老办法，允许各位掌柜在三年破账之后参股经营。对于伙计，仍然执行总号原来的管理办法。大家看行不行？"

众人对东家的提议议论了一番，很快达成了共识，纷纷表示愿意执行东家的决策。

姚昂干朗声说："大家不负我，我一定不负大家。只有共同把永聚公做大，我们才会有丰厚的回报。"

神仙会结束后，打箭炉分号新任大掌柜王继业（王忠义之子）找到姚昂干，诉说了一番他那里的苦恼。他说："东家也知道，打箭炉虽然变成了藏汉交易的商贸重镇，但往来的所有物品过大渡河都是援索悬渡，对打箭炉分号商贸影响很大。"

姚昂干知道援索悬渡是打箭炉生意难以做大的瓶颈，在他想鼓励王继业为他打气时，猛然间想起了陈近南曾经对他说过的话。他说："王掌柜，近些年五属边茶贸易量大增，早超过了五百万斤，你的压力自然大，其中的主要原因就是运输问题。我看这样，打箭炉分号暂时维持现状，你要提醒所有伙计注意安全，不要参与当地驻军的任何事情。"

王继业点了点头，同时又对东家最后的叮嘱感到莫名其妙。他说："咱们分号跟驻军来往本来就少，我会让大家注意的。"

时间刚进入康熙三十九年（1700），从打箭炉传来了驻打箭炉营官昌侧集烈叛乱，袭扰大渡河以东地区的消息。四川巡抚能泰得到紧急军情，一面上报朝廷，一面派军队分三路戡乱。清军和藏族叛军在打箭炉激战五天，斩杀了昌侧集烈等叛将及叛军五千余人。平叛之后，朝廷决定将打箭炉作为屯兵要地，常年驻军三千人。这项决策对巩固藏区有好处，但却让四川巡抚能泰伤透了脑筋。从成都或雅州往打箭炉调运粮食和军械，都要渡大渡河，而且是援索悬渡，要保证军队的日常供给矛盾非常突出。

姚昂干得知打箭炉将常年驻军后，就邀约恒泰盛、义兴茶号等泾阳帮、鄠县牛东帮众陕商一起商议对策。姚昂干说："打箭炉常年驻军，再不妥善解决大渡河援索悬渡这个瓶颈，势必影响大家在藏区、彝区贸易，大家有啥好办法没有？"

众人议论了一阵，都觉得商家的贸易不能和官府给驻军运输粮食与军械争抢悬索，个个垂头丧气，连声叹息。

姚昂干看到大家苦无良策，情绪低落，他突然说："大渡河上既然能援索悬渡，为啥不能架桥哩？如果能在大渡河上架桥，官府和商家的难题就能一并解决。"

义兴茶号刘东家说："大渡河河面宽阔，水流湍急，如果能架桥的话，早就搭建了，还能轮到我们在这里操闲心？"

恒泰盛于东家说："姚东家想法不错，但要真正在大渡河上架桥，恐怕不是我等商家能解决的。姚东家，你有啥好办法就说吧。"

牛东帮恒盛合徐东家说："就是。架桥之事说起来容易，做起来很难，单纯依靠我等商家出钱出力肯定不行，非得官府出面不可。"

姚昂干笑着说："官府可能也正为打箭炉驻军的粮草供应头疼哩。如果我们一起去拜见雅州知府张大人，就说在雅州的陕商愿意协助官府在大渡河上架桥，并恳请他出面向四川巡抚衙门上奏章，大家共同出力，弄不好还真能把架桥的事给办成。"

姚昂干的提议，最后通过雅州知府张大人的奏章，果真引起四川巡抚能泰的重视。能泰随即向康熙帝上奏章，建议在安乐渡口仿铁索桥规制建桥。奏章上报后不久，就传来了康熙御批：朕嘉其意，诏从所请。

真要建桥了，如何架设却成为摆在雅州知府面前的一道难题。张大人到大渡河的安乐渡口视察，看到两岸高崖夹峙，一水中流，雷犇矢急，河水汹涌，觉得在此架桥难度很大。重任在肩的张大人为了不辜负朝廷的重托，召集雅州各大商号，荥经、汉源、天全等县的能工巧匠全部到安乐渡口开会，共同商议如何能在安乐渡口修建铁索桥。

能工巧匠们查看了两岸的情况，出主意的出主意，想办法的想办法，终于七嘴八舌中达成了一致意见，就是采用索渡的办法，用粗竹索系在大渡河两岸，每个竹索穿上十多个短竹筒，再将铁链系在竹筒上，从对岸拉动拴在竹筒上的绳索，把竹筒连带铁链拉到对岸。办法想出来后，张大人命荥经、汉源、天全三个县的知县召集所有铁匠、石匠、木匠等能工巧匠，全部集中到安乐渡口，按照商议好的办法，锻打铁链，修建基础，制作木板。经过一年多的艰辛努力，康熙四十五年（1706）四月初，十三根铁链全部固定到位，当木板铺上铁链后，铁索桥终于修建完成，大渡河上援索悬渡就成为历史。

眼见天堑变通途，众陕商自然十分高兴。他们在一起议论此事时，就说起了康熙皇帝给铁索桥起名叫泸定桥的缘由。有人说康熙皇帝好大喜功，一个泸定桥的名字据说就包含了泸水、平定的意思，其实大渡河旧时叫沫水，不叫泸水，他平定西藏之乱倒是没错，如果要较真，此桥应该叫沫定桥。

有人接着说，康熙御笔亲书的泸定桥三个大字都已到雅州了，不久就会被悬挂在铁索桥上，谁敢在此时给皇上挑刺？据说康熙皇帝还亲笔题《御制泸定桥碑记》，知府张大人已经找石匠雕刻了。

姚昂干饶有兴趣地接过话题，笑着说："打箭炉这个地名也因为康熙皇帝改名叫康定而成为历史。打箭炉城东原来藏语叫康，康熙皇帝平定了西藏之乱，把打箭炉改称康定，是不是有纪念的意思啊！"

众人哄然大笑。

姚昂干说："也就是我们这些老陕在一起才敢议论当今皇上。不过，刚才说的话可不能外传，免得引起麻烦。泸定桥让天堑变通途，西藏叛乱又被平定，我们商家期盼的太平日子就要来了。干好自己的事，闷声发财吧。"

永聚公的招牌先后在全川各地出现后，以良好的信誉、公道的价格、周到的服务很快赢得了民众广泛好评，促使永聚公旗下各分号趁势快速扩张，伙计队伍不断膨胀，所获利润逐年激增。

姚昂干在这一年年底开神仙会时，看到所有分号大掌柜、二掌柜、账房先生们喜笑颜开，心里也着实高兴。有了钱赚，不要说这些管理人员高兴，就连伙计们也极是兴奋。舍弃老婆娃娃热炕头的舒坦，到异地求财，不就是为了这个好结果么！

姚昂干伸手在空中虚压几下，止住了众人的喧哗声，朗声说："永聚公能有今天的业绩，全仗大家的殚精竭虑、辛苦付出，在这里，我对大家表示感谢。今年是三年一次的破账年，也是大家期待已久的分红年。大家说，分红之后你们的钱该咋花呀？"

说到该咋样花钱，众人各有各的想法。但基本的套路还是盖房子置地，让子弟读书参加科举。这群黄土地上入川经商的人，离不开土地，更想拥有更多的土地，修建豪华舒适的宅院。他们的理想早就固定在了"课奴隶耕作，教弟子读书"的模式里了。

姚昂干听了一阵大家的议论，提出了自己的打算，他说："古人说

'以商求富，以农守之'，这是几千年来的传统，咱们都没能跳出这个圈圈。我支持大家的想法，但也提醒大家，你们的分红除了干这些事情，还应该有更好的用处。常言说，钱生钱用不完，利滚利乐死人。如果大家有挣大钱的愿望，我们一起再上一个新台阶，让永聚公的招牌继续在四川跑马圈地，甚至沿长江一路东去如何？"

这真是：发财致富众人愿，功名利禄难清闲。

人道陕商是棒槌，豪气干云想霸川。

第九章

永聚公一分为三　社树姚银鞘炫眼

姚昂干开完神仙会之后刚回到三元街住宅，几个堂兄弟姚时春、姚宏春、姚昂才就跟着进了门。陈雪娇听见院子里一阵脚步声，知道姚昂干回来了，而且还有人跟随。她赶紧让丫鬟小翠收拾客厅，准备沏茶，还未等小翠张罗完毕，姚家几个兄弟就醉醺醺地进了客厅。

众兄弟懒散地坐在客厅的椅子上，就议论起了刚才在神仙会上大哥姚昂干说的一番话。

姚宏春说："大哥，你刚才说要让永聚公的字号在全川跑马圈地，甚至沿长江往东发展，这个事你考虑好啦？"

姚昂才接着问："大哥，永聚公现在声势日隆，不敢说日进斗金吧，但也是财源滚滚，在实力上早就超过了其他陕商，你难道还不满足，非要整出一个'生意兴隆通四海，财源茂盛达三江'的架势来？"

姚时春说："做生意就像打江山，谁都希望自己能开疆拓土，超过前人。可能大哥接手恒裕堂之后就有了光宗耀祖、富可敌国的想法了，这才把恒裕堂改称永聚公。现在又提出了走出四川，进军江南的想法，我赞同也支持。"

陈雪娇站在门口，听姚家兄弟酒后的狂话，觉得丈夫提出的思路很有远见。人不能总窝在一个小地方，要想把生意做大，就要到江南富庶的地方去发展。她笑着说："你们兄弟长时间未见面，这一见面就是谈论做生意，难道就没有其他事情可说了吗？"

姚昂才嬉皮笑脸地说："我也想生儿育女，可这也不是一个人能干的。要说有其他事情，就是麻烦嫂子让厨房给我们兄弟每个人弄一碗醒酒汤来。"

陈雪娇吩咐身后的小翠说："小翠，你给这几位老爷沏茶之后，到后面去让厨房做几碗醒酒汤来。我看他们每个人都喝了不少，怪不得酒话连篇，好像天下都成他们姚家的了。"

一直没说话的姚昂干笑着说："如今这天下是康熙的，不是姚家的。今天在座的，虽说时春、宏春是出了五服①的兄弟，但总归是一个祖宗，咱们在一起可以打开窗户说亮话。这些年，国家逐渐太平了，永聚公的生意也越做越大，但我们不能满足现状。刚才时春说做生意就像打江山，这话有道理。没有得陇望蜀、开疆拓土的梦想，就不会有一个庞大的姚姓商业帝国。今天说点醉话，我就有一个梦想，就是等永聚公的周转资本达到一千万两白银之后，把永聚公分割成几个永字号的商号继续发展。姚家兄弟可以分管不同的商号，咱们也可以比赛，谁行谁不行用业绩说话。"

---

① 出五服：关中人把同姓同宗过了五代之后称为出五服。

姚昂才吐了吐舌头说："如果真像大哥说的那样，我们几个就成镇守一方的诸侯了。"

姚宏春说："大哥这是未雨绸缪啊！你是姚家的掌舵人，你说咋干我们兄弟就咋干，必当全力以赴，决不推辞。"

这时候，小翠端着托盘进来，她给每个人面前的茶几上放了一碗醒酒汤，转身出了正屋。姚昂干端起醒酒汤尝了一口，啧啧说："这汤里辣子、醋都够，就是盐少了一点。"

陈雪娇说："那是你口味重，不能怪厨师。"

其他几个人纷纷端起汤碗品尝，都说口味有点淡。

姚昂干有些生气道："咱们就是做盐生意的，难道厨师舍不得放盐吗？"他把碗往茶几上重重一蹾，顺手端起了茶杯。

陈雪娇从来没见过丈夫像今天这样无端恼怒，不由得有气，她说："我不跟你们这些喝酒的人计较，不喝算了。"扭身就出了客厅。

看着妻子跨过门槛的背影，姚昂干突然想起来一件事。他说："随着四川人口大幅度增长，食盐供需矛盾日益突出。我听知府张大人说朝廷不久之后将要对四川'计口售食'了，就是按照人口日均食盐数额分配盐引，并由地方官就地招商领引，运回本境行销。今天这醒酒汤盐味淡，可能与此有关。自汉代以来，朝廷就实行盐铁专卖，唐代对茶叶实行榷制，就是朝廷专营。盐这个东西虽然不能和粮食相比，但谁都离不开，是日常生活的必需品。大家都知道，现在的四川人多来自湖北、湖南和陕西、河南，到了四川后受气候的影响，形成了爱吃泡菜、腊肉的习惯，不说腌制腊肉了，就是腌制一斤泡菜所需的食盐就大大超出了人均日常食用量。我看谁能取得更多的盐引，就能掌控住发财的机遇。刚才，你嫂子虽然是一片好心给咱们做了醒酒汤，无意中却让我想起了朝廷有这方面的政策。时间不早了，大家回去休息，随后各奔你们分管的商号。我准备一下，过几天就去川盐的主要生产地自贡看一下情况。至于如何打算，等我考虑好了再说。"

众人走后，姚昂干一步三晃回到卧室，看到妻子一个人坐在床边生闷气。他知道自己不该发脾气，就坐在陈雪娇身旁，歉意地说："刚才是我不对，惹夫人生气了，抱歉。时间不早了，早点休息吧。"

陈雪娇说："你先睡吧，我还不瞌睡。"

姚昂干说："不瞌睡也得陪我睡觉，这个时候，不可能不瞌睡的。"说着便把妻子抱起来，放在床上，动手就去解她的衣裳。陈雪娇沉着脸说："喝点酒，就知道拿婆娘出气，还会干啥？"

姚昂干笑着说："干完了婆娘，我准备去自贡了。"

陈雪娇一下子兴奋起来，她说："我也要去自贡，虽说自贡并不好玩，但我想去散散心。"

姚昂干说："等我明天了解完情况，一定带上你一起去。"

第二天早上，姚昂干洗漱完毕，吃了早点，出门沿着三元街去红义巷总号。时间不长，觉得有人跟在身后，回头一看，是陈雪娇带着小翠远远跟着自己。他停下脚步，笑着问："你是不是怕我去自贡不带你？"

陈雪娇说："你不带我也行，我自己也会去。老子当年一个人走南闯北，还没有我不敢去的地方。"

姚昂干笑着说："你又误会了。好啦，不说了，咱们一起去总号吧。"

三个人一起溜达着拐了几个弯，穿过熙熙攘攘的人流，就到了永聚公总号。穿过门店进入二进院时，正好碰上总号二掌柜徐士英。姚昂干停下脚步叫住他，说："徐掌柜，你到盐铺店面把大掌柜焦玉廷叫到总号来，我有事要问他。"

在徐士英往门外走的时候，姚昂干又说："等焦玉廷来后，你让总账房田泓基也到我书房来。"

姚昂干进了自己在总号的书房，见屋内的方桌上整齐地放着一摞各分号报送的账目。这些账目都需要他过目审批，才能在总账房处报账核销。以前，他对这些账目都是细心浏览，有些大笔开销甚至还能过目不忘。现在，他没有心思去翻阅这些账目，一心只盼着焦玉廷和田泓基快点来。

看到丈夫心神不宁，在屋里来回走动，陈雪娇就让小翠沏茶，劝他坐下喝茶耐心等候。一杯茶还没有喝完，就听见屋外有了脚步声。

田泓基进门后就说："这几天一直在忙着开神仙会，我以为姚东家今天早上会睡个懒觉，没料到起得这么早。今天一大早，各地分号掌柜也都陆续离开了，姚东家有啥事尽管吩咐。"

焦玉廷接着说："我也是刚到店铺安排完工作，老徐就把我叫来了。"

姚昂干说："大家来坐下。我今天把你们请来，是想了解一件事，你们畅所欲言，不要顾忌。"

等大家坐下后，他接着说："焦掌柜，盐店是咱们旗下一个关乎百姓日常生活的店面。你们最近进货渠道畅通吗？"

焦玉廷说："采购食盐是到官府交纳盐税凭引采购的。这些年，人口在不断增长，盐引却没有增加，产生了一定的矛盾。雅州民众喜欢吃泡菜、腊肉，食盐需求量很大，而我们能取得的盐引根本无法满足民众需求。现在店面出售食盐，都是限量销售的，不允许民众一次购买太多。"

姚昂干点了点头，他瞥了一眼总账房田泓基说："田总账，你到雅州比较早，听说过自贡产盐吗？"

田泓基说："四川井盐，天下闻名，其中最有名的就是自贡井盐。据说，自贡这个名字就是来源于两口盐井，一个叫自流井，一个叫大公井。因大公井生产的盐质量上乘，曾被上贡给皇帝食用，于是人们改称其为大贡井。自贡就是自流井和大贡井各取一字的合称。自贡井盐从晋代开始就初具规模了，唐宋期间闻名全国。据说因明末清初连年战乱，自贡现在没剩下几口盐井了，所产食盐数量仅够供应附近几个州县。"

徐士英插话说："自古以来，民众食用的食盐有海盐、湖盐、矿盐和井盐几种。明代初年，陕商曾经以粮换引，几乎垄断了淮扬盐场。明中期以后，徽商、陕商、晋商三足鼎立，在盐业领域积累了巨额财富，三原的温纯家族、武功的康海家族都是盐业领域的翘楚，但还没有听说陕商涉足自贡井盐的。"

姚昂干说："陕商涉足淮扬盐场，也是凭借明政府对陕西实行'食盐开中'政策，才有了以粮换引的机会参与淮扬盐场盐业经营。陕商此前没有涉足自贡井盐产业，不代表今后就不会参与。这样吧，焦掌柜，你回去准备一下，过两天随我去一趟自贡看看情况。"

田泓基听东家讲要去考察自贡井盐生产情况，说不定有投资井盐产业的打算，就说："井盐生产是人力集中、本钱巨大的行业，不但技术要求比较复杂，投资风险也很大。东家如果想参与自贡井盐产业，还需慎重考虑。"

姚昂干清楚田泓基是一番好意，在为他的投资担心。他说："我只是想去看看，又没说一定要投资井盐产业。田总账房，就是要投资井盐，我也会在神仙会上征求大家意见的。"

田泓基点了点头，没再吭声。

等田泓基他们走后，陈雪娇说："你真的要投资自贡井盐吗？"

姚昂干说："俗话说，钱是男人的胆，钱越多，胆越壮，发财的机会就越多。再说，咱们现在现金充裕，如果自贡井盐能投资，我倒想尝试一下，不然被别人抢了先，后悔就来不及了。"

陈雪娇说："看来你是铁定心肠要试一下了。去看一下也好，权当散心。我到精忠山码头叫上几个人一起去，给你保驾护航。"

姚昂干笑着说:"这个想法不错,我同意。据说自贡地界并不安宁,带上几个保镖也安全一些。明朝著名科学家宋应星在《天工开物·井盐》一书中说:'凡蜀中石山去河不远者,多可造井取盐。'我就不相信,咱们就不能当一个涉足自贡井盐开发的陕商。"

陈雪娇笑着说:"你呀,还真是个陕棒槌。"

两天后,姚昂干、陈雪娇、焦玉廷带着总号几个伙计和精忠山码头的三个保镖就出发了。

从雅州到自贡,乐山是必经之路,也是一条近道。川南一带属于典型的丘陵地区,蜿蜒起伏的丘陵上植被葱绿茂盛,四季常青,这里曾经是最适合居住的理想家园,却因为连年战火,现在大片荒芜,人烟稀少,村落寥若晨星,使得这片广袤的土地上缺少了生机。

一路上,姚昂干和焦玉廷都在无话找话地闲聊,借以打发旅途中的寂寞。对于常年出门在外经商的人来说,谁都会有"身在异乡为异客"的唏嘘和"同是天涯沦落人"的飘零感,对家中父母妻儿的牵挂是这些游子们心里永远的痛。

姚昂干转过头问焦玉廷:"听说牛东帮有一个掌柜家里发生了一件传奇故事,你知道吗?"

焦玉廷叹了一口气说:"知道一点。牛东帮恒盛合王掌柜的儿子在老家杀了一个和尚,此人杀人之后不但投案自首,还被当地人称赞不已。"

他的话飘进了马车里,引起了陈雪娇的好奇。她大声说道:"咱们先停下休息一阵吧,我想下车活动一下筋骨,更想听焦掌柜讲故事。"

姚昂干一勒马缰绳,坐骑就停下了,随后他翻身下马,找了一块石头坐下了。众人纷纷下马,在姚昂干周围坐了一圈。永聚公总号几个伙计从马背上的褡裢里取出一些食物分给众人,大家虽接过食物,目光却齐刷刷地聚焦在焦玉廷身上。

　　焦玉廷干咳一声，清清嗓子说："王掌柜随着牛东帮恒盛合东家闯关西，因为柜面上离不开，有十多年没有回老家了。他离开老家时，家中只有年轻的妻子和年龄还小的儿子一起过活。妻子年轻，无法忍受常年寂寞就信佛了，经常到与村庄隔河相望的一座寺庙烧香，一来二去就和寺庙里一个年轻和尚勾搭上了。儿子年长后，经常听人对他指指点点，背后小声议论，就起了疑心。经过一段时间的暗中跟踪，这小子发现每次母亲去寺庙之后，和尚都会在当天晚上涉水过河和他母亲幽会。为了不让母亲沾上和尚过河带来的潮气，这小子用王掌柜捎回去的银钱在河上修了一座桥。乡邻们不知道这小子为啥修桥，以为他是为了众乡亲过河方便，对他大加赞赏。王掌柜妻子听到乡亲们的议论，羞愧难当，不久就病倒去世了。这小子安葬完母亲，当天晚上就手提利刃，翻墙进了寺庙，砍下了和尚的头颅。为了不连累乡亲，他一大早就到县衙投案自首。县太爷问他为啥这样做，他说：修桥是为了母亲健康着想，是尽孝。杀了和尚，是为父亲抱打不平，是尽忠。如今事情已经了结，任凭县太爷发落。县太爷听完他的话，首先感到惊讶，随之又感到钦佩，就没有判这小子斩立决，而是把这个案件上报知府衙门。西安知府对此事也深为叹服，就将案卷上报陕西巡抚衙门。此事经过这么一折腾，闹得尽人皆知。"

　　姚昂干点点头，赞叹地说："王掌柜的儿子有血性。这样一个懂得忠孝的娃如果被杀真有点可惜了。"

　　话音未落，在周围吃草的马匹警觉地抬起了头，有几匹还发出了嘶鸣。陈雪娇四下打量说："不好，有劫匪。大家坐着别动，也不要慌张。精忠山码头的伙计抄家伙，准备迎战。"

　　她刚拔剑在手，就看到灌木丛中蹿出六七个蒙着黑面巾，身穿短衣短裤，手里拿着大刀、棍棒、三节棍等各种兵器的悍匪。

为首一个悍匪狞笑着说："老子们在此地等了好几天了，一直没有机会发财。今天这几个人，一看就是富商，还有一个漂亮的幺妹。兄弟们，大家一起上，不留活口。"

陈雪娇背靠姚昂干，精忠山码头几个伙计手拿兵刃紧盯着不断靠近的悍匪。为首的悍匪抡起大刀直奔陈雪娇，以为这个秀丽的女子柔弱好欺，盘算着先拿下她，再擒住她背后东家模样的男人，便会很快制服这群人。

陈雪娇见大刀向自己砍来，手中宝剑一抖，一阵寒光晃动，挽出朵朵剑花。随后一个箭步上前，对上了悍匪首领，打斗在一起。精忠山码头的几个伙计冲向其他悍匪，厮杀成一团。一时间，不同兵器的撞击声、各人嘴里的呼叫声四起，把姚昂干、焦玉廷等看得胆战心惊。

陈雪娇虽说好久没有和人动过手了，但常年习武练就的底子还在。几个回合后，就看出和她交手的悍匪的破绽，一个跨步，手中宝剑刺中那人的手臂。悍匪没料到这个幺妹看似弱不禁风，动起手来一点不含糊。他忍着臂痛，大吼一声，手中大刀斜劈过来。

陈雪娇见对方受伤后仍不退却，极为强悍，顿时怒火填膺，挺剑相迎，顺势猛刺，正中悍匪握刀的手腕。悍匪怪叫一声，大刀掉在了地上。他边急速后退，边转头瞥了一眼其他同伙，见手下人多数已挂彩，方知遇上了劲敌，大喊一声："茬子硬，扯呼。"转眼之间，悍匪们就逃进了灌木丛。

陈雪娇拣起悍匪掉在地上的大刀看了看，没有任何标记。她对惊魂未定的姚昂干说："这伙匪徒人数虽然不多，但个个身手不错，进退有序，可能是以前被打散的军队留下的残余。此地不宜久留，赶紧走，免得他们叫来同伙就麻烦了。"

一个精忠山码头的伙计说："这伙匪徒为非作歹，抢劫行人，要不然报告总舵主，请他派人灭了这伙悍匪。"

陈雪娇说："这些人行踪不定，很难寻找，要想一网打尽，肯定会费不少周折。依我看，多一事不如少一事，剿匪的事还是留给官府吧。"

姚昂干说："夫人言之有理，咱们抓紧时间赶路，不要节外生枝。"

经过这一段插曲，一行人快马加鞭，无故不在荒野停留，就是赶路也分外小心。几天之后，他们就进入了自贡地界。

战乱后的自贡，人口密度并不大，在康熙初年实行湖广填四川的大潮中，一些先到自贡地区的移民跑马圈地，开垦荒地荒山，俨然已经形成了各自的势力范围。在明代产井盐的自流井、大贡井区域，只有两口浅井在出卤烧盐。姚昂干看到如此萧条，心里暗觉凄凉。

问过浅井东家之后，姚昂干、焦玉廷这才知道，现在的自贡井盐仅供应富顺县等附近几个县民众食用，而且开凿一口浅井的费用需要八万两白银，一口深井需要白银十二万两以上。如果开凿的浅井或深井无卤水煮盐，很可能会让投资者倾家荡产。

姚昂干一行在这片产盐区域转悠了半天，仅看见河里有几条小船在运送货物，丘陵似的小山上偶尔才有几头牛走过，根本没有丝毫曾经闻名唐宋的盐场盛况。

姚昂干见陈雪娇兴味索然，就说："看来想在自贡投资井盐的时机还不成熟。这里也没啥可看的，咱们顺道去成都转转，看看成都分号的情况。"

姚宏春回到成都分号后，把姚昂干在神仙会上和在家里说的话仔细琢磨了好几天。在他看来，永聚公总号的掌舵人姚昂干绝对是一个要超越祖先的人，也是第一个想把姚家字号的幌子插满全川的人，甚至要沿长江而下，把生意做到苏杭一带富庶区的人。永聚公总号现在立足四川，不断扩张，仅仅是姚昂干实现其远大抱负的第一步。如果真实现了这个目标，永聚公字号定能与明代的三原温纯家族、武功康海家族相媲美，在关中道上赢得无数的荣誉，真正做到光宗耀祖。

在成都这个四川政治经济中心，姚宏春掌控的永聚公成都分号从开张的第一天起，就引起了各地商人的关注，尤其是那些从关中道上到成都经商的老乡们。和老乡们交流时，有些曾经在苏（苏州府）松（松江府）嘉（嘉兴府）杭（杭州府）四府做过丝绸、棉布生意的陕商无意间向他透露过当年清军攻打扬州时，有些陕西盐商出钱出力支持南明军队和清军死战，历经惨绝人寰的"扬州十日"之后，大批陕西盐商从淮扬盐场撤资，回到关中隐居，等待时机。

听到姚昂干说要去自贡看一看，姚宏春就猜到堂哥想投资自贡井盐产业。在成都，他听老乡说起过，自康熙二十五年之后，就有零星的陕商到过自贡，想投资井盐，但几乎都是白扔了银子，落了个空手而归。自贡产盐的地方，已经被先期到达的移民据为己有，他们没有本钱开凿盐井，但却拥有土地所有权。有钱的陕商想开发井盐，就必须和他们合作，但在具体合作方面经常发生纠纷，好景不长，也使得在成都经商、广有钱财的陕商望而却步。堂哥想要在自贡大展拳脚，投资开发井盐产业，首先得解决好和当地土地占有者的关系，同时还要选好掌柜来经营。据他了解的情况，井盐产业在人力投入、本钱投入、器具购置、技术复杂程度等方面远远超过了海盐、矿盐、湖盐，投资者没有冒巨大风险的勇气是不敢涉足的。

姚宏春很想把自己了解的情况告诉姚昂干，但一想到从雅州总号回来没几天，再去雅州专为此事跑一趟，又怕堂哥说他咸吃萝卜淡操心，他就想把此事暂且放下，等以后有机会再说不迟。

这天中午时分，成都芙蓉街永聚公成都分号门前一阵喧哗，姚宏春不知道发生了什么事，跑出大门一看，见是堂哥带着陈雪娇、焦玉廷和众伙计正在门口拴马、停轿。

姚宏春急忙上前招呼手下伙计把马牵到后院马厩，将马车停在大门口右侧。姚宏春喜道："大哥从哪里来呀？就是巡视成都分号，也应提前打声招呼，我好前去迎接呀！"

姚昂干说："我又不是官府衙门的老爷，巡视自家商号，还要扎个势，让伙计们去迎接，就不怕别人戳脊梁骨。闲话不说了，走，进去说话。"

姚宏春在前面带路，把姚昂干一行迎进了二进院的正屋。等他们落座，吩咐伙计沏茶，然后问："大哥、嫂夫人，你们吃饭没有？"

陈雪娇说："我们从自贡出发，马不停蹄地赶路，今天刚到成都。我本来想随便找家酒家吃饭，你哥非要先到分号来。我们一个个都还饿着肚子，麻烦你让伙房给大家弄点吃的来。"

说话间，成都分号账房、二掌柜闻讯相跟着就进来了，姚宏春对二掌柜说："你让伙房准备饭菜，让东家一行先填饱肚子。对了，嫂夫人是四川人，可能吃不惯咱们的锅盔燃面、辣子大蒜，你让厨师单独给嫂夫人炒几个菜，蒸点米饭。"

陈雪娇说："不用那么麻烦了，我就吃一顿你们关中人百吃不厌的锅盔燃面、辣子大蒜吧。"

午饭后，姚昂干到姚宏春的书房小憩，姚宏春给堂哥、嫂子亲手沏茶后，笑着说："嫂夫人，你觉得分号的午饭味道咋样？"

陈雪娇说："你们关中人吃饭口味很重，不但离不开辣子葱姜蒜，就是盐也放得多。说实话，我还真有点不习惯。"

说到了盐，姚宏春问："大哥，你真的到自贡去了？是考察井盐吗？情况咋样？"

姚昂干说："跟我想象的出入很大。自贡盐井附近一片荒凉，野草丛生，人烟稀少，现在只有两口浅井在产盐。从投资方面考虑，眼下还不是最佳时机。"

陈雪娇说:"不但环境差,还有劫匪出没。"

姚宏春听说自贡附近有劫匪,忙关心地问:"大哥,你们真的碰到了劫匪?没出啥事吧?"

姚昂干说:"真的碰上了劫匪。从雅州出发时,你嫂子说带上几个精忠山码头的人做保镖,我当时不以为然,又不想扫你嫂子的兴就同意了。没料到快到自贡时还真遇上了悍匪,要不是你嫂子他们尽力保护,不知道会弄出啥事来。"

姚宏春说:"嫂子是江湖中人,又和精忠山码头原本是一家,自然知道路途的凶险。不过,嫂子身手好,给你当贴身保镖大可放心。"

姚昂干说:"自贡一行,我看还真应了一句古话:人生哪能都如意,万事只求半称心。依我之见,投资井盐之事暂且搁置,等机会来了再说。我想等下次破账分红之后,运送一些银两回泾阳老家,修一座姚家宗祠,把祖宗的神帧子(绣像)重新找人绘制,重修族谱,要让姚氏后人铭记先人的功德,勤俭持家,耕读传家。"

姚宏春觉得堂哥的这个想法不错。自爷爷辈的姚一阳再次入川闯关西之后,姚氏家族在社树村附近购置了大量土地,重修了花门楼,帮所有宗亲修建了房屋,又聘请先生教姚氏子弟读书,初步显示了姚氏宗亲和睦相处、抱团发展、利益共享的向心力,也赢得了当地民众的称赞。如果姚昂干再出巨资修建姚氏宗祠,供奉历代祖先灵位,将进一步凝聚族人的精神,形成一股更加强大的力量。姚宏春说:"我想大哥可能不仅仅是想修建一座宗祠吧?"

姚昂干笑着说:"看来你是个明白人,啥事都瞒不住你。当年修建花门楼时,姚家的宅院都是三进式关中四合院,到现在也破旧了,应该翻修。后来我一想,与其花重金翻修,不如新建。社树村地势北高南低,北面有明代修建的通济渠,南边有泾河,我想不妨把村里其他姓氏搬迁出社树村,给他们在附近按照他们住宅原样修建新房，并给予适当补偿，把现在的社树村改称社树姚村。如果此事能成，就引通济渠水进村，在村里修建暗渠、池塘，种上荷花、牡丹、兰花、菊花、梅花和其他花草树木，形成四季有花开，每季都不同的景观。水要流动的，活水才能有生机，才不会腐臭，池塘里的水可以通过暗渠引到泾河里去，形成循环，保证村里既能用水浇灌、防火，也能滋养花草树木。兄弟，你看咋样？"

姚宏春笑着说："大哥的目的恐怕不仅如此吧？"

姚昂干继续说："俗话说三六九往上走，九为阳数最大，我还想在社树村修建一座九进院的住宅。同时修建姚氏私塾，培养姚氏家族的子弟，供他们科举，谋取功名。古人说的'课奴隶耕作，教弟子读书'无非就是这样吧。"

姚宏春说："我佩服大哥想事周全。如果按照大哥的设想去做，估计要花费不少银两。"

姚昂干笑着说："关中人经常说钱是王八蛋，花了咱再赚。如今，永聚公总号现金充裕，还怕花钱？再说了，钱这东西，生不带来，死不带去的，不让钱为咱服务，难道还守着钱干瞪眼，那咱们岂不变成了守财奴？"

姚宏春笑了笑，对堂哥竖起了大拇指。

姚昂干说："你抽空让伙计们制作一批银鞘，等破账分红后，从成都启程往泾阳运送银两。"

姚宏春说："小事一桩，不劳你惦记。到时候让伙计们来搬运，我一定满足大哥的需求。"

破账分红期即将来临之际，总账房田泓基喜悦地告诉姚昂干说："东家，恭喜啦！三年前您在神仙会上曾经说要让永聚公总号的周转资金达到一千万两白银，依据眼下各分号上报的业绩情况看，早就超出了预期。到目前为止，各分号除了重庆分号、绵州分号尚未将业绩上报之外，其他分号的业绩总计已达到一千五百万两了。"

姚昂干高兴地说："看来我的预期目标已经实现。等破账分红之后，我要把永聚公一分为三，兑现我的诺言。"

田泓基清楚东家早就有把总号分成几大分号的打算，从当前的经营情况看，不但各分号业绩良好，伙计队伍也由几年前的三百多人发展到了现在的一千多人，参加总号每年一次神仙会的管理人员也多达百人了。再不分开经营，仅靠姚昂干掌舵管理，非把人累死不可。

田泓基问："东家，您打算把总号分成三大分号，想好分号名字没有？"

姚昂干说："总号一分为三之后，三家分号就叫永聚公、永聚源、永聚全。田总账，你觉得这三个名号咋样？"

田泓基略加思索，马上赞叹着说："这三个名号好呀！"

姚昂干说："你告知绵州分号姚昂才，让他只上报业绩，不必把银两押送到雅州总号来了。破账分红之后，我要回一趟老家泾阳。家里来信说我弟弟姚昂千考中举人了，这是姚家近些年参加科考的最好成绩，我要回去当面向他祝贺，同时也想修建姚氏宗祠，激励晚辈不忘祖宗恩德，发愤努力，光宗耀祖。"

田泓基说："恭喜东家双喜临门啊！等东家在神仙会上宣布这个消息时，不知道各分号的掌柜们有多高兴哩。"

姚昂干说："有福同享，有喜同乐。"

破账分红会不但是各分号掌柜期待的事，更是所有伙计期盼已久的大事。姚昂干为了提振大家的士气，破例把这一次破账分红会提前了。

全川各地分号大掌柜、二掌柜和账房先生陆续到达雅州总号时，姚昂干已提前让总账房田泓基计算好了每个分号应得的红利,并让人精雕细刻了三块牌匾。

神仙会是每家陕商定期举行的年度经营业绩通报会,同时也是安排下一个阶段经营业绩的计划会。对参加神仙会,不管是带肚子掌柜,还是领东掌柜,关心的问题只有一个,就是看东家下达给他所管分号的经营任务。破账分红会就不一样了,这种会三年召开一次,主要是这三年应分的红利,与每个人的切身利益有关。分红的多少,不但体现了经营管理水平、大掌柜的才干,也关乎个人的颜面,在业界的尊严。

开会这一天,总号二进院正屋里面除了北面靠山墙处放了一张楠木八仙桌外,大厅里分左右各整齐摆放了三排太师椅,各分号大掌柜坐在前面,二掌柜坐在大掌柜之后,账房先生坐在二掌柜之后,其阵势就像梁山英雄排座次一样。众人进了正屋,自觉落座,不时和自己熟悉的掌柜打招呼,开玩笑,耐心地等待着东家和总账房的到来。

姚昂干跨进正屋门槛时,众人不约而同地起身向东家致意。他连忙示意大家坐下,说:"大家快请坐。如果说做生意就像种庄稼的话,我可以告诉大家,今年是个难得的丰收年。不但总号利润丰厚,各位大掌柜、二掌柜、账房先生都能赚个盆满钵满,就是各分号的伙计们,也都能给家人有个好交代。我清楚,大家很想知道自己的分红厚薄,那就请总账房田先生给大家通报一下具体情况。"

田泓基拿出账本,把每个分号连续三年的经营业绩和本次破账分红的数额向大家做了通报,当他合上账本的一瞬间,大厅里像炸了锅似的响起了一阵喧哗声、欢笑声。

姚昂干抬手示意大家安静,等众人平静下来后,他说:"俗话说,大河有水小河满,大河无水小河干。今天大家能分得应有的红利,也是对大家三年辛苦付出的回报。我想问一句,你们认为自己是一个成功的商人吗?"

姚昂才抢先说:"货物周流不断,财富滚滚而来,我认为我们还是很成功的。"

泸州分号大掌柜赵顺利说:"判断一个商人是否成功,有多种方法。以经营业绩而论,在座各位都完成了总号下达的各项任务,最起码能算个合格的商人吧?"

众人七嘴八舌地议论了一番,总归一句话,业绩证明了自己不是孬种,是一个优秀的商人。

姚昂干待大家停止了议论,都把目光转向了自己,知道大家想听一听自己的答案。他说:"我个人认为,一个成功的商人,首先要懂得商道之本,还要善于审时度势,沟通权变,要善于联系各色人物,调和各种矛盾,明辨祸福利弊,也要善于转输货物、洞察行情、拓宽市场,只有这样,才能在商海中立于不败之地。从这个意义上说,大家都是合格的商人,甚至是优秀的商人。但我要大家做的不仅仅是一个优秀的商人、合格的商人,而是想把你们变成大商名贾,确保永聚公字号百年昌盛、永不衰败。你们有谁知道啥叫大商名贾?"

众人面面相觑,不知道该如何回答东家的问话。田鸿基见大家无人应答,怕冷了场面,让东家尴尬,便率先大声说:"所谓大商,就是能做到货通天下,利射四海。大商胸存纵横四海之志,怀抱吞吐宇宙之气,学问通于大道,功绩接于社稷。所谓名贾,就是能保证字号立百世不朽,财富积万贯有余。名贾坚守君子爱财取之有道,穷则独善其身,达则兼济天下,驰骋四海,叱咤风云,能把传统文化和商道有机结合。"

姚昂干听完田泓基慷慨激昂的一番话,满意地点头说:"大家听见没有,田总账说的大商名贾才是我等努力的方向和追求的目标。只有做大商名贾,我们才能有挣不完的银钱,做不完的善举,才能笑看书生能臣。"

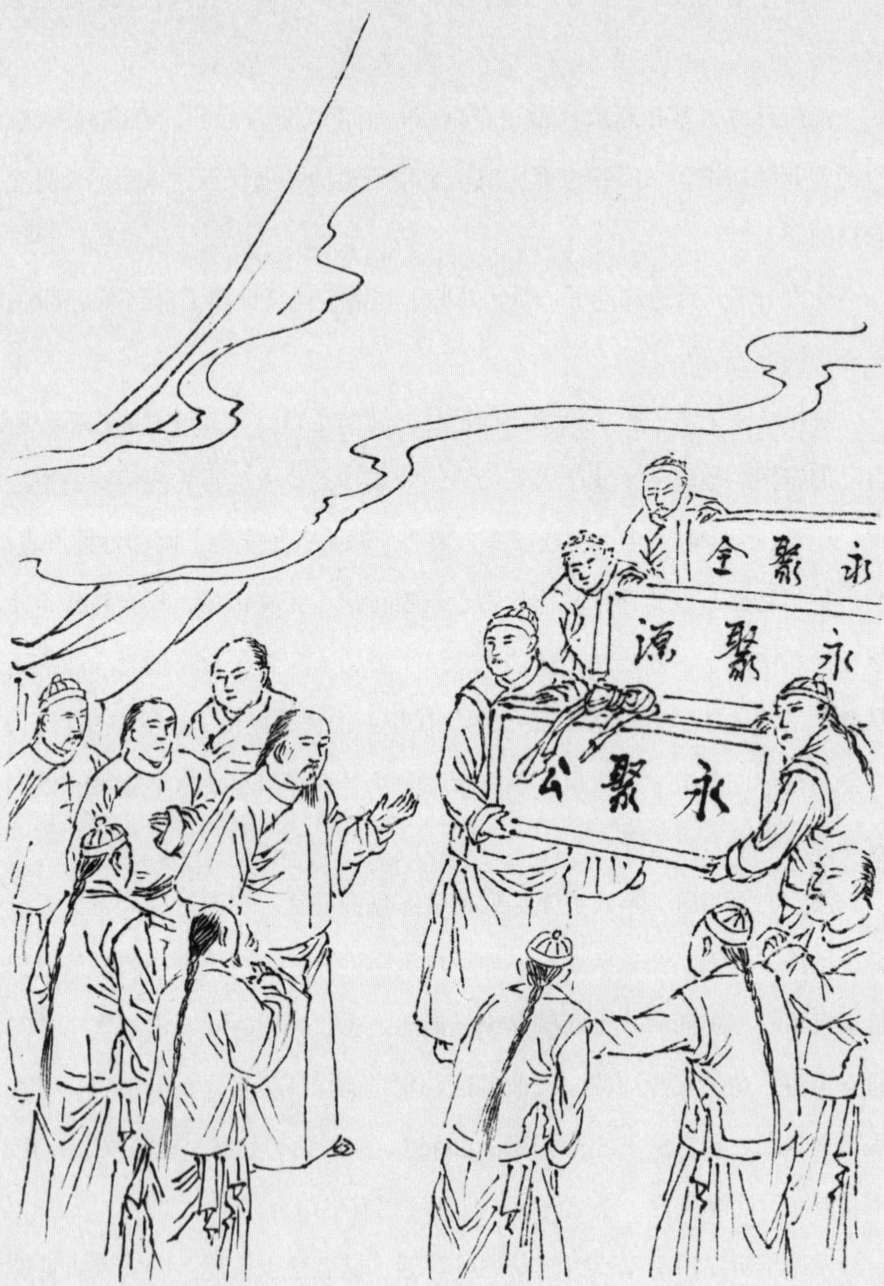
永聚全
永聚源
永聚公

姚宏春对堂兄的话深有感触，知道他内心的不甘。虽说堂兄富甲一方，但社会地位却很低，巨大的反差才让他说出了"笑看书生能臣"这样的言语。

姚昂干接着侃侃而谈："三年前，我曾经说过，永聚公总号年周转资金过千万之后就成立分号，刚才田总账已经将经营业绩和伙计数量给大家通报了，我宣布，从今天起，永聚公总号一分为三，分别叫永聚公、永聚源、永聚全。永聚公仍然以雅州为总号，分管泸定、康定和红义巷各分号，由我掌管。永聚源以成都为总号，兼管重庆分号，由姚宏春掌管。永聚全以绵州为总号，分管泸州分号，由姚昂才掌管。田总账，请伙计把三个字号的招牌抬上来，我给他们授牌。"

时间不长，总号六个年轻的伙计抬着三块蒙着红色丝绸的牌匾进了正屋。姚昂干伸手扯下红绸，大家看到新制作的三块牌匾大小一样，都是用金丝楠木精心打造，上面用隶书金字分别雕刻着永聚公、永聚源、永聚全。姚昂干把永聚源牌匾授给了姚宏春，把永聚全牌匾授给了姚昂才，最后他笑着说："这最后一块牌匾就是我的了。"

厅堂里顿时响起了雷鸣般的掌声，也预示着一个新的时代拉开了序幕。

会后，姚昂干把姚宏春、姚昂才、姚时春、田泓基等人叫到书房。等众人落座后，姚昂干说："从今天起，永聚公总号就一分为三了，现在，当着大家的面，我把丑话说到前面，虽然是三个永字字号，但周转资金略有不同。永聚公是姚家起根发苗的根基，经营的商务范围最广、人员最多，要确保周转资金一千万两，永聚源、永聚全两个分号确保周转资金各五百万两。另外，此次破账分红之后，我将携带一百万两白银回泾阳，永聚公分号暂时由姚时春主管。"

田泓基点头说："总号账面资金足够，请东家放心。"

姚昂干说："咱们都是自己人，千万不能因眼前成就故步自封，骄傲自满。关中道上的富商大户多如牛毛，不胜枚举，有的富商人走千里不住别人家的店，马行千里不吃别人家的草，和他们相比，三个永字号尚在起步追赶阶段。昂才，你主管的永聚全经营的是川北地区，要尽快把永聚全的字号开遍入川的主要县城和码头，要为三个永字号的掌柜、伙计和合作者入川提供方便，让他们有住宿吃饭的地方。"

姚昂才说："我回去后就抓紧时间去考察，尽快按照大哥的吩咐去做。"

姚昂干接着说："自康熙皇帝登基以来，国家日渐太平了，泾阳、三原又恢复了元气，成了西部商贸中心、西部经济中心。我们不能只盯着四川，忘记了泾阳这块风水宝地和聚宝盆。我此次携带巨额银钱回去，除了修建姚氏宗祠，新建住宅，还想在西安、泾阳设立分号。这几年，虽说藏区、彝区茶叶贸易量暴涨，已达到每年五百万斤以上，但在甘南、青海等地仍然受到了来自泾阳茯砖茶的挑战。陕商中间有一个不便明言的发财秘诀，就是东南在盐，西北在茶。要想保持永聚公茶叶贸易在西南、西北的优势，在泾阳开设茶号就势在必行。西安是西北的政治中心，在西安开设分号，就是为了掌握朝廷的政策动态，和官府搞好关系，获得各种消息，供咱们决策。你们几位看，我的打算有啥不妥之处？"

姚时春听了堂兄一番长谈，心里感到无比兴奋。如果能实现堂兄的设想，三个永字号必将再上新台阶。他说："大哥胸怀宽广，总揽全局，对西部商贸态势了若指掌，我等自愧不如。大哥的布局，有你说的大商名贾的胆略和远见，我等兄弟必将全力以赴和大哥共同实现这个愿望。"

姚昂干说："时春兄弟有点夸大其词了。现在，我还担当不起大商名贾的称谓，希望兄弟同心，乘风破浪，共创伟业。另外，宏春，你把银鞘准备得咋样了？"

姚宏春说："我原以为大哥回泾阳最多携带五十万两白银，没料到大哥此次要带一百万两。这样，我马上回成都，让工匠加班赶活，估计五天之后就可满足大哥所需。"

田泓基听到东家要带一百万两白银回泾阳，心里不由得为路途的安全操心。他说："东家，虽说现在天下太平了，但您一次带这么多白银回去，仍然让人担心。"

姚昂干微笑着说："一百万两不是个小数目，就是全部装在银鞘里，也需要一个车队的车辆和马匹运输，路上长途跋涉，翻山越岭，不但伙计们辛苦，安全确实是个问题。不过，我已经和夫人商量过了，让她到精忠山码头雇请保镖，给运输队保驾护航。"

田泓基见东家把所有事情都考虑周全了，问道："东家准备啥时候启程？"

姚昂干说："就按照宏春刚才说的五天之后启程。"

姚昂干、陈雪娇带着大队人马一路晓行夜宿、鸡声茅店地过泾河的时候，关中平原已经进入秋季。姚昂干根本顾不上看家乡沿途的秋景，一颗心早就飞回了社树村。

陈雪娇是第一次来到关中，心情自然和丈夫不同。从陈仓道出秦岭之后，八百里秦川呈八字形展开，越往东走，地形越开阔，道路纵横，村庄相连，玉米似持枪站立的绿色士兵，棉花像绿色海洋中的浪花，真的是一处一景，各处景色不同。可越往东走，她的一颗心就越发不安，跟刚出川时的兴奋之情迥然不同，快要见到姚昂干的结发妻子了，她真不知道该如何应对两个人见面后的尴尬场面。

姚昂干见妻子有些落后了，他扭过头问："想啥哩？快到家了，难道你不高兴？"

陈雪娇双腿一夹马肚子，右手在马屁股上一拍，追了上来。两个人并驾齐驱,她噘着嘴愁眉苦脸地说:"你多年没回老家,自然归心似箭,早就想着和家人团聚,享受天伦之乐。我可就惨了,和你的结发妻子见面时该如何应对?"

姚昂干笑着说:"我的发妻姚唐氏年长于你,你就叫她姐姐吧。咱们在雅州成亲之前,我就把结婚的喜事写信告知家中父母和姚唐氏,家人都赞成咱们结婚,姚唐氏还说有了一个替她照顾我的人。进了姚家门,你就是姚家的二夫人,没人敢怠慢你的。"

陈雪娇一颗悬着的心终于落地。她嗔怪地说:"既然姐姐早就知道你我已经结婚,你为啥不早告诉我,害得我心神不宁,不知道见面之后说些什么。"

姚昂干说:"不是不想告诉你,而是见你整天天不怕地不怕的,以为你根本就不在乎,谁知道自打过了凤翔府,才发现你有心事。你就放心吧,快瞧,前面就是泾河,过了泾河离家就不远了。"

黄昏时分,姚昂干带着十几辆大车满载着银鞘箱进入社树村时,瞬间引起整个村子的轰动。姚氏族人喜笑颜开,欢呼雀跃;其他姓氏村民则指点车队,议论纷纷,流露出羡慕和眼馋的目光。姚昂干下了马,一路上不断和宗亲、乡邻们打招呼,紧跟在他马后的第一辆马车停在村东头的花门楼前时,后面的马车才走到西头村口。自社树建村以来,村民们第一次见识了啥叫钱多势大。等姚昂干在社树村大兴土木时,关中道上就悄悄疯传姚家闷声发了大财,一次性运回来的白银就超过了百万两。

有诗叹曰:十年酷暑又严寒,车队运回辛苦钱。

众人议论不知难,唯见银鞘惹眼馋。

第十章

谋大事联络各方　巧布局商路无障

等姚昂干按照他的设想，完成在社树村大兴土木之后，时间已过了三年之久。看着村中新修建的气势恢宏的连片豪华宅院以及威严而不失奢华的姚氏宗祠，他心里分外舒坦，成就感油然而生。

人生得意的时候，好事总是接踵而至。在五开间三进式关中四合院的姚氏宗祠快要竣工时，姚昂干到省城西安去视察位于西大街桥梓口的西安分号，顺便到北院门拜访了西安知府刘大人。刘知府见到自己所管辖的泾阳县出了这样一个闻名全省的富商，心里也颇为高兴。

刘知府和姚昂干寒暄了一阵，观察到姚昂干并没有一般商人的市侩，更没有一般商人的自卑，觉得好奇。他说："姚东家，一般商人到知府衙门来，都觉得低人一等，我看你好像并没有因自己是商人而感到卑微，反而有一种大丈夫的气概。此等表现让刘某刮目相看啊!"

姚昂干心里清楚,不要说官府衙门,就是一般人,对商人都存有偏见,认为商人地位低下,纵有万贯家产、千顷良田,也得不到尊重。自己能在知府大人面前做到不低三下四,自然令他感到惊奇。姚昂干说:"人有三六九等,业有三教九流,但不管是干哪个行当,都要自尊。俗话说,人无自尊,必将自甘下流。作为一介商人,我不觉得自己从事的职业是一个低贱的行当,因此,也没必要做一个下流的人。如果真的自甘下流,那就更让人瞧不起了。"

看到面前这个关中富商曲解了自己的意思,但能当着父母官的面阐述自己的想法,这可是一般商人做不到的,刘知府微笑着说:"姚东家,商人的社会地位在明代时已经有了提升,甚至有些参加科举高中进士之人,即使入朝为官了,也不乏弃仕经商之举,极大地影响了社会各界对商人的看法。到了本朝,康熙皇帝对商人也是另眼相看的。前不久,朝廷还向各地下诏,重新对商人做了定位,这个由户部下达给各地官府的诏文名字叫《商论》,有空的话,你好好看一看。"

姚昂干第一次听说朝廷对商人有了新的定位,他好奇地问:"刘大人,您能说说《商论》的大致内容吗?"

刘知府站起身,走到书案前,从一堆文书里抽出一个小册子,递给姚昂干。他打开小册子,看见第一篇就是户部下发的《商论》,文章不长,便快速浏览了一遍,其大意是:商以贸迁有无,平物价济急需,有益于民,有利于国,与士农工互相表里。士无商则格致之学不宏,农无商则种植之类不广,工无商则制造之物不能销。是商贾具有生财之大道,而握四民之纲领也。商之义大矣哉。

看完《商论》,他把册子双手奉还给刘知府,笑着说:"刘大人,没料到朝廷对商人还是很重视的,这也使我等商民有了为国出力的机会了。"

刘知府说："商人使货物周流天下，保证了民众生活安稳，最重要的是给朝廷缴纳了税款，保证了国库充盈。说实话，如果没有泾阳、三原这个西部贸易中心、西部经济中心，我这个西安知府也不好当呀！"

姚昂干说："自康熙皇帝登基以来，东征西讨，建立了旷世伟业。但每一次平叛，都离不开银钱，没有商人参与这些战争，仅靠兵部、户部给军队提供军需，那是不可想象的。商家虽说有了一定的地位，但要想进入政界依然步履艰难，不知道刘大人是什么看法？"

刘知府以为姚昂干想花钱给自己捐官，顺口就说："康熙皇帝登基后，朝廷对花钱捐官有严格规定，我还没听说过富商大户通过向朝廷捐钱获得官职的。近期听官场有人传说自康熙五十年之后，有江南富户向朝廷捐钱，获得过闲职。姚东家，难道你想跻身官场？"

姚昂干听说江南有富户捐钱可以获得闲职，一下子来了兴趣。这些年，他感悟最深的就是要想把生意做大，畅行天下，没有官府的支持是不可能的。民谚说，朝里有人好做官，官场有人好办事，他对此有切身体会。如果能让考中举人的弟弟姚昂千通过获得闲职进入官场，凭他的聪明才智，肯定有机会得到实职。如若这样，即使不能给姚家的生意增光添彩，最起码也做到了光宗耀祖。他说："我是一介商民，不懂得官场的规矩，也不想进入官场。我弟弟姚昂千多年前中举，后来参加过几次会试都没能中进士，如今在家有些郁郁寡欢，我就想打探一下情况。依刘大人刚才所说，能否通过向朝廷捐银获得闲职？"

刘知府听姚昂干话中之意是遗憾弟弟没能中进士，心里暗想那是他没有悟出其中的道理。自从本朝开科举以来，就流传着一句话：不求文章中天下，只求文章中考官。看来他还缺乏一点悟性。随后一转念，他想姚昂千是举人出身，就是进了官场，估计也不会捅出乱子的。而且这事一旦办成，依姚昂干的豪爽大气，肯定也不会亏待自己。他说："既然有这种传说，应该就有希望办成。"

姚昂干一听有戏，赶紧说："小民恳请刘大人通融，只要能玉成此事，花费多少小民都在所不惜，绝无怨言。"

刘知府暗自把自己的人脉关系迅速梳理了一番，说："有你这句话，我就试着操作。你先拿出一万两白银来，事情办成后，花费多少我会给你一个交代。如果有剩余，我会退给你。"

姚昂干说："这事就委托刘大人全权办理了。过几天，我要回雅州，我会让我弟弟在西安分号恭候刘大人的佳音。如他能获得实职，我定当重谢。"

回到社树村后，姚昂干把他在西安委托刘知府办的大事悄悄告诉了姚昂千，并叮嘱他一定要保密。

姚昂千明白这是哥哥的一番好意，但以捐官名义进入仕途让他觉得有些不甘心。他说："历朝卖官鬻爵都是衰败的征兆。明代崇祯年间，朝廷就曾经明码标价官员爵位，最后丢了江山。现在大清立国时间不长，康熙帝也是一个有作为的皇帝，咋能允许买官卖官？再说，以捐官身份入仕，在同僚面前说话都没底气，岂不让人难堪？"

姚昂干笑着说："就是你考中状元进入官场，那些熟知朝廷典章、深谙官场规则的官员也会认为你是个生瓜蛋子，照样瞧不起你。这些年，你熟读诸子百家，满腹经纶，是咱们姚家多少代里最有学问的子弟，不到官场去历练一下，咋能知道自己到底行不行？要想让人瞧得起，办事说话有底气，关键在自己。如果你能做一个所谓的能吏，谁敢瞧不起你！"

姚昂千苦笑着说："看来哥是一门心思让我进官场了？"

姚昂干说："我想让你跟我一起去经商你甘心吗？放眼当下，哪一个当官是天生的？全都是多年磨炼出来的。一个人经历多了，稍微有点悟性，就能掌握其中的窍道，把事情做好，把自己变成人精。经商如此，当官也不过如此。你进入官场，姚家少了一个读书人，官场上就多了一个姚家人，说不定官场上多的这个姚家人还是将来可堪大用之人。"

姚昂千明白了兄长一番良苦用心，他无奈地说："我遵从哥的安排，也到官场去闯荡一番。无论成败利钝，你不要怨我。"

姚昂干说："功夫不负有心人。我相信你一定能成功。"

等姚昂干带着儿子姚大勋、二夫人陈雪娇回到雅州时，在位六十一年的康熙皇帝已经驾崩，皇四子胤禛继位，改年号雍正。

姚昂干让儿子尽快熟悉永聚公、永聚源、永聚全三大字号的各级管理人员，并叮嘱他有不懂之处要虚心向总账房田泓基请教。

从内心来讲，姚昂干对他离开雅州回泾阳大兴土木这段时间，三个永字号的经营业绩是满意的。唯一另有所图的是路过成都分号时，姚宏春对他说自贡盐场近两年有了些动静，主要原因是四川人口不断增加，原来所产食盐已无法满足民众生活需要了。官府为了稳定民心，准备就地招商领引，允许贩运川盐回本地销售。

姚昂干一直将茶叶和食盐作为三个永字号商号的主要产业，而且对这方面的信息极为关注。他不在雅州的这几年，五属边茶的产销量已突破一千万斤，姚时春主管的永聚公占有的市场份额不降反升，几乎和义兴茶号并驾齐驱了。茶叶贸易和贵重药材贸易使永聚公商号实力大增，积累了巨额资本。如果能趁势垄断内江糖业，参与自贡盐业，姚家三个永字商号将很有可能变成百年老字号，他也将为姚氏子孙后代后续的发展打下坚实的基础。

这天傍晚时分，姚昂干刚吃完饭，就让护院的伙计到永聚公总号把准备返回重庆分号的姚时春、总账房田泓基和姚大勋叫到他的住宅来，准备进行下一步行动。

等三个人走进二进院正屋时，陈雪娇已让丫鬟小翠给他们沏好了茶，姚昂干、陈雪娇正坐在八仙桌两旁的太师椅上等候着他们。

众人落座后，姚昂干说："雍正皇帝登基之后，四川总督已由抚远大将军皇十四子胤禵换成雍正心腹年羹尧了，这可真是一朝天子一朝臣啊！咱们是商人，不妄论朝廷的事，今天就说咱们自己的事。回雅州经过成都时，宏春跟我谈到了自贡盐场的事，也说到了内江糖业的事。这几天，我一直在思忖如何才能抢得先机，占据主动，如今有了一个初步想法，需要时春和大勋去忙碌、料理。"

姚时春说："大哥，有事你就吩咐。我这几年虽说不在重庆分号，但重庆分号的经营业绩丝毫没受影响，说明分号大掌柜王辉基尽可放心，可堪大用。大哥有啥想法，咱们全力以赴让它变成现实。"

姚大勋刚到雅州，还没有单独干过大事，现在听父亲给他布置任务，心里难免发毛。他说："父亲，我缺乏经验，恐怕干不好，误了父亲的大事。"

姚昂干笑着说："说的倒是实话。你不用担心，我不会让你单个去干的。"

随后，姚昂干向大家细说了他的计划：姚时春回到重庆分号后，密切关注长江上中游至汉口段商业贸易情况，必要时在宜昌、沙市、汉口开设分号，逐年减少苏松嘉杭四府标布[①]数量，参与湖北、河南一带府布[②]生意，经营丝绸、府布、烟叶、一般药材和鹿茸、麝香、红花等珍贵药材。姚大

[①] 标布：明代中期以前，由于北方地区天气燥热，纺纱织布断头多，费时费力，无法形成大规模生产能力，而江南由于棉纺织技术的推广，使苏（苏州府）松（松江府）嘉（嘉兴府）杭（杭州府）四府成为全国棉纺织中心，其所产棉布被称为标布。明代中前期，从事江南标布贸易的主要是陕西、山西商人。

[②] 府布：进入清代后，北方开发了"挖掘地窖，以利纺织"的棉纺织新技术，使得湖北和河南农村棉纺织业迅速崛起，湖北、河南的"府布""颖布"代替了江南的"标布"，成为更受西北民众喜爱的产品。陕西布商在湖北主要集中在德安、汉阳、黄州、荆州等出产棉布的州县；在河南主要集中在孟县（今孟州市）、唐县、南阳等州县。

勋配合成都分号姚宏春扩大内江糖业贸易，最好能垄断经营。他自己亲自到自贡，寻求参与自贡盐业开发的机会。

田泓基听到东家有这样的大手笔，不禁打心底里叹服他的胆识和气魄。干这些人事，银钱不成问题，关键是姚昂干不在雅州的这段时间，其他陕商也没有闲着。他说："东家刚才的决定如果得以实现，最起码可以保证三个永字号总号百年不衰。我们在筹划参与自贡井盐之事，其他陕商也在行动，到时候难免出现竞争。东家向来谋事周全，心思缜密，但也要预防竞争对手啊！"

姚昂干说："都是关中道上入川经商之人，经过这么多年闯荡，对大局有相同看法不奇怪。俗语说车有车路，马有马路，就看谁能提前布局了。田总账，你刚才说有其他陕商想投资井盐，说来听听，让我好了解他们都是谁。"

田泓基说："在四川经商多年的刘绍棠、田荆荣两位东家，想必姚东家早就知晓了，我就不再啰唆了。前一阵入川到自贡察看盐场的还有三原县东关财东胡砺金、胡砺锋兄弟，渭南孝义镇财东严忠孝。据说胡家兄弟祖上胡彦尧是明末镇守同官（今陕西铜川市）金锁关的将军，他在赴任之后，就选择在三原东关安家置业，堂号叫英厚堂。严家主要是在四川开当铺和金货铺，堂号叫亨顺号，严家仅成都就有店铺四十八家，积累了巨额资本。"

姚昂干沉吟着说："这么多人都看中自贡盐业开发是好事，这就是所谓的英雄所见略同，也说明我没看走眼。刘绍棠、田荆荣在四川经商多年，人脉关系颇广，他们想投资自贡盐业无人能阻挡。英厚堂是三原盐业的通行领袖，对盐业运营轻车熟路，这是他们的优势，咱们无法与他相争。亨顺号资本雄厚，人才济济，想插手自贡盐业也在情理之中。依我之见，这些人只可联合，不能拆台。陕商从明代初年开始走上全国商业舞台就形成了抱团发展、守望相助的传统，到了咱们这一代，不能坏了规矩。俗话说，人无远虑必有近忧。我担忧的是这么多陕商都投资自贡盐场，生产的食盐数量必将猛增，仅靠自贡附近的富顺、健为等州县百姓肯定无法消耗完，而朝廷规定的'商有定名，引有定岸'的专商制度又无法打破，长此以往，必将造成销路不畅，食盐积压，市场前景堪忧啊！"

姚大勋见父亲犹豫不决，顺口就说："八字还没见一撇，父亲就瞻前顾后，这还能弄成大事？"

一个初出茅庐的毛头小伙子，竟然敢这样说自己，让姚昂干心里极不舒服。如果不趁机教训一下，怎敢放心日后把重担交到他手里。姚昂干沉着脸说："决定大事，应该三思而后行，就是古人说的凡事预则立，不预则废。不想好以后的出路，只看眼前的利益，你就是短视，干不成大事。"

姚时春连忙插话道："大侄子，你初来乍到，对四川各地的情况不熟悉，尽量多听听，少参与决策。我刚才听了大哥的担忧，觉得有道理。依我之见，不如尽快先把内江的糖业做好，趁机在长江中游的几个地方开设分号，等时机成熟了再说自贡盐业的事情。如果大哥觉得不放心，可以再去自贡考察一番，和其他陕商接触一下，听一听他们的想法。"

田泓基接着说："井盐开采不比海盐，投资大，风险也大。姚东家如果再去自贡，我建议还是夫人陪着一起去。"

姚昂干点点头，说："时春先回重庆去吧。对了，我忘记告诉你们一件事了。在老家修建宅院的间隙，我到西安拜见过西安知府刘大人，委托他帮忙给昂千谋个一官半职，刘知府在官场人脉较广，深谙其中的奥妙，吏部早就安排昂千到湖北盐运司供职了。有了昂千在湖北帮衬，我想时春就能尽快打开长江上中游的局面。"

姚时春闻听此话，心中大喜。他说："就是没有昂千兄弟帮衬，我也要疏通关节，尽快把湖北的事情办妥。"

姚昂干送走众人后，对一直坐着一言未发的陈雪娇说："你看看，大勋这孩子未见过世面，倒学会了当东家决策，这样下去可不行啊！"

陈雪娇说："谁的孩子像谁。当年你就是这样，凡事都自己想拿主意。依我看，这孩子再历练历练，有可能会超过你的。"

姚昂干说："你别替他说话，抽空我得和他好好谈谈，让他知道生意场的险恶。"

陈雪娇说："时间不早了，早点睡觉吧。你准备啥时候动身去自贡，我也好早做准备。"

姚昂干说："就这几天吧，到时候我叫上田泓基，让他跟咱们一起去。"

姚时春马不停蹄地赶回重庆，大掌柜王辉基兴奋得手舞足蹈，他拉着姚时春的手说："东家再不回重庆，我就要到雅州去找您当面请示了。"

姚时春心里很清楚，他不在重庆的这几年，都是王辉基在按照他的指示和要求指挥重庆分号各项业务的，此人不但能力出众，眼光也很独到，颇能独当一面。此刻，听王辉基说要到雅州找自己，就知道有重大事情要做决定。他说："王掌柜这几年辛苦了，我得弄桌酒菜好好感谢一下你和账房蔡先生。重庆分号能有今天，离不开你和蔡先生的殚精竭虑，废寝忘食。现在，我大哥已经回到雅州坐镇指挥，咱们今后就要一起继续在重庆打拼了。"

王辉基说："大东家回到雅州更好，您回重庆掌舵才是我们期盼已久的。"

姚时春说："有啥话等会再说。你让伙房弄几个好菜，再弄一坛好酒，把蔡先生、二掌柜孙迎祥一起叫来，我有要事告诉大家。"

酒菜上桌后，姚时春先给王辉基、蔡先生、孙迎祥敬了三杯酒，算是对他们这几年辛苦付出表示感谢。随后他说："本来我能早回重庆几天，我大哥刚回雅州，有些事情需要当面汇报、交接，后来他有了一个新想法，就耽搁了几天。这次我回到重庆，是立了军令状的。你们猜，大东家想让咱们干啥？"

孙迎祥是个心直口快的人，见姚时春让他们猜谜，端起酒杯说："不管干啥，只要是大东家做出的决定，我都会拼了命往前冲，决不含糊。"说完，独自喝干了端着的酒。

蔡账房说："根据重庆分号这几年的商贸情况，永聚公总号每年都给我们下达采购府布任务，而且数量越来越大。东家也知道，府布采购主要在宜昌、沙市、汉阳、南阳一带，并通过长江航道向上走西陵峡、巫峡、瞿塘峡，因为一路上行，水流湍急，暗礁众多，翻船触礁事故屡见不鲜，人员货物损失难计其数。长江三峡自古以来就有'岸与天关接，舟从地窟行'之说，因此船运费用很高，而且不时还会受到船帮帮会、黑道匪帮的刁难。要想完成永聚公总号给重庆分号下达的各项任务，非得另有绝招不可。"

王辉基说："正因为水道艰险，运输困难，咱们运送到成都、雅州、藏区、彝区的府布才能卖上好价钱。另外从藏区、彝区运送回来的贵重药材沿长江而下，在沙市、宜昌、汉口等地也比重庆价格更高，获利更多。我猜大东家恐怕要让我们在长江上中游设立分号吧。"

姚时春点头说："还是王掌柜猜中了。我这次回来，大东家就是让我安排人到沙市、宜昌、汉口等地开设分号的。我看这样，王掌柜既然猜到了大东家的心思，你就带人先去寻找合适地方，先把永聚源的幌子打起来。至于船帮帮会、黑道匪帮这些麻烦事，我想办法解决。另外，王掌柜到了汉口，可以到湖北盐运司去找二老爷姚昂千，有些麻烦事可以请他协调。"

王辉基说："我听说长江上中游船帮基本上都是袍哥掌控的。二夫人原来所在的精忠山码头就是袍哥的总舵,能否请二夫人出面协调船帮?如果船帮能搞定,剩下一些黑帮就不足为虑了。"

姚时春笑着说:"王掌柜不愧是眼观六路,耳听八方呀!我嫂子这点秘密你都知道,不简单。这样,船帮的事我去求我嫂子解决。黑帮的事,不管花多少钱,你一定要搞定。"

王辉基说:"请东家放心,我绝对不会乱花钱的。"

姚昂干和陈雪娇、田泓基、姚大勋等人没有直接去自贡,而是先到了成都。

姚宏春招呼他们洗漱、吃饭之后,悄悄问姚昂干:"大哥此次到成都,一定是有要事吧?"

姚昂干点头说:"对于投资自贡盐场之事,我一时也不敢贸然决定,就想到成都来找其他陕商商议一下。听田泓基说,刘绍棠、田荆荣、胡家兄弟,还有渭南孝义镇严忠孝都有意向投资自贡盐场,不知道这个消息是真是假?"

姚宏春脑子里把这几个人名迅速过滤了一遍,随后说:"这个消息是准确的。刘绍棠、田荆荣、严忠孝这几个人你可能都知道,只有三原盐商胡砺金、胡砺锋兄弟是新近入川的。据我所知,这些人到现在还没有动手,是有所顾忌。"

姚昂干说:"你能否出面把他们请到成都分号来,我想和他们见面聊一聊。既然大家都想投资自贡盐场,又都有所顾忌,在一起想想办法,或许就能解决问题。就是有不同想法,彼此之间把话说开,也就避免了以后红脖子涨脸地吵架,让别的商帮看笑话。"

姚宏春说:"这事能办,但不能说请他们来成都分号议事。众人都是财东,也都好面子,为啥要到咱们分号来?我看就说您刚从泾阳老家回来,请老乡们在一起吃饭喝酒，我想这个面子他们还是会给的。"

姚昂干笑着说："就按你说的办。你这话倒是提醒了我，为了顾全各位财东的面子，大家得有一个共同联络乡情、商议事情的地方了。明代三原科举状元、大盐商温纯当年在北京主持修建了一座陕西会馆，就给陕西乡党们提供了许多便利。如果咱们能有一所会馆，就避免了诸多不便。"

姚宏春说："清朝贵族入主中原以来，对汉人结社很忌讳，尽管当前四海升平，百姓安居乐业，但是朝廷也怕汉人利用结社进行反清复明活动，更不允许修建会馆。听说现在暗探四处都有，弄得人心惶惶。你说的事，还是等以后朝廷开禁了再说吧。"

姚昂干愣了一下，随即自嘲地说："我也是随口一说而已。能否建会馆、联乡谊，咱们骑驴看唱本走着瞧吧。"

三天后的中午时分，刘绍棠、田荆荣、胡砺金、胡砺锋、严忠孝等人陆续到了永聚全总号旗下的成都分号。

姚昂干和众人寒暄了一阵，就直截了当地说："我今天以叙老乡情谊的名义把大家请到这里来，其实还有要事和众位东家商量。大家都知道，顺治、康熙两朝之后，四川经过休养生息，人口大幅度增加，食盐供需矛盾日益凸显，而四川产盐仅保宁、渝川等少数州县，全川开凿盐井二百三十九眼，无法满足百姓需求。自古以来，食盐就是四川财政的基础，有'盐法，蜀利之大者'的说法。听说各位都到自贡盐场考察过，不知道各位有啥想法？"

众人互相对视，随即大笑。

刘绍棠说："我就猜到姚东家请大家来不是专门为了吃饭喝酒的，既然把话挑明了，我就说几句。四川经过湖广填四川的移民潮之后，本地百姓资本雄厚者并不多，他们要想独自开发自贡井盐不太可能，难就难在这些早期到自贡的百姓占据了盐场开发的大量土地，不让他们参与似乎也不可能。我琢磨了一个不成熟的想法，就是和土地拥有者联合开发井盐，允许他们以土地入股。"

胡砺金接着说道："食盐运销除了需要大量的流动资本，能否在官府取得盐引是关键。我听说自贡盐场凋敝之后，四川产盐有限，而川盐运销主要实行盐票法，就是由布政司印发盐票，现在全川额定盐票四千九百四十张，每张五十包，根本无法满足川民日常生活需求。依我之见，自贡井盐大规模开发是迟早的事。"

严忠孝说："大规模开发自贡井盐是大势所趋。有一个关键问题需要大家商议通融。西汉到元代的历代朝廷对民众食用盐都实行榷制，就是由朝廷专营。明代以来，对食盐运销实行引制，其管控力度和兵器相差无几。要想参与自贡井盐开发，朝廷的态度至关重要。没有朝廷的许可，咱们自行开发自贡井盐就是违禁。我在成都经营当铺、金货生意，接触过许多达官贵人，听他们说四川巡抚宪德和川陕总督黄廷桂还能为民着想。如果打通了他们这道关节，请他们上奏朝廷恩准开发川盐，那咱们开发自贡井盐就成了合法生意。"

田荆荣说："做任何生意都不能触动朝廷的底线，最好不要闯禁区。井盐开发，需要大量资本，开凿一口浅井大概需要八万两，开凿一口深井大概需要十二万两，但这只是开凿井盐的费用，如果加上人力、煮盐、运销、纳税等费用，估计每口井的投资就超过了五十万两。运气好的话，开凿盐井卤水丰沛，就会获利丰厚，财源滚滚。运气不好的话，开凿的盐井无卤水，就会血本无归，损失惨重。为了大家血汗钱的安全，减少投资风险，我建议在井盐开发上实行合伙制，就是每个东家按照出资比例占有股份，利益共享，损失共担。"

胡砺锋笑着点头说："众位都是行家，账算得自然清楚，我就不多说了。我同意严东家刚才的说法，首先要疏通官府环节，把井盐开发变成合法生意，这样才能保证每个人的利益。还有一点，就是大家不可能只开发一口或几口盐井，但是如果盐井开发多了，产盐必然过剩，接着就可能出现产大于销的矛盾。"

姚昂干说："大家说得都在理，其实我最担心的还是井盐开发成功之后的所有权问题。即使朝廷为百姓着想，允许咱们开发井盐，一旦井盐开发成功，利润丰厚，官府会不会眼红，和我们争利？我建议大家出资，由严东家出面先和四川巡抚宪德沟通，争取让官府把井盐开发、运输销售、产权等问题都明确一下，这样大家心里都有底，再大胆投资方可确保投资安全。之所以建议严东家先和宪德沟通，因为宪德是满族人，和户部沟通或者给皇上上奏章都更方便一些。大家以为如何？"

刘绍棠说："还是姚东家考虑得比较周全，就这样办。严东家，需要我们出多少钱，尽管开口。"

严忠孝说："既然大家都同意我去通融，我一定竭力把事情办好，给大家一个交代。至于花费嘛，我先垫着，等事情办妥之后，我会给大家公布明细的。姚东家，商议半天了，我这肚子早就咕咕叫了，你不会没有准备酒菜吧？"

姚昂干笑着说："是到吃饭时间了。酒菜早已备好，有啥想法还可以边吃边谈。人是铁，饭是钢，一顿不吃心发慌。我现在也有点心里发慌了。"

严忠孝呵呵一笑，说："只怕你心里不是因为没吃饭发慌，是为朝廷能否同意咱们开发井盐而担忧。放心吧，朝廷也得让普通老百姓吃上有盐的饭吧。"

送走客人，姚昂干、姚宏春、田泓基、姚大勋等几人坐着闲聊，就把话题扯到了中午的饭局上。

姚昂干向他们简单介绍了和几个东家商谈的情况，随后说："开发自贡井盐就像放在远处的一块肥肉，现在只能远看，还吃不到嘴里。当务之急是如何尽快把内江的糖业控制权掌握在咱们手里。"

姚宏春说："中午你们在商谈如何开发自贡井盐的时候，田总账已经向我说了你的打算。掌控内江糖业，不仅要扩大糖的产量，而且得拓展销售渠道。这几年，销往藏区、彝区的茶叶量逐年增加，糖的销售量和茶叶增加量相比还是有点少。"

姚大勋说："让我去内江了解一下情况，看如何才能实现父亲的愿望。"

姚昂干说："你要去可以，但不能和内江分号掌柜闹分歧，凡事以他的决定为准。你要是有想法，可以写信或者回来告诉我，不要着急做决定。做生意看似简单，实则暗藏玄机，记住古人一句话：求实则末技有至用，扣虚则大道亦空言。"

姚大勋心里清楚父亲的良苦用心，说："我涉世未深，缺乏历练，这次到内江之后，一定虚心向内江大掌柜求教，尽快熟悉糖业供销业务，好让父亲放心。"

姚宏春笑着说："咱们做生意的宗旨是赚钱，但主要精力还是要用在商品和市场上。内江糖之所以能畅销藏区、彝区，是因为我们重视糖的质量，在藏区、彝区有了好口碑，因此永聚公旗下各分号、子号才赢得了百姓信赖。从源头上控制商品产销，这是姚家商号的传统，希望大侄子做足这方面的工作，实现你父亲的愿望。"

姚大勋谦逊地说："知道了。"

正在这时，成都分号二掌柜急匆匆进来，双手把一封信递给姚昂干。

姚昂干展开信大致浏览一遍，笑道："看来时春他们已经行动了。大勋，叫你姨娘过来，我有话对她说。"

时间不长，陈雪娇来到正屋，姚昂干把信递给了她。陈雪娇看了后笑着说："时春兄弟这是给我找事干哩。我看问题不大，等我回到雅州，就去精忠山码头找我哥。如果我哥不在，我也会让人去重庆找船帮帮主，把这件事办好。"

姚昂干刚想夸赞夫人一番，见姚宏春、田泓基和姚大勋纳闷地看着他俩，就把信中内容简单向他们介绍了一下：姚时春写信让陈雪娇找袍哥总舵主，帮忙解决长江上中游航运中的一些麻烦。

姚宏春说："这对嫂子来说，还不是小菜一碟？"

陈雪娇说："恐怕没那么容易。袍哥也要生活，有些人还要养家糊口，无偿帮忙一两次，那是看我哥的面子。长期帮忙的话，就得付出点费用了。"

田泓基说："袍哥付出了时间和精力，付点费用也是应该的。有了他们帮忙，长江上中游船运可保无忧啊！"

姚昂干皱眉说："事情没有你想得那么简单。虽说船运有船帮帮忙，但还要应付沿途黑帮和劫匪，哪一个环节出了问题，都会损失惨重。"

众人听了东家一番话，刚才的喜悦劲一下子烟消云散。

姚昂干见大家都不说话，就站起身出了正屋。陈雪娇看了看众人，紧随着丈夫也走了。刚进卧房，陈雪娇有点害羞地说："掌柜的，告诉你一个好消息。"

姚昂干说："一天到晚都是烦事，哪有什么好消息？"

陈雪娇嗔道："你不相信就算了。"

姚昂干赶紧拉住她的手，赔笑说："我相信夫人说的话，但不知有啥好消息呀？"

陈雪娇故意说："你猜猜看。"

姚昂干说:"你还没有回雅州,不可能就搞定了船帮的事。其他的事,我还确实猜不出来。"

陈雪娇靠近姚昂干,用手指点着他的额头说:"你要当父亲了。"

姚昂干一听这话,一把抱起陈雪娇,笑逐颜开:"这个消息可比我挣了百万银两还值得高兴。"

两个人的笑声从卧室里传了出来,让依然坐在正屋里的姚宏春、田泓基和姚大勋感到莫名其妙。

王辉基带着几个精干伙计离开重庆后,沿着长江一路往东,先后在沙市、宜昌踩点设立了永聚源分号,随后直奔汉口。王辉基虽说是第一次来汉口,但他对汉口多少还是有些了解的。明代中期以后,随着商贸活动的发展,汉口镇应运而生,并很快形成了武昌、汉阳、汉口鼎足而立的武汉三镇格局。陕西茶商、布商、丝绸商、瓷器商多是经过长江过汉口,入汉江,进丹江,把南方所产的物品运到丹凤龙驹寨卸船,车载马驮运到泾阳、三原一带加工,然后销往西北。繁忙的商贸活动,使汉口成了长江中游最大的市镇。同时湖广地区的漕粮在汉口交兑,运销湖广的淮盐也以汉口为转运站,促使汉口逐渐成了"商船四集,货物纷华,风景颇称繁庶"的商贸中心。

到汉口后,王辉基按照姚时春的交代,怀揣着他写的书信,就去湖北盐运司衙门找姚昂千。

姚昂千当初也没有料到,大哥通过西安知府刘大人疏通关系,竟然得到了在湖北盐运司任职这个美差。湖北盐运司位于汉口长江中游段,隔长江与东南侧的武昌相望,并汉江与南侧的汉阳相望,掌管着淮盐销往湖广的大权,徽商、晋商每天络绎不绝地来衙门办理各种手续,他每天忙得不亦乐乎。

这天傍晚时分，衙役报告说："外面来了一个商人打扮的中年人指名道姓地要见大人，这是他的拜帖。"随即把一张拜帖捧给姚昂千。

姚昂千心想自己到盐运司衙门不到三年，虽说因办事干练，颇得上司垂爱，官职得到了晋升，但他平时很少和各路盐商单独见面，就怕落下受人恩惠、替人办事的不好名声。此刻，衙役说有人指名道姓要见他，看来是推托不掉了。他拿起拜帖扫了一眼，见上面有永聚源三个字，心里顿时有些兴奋。但当着衙役的面，他尽量压抑着内心的喜悦，冷着脸对衙役说："你让来人在府衙门口稍等，我办理完手头的事情就出来见他。"

王辉基在衙门口一直等到天快黑了，这才见到从衙门里缓步走来一位穿着七品官服的中年人。这个中年人走到他跟前问："你就是永聚源商号的王辉基掌柜？"

王辉基赶忙说："草民正是王辉基，老爷是姚大人吧？"

姚昂千低声说："这里不是说话的地方，你跟我走，有啥话到了地方再说不迟。"

姚昂千在前，王辉基在后，两个人穿街走巷，七拐八拐地来到一座宅院前。姚昂千上前轻轻敲了敲门，一个仆人打开门，微微躬身说："老爷回来了。"

姚昂千哼了一声，转身招呼王辉基进门，两个人穿过庭院，来到正屋。姚昂千对仆人说："你去给我们先倒壶茶来，随后准备一点酒菜，我要和这位乡党谈点事。"

王辉基问："二老爷没有带家眷来汉口吗？"

姚昂千说："自古以来都是铁打的衙门流水的官，我不想让家眷跟着我颠沛流离，就只带着一个仆人来赴任了。谁知道这几年下来，整天忙得脚后跟踢尻蛋子，难得有空闲。若是当年带家眷来，还不跟我闹翻天？"

王辉基听到关中方言，一下子就觉得有了亲近感。他说："我这次前来，是奉了大老爷的命令，要在汉口设立永聚源分号，经营湖北、河南所产的府布，连带销售藏区、彝区所产的珍贵药材。"

姚昂千说："这是好事。汉口有九省通衢之称，商务汇集，贸易兴盛，应该设立分号。汉口循大江而东，可通皖赣吴越诸名区，直达上海。循大江而南，可越洞庭入沅湘，通两广云贵。又西上荆宜而入三峡，可通巴蜀，上溯金沙江。另外，汉口是湖广漕粮和淮盐转运站，每年经汉口交易的棉花、棉布、茶叶、药材、竹木等货物难计其数。在汉口设立分号，才可能占据天时、地利的优势，如果加上人和，生意就会更上一个台阶。"

王辉基笑着说："二老爷是饱读诗书之人，没想到对做生意也并非门外汉。"

姚昂千品了一口茶，看了一眼王辉基说："我出生在商人世家，耳濡目染，自然知道一些商机。我有一事不明，就是为啥把你们这些人称作掌柜的。"

王辉基清楚，姚昂千读的都是圣贤书，科举考的是八股文，肯定在书本里不会读到掌柜来由的。见他好奇，就说："把我们这些经理商号的人称作掌柜，据我所知有几种说法：一是陕西方言。唐朝时，有人在长安城中经办称作柜房的货币流通机构，为人保管钱币，收取一定的保管费，经营者经常把钥匙挂在腰间，被称作掌柜。二是明代陕西商人到各地做生意，携带大量银两，为了安全起见，特意制作巨型板柜，里面放银两，柜面做床铺，晚上就睡在银柜上，所以就被人称作掌柜了。"

姚昂千又问了一句："那么，徽商称朝奉有啥说法？"

王辉基笑着说："徽商多出自安徽徽州，大部分属于唐宋旧族，徽州方言称富人为朝奉，所以一般商号尤其是钱庄的东家就称朝奉。还有一个传说，据说当年宋太祖赵匡胤拥兵南下，平定徽州时，徽州人箪食壶浆，夹道相迎，场面十分热烈。赵匡胤见了很受感动，就对大家说多谢汝等朝奉，意思就是多谢你们的朝拜和礼物奉献。徽州人自认为是皇帝亲口封他们为朝奉，于是一个个喜不自禁，纷纷以朝奉大夫自居。现在，苏、浙、皖一带就用朝奉称呼当铺的管事人。"

姚昂千赞道："王掌柜博学呀！看来任何称呼都有一个理由，甚至还有一段传说。你刚才说要在汉口设立分号，经营棉布、丝绸、贵重药材等生意，还有其他想法吗？"

王辉基说："哪里，哪里，二老爷过奖啦。四川现在缺食盐，这本是个好生意，无奈朝廷对食盐运销实行领引制，淮盐没有朝廷诏令无法进入四川，我们也只能干瞪眼。"

姚昂千说："据湖北盐运司记载，每年两淮行湖广引数八万引，按每引三百六十四斤计算，每年由汉口转销的食盐大致在三亿斤左右。而回空盐船又载各色货物下行，从而形成了循环往复的转运贸易体系。"

王辉基闻言惊得目瞪口呆。这么大的贸易量，赚的银钱真是难以想象。他说："大老爷现在正联合其他陕商准备投资自贡井盐开发，一旦成功，还需要二老爷多照顾。另外，长江中上游航运有时会受到黑帮敲诈，土匪劫掠，不知道二老爷能否请湖北将军帮忙？"

姚昂千沉思了一会，说："湖北驻军是受朝廷节制的，只听朝廷的命令，要让他们为商船保驾护航，有难度，就是能疏通关系，打通关节，让驻军护航，花费也绝对不菲。"

王辉基说："听说湖北将军是满族人，但凡是人，就不会放过发财的机会，这是人的本性。驻军为商队护驾，在四川就有先例，也不算违背朝廷法令。况且在他们身上花点钱，和货物人员损失相比，还是咱们划算。"

姚昂千说："我官职卑微，恐怕无法和湖北将军直接接触，要通融此事，我必须请盐运司衙门长官出面才行。"

王辉基说："大老爷说过，只要湖北将军愿意派驻军为商船保驾护航，就是花多少钱也在所不惜。"

  姚昂千知道他兄长想做的事，一定会想方设法办成，即便花钱也绝不吝啬。既然兄长用到了自己，他咋能推辞。当即表态说："我明天就去找上司说这事，你先找合适地方设立分号，有了确切消息，我马上告诉你。"

  有了姚昂千的表态，王辉基心里顿时乐开了花。

  有诗叹曰：功绩不尽在野战，筹谋方显智前瞻。

      描绘蓝图看将帅，驱尽迷雾见晴天。

第十一章

恒昌堂人称百万　关中道富名盛传

雅州的秋季很短,一不留神就会溜进初冬。这个季节往往是民众采购府布添置棉衣的时候,布匹需要量很大,谁能在这个销售旺季大量出售棉布,谁就能获得丰厚回报。姚昂干自从让姚时春到重庆派人沿长江而下在沙市、宜昌、汉口设立分号之后,传来的都是需要花钱的消息,这让他心里很是担忧。他也知道,从汉口采购河南、湖北出产的府布有得天独厚的条件,但因为长江航运问题往往会耽搁府布上市的时间。这么多年的打拼,他深知商海充满了风险,供求变化难以把控,价格变化潮起潮落,一着不慎,就可能损失惨重,苦不堪言,甚至倾家荡产。

他现在也在反思,当初决定在汉口开设分号,大量采购府布是否是正确的决策。尽管藏区、彝区和当地百姓对府布需求量逐年上涨,但长江航运的风险也随之增加。陈雪娇已经和精忠山码头沟通过了，码头总管也答应让重庆船帮尽力帮忙，但到现在府布还没有运到成都、雅州，问题肯定出在汉口分号。面对布匹商号即将断货的危局，他对堂弟姚时春选派乡党王辉基去汉口打理商务开始心存疑虑，甚至怀疑姚时春看走了眼，选派了一个不堪大任之人去办理如此重大之事。这个局面让姚昂干心神不宁，脾气也大了不少。

这天中午时分，姚昂干迈着小步进了永聚全总号大门，背着手来到总账房。田泓基见东家来了，赶紧招呼让座。

姚昂干刚坐下就问："汉口分号有啥消息？"

田泓基知道东家这几日为汉口分号采购的府布迟迟没有运送到雅州焦急，但他无法预料府布什么时候到货，只能如实说："两个月前，汉口分号通过重庆分号申请了二十万两采购府布的本金，此后就音信全无。我最近也在催促重庆分号，到现在仍然没有消息。"

姚昂干焦虑地说："河南、湖北府布一般都是春秋两季采购，现在正是府布销售旺季，我们却没有多少存货，二十万两白银也没有听到响声，真不知道时春和王辉基咋搞的？"

田泓基心里清楚王辉基的能耐。此人能在姚时春驻守雅州期间凭一己之力把重庆分号的生意做得风生水起，利润丰厚，绝对是一个优秀的掌柜。现在东家为府布没有及时到货熬煎，并把怨气话口无遮拦地说了出来，他不知道到底是哪方面出了问题，就是想为王辉基辩解，也没有充足理由。他迟疑地说："长江中上游航运，除了船帮答应帮忙，还有沿江劫匪、黑帮不时骚扰，会不会是王掌柜被这些麻烦事纠缠住了？"

姚昂干说："有啥事就应该及时汇报。自己处理不了，连个屁都不放，算咋回事嘛！"

田泓基很少听到东家说粗话，他讪讪地说："请东家放心，估计很快就会有消息了。"

姚昂干也知道自己对田泓基说这些话不合适，又怕自己压不住怒火说出更难听的话来，他边往外走边说："但愿能听到好消息。"

当天傍晚时分，王辉基亲自押运着在汉口采购的府布到了雅州永聚全总号。

田泓基听见总号大门外有骡马的欢叫声、伙计们的大声喧哗声，一路小跑到大门口一看，见王辉基正招呼伙计们卸车。他喜出望外，大声招呼道："王掌柜呀，你再不回来，就把东家急死了。这些粗活就让伙计们干，你赶紧跟我去给东家报个平安吧。"

王辉基愣了一下，随即对卸车的伙计大声喊："轻拿轻放，千万不能乱扔。"

田泓基在路上问道："今年府布到货较晚，东家几次三番到总账房来询问消息，今天中午还骂了粗话。王掌柜，这到底是咋回事？"

王辉基一声苦笑，长时间压在他心中的苦楚和憋屈终于找到了突破口："一言难尽。既然东家动了肝火，再不解释清楚，就真成了憋尿傻蛋。等会儿我把详细过程告诉他，生杀予夺由他决定。"

田泓基一听这话，方觉事态严重。他说："王掌柜，把事情说清楚即可，千万不能任性而为。生杀予夺这样的狠话千万别说。"

王辉基苦笑着说："一切全由东家说了算。"

二人进姚家宅院大门时，正好碰见小翠搀扶着挺着大肚子的陈雪娇在院子里转悠。陈雪娇见两人脚步匆匆，脸色凝重，她微笑着打招呼说："王掌柜，好久不见了。"

王辉基向陈雪娇点头致意，紧跟着就问："东家在家吗？"

陈雪娇说："刚才乱发了一阵脾气，这会在正屋喝茶哩。你们进去有话好好说，千万别惹他生气。"

话音刚落地，姚昂干已抬脚跨出正屋门槛，他见田泓基和王辉基一起来了，就知道王辉基已押运府布到了雅州。他说："别站在院子里说话了，快进屋吧。小翠，你让夫人一个人单独转转，赶紧进屋给田总账和王掌柜沏茶。"

等二人落座之后，姚昂干皱眉问："王掌柜，今年府布到今天才运送回来，到底发生了啥事？把人都能急死。"

王辉基顾不上喝茶，连忙道："东家，今年情况有些特殊，让您操心了。容我详细向您汇报，如有不妥，任由处罚。"

随后，王辉基向姚昂干和田泓基叙说了今年府布采购的全部过程：在汉口开设分号之后，王辉基带了几个精干伙计到河南、湖北各州县府布生产地，弄清楚了当年秋季府布的大致产量，随后向雅州总账房申请了二十万两白银的采购本金。采购的府布全部运到汉口分号后，长江航运就成了关键。二夫人虽然通过精忠山码头给船帮帮主打过招呼，但船工说近期有黑帮、劫匪打劫过往商船，已经有多起劫掠事件发生，商家损失惨重，船工也有伤亡，没有船家敢冒险运送货物。为了按期把府布上运到重庆，王辉基又去找姚昂千想办法。姚昂千清楚这批府布对永聚公总号意味着啥，无奈他此前对王辉基说的请湖北将军派驻军护航之事一直没有结果。如今事情已到了紧要关头，他就硬着头皮带着王辉基去了湖北将军府。

湖北将军拿着亲兵呈上来的拜帖，笑着说："一个小小的七品盐运司官员找我能有啥好事？"

受过王辉基打点的亲兵说："人常说武官三条腿，文官四只手。将军现在没事，不妨见一下这个七品的官员姚大人。我听说姚大人出身于经商世家，他来找您肯定是为了商务上的事，说不定真是财神找上门来了。"

湖北将军一听这话，觉得有道理，他问："是姚大人一个人来的，还是带着人来的？"

亲兵说："姚大人带了一个掌柜模样的商人一起来的。"

湖北将军说："同是官场中人，抬头不见低头见的，这事最好别让姚大人参与，免得以后见面尴尬。你去让那个掌柜进来，有啥话说到明处。"

亲兵到府衙门口转达湖北将军的意思时，特意对姚昂千说了一句抱歉，然后领着王辉基进了大门。经过几道小门之后，来到了湖北将军的书房。

王辉基进了书房，赶紧向湖北将军请安。湖北将军说："王掌柜，你知道这里是啥地方吗？本将军奉朝廷诏令，驻守湖北，是为了保护湖北全境平安的，可不是为了和你等生意之人做生意的。"

王辉基用眼神示意湖北将军，湖北将军命亲兵退出了书房。剩下两个人之后，王辉基从衣袖里取出一张银票双手递给将军，说："商民从汉口往重庆朝天门码头运送货物，经常受到黑帮和劫匪的袭扰，货物和人员时有损伤。将军既然是保护湖北全境安全的，商民在湖北境内的安全就应该找将军。"

湖北将军展开银票一看，上面写着一万两几个字，暗吃一惊。他随后询问永聚源在汉口分号的情况，接着说："王掌柜是个爽快人，说的也是实话。雍正二年，青海罗卜藏丹津叛乱，川督年羹尧、四川提督岳钟琪奉命征剿，湖北驻军曾经向两位将军提供粮草供给，在长江上就发生过落单船只被劫匪袭扰事件。这些劫匪土生土长，熟悉沿江地理环境，不好大规模清剿，当时我也派了驻军随船押运，才保证了供给安全，但这是为朝廷征剿军需保驾护航，本将军义不容辞。现在王掌柜想让本将军派兵为商船保驾护航，这可能不妥吧。"

王辉基见湖北将军已经将银票塞进了衣袖中，知道他只是在为自己寻找一个合适的借口，赔笑说："将军负有保境安民之责，我等在湖北境内经商，将军自然也就有为商船提供保护的职责。将军啊，这只是我本次恳

湖北蒋蓍

请将军护航的见面礼，如能得到将军长期照顾，我自当每次都孝敬将军。"

湖北将军哈哈大笑，说："我乃一介武夫，也是粗人，王掌柜一番话确实有道理。这样吧，为了遮人耳目，避免让人说闲话，咱们义结金兰，这样我就能长期为你提供保护了。"

王辉基没料到会是这样一个结局，高兴得不知道说啥好。两个人选择吉日结为异姓兄弟之后，湖北将军果然没有食言，派驻军随商船溯江而上，一直把商船护送到了重庆朝天门码头。

姚昂干听完王辉基这番叙说，心中的怨气立即烟消云散。能攀上湖北将军这个高枝，永字号商船在长江上中游将会安然无恙。他大喜道："王掌柜可真是建了一件奇功啊！"

王辉基说："今年上游雨水多，在长江中上游行船难度加大了。东家也知道，过长江三峡要靠纤夫拉纤才能艰难前行，受水流增大影响，今年府布到达日期延后了。对此，我道歉，请东家责罚。"

姚昂干说："你虽然说得轻巧，但我能猜到你肯定受了不少委屈。对你这样一个大功臣再责罚，我的人性何在？良知何在？说真的，因府布迟迟未到，这几日我对你颇有微词。应该致歉的其实是我呀！不说了。咱们到红义巷秦川酒家去，叫上绸缎店、布匹店掌柜，一来是当着大伙儿的面正式向你道歉，二来是给你接风和庆功，丑话说到前头，不醉不归。"

王辉基见东家执意要为自己接风洗尘，原先积压在心里的憋屈随之烟消云散，他说："这可折煞我了。东家先别急，我还有一件事情要禀告。在汉口和二老爷闲聊时，他告诉我一个消息：经汉口中转销往湖广、云黔的淮扬盐场食盐每年多达三亿斤左右，但销往湖北靠近重庆七八个州县、云黔两省的淮盐因为道路艰险，翻山越岭，加上朝廷规定了盐价，盐商运输成本又高，因此利润很薄，影响了盐商的积极性。如果我们有盐引，通过二老爷通融，或许就能占领这个广阔的市场。"

姚昂干听到这个消息，觉得有些遗憾。湖北靠近重庆的几个州县、云黔两个省份，那是多大的食盐市场啊！可惜，手中没有盐引，更没有食盐，也只能干着急。他心有不甘地说："唉，那也只能等以后有了食盐再说，今天先为你庆功！"

陈雪娇进门时，正好碰到丈夫拉着王辉基的手往外走，顺口说："万事大吉了，要喝庆功酒？你们都少喝点，年龄都不小了，别以为自己还是小伙子。"

田泓基笑着说："诗仙李白曾经说'人生得意须尽欢，莫使金樽空对月'。请嫂夫人放心，今天东家心里高兴，肯定会'酒逢知己千杯少'的，怕是劝都劝不住啦！"

姚昂干回到雅州的第一个破账分红期到来之前，永聚公、永聚全、永聚源可谓捷报频传。永聚公旗下的茶叶贸易已经突破了八百万斤，永聚全旗下的药材、糖、皮毛等生意也是逐年增长，而永聚源则在开辟了河南、湖北府布生意后，几乎垄断了成都、川北、川南等地市场，在藏区、彝区赢得了当地百姓良好的口碑，可谓独领风骚，高歌猛进。

喜人的景象，让姚昂干有了新的目标。入川经商以来，他从爷爷手中接过了恒裕堂字号，等爷爷告老还乡、含饴弄孙之后，他把恒裕堂改称永聚公，后来又把永聚公一分为三，分别称永聚公、永聚全、永聚源。现在三个字号周转本金过千万，伙计过千人，管理难度逐渐增加。家业大了，没有自己的宗亲去镇守，难免会出现意外，这种事在四川经商的陕商中间屡见不鲜，他当引以为戒。另外，联想到汉口分号王辉基和湖北将军拜把子兄弟的事，他深为不安。姚家商号虽说和官府保持着紧密联系，但还没有一个像王辉基那样明目张胆地直接和朝廷驻军三品大员拜把子的。万一湖北将军犯事，姚家所有商号岂不是要无端遭受祸殃？几代人闯关西积累的财富岂不是都要白白送给官府衙门？

姚昂干思虑再三，决定对三个永字号商号再进行分割，他要化小商号管理范围，尽量降低各种风险。他初步想出了一个办法，就是将永聚公改称恒昌堂，永聚全分成二堂，称竹森堂、华蕚堂，永聚源改称仁在堂。

有了初步计划之后，姚昂干在召开破账分红的神仙会之前，召回姚昂才、姚时春、姚宏春、姚大勋等人，他准备先开一个姚氏宗亲家庭会议，统一大家的认识，避免出现不同声音。

他在跟先抵达的姚昂才闲聊时，流露出要重设堂号的想法。

一直在川北绵州坐镇的姚昂才听到大哥要变字号为堂号，他忧心地说："三大字号已经在全川各地有了声望，永聚源也把分号开到沙市、宜昌、汉口等地，你现在要重设堂号，估计会影响咱们的生意和声誉！"

姚昂干说："声誉是靠诚信经营建立起来的，这个你不用担心。俗话说树大分枝，业大分家。只有分灶吃饭，每个人才会精打细算，尽力过好自己的日子。三个字号虽说是在我爷爷入川后一手恢复起来的恒裕堂字号基础上分割而成的，但这些年你这个没出五服的兄弟和出了五服的时春、宏春兄弟，哪个不是废寝忘食，昼夜操劳。虽说人心都是自私的，但钱多到一定程度必须要学会分享，否则，就会寒了兄弟们的心，让大家对做大生意失去闯劲，甚至产生懈怠。"

姚昂才看出堂兄已决心分设堂号，自己再多说也无法改变他的主意，但堂号如何分设，关系到每个人的切身利益。便问道："在姚家，大哥是长门，我是二门，时春和宏春是三门，如果要重新设立堂号，大哥有啥想法？"

姚昂干起初是想把三个永字号分设成四个堂号的，现在听姚昂才把宗亲的亲疏关系说得如此明白，就猜到了堂弟的想法。他说："都是一个姚家出来的，共同供奉着同一个祖先，虽说有远近，但也不能把事情做得太绝对，太直白，让别人一眼就看出亲疏。这些年，不管是你，还是时春、宏春，都是为姚家商号做出了巨大贡献的。撇开宗亲关系不说，就按你们都是带肚子掌柜来衡量，你们现在的身价都不低。我原本想把永聚公改称恒昌堂，把永聚源分设竹森堂、华萼堂，把永聚全改称仁在堂，你刚才一番话，又让我觉得似乎不妥。这样分设，恒昌堂不管在业务范围，还是伙计数量等方面就变成了一家独大。"

姚昂才说："姚家的家业是大哥挣下的，你说咋分我都没有意见。"

姚昂干说："话不能这样说。姚家三个商号能有今天，离不开你们的贡献。至于如何分设更合理一些，容我再考虑一下，等时春、宏春来了，咱们一起商议。我的原则是，不能因为堂号分设，伤了自家兄弟的和气，更不能离心离德。"

姚昂才说："请大哥放心，兄弟们不是小肚鸡肠之人，不管你咋分设，我们没人敢跟大哥计较的。"

姚昂干说："时春、宏春到了后，你让大勋把他俩叫到我这里来，咱们一同商议。"

姚昂才出门后，姚昂干心里又盘算了一番。社树姚家如今已是人丁兴旺了，除了有想读书参加科举进入仕途的晚辈，也有想入川经商发家致富的晚辈。如果这些想经商的晚辈都来四川，四个堂号是不足以让这些姚氏宗亲的晚辈们大显身手的。还有一个关键问题，设立堂号之后，现有各分号的大掌柜、二掌柜会咋想？这些人多年在当地经商，有着丰富的人脉资源，沉淀下了一定的社会关系，如何让他们继续为各堂号效命、继续扩大经营才是最重要的。

等姚昂才同姚时春、姚宏春进屋时，姚昂干刚好理顺了思路。他见兄弟们都来了，高兴地说："在开神仙会之前，我有一个重要事情想和你们商量，希望能达成共识。"

姚时春以为又要开发新业务，爽快地说："有啥事大哥尽管说，我等兄弟全力以赴，鞠躬尽瘁。"

姚昂干笑着说："你等我把话说完再表态不迟。"随后，姚昂干向几个兄弟解释了为什么要把三个永字号细分的原因，说道："现在姚家三个字号积累的财富已经达到了祖辈们做梦都不敢想的地步。俗话说，没有百年不变的规矩，也没有百年不散的酒筵。为了姚家字号的永续发展，我思前想后，觉得还要再分，再设堂号。我初步是这样想的：把永聚公一分为四，设立恒昌堂、惠谦堂、居敬堂、燕翼堂；把永聚源一分为三，设立竹森堂、华萼堂、仁在堂；把永聚全一分为三，设立乐善堂、五福堂、行仁堂。这样，姚家原先的三个永字号商号就变成了十大堂号。分设之后，我掌管恒昌堂、惠谦堂、居敬堂、燕翼堂，昂才掌管乐善堂、五福堂、行仁堂；时春、宏春掌管竹森堂、华萼堂、仁在堂。各堂号的掌柜、账房、伙计仍然跟随原堂号不再分割。为了凝聚人心，我提议所有大掌柜、二掌柜、账房先生全部都要参股，用参股这种办法把大家紧紧拴在一起，这样才会避免离心离德，让除了东家之外的所有人既有归属感，也有责任感，要为商号经营业绩拼尽心智，赴汤蹈火。大家看这样分设是否合适？都是自家人，说话不要有顾忌。"

姚昂才心里合计了一下，虽说有十大堂，但最有实力的只有七大堂，就是姚昂干掌管的四个堂和时春、宏春掌管的三个堂。这七个堂无论是业务范围、人员配置、地理位置，还是伙计数量方面比他所掌管的三个堂都有优势。他本来想对此提出异议，转念间一想，自己的三个堂是一个人掌管的，时春、宏春的三个堂虽说比他的实力强，却是两个人掌管的，若论每个人所分管的业务和将来的分红，肯定不如自己。想到此，他说："大哥考虑得很周全了，我没有意见。"

姚时春见姚昂才已经表态了，他说："我原以为大哥是要开拓新业务，没料到是把三个永字商号分设成十个堂号。对于分设堂号，我同意大哥的意见。三国时期魏国文学家李康在《运命论》中说'木秀于林，风必摧之；堆出于岸，流必湍之；行高于人，众必非之；前鉴不远，覆车继轨'。为了姚家财富安全稳妥，分设堂号是一个睿智的选择。按道理说，这十个堂号不管叫啥，都是大哥这一门人老几辈积攒下的基业，我和宏春是没有资格享受这种分家待遇的。大哥之所以让我和宏春掌管竹森堂、华萼堂、仁在堂，是惦念我们兄弟都是姚氏宗亲，是让我们分享姚家商号这么多年的经营成果。我要说的是，除了感谢大哥，就是以后只要大哥发话，我和宏春万死不辞。"

姚宏春接着说："大哥宅心仁厚，乐于让宗亲兄弟分享姚家商号的经营成果，而且是这样分享，这是我做梦也没有想到的。不管姚家商号如何分化、设立，总之一句话，我遵从大哥意见，今后也愿意随时听从大哥召唤。"

姚昂干笑着说："既然分灶吃饭了，兄弟们就要管好自己的事。我强调一点，今后若有大的投资、大的风险，我希望咱们兄弟还能继续拧成一股绳，做到有福同享，有难同担。"

三人齐声说："随时听从大哥吩咐。"

在破账分红的神仙会上，姚昂干让总账房田泓基通报了各分号三年来的经营情况和各分号大掌柜、二掌柜、账房先生们的分红情况。当田泓基捧着账本念完最后一个分号所有人员的分红时，上百人的会场就像一锅热油里倒进了一瓢凉水，顿时炸开了锅，呐喊声、口哨声四起。

姚昂干抬起双手，示意大家安静，说："这三年，大家都付出了心血，理应得到回报。本次破账分红，可以说是这些年从未有过的好成绩。接下来，我还有一个重要消息要告诉大家。"

随后，姚昂干把他为什么分设十大堂号，这些堂号归谁掌管向参加神仙会的所有管理人员做了通报。随后他说："十大堂号的设立，也为大家今后的发展提供了一个更加宽广的舞台，更为大家凭智力和辛勤付出赚取利润搭建了平台。这些年，我一个人当家做主，有些事情常常是顾此失彼，不能及时决断，很可能影响了大家的情绪。分设堂号之后，各堂号就可以和掌管东家随时联系，排忧解难，及时决策。在座的各位神仙，都是姚家商号发展壮大的见证者、参与者、贡献者，姚家商号不管咋样分设，也不会忘了大家。因此，我决定从十大堂号分设开始，取消以前少数领东掌柜，全部变成带肚子掌柜，鼓励在座的各位神仙参股所在堂号的经营，共享所在堂号经营成果，大家看如何？"

这时候，会场出现了短暂的沉默。随后就有人交头接耳，小声议论，一时间嗡嗡声一片，根本听不清大家都在说什么。

姚昂才见这样私底下议论下去，很难达成一致意见。他朗声说："大家安静一下。设立十大堂号，是大东家深思熟虑的结果，也考虑到了大伙儿的切身利益。刚才大家在小声议论，我也听了个大概。其实就是把双手伸出来，十个指头还不一般长哩。堂号有大有小，伙计有多有少，这也是咱们商号发展过程中有的先设立，有的后设立造成的，是商号发展过程中必然要走的阶段。有些人议论所在堂号小，怕吃亏，其实就是不重新设立堂号，你的薪俸和分红也是和你所在堂号的经营利润挂钩的，不会分享到其他堂号的利润。现在分设堂号了，大家可以资源共享，信息共享。分灶吃饭，才能保证大家吃饱吃好，大家说对不对？"

众人齐声高喊："对。"

姚昂干说："三个永字号布匹生意几乎垄断了川东、川北和川南地区，汉口分号王辉基掌柜功不可没。我在这里宣布，我要给他一个惊喜，就是花钱在泾阳王辉基的老家王桥镇给他建造一院三进式青砖到顶的宅院。今后还有谁对十大堂号做出杰出贡献，王辉基就是榜样。"

众人一阵喧哗，纷纷让王辉基请客喝酒。王辉基站起身，向姚昂干鞠躬感谢，又向大家作揖，高兴得嘴都合不拢了。

正在此时，小翠急匆匆进了正屋大厅，她径直走到姚昂干身旁，在他耳边低声说："夫人刚才生了个千金小姐，特意让我来告诉老爷。"

姚昂干高兴得大声说："好，好，好。"

他一连三个"好"字，把大家弄得愣神了。姚昂干见大家都在看他，笑着说："今天不让王辉基请客了，我请客。告诉大家一个好消息，我有小棉袄啦。哈哈哈。"

众人闻听东家喜得千金小姐，更是兴奋异常，纷纷叫嚷要沾喜气，一醉方休。

陈雪娇给爱女起名叫雅蓉，她对姚昂干说："这孩子是在成都怀上的，在雅州出生。成都有蓉城之美誉，芙蓉是成都的特色花木，雅州是你我相爱的地方，也是我最喜欢的地方。一个女孩家应该有一个好听的名字，我想给孩子起名叫雅蓉，你觉得如何？"

姚昂干喜笑颜开说："名字好听，也有寓意。不过雅蓉可以作为大名，小名叫蓉蓉顺口一些，更显亲切。"

陈雪娇说："就依掌柜的。"

姚昂干随后说："等蓉蓉过完满月，我想让大勋押送这次分红的银两回泾阳老家，把原先修建的宅院进行改造。"

陈雪娇说："你咋安排那是你的事，我没有意见。我现在的心思全在蓉蓉身上，一心就想把她照顾好，不要让我的女儿受委屈就行。"

姚昂干安排儿子回泾阳之前，特意对他交代了许多注意事项。他说："本次破账分红，恒昌堂分得的红利超过了二百万两。你押送银两回去之后，把九进式宅院的前三院进行改造，第一进院作为看家护院人员的住所，第二进院东西厢房分别设立贵宾室、议事室、述职室，第三进院设立总账房、辨银室、庶务室、金银库。"

姚大勋听父亲的安排，有把总号迁回泾阳老家的意思。他问："父亲如此安排，用意何在？"

姚昂干说："陕商历来秉承'以商致富，以农守之'的传统，我到现在也没有想出一个比这更好的办法，就想把在川地经商所赚的利润押送回老家，购置田产，靠地租增加财富，衣食无忧；靠银两供后辈读书参加科举，光宗耀祖。现在，姚家除了在四川、湖北两省的十大堂号，在陕西也有多家分支商号。在二进院建贵宾室是为了接待重要商贾贵宾和商谈大事。建议事室是临时接待有关人员座谈，也可以供来客临时休息。建述职室就是接受陕西、四川、湖北等地掌柜、账房汇报所在商号经营情况，并向他们下达新的指示。三进院的新设机构就不用我多说了。对于金银库的改建，你要分外当心。要把金银库修建在三进院的房屋下面，用青石修建屋门，保证通风。"

在生意场摸爬滚打了多年的姚大勋自然知道许多陕商有在老家深挖地窖储存银两的习惯，尤其在渭北一带这种做法很流行。他不明白父亲为啥要让他修建地下金银库，而且要用青石修建屋门。他问："修建金银库是陕商贮存财富的习惯做法，渭北一带的陕商都是深挖地窖贮存银两，咱家为啥不采用他们的方法，而是在房屋下面开挖，用青石砌筑屋门？"

看到儿子没有明白自己的良苦用心，姚昂干只好说："用地窖贮存银锭容易受潮，存取都不方便。修建地库贮存银锭、金砖，既可以防盗，也容易存取。你这次回去就按我说的办，顺便把二进院、三进院的家具置办好。"

姚大勋又问了一句："父亲这是准备撤回泾阳，把老家当作总号吗？"

姚昂干说:"我还有一件事没有办妥,始终是块心病。你应该也知道,就是自贡盐场的事。等办妥了盐场投资的事,我就把四川、湖北的四大堂号都交给你经营,我和你姨娘带着你蓉蓉妹妹回泾阳老家休养。"

姚大勋见父亲已萌生退意,就说:"父亲坐镇雅州几十年,又设立了十大堂号,把姚家的生意推上了高峰。儿子愚笨,没有父亲的胆略,您不怕我把四个堂号弄砸了?"

姚昂干笑着说:"儿孙自有儿孙福啊!十大堂号中你名下将来就会有四个,而且是实力最雄厚的。你要是把这四个堂号弄砸了,也就不用回老家来见我了。"

姚大勋说:"请父亲放心,儿子绝对不会给您丢脸的。如果真要把四个堂口的生意弄砸了,不用您说,我也是羞见先人的。"

姚昂干说:"回去之后先把我交代的事情干好,我回泾阳之前,会把我多年悟出的生意经传授给你的。"

姚大勋带着大队人马,在保镖的护卫下,离开雅州,沿途经成都、绵州一路北上,都是住在姚家各堂号的客栈里,人由客栈接待,马匹由客栈饲养,车辆由客栈看护和维修,让他充分体验到父亲当初精心布局所带来的便利。

离开绵州总号的前一天晚上,姚大勋特意找到叔父姚昂才,就他父亲安排他回泾阳老家改造房屋、修建金银库等事讨主意。

姚昂才沉吟着说:"对于一进院、二进院的改造,你要依照你父亲的交代进行。至于三进院的改造、房屋的分设也按照你父亲的要求,金银库必须得坚固,除了用青石砌筑屋门,我建议用铁皮包裹木门。你也知道,不管是渭北商户人家的地窖,还是你父亲让你修建的金银库,都是一个商家财富多少的象征,绝对不能马虎大意。金银库必须构思奇巧,通风良好,安全保密，这可能也是你父亲最后一次考验你的办事能力。"

姚大勋说："把金银库建在三进院房屋下面，就是为了安全保密。难处在于如何利用地面房屋的遮挡，修建一座足够大的金银库？"

姚昂才沉思了一会儿，说："你可以采用开挖房内地面的办法，等挖到一人深的时候，把进出通道向屋外延伸，想办法把整个金银库修建在距地面一丈多深的地下。地库的通风可以采用向上挖一眼小口竖井，上面用花坛遮掩。这样的话，金银库就不会受房屋建筑面积的影响，也不用过多考虑金银库的承重问题。要把金银库的出口留在房屋内，但不能让人感觉到屋内修建有地下室。靠近金银库的时候，用伪装形成第一道保护门，就像一般富商大户房屋内装有暗门一样。金银库大门必须由两个人掌管钥匙，开启的时候，也必须两个人同时在场。"

姚大勋听完姚昂才一番叙说，不得不钦佩这个闯荡商海大半生的前辈。他说："有了叔父这番叮嘱，侄子心里就有谱了。"

姚昂才说："离开绵州之后，很快就将进入川北丘陵和山区地带，只有到了昭化，才会有姚家的商号。这一路道路崎岖，山路难行，你虽然带着保镖护驾随行，但也不能太张扬，行事最好低调。你所带的银两是四个堂号三年挣下的辛苦钱，务必谨慎小心，切记，切记。"

姚大勋说："请叔父放心。我一路前行，随时会把消息通过入川的姚家商号伙计告知您和我父亲的。别的不敢说，押送银两回陕西这种事我又不是第一回了。"

姚大勋一行过了昭化县城，穿明月峡，翻棋盘关，就进入了汉中盆地。这一路，虽说道路险阻，崎岖难行，倒也太平无事。进入秦岭大山之后，姚大勋抖擞精神，让两个随行的保镖在前面探路，确认没有劫匪时，大队人马才继续跟进。这一路夜宿晓行，谨慎细心，直到出了陈仓古道谷口，抵达宝鸡县城，姚大勋才算松了口气。

在他的心里，虽然已经回到了阔别几年的关中，但只要没有抵达社树村，就没算到家。他派了两个伙计骑马打前站，回社树村报告，随后在渭河渡口租了两条大船，把独轮车、马背、驴背上的银鞘箱全部卸下装在船上，沿渭河一路向东。姚大勋站在船头看似观望两岸风景，实则是担心发生意外。快航行到泾渭分明处时，他叮嘱船老大进入泾河，向西北航行，直到抵达临近社树村的临泾渡口，他才算真正放了心。

此时的社树姚家，与姚一阳主政时期已大相径庭。姚昂干的宅院里，看家护院的、种菜养猪的、赶车养马的，仆人丫鬟等一大群。两个报信的伙计向东家姚唐氏报告银鞘箱即将到达后，姚家上下顿时开始忙碌起来。

姚家宅院的账房先生刘忠信请示姚唐氏后，就安排人到临泾渡口观望报信，又安排看家护院购买鞭炮，准备锣鼓，取出姚家商号旗帜准备迎接大少爷姚大勋押送银鞘箱回家。忙完这些琐碎事，刘忠信突然想起一件事，他一路小跑着到了后宅门口，让姚唐氏的贴身丫鬟请示看是否要准备丰盛酒宴，款待一路辛苦的伙计和随行的保镖。

过了一会儿，贴身丫鬟出来说："夫人吩咐让刘先生和姚管家商量，咋热闹咋来，要让乡邻们知道姚家商号在四川经商发财了。"

刘忠信一听这话，就急忙去找管家姚鸿胜。

姚鸿胜说："既然夫人不怕张扬，咱们就尽可能把事情办得让东家高兴。安排酒筵是我的本分，就连打旗迎接、敲鼓放炮这些事你都可以交给我。另外，为了热闹，我看还应该去县城把秦腔班请来唱戏。夫人没啥爱好，就爱看秦腔戏，唱秦腔戏，有了秦腔班凑热闹，主人家高兴，伙计们跟着沾光，你看咋样？"

刘忠信高兴得直点头，说："你不愧是管家，把这些细节都想到了，比我这个账房先生强。"

姚鸿胜说:"我是姚府的管家,自然知道夫人的脾性。夫人不但喜爱秦腔,而且对秦腔有不同于常人的见解。"

刘忠信平时跟内宅女眷尤其是夫人姚唐氏很少打交道,现在听姚鸿胜这么一说,好奇地问:"难道夫人对秦腔还有真知灼见?"

看到刘忠信似信似疑,姚鸿胜说:"去年闹元宵时,夫人让我去县城请秦腔班来唱戏,我略有迟疑。夫人就笑着对我说,秦腔是秦人的根和魂,是秦人的灵魂慰藉、精神动力、感情伴侣,是秦人装填生命的全部行囊。看着秦腔吼起来,听着吹、拉、弹、奏、翻、打、念、唱,欣赏着提袍甩袖、吹胡瞪眼,那种感觉就是秦人在宣泄难以想象的狂喜、激动。看懂了秦腔用歌舞讲故事的真谛,就能体会到秦腔演绎的忠孝节义、悲欢离合和爱恨情仇。虽说舞台上演的是戏,但唱词却是从日常生活中提炼的精华,通过快板和慢板的不同唱腔,以唱和舞的形式起到了教化人、启迪人的作用。姚家虽说家大业大,但不能任由后辈吃喝玩乐、贪图享受、不思进取。要通过秦腔戏这种方式让他们和村里的人都知道天上不会掉肉夹馍,更不会掉金砖、银块和元宝。"

刘忠信听得入了神,他以为很少露面的夫人姚唐氏喜爱秦腔戏只是为了消遣和解闷,没料到她对秦腔还有如此见地。他说:"普通人看秦腔戏,就是图个热闹、刺激,对秦腔剧目的评价经常是奸臣害忠良,小伙娶姑娘。听了姚管家一番话,我对夫人总爱点的几本秦腔戏就不奇怪了。"

姚鸿胜笑着说:"你是说夫人总爱点《下河东》《赵氏孤人》《张连卖布》《三娘教子》《火焰驹》《劈山救母》《打金枝》《铡美案》等传统剧目?"

刘忠信点头说:"是的。这些剧目有催人奋进的,有令人思考的,有让人叹息的,有使人肝肠寸断的。只有懂得了秦腔,才能懂秦人的灵魂。了解了秦人的灵魂,才能真正听懂和欣赏秦腔。说实话,我虽说经常看秦

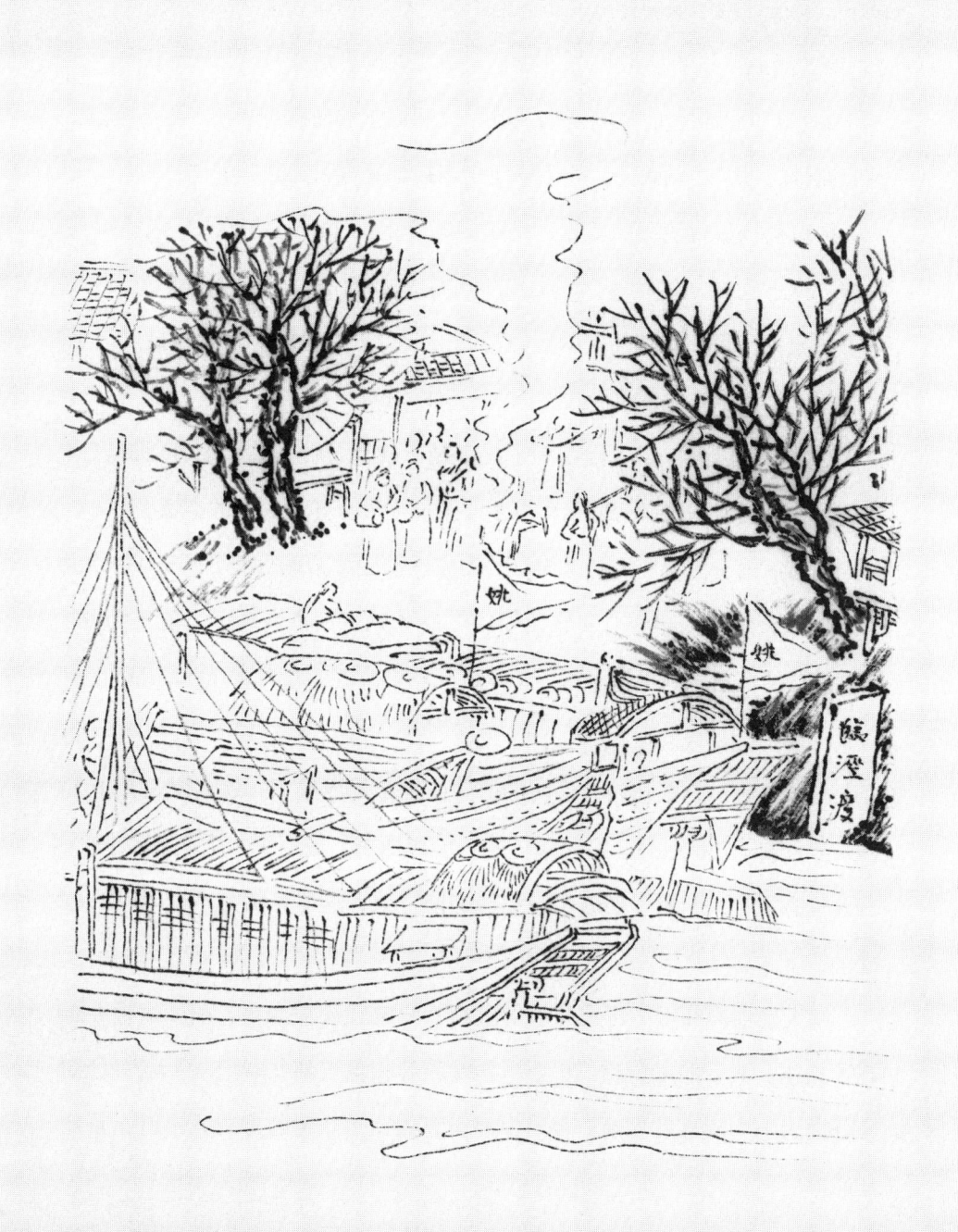
姚
姚
臨澄渡

腔、听秦腔、哼秦腔，但真正懂秦腔的，夫人才是高人。姚管家，闲话不说了，就按你刚才说的办吧。"

姚鸿胜说："好。咱们分头行事，不要耽搁事情就行。"

姚大勋一行乘坐的船刚到临泾渡口，河岸上顿时鞭炮齐鸣，锣鼓喧天，姚家商号的旗帜随风飘扬，整个场面比迎接朝廷大员还热闹。

护院们按照姚鸿胜的安排，把银鞘箱搬上马车，一路络绎不绝地运往姚家。这一次运送银鞘箱，更是气派异常，前面的马车已经过了花门楼，到了姚家大门口，后面的车队还在泾河滩渡口没有启程。敲锣打鼓的、放鞭炮的、赶车拉箱的，第一次见识了东家的财富。

三天大戏过后，姚大勋留下了几个精干伙计，让其他人随着保镖返回四川，自己在家按照父亲的交代着手改造房屋和修建金银库的事情。

刘忠信第一次听说还有这样奇妙的方法修建金银库，一下子来了兴致。为了确保金银库修建符合父亲的要求，姚大勋专门高薪聘请了能工巧匠，按照自己的描述，画出施工草图，经过几番修改，工匠们才开始动工。

半年之后，姚家长门九进院的前三院和金银库竣工，姚大勋又带上刘忠信前后去了几次县城，后来索性到了省城西安。他们精心挑选了二进院、三进院的家具，购置了摆放金银玉器的博古架，这才算忙完整个宅院的改造。

姚大勋如同卸下了压在肩上的重担，顿觉轻松了许多，和母亲聊天也有了兴趣。他不但说到姨娘生下了妹妹雅蓉，也提到父亲把三个永字号商号分设为十大堂号。当然，言语中最得意的还是修建的力压关中道上其他富商大户一头的独一无二的金银库。

姚唐氏笑着说："你父亲常年在外经商，有了你姨娘照顾，我也就省心了。现在有了雅蓉更好，不但给姚家增加了人丁，也让你姨娘有了精神寄托，想来你父亲也很高兴。至于你说的金银库，当妈的不亲眼看一看，绝对不相信有你说的那样玄乎。"

姚大勋说："妈呀，儿子啥时候在您面前说过谎，您要不相信，我这就陪您去看。人常说，耳听是虚，眼见为实。妈倒是把这句话用到儿子身上了。"

姚唐氏说："关中道上的富商大户基本上都是用地窖贮存银两，你别出心裁地修建了一座金银库，当妈的肯定不放心啊。"

姚大勋搀起姚唐氏，丫鬟跟在身后，一行三人就到了前面三进院。刚进三进院，就看见刘忠信正在吩咐几个徒弟干活。

姚唐氏平素轻易不到前院来，刘忠信急忙上前问候，恭敬地说："夫人有啥事让丫鬟来告知一声就行了，我等肯定尽力做好，夫人何必亲自前来。"

姚大勋得意地说："我妈不相信咱们修建了一座独特的金银库，非要来亲眼看看。刘先生，你让伙计去请姚管家，等会儿一起把金银库的门打开，让我妈见识一下。"

时间不长，姚鸿胜就到了三进院，他听说夫人要亲自观看金银库，笑着说："夫人不是想看金银库，而是想看库里存放了多少银锭和金条吧？"

姚唐氏微微一笑，点头说："还是姚管家会说话。走，你们前面带路，让我这个常年大门不出、二门不迈的妇道人家见识一下你们的杰作。"

一行人进了三进院东厢房。进屋之后，姚唐氏发现这座房屋与以前相比已经有了很大不同，靠近北面是六扇雕刻着秦岭山水的楠木屏风，姚大勋走到中间两扇屏风跟前，轻轻一按左边屏风上一个圆形机关，屏风就向左右滑动。穿过屏风，里面是用半人高的木制护栏围起来的空间，绕过护栏，就看见有台阶通往地下。顺着往下走二十多个台阶，然后拐弯再下台阶，一道大门挡住了去路。姚鸿胜抓住墙壁上一个圆形的铜环往外一拉，然后将铜环后面的圆形转盘左右旋转了几下，就见大门徐徐打开，露出了通往更深处的台阶。

姚唐氏抬脚下行，刚下了几个台阶，听见有火镰打火的声音，随后就见姚鸿胜点燃了台阶左右放置的油灯，通道里面顿时亮堂起来。没走多远，就是平地了。眼前又是一道用铁皮包裹的坚实木门，刘忠信越过他们走到了姚鸿胜跟前，两个人在身上一阵摸索，各掏出一把钥匙，姚鸿胜在前，刘忠信在后，分别把钥匙插在横在门上的铜锁孔里，二人几乎同时动作，就听一声轻微的响声，铜锁落锁，姚鸿胜推开了大门。

姚唐氏往前跨几步进了金银库，反而觉得金银库比铺着青石的台阶通道还亮堂。她抬头一看，金银库顶部高出地面大约有一尺左右，外面的光线从装有铁栏杆的窗户透进来，自然比油灯还要亮。再仔细打量金银库的顶部，见有一个覆着铁丝网的圆形窟窿。她走到窟窿下，就感到有风往里面灌，待在金银库里丝毫不觉憋闷。

这座宽约二丈、长约四丈的库房里放满了货架，每个货架上按照银锭重量分为五十两、一百两排放，靠近北面最里面则是一个摆放着金砖、金条的货架，一个摆放着珠宝玉器、古玩珍宝的货架。白晃晃、金灿灿的一库房财宝让姚唐氏喜上眉梢，乐得合不拢嘴。她说："没想到你父子在四川为咱家挣下了这么大的家业，这也是我这辈子见到的最多的金银了。你们父子这么多年的辛苦值了。"

姚大勋笑着说："这点财富算个啥嘛，等再过上几个破账分红，咱家的金银财宝会更多。"

姚唐氏见儿子喜不自禁，想到自己多年孤苦度日，她沉着脸说："娃呀，俗话说人怕出名猪怕壮，银钱够用就行了，太多了未必会是好事。人不能一辈子看着银钱过活，能守着自家男人和孩子过平常的日子，就是受点艰难我也认了。"

姚大勋揣摩母亲定然是嫌父亲常年在外，在感情上冷落了自己，方觉是即便眼前有这么多冷冰冰的银钱，倒不如有一个能说话的人在跟前知冷知热好。他说："我父亲已经说了，等他办妥自贡盐场投资的事，就带着姨娘和雅蓉回来陪您，再也不去四川了。"

姚唐氏叹了一口气说："好，我就盼着他们早点回来，过几年普通人家的日子。"

有诗叹曰：金银珠宝堆满房，富名远扬还感伤。

人称姚家钱百万，犹有雄心开盐场。

第十二章

合伙制涉足自贡　操盐业远销云南

姚大勋押送银两回泾阳之后，姚昂干反而觉得心里空落落的。他心里盘算，这次破账分红可能是他到四川经商以来最大的一笔利润。十大堂号的设立，无形中分散了管理权、经营权，同时把他应该拥有的红利分配给了和他一起闯荡的姚氏兄弟，但他从未因此后悔过。

在焦急地等待严忠孝疏通关节的这段时间里，姚昂干也会时常抱起女儿蓉蓉，逗她开心。每当这个时候，陈雪娇都会嗔怪他说："蓉蓉才多大，她不会懂得你的意思的。"

姚昂干说："我现在轻松了，好好陪陪这个小棉袄。等自贡盐场有了消息，就又该忙乎了，到时候就是想抱一下她，恐怕都没时间了。"

这天早上，总账房田泓基急匆匆来禀告说："东家，仁在堂东家姚宏春从成都托人捎来口信,说是自贡盐场的事情已经有了眉目,请东家赶紧到成都商议。"

终于听到期盼已久的消息,姚昂干冲进内宅,跟陈雪娇打了声招呼,就和田泓基出了大门。到了恒昌堂总号,他让伙计牵出两匹马,对田泓基说:"时间紧迫,来不及通知盐号掌柜了,你随我去成都。"

田泓基见姚昂干如此性急,只好说:"请东家稍等片刻,我交代完账房的事,马上跟您走。"

两个人打马如飞、风尘仆仆地赶到成都时,已经是第二天傍晚时分了。他们还未到仁在堂总号门口,就远远瞧见姚宏春站在大门口焦急地等待着他们的到来。

两个人跟着姚宏春进了仁在堂二进院的客厅,姚宏春亲自给他们沏茶,并把茶水分别递到他们手上。等姚昂干匆匆喝了几口茶水后,姚宏春说:"严忠孝前两天早上到商号来告知,自贡井盐开发的事终于有了回音,而且是朝廷下的诏令。"

姚昂干放下茶杯说:"你拣关键的说,不要啰唆。"

姚宏春说:"据严忠孝说,四川巡抚宪德和川陕总督黄廷桂联合向朝廷上了在四川实行'计口授食'的奏章,朝廷日前颁发诏令,允许开发自贡井盐。对你此前关心的几个问题,在诏令中也有了明确指示,在产权方面'任民自由开凿,遂为人民私产',在管制方面'盐户自煎自卖,不拘大商小贩,通行无滞',在税收方面'从轻课税,井灶而征以课,盐引而征以税',尤其是对井盐生产者更是积极鼓励,制定了'照开荒事例,三年起课,以广招来'的政策。诏令的主要内容就是这些。"

姚昂干顿时感到一股热流在往上涌,血脉偾张。他说:"从这份诏令可以看出,雍正皇帝还是关注民生的,也给了我们一个难得的机会,甚至可以和明代的'食盐开中'和'茶马交易'相提并论。能有这样好的结果,严忠孝肯定做了不少工作，功不可没，甚至可以说是居功至伟啊！"

姚宏春说："咱们明天早上就邀约上次的几个东家一起商议，看下一步咋行动。"

姚昂干说："我记得上次刘绍棠和田荆荣说过，当地有点资产的民众想以土地入股。要开发井盐，我的意见是恒昌堂、仁在堂、惠谦堂三个堂一起入股，再利用当地民众的土地，至于土地入股占几成，这件事就交给你去办。从事井盐开发和运销对咱们来说，还是一个新的行当，明天和几位东家商议时，可以听听他们的想法，然后再做决定。"

姚宏春问："明天还是把他们请到咱这里来吗？"

姚昂干笑着说："估计不行。严忠孝这次露脸了，肯定会请大家去他的当铺商谈的。你准备几样像样的礼物，明天带上一起去，权当感谢严忠孝的辛苦付出。"

第二天一大早，严忠孝果然派伙计到仁在堂来传口信，说是请姚东家在中午时分到严家亨顺总号议事。姚宏春笑着对姚昂干说："大哥，您说得真准啊！"

姚昂干说："俗话说七十二行，银钱为王。严忠孝出面办成了这么大的事，咱们登门拜访是应该的。对了，顺便看一下严家当铺，以后有可能的话，咱也在其他地方开当铺，每天看着银钱不断流动，饱饱眼福。"

姚昂干、姚宏春和田泓基来到亨顺总号时，严忠孝正好出门迎接各位东家，他看到一下子来了三位乡党，高兴地抱拳说："欢迎各位东家光临！"

姚昂干跨进当铺门店，见店铺里面干净整洁，柜台后面伙计有板有眼，来当东西者神情严肃，伙计报典口齿清晰，由衷赞道："严东家不愧是典当行的通行领袖，把一切安排得井井有条啊！"

严忠孝说:"这点雕虫小技和姚东家的大手笔相比就显得小儿科了。咱们进去说话。"

穿过当铺门店,后面是一座三进院的宅院。严忠孝领着一行人往里走,二进院的庭院里前面栽着一棵硕大的白玉兰,后面栽种着一棵花满枝头的芙蓉树。人从树荫下走过,丝毫感受不到烈日阳光。来到二进院五开间的正屋前,正屋中间的两根廊柱上悬挂着一副制作精美的对联:友以义交情可久;财从道取利方长。未等姚昂干仔细品味,就看到刘绍棠迎了出来。

刘绍棠双手抱拳,向姚昂干等人作揖,说:"恭喜姚东家枝繁叶茂,生意兴隆啊!"

姚昂干等人连忙回礼,客套几句,刚跨进正屋门槛,就看到了已经站起身的田荆荣。几个人好久未见面,互相打趣地开起玩笑,说起了最近的生意。

刚过了一盏茶的时间,胡砺金、胡砺锋两兄弟就一起来了。众人寒暄一阵,严忠孝作为召集人,又是东道主,很自然地把话题转了方向。他说:"今天请各位东家到亨顺总号来,就是为了此前我们商议过的自贡井盐开发之事。我在川陕总督黄廷桂黄大人处看到了盖有雍正皇帝御玺的诏令,并请黄大人延迟几天公告。现在自贡盐场开发已经得到了朝廷许可,并在产权、管制、税收等方面进行了明确,打消了我们的后顾之忧。我认为,自贡井盐开发很快就会进入一个新阶段。大家此前对开发自贡井盐都有意向,今天可以谈一下该如何运作了。"

刘绍棠说:"四川巡抚和川陕总督以'计口授食'的奏章上报了四川省开发自贡井盐之事,能得到今天这样的诏令,可以说是超出了我们原先的设想。在座各位东家都知道,从顺治、康熙到现在,当初的湖广填四川之人已经占据了所在地的富庶土地,自贡当地也不例外。我在上次商议此事后,前后几次到自贡,当地有些资本的人看到井盐开发的前景,都不愿意出售土地，大部分人想以土地入股方式参与井盐开发，和我们陕商投资者合作经营。"

田荆荣接着说道："大清入主中原虽说已经八十多年了，但四川本地富商还是比较少，能单独投资井盐开发者寥寥无几。从现实情况看，我们只有白银还远远不够，必须取得井盐所在地的土地。此前，我和刘东家跟自贡当地有名的富商李三友洽谈过，他就明确表示过不会出售井盐所在的任何土地，只愿意和陕商合作，共同开发，利益共享。"

姚昂干听完刘绍棠、田荆荣的介绍，知道要想购置土地自己投资希望不大了。他说："胡东家在三原就是盐商，我们听听胡东家的高见。"

胡砺金说："不管是井盐开发，还是食盐运销，都是风险大获利也丰厚的行当。这么说吧，要做一万两白银的食盐运销生意，最少就得有三万两白银的本金。其中一万两本金的食盐在店铺，一万两本金的食盐在运输途中，一万两本金在盐场采购食盐。如果要想把食盐运销生意做大，没有十几万两甚至几十万两本金是不可能的。我此前也了解过，川商因为对盐业贸易不熟悉，也不愿承担如此巨大的风险，几乎都表示无心经营食盐运销业务。他们的小九九是把'计口授食'所获得的盐引就地高价倒卖，只愿意当一个坐地商。具体情况，砺锋比我熟悉，让砺锋给大家说一下。"

胡砺锋说："食盐运销的关键是盐引。'计口授食'这个新的盐业政策是按照人口日均食盐数量分配盐引的，并且由地方官就地招商领取盐引到盐场采购，运回本地后销售。刚才我哥已经说到了食盐运销的风险，也提到了川商只想就地高价出卖在当地官府取得的盐引，他们这种做法就是'招商承引'，让我们这些敢冒风险、有能力做食盐运销的陕商帮他们把整个链条打通。我认为，这也是难得的机会。川商愿意用'招商承引'这种懒办法获取眼前利益，咱们就向当地川商'租引代销'获取食盐运销的长远权益。我打听了一下行情，向当地川商购买盐引，每引大约十两到二十两不等，获得盐引后可以到盐场配盐运销。我认为，在井盐开发上，咱们陕商可以和当地富商合作，投入巨额本金做大股东，取得决策权。如果我们能把食盐运销掌握在手里，就可以让本地坐商徒有其名，进而垄断自贡盐场的开采和销售。"

严忠孝直呼过瘾，他说："井盐开发风险上次咱们在一起议论过，这次就不多说了。我同意和本地富商合作联合开发自贡井盐。只要盐业一兴旺，不愁没有黄金万两。"

姚昂干看着刘绍棠说："刘东家和田东家刚才说和自贡当地富商李三友商谈过，具体情况咋样？"

刘绍棠笑着说："姚东家不愧是老江湖啊！我和田东家已经和李三友谈过几次了，初步打算是李三友用土地和部分本金入股，占三成，我和田东家用现银入股占七成，开发井盐的商号叫李三畏堂，就是畏天、畏地、畏神，这个神也可以理解成忠义化身的武财神关公。井盐开发之后，在运销方面，成立协兴隆盐号，从字面上看，大家都明白其中的含义。"

姚昂干伸出食指指点着他们二人，笑着说："刘东家说我是久经历练的老江湖，我看你和田东家才真是一对经验丰富的老麻雀啊！"

众人一听这番玩笑话，哄堂大笑。

姚昂干一行刚回到仁在堂总号，姚昂干就对姚宏春和田泓基说："从目前情况看，刘绍棠和田荆荣已经走到了咱们前头，胡家兄弟对盐业运销是行家里手，掌握的情况比咱们也详细，更具操作性。严忠孝一直在操作此事，估计也找到了合作对象。要想不落后于人，咱们从现在起就该把事情定下来，把掌柜确定下来，抓紧时间到自贡盐场去寻找合适开发井盐的场地，和土地拥有者商谈如何合作，否则，黄花菜都凉了。"

姚宏春说:"从商议的情况看,各家都倾向于采用合伙股份制这种新办法,我也赞同。对于开发自贡井盐,我的意见是,让雅州盐号掌柜焦玉廷牵头,让大勋侄子去帮忙。咱们要弄这事,就得开凿深井。虽然投资大,风险大,但是一旦成功,获利也丰厚。仁在堂在上次破账分红之后,把银钱就存在严忠孝的亨顺钱庄,随时可以调用。"

田泓基说:"恒昌堂虽说把部分银两押送回了泾阳老家,但要调动二百万两以内的本金,随时都可以。"

姚昂干说:"投资本金就由田总账调度。至于合伙所占股份嘛,就有劳田总账负责去谈。我的意见是,如果土地拥有者没有本金,纯粹以土地入股,不宜占太多的股份,原则上以占二成为宜。合伙人要能帮助我们解决一些当地的麻烦事,譬如地界划定、人力、运输等问题。"

田泓基当即表态说:"这些问题在洽谈合作时可以商定,并且用文书确定下来。有一个棘手问题是我们此前一直在做商业贸易,现在要进行井盐生产,需要的人手会更多,管理的环节也会相应增加。"

姚宏春说:"田总账所言不假。我了解的情况是这样的:井盐生产是劳动力最为密集的一个行业,主要有三个关键环节,就是凿井、汲卤和煮盐,这三个环节都需要投入巨量资本。在生产过程中,还要成立经营管理机构,下设大柜房、井房、大生笕、灶房、字号等机构,其中大柜房管田产,井房负责盐井的开凿和经营,灶房负责制盐生产管理,字号负责销售管理,由此可以形成井、笕、灶、号一条龙管理体制。"

姚昂干点点头,确实感到井盐生产和自己之前熟悉的那套商业贸易有着巨大的差别。他说:"机构多,人员多,环节多,风险大,这些问题的确应该提前考虑,好在宏春对此已经有所了解,咱们要干此事就不会盲人摸象了。"

姚宏春说:"机构多,环节多,管理方面就应该更精细。以灶房管理为例，就有掌柜、管账、帮账、总灶、坐灶、总签、散签、师爷、学徒、跑街、水外场等，这些人分工明确，彼此配合。总办在对各房管理上实行分权，由各掌柜独立核算，自主经营，也能体现投资者对他们的信任，在管理上也能体现出灵活性、自主性。"

姚昂干笑着说："我对具体分工不感兴趣。将来焦玉廷掌管井盐开发时，你可以具体向他介绍，你们商量着落实。古人言千里做官为了吃穿，我们这些商家千里经商，也是为了吃穿。要想发财致富，不冒风险是不行的，怕麻烦同样不行。"

姚宏春说："大哥，你得给咱们的盐号取个名字吧？"

姚昂干说："名字就用现成的，叫恒昌堂如何？"

姚宏春点头应道："恒昌堂这个名字好！还有就是大侄子啥时候能回来？"

姚昂干说："从川北各商号传过来的消息说，大勋这两天就能到成都。他到了成都之后，你把他留在成都，等候焦玉廷。"

田泓基说："这次恒昌堂、惠谦堂、仁在堂三大堂都投入了巨额本金，还要和土地拥有者合作开发井盐。我建议不管土地拥有者占有几成股份，都应该用契约的形式载明，将来获利后，按照契约载明的股份分红。万一血本无归，也应按契约载明的股份承担损失。我把这种以契约参股合作的形式起名叫契约股份制[①]，两位东家看这种叫法是否合适？"

姚昂干说："契约股份制这个名字好，符合投资人的实际情况。"

姚宏春说："几个股东各自出资，应该在契约上载明权利、义务和分

[①] 契约股份制：西北大学博士生导师、陕西省高校经济学研究会会长、陕商文化研究中心主任李刚教授三十多年对陕商的考证研究，指出契约股份制是陕西商人对川盐生产经营管理的一大历史性贡献，开创了中国股份制的先河，同时比西方国家的股份制诞生要早二百多年。

红办法，免得将来在分红或者破产问题上扯皮吵架，甚至打官司。"

朝廷允许开发自贡井盐的诏令公布后，一些在淮扬盐场从事过盐业经营的陕商携带巨额资本来到了自贡，而那些在四川各地从事商业贸易的陕商也是闻风而动，纷纷加入了自贡井盐开发大军。

两年之后，原来是一片荒寂的自贡，变成了一个巨大的工地，到处人头攒动，牛声嘶鸣，就连河道里也挤满了往来穿梭的船只。

沉寂了几十年的自贡盐场，顷刻变成了冒险家的乐园，每天都散播着各种新闻。如同刘绍棠、严忠孝、姚宏春他们此前预测的一样，有些投资者一口盐井开凿了一两年也没有成功，有的看不到希望半途放弃，还有些人功亏一篑，转让他人之后，接手者很快就打出了卤水，见到了成效。这里，每天都有欢叫声，有哭闹声，也相继产生了诸如出顶、接逗、做下节等井盐生产的许多新名词，给后人留下了无数的猜想。

刘绍棠、田荆荣和李三友发起成立的协兴隆盐号开凿的海顺、海旺、实洪等盐井首先取得了成功，随后胡砺金、胡砺锋兄弟开凿的磨子井、燊海井等也名声大噪。严忠孝的乾记盐号紧随其后，每天能产出六百多担卤水，惹得无数投资者眼红。

焦玉廷和姚大勋陆续听到当初发起开发自贡井盐的几个东家先后取得成功，心急如焚。两个人每天都要花大半天时间到盐井边上转悠，看着凿井工人凿井，或许是他们的诚心感动了上苍，恒昌堂盐号终于成功开凿出一口深井，日产卤水八百多担，瞬时间在自贡盐场爆了冷门。

大批陕西商人投资井盐，产量逐月增加，但所产食盐毕竟不是其他商品。没过几年，食盐就产生了严重积压，当初盐商们的欣喜若狂、笑逐颜开变成了如今的一筹莫展、唉声叹气。

当焦玉廷、姚大勋把食盐积压的消息传到雅州后，姚昂干同样感受到了压力。当初四川人口不断增加，所产食盐有限，而如今自贡井盐大量开发后，食盐早已形成供大于求的局面，被当地人戏称为"豆腐老陕狗，走遍天下有"，就连圣谕也说"查川省各厂灶，秦人十居七八，蜀人十居二三"。这些乡党们投资井盐，并非人人都是自有资本，有些人是拼凑起来的，有些人是借贷而来的，一旦无法运销，堆积的食盐就成了废物，当初投资井盐的发财梦想就变成了失望，甚至绝望。

几年间食盐供求的变化，大大超出了姚昂干的预想。他原先想利用姚家十大堂号在各地的分支商号替乡党们运销食盐，但这个念头很快就被现实击碎了。如今恒昌堂盐号自己所产的食盐十大堂号都无法运销，就不用说帮别人的忙了。

倍感苦闷的姚昂干跟陈雪娇打了声招呼，就带着田泓基去了成都。

到了成都仁在堂总号，姚宏春也是不迭地叹气。他招呼姚昂干、田泓基落座，亲自给他们沏茶。

姚宏春苦笑着说："前几年因为食盐量不足发愁，从今年起因为食盐太多无法运销发愁，套用南唐后主李煜的话就是：'问君能有几多愁，恰似一江春水向东流'啊！"

田泓基突然灵机一动，想起来了当年王辉基和姚昂千说过的话，他提醒说："当年重庆分号让王辉基去汉口设立分号采购府布，二老爷姚昂千就给王辉基说过淮盐从汉口中转销往湖广、云贵的事。我记得他们曾经说起过盐商嫌云贵和湖北靠近重庆一带的八个州县路途艰险，人力成本太高，没有利润可赚等话。现在，自贡盐场井盐积压严重，如果我们能通过二老爷所在的湖北盐运司把川盐调往云贵或者湖北八个州县，这样既不和运销淮盐的盐商发生冲突，也解决了我们的燃眉之急，岂不两全其美？"

姚昂干拍着脑袋喜道："真是人到事中迷啊，我咋忘记了这个茬！"

姚宏春见两个人此刻兴趣高涨，善意地提醒说："对四川实行'计口授食'是雍正当皇帝的时候，现在是乾隆接替他老子当政了。调运川盐入云贵或者到湖北，只怕不是湖北盐运司能够决定的，也不是川陕总督能决定的。要办这事，估计还得重走上次的路数。"

田泓基说："雍正诏令开发自贡井盐，才吸引了许多陕商和当地商人合作，现在井盐生产过剩了，乾隆这个当儿子的自然得管他老子留下的烂摊子。再说，经过这几年的井盐开发，盐税已成了四川财政的主要来源，我就不相信四川巡抚和川陕总督能看着盐商破产，自己收不到赋税。"

姚宏春没料到大哥和田总账到了仁在堂才说起姚昂千当年跟王辉基说过的话，是提醒自己赶紧找严忠孝过来一起商议对策。他说："我估计不管是协兴隆盐号、乾记盐号，还是恒昌堂盐号、胡氏兄弟的恒盛源盐号，都面临着同样的问题。你们先在此喝茶，我这就去亨顺总号看严忠孝在不在。"

田泓基听到姚宏春的脚步声已经逐渐远了，有点后悔地说："东家，刚才我说的话是不是有点唐突？我咋看宏春东家有点不高兴哩。"

姚昂干摇头说："有啥不高兴的。仁在堂也是恒昌堂盐号的大股东，为了运销积压的食盐，就是受点委屈也值得。"

田泓基说："我这也是上年纪了，跟你在一起的时候，就死活没想起二老爷当年说的话，刚才当着宏春东家的面却突然想起来，就顺口说了出来。宏春东家要是多心，可能就以为咱俩在给他唱双簧哩。"

姚昂干知道田泓基多心了。他说："你跟宏春打交道也有二十多年了吧？他的为人你应该知道。"

大约过了一顿饭时间，姚宏春领着严忠孝急匆匆地进了客厅。严忠孝歉意地说："姚大东家，实在抱歉，我今天到其他当铺巡视去了，不在总号，这才来晚了。请姚大东家见谅啊！"

姚昂干起身让座，田泓基给严忠孝沏茶，几个人寒暄了一会儿，话题自然就转到了积压食盐的运销上来。

姚昂干说："前几年为没有食盐销售发愁，现在为食盐积压打不开销路发愁。如今这局面，弄不好就成了死结。严东家，依我之见，为了食盐销售的事，咱们还得去恳求四川巡抚或者川陕总督啊。"

田泓基接过话题说："自贡井盐开发虽然得到了朝廷诏令，但没有纳入朝廷配运计划，仅靠四川当地民众食用，肯定无法消化日益增加的产量，这就是今天我们要面对的产销矛盾。对于四川来说，历朝就有'四川之货殖最巨者为盐''盐法、蜀利之大者'等说法，作为四川财政的主要来源，我想四川巡抚不会坐视自贡所产食盐积压而不管。严东家，我们现在是一条绳上的蚂蚱，不解决食盐运销问题，肯定都会遭受巨大损失。"

严忠孝苦笑着说："你们说的我都知道。此前，我也曾担忧大批陕商投资自贡井盐，时间久了肯定会产生产销矛盾。但看到大家都忙得不亦乐乎，就没想往大家的兴头上泼凉水。现在产销矛盾已经形成，而且会日益严重，再不想办法打开食盐销路，我们肯定都会遭受损失。姚东家，我去恳求川陕总督黄廷桂大人没问题，关键是咱们得商议出一个切实可行的办法来。不管是让四川巡抚宪德还是川陕总督黄廷桂给朝廷上奏章，他们都需要一个充足的理由啊！"

姚宏春说："据汉口分号王辉基从湖北盐运司得到的消息说，淮盐经汉口中转销往湖广云贵，每年转运量多达三亿斤。但淮盐在销往云贵和湖北靠近重庆的八个州县过程中，因路途艰险，人力成本增大，盐商利润很薄，也影响了盐商的积极性。而云贵和四川毗邻，如果能让川盐进入云贵，就能解决我们的燃眉之急，扩大川盐运销范围。"

田鸿基补充说："严东家可能也知道，姚大东家的亲弟弟姚昂千供职于湖北盐运司，如果朝廷能允许川盐进入湖北靠近重庆的八个州县，我们就能竭力促成川盐进入云贵运销的局面，为自贡盐场所产食盐打下雄霸西南的基础。"

严忠孝闻言大喜，说："既然恒昌堂盐号已经有了想法，那咱们先和黄廷桂大人沟通。如果朝廷允许川盐进入云贵和湖北八州县，我们就不怕自贡井盐积压了。"

姚昂干见严忠孝答应了去找黄廷桂大人，仿佛在危局中觅到了转机的绝佳机会。他忙说："严东家今天就别走了，我让宏春弄几个好菜，上几瓶好酒，咱们先乐呵一下。"

严忠孝说："要说好酒嘛，我那里有几瓶，宏春东家可以叫伙计到亨顺总号去取。不是我在姚大东家面前夸海口，泸州当铺掌柜从泸州给我带了几箱当地产的泸州老窖，味道足可以和凤翔一带所产的凤酒①媲美。"

姚昂干说："说起在四川喝酒，我还真没喝过可以和凤酒相提并论的美酒。今天听严东家一说，还真想品尝一下你说的泸州老窖了。"

时间不长，一个伙计提着几瓶酒进了正屋。姚宏春见酒已经取来，就招呼大家去正屋旁边的会客厅。此时，会客厅已被临时改成了饭厅，八仙桌上摆放着几样精致凉菜。

姚昂干与严忠孝两人互相推让，都不愿坐首位。姚宏春笑着说："今天是在仁在堂小聚，大哥是东道主，还是大哥坐首位，严东家坐贵宾位，我和田总账作陪。"

几个人这才依照姚宏春的意见落座，严忠孝亲自打开了酒，一瞬间客厅里芳香四溢，姚昂干闻到了一种久违的味道。等田泓基给几个人都斟满

---

① 凤酒：明清时期陕西省凤翔城关、彪角、柳林、陈村四镇有酒坊48家，被称为西北名酒之乡，境内"烧坊遍地、满城飘香"。清代咸丰、同治年间，凤翔县城和柳林镇等酿酒作坊如雨后春笋般发展，所酿之酒被称为"凤酒"。清宣统二年(1910)西凤酒参加南洋劝业会，获银质奖，名扬海外。1915年在巴拿马万国博览会上获国际金奖殊荣，进入世界名酒之列。

酒，姚昂干端起酒杯放在鼻子下面细细品味，一股清冽干爽之气扑面而来，酒香味更加浓郁了。他仔细观察杯中的酒色、酒花，然后小口品尝，入口之后甘醇爽口、回味悠长，确实和凤酒的特点极为相似。

姚昂干咂巴着嘴唇说："严东家，你有这么好的酒，也不给我介绍一下，就是掏钱买也行啊！"

严忠孝说："我此前也不知道泸州出了这种好酒，后来听泸州当铺的掌柜说，这种泸州老窖酒是明末清初一位泸州姓舒的武举人在陕西略阳任军职，顺治十四年他解甲归田，背上陕西的酵母、曲药、泥样等材料，并聘请一位陕西技师一起回泸州。后来他们在泸州城南中云沟一带设烧锅酿酒，所酿之酒由此命名泸州老窖。今天我们商谈川盐外销之事有了眉目，理应用好酒庆贺，请几位东家品尝。如果觉得可以的话，我让泸州当铺掌柜再给咱们采购一批运送到成都。"

姚宏春点头微笑说："这酒不错，更有熟悉的味道。"

严忠孝说："在泸州当地，有这么一句民谣，说是：'皇上开当铺，老陕坐柜台；盐井陕帮开，曲酒陕西来。'要喝好酒，咱们也可以聘请凤酒酿酒师来四川，开发一种咱们喜欢喝的酒呀！"

姚昂干说："严东家这个想法不错。尤其是那句民谣，让人血脉偾张，为咱们陕西商人感到骄傲和自豪。"

众人对泸州老窖酒的口感、回味等各抒己见，顺便落实了通融官府之事的细节。

大约一年之后，严忠孝兴冲冲地来到仁在堂总号，喜笑颜开地告诉姚宏春说："我刚从黄廷桂大人处得到准确消息，乾隆皇帝已下诏改拨川盐接济滇黔两省，湖北靠近重庆的八个州县食盐也划归川盐运销，这下子压在咱们心头的石头就搬掉了，咱们也可以大展拳脚了。"

姚宏春听到这个好消息自是心花怒放，他说："能让'川盐入滇入黔'顺便捎带上湖北八个州县，这确实是个振奋人心的好消息，严东家又为陕商立下了大功一件，我们得好好感谢您。"

严忠孝说："姚家和义兴茶号、恒泰盛茶号能打破朝廷'汉不入藏，藏不入汉'的禁令，把茶马交易最终推进到如今的康定，我就能牵头推动四川总督屡次为川盐开发和运销向朝廷上奏章。能有今天这样的结果，应该是众陕商共同协作、联手攻关的成效，我不敢独贪其功。湖北八个州县的食盐运销能划归四川，估计在湖北盐运司供职的姚昂千也没少费劲吧？"

姚宏春心里清楚这件事的来龙去脉，他说："昂千是为川盐进入湖北出了些力，但和川盐进入云贵两省比起来，力度还是有些欠缺。"

严忠孝笑着说："你这就有点人心不足蛇吞象了。既然是姚昂千出了力，我会向其他盐商建议，把湖北八个州县的川盐运销划归恒昌堂盐号，我们只管云贵两省川盐运销。"

姚宏春相信严忠孝说的是实话，而且他连续办成了井盐开发和川盐入云贵两件大事，所有陕西盐商不会不给他这个面子。他说："严东家的一番美意我领了，我也代表我大哥对严东家衷心感谢！"

自贡井盐积压的事解决之后，姚昂干觉得自己应该好好和儿子长谈一次，然后带着陈雪娇和女儿姚雅蓉落叶归根。入川经商几十年来，他看惯了商海的风云变化，见识了朝廷的政令威严，也习惯了商海的波诡云谲。尤其是最近一段时间，对"人生天地间，忽如远行客。往来皆过客，何曾有归人"有了更深刻的理解。人生如白驹过隙，一辈子干不了几件大事，在他入川闯关西这些年，已经把姚氏家族的商业贸易做到了力所能及的高度，积累了巨额资本，但天下财富不是一个人能独占的。看到自己已经花白了头,"最是秋风管闲事,红他枫叶白人头",他现在就想过一种清闲的日子,享受财富带来的快乐和愉悦,不想再继续拼老命了。此前,他曾经说过,等投资自贡井盐成功就隐退,没料到大批陕商开发井盐后造成了川盐积压。现在,川盐积压问题已经解决,儿子经过这些年的磨炼,已经能独当一面了,再不退出,可能还会因观念不同、处理事情的方式方法不同和儿子产生矛盾。思前想后,他决定把自己一辈子经商的感悟传递给儿子,回泾阳老家做一个不管闲事的老东家。儿孙自有儿孙福,他不可能为儿子铺平一辈子的道路。

主意刚落定,姚宏春带着姚大勋、焦玉廷来到了雅州。

姚昂干见儿子虽然面庞黢黑,但神清气爽,肯定是儿子和焦玉廷把恒昌堂盐号的运销业务理顺了。

姚大勋给父亲请安之后,喜道:"朝廷诏令川盐可以运销云贵和湖北八个州县之后,恒昌堂盐号陆续把积压的食盐全部运往湖北,现在已经全部销完了。按照目前这种势头,就是再凿几口深井,也不用发愁食盐无法运销了。"

姚宏春说:"恒昌堂盐号之所以能运销湖北八个州县,全赖昂千在湖北盐运司的精心运作。咱们不和其他陕西盐商争抢云贵两省食盐运销市场,确实省了不少事啊!"

姚昂干笑着说:"自古以来就有朝里有人好做官,官场有人好办事之说。由此看来,此言不虚。"

焦玉廷说:"现在所有盐商的日子都好过了,刘绍棠、田荆荣他们的协兴隆盐号已经把持着从涪州到贵阳绵延千里的川盐运销业务,在贵州仁怀县茅台村设立了川盐运输的水陆码头。许多陕西商人汇集到茅台村贩盐,茅台村因大量人流聚集而成镇,最初叫商镇,有的人把它叫盐镇。还有人写诗称赞说'蜀盐走贵州,陕商聚茅台'。协兴隆就把总号设在了仁怀县,七十余家分号分设在仁怀到贵阳的沿途州县，如此气势也造就了协兴隆盐号成了最大的盐商。"

姚昂干听了这番话，心里有些不舒服。但转念一想，协兴隆是一家专做食盐贸易的盐号，毕竟和姚氏商业十大堂号的多种经营无法相提并论，顿时释怀。他说："刘绍棠、田荆荣两人和当地富商李三友最早合作自贡井盐开发，现在做到这种程度也遂了他们的心愿。"

焦玉廷说："我这次回雅州，刘绍棠特意让我给东家捎回来几瓶茅台烧锅①让东家品鉴。"

姚昂干疑惑地问："贵州能有啥好酒，我咋没听说过？你捎回来的酒能和严东家给咱购买的泸州老窖相比吗？"

焦玉廷此前没喝过茅台烧锅，也不知道他捎回来的酒到底如何，一时之间没法回答东家的问话。他说："据刘绍棠东家说，贵州由于山陡地荒没有好酒，唯一的酒叫'洋柯曲'，酒品低劣。想喝好酒的刘绍棠听说有人酿造出了泸州老窖酒，就专门派人回到凤翔柳林铺，高薪聘请了一田姓陕西酒师，携带凤酒的配方和工艺技术到了茅台镇。田师傅用优质高粱为曲，配以赤水河纯冽之水，经九次勾兑，酿造出佳酿茅台烧锅。现在一些陕西盐商仿照刘东家的做法，在茅台镇兴建了十几家烧锅酒坊生产茅台烧锅，而且仅仅是作为商家的自酿酒，只有小批量在贵州销售。刘东家说此酒在品质和口味上不比凤酒差，特意让我捎回来请您品鉴的。"

姚昂干说："刘东家有好酒不忘乡党，此等好意咱们岂能辜负？大家等会儿一起品尝。听了你们刚才说恒昌堂盐号的川盐已销完，我深感欣慰。今天，我要告知你们一个重大决定，就是从今天开始，我将不再管理恒昌

---

① 茅台烧锅：见张肖梅《贵州经济》（中正书局1939年版）第2册，第39页。何世红于1959年7月28日发表在《人民日报》上的文章《茅台酒之乡》称：1915年在巴拿马万国博览会上茅台酒夺得金奖，从此一举成名，走出了贵州，成了国酒的代表。

賈道利益

堂、惠谦堂等四个堂号的商务了，全部交由姚大勋负责，我将带着二夫人和雅蓉回泾阳休养。"

姚宏春此前也听堂哥唠叨过要功成身退的话，如今猛然听他宣布此决定，还是觉得有些唐突。他说："以大哥的年龄，是该颐养天年了。不过四个堂号突然交给大勋全面掌控，大哥总得给大勋交代一些事情吧？"

姚昂干说："不管干啥，都逃不掉'芳林新叶催陈叶，流水前波让后波'这个历史规律。不是任何人都可以改变历史，甚至是创造历史的。人生不过百年，以能活过七十岁的人来说，前二十年基本上是在求学，二十岁之后开始进入社会历练，到而立之年，能够在某些方面有些成就，甚至能够独当一面，就非常不容易了。就算从三十岁开始书写自己的历史，到七十岁，也不过四十年时间。过了七十岁，往往就力不从心，智不如人了。依我看，能利用好四十年的光阴，把自己的历史书写好就不错了。后人看到你的历史，如果从中能领略一段社会变革时期的缩微景观，能知晓一个普通人平凡而有意义的生活片段，对他们了解社会变化、窥探社会全貌有点裨益就不愧人生走一遭了。"

看到几个人都在饶有兴趣听他发感慨，姚昂干接着说："做一个创业之主，就要视野开阔、诚信经营，按规则办事，遵守'贾道'，同时还要有不畏艰难、不畏强暴、奋力拼搏的气概，要有敢冒风险、勇闯禁区的开拓精神，做一个其心也忠、其行有道、其人也勇的优秀商人甚至名商大贾。做一个守成之主，也要有审时度势、不恋家舍的求富精神，有不辞辛苦、恪守本职、坚忍不拔的敬业精神，更要有诚实经营、恪守'贾道'的诚信精神。大勋年龄也不小了，你是想做一个创业之主，还是做一个守成之主由你自己决定。这么多年来，我们和精忠山码头合作，摆平了许多难缠的事，我在离开雅州之前，会让二夫人带着大勋去拜访精忠山码头二当家的，继续和精忠山码头多走动。我提醒一句，黑道上的人是有人情的，但是最大的是利益。没有利益的时候讲人情，有利益的时候没人情。他们在利益足够大的时候，友情亲情都可以抛弃。所以和黑道朋友交往，一定要有所保留。这一点你们几个务必牢记在心。"

听了父亲一番肺腑之言，姚大勋觉得自己肩上的担子沉重了不少。他问："父亲还有啥要交代的吗？"

姚昂干沉吟了一会儿，又说："商圣范蠡当年曾向越王勾践进谏说'夫国家之事，有持盈，有定倾，有节事，持盈者与天，定倾者与人，节事者与地'。就是说，持盈靠天道，一个国家要维持强盛状态，应该顺应天道，盈而不溢；定倾靠人事，只有任用合适的人，才能使一个国家从危亡险境中安定下来；节事靠地道，国家要注重经济建设和生产，处事要有所节制，从而奠定强国之基。其实经营商业犹如治理国家，也要遵循和顺应天道、地道、人道。姚家祖上曾经说天道酬勤、地道酬善、人道酬诚、商道酬信、业道酬精。这些话都是至理名言。我之所以能够开疆拓土，把姚家基业做得让人羡慕，很大程度上得益于国家太平、政策稳定、民众乐业、商业繁荣，也就是顺应了天道、地道、人道。另外，要想做大生意，既要疏通官衙路卡，也要结交绿林豪杰，只有做到官路、商路、'山'路、'水'路等路路畅通，财路才能越走越宽，永无尽头。要想保持姚家商业百年昌盛，就要做到农、商、官相结合，粮、钱、印互糅合，只有这样才能左右逢源、畅通无阻，立于不败之地。"

姚宏春钦佩地说："大哥不但开拓了姚家商业疆土，而且善于总结商业规律，我们定会铭记在心。"

姚昂干微笑着说："'积善之家必有余庆。积恶之家必有余殃。命自我造，人有善念，天必佑之，人有恶念，天必惩之。'只有做到胜而不骄，败而不馁，富而不奢，穷而有节，牢记姚家祖上倡导的恭、俭、卑、畏、愚、浅六个字，才能保证姚家字号百年不衰。"

姚大勋恭声说:"孩儿一定铭记父亲的教诲,绝对不给姚家祖先脸上抹黑。"

乾隆至道光的一百多年时间里,姚家几代人或创业或守成,一度形成了七大八小二十四个堂号或分支,被关中道上民众称为四十个火葫芦。这些商号为社树姚家源源不断地输送财富,铸就了姚家百年的繁荣鼎盛。

这真是:陶朱商经明奥理,鬼谷六韬藏玄机。

野鹤归去闲心远,大鹏展翅正当时。

社树姚家

中部

蹚丝路

陕西商人在明清之际被称为与『南商』相对应的『西商』，他们主要经营祖国西部的贸易事业。

祖国西部地处边陲，天苍野茫，高山巨川，辽荒万里，戈壁瀚海，自然条件十分恶劣，被南方人视为畏途。陕西人从秦代以来形成的尚气概、先勇力、坚毅果敢的强悍性格，却适应了这一贸易环境的需要。他们携资江湖，万里投荒，以『骏马快刀英雄胆，干肉水囊老羊皮』的英武形象，在西部丝绸之路上扬鞭走马，驰骋搏杀，形成了中国内陆唯一的武装贸易集团，为维护祖国西部安定，促进各民族经济文化交流做出了不可磨灭的贡献。

第十三章

林则徐禁烟遭贬　姚玉如诚心相伴

诗曰：国泰民安近百年，朝廷豢养众群奸。

白银帝国遭觊觎，鸦片战争启祸端。

时序进入清道光二十年（1840）六月，坊间盛传英国舰队以通商为理由，封锁了珠江口，进而进攻广州。不久就传来了在虎门销烟大快人心的两广总督林则徐①被撤职查办的消息。

在省城西安西大街桥梓口西侧开设惠谦堂茶号的姚氏第十八代子弟姚德（字玉如，又字荷舫，姚大勋嫡重孙）听到传闻后，痛心不已。他跟随父亲姚俊料理西安城茶号生意时，听父亲说过林则徐在道光七年（1827）

---

① 林则徐（1785—1850），福建省侯官人，字元抚，又字少穆、石麟，晚号俟村老人、俟村退叟、七十二峰退叟、瓶泉居士、栎社散人等，是清朝时期的政治家、思想家和诗人，官至一品，曾任湖广总督、陕甘总督和云贵总督，两次受命钦差大臣。因其主张严禁鸦片，在中国有民族英雄之誉。去世后清廷晋赠其太子太傅，照总督例赐恤，谥文忠。

七月刚接任陕西按察使、代理布政使时,陕南略阳一带发生了水灾,林则徐亲往略阳安抚灾民,重建略阳县城,赢得了百姓的称赞。在林则徐重建略阳县城的时候,父亲慷慨解囊,捐款一万两白银,仁在堂东家姚树帜捐款五千一百两白银。姚氏商号的义举曾得到林则徐的嘉许,并因此和姚俊等人建立了很好的私人关系。

两年前,姚德听说林则徐被道光皇帝任命为钦差大臣,前往广州禁烟,心里也为朝廷重用这样一位刚正勇毅的好官感到高兴。林则徐虎门销烟的消息传开后,作为商人的他为英国商人偷运鸦片毒害中华百姓感到愤慨,也为林则徐"烟不禁绝,国度日贫,百姓日弱,数十年后,不唯饷无可筹,并且兵无可用"的忧患意识竖起了大拇指。在焚毁了英国奸商两万余箱鸦片之后,林则徐下令张贴告示布告各国商人"此后如夹带鸦片,船货没官,人即正法"。虽然布告仅有寥寥数语,却被民众传扬得神乎其神。

当年秋季,惠谦堂客栈来了两位客人,一位年纪较大,面容清癯、神情严肃,另一位比较年轻,精干利索。两位客人入住后,客栈伙计送茶水时,年轻人说:"我家主人旅途劳累,并且因水土不服生病了,估计要在贵店多住几天。"

年轻人一口南方口音,害得客栈伙计连猜带比画,总算弄明白了他所表达的意思。伙计说:"没问题,你们想住几天就住几天。惠谦堂是开店的,还怕客人长住?"

一旁的年长者突然问道:"小伙计,你们东家是不是叫姚俊?"

伙计一听这话,觉得有点奇怪。年长者的口音已经表明他也是南方人,为啥会认识老东家?伙计说:"老者[①]认识我们老东家?可惜老东家几年前

---

① 老者:关中方言,对年长者的尊称。

因病去世了，现在的东家是老东家的大儿子叫姚德。"

年长者叹息了一声，说："你们老东家姚俊是一位义商啊！道光七年他曾经义捐银两帮助重建略阳县城，想不到这才几年时间，就阴阳两隔了。说实话，我选择住在惠谦堂客栈就是想找你们老东家拉家常的，没想到物是人非，实在令人遗憾。"

伙计安慰年长者说："现在的姚东家也是乐善好施之人，老者尊姓大名？我去告知东家来看您。"

年长者说："你就对姚东家说是他父亲的故旧林则徐来西安了。"

伙计一听林则徐三个字，大惊失色，忙连连作揖，结结巴巴地说："小人有眼不识泰山，不知道林大人大驾光临，请林大人见谅！我这就去告知东家。"一溜烟跑出客房，到惠谦堂总号去找东家禀告。

姚德这天正好没事，坐在总号二进院的客厅里和总账房周喜旺拉闲话。他说："最近南方闹得很凶，朝廷军队和英国军队打起来了，形势不容乐观。战祸开启，黎民百姓遭殃，商家的日子也不会好过。"

周喜旺说："坊间传言两广总督林则徐因为禁烟惹恼了英国商人，英国政府为了保护英国商人的利益，这才和大清帝国开战。林大人被撤职查办之后，朝廷的几个满族大臣想置林大人于死地，咱们蒲城老乡大学士王鼎①屡次向道光皇帝上奏章，才保住了林大人性命。一个月前，我听西安府衙的官爷说林大人被发配新疆，不知道现在身在何处，境况咋样？"

---

① 王鼎(1768—1842)，字定九，号省厓、槐荫山人，陕西蒲城人，清代嘉庆和道光皇帝的老师。清代中后期政治家，著称于世的爱国名相，清代陕西名臣之一。嘉庆元年(1796)进士，历任翰林院庶吉士、编修、侍讲学士，礼、户、工、刑等部侍郎，户部尚书，河南巡抚，直隶总督，军机大臣，东阁大学士。曾改革河务、盐政，平反冤狱，颇有政绩。第一次鸦片战争失败后，林则徐被贬职，王鼎屡次向道光皇帝上奏，由于道光皇帝安协求和的主意已定，王鼎在廷谏、哭谏均告失败的情况下，决心以"尸谏回天听"。1842年6月8日深夜，王鼎怀揣"条约不可轻许，恶例不可轻开，穆不可任，林不可弃也"的遗疏，自缢于圆明园，享年74岁。道光帝知道王鼎"暴病而亡"后，遂下诏悯恤优抚，追赠太保，谥文恪，入祀贤良祠。

姚德冷哼了一声说:"自古以来就是信而见疑,忠而被谤。林大人一心为国,落了个如此下场,真的让人胆寒啊!"

话音刚落,就听见一阵急促的脚步声,转眼间,客栈伙计跨过门槛进了客厅。伙计气喘吁吁地说:"东家,林则徐林大人住到咱们客栈了,指名道姓要见您。"

姚德还以为自己的耳朵出了问题,疑惑地问:"真的是林则徐林大人住到了咱们客栈?"

伙计见姚德不相信自己说的话,回答说:"这个林大人还说认识老东家,并说道光七年老东家捐资重建略阳城,称赞老东家为义商哩。"

姚德确信来人必是林则徐无疑,否则不会知道当年父亲被嘉许为义商这件事。他连忙站起身一边往外走,一边对周喜旺说:"周总账,你到前面柜台拿上顶级的茯砖茶跟我一起去拜见林大人。"

不一会儿,两人赶到惠谦堂客栈。姚德上前轻声叩门,听见里面说请进之后,轻轻推开房门走了进去。进屋之后,见一个年轻人正在侍候一位年长者喝药,就猜到了年长者是林则徐。

姚德双手抱拳毕恭毕敬作揖,说:"小民姚德拜见林大人。"

林则徐推开年轻人端着的药碗,摆摆手说:"姚东家,不必拘礼。听客栈伙计说你父亲因病去世了,真令人感慨万千啊!我到新疆途经西安,本打算住在惠谦堂客栈和你父亲闲聊几句,没料到人算不如天算,终究是让我空欢喜一场。"

姚德听林则徐说话有气无力,一脸病容,他关切地问:"林大人生病了?"

林则徐说:"本来就有心病。这次从广东启程,一路奔波,加上水土不服,就变得茶不思饭不想了。看来是真病了。"

姚德对门外一招手,示意周喜旺进来,他说:"周总账,麻烦你让伙计把茶熬上，再亲自到咱们药房一趟，请坐堂郎中赶快过来。"

周喜旺走后，姚德坐在方桌旁边的椅子上，说："前一阵就听说林大人遭到奸臣诬陷被罢官了，没料到在西安见到了您。刚才听大人说要去新疆，就您目前的身体状况，是万万不可启程的。请大人先在小店休养一段时间，等身体恢复健康了，我让前往新疆运送货物的车队送大人到新疆。"

林则徐仔细打量了姚德一番说："你不但和你父亲长相相似，乐于助人的善心也极其相似。"

说话间，房间里弥漫起茯砖茶的香味，姚德见蒸汽从铁壶盖底下往外冒，知道茶水已经熬成了。他提起铁壶走到方桌旁，拿起倒扣在方桌上的茶杯，沏满一杯茶后，双手捧给林则徐，说："此茶是我家茶号生产的惠谦堂茯砖茶，也是家乡泾阳驰名的特产，有消食利水、杀腥解腻、扶正祛邪等功效，还能治水土不服的毛病，是西域百姓必不可少的日常生活饮品。大人喝了此茶，保证能消除您水土不服之苦。"

林则徐品尝了一口橙红色的茶水，点头说："道光七年我任陕西按察使时，就曾喝过泾阳出产的茯砖茶，并因此认识了你父亲姚俊。上次在陕西任职时间虽不长，但我对陕西这块地方还是有好感的，对陕西人热情好客、为人仗义、秉公直言更是钦佩。"

姚德很想知道他从任两广总督到现在的情况，但看到那个侍候林则徐的年轻人始终不离左右，欲言又止。

林则徐从姚德的表情中猜出他的想法，说："这个跟随我的年轻人叫林希贤，也算是我们林家的子弟。我知道你对我的情况有所好奇，有什么话你就问吧。"

姚德说："自大人在虎门销烟后，坊间各种传说不断，尤其是大人遭奸臣诬陷被革职之后，小民心里着实为大人叫屈喊冤。"

林则徐说："大清立国以来，直到嘉庆年间，基本上是国泰民安，被西洋各国称为白银帝国。英国人觊觎大清帝国的财富,就在英属殖民地印度大量种植鸦片,专销别国,不准自己的民众吸食。你也知道,鸦片是一种毒物,常人吸食了,容易上瘾。起初吸食,精神倍增,气力顿生,就是日夜干活也不觉得累。等吸食上瘾了,精神一天比一天差,气力一天不如一天,往往骨瘦如柴,就像饿死鬼一样。到了这个时候,想不吸食就很难了,眼泪鼻涕直流,比死还难受。因此吸食鸦片上瘾的人,只会继续吸食,最终弄得家财一空,人死家亡。如果任由英商把鸦片大量输送到我国,套取我国白银,残害国民肌体,就会像我给朝廷上的奏章中说的'烟不禁绝,国度日贫,百姓日弱,数十年后,不唯饷无可筹,并且兵无可用。'遗憾的是,堂堂天朝大国,竟然被英国舰队蹂躏,听说还要开放广州、福建、厦门、定海、上海作为通商口岸,不能因为英国商船夹带鸦片扣留英国商人。国家颜面尽失,大国尊严尽丧,莫过于此。"

姚德说:"林大人眼界开阔,关心国家前途和命运,皇上应该嘉奖才是,为啥又把你撤职查办,发配到新疆充军?"

林则徐叹息了一声,说:"道光十八年,我被朝廷任命为钦差大臣前往广州禁烟,焚烧了英国商人专销中国的鸦片,受到皇上的嘉奖,晋升为两广总督。英国人不甘心失败,派出舰队进攻广州失利后,舰队司令伯麦转攻厦门,又被闽督邓廷桢[①]痛击,随后直犯浙江定海。伯麦攻陷定海后,又分兵和英国领事义律直抵天津,威胁北京。军机大臣穆彰阿素来与我不合,趁机向皇帝进谗言说我办事考虑不周全,轻开战端,应该严惩。皇上尚在犹豫,直隶总督琦善又上奏章,言称'粤督林则徐办理禁烟,亦太操

---

① 邓廷桢(1776—1846),字维周,又字嶰筠,晚号妙吉祥室老人、刚木老人。汉族,江苏江宁(今南京)人,清代官吏,民族英雄。嘉庆六年进士,工书法、擅诗文、授编修,官至云贵、闽浙、两江总督,与林则徐协力查禁鸦片,击退英舰挑衅。鸦片战争失败后充军伊犁。后来被朝廷启用,任陕西巡抚。有《双砚斋诗抄》等多部著作传世。

切,伏乞皇上恩威并济,执两用中'。两个佞臣本来就沆瀣一气,而皇上却偏偏相信满族重臣的诽谤,我就被接连降职。后来朝廷和英国人作战连续失利,又把罪责推到了我头上,要追论我的罪状,幸得陕西籍大学士、我的恩师王鼎屡次上奏章,朝廷才决定把我发配到新疆伊犁。"

姚德亲耳听到林则徐的叙说,满腔义愤。一个忠心为国之人结局却如此凄惨,让他难以相信。他问:"大人突遭如此变故,心中肯定是愤愤不平吧?"

林则徐苦笑了一声,随后说:"是非功过自有后人论说。对宦海沉浮,我曾经写诗告知家人,今天不妨吟诵一下:'力微任重久神疲,再竭衰庸定不支。苟利国家生死以,岂因祸福避趋之。谪居正是君恩厚,养拙刚于戍卒宜。戏与山妻谈故事,试吟断送老头皮。'姚德小友,你觉得我这首诗如何?"

姚德不由得一阵心痛。都被皇上贬谪到伊犁充军了,还说"谪居正是君恩厚,养拙刚于戍卒宜",难道林大人真的被气糊涂了?

未等回答林则徐的问话,周喜旺带着坐堂郎中进来了。他说:"林大人,按照姚东家的吩咐,我把坐堂郎中请来了,让他给您把把脉,诊断一下您的病情。"

郎中上前拉起林则徐骨瘦如柴的胳膊,右手搭在他的手腕上切脉,片刻后说:"林大人因为旅途劳累,加上心情郁结,造成了肝火上升,还有水土不服,因此生病。我先给林大人开几服中药,等吃完后我再来诊断。"

郎中一边挥笔写下十多味中药,一边说:"除了喝这几服中药,林大人也可以喝些茯砖茶,这样恢复得更快一些。"

林希贤伸手去接药方,被姚德拦住了。姚德说:"你在西安人生地不熟,还是让周总账去抓药吧。"

姚德转过身对林则徐说:"大人一路辛苦,就先休息,我跟周总账去给您抓药。"

林则徐说:"姚东家,我养好病之后就要去伊犁,你抽空来给我讲讲河西走廊的故事,让我提前有所了解。"

姚德说:"林大人,您的年龄和我父亲相仿,叫我姚东家不合适。我叫姚德,字玉如,您可以叫我玉如,这样也就不生分了。"

林则徐说:"好,今后我就叫你玉如。如果你有空闲了,可以到客栈来陪我闲聊。"

姚德说:"恭敬不如从命,我一定会来向您求教的。"

周喜旺在同姚德回总号的路上,好奇地问:"东家,我走后你和林大人都谈论了些啥?"

姚德说:"林大人胸怀坦荡,一心为国,虽然被革职充军,却丝毫不为自己命运的坎坷唏嘘和抱怨,心里还想的是国家安危和民众疾苦,确实令人感动啊!"

有一天,姚德服侍林则徐喝药之后,无意中提起了陕西名人王鼎。

林则徐感慨地说:"王鼎是嘉庆皇帝和道光皇帝的老师,曾经在我老家福建做官六年,和我是亦师亦友的关系,后来我一直称他为恩相。在我到广州禁烟时,就得到了他的鼎力相助。鸦片战争失败后,朝廷内部形成了主战派和投降派两大阵营,恩相王鼎就是主战派的领袖,他主张整军抵抗英国侵略,捍卫国家尊严,继续启用我和邓廷桢。说实话,我留在西安,一方面是因为疾病在身,难以启程远赴新疆,另一方面也是等候恩相争取道光皇帝改变主意哩。"

姚德忧心地说:"据说投降派主将穆彰阿、琦善等人几次在朝堂上攻击王大人,王大人主战的言论已经引起了皇上的不满。皇上对汉人大臣本就有戒心,又接连受到投降派的蛊惑,心存议和之意,即使王大人是他的老师可能也无法改变现状了。果真如此的话，林大人前程堪忧啊！"

林则徐说："恩相赤胆忠心，铁骨铮铮，不会因为穆彰阿、琦善等人弄权误国放弃自己主张的。如果我能留在中原或西安，就可以随时听候恩相的召唤，为国出力。如果真被发配到新疆了，就是想抵抗外侮，恐怕也鞭长莫及了。"

姚德见林则徐依然牵挂国家大事，说："大人当务之急是把身体养好。身体是为国效力的本钱，如果本钱都没有了，还拿啥为国效力呀！"

林则徐知道姚德在宽慰自己，无奈地说："那我就一面调养身体，一面等候佳音。"

过了一个月，客栈伙计又来到惠谦堂总号，向姚德报告说林则徐的夫人郑淑卿到西安了。姚德急忙来到客栈，热情接待了郑淑卿。正因林夫人的到来，林则徐恢复得很快，也让姚德知道了林则徐的许多逸闻趣事。

初见林夫人，姚德就看出来她是大家闺秀出身，不但长得秀丽端庄、仪态大方，而且待人接物很有分寸。郑淑卿听丈夫说起过当年任陕西按察使时结识过几个陕西的朋友，对他们朴实忠厚、直言仗义留下了深刻的印象。这次因谪戍伊犁，结识了惠谦堂老东家的儿子姚德，并得到了悉心照顾，每天给他求医问药，熬茶聊天，让他的心情舒畅了不少。

郑淑卿见姚德来客栈拜访自己，赶紧让座。她说："少穆（林则徐字少穆）拖着病躯来到西安，多亏姚东家照顾，着实令人感动。也让我亲眼见识了陕西人只认人品，热情好客，不怕惹上嫌疑的胆略和豪迈。"

姚德摇头说："林大人以陕西按察使的高位能和一介商人的家父结交，并成为朋友，才真正令我钦佩。国人都知道林大人为国为民，遭奸臣诬陷，受到了极不公正的待遇，我作为晚辈再落井下石，岂不是猪狗不如？能为林大人效力，我等打心眼里高兴。现在林大人已恢复健康，我也轻松了不少。"

郑淑卿说："姚东家说得轻松，其实这是冒着风险的。少穆是有罪之身，姚东家不怕受到连累？"

姚德说："夫人言重了。陕西人性格刚直、爱憎分明，就连做生意都是直来直去，在商业界陕西商人就被人称作货硬、价硬、人硬的三硬商人，也被戏称为'陕棒槌'。"

郑淑卿第一次听说还有自己称自己是陕棒槌的，她抿着嘴笑了一下说："少穆在性格上和你们陕西人有点像。道光十九年少穆任钦差大臣到广州禁烟时，英国、德国、美国、俄国等驻广州领事想奚落中国官员，特意准备了西餐招待少穆，企图让他在吃一种叫作冰激凌的冷饮时出丑。少穆虽说是中国官员，但他在广州见过冰激凌并品尝过，在西餐宴会上，他从容应对，让四国领事阴谋落空。后来，少穆特意准备了丰盛的筵席回敬这些领事，几道凉菜过后，堂倌端上来一盘颜色暗灰发亮、深褐又光滑、不冒热气的两条鱼，这盘菜很像一道凉菜。一位领事拿起汤勺舀了一勺就往嘴里送，直烫得两眼发直，想吐出来都来不及了。这一位的洋相还没出完，就听见吱的一声，另一位领事的嘴唇被烫出了一圈红红的花边，还没来得及动手的其他两位领事都惊呆了，不知道是怎么回事。这个时候，少穆漫不经心地站起来说这是福建的名菜，叫太极芋泥。四位领事知道被戏弄了，但最终只能是哑巴吃黄连有苦说不出了。此事后来被堂倌传了出来，不但太极芋泥成了一道名菜，就连少穆的恶作剧也成了美谈。"

姚德笑着说："这叫以其人之道还治其人之身。这些洋人领事心肠歹毒，太嚣张了，就得林大人这种睿智之人收拾他们。"

郑淑卿叹了一口气说："唉，世事难料，皇上的心思更难捉摸啊！当初少穆禁烟成功，皇上还说是大快人心。在少穆过五十五岁生日时，皇上亲笔御书福、寿两个大字，安排人装裱成两个横匾，派专人送到广州，以示嘉奖。谁知道时隔不久，少穆就成了替罪羊。穆彰阿、琦善等人更是火上浇油，趁机打击异己，声称英国人只是不满少穆，只要朝廷严惩少穆，所有问题都可以解决。少穆连上两道奏章，大胆陈述禁烟抗英的合理性和正义性，却被道光皇帝指责为一派胡言。姚东家，你说连皇上这种金口玉言之人都能翻手为云，覆手为雨，这世道还有天理吗？"

一直坐在床铺上没有吭声的林则徐听了夫人发的牢骚，心想再不制止，肯定还会说出对皇上更不恭敬的话来。他说："你们两个就不要擅自议论朝政了。信而见疑，忠而被谤，古往今来多是如此。我相信皇上虽一时被人蒙蔽，但天理昭昭，不言自明。"

姚德和郑淑卿对视了一眼，没有吭声。

林则徐明白他们心里想的什么，又说道："为了我的事，恩相王鼎屡次上奏，甚至和穆彰阿、琦善在朝堂上争辩，陈述利害，也没能让皇上改变主意。以前，我就领教过陕西人秉性耿直、仗义执言、不畏权势等民风，让我对陕西人印象良好。前一阵，恩相为了我和主张抗击英国侵略，不惜效仿古人以死相谏，也没能让皇上改变主意。恩相慷慨赴义这件事，让我对陕西人认死理、不屈服的性格特点有了更深刻的认识。陕西这块地方，深受儒释道三教熏陶，自古以来就不乏忠义爱国之士、仗义执言之辈，很少有避事顾己之恶习、阿谀奉承之奸人，这种民风值得其他地方人士效仿啊！我听说恩相以死相谏，更让人揪心。现在恩相的棺柩已运回蒲城老家，我想前去祭拜这位前辈。"

姚德说："我去安排车辆，派账房先生周喜旺陪您一同前去。"

林则徐说："那就多谢玉如了。"

姚德说："区区小事，何足言谢！王大人是我的老乡，也是我们陕西人的骄傲。我要不是因为约了客户谈事，也会跟着您一起去蒲城祭奠王大人的。"

林则徐祭奠王鼎返回西安后，姚德也在泾阳办完事情返回了西安，周喜旺向姚德汇报了在王鼎家乡的所见所闻。

周喜旺说："林大人去祭奠王大人时，特意作了两首诗，引起了不少人的议论。据王大人的管家说，穆彰阿、琦善等人骗取了王大人的遗疏，对皇上谎称王大人暴病身亡了，皇上念及旧情，还专门安排抚恤了王大人。"

姚德问："王大人的遗疏是啥？"

周喜旺说："据管家说，王大人是怀揣着'条约不可轻许，恶例不可轻开，穆不可任，林不可弃也'的遗疏在圆明园自缢的。"

姚德说："王大人还真是够犟的，竟然以尸谏这种古老方式警示皇上，其忠心可昭日月，其名可流芳百世啊！对了，林大人为王大人赋诗的内容你还记得吗？"

周喜旺说："林大人祭奠王大人之后，就把他特意作的诗悬挂在王大人灵柩旁了。我记得其一是：'廿载枢机赞画深，独悲时事涕难禁。艰屯谁是舟同济，献替其如突不黔。卫史遗言成永撼，晋卿祈死岂初心。黄扉闻道犹虚席，一鉴云亡未易任。'其二是：'才锡元圭告禹功，公归遵渚咏飞鸿。休休岂屑争他技，謇謇俄惊失匪躬。下马有坟悲董相，只鸡无路奠桥公。伤心知己千行泪，洒向平沙大幕风！'"

姚德叹服道："从林大人亲自前往蒲城祭奠王大人这件事可以看出，他们都是忠君爱国之人，有惺惺相惜之意。他们的所谓忠君也有可能是愚忠，但在维护国家主权和民族大义方面绝对是大英雄。现在有人说因为林大人在广州禁烟引发了鸦片战争，我看对这场战争如何定性，还需要时间检验，历史会给出一个符合常理的结论，并且可能会和朝廷的结论相反。"

周喜旺说："在蒲城王大人家乡，我就听说了许多不同看法，对王大人尸谏这件事，人们除了叹息，也有少数人谴责道光皇帝昏聩懦弱，不相信汉族大臣。"

姚德悄声说："以后别议论此事了。林大人住在咱们客栈一天，咱们就得照顾好林大人和夫人的起居和衣食，千万别在他面前发牢骚，惹林大人心里不痛快。"

周喜旺说："如果林大人执意要去新疆伊犁咋办？"

姚德说："我听林大人说他之所以在西安逗留，除了养病之外，就是等王大人向皇上求情，给他争取机会报效国家。现在王大人这样极端的做法，也未取得任何效果，林大人就只能继续去新疆了。林大人初到西安时，我说过要派人护送林大人去新疆，这话已经说出去了，必须算数。如果朝廷督催林大人启程去新疆，就让林大人跟着咱们的商队一同前行，路上也好有个照应。"

周喜旺说："那就按照东家的安排办。真要启程时，咱们再准备些特产让林大人带上。"

其实，不只是姚德、周喜旺在为林则徐前往新疆操心，郑淑卿更是担心丈夫如何以病弱之躯平安到达谪戍之地伊犁。

有一次郑淑卿在和姚德闲聊时，故意提起了西去新疆之事。她问："玉如，听说你们姚家的生意最远做到了新疆迪化（现新疆乌鲁木齐），你能把你家的生意情况告诉我吗？"

姚德猜到了她的用意，说："我家烈祖姚一阳于顺治年间到四川经商闯关西创建了恒裕堂，高祖姚昂干创立了永聚公、永聚源、永聚全三大字号，后来又划分成十大堂号。到了祖父姚大勋手上，他在稳固雅州五属边茶贸易市场份额后，把在四川的恒昌堂、惠谦堂、居敬堂、燕翼堂四大堂号全部委托带肚子掌柜全权经营，自己回到了泾阳老家，开始以泾阳茯砖茶为大宗贸易品，在河西走廊和新疆主要经营茯砖茶、布匹、皮毛、中草药和粮食。到了我这一辈，我主要掌管惠谦堂这个堂号。我知道夫人想问去新疆的路程，这么说吧，要去新疆，必须先到兰州。到兰州是按照茯砖茶运往丝绸之路的陆路行走的。就是先从泾阳出发，坐船沿泾河上行到邠州（现陕西省邠州市）下船，过平凉，翻六盘山，越会宁、静宁、榆中，然后抵达兰州。这一路分为十八马站，就是说要走十八天，每天晓行夜宿，鸡声茅店，一刻都不能耽搁，否则就会错过歇店的时辰，苦不堪言。到达兰州后，商业贸易又分两个方向，西路贸易要远赴新疆、伊犁、塔尔巴哈台，有时还和俄罗斯商人交易；北路贸易以库伦、恰克图为主，有时还远涉呼伦贝尔、昭乌达。"

郑淑卿第一次听说西部的这么多地名，既感到生疏，也觉得好奇。她继续问："从兰州到新疆一路辛苦吗？"

姚德说："从兰州往西走凉州（今甘肃省武威市）、甘州（今甘肃省张掖市）、肃州（今甘肃省酒泉市）、嘉峪关，道路艰险，气候恶劣，天苍苍，野茫茫，自然是异常辛苦。夫人和林大人生长在南方，见惯了碧水青山、鱼米之乡，但到了甘凉道上，经常是朔风怒号、黄土万斛，眼见的是'有时无行人，沙石乱飞扬。夜静天萧条，鬼哭道路旁'的荒凉景象。出嘉峪关前往哈密、迪化，沙石千里，风动移沙，地无水草，热毒鬼魅，被人称作：'过了嘉峪关，两眼泪不干。前看戈壁滩，后看鬼门关。'其中的艰辛简直是无法言表的，只有经历过的人才有体会。"

郑淑卿的心情一下子沉重起来。沉默了一会儿，她愁容满面地说："少穆这病弱残躯，恐怕要命丧新疆了。"

姚德听了这话，心里直后悔自己实话实说了。为了宽慰她，说："林大人吉人自有天相，不会这么严重。我家惠谦堂茶号长年累月往返河西走廊和迪化运送茶叶、布匹、丝绸，伙计们不是都好好的嘛。你们这次去蒲城祭奠王鼎王大人，我特意回了一趟泾阳，就是安排往新疆各分号运送货物的事。林大人啥时候出发去新疆，我都会让商队一路细心照顾的，保证让林大人毫发无损地抵达伊犁。"

郑淑卿感激地说："谢谢姚东家，让你费心了。"

姚德说:"林大人打击不法英商,是在保护中国百姓的利益,更是为了国家安危。如果要说感谢,我们应该感谢林大人,是他让国人看到了希望。"

时令进入七月,关中道上进入了一年之中最热的酷暑季节。这个时候,一般人都是早起干活,等到太阳快到中天时分,就回到家歇晌。炙热的阳光把大地烤得就像冬天屋里架硬柴猛烧的土炕,即便是坐在房屋里,也能感到身上的汗水顺着脊梁骨直往下淌,浑身黏糊糊的,极不舒服。

姚德手挥蒲扇不停地扇动,觉得扇过来的风也热乎乎的,没有丝毫凉意。正在他心神烦躁的时候,总账周喜旺领着林希贤进了客厅。

林希贤向姚德打了招呼之后,忧愁地说:"姚东家,刚才接到陕西巡抚转达朝廷的诏令,要求林大人必须在本月中旬启程前往伊犁。现在正是西北的酷暑季节,就是商旅之人也很少出动了,林大人是遭人诬陷去伊犁,如果他接到诏令不启程,朝廷肯定会严饬。如果现在启程,路上会发生什么情况就难说了。"

姚德也觉得有些蹊跷。林则徐抵达西安已经三个多月了,朝廷一直没有催促他尽快前往伊犁,为什么偏偏在酷暑季节下诏令催促,莫非还真有其他名堂。他见林希贤既担忧又无奈,就说:"这个季节前往新疆伊犁,确实不是时候。我上次和林夫人闲聊时,略微说了一些河西走廊的情况,引起了夫人的担忧。你是林大人的亲信,我就把实情告诉你。河西走廊一带,不仅自然条件恶劣,而且社会条件也很不安定,自古就有'荒郡村烟少,频年寇骑多'的传说。行走在河西走廊,经常会遇到强盗蜂起、土匪横行,一语不慎,就可能命丧黄泉。为了让林大人毫发无损地抵达伊犁,我上次专门回泾阳惠谦堂总号,聘请了几位武林高手护送林大人进新疆。没料到朝廷这个时候诏令林大人启程,真是居心叵测啊!"

周喜旺说:"还是东家考虑得周全。最近我也听说绥新(绥远到新疆)

道上出现了几股土匪，杀人越货，无恶不作，已经引起来往商队的极大恐慌。林大人这个时候去新疆，确实要冒很大的风险。"

姚德吃惊地问："绥新道上哪一段出现了劫匪？"

周喜旺说："据回来的商队伙计说，在凉州往西的滚坡泉一带。"

姚德一拍大腿说："滚坡泉三面都是沙山，仅有中间一条道路可通甘州。劫匪把拦路抢劫选在这个地方，就是卡住了商队的咽喉。"

林希贤的心情更加忐忑了，他忙问："姚东家选的武林高手搏击水平咋样？"

姚德说："武林中素有'东枪西棍关中拳'的说法，关中拳就是关中红拳。该拳集内家外家之长，带着浓厚的西北民风，跟陕西人的性格一样，不喜欢张扬，不耍花拳绣腿，关键时刻却能以奇制胜。乾隆年间的常子敬、嘉庆年间的张景文等人都是全国闻名的红拳名家。我这次聘请的武林高手就是张景文生前所开武馆的顶级武师，他们都曾随商队到过新疆，对沿途路况熟悉，也和一些绿林豪杰相识，有他们做保镖护送林大人，你尽可放心。"

林希贤感激地说："林大人是落难之人，就连陕西巡抚衙门、西安知府衙门的各级官员都躲得远远的，唯恐给他们带来麻烦，影响他们升迁。其中有些官员曾经在林大人任陕西按察使时就在他手下任职，现在连看望林大人都不敢，真的让人感到世态炎凉、官场无情啊！姚东家作为一介商人，却能处处为林大人着想，把许多我没有考虑到的细节问题全部安排得井井有条，严丝合缝。不知道姚东家这是为了什么？"

姚德回应说："官场之人看我们商人大多是带有偏见的，认为我们是唯利是图，以商为耻。就连欧阳修在《家训》中也谆谆告诫家人：'商贩之家，慎莫为婚；市道接利，莫与为邻。'除了司马迁写的《史记·货殖列传》为商人说了公道话，成了千古绝唱之后，再也没有人肯为商人秉笔直书，存留史迹。林大人以朝廷大员身份和家父有过交往，曾嘉许家父为义商，这说明在林大人的心目中对商人把货物周流天下、满足民众生活需求的功用是正面认可的，值得我等商民敬佩。除了林大人和家父的这些渊源，我对林大人为国为民、不计个人得失的胸怀尤其崇敬。上次我和林大人说到他禁烟遭贬的时候，林大人曾经给我吟诵过一首他写的诗，其中的'苟利国家生死以，岂因祸福避趋之'两句更让我感受到了他的精神境界。能为林大人这样的国家忠臣做点事，是我的荣幸，即使受到刁难也在所不惜，决不后退。"

林希贤不由得对姚德竖起了大拇指，说："都说陕西人忠义豪爽，不畏强权，今天我算是真正见识了。"

姚德谦逊地说："陕西商人以忠道勇驰骋在商业舞台上，按道行商，依道求财，追求的是诚商良贾的社会存在。在大是大非面前，绝对不含糊。"

离别的滋味是不好受的。林则徐听说姚德把他前往新疆的事都安排妥当后，感慨万千。

他对夫人郑淑卿说："我此前只是与姚德之父姚俊有过交往，与姚德并不相识，没料到这次遭贬之际却得到他的悉心照料。此人能不怕惹麻烦，按照自己性情做事，实在难得啊！"

郑淑卿说："锦上添花常有，雪中送炭罕见。我也没想到在你落难之际，还有一位故旧的儿子能替你把一切事情都考虑周全。姚德干的这些事，要强过你的许多所谓朋友。此去新疆，路途遥远，条件艰苦，你一定要保重身体，好日后再见。"

林则徐唏嘘着说："我九岁在学堂上就写出了'海到无涯天作岸，山登绝顶我为峰'的诗句，那个时候是多么意气风发啊。中举之后迎娶你成家，成就了一段寒门学子迎娶进士门第出身千金小姐的佳话。直到钦封钦差大臣到广州禁烟，我都把施展平生所学报效国家当作我人生的最大追求，谁料想会是这样一个结局。通过这次战争，我也见识了英国舰船和枪炮的利害，看到了朝廷的懦弱，但我对朝廷依然怀有希望。到新疆后，我想还是有许多事情可做的。你回到福建老家后，细心照顾好儿女就行了。说不定皇上哪天会幡然醒悟，我就有了东山再起的可能。人这一生，不能因为受到打击就一蹶不振，也不要发些'人生如梦，一樽还酹江月'的无作为感慨。"

郑淑卿见丈夫仍能如此豁达，说："你在两广总督任上，就有同僚赞叹说你'无一事不认真，无一事无良法'，如今看来，的确如此。这次谪戍伊犁，我别的都不担心，唯独担心你的身体能否吃得消啊！"

林则徐安慰夫人说："有希贤跟在身边，料无大碍。"

郑淑卿说："玉如已经对我说了，他会安排人送我回福建的。虽说是老夫老妻了，你没有什么话要对我说吗？"

林则徐说："我此前作过一首诗，离别之际就送给你吧。"随即走到房间的方桌旁，摊开一张纸，饱蘸浓墨，快笔写道：出门一笑莫心哀，浩荡襟怀到处开。时事难从无过立，达官非自由生来。风涛回首空三岛，尘壤从头数九垓。休信儿童轻薄语，嗤他赵老送灯台。

林则徐写一句，郑淑卿念一句，整个律诗刚写完，夫妻二人还没来得及谈论，就听见刚进门的姚德拍手叫好。

姚德说："这首诗好，林大人的书法也好，难得有机会这样大饱眼福啊！"

林则徐知道他前来定是告知启程之事，就问道："都准备好了？什么时候动身？"

姚德说："我都安排妥当了。咱们明天离开西安到泾阳，然后跟随惠谦堂商队一起走。夫人返回福建老家的事情我也安排好了，请大人放心。"

林则徐心情难以平静，感激地说："我们夫妻在西安城几个月，全托你照顾。如今劳燕分飞，还是你安排，这份情意我领了。俗话说，大恩不言谢，若苍天有眼，咱们还会有机会相聚的。"

姚德说："大人这番话就见外了。您是我父亲的故旧，我理应照顾。再说您为了国家受了委屈，我作为一介百姓应该安慰您才对。客气话不说了，明天一大早我陪您到泾阳，等安排好所有事情，再请您随商队出发如何？"

林则徐说："好，我听你的安排。"

第二天一大早，姚德安排了两个伙计，赶着一辆马车，先送郑淑卿出西安城。郑淑卿进了车厢，见车上堆满了陕西特产，一时情不自禁。林则徐劝道："不要激动，也别难过。虽然说人生自古伤离别，但看到玉如这么照顾咱们夫妻，咱们总不能含泪分手吧。"

郑淑卿点点头，向姚德挥手作别，又对林则徐说："彼此珍重，我在老家等着你回来。"

林则徐和姚德看着马车缓缓远去，转过身上了周喜旺给他们准备的另一辆马车，趁着早晨天气凉爽，向泾阳出发。

马车过了泾河之后，望着满眼平展的土地，看着路两旁生机盎然的玉米、棉花和其他农作物，感慨地说："都说官场险恶，其实你们经商之人也是需要经常面对各种复杂局面的。"

姚德笑着说："常人只看见商人发财，并不知道其中的艰辛。用一句关中俗话不恰当的比喻，就是只看见贼吃香的喝辣的，没看见贼挨打。在西部丝绸之路上经商，不但要拼智力、体力、心力，有时还会有性命之忧。"

林则徐好奇地问："玉如，你能详细说一下吗？"

姚德说："商人经商要远涉长途，周流货物，讲究薄利多销，多中取利。这就需要有眼光，了解市场需求，合理布设分支机构，没有一定的智力是不行的。长途运送货物，风餐露宿，鸡声茅店，担惊受怕，没有体力无法把货物送达。至于心力，是指货物摆到店面货架上，顾客挑肥拣瘦，讨价还价，伙计笑脸相迎，费尽口舌，就是在斗智力、心力。从这些日常琐碎的事情上看，商人其实就是伤人。"

林则徐点头说："商人也不容易啊！我当年和你父亲相识，最后成为朋友，就是钦佩他能在略阳遭灾之后，慷慨义捐，赈济灾民。"

姚德说："商人也是人，也有最起码的良知和行规。姚家自明中期踏入商海，就把遵从贾道经营当作了准则，决不搞奇货可居、故意哄抬物价那些奸商干的事。祖上曾经说不管生意做多大，都要把家国二字放在心上。林大人，我是一介商民，眼界有限，心胸不广，把家放在国前面，是想首先得保证家庭有足够的资产养活家人，才可能尽力去帮助国家。这就像俗话说的小河有水大河满。"

林则徐说："你这话也不错，但在民族遇到危机的时候，我建议你把家国变成国家，国不存，焉有家？"

姚德沉思了一会儿，爽快地说："玉如谨记林大人教诲，没齿不忘。"

两个人闲聊着，马车就进了泾阳县城东门。坐在车辕上的周喜旺回头问："东家，马上到姚家巷了，咱们是先吃饭还是先到惠谦堂总号？"

姚德问道："林大人，您看咱们是先吃饭，还是先去我的商号休息一下再吃饭？"

林则徐说："客随主便，你安排吧。"

姚德说："周总账，咱们先到总号休息一下，然后再说吃饭的事。"

姚德之所以这样安排，有他的用意。虽说上次回泾阳已经特意聘请了武林中人随林则徐去新疆，但因此时天气炎热，商旅稀少，他不敢保证这些人都能按照自己的要求随时待命。还有一件事，也让他有些担忧，就是林则徐刚刚康复，长途跋涉，他的身体能否扛得住？要不要派一个郎中随林则徐一起去新疆。

马车进了蕙谦堂总号院子，姚德搀扶着林则徐下车，总号掌柜王长安满面笑容迎了上来。

王长安把几人迎进总号客厅落座，安排伙计端茶倒水之后，就对姚德使了个眼色。姚德明白王长安有事要汇报，他对林则徐说："林大人，我有点小事出去一下，您先稍微休息一会儿，等我安排完事情，咱们一起吃晚饭。"

林则徐说："你先去忙吧。不过，晚饭简单一点，不要惊动别人。"

出了客厅，王长安说："东家，您此前聘请的镖师今天早上就到了总号，随时可以出发。另外，我已经让沿途各分号做了准备，随时恭候林大人一行，并要求确保安全无虞。"

姚德满意地说："这样安排比较妥当。林大人身体不太好，你给药材店掌柜说一声，让他派一个医术精湛的郎中，带上应急药材随同林大人到伊犁。"

王长安说："小事一桩，我这就去办。"

第二天一大早，送林则徐离开时，姚德总觉得有事萦绕心头，直到林则徐上了马车，他才猛然想到了让他一直揪心的大事。他对商队队长刘茂盛说："刘队长，这次运送货物去河西走廊和新疆，最重要的不是货物，而是林大人的安危。虽然这次特意聘请了镖师随商队前行，你还是要分外小心。商队每到一处分号，你就让分号掌柜安排人把消息传递回来。"

刘茂盛长年在河西走廊和迪化行走，从没见过东家如此小心翼翼。他说："这些年我带着商队在泾阳和迪化之间往返多次，从没出现过任何差错，对沿途风土人情也都熟悉，河西走廊上的小股劫匪看到咱们商队的镖旗从来都是敬而远之，不敢轻易骚扰。这次虽说有林大人同行，但咱们也聘请了镖师，我看问题不大，东家不必担忧。"

姚德知道刘茂盛说的是实话，但他依然再三叮嘱说："小心驶得万年船。这次不比以往,一定不能马虎大意。"

刘茂盛拍着胸脯保证说:"我保证沿途分号给东家传递回来的都是喜讯。"

姚德送走林则徐和商队后,右眼皮不时就跳动几下。他的心里不由犯嘀咕,俗话说左眼皮跳财,右眼皮跳灾,难道林大人前往新疆莫非还真会出事?

当他把担忧说给周喜旺时,周喜旺笑着说:"东家这一段时间为了林大人的事没少费心,操劳过度了。眼皮跳动,说明你缺少睡眠。现在林大人已经启程,您就安心休息几天吧。"

姚德的担心并非多余。一个多月后,从甘州分号传回来消息说,惠谦堂商队过凉州途经滚坡泉时遇到了蒙面劫匪的袭击,好在聘请的镖师个个武功高强,很快就控制了局面。令人匪夷所思的是,这些劫匪眼看要被擒获,几乎都是自刎身亡。一个姓张的镖师眼疾手快,用飞镖打伤了其中一个欲自刎的蒙面大汉,但他死活不说自己属于哪个绺子①。张镖师为了弄清真相,用分筋错骨手才让他说出了袭击商队的实情。原来这伙蒙面人并不属于河西走廊的任何绺子,他们是奉了军机大臣穆彰阿之命要在甘凉道上取林则徐性命,以绝后患的。

姚德和周喜旺闲聊时说起此事,只觉得脊背发凉。要不是他未雨绸缪,聘请了武林高手,仅靠商队几个镖师护驾,真难预料是什么结果。

这真是:细心谋划去新疆,甘凉道上遇恶狼。

奸佞欲害忠良命,枉费心机梦一场。

---

① 绺子:多指占山为王、打家劫舍的土匪。因为他们人数零散各自有各自的山头,是一绺一绺的武装团伙,所以民间称他们为绺子。

第十四章

林则徐剿抚刀客　姚玉如扶贫济困

道光二十三年（1843）以后的连续三年，素有天下粮仓的陕西关中地区发生了连续干旱，庄稼收成很差，民生凋敝，但朝廷对陕西的各种税赋丝毫未减，除征收的盐税外，还强令捐银一百多万两，连鸦片战争后给外国侵略者的赔款也一并让富商大户和普通民众承担，其中仅摊派到陕西的战争赔款就达整个陕西上缴国库税银的三分之一以上。

作为西部商务总汇、西部贸易中心和西部经济中心的泾阳县，摊派的战争赔款高达三万多两，远远高出西安府其他各县。这样的重赋税，让泾阳县令赵正乐甚是为难。他在和县尉李庆才、师爷陈秦民谈起这次催款任务时，牢骚满腹。

赵正乐唉声叹气地说："关中虽是陕西富庶地区，可接连几年大旱，庄稼歉收，百姓生活艰难，正常税赋尚需精心应对，现在又增加了战争赔款，让县衙如何向百姓公告？又如何去催收这三万多两白银啊？"

李庆才清楚县老爷有苦难言，但朝廷的命令他们谁敢不遵从。他说："赵大人，俗话说靠山吃山，靠水吃水。泾阳是西部的经济中心，每年富商大户经过泾阳划拨的周转货款多达几千万两白银，就连民间也流传着'宁要泾、三原，不要西安'的民谣。咱们守着金山银山，还能叫尿把人憋死。"

赵正乐苦笑着说："这几年农业歉收，所有赋税都让商家承担了，再给商家增加赋税，咱们不但拿不出朝廷的诏令，就连西安府的公文也拿不出来呀！"

陈秦民嘿嘿笑着说："县令大人，给县域内百十个大商号随意增加税赋确实没有凭据，但咱们可以变通一下嘛。陕西商人经常自诩以商兴国，以商护国，现在朝廷有难处，县令大人可以出面把茶叶行、盐行、布匹行、皮毛行、水烟行、丝绸行等几大行业的通行领袖叫到县衙来，让他们积极捐款，替百姓分忧。"

赵正乐瞪大眼睛看了看师爷，点头笑着说："还是师爷有办法。咱们就这么办，让这些富商大户出点血，否则全部摊派下去，怕会激起民变。果真如此的话，局面就难收拾了。"

李庆才说："大人所言极是。我听说渭北一带又有刀客闹事，弄得临潼县、渭南县、蒲城县几个县令焦头烂额，无法应对，尤其以蒲城县的刀客闹得最凶，已经引起陕西巡抚衙门的关注了。"

陈秦民暗吃一惊，问："渭北刀客多年都没有出现过了，最近咋又出来了？"

李庆才说："县令大人和师爷是从外地来泾阳县上任的，师爷能了解到刀客多年没有出现，实是有心之人。这么说吧，刀客自秦代就有，当时秦始皇为了统一六国，天下豪杰多聚咸阳，关中开始就有了游侠之风，历代相传流为风气，遍于三秦，尤多在关中渭河两岸。刀客之名源于这些人通常携带一种临潼县（现西安市临潼区）关山镇（现属西安市阎良区）制造的'关山刀子'，这种刀长约三尺二寸，形制特别，极为锋利，当地百姓就把携带关山刀子的人称作刀客。这些刀客没有固定的组织，经常分散成大小不同的团伙，划地自封，以潼关以西、西安以东沿渭河两岸较多，其中蒲城的刀客最出名。最近发生的蒲城刀客王改名杀死仇家，自设公堂就是其中最有名的案件，同州府（府衙在今陕西省大荔县）、陕西巡抚衙门都感到头痛。"

赵正乐饶有兴趣地追问道："这个王改名到底为了啥事当了刀客？"

李庆才说："王改名是一个蒲城农户的后代，他的母亲王刘氏端庄美貌，体态窈窕，被当地一个恶霸看上，其为了霸占王刘氏，杀了王改名的父亲，襁褓中的王改名随王刘氏进了仇家。十岁时，王改名无意间听人议论他的身世，知道了其中的隐情，从此苦练武功，发誓要为父亲报仇。到了二十岁时，王改名已经成了身强力壮、胆量过人、武艺超群的高手，他杀了仇家，当了刀客。有些人见他有血性，就推举他为首领，经常锄强扶弱、劫富济贫，并聚众驻卤泊滩南井家堡，坚壁深壕，备有火器，以防被捕，地方官兵拿他们无可奈何。我还听说当地百姓有争执时，经常找王改名说理，他听完双方陈词后，以公评断，片言折狱，双方皆服。久之，井家堡竟成了一方法庭。"

赵正乐担忧地问："泾阳不会出现刀客吧？"

李庆才说："泾阳虽被历代称为首善之区，但属下也不敢保证县域西北山区百姓因交不起赋铤而走险，去当刀客。"

赵正乐说："如此看来，还是师爷的办法好。我这就让衙役去告知各大通行领袖，请他们明天一大早到县衙二堂商议捐款的事。"

当天傍晚，在姚家巷惠谦堂总号处理事情的姚德就听掌柜王长安说了县衙准备让他们捐款之事。

姚德见周喜旺、王长安在他面前欲言又止，面露难色，显而易见是想知道自己对捐款的态度。

姚德说："连续干旱，地处引泾工程龙洞渠灌溉区的泾阳县百姓生活尚且艰难，渭北旱塬地带的民众肯定是苦不堪言了。县衙让富商大户捐款，也是无奈之举，我们不能反对，应该积极配合。"

王长安撇了一下嘴，说："朝廷在鸦片战争中吃了败仗，却让老百姓捐款赔偿英国人的战争损失，这是历朝历代都没有的奇闻。"

周喜旺接着说："朝廷懦弱，百姓都跟着遭殃。现在陕西接连旱灾，普通百姓生活艰难，县老爷出了这么个馊主意，可能也是没办法的办法。"

姚德说："你们就别抱怨了。姚家的生意主要在四川、藏区、甘南、湖北等地，在泾阳的所有总号中，我们不是最大的。要说有怨言，三水县（因店子河、八河川和坝河三河交汇而得名，现陕西省旬邑县）唐家才是最有资格的。"

对于东家所说的三水县唐家，王长安对其实力早就心知肚明。唐家的先祖唐应弼于明末清初的战乱中从山西迁徙到三水县唐家村，依靠经营土地不断发展壮大，到第四代唐景忠时，唐家在三水、邠州（今陕西省邠州市）、淳化、耀州等地拥有土地近二万亩，牛驴一千余头，骡马一百八十余匹，年收地租三千余石。此时正值乾隆盛世，唐景忠开始将土地收入投入商业经营，在泾阳县城设立了天字号水烟坊，在兰州五泉山下的永登、榆中、靖边、临洮、永靖五县种植水烟叶，捆绑到泾阳烤制刨丝，加工成"天"字牌水烟，行销全国各地，使唐家垄断了西部水烟产量三成左右，号称陕西的"水烟大王"。唐家经商发家之后，商号遍及陕西、甘肃、四川、安徽、江苏、福建、辽宁、浙江等十三省五十多个县，烟坊、字号达九十余所，人称"汇兑中国十三省，包捐知府道台衔；马走外省不吃人家草，人行四川不歇人家店"。唐景忠于乾隆六十年（1795）作为陕西的百万富翁，赴北京参加乾隆皇帝举行的"千叟宴"，被赐以朝服、银牌、手杖及御制七言律诗，还恩赐为七品官，一时在陕西商帮中传为佳话，被无数人羡慕。现在天成铭字号东家唐廷铨是唐家第六代，他在泾阳"天"字总号的基础上，分设了天成铭、天成合等十大分号，又花钱捐了个五品的盐运使司衔，商号生意十分火爆。不管是以财产实力而言，还是以官职名望而论，王长安认为东家都不该抢这个风头。

周喜旺见王长安面无表情的不吭声，只好搭讪着说："要论实力和名望，三水唐家唐廷铨掌管的天成铭、天成合等商号才是泾阳水烟、布匹、瓷器、丝绸的通行领袖。道光二十二年《南京条约》签订后，他一次就捐金银几万两，感动了朝廷，受到了皇上的嘉奖，奉旨钦加盐运使司衔并赏戴花翎，名扬关中，从此唐廷铨就开始走上了亦官亦商之路，上交王侯将相，下结达官显贵，可以说是能呼风唤雨之人。另外，渭南孝义镇严家的恒益春和德厚堂两个茶号，甘肃镇番（今甘肃武威市民勤县）马家的马永盛茶号实力都不弱。如果这次唐廷铨不率先慷慨应捐，我们就保持沉默，静观事态发展。"

姚德说："周总账，我猜唐廷铨一定不会甘于人后的。银钱是个啥嘛，就是为人服务的，为人撑脸面的，使人腰杆变硬棒的。有人说钱是王八蛋，花了咱再赚。我看这次捐款咱们不能落后，不敢说超过唐廷铨，但绝对不能比他少。记得几年前我和林大人闲聊时，林大人就说过国家国家，是先有国，后有家。现在朝廷受到欺辱，咱们不能坐视不管，应该慷慨解囊，替朝廷分忧，当然，最主要的是替老百姓分担负担。"

周喜旺开玩笑说:"东家和林大人相交了几个月,也变得有忧国忧民之心了。"

姚德说:"快别奉承我了。我这点做法,哪里能和林大人相比。林大人的爱国情怀是我等的楷模呀!"

周喜旺说:"如果各大商号东家都像东家和唐廷铨一样慷慨解囊、仗义捐款,区区三万两很快就会完成,到时候县令赵大人可真变成赵正乐了。"

姚德听周喜旺拿县令的名字开玩笑,笑着说:"这种玩笑仅限于咱们之间戏说,决不能在外面乱传。记住饭可以胡吃,话不能胡说。"

周喜旺讪讪地说:"知道了。"

真像周喜旺料想的一样,唐廷铨和姚德率先表态愿意乐捐,带动了其他在泾阳县城开设总号的东家积极响应,很快完成了西安府追加给泾阳县的战争赔款份额。

赵正乐送走所有商号东家之后,心情极为舒畅。他高兴地说:"陈师爷的高招,让本县寝食难安之事瞬间化解,咱们也好给西安府衙交差了。"

李庆才见县令大人喜不自禁,有点得意忘形,他提醒说:"大人,最近渭南刀客马得枫、同州刀客赵恩科、富平刀客史双儿等人聚众闹事,尤其是马得枫在渭南杀了官差,劫了罪犯,影响极其恶劣。咱们不能因为完成了西安府衙摊派的赔款就沾沾自喜,忘乎所以。刀客横行,胆大妄为,咱们不得不防啊!"

李庆才的话,无异于给赵正乐头上泼了一瓢凉水,使他的神经又绷紧了,稍微停顿了一下,说:"李大人掌管着全县治安,就多操劳一些。需要本县配合的,本县一定竭尽全力,决不能让刀客在泾阳出现。"

李庆才担忧地说:"陕西巡抚、西安知府无能,却把责任推到了各地县衙头上,这可如何是好呀!"

向来计谋频出的陈秦民此时感到脑子里一片空白,低着头没有再向赵正乐出谋划策。

陕西巡抚不断接到各府县上报辖区出现刀客之事,感到事态已经非常严重了。他向朝廷上报奏章,要求派兵加饷围剿刀客,没料到朝廷并没有批准,反将他撤职查办了。道光二十六年(1846)七月,朝廷启用在伊犁谪戍的林则徐任陕西巡抚,关中刀客的命运出现了重大转折。

阔别陕西整整五年的林则徐回到西安上任后,发现眼下的陕西早已不是他当年熟悉的地方了。他在翻阅上任巡抚留下来的各府县上报的刀客案卷后,心急如焚,一时也没有控制事态的好办法。心情郁闷的林则徐走出书房,对林希贤说:"你去把陕西督粮道张集馨叫来,让他陪我上街转转,了解一下实情。"

林希贤说:"大人要体察民情,了解实情,可以叫上藩台大人呀,为啥只叫一个督粮道?"

林则徐说:"古语云:仓廪实而知礼节,饥寒生盗贼。关中这样的膏腴之地、富庶地区出现大量刀客,说明百姓生活艰难,导致少数人铤而走险。要弄清楚刀客产生的实情,督粮道是最佳人选。"

林希贤说:"明白了。我这就去找张大人。"

林则徐突然之间想到了姚德,他说:"你对张集馨张大人说让他换上便装,你也一样。等找到张大人后,你领着他到西大街惠谦堂商栈去找我。"

林希贤担忧林则徐的安全,他说:"大人虽是微服私访,也应该有人护卫才是啊!"

林则徐笑着说:"我刚上任,西安城没几个人认识我这个老头,你就放心去吧。"

这天后半晌，惠谦堂商栈掌柜徐玉玺正坐在二堂打盹，柜台伙计跑进来说："徐掌柜，前面来了一个很面熟的老头，说是要找姚东家。"

徐玉玺听说很面熟，料想是商栈的熟客，便站起身说："既然面熟，又指名道姓要见东家，咱们一起去看看。"

徐玉玺跟在伙计后面跨进门店后门门槛，仔细打量门前侧身而立的穿着一身棉布长袍、脑后垂着花白长辫的老者，也觉得面熟，随即就认出了正是几年前住在惠谦堂客栈的林则徐。他大步上前，刚想施礼问候，就见林则徐转过身，把手指放在嘴唇上"嘘"了一声，徐玉玺明白了他的用意，恭敬地说："请这位老者后面二堂叙话。"

徐玉玺前面领路，带着林则徐进了二进院客厅，这才说："刚听说林大人到西安任陕西巡抚，没想到您这么快就到惠谦堂商栈微服私访来了。"

林则徐问："玉如在西安吗？"

徐玉玺说："姚东家刚从这里离开，估计回四府街的宅院了。我这就派伙计去叫他。"

林则徐说："要不是让张集馨和林希贤来这里，我就去玉如家里叨扰他了。"

徐玉玺赶紧请林则徐上座，给他沏茶之后，就跑出去派人去找姚德。

大约一袋烟时间，姚德脚步匆匆地进了客厅。他看见林则徐正坐在太师椅上沉思，快步上前请安。

姚德的请安问候声，打断了林则徐的思路。他看到姚德正站在自己面前，急忙说："玉如，几年没见，你还像当年一样神清气爽啊，羡慕死老夫了。"

姚德见林则徐变得苍老了许多，怜惜地说："林大人在伊犁的所作所为我早有耳闻，深感钦佩。就是林大人日渐苍老了。"

林则徐说："岁月不饶人啊！我刚接任陕西巡抚，想了解一些实情，就想到了你。一会儿林希贤就带着陕西督粮道张集馨来了，在你这里闲聊方便吗？"

姚德说："有啥不方便的。大人想体察民情，了解实情，尽管问好了。不过有一点，我可是实话实说，不会替各级官府打掩护的。"

林则徐说："我要的就是实话实说，要想听虚话假话甚至谎言，我把各级官员叫到西安听他们汇报就行了，何必到你这里来。"

姚德憨笑着说："还是大人了解我的性格。"

两个人还没来得及说上几句闲话，林希贤领着张集馨就进了客厅。姚德让徐玉玺赶紧给两位端茶倒水，随后很自觉地坐在了下首。

林则徐看着张集馨说："张大人，没料到我们会在这样一个场合商谈政事吧？这还要感谢玉如给咱们提供的方便。"

张集馨知道惠谦堂的东家叫姚德，字玉如。他没料到堂堂巡抚大人不称姚德的姓名，而是直呼其字，看来这两个人的关系非同一般。他在陕西督粮道任上已经多年，从来没听说过新任巡抚和西安商界人士有过交往，今天这阵势还真让他见识了什么叫藏龙卧虎。

张集馨说："姚东家的惠谦堂除了做茯砖茶生意，粮食生意也是大宗贸易。以前，我给姚东家办理过运输粮食的手续，可惜并无深交。今天林大人能把体察民情、了解民意的地方选在惠谦堂商栈，那可是姚东家的荣幸啊。"

姚德说："林大人、张大人能光临卑号商栈，真的是蓬荜生辉，商民荣幸之至。"

林则徐听到姚德这番恭维的话，笑着说："玉如啊，刚才不是说过要实话实说嘛，你咋说出了这样肉麻的官场话？"

随后说起了关中刀客的事。林则徐说："刀客现在已在渭北一带成了气候，影响了各州县的治安，引起了朝廷的不安和关注，必须进行清剿。

否则，社会不安定，民生难以保证。"

姚德插话说："林大人，历来都是官逼民反，没有连年旱灾，庄稼歉收，朝廷不断摊派各种赋税，也就不会造成刀客猖獗了。"

张集馨说："林大人，姚东家这番话有一定道理。陕西近年来连年旱灾，朝廷没有赈灾，赋税反倒大幅度增加，仅战争赔款一项就占到正常年份的三分之一以上，民众不堪重负，铤而走险，聚众和官府对抗。据我所知，这些刀客，也并非都是为非作歹之人，很多是被官府逼上梁山的。当然其中也不乏存心不良者，借用刀客名义，干些违法勾当。"

林则徐沉吟着说："我说的清剿刀客不是一概而论，看谁带刀就逮捕。从渭南、富平、蒲城、三原等地上报的案卷看，有些刀客已经聚众起来反抗官府。不清剿刀客，难以恢复正常社会秩序。我的意思是要严厉打击首恶，就地正法，以儆效尤。对胁从者、没伤人命者可以从轻发落。"

张集馨清楚关中各州县驻军和府衙捕快、衙役的状况，尽管他赞同林则徐清剿刀客，但对能否实现这一愿望，颇为担心。他说："林大人，关中各州县驻军和捕快衙役养尊处优已成习惯，缺乏训练，兵无斗志，官无信心，这可如何是好啊！"

林则徐说："刀客的产生固然和连年大旱、庄稼歉收、赋税加重有关，但不能让这股邪恶势力发展壮大，危及各级官府和百姓的生命安全。今天叫你来，就是想听听你们对清剿的看法。刚才你们所谈都在理，我的办法是把西安府等地的一百多万石存粮向贫民平粜，对于无力购粮的极贫户与老弱病残者，由官方收养，瓦解刀客聚众闹事的根基，让贫民看到希望，不再受刀客的蛊惑。另外，张大人要对《关中胜迹图志》一书加以研究，提出恢复农业生产的方案。至于如何鼓励因旱灾被迫出卖耕牛、吃掉种子粮的农户恢复生产，等清剿了刀客之后，我自有办法。"

张集馨说："请大人放心，卑职明天就发公函让关中各州县遵照大人的要求办事，决不拖延。另外，卑职对《关中胜迹图志》仔细研究后，定会尽快给林大人提出一套行之有效的方案。"

林则徐点头说："对于各州县驻军和捕快衙役，我会提出相应要求，让他们迅速改变怯战心理，增强剿匪的勇气和信心，力争在短期内收到成效。"

从惠谦堂商栈回到北院门巡抚衙门后，林则徐当晚就向朝廷上了奏章，其中就有陕西"东北毗连晋豫，西南壤接川甘，道路分歧，奸宄易于出没。如佩执凶器之刀匪，此拿彼逃，最为民害"等严峻形势，并表示要把"除暴安良""严缉捕以靖地方"作为接任陕西巡抚后的"首务"。

刚接任陕西巡抚的林则徐雷厉风行，在走马上任的当月就严令各州县开始清剿刀客行动。各州县知州、县令早就对虎门销烟闻名全国的林则徐如雷贯耳，现在接到要求清剿刀客的命令，谁也不敢怠慢，硬着头皮带着驻军和捕快衙役亲自上阵，林则徐则率陕西藩台衙门（承宣布政使）官员、臬台衙门（提刑按察使）官员、都指挥使（负责军事事务）等各级官员到各州县亲自督战。雷霆万钧之下，渭北各县的刀客土崩瓦解，很快就被围歼，就连拼命逃到陕北安塞一带的刀客，也被林则徐严令缉拿归案。

经过臬台衙门昼夜审讯，很快就明确实为刀匪者四十六人，其余四百余人基本上是受裹胁者。案卷上报给林则徐后，他仔细翻阅了案卷，除判首犯马得枫以斩刑、就地正法外，将刀客赵恩科、史双儿等四十六人严加惩处，其余被挟裹刀客不分首从，全部发配到云贵两广等边远的烟瘴地区充军。

清剿了刀客之后，林则徐接到西安知府衙门的报告，仅省城西安就收养了极贫百姓三四千人。他对清剿过程中途经各县的情况做过详细了解，知道再不拿出行之有效的办法，仅靠清剿无法从根本上一劳永逸地解决问题。他在向朝廷汇报清剿情况之后，连续上了《被旱各属分别缓征折》和《咸宁等十二州县应征粮石展限奏销折》两个奏折，请求朝廷缓征钱、粮。

不久，林则徐知道了皇上在其清剿刀客情况奏折上朱批了"所办甚好"的赞赏之语，对他请求朝廷审批的其他两个奏折却如泥牛入海，没有了音信。由此明白，这些棘手问题还得自己亲自解决，朝廷是不会给予明确答复的。

林则徐原本想让富商大户捐资扶持贫民，一想到姚德曾经给他说过已经向泾阳县衙乐捐了一万两战争赔款后，不禁犯了难。经过一番考虑，他决定先到关中各县了解一下富商大户的心态。

第二天早上，林则徐对林希贤说："你去叫张集馨，请他陪我去一趟泾阳县，告诉他穿便服。"

林希贤笑着说："知道了。"大步流星出了巡抚衙门。

不一会儿，张集馨一身便装来到巡抚衙门，林则徐则穿着一身青色长袍，戴着关中人经常戴的瓜皮帽子已经在等候他了。张集馨给林则徐请安之后，问道："咱们就这样去泾阳县？"

林则徐微笑着说："难道还让衙役打着巡抚衙门的旗牌在前面鸣锣开道？"

林希贤插话说："大人，您刚以霹雳手段清剿完刀客，谁敢保证路上一定安全？我看还是带上几个衙役，为了避免张扬，我让他们也全部着便装。"

林则徐清楚林希贤是为他的安危着想，同时也不敢保证所有刀客都彻底清剿干净了。他说："就按照你的安排，挑选几个精干衙役，尽快换上便装，争取后半晌赶到泾阳县城。"

马车出了西安城北门，张集馨问："林大人，您为什么把微服私访的第一站选在泾阳县?"

林则徐说:"关中不是有句俗话叫'天下县,泾三原'么,说明泾阳县、三原县是陕西有名的壮县。尤其是泾阳县,商务繁华,交通便利,富商云集,要发动富商大户资助解决贫困农户秋季种庄稼的问题,不去泾阳县能去哪里呀?"

张集馨笑着说:"大人到陕西时间不长,对陕西的情况倒是了如指掌,真的令卑职钦佩。"

林则徐说:"我这次去泾阳县,可能又会给姚玉如出难题了,不知道他会怎么想?"

张集馨问:"莫非大人有意让姚东家带头捐助?"

林则徐说:"正有此意。等见了玉如再说吧。"

张集馨好奇地问:"难道大人已经算到了姚东家会在泾阳等您?"

林则徐说:"我并非能掐会算之人。前段时间,姚玉如曾经给我说过他夫人快临产了,他要回泾阳总号一些日子,等候夫人生产。我料想咱们在泾阳一定能见到他。就是见不到也无关紧要,还可以见一下天成铭的唐廷铨、马永盛的马昌民、恒益春的严树茂等人,只要我们能晓之以理,动之以情,一样能解决问题。"

张集馨说:"此前卑职就听人说过林大人'无一事不认真,无一事无良法',今天真是当面受教了。"

林则徐微微一笑说:"权当戏言,不足挂齿。"

傍晚时分,林则徐乘坐的马车进了泾阳县城东门,沿东大街过了郭公祠、昭忠祠,到钟楼向南拐就进了南大街。泾阳县衙就在南大街东侧的秀水巷内,坐北朝南。县衙东西分布着东、西察院,县衙位居中间。坐在马车辕上的林希贤见马上就要到县衙大门口了,回头问坐在车厢里的林则徐:

"林大人，到县衙了，是否让衙役前去通报一声？"

林则徐扭动了一下腰酸腿疼的身骨，看了一眼还在打盹的张集馨，回应说："既然是微服私访，就不用告知县令赵大人了。"

林希贤让车夫放慢速度，自己跳下马车，对跟随的衙役们说："你们在县衙外等候，不要让闲杂人等靠近。"

张集馨搀扶着林则徐下了马车。两个人整理了一下衣装，迈着小步走向县衙。此时，早就过了衙役们下班的时间，县衙大门敞开，没有人守卫。进门之后，一座一字形的照壁把外面和内部分隔开，照壁浮雕上的一对麒麟，透出威严和震慑。绕过照壁往里走，就是面阔五间的县衙大堂。

泾阳县衙是严格按照清代官衙建制修建的，体现了坐北朝南，左文右武，前衙后邸，监狱居南的传统礼制。赵正乐因为在西安府第一个超额完成了追加战争赔款任务，管辖境内又没有刀客骚扰，心情很愉悦。此刻正想回后院官邸休息，无意间见有两个人正东张西望地走进大堂，厉声喝止："何人如此大胆，竟敢不经通报就闯进县衙？"

张集馨上前斥道："赵大人，你也不睁大眼睛看看谁来了，还敢高声吆喝？"

赵正乐仔细一瞧，大吃一惊。三步并作两步，抢到林则徐跟前，扑通一声跪倒，嘴里念叨着："卑职不知道巡抚大人大驾光临，罪该万死。"

林则徐伸手扶起他说："我这是微服私访，又不是在公堂上，没必要弄这些繁文缛节。"

县尉李庆才、师爷陈秦民此时也在县衙，他俩听赵正乐称呼巡抚大人驾到，赶紧过来行跪安礼。林则徐一摆手说："都起来吧。"

赵正乐请林则徐、张集馨落座，陈秦民急忙给两位大人沏茶。林则徐问："赵大人还在忙公务？"

赵正乐说："眼下快到秋播季节了，我等正在大堂商议秋播的事。"

张集馨说:"泾阳阡陌纵横,有龙洞渠浇灌之便利,秋播应该没有问题。赵大人下班后还在和部属商议民生大事,真是履职尽责的楷模!"

赵正乐红着脸说:"关心秋播是本县职责所在,义不容辞。张大人这番夸赞,倒是让卑职觉得有些汗颜。"

林则徐说:"赵大人关心之事,也是我这次来泾阳的重点。赵大人,能否派人把姚玉如请到县衙来?"

赵正乐乍一听姚玉如这个名字,感到有些陌生。他向站在自己身旁的李庆才小声问:"姚玉如是谁呀?"

李庆才说:"姚玉如就是县城姚家巷最大的东家姚德,字玉如。"

赵正乐这才恍然大悟。姚德是这个县域内桥底镇社树村有名的财东,他岂能不知,何况前不久姚德和唐廷铨一起带头捐款,解了他的燃眉之急。但对于姚德的字叫玉如,确实不知道。扭头说:"李大人,你是县尉,又是本地人,麻烦你到姚家巷去一趟,把姚玉如请到县衙来。"

李庆才说:"请林大人、张大人稍等,卑职立即去姚家巷请姚东家。"

李庆才走后,赵正乐问:"林大人一路鞍马劳顿,还没有吃饭吧?陈师爷,你到北极宫万福酒家订一个包间,我等会儿陪同林大人、张大人一起过去。"

陈秦民答应了一声也走了。

空荡荡的大堂就剩下了林则徐、张集馨、赵正乐三人。林则徐看着赵正乐说:"解决了刀客之后,全省最重要的大事就是如何抓好秋播。古语说民以食为天,不想办法解决百姓吃饭问题,就无法维护社会稳定。镇压只是权宜之计,要想长治久安,就得让百姓安居乐业。"

赵正乐恭维地说:"大人所言极是。卑职一定不辜负大人的期望,确保把泾阳打造成模范之区。"

张集馨笑着说:"如果泾阳这个地方出现了灾情和意外,全省就没有好地方了。"

赵正乐心里清楚这是张集馨在揶揄他占了个好位置。未等反驳，就看见李庆才小跑着进了大堂，他忙问："你怎么一个人回来了？"

李庆才气喘吁吁地说："林大人，姚家商号掌柜王长安说姚东家夫人临产，姚东家回社树村了。"

林则徐笑着说："姚玉如这是在躲避我哩。这样吧，咱们先去吃饭，明天一大早我亲自去社树村拜访这位财神。"

赵正乐说："姚德不会如此胆大包天吧？他敢躲避大人，我就让衙役把他拘押到大堂来。"

林则徐说："我来泾阳你这个县令大人都不知道，姚玉如怎么能知道？如果得罪了财神，没人出头乐捐，全省的秋播问题你能解决？"

赵正乐知道自己又唐突了，赶紧解释说："卑职见没有请到姚德，一时慌不择语，请大人责罚。"

林则徐说："责罚就免了，就罚你请我等吃饭。不过，晚饭要简单点，而且不能声张我到了泾阳。"

赵正乐说："卑职一定按照大人要求办事，绝不张扬。"

这天一大早，姚德的夫人姚吕氏就开始喊叫肚子疼，姚德知道夫人真的要临产了。他让管家杨德泰赶紧去请接产婆到姚家侍候，随时应对，又让姚吕氏的贴身丫鬟每过半个时辰向他汇报动静。

在焦急等待中，姚德心神不宁，就来到他精心打造的百瓶轩舒缓紧绷的神经。百瓶轩位于姚德五进四合院的第三进院落里，姚家一百多年的商贸繁荣，积攒了无数的财富，除了整个宅院建造得雕梁画栋、宽敞华丽外，又花巨资修建楼阁台榭、回廊走阁把整个院落连在了一起，同时用假山鱼池、珍奇花木将整个宅院装点得颇有南方风情。姚德除了收藏字画古玩，

善為至寶一生用之不盡

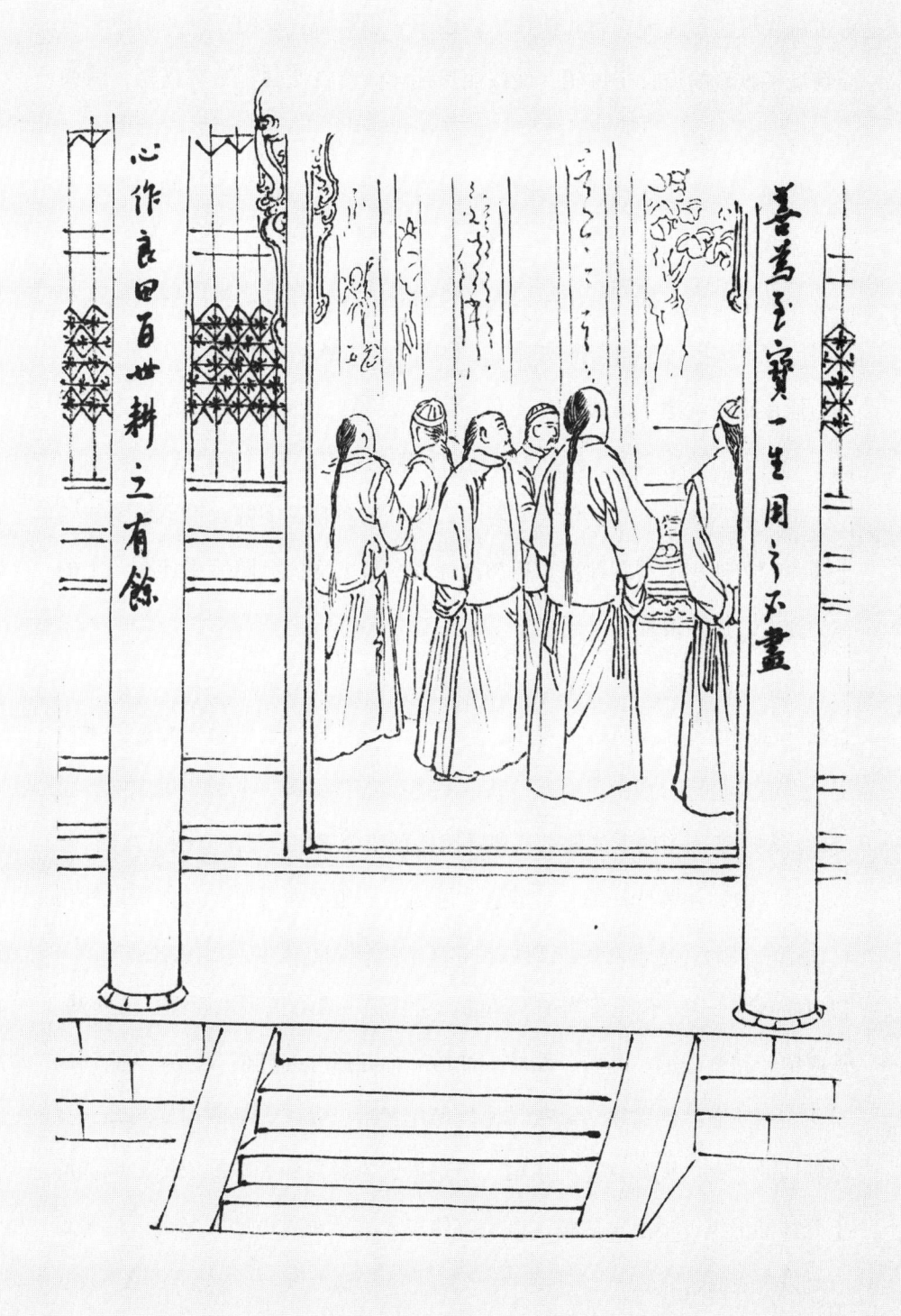

心作良田百世耕之有餘

对古瓶收藏情有独钟，为此他特意修建了一座贮藏古瓶的三开间房屋，里面摆满了收藏的近百个古瓶，他按照历代典籍对古瓶的记载和描绘，将尚未收集到的古瓶用白纸做成模型，放在博古架上。

此刻，姚德在百瓶轩来回踱步，欣赏着他多年来积攒下来的杰作，不时还会拿起一件古瓶仔细端详，细心把玩，仿佛要把古瓶的形制、胎釉、底款，甚至古瓶上描绘的山川河流、仕女花卉全部印在心里。就在他细心抚摸唐代天宝年间御制官窑古瓶时，管家杨德泰轻声轻脚地走了进来。

他在距离姚德不远处停住，有点焦急地说："东家，县令赵大人领着几个人到了二进院客厅，赵大人说他们是来找东家的，请东家赶紧前去。"

姚德猜不出县令赵正乐会带着啥人到社树村自家宅院，也不想得罪这个地方官。他小心翼翼地把古瓶放回原处，拉上房门，随后将挂在门上的铜锁锁上，这才跟着杨德泰前往二进院。

姚家二进院客厅是一座五开间硬檐歇山顶建筑，进深三丈，里面摆放着精雕细刻的楠木家具和太师椅，东面山墙上悬挂着七扇风格相近的木质屏风，每扇屏风分成上下两层，每层有七幅吉祥图案，全部采用中国传统画法绘制。西面山墙上悬挂着八扇屏风，每扇分三层，每层有图案八幅。

林则徐站在客厅仔细打量着这些屏风，心里感慨万千。从他踏进社树村的那一刻起，他就对姚家刮目相看了。社树村虽是以姚家为主的村庄，仅有两条主干道，但村里当铺、药铺、杂货铺、点心铺、木匠铺、漆匠铺、铁匠铺、裱糊匠铺、酒坊、醋坊、油坊、棉花店等样样俱全，完全能够满足住户的所有生活需求。鳞次栉比的房屋建筑、豪华大气的门楼装饰、宽敞整洁的道路、循环往复的水渠，使这里成为财富和奢华的象征。端详墙上悬挂的屏风，他心里清楚这座宅院的主人除了彰显自己的财富，怕是也有难以言表的苦衷。

姚德快步跨进客厅时，林则徐刚好转身。他微笑着说："玉如啊，本巡抚不请自到，没有打扰你吧？"

姚德一怔，转而喜形于色，连忙施礼，说："林大人能到寒舍来，那是祖上多少代积下的阴德。知道大人来陕任职，本想请大人抽空来寒舍一聚，又怕大人公务繁忙，都不好意思张口。今天林大人带着张大人、赵大人一起访贫问苦，玉如荣幸之至！"

张集馨笑道："姚东家一口一个寒舍，张嘴就是访贫问苦，如果你这样的家庭还是寒舍，估计只有紫禁城比你强了。"

赵正乐接着说："姚东家是关中道上闻名的富商大户，不但自己发财致富，还给村里百姓提供了方便。如果不是地域小一点，真的可以和县城相媲美了。"

姚德招呼大家落座，对杨德泰说："把家里贮存的陈年茯砖茶煮上，让几位大人品鉴。"

林则徐刚坐下就说："我谪戍新疆时，常听当地牧民把泾阳茯砖茶称之为生命之茶，纪晓岚在乾隆三十四年因两淮盐引案受到牵连，被乾隆皇帝发配到新疆迪化。他喝了泾阳茯砖茶之后，还特意写诗称赞茯砖茶，我记得他的诗是这样写的：'闽海迢迢道艰难，西人谁识小龙团？向来只说官茶暖，消得山泉沁骨寒。'他怕别人产生误会，特意在诗的尾部对茯砖茶做了进一步说明：佳茗不易致，土人惟饮附（茯）茶，云：'此地水寒伤胃，惟附茶性暖能解之。'附茶者，商为官制易马之茶，因而附运者也。初煎之，色如琥珀，煎稍久，则黑如壄（音yi，指黑色的美玉）。姚东家，泾阳茯砖茶既然有这样神奇的功能，为什么不把制茶工艺向全国推广？"

姚德笑着说："林大人有所不知，茯砖茶产生于明洪武元年，多销往丝绸之路沿线地区和国家，因广受欢迎，销量大增，利润丰厚，一些产茶区也想引进技术仿制但都没有成功。按照泾阳制茶人的说法，茯砖茶有三不离之说，就是离了泾阳水不能制，离了泾阳独特的气候不能制，离了泾阳制茶人的技术不能制。"

几人啧啧称奇之际,杨德泰已端着茶盘进了客厅,他从林则徐开始,依次在每个人身边的茶几上放了一杯茶,说:"各位大人慢用,我再去继续煮茶。"

林则徐揭开茶杯盖,一股茯苓的香味扑鼻而来,他见茶水清纯橙红,小口抿了一下,只觉略显绵滑、滋味醇厚、茶味悠长。不由称赞:"好茶,好茶,比我此前喝过的茯砖茶好多了。"

姚德说:"茯砖茶存放时间越长发酵越充分,金花①颜色越亮,茶叶质量越好。所有茶商包括西域民众都知道,存放越久的茯砖茶价格越高,药效更好。"

林则徐放下茶杯问道:"玉如,现在泾阳茯砖茶每年销往西部有多少茶引?"

赵正乐抢先说:"林大人,从道光十年以来,西北茶的引地是陕西、甘肃、新疆、西藏及蒙古,每年两万八千九百九十六引,每引一百斤,另带损耗十四斤。课税是每引每年纳税银三两,杂税一两四钱左右,来源都是湖北安化黑茶。"

林则徐说:"每年仅茯砖茶贸易这一项,泾阳县和西安府就不用发愁朝廷的赋税了,也难怪这两个地方令人羡慕。西域贸易很艰难,我在随同玉如的商队去新疆时算是领教了。过嘉峪关时我还写过一首《出嘉峪关感赋》抒发了当时的感慨。"

张集馨说:"林大人能否吟诵一下《出嘉峪关感赋》,让我等一饱耳福?"

---

① 金花:泾阳茯砖茶在特定的温度条件下,通过"发花"工艺生成的一种自然益生菌体,俗称金花。经现代科技研究,称泾阳茯砖茶中的金花为冠突散囊菌。

林则徐微笑着说:"诸位想听,我就吟诵一下。'严关百尺界天西,万里征人驻马蹄。飞阁遥连秦树直,缭垣斜压陇云低。天山巉削摩肩立,瀚海苍茫入望迷。谁道崤函千古险,回首只见一丸泥。'我写这首感赋,是觉得通往西域的丝绸之路既是商贸之路、货币之路,也是文化之路、兼容之路,更是精神之路、信仰之路。一首律诗,难以包含这些内容,贻笑大方了。"

姚德知道林则徐带着张集馨、赵正乐到社树村来找自己,绝对不是为了品茶聊天,谈论诗词的。他说:"林大人的感赋意境高远,豪放大气,着实令小民钦佩。问句闲话,众位大人此番专程到社树村来不是为了品茗赋诗的吧?"

林则徐见姚德已然替自己引入正题,大有默契之感。他说:"玉如啊,我们此番前来,确实是有事相求。眼下已快到秋播时间,渭北各县普受旱情影响,有些贫困之家为了活命,变卖了农具、耕牛、土地,有些人甚至吃了种子。不解决这些农户秋播的急事、难事,我是寝食难安呀!"

姚德在家里等候夫人生产这几天,听管家杨德泰说过姚家在泾阳、淳化、咸阳、盩厔(今西安市周至县)、鄠县等地的几千亩土地要秋播的事,此刻林则徐提起渭北几个县贫困百姓面临的困难,无非是想让他带头捐助,帮助完成秋播,稳定民心。他说:"林大人有啥吩咐,玉如自当效命,决不推辞。"

林则徐说:"自鸦片战争以来,国弱民贫,陕西更甚。我欲劝导绅商富户扶贫济困,保一方平安,促一方繁荣,希望你能带个头。"

姚德说:"经商之道,仁义为先。商贾之利,皆取之于民,也理应救民于急难。关中人说,人误地一时,地误人一季。人亏地一季,地亏人一年。不误农时,不亏土地是关中农户的传统习惯。为了不耽误农时,不影响秋播,我捐助一些种子、农具、耕牛,让各县贫苦农户到泾阳县衙指定地方领取如何?"

张集馨说:"姚东家慷慨解囊,仗义捐助,解除了我等的心腹大患啊!林大人定会表彰你的。"

林则徐笑着说:"现在陕西刚刚安定,我也拿不出像样的东西来表彰玉如的善举,就给玉如写一幅字吧。"

听林则徐要赠自己墨宝,姚德连忙对刚跨进客厅送茶水的杨德泰说:"你赶紧到我的书房取笔墨纸砚来,林大人要为我题字。"

赵正乐饶有兴致地问道:"林大人,您准备赐姚东家一幅啥字?"

林则徐说:"我此前给我的恩师潘锡恩写过一副对联。想必诸位都知道,潘锡恩是水利专家,主持过治理黄河,著有《畿辅水利》等著作,我对恩师的学问和人品都很钦佩,就写了'三策治河书,纬武经文,永作江淮保障;一篇澄海赋,揽天藻地,蔚为华国文章'的对联。玉如是义商,他父亲当年为略阳县城重建义捐过万两白银,我看就写'善为至宝一生用之不尽;心作良田百世耕之有余'怎么样?"

众人不禁拍手叫好。这时杨德泰正好抱着笔墨纸砚进了客厅,他不明白众人为什么拍手叫好,也不方便问,铺开宣纸,开始磨墨,等墨汁磨好,他说:"一切准备停当了,请林大人书写吧。"

林则徐饱蘸浓墨,一气呵成,并在下联下角处落了款。

杨德泰见林则徐笔走龙蛇,顷刻而成,感叹着说:"林大人不愧是饱读诗书之人,一副对联既赞叹了姚东家积德行善之举,而且还对姚家寄予了厚望,真是令人钦佩。"

姚德说:"杨管家,你把这副对联先拿出去放好,等墨迹干了之后再装裱。还有就是请能工巧匠把林大人的墨宝用楠木雕刻,我要把这副对联悬挂在客厅外面的廊柱上,警示和训导姚家后人不要辜负了林大人的期望。"

话音刚落,突然见夫人姚吕氏的贴身丫鬟站在客厅外向里面张望。他知道定是夫人生产了，大踏步出了客厅，丫鬟兴奋地小声对他说："老爷，夫人刚生了一个小少爷。"

姚德欣喜若狂："天大的好事，今天刚好几位大人来到姚家，没想到给姚家带来了这么大的福分。"

林则徐不知道姚德有了什么喜事，就问："玉如，我们是来化缘的，能给你带来什么福分？"

姚德说："我夫人刚才给我生了个儿子，众位大人，这个喜事难道不是你们带来的福分吗？"

林则徐说："恭喜玉如了。"

姚德说："还请林大人给犬子起个名字如何？"

林则徐沉思了一会儿说："按道理，姚家是名门大户，给孩子起名字应该按照族谱的辈分起名的，玉如这是在给我出难题呀！既然孩子出生在经商世家，我就从陕商的商业贸易说起。自秦代开始，关中就是富庶之地，秦立国关中，建都咸阳，秦始皇凭借关中横扫六合，平定天下，建立了中国历史上第一个大一统帝国。随后秦帝国统一货币，统一度量衡，车同轨，书同文，促进了商品经济的增长，促使秦商出现了第一次发展高潮。秦亡汉兴，汉承秦制，汉武帝以关中为基础，打通了西域，诞生了贸易和文化交流的丝绸之路，出现了'自京师至东西南北，历山川，经郡国，诸殷富大都，无非街衢互通，商贾之所臻，万物之所殖也'的繁荣局面。唐代以长安为国都，唐太宗励精图治，选贤任能，政治清明，文化包容，经济繁荣，国力强盛，呈现出一派盛唐气象，吸引了万国来朝，陕商以'帝都商人'的雄姿，在唐帝国的广大区域内纵横捭阖，长袖善舞，将大唐商人的雄浑释放得淋漓尽致。尤其是泾阳，在丝绸之路贸易中扮演了'关陇大都会'的角色，确立了'西部商务总汇'和'西部金融中心'的地位，引领了陕商第二次发展高潮。进入明代之后，陕西虽然不是全国的政治经济中心了,但因朝廷针对西部施行'食盐开中'和'茶马交易'两大政策,大批陕商趁势而起,迅速以第一商帮的雄姿登上全国商业舞台,形成了陕商发展的第三次高潮,带动朝廷对西部的首次大开发。汉武帝、唐太宗都是开疆拓土、彰显实力的霸主,也是不甘屈辱,建立强盛国家的典范。明代虽然经济繁荣,重视边防,但内忧外患颇多,不值得称赞。现在国家羸弱,受尽西方列强的欺凌,要想改变这种现状,除了我辈应该奋发图强,也要寄希望于后代富国强民。依我之见,就给你儿子取名姚汉唐如何?"

话音刚落,张集馨就说:"林大人一番引经据典的长篇议论,让卑职钦佩之至!姚汉唐这个名字好,既寄托了林大人对姚家商业贸易兴旺发达的期望,也表达了富民强国的期待啊!"

赵正乐接着说:"好名字。希望姚东家一定要把姚汉唐培养成才,不辜负林大人的良苦用心。"

姚德自然是喜不自胜,高兴地说:"为了衷心感谢林大人为犬子起了一个好名字,我今天就在家里设家宴款待林大人、张大人、赵大人,咱们一醉方休。"

张集馨说:"好,也让我们沾点姚东家的喜气。"

林则徐笑着说:"这顿饭是非吃不可的,而且为了沾沾喜气,玉如可不能吝啬。"

姚德见几位大人肯赏脸,对杨德泰说:"杨管家,赶紧去安排。虽说是家宴,但有贵人来,绝对不能怠慢。"

有人叹道:义商乐捐扶贫困,青史有名记良臣。

品茗论道天下事,推杯换盏话古今。

第十五章

谈强国心怀忧伤　开私塾培育贤良

一个时辰之后,杨德泰到客厅禀告:"各位大人、东家,凉菜已经上桌,请诸位到三进院贵宾室用餐吧。"

林则徐站起身问:"杨管家,跟随我一起来的随从们在哪里?"

杨德泰说:"小人刚才已经问过了,有一位林大人让随从们和他一起在前院小客厅里已经开始用餐了。请林大人放心,不会怠慢各位官爷的。"

林则徐等人在杨德泰的引领下,绕过客厅北面的屏风从北门进了三进院。三进院东西两面全部是厢房,迎面是一座五开间的硬山顶建筑。这座宅院里中间栽种着一棵白玉兰、一棵桂花树,地面铺着青砖,宽阔的屋檐就像一道回廊,把左右厢房和南北两座建筑连接在了一起,即使下雨,行走在这座院落也不会被雨淋着。屋檐下的廊柱全部漆着红漆,粗大的廊柱全部竖在雕刻精美的青石礅上。这些被称作柱础石的青石礅，有的雕刻着四只石狮子（寓意四世同堂），有的雕刻着各式花瓶（寓意平平安安），间或还有的柱础石被镂空，或者雕刻成高浮雕人物故事。窗户上、房门上精雕细描着石榴、荷花、牡丹、锦鸡等图案和吉祥花卉，令人目不暇接。

待林则徐几人进了东厢房中间的贵宾室后，无一不被眼前的奢华所惊呆。这间贵宾室里布置的全部是金丝楠木制作的家具，南北山墙前各摆放着一排博古架，上面摆放着各种珍奇古玩、金石玉器，还有一个北方罕见的自鸣钟。东西两面墙上悬挂着历代名人字画。仅从贵宾室存放的这些古玩字画看，其价值绝对不菲，非一般官宦人家能比。

姚德把林则徐请上主位后，又请张集馨、赵正乐分坐林则徐左右手，自己坐在了林则徐对面的客位。四人落座后，一位眉清目秀、动作麻利的年轻女仆打开一瓶凤酒，给每个人斟了一杯，随后就后退站在了一旁。

姚德站起身，端着酒杯说："林大人，各位大人，今天略备薄酒，真心感谢各位大人光临寒舍，并给姚家带来了福分。姚家添丁增口，全家人还要感谢林大人给犬子起了个好名字。请众位大人赏脸干了杯中酒，草民先干为敬。"

林则徐举杯一饮而尽，准备动筷子时，才发现这桌饭菜确实不一般。八仙桌上摆放的杯盘碗碟等器具都是景德镇出产的细瓷。筷子则是用纯银精制的，顶部雕刻有云龙纹。林则徐打量已经摆上桌的八个凉菜，全都是关中特产。他夹起离自己最近的酱驴肉细细品尝，感觉味道丝毫不逊于西安城的名厨所做。

林则徐说："玉如啊，不敢说这桌菜样样都是'盘中珍馐值万钱'吧，最起码也够普通人家一个月的费用了。"

姚德说："林大人，这是家里特备招待贵客的招牌菜。大人是南方人，喜欢吃海味，可惜北方很难有鲜活的海产品，就只能用北方的饭菜招待大人了。"

林则徐问:"你这些餐具都是特制的吧?"

姚德说:"是在江西景德镇定制的。林大人也知道,姚家在四川、藏区、湖北、陕西、甘肃、新疆等地都有分号,每年各地分号大掌柜和账房先生回社树村述职时,姚家都要设宴款待。农村人遇到这种大场面,往往是向左邻右舍借桌椅板凳和各种餐具,这人一多,需要的桌椅板凳和餐具就多,还经常为还错了餐具发生口角,引起纠纷,弄得乡邻关系紧张。姚家从祖上姚大勋开始,就专门到景德镇定制了一批餐具,所有餐具底部都有红色楷书字体的'社树姚家'的底款铭识,同时制作了桌椅板凳,用来招待每年回来述职的各地掌柜和账房先生。乡邻们要办红白喜事,姚家也可以全部提供,这样就避免了不少事。"

张集馨赞叹地说:"还是姚东家财大气粗,我今天算是长见识了。"

林则徐说:"玉如是义商,咱们这次到社树村来,也办完了正事,我今天就来个在商言商吧。道光十八年,我作为钦差大臣到广州禁烟,发现广州十八商行大部分在运销西洋国家除了鸦片之外的其他产品。我暗访过这些商行,发现英国的棉纱、布匹确实在质量上胜过国内产品,而且价格还比国内低,对国内市场冲击很大。这种状况如果长期存在下去,国内手工业者就可能失业,一些中小商贩也可能随之破产。"

姚德听说过英国距离中国很远,不相信远涉重洋的英国棉纱、棉布会比中国的棉纱、棉布还便宜,但这些话是林则徐亲口所说,他也不敢质疑。他说:"林大人,我听汉口分号掌柜说过英国的棉纱和棉布,但是不明白他们的东西为啥比中国同样的东西价格还低廉?"

林则徐说:"当今世界上,英国是西方列强中第一个使用蒸汽机进行工业化生产的国家,他们发明了纺织机械,用机器生产棉纱、棉布,不但质量超过了国内手工纺织,而且在数量、价格等方面都占有优势。鸦片战争失败后,广州、上海、福建、厦门、定海等地通商开埠,国内手工业日后定会举步维艰。"

张集馨接着说:"手工纺织受纺织者技术熟练程度影响,所纺棉纱和机器纺纱根本无法相比,用纺织机织布和用机器纺织同样无法相比。西洋国家把工业化生产称作工业文明,并声称要打败中国以农业生产为主的农业文明。依我之见,工业化生产确实比手工业生产量大、质优,农业文明受到冲击只是个时间问题。"

林则徐喟然长叹:"鸦片战争失利,我们绝不仅仅是战船枪炮等军事技术不如英国,就连政治、经济、商业、金融都难以和英国相提并论,国人夜郎自大,坐井观天,难免要吃亏。我在广州时,就曾萌生过师敌之长以制敌的想法,并亲自组织过翻译班子,翻译外国书刊,把外国人讲述中国的言论翻译成《华事夷言》,供两广总督衙门各级官员参考。把英国商人主办的《广州周报》翻译成《澳门新闻报》让同僚了解外国军事、政治、经济,还把英国人慕瑞编写的《世界地理大全》改名《四洲志》进行出版,让同僚了解西方的地理、历史、政治。另外为了应对各种对外交涉,还迅速翻译了《国际法》。遗憾的是我离开广州后,这些东西便不再被人重视。这些伤心事,不由得让我想起了岳飞《小重山·昨夜寒蛩不住鸣》的后半阕:'白首为功名。旧山松竹老,阻归程。欲将心事付瑶琴。知音少,弦断有谁听?'"

听着林则徐的叹息,姚德心里明白他的壮志难酬,宽慰道:"林大人一门心思想报效国家,希望实现儒家追求的修身齐家治国平天下的美好愿望,只可惜有点生不逢时!"

林则徐说:"当今社会正处在变革和转折时期,可惜没几个人能认识到中华民族正面临着严重危机。我的朋友郑观应在他所著的《盛世危言》中就说:'稽古之世,民以农为本;越今之时,国以商为本。'英国之所以发动鸦片战争，就是为了向中国倾销他们的工业化商品，攫取中国的黄金白银。如果大量黄金白银外流，国家就只能变得越来越羸弱，就会受到西方列强不断欺凌。郑观应把当今称作盛世，我当时就反对。好在他书中的观点确实是在提醒朝廷和有志之士要有危机感，并把他的言论称作危言，我也就认可了。"

姚德第一次听到"国以商为本"这个新说法，觉得郑观应把商人的地位提得有些高了，与中国传统观念对商人的看法大相径庭。他说："商人的地位自明代中期以来虽有变化，但还不至于到'国以商为本'这种程度和高度。商人万事皆求人，和官府有着千丝万缕的关系。自嘉庆皇帝开始，坊间就流传有官商这种说法，不知道林大人对官商关系是何种看法？"

林则徐说："我是所谓的官，玉如是真正的商，今天闲聊，我就给大家谈一谈我理解的官商关系。明代中期以前，官商之间还能维持一种不相交接、各行其道的清明状态，这是因为汉武帝明确划分士农工商等级之后，商人地位低下，社会都有贱商观念，所以在明中期之前官商之间几乎是一种固态关系。明中期以后，中国商业贸易逐渐发展，在利益驱动的刺激下，全社会都弥漫着逐利风气，士农工商职业分层的固态被不同职业之间的流动打破，士向下移动和商向上移动杂糅交错，互相交融。古人说学而优则仕，但官场因官员职数所限，一部分儒生开始抛弃不言利的清高转向弃儒经商，你们陕西当年就有温纯、康海这两位状元弃儒经商，并成为当时商界闻名的富商大贾。官员在利润刺激下，利用手中权力纷纷经商，与民争利，上自皇室贵族，下至书吏皂隶，莫不以金钱为念，更有许多官员寡廉鲜耻，将仕途作为钱权交易的筹码，公然渔利，就像李乐在《续见闻杂记》中说的'方今仕途如市，入仕者如往市中交易，计美恶，计大小，计贫富，计迟速'，衙门几乎和市场没有多大差别。而商人为逃避官员勒索，也需要官府之威进行保护，纷纷通过捐款买官，为其子弟求得一官半职，使商道和官道交织重叠，商道掺和了官道的尔虞我诈，更加阴暗多塞；官道汲取了商道的唯利是图，更加贪得无厌，整个社会呈现出官商上下交乘、盘剥渔利的邪恶风气。自嘉庆之后，朝廷卖官鬻爵成风，你们知道的唐廷铨就是向朝廷捐银而获得盐运使司官职的。由此，官场风气江河日下，愈演愈烈，一些有识之士对社会发生的深刻变化惊呼'天道变迁，人事亦改'。我认为，商人进入官场，只会影响官场风气，扰乱官场生态。官员参与经商，就会形成行业垄断，影响正常商业竞争。玉如能在官府需要之际，慷慨解囊，做到知足而不贪，而且在和我交往过程中，从来不提为子弟捐个一官半职，确实令我敬佩。"

张集馨说："官商之间发生这种变异的、流动的交织，确实令人担忧。自乾隆皇帝开始，朝廷故步自封，闭关锁国，不与外国正常交流，科技、经济已大大落后西洋诸国。如今在经济富庶之地开埠通商，国内手工业肯定会受到打压。长此以往，不但大量白银外流，还可能会激起民变，惹出祸端来。"

林则徐说："当今世界不管是否有正义，能够存活才是胜利者。严酷的现实就是落后就要挨打和受辱，贫困难有外交和尊严。要想国家强大，科技必须先行。赵大人，你在泾阳为官，可知道泾阳在明代出了一位科学家王徵？"

赵正乐赶紧回答说："王徵，字良甫，号葵心，是本县安吴镇王家堡人，明天启壬戌进士。他和西方传教士利玛窦、汤若望、邓玉函等人交往甚密，译绘的《远西奇器图说录最》是我国第一部介绍西洋机械工程学、物理学方面的专著，翻译过荷兰数学家斯蒂芬的著作《数学通论》、德国矿冶学家乔治·鲍尔的巨著《矿冶全书》、意大利工程技术家拉梅里所著的《论各种工艺机械》等书籍，向中国介绍西方科学知识。同时，他还通过自己的勤奋和对所学知识的理解，发明创造了许多新颖、实用的机械，并把这些机械绘制成《诸器图说》一卷附于《远西奇器图说录最》后流传于世。"

林则徐赞许地点头说："赵大人博闻强记。当下的中国就是缺少像王徵这样经世济用的人才。八股文能写出参加科举中举人、进士的文章，却无法制造出先进的机器来代替人力，无法提升劳动效率。我此前就有师敌之长以制敌的想法，但要真正实施起来，还是有难度的。世人皆把功名利禄看得很重，能有几人把传播科学知识、实现科技强国看作民族存亡的大事啊！"

赵正乐迎合道："请林大人放心，卑职定将想办法在泾阳县城兴办学堂，专门传授科学知识，培养经世济用的良才。"

林则徐笑着说："泾阳虽是关中富庶之县，但要办这样一所学堂，怕是并非县衙独自能够承担的。"

姚德插话说："林大人，草民在社树村兴办了私塾教育后辈，聘请了几位饱读诗书的先生任教，算是积累了一些经验。如果林大人、张大人放心让草民承办学堂，草民就在姚家巷附近姚家现有的地产上专门辟出一块空地，修建一所像西安城关中书院一样的学堂，同时聘请有志于传播科学知识、致力于经世济用的山长（学校校长或院长）专职管理。不知道草民的想法是否可行？"

林则徐目中满含期许说："现在的学堂分官办和民办两种，其中民办大多数是私塾，对孩子进行启蒙教育。官办学堂则以参加科举的学子为教育对象，经常用《四书》《五经》《大学》《中庸》等儒家经典进行授课，以中举或中进士为培养目标。你想以姚家财力办一所传播科学知识、培养经世济用人才的学堂并非易事，但你这种心胸和情怀还是让我感动。来，借用玉如的酒，我提议，不管事情进展如何，咱们先敬玉如一杯。"

众人共同举杯，一饮而尽。

林则徐放下酒杯说:"创办学堂需要向巡抚衙门的督学申报,得到批准后,官府才承认办学资格,允许学子们参加朝廷的科举考试。但这样的学堂就是我刚才说的,是为参加科举培养学生的。如果以王徵翻译的著作为主,传播科学知识,培养实用人才,首先面临的就是学生来源问题,其次是培养的人才能否找到合适的地方谋生问题。不考虑学生的出路问题是不现实的。我觉得这个问题应该由朝廷统筹规划。玉如,你不妨先建学堂,也可以提前考虑山长和先生人选配备等事宜,一旦时机成熟,就能抓紧实施了。"

众人不得不钦佩林则徐的深谋远虑。尤其是姚德,虽然在办学堂方面无法一蹴而就,但丝毫没有影响他已经产生的念头。

赵正乐见姚德听了林则徐的话若有所思,他说:"姚东家说想办学堂,如果需要本县出面协调,尽管来县衙找我,我定当全力以赴,支持到底。"

姚德说:"多谢赵大人襄助。既然兴办学堂需要审批,我就先将姚家所办私塾开放,免费让附近百姓子弟就近入学。"

林则徐喜道:"这次来社树村收获不小啊!落实了玉如带头捐赠种子、农具、耕牛之事,顺便还把附近百姓子弟入私塾启蒙的事办了。这些都是好事,也是要花钱的事,玉如能慷慨答应,应该嘉奖。"

赵正乐说:"等忙完了秋播,我把姚东家的善举写成奏章向巡抚衙门上报,麻烦林大人转奏朝廷。"

林则徐慨然应允道:"那是自然。古人有举贤不避亲之美德,我也会把在此次乐捐贫困农户秋播中有善举的富商大户向朝廷申报的。只有表彰美德、善举,才能推动整个社会向善,有利于社会长治久安。"

送走林则徐等人之后,姚德就把管家杨德泰叫到了二进院客厅。他说:"此番林大人带着陕西督粮道张大人、县令赵大人一起来社树村,这是建村几百年以来光临本村最大的朝廷命官,我们在感到荣幸的同时,一定要把应承林大人的所有事情办理妥当。村里有铁匠铺,你让他们抓紧时间赶制农具,同时盘点粮库的存粮,尽可能把提供给贫困户的种子分成小包,方便农户运输。还有就是把村里通往临泾渡、桥底镇的道路也整修一下。"

杨德泰说:"打造和制作务农的犁耧耙耘没有问题,就是铁镢头咱们也能制作,我不清楚这些农具和种子该准备多少才能满足贫困户的需求?"

姚德没有考虑过捐助的具体数量,他挠着头说:"你先准备,至于具体数量,你到县衙和赵大人沟通。"

杨德泰说:"这又是一大笔银钱啊!"

姚德说:"你只看到了银钱,却没有想到捐助贫困户秋播会拯救多少人的性命。古人云:'天生万物,唯人为贵'。佛教也说:'救人一命胜造七级浮屠'。我既然说了要捐助贫困农户秋播,就决不能食言,不能让林大人耻笑咱们商人只知道赚钱,不懂得用钱。"

杨德泰点头说:"请东家放心,我一定会办好此事。另外,我刚听说,东家要开放姚家私塾,还要在县城姚家巷修建学堂?"

姚德说:"确有此事。"

杨德泰说:"开放姚家私塾,花销不会增大多少。但要在姚家巷新建学堂,那可是一本常年的流水账啊!"

姚德见杨德泰总在花钱上计较,生气地说:"'善为至宝一生用之不尽;心作良田百世耕之有余'。我认为积德行善、强国富民就是银钱的最好去处。兴办学堂,我并非一时心血来潮,有意巴结林大人,迎合他的想法,而是发自内心的。"

话不投机,杨德泰转身走了。

林则徐一行离开姚家大院后,并没有马上回县城。

走出社树村,林则徐对紧跟在身旁的赵正乐说:"赵县令,社树村距离历代引泾工程并不远，咱们一起到龙洞渠渠首去看看，你顺便把引泾灌溉的事情给我介绍一下。"

赵正乐清楚林则徐心里为全省秋播问题焦急，想知道土地墒情是否适合播种。今天他们来到了社树村，这里距离历代引泾灌溉关中农田的渠首不远。说实在的，泾阳是历代引泾工程的最大受益者，几乎没有在浇灌农田方面受过熬煎，他对引泾工程的事了解得相对较少。此刻巡抚大人偏偏问了一个他很少关注的问题，不免尴尬。正在想着如何敷衍时，瞥见李庆才跟在自己身后，就说："林大人，县尉李庆才是泾阳当地人，他对历代引泾灌溉工程比较了解，还是让他来详细解说吧。"

李庆才快走几步，跟上了林则徐。随后说："林大人饱读诗书，肯定知道郑国渠这个中国历史上著名的大型水利工程，至于其后的郑白渠、白公渠、丰利渠、王御史渠、龙洞渠等都是在郑国渠基础上修建的引泾水利工程，我详细给大人讲述一下。"

李庆才随后介绍说：战国末年，秦国统一六国之势已成定局，六国不甘心灭亡，秦国东面的韩国首当其冲，就使用"疲秦计"，派水工郑国到秦国说服秦始皇，令凿泾水，自中山（仲山）西邸瓠口（地名）为渠，东注洛河，工程长度三百余里，以此"疲秦，毋令东伐"。秦国信以为真，但在施工过程中识破了此计，秦王闻听后盛怒，囚禁河渠令李斯和河渠吏郑国，致使引泾工程行将打通的瓠口全面停工，三十里峡谷沉寂荒凉。更为荒诞的是秦国因韩国疲秦之事还下达了《逐客令》，并欲杀郑国。郑国说："始臣为间，然渠成亦秦之利也。"李斯也通过大将蒙恬把后世闻名的《谏逐客书》转送秦王。秦王顿时如醍醐灌顶，立即下令废除《逐客令》，变更李斯为河渠丞，郑国为河渠令，恢复了引泾工程，修建了被称作郑国渠的第一代引泾工程。郑国渠惠及当时秦国二十三县，灌溉面积四百多万亩，关中民谣唱道："泾水长，泾水清，我有泾水出陇东。益水空流千百年，茫茫盐碱白毛风。大哉秦王一声令,郑国开渠瓠口成。灌我良田满我仓,富民富国万世名。"司马迁对此评价说:"于是关中为沃野,无凶年,秦以富强,卒并诸侯,因名曰郑国渠"。郑国渠建成后一百四十余年,在汉武帝时期已经失效,当时蜀道运输困难,东路漕运费时(漕渠尚未开凿),遂采取抗旱自救。赵中大夫建议"穿渠引泾水,首起谷口,尾入栎阳,注渭,长度二百里,溉田四千五百顷"。新开渠因人而名白公渠。白公渠比郑国渠的线路大为缩短,放弃了石川河以东灌区。因白公渠大多沿用了郑国渠原有渠道,因此常被称作郑白渠。郑白渠是第二代引泾灌溉工程。北宋熙宁年间(1069—1077),因泾河河床冲刷,渠首已无法取水,开始修建第三代引泾灌溉工程,工程分两次完成,可以灌溉泾阳、醴泉(现陕西省咸阳市礼泉县)、栎阳(现属西安市阎良区)、云阳、三原、富平七县三万五千多顷土地,并被赐名丰利渠。元武宗至大元年,西台御史王琚建议在丰利渠上开石渠五十一丈,阔一丈,深五尺。此项工程自元延祐元年兴工,至延祐五年(1318)年完工,被称作王御史渠,为引泾灌溉的第四代工程。明成化初年(1465),王御史渠的灌溉功能大大下降,副都御史项忠建议穿小龙山、大龙山,把渠首由王御史渠口往上迁移了二里地,开凿石渠和隧洞,并采用"炭灸水淬""炭灸醋淬"办法,就是火烧后再用醋或者水泼,使岩石酥散易凿。此项工程先后由都御史余子俊和副都御史阮公勤监督,历时十七年完成,这条新修成后的渠被称作广惠渠,是引泾灌溉的第五代工程。现在使用的龙洞渠于清乾隆二年动工,在龙洞口修筑堤坝,遏制泾河水不使河渠被淤泥堵塞,实际上是放弃了前五代引泾河水入渠灌溉,而是改用泉水入渠,因此灌溉农田面积大大减少。就引泾灌溉而言,不能把龙洞渠称为第六代引泾工程,只能说它是第五代引泾工程的缩小版,也有人把龙洞渠称为引泾工程的偷工减料版。

  林则徐听了引泾工程的来龙去脉,忽然觉得心口有点堵,让他极不舒服。明代成化年间的国力、财力无法和被称为康乾盛世时期的乾隆年间相比，成化年间尚且采用人工开凿岩石的办法修成了广惠渠，依然采用了引泾水入渠的办法，让关中诸县农业无灌溉之忧。而乾隆盛世修建的龙洞渠，却放弃了引泾水入渠，改用引泉水入渠，一旦泉水枯竭，百十里长的灌溉渠就会像一条死蛇一样横亘在关中平原上，起不到任何作用。

林则徐疑惑地问："修建龙洞渠时，是因为人力、财力不足，还是因为技术原因最后采取了引泉水入渠灌溉？"

李庆才说："泾河发源于陇东六盘山，一路携带泥沙而下，在九嵕山与北仲山交汇处出谷口。郑国渠是一座中国最早的拦水、蓄水工程，其工程浩大，设计合理，技术先进，效益显著，被历代治水者称颂。到了修建龙洞渠时，因受河水不断冲刷，河床降低，渠首无法正常取水入渠，要把渠首像王御史渠、广惠渠一样上移，花费更大，工程更复杂，技术要求更高。卑职不知道是朝廷缺乏水利技术人才，还是不愿意付出财力。现在的龙洞渠仅能灌溉泾阳、三原、高陵和富平的部分耕地，面积已缩减到了不足一百万亩。"

林则徐苦笑了一声，不再说话。他走到马车前准备上车，赵正乐上前赶紧挽住，说："林大人，泾河谷口是泾阳八大景之一，向来被文人墨客赞颂，现在时间还早，不如卑职陪同林大人一起去游览一番。"

林则徐本来是要亲往龙洞渠渠首察看引泾工程的，听罢李庆才的叙述之后，心早就凉了半截。陕西近三年连续大旱，昔日水面宽阔的泾河水日渐萎缩，大船已无法航行。天旱少雨，土地缺墒，龙洞渠仅靠泉水入渠怎么能保证关中土地墒情和秋播。此刻赵正乐邀请自己游览泾河谷口，他没情没绪地说："果真如此吗？"

赵正乐说："泾阳八景之一的《谷口晚烟》是这样赞颂泾河谷口的：'一派寒泉泼钓矶，落红随冰暮烟霏。临流漠漠孤帆暝，隔岸蒙蒙远树微。轻锁断桥迷晚渡，淡笼芳草映斜晖。采莲声歇人初散，两两三三促棹归。'距离谷口不远，就是仲山，也是泾阳八景之一，有一首《仲山晴岚》就描绘出了它独特的景致。"

林则徐知道赵正乐在讨好自己，但他此刻的心思根本就没在游览名胜古迹上。他见赵正乐不明白自己的心思，就说："只怕到了谷口，也无法欣赏到诗中描述的景色了。连续几年干旱，上游来水减少，泾河水位下降，诗中的景色应该早就不存在了。我不想乘兴而去，败兴而归，白白浪费时间。"

赵正乐碰了一鼻子灰，只得吩咐车夫说："咱们回县城。"

这天上午，姚德在二堂客厅和总账房杨德泰闲聊，无意间聊到那天林则徐在饭桌上说的话。姚德说："中国几千年来都是农耕社会，士农工商的等级到了明中期才有了变化，经商之人也都按照'以商致富，以农守之'来安排自己的财富，把'课奴隶耕作，教弟子读书'当作一辈子的理想追求。姚家虽说地多田广，但财富来源和官府有千丝万缕的关系。我看林大人此番前来社树村为秋播募捐，心里有些话还是没有完全说透。"

杨德泰说："对于林大人、张大人所言工业文明将对农业文明造成巨大冲击之事，因陕西地处内陆，对西方列强的工业化商品接触较少，知之不多，不敢妄加评论，但我觉得还是有些危言耸听。林大人关心贫困百姓，其实内心真正的担忧是土地大量集中到了富商大户手中，造成了无数的失地农民，危及社会稳定。姚家在泾阳、咸阳、盩厔、鄠县、淳化等地的良田超过两千亩，三水唐家在三水、淳化、三原、邠州等地的良田也超过了两千亩，虽说马永盛商号在泾阳没有多少良田，但在老家镇番却拥有牧场，养殖了几百峰骆驼，据说还有几十峰罕见的白骆驼，形成了产供销一条龙的体系，实力不容小觑。还有就是渭南孝义镇严家，除了在四川各地拥有当铺、钱庄、山林、土地，在孝义镇的财富也相当可观，渭南有一句民谚叫：'赤水的蚊子，孝义的银子。'由此可见严家的银子比赤水的蚊子还要多。历朝历代，土地大量兼并都会引发民变，林大人无力改变贫富不均、土地兼并的现状，因此才忧心忡忡啊。"

姚德沉默半响，说："你说的有一定道理。我不敢说别人的土地是咋来的，姚家的所有田产都是近十代人辛苦经商积累的财富。我能捐助贫困农户秋播，也不仅仅是看林大人的面子，是林大人忧国忧民之举让我动了恻隐之心，但我做不到商圣范蠡三散家财那样的壮举，只能尽可能多做善事，积点阴德。"

杨德泰还未来得及接话，忽听见一阵急促的脚步声，接着就见铁匠铺刘大郎气喘吁吁地闯了进来，口中嚷道："东家、总管，不好了，姚武少爷把铁匠铺给封啦，我完不成总账交代的事情可咋办呀？"

姚德一听这话，顿时满头雾水，不知道刘大郎说的什么意思。他说："刘掌柜，先别急，有话慢慢说。"

刘大郎说："这些天，铁匠铺按照总账的要求，昼夜不分地全力打造农具。刚才姚武少爷说铺子里的钢铁是他用来打造大刀、梭镖用的，不让我们打造农具。我争执了几句，少爷一生气，让手下几个护院封了铺子。"

姚德弄明白了事情的前因后果，生气地说："姚武这小子越来越不像话，竟然敢阻拦我交办的事情。"

杨德泰忙劝道："东家，您先别生气，听我给您细说。村里的铁匠铺常年打造农具，所需钢铁都是总账房按照每年需要购买的。我去铁匠铺给刘掌柜交代急需打造大量农具时，刘掌柜当时就说钢铁不多了，只有少爷不知道从哪里购买的一批钢铁。我想东家已经答应林大人要为贫困农户捐助农具，没有多想，就让刘掌柜先用少爷的那批钢铁打造农具，没料到会出现这种状况。"

姚德说:"我这个侄子一天不好好读书,就知道舞枪弄棒,结交绿林好汉,你没打招呼用了他的钢铁,他肯定生气,不肯罢休。这样吧,刘掌柜,麻烦你到铁匠铺把姚武叫到这里来,我给他当面说。"

刘大郎走后,杨德泰说:"姚武少爷整天和护院一起练武,又和武林人士交往,一副刚烈的脾气,东家等会有话好好说,千万不要发火。"

姚德说:"姚武虽然不喜欢读书,但还算明事理。还是要教育他识大体、顾大局,不能被眼前的喜好遮蔽了双眼,忘记了祖先的遗训,更要让他牢记林大人对姚家提出的期望。"

杨德泰知道东家心中已经有了主意,就没再吭声。

时间不长,姚武穿着一身练武的装束跨进了客厅,小伙子向姚德行过见面礼,随即就问:"叔父,听铁匠铺刘掌柜说是你让他用我购买的钢铁打造农具的?"

姚德正想答复,杨德泰插话说:"少爷误会了。让刘掌柜打造农具是我安排的,和东家没有关系。"

姚武猜测刘大郎怕动用了他采购的钢铁惹来麻烦,就把事情推到了叔父身上,此刻知道了真实情况,也不好当着叔父的面对杨德泰发火。他说:"我好不容易托人从汉口弄来了一批好钢铁,是准备打造大刀、梭镖保护家院的,没料到却让刘掌柜糟蹋了,几乎都打造成了日常农具,太可惜了。"

姚德冷哼了一声,沉着脸说:"捐助贫困农户秋播,是陕西巡抚林则徐林大人对富商大户的倡议,我已经答应了林大人要给贫困农户免费提供一批农具。先不说刘掌柜没给你打招呼动用了你采购的钢铁,就是我让杨总管去给你说,难道你还能拒绝?"

姚武明白了用他的钢铁打造农具是叔父的主意。在姚氏宗族里,姚德是尊长,主管着姚氏家族在各地的生意,向来说一不二。此刻话已说明,他岂敢违拗叔父的意思。他说:"侄儿不知道这是叔父的意思,请叔父见谅。"

姚德见姚武已经不像刚进门时那么嚣张了，心情随之好转。他说："我们虽是经商世家，但也要牢记孔圣人说的：'聪明圣知，守之以愚；功被天下，守之以让；勇力抚世，守之以怯；富有四海，守之以谦。'渭北连续干旱，百姓生活艰难，才出现了刀客肆虐，社会动荡。林大人在剿抚刀客之后，担忧的就是贫困百姓的秋播难题，这才专程到社树村，倡议富商大户捐助。就是我不打招呼，用了你的钢铁打造农具，难道还让我给你道歉不成！"

姚武说："叔父是姚氏家族主事之人，岂能向我这晚辈道歉？侄儿虽说愚顽，不喜欢读书，喜爱舞枪弄棒，但大道理还是懂一些的。俗话说，百口之家，主事一人，叔父的决定当然就是姚氏宗族的决定，侄儿理当支持。"

姚德说："人各有天性，也有爱好。你不喜欢读书，我也没有强求。你喜欢舞枪弄棒，我也没有反对。姚家商队常年在西域各地行走，宅院也离不开护院保护，如果你真能练成一身本领，就算不能考中武举人，为朝廷效力，也要把真本领用到该用之处。秋播马上就要开始，农时不能耽搁，用了你的钢铁随后让汉口分号再运送一些回来就是。"

姚武听叔父说要补偿他的钢铁，心下暗自高兴，问道："叔父还有其他事吗？"

姚德说："你喜欢到处乱跑，我就给你安排个事。眼下快到秋播时节了，你带上几个人到咸阳、盩厔、鄠县、淳化等地去看看佃户们秋播还有啥困难，能解决的当场解决，不能当场解决的就派人回来汇报。"

姚武痛快地答应："我这就回去换衣服，然后带着人马上出发。"

姚武走后，姚德和杨德泰对视而笑，说："孺子可教也。"

杨德泰忽然间想到应该提醒东家去拜访给了姚家天大面子的林则徐，

他说:"东家,林大人走了几天了,咱们是否该到县城看望一下林大人?"

姚德一拍大腿说:"这几天夫人刚生下汉唐,加上忙乎种子农具的事,咋把林大人在县城这事忘到爪哇国去了嘛!我说杨先生,你咋不早提醒我哩!"

杨德泰笑着说:"我见东家整天乐呵呵地忙个不停,以为东家有啥大事要办理,就没敢打扰。"

姚德说:"赶紧让轿夫套车,你跟我一起去县城。"

姚德一行刚到县城姚家巷惠谦堂总号,掌柜王长安见面就说:"东家可算回到县城了,再不回来我就准备派人去请您了。赵县令这两天已经派人来过几次催问东家是否回来。县令大人说,您回到县城,就让人赶紧去告诉他。"

姚德问:"赵县令没说有啥急事吗?"

王长安说:"县令找东家就是有急事,也不能给一个掌柜的说呀!东家和总管先休息,我派伙计到县衙给赵县令报信。"

姚德怕耽误事情,又问了一句:"林大人离开泾阳没有?"

王长安有点吃惊地说:"东家说的林大人是陕西巡抚林则徐林大人吗?我在县城咋没听说林大人到了泾阳县?县署衙门每天都像往常一样,看不出有高官来的迹象啊!"

姚德瞬间明白林则徐肯定已经离开了泾阳,他对自己的怠慢只能在内心表示遗憾了。他说:"快让伙计去县衙,赵县令有啥急事赶紧回来告诉我。"

过了一盏茶的工夫,派去县衙的伙计回来说,赵县令让姚德明天一大早到县衙大堂开会。姚德一听这话,就预料到赵正乐定是在抓紧落实富商大户捐助贫困农户秋播的事情。

第二天一大早,姚德在杨德泰的陪同下一起到了泾阳县衙。走进县衙大院后,姚德看见大堂里已经坐了不少人,就疾步进了大堂,和他熟悉的唐廷铨、马昌民、严树茂等人打招呼。

唐廷铨羡慕地说:"姚东家,听说巡抚林大人为你亲自撰写了一副对联,真是让人眼红啊!"

姚德笑着说:"林大人微服私访,无意中走到了社树村,是我恳求林大人题写的,也是林大人对姚家的厚望。"

其他几个东家先后赞叹了一番,无非是说这样的好运气他们咋没有碰到。语气中既是羡慕,又有几分嫉妒。

就在众人议论纷纷时,赵正乐穿着六品官服进了大堂,众人全部把目光转向了他。

赵正乐在大堂书案后面坐下,哼了一声,清了清嗓子,随后说:"本官奉巡抚林则徐林大人之命,今天把县城几大商号东家请到县衙来,是想和大家商议一件大事。前两天,林大人到泾阳微服私访,本来是想亲自和大家商议的,不料林大人从社树村回到县城之后,旧疾复发,匆忙返回省城西安了。林大人临走之际,把和众位东家协商之事委托给了本官。众位都知道,林大人镇压了刀客之后,很重视全省秋播,尤其是关中地区秋播。这几年连续干旱,贫困农户为了生活,典当了土地、农具、耕牛,有些人甚至把种子都吃了,要想正常秋播,困难很大。林大人倡议富商大户捐钱捐种帮助贫困农户完成秋播,大家意下如何?"

姚德听到林则徐"旧疾复发"几个字,心里咯噔了一下。他知道林则徐在广州禁烟时,就落下了一身疾病,心里不免为他担忧。正在低头想事的时候,听到赵正乐又哼了一声,抬头一看,发现他的一双眼睛正在看自己。

姚德心里清楚,这是县令大人在暗示自己应该第一个表态。他朗声道:

"林大人前几天微服私访到社树村，我当时就表态捐献农具、种子、耕牛，全力支持贫困农户秋播。姚某自当言出必行。"

唐廷铨响应道："我等屡受朝廷恩惠，赚了银钱，发家致富了，决计不应该忘了朝廷的难处。现在林大人倡议富商大户捐银捐粮，天成铭也义不容辞。"

马昌民说："我家虽在甘肃镇番，但祖上在明代中期以前就在泾阳定居，我的总号马永盛就在泾阳。为解决贫苦农户秋播，本人愿意捐钱捐粮。"

严树茂也附和道："我家在渭南孝义镇，渭北一带的情况多少知道一些。前几年，同州府管辖的几个县都出现了刀客，有些农民失去了土地，有些佃户吃了种子，日子确实难过。林大人在剿抚刀客时，到过同州府，深知民情。为了帮助贫困农户，解除林大人的后顾之忧，严家也乐意捐银捐粮。"

其他东家见四大商号东家都表示愿意捐银捐粮，纷纷表明了支持的态度。

赵正乐见如此顺利，心里极为高兴。他说："泾阳在全省属于富庶之区，有龙洞渠灌溉之便利，如果仅仅为泾阳县贫困农户秋播之事，本官就不麻烦诸位东家了，由县衙出钱购买种子农具就能解决。林大人是陕西巡抚，考虑的是全省各县秋播，他的心胸和咱们不一样，其格局自然就大。既然诸位东家都愿意捐钱捐粮，本官就把诸位的心愿如实上报巡抚衙门，随后按照巡抚衙门的统一调度，向各县提供种子、农具，甚至耕牛。在这里，本官代表林大人感谢诸位东家出手相助，仗义相帮。"说完站起身来，双手抱拳，向大家作揖感谢。

众人见事情已经落实完毕，纷纷起身往外走。赵正乐看着姚德的背影，猛然间想起他说过要兴办学堂的事，连忙喊道："请姚东家留步，本县还有事情要和你商议。"

姚德转身又进了大堂,问:"赵大人有什么昐咐?"

赵正乐说:"姚东家曾表态要兴办学堂,不知道考虑得如何?"

姚德说:"草民已经安排社树村姚家的私塾对附近民众子弟开放,不收任何费用。如贫困农户子弟想读书,由姚家提供书本、用具。草民这次回县城,就是落实在县城兴办学堂的,等看好了地址,再来向赵大人汇报。"

赵正乐说:"本县担心姚东家怕兴办学堂费周折,把应承林大人的话打了水漂,故此询问。"

姚德心感有些别扭,说:"赵大人,姚某虽是一介商民,但说话是算数的,从未食言过。何况向林大人承诺的事,赵大人就是借给我几个胆子,草民也不敢呀。草民心里已经有了规划,就连即将兴办的学堂名字都想好了。等学堂奠基时,一定请赵大人光临剪彩。"

赵正乐心想姚家果真是财大气粗啊!能够在泾阳县城兴办一所学堂,传播科学知识,讲求经世济用,他这个县令定会得到上司的垂青和褒奖,说不定还会因此飞黄腾达。于是笑嘻嘻地说:"本县期盼姚东家的佳音。还有,见了林大人,希望姚东家替本县多多美言啊!"

姚德明白了赵正乐催问兴办学堂的真实用意。他说:"开启民智,开阔视野,传播科学知识,学习洋人技术,草民定当全力以赴,决不含糊。"

赵正乐又追问了一句:"姚东家,你给学堂起了个什么名字,能否提前告知本县一下?"

姚德头也不回大声说:"崇实书院。"

当年秋播顺利完成后,林则徐终于松了一口气,但他并没有感到万事大吉。在泾阳微服私访时,当他知道引泾水入渠灌溉被缩减成引泉水入渠时，心里忧愤难当。水是农业的命脉，不解决关中农田的灌溉问题，就无法根除旱灾的影响，于是他想到了此前让张集馨研究《关中胜迹图志》的事。

第二天下午，林则徐对林希贤说："你去找一下张集馨，请他带着《关中胜迹图志》到我这里来。"

林希贤发现他面容消瘦、精神欠佳，好心劝说道："大人，今年全省秋播已经结束，您也该稍微休息一下吧。"

林则徐说："我想和张集馨探讨兴修关中水利的事。没有水利做保障，就是完成了秋播，已难以保证明年夏季会有好收成啊！"

林希贤知道自己再劝也是无用，长叹一声出了门。

时间不长，张集馨手里拿着《关中胜迹图志》进了林则徐的书房。他心里清楚巡抚大人此刻正在等待他的研究成果和结论，他虽怕打击巡抚大人的满腔希望，但却不得不说。

张集馨说："林大人，这几个月我整日把研究《关中胜迹图志》当作大事来看待，目前已经有了初步想法和建议。"

林则徐欣喜地说："张大人算是巡抚衙门难得的干吏，快说说情况。"

张集馨说："关中水利自秦代开始，就以引泾水灌溉关中农田为大事。近几年，关中连续干旱，龙洞渠引泉水入渠已经很难满足灌溉关中农田的需要。如果要达到明成化年间修广惠渠一样的灌溉面积，就必须把渠首继续往上移，还需要凿山和开隧洞，我估算需要银钱一百万两以上，时间需要五年左右。"

听了工程费用和所需时间，林则徐心里暗吃一惊。就全国各省份财税情况而言，陕西并非富庶省份，每年上缴户部的财税远远低于东部各省，靠陕西上缴户部财税之后剩余的银钱不知道猴年马月才能完成引泾水入渠这项浩大工程。而朝廷自鸦片战争失败后，国库空虚，就连战争赔款也向各省摊派，要想取得朝廷支持兴修关中水利，根本指望不上。他叹了口气，心犹不甘地说："你这段时间辛苦了。依靠陕西财力完成第六代引泾工程难度太大了，主要是缺少银钱。你把方案暂且放下，等有机会我向朝廷上奏章。如果朝廷支持的话，我等就是拼了老命，也要造福关中百姓。"

张集馨收起《关中胜迹图志》，苦笑一声说："朝廷每年还向陕西摊派战争赔款，要指望朝廷拨款兴修广惠渠，无异于白日做梦。"

林则徐眉头皱成一团，没有说话。

道光二十七年（1847）三月，林则徐感到身体状况越来越差，就向朝廷上奏章，奏请开缺回家乡静养。而朝廷非但没有同意他的请求，还命他为云贵总督，要求他尽快离开陕西到云南上任。

姚德听说林则徐即将离开陕西远赴云南的消息，匆忙从泾阳赶到省城西安为他送行。

或许是心有灵犀，姚德刚到西大街惠谦堂商栈，林希贤就一身便装来了。

他见到姚德就说："林大人很快就要离开陕西远赴云南任云贵总督了，他想离别之际见你一面。"

姚德说："我也想给林大人送行，就怕我是一介商民，不够给林大人送行的资格。我听说林大人因病请求辞职回家休养，咋还升任云贵总督了？"

林希贤忧愁地说："林大人虽任陕西巡抚时间不长，但因昼夜操劳，纵是政绩显著，身体却更加羸弱了。加上此前在广州禁烟时落下的病没有根除，更是雪上加霜。我听说云贵并不安宁，林大人这次去云南赴任，恐怕凶多吉少！"

姚德长叹一声，说："哪里有棘手难办的大事，朝廷就把林大人调往哪里。以老弱病残之躯，承受朝廷重任，难保安全无虞啊！"

林希贤说："林大人明天早上就要出发，你可以来送行。但在众目睽睽之下，林大人恐怕无法和你推心置腹地说上几句话了。"

姚德说："这个道理我明白。请转告林大人，姚某在北方会为他祈祷的。另外，我给林大人准备了一些陕西特产，你顺便转交给林大人。"

林则徐离开陕西后，在道光二十九年（1849）九月被朝廷任命为钦差大臣到广西镇压拜上帝会的反清武装起义，并在道光三十年十月十九日（1850年11月27日）病逝于潮州普宁行馆。此时道光皇帝已于当年正月驾崩，咸丰即位。虽然朝廷在林则徐去世后，晋赠林则徐为太子太保，谥文忠，但姚德还是为失去这样一位良师益友感到遗憾和痛心。唯一让他感到欣慰的是，咸丰当了皇帝后，就把陷害林则徐的首恶穆彰阿革职，并让他离开京城返回自己的旗籍去了。

这真是：捐钱捐粮了心愿，解民倒悬巡抚安。

　　壮志未酬身先死，青史有名后世传。

第十六章

左宗棠奉旨入陕　众陕商输粮捐款

　　天有不测风云，人有旦夕祸福。这句话用在这段时间的姚德身上，就像老天爷为他量身定做的一样。道光二十七年之后，广东花县人洪秀全和同乡冯云山在广西桂平、武宣两县之间的鹏化山中，创设三点会，桂平人杨秀清、韦昌辉，贵县人石达开、秦日纲，武宣人萧朝贵等争相依附。咸丰元年（1851）正月，洪秀全集两万余人在广西金田村正式宣布起义，建号太平天国。从此中国近代史上掀起了一场长达十五六年的农民起义大潮，不但大清帝国遭受重创，商家也碰上了难逃的劫数。

　　姚德尚未从失去良师益友林则徐的悲痛中解脱出来，就传来太平军攻占了汉口的消息。从汉口分号死里逃生的二掌柜穆怀德衣衫褴褛地向姚德哭诉说："咸丰二年（1852）五月，太平军进攻汉口，驻守汉口的清军稍做抵抗就弃城而去，天王洪秀全以西关帝庙（山陕会馆）为天王府，屯兵驻扎汉口，准备进攻武昌。汉口分号惨遭散兵游勇抢劫，打死打伤十几个伙计，大掌柜为保护资产命丧黄泉，分号所存货物被洗劫一空。"

姚德闻言大惊失色。姚家当年的永聚源商号在湖北的沙市、宜昌、汉口等地设有分号，经营府布、食盐、丝绸、药材、皮毛等大宗生意。现在太平军攻陷汉口，估计设在沙市、宜昌两地的分号也是在劫难逃。如果太平军真的沿长江而上，原来属于永聚源的几大字号就可能受到冲击，甚至会导致资产荡然，灰飞烟灭。

他心里清楚，历朝历代农民起义，都把筹措粮饷作为首要任务。没有充足的粮饷，便无法壮大势力，更无力抵御朝廷军队的围剿。他虽然为湖北各地分号的资产担忧，但也只能安慰穆怀德说："损失点资产无所谓，就是大掌柜和伙计们因此造成伤亡实在令人痛心！你先休息几天，然后整理一份汉口分号伤亡人员清单，我让总账房准备一笔抚恤金慰问他们的家属。伙计们为了保护分号财产而遭了劫难，我作为东家，不能让他们的家属再寒心。"

穆怀德说："我逃出汉口时，听说天王在攻下武昌城后，准备分两路进军，一路向江南，一路向河南、山东。东家，咱们是否让这些地方的分号早做防范啊？"

姚德觉得穆怀德的建议确实有道理。他说："为了避免发生和汉口分号一样的惨剧，我马上让总账徐玉玺写信告诉常州、苏州、上海和河南分号撤回所有人员，就连沙市、宜昌分号的所有人员也一并撤回。"

穆怀德说："汉口是南茶（湖南安化茶）北运的中转站，没有了汉口分号，惠谦堂的茯砖茶贸易肯定会受影响，东家的损失就大了。"

姚德自然知道穆怀德说的是实情，但眼下不是考虑如何赚钱的时候，而是应该把各分号人员的生死放在首位。他微微摇头说："钱财再多也换不回生命。战乱一起，还是保命要紧。"

出乎姚德预料的是，太平军进军神速，没等徐玉玺的书信到达江南和河南，这些分号所在地都已经被太平军攻陷了。据河南赊旗镇分号伙计回来汇报，赊旗镇山陕会馆的春秋楼都被捻军烧毁了。

姚德听说春秋楼被焚烧，心痛不已。他几年前因巡视商号事务到过赊旗镇，该镇位于河南南阳府东北九十里，地处南北水路和陆路交汇处，南方的货物到此换成陆路，北方的货物到此转换成水路，因此自古就是商业集散中心。清代康乾年间最为兴盛，是全国四大名镇之一，民间有"天下店数赊旗"之称。因其地理位置重要，遂成为九省通衢的水旱码头。在此经商的，大多数是秦晋盐茶大贾，各省商人在此炫福斗势，兴建的会馆就有十余个，其中山陕商人共建的山陕会馆尤其显赫，力压群雄。春秋楼是山陕会馆主院最后一进建筑，因其内供奉《关羽夜读〈春秋〉》塑像而得名，也是赊旗所有会馆中的代表性和标志性建筑。楼的各部雕饰、彩绘极其华丽，堪称巧夺天工，神州一绝，因此有了"赊店有个春秋楼，半截还在天里头"的民谣。捻军到赊旗镇之后，富绅大贾躲入春秋楼内抵抗，被捻军焚烧。据说大火烧了七天七夜，连九十里外的南阳府都能看到烟火，费尽秦晋商人心智的春秋楼便就此在人间消失了。

其后几年，姚德都是在不断办理丧事和抚恤伙计家属中艰难度过，后来听说朝廷委任曾国藩率领湘军围剿太平军，心想提心吊胆的日子终算快到头了。没料想在关键时刻，咸丰皇帝驾崩，同治皇帝即位了。新皇帝刚登基，关中平原就遭受了一场百年不遇的浩劫。

同治元年（1862）五月，已经处于劣势的太平军扶王陈得才率部进入陕西，河南的捻军在首领张宗禹率领下也兵进陕西。与此同时，生活在泾河流域和渭河流域的陕西回民在华州（今陕西省渭南市辖华州市）起义反清，甘肃回民随之响应，很快形成了以赫明堂、马生彦、马振和、白彦虎为首的陕西回民起义队伍，以马兆元、马化龙为首的甘肃回民起义队伍。

太平军、捻军、陕西回民军和清军在八百里秦川摆开了战场，一时间关中道烽火四起。

受战争波及，关中富商大户朝邑八鱼井李家，渭南孝义镇赵、严、柳、詹四大家被洗劫一空，家毁人亡。社树村同样未能幸免，即便姚德提前携家眷去淳化避难，但坚决要留下来保卫家园的姚武及一众看家护院不幸罹难，姚家十几代人精心修建的宅院被焚烧殆尽，只剩下花门楼和姚氏宗祠没有倒塌，其余建筑全部成了瓦砾堆。

姚德含泪掩埋了姚武和战死的壮丁遗体，他悲愤难抑，老泪纵横，仰天长叹：这是啥世道呀！咋会发生这样的惨剧！老天爷呀，你再不睁开眼，这个世界上就没有活路了！

对于关中道发生的浩劫，后来流传的陕甘民谣这样唱道：

"同治五年三月间，杀气弥漫天。十余万人一朝尽，问谁不心酸。桃含愁兮柳带烟，万里黄流寒。阖邑弟子泪潸潸，染成红杜鹃。清歌一曲信史传，千秋寿名山。碧血洒地骨撑天，哭声达乌兰。"

朝廷见陕甘总督杨岳斌对陕甘回民军和捻军束手无策，陕西局势接近糜烂，垂帘听政的两宫皇太后遂于同治五年（1866）末选派闽浙总督左宗棠[①]任陕甘总督、钦差大臣戡乱，督办陕甘军务。

同治六年（1867）七月，左宗棠率领湘军进入陕西。刚入陕的左宗棠看到陕西各地触目惊心的惨状，极为震惊。他亲率久经战阵、训练有素、

[①] 左宗棠(1812—1885)，汉族，字季高，又字朴存，号湘上农人，湖南湘阴人。晚清军事家、政治家，湘军名将，洋务派代表人物之一，与曾国藩、李鸿章、张之洞等人并称"晚清中兴四大名臣"。曾参与平定太平天国运动、兴办洋务运动、镇压捻军，平定陕甘同治回民起义，收复新疆，推动新疆置省。历任闽浙总督、陕甘总督、两江总督，官至东阁大学士、军机大臣，封二等恪靖侯。中法战争时，自请赴福建督师，光绪十一年(1885)在福州病逝，享年七十三岁。清廷追赠太傅，谥号"文襄"，并入祀昭忠祠、贤良祠。

配有枪炮的湘军首先对进入关中的陕甘回民军步步紧逼,各个击破,很快迫使陕甘回民军退出关中。随后命令提督刘松山,总兵郭宝昌、刘厚基等率军驱逐捻军,陕西局势得到了初步稳定。

左宗棠虽说是第一次入陕,但对陕西这个地方并不陌生。清帝国统一全国之后,从康熙、雍正到乾隆,三个皇帝对西北用兵,几乎都是以陕西为根据地。作为朝廷倚重的战将,他自然知道陕西对西北的重要性。除此之外,就是他的恩师徐法绩①和莫逆之交林则徐的教诲,使他洞晓了陕西的有关情况。

现在关中的陕甘回民军已经被击退,筹措粮饷就成了左宗棠的头等大事。此时,清帝国在第二次鸦片战争中失败,朝廷国库空虚,财政困顿,根本无力支付在陕西清剿陕甘回民军和捻军的十几万清军粮饷。左宗棠向朝廷要求拨付粮饷的奏章被驳回,朝廷要求他就地征调和依靠地方协款筹措军饷。每年九百万两的军费开支让左宗棠这个钦差大臣一筹莫展。

他虽然知道关中富商大户的财富几乎被陕甘回民军洗劫一空,但没有粮饷如何指挥军队打仗?考虑再三,左宗棠一咬牙,决定还是从富商大户开始筹集粮饷。在如何名正言顺筹措粮饷时,他想起了林则徐当年对自己说过,为了解决关中贫困农户秋播困难,曾经倡议关中富商大户捐款捐粮。现在,为了筹措粮饷,他突然也想出了一个主意,就是实行"劝富分输"政策,号令各地富商大户"捐资助剿"。办法有了,还得有人带头才行。左宗棠自然就想到了林则徐曾经跟他提起过的社树村姚德。

姚德从失去亲人和家园的悲愤中缓过劲之后,看着触目惊心的残垣断

---

① 徐法绩(1790—1837),字熙庵,陕西泾阳人。嘉庆进士。历任御史,给事中,太常寺少卿。道光九年(1829)疏陈求人才、捐文法、重守令、绳贪墨四事。主持湖南乡试,于遗卷中选拔左宗棠。后赴东河学习河工,著有《东河要略》。

壁，决心效仿六村堡的做法，修建社树村村堡。

他打定主意后，也开始为如何筹集资金犯愁了。经过这次浩劫，姚家各宅院财物被劫掠一空，而社树村除了姚氏宗祠和花门楼维修后大致可恢复原貌外，其他建筑全部需要重建。要想全部恢复到以前的模样，没有巨额资金根本办不到。加上要新修包括姚氏宗亲宅院的堡墙，所需费用让他大伤脑筋。

管家杨德泰见东家姚德整日里闷闷不乐，就知道他心里筹划着什么。作为掌管社树村姚家日常经营管理的大管家，杨德泰自然清楚姚家现在的家底。姚德想恢复姚家各宅院原来的模样，更想配齐各宅院原来的陈设，所需的花费无疑是个天文数字。

这天早上，杨德泰去找姚德商量事情，转了半个村庄，才在焚毁的宅院废墟前找到了姚德。他见东家一个人站在姚家宅院原先三进院的位置上神情落寞，用脚不停拨拉地上的碎片。直到他走到跟前，姚德也没有抬头。

他说："东家，现在村里的尸体已经清理掩埋完毕，死人的地方都洒过白灰，应该不会发生瘟疫了。当下的问题是需要有人清理所有废墟，还有就是重建问题。"

姚德抬头看了杨德泰一眼说："你说的我都知道，但心里还没着落。"

杨德泰不相信地问："东家心里不会没谱吧？"

姚德说："对重建各宅院我有打算，但对所需花费心里没底，而且也没想好这些钱从哪里筹集。"

杨德泰惋惜地说："这次社树村被焚，损失惨重。要想恢复原有建筑，仅靠藏在银窖里的钱远远不够。听说东家还想修建堡墙，那就得另想办法筹集资金。"

姚德点头说："实在不行，就只能从四川各地的分号抽取资金了。"

杨德泰担忧地说:"如果从四川各分号抽取资金,势必会影响各分号的正常经营啊!"

姚德知道这样干的后果,但不这样办,就无法安顿住在残破房屋里的宗亲。以前奢华的富贵日子早就使得家里不少人养尊处优,过着衣来伸手、饭来张口的舒坦生活,暂时让他们在破屋中过上一阵勉强凑合,时间长了,定会满腹怨言。姚家损失了湖北、河南、常州、苏州、上海等地的商号,但四川各分号依然还在经营,每年还有不少利润。不用银钱照顾它们的主人,却让银钱在生钱、赚钱,难免会招致一些人的不满,并极有可能造成宗族各家的矛盾。"由俭入奢易,由奢入俭难",这是活脱脱的人性使然。

姚德满面愁容地说:"一个人最难改变的就是习惯。姚家百十年经商积累了巨额财富,使得各分号的财东们过上了奢华的日子,养成了过富日子的习惯。眼下刚度过劫难,还没有人说三道四,时间长了,肯定会有各种不满。恢复重建姚家各宅院,是我这个族长的责任。为了不让姚家所有人的生活水平下降太多,就只能从四川各分号抽调流动资金了。"

杨德泰脑子里迅速盘算了一下,估计抽调四川各分号流动资金后,还不至于让各分号伤筋动骨,最多就是降低货物周转次数,进而影响盈利。他说:"抽调四川各分号流动资金后,各分号要完成东家下达的各项经营任务,压力就会增大,各分号掌柜和账房估计就会叫苦连天。还有就是修建堡墙,东家是如何考虑和打算的?"

姚德说:"这次劫难的后果你也看到了。社树村没有修建好堡墙,让陕甘回民军从西门、南门攻进了村里,街道上所有店铺被洗劫一空,姚家所有宅院被放火焚烧,变成了瓦砾堆。我听说六村堡因为修建有高大坚固的堡墙,所以全堡损失较小。社树村再不修建堡墙,就是有再多的财产,也难抵挡类似的兵燹之祸。现在虽说局势得到了控制,谁敢保证不会再有刀兵之灾?"

杨德泰有点忧愁地说:"修建宅院和堡墙那可是一大笔费用啊!"

姚德说:"就是倾家荡产,也要把堡墙修起来。我明天就动身去省城西安,让总账徐玉玺张罗资金的事。杨总管,你在家动员所有人清理废墟,人手不够的话,可以掏钱请无家可归者来帮忙清理。"

杨德泰说:"泾阳攻城战没爆发前,汉口分号二掌柜穆怀德带回来了十几个伙计。我马上去找穆怀德,看他能否把这些人找来帮忙。"

姚德说:"如果伙计们侥幸没有死于战火,全部让他们回社树村来帮忙,薪俸按照在商号当伙计的标准结算。"

杨德泰说:"伙计们从小外出学做生意,农田里的活根本干不了。泾阳刚遭受了劫难,他们就是侥幸活了下来,估计如何生存都是问题。东家让他们来帮忙,还按照在分号的薪俸对待他们,可真是一副菩萨心肠啊!"

姚德说:"姚家的财富离不开伙计们的辛勤付出,只要姚家还在,就不能只顾自己,忘记了伙计们。杨总管,你我都看到过这场战事的惨烈。眼下不要过多考虑钱财,要把活人放在第一位。商家们常说死店活人开,经营靠人才。伙计们干不了农活,但却都是商业经营的好材料。把这些人笼络住,姚家就有东山再起的可能。"

杨德泰不由得对东家另眼相看了。遭此大难,还有如此宽广的胸怀,这可是一般人做不到的。他说:"东家,我马上去找穆怀德。您到西安后有啥要紧事,可以让伙计回来告诉我。"

总账房徐玉玺见东家姚德风尘仆仆地进了总号大门,激动得泪流满面。他说:"东家安然无恙,我就放心了。东家,听说泾阳县城被攻陷了,是真的吗?"

姚德点了点头,算是回答了徐玉玺的问话。

两个人到客厅落座后,徐玉玺赶紧给倒茶。姚德端起茶杯道:"泾阳县城被洗劫一空，就连县衙也被放火焚烧了。富甲关中的朝邑八鱼井李家，渭南孝义镇赵、严、柳、詹四大家财产尽丧，李家东家李怀珍、赵家东家赵渭南都在兵荒马乱中命丧黄泉，令人悲愤不已。你熟知的三水县唐家更是让人哭笑不得。战事结束后，天成铭商号总掌柜用骡马驮着隐藏的金银到三水县唐家寻找东家，已故东家唐廷铨留下的三门后人都热情款待总掌柜，承认商号是唐家三门共有，当总掌柜要把全部金银及账簿交给东家时，却没有一人承认自己是东家。总掌柜在唐家住了大半个月，见无人敢接收账簿和金银，只好用牲口把金银驮走，随后不知所终。坊间传说是唐廷铨的三门后人怕一下子接收这么多金银，导致树大招风，惹来祸事。如今，天成铭等商号因无东家管控已经分崩离析，遍布各地的分号资产也落入了他人之手。唐廷铨一生在官商两界纵横捭阖、左右逢源，把生意做得风生水起，挣下了万贯家财，被称为盖省财东，没料到劫难之后他的子孙却无人敢出来掌控商号，收拾局面，争取东山再起，真是让人扼腕叹息啊！"

听东家语气沉痛地絮叨着当年关中道上几个富商大户的惨状，尤其是三水县唐家令人啼笑皆非的境况，徐玉玺心里先是觉得震惊，随即发怵、发凉。他忧心地问："东家，姚家的情况咋样？"

姚德痛心地说："姚家的情况比他们几家好不到那里去。县城被攻陷后，姚家的所有商号也都被抢劫一空，幸好我在围城之前已让王掌柜遣散了伙计，人员伤亡不大。随后社树村也被攻陷，我侄子姚武、他的武林朋友和护院，舍不得离家的村民全部都战死在乱军之中。全村房屋悉数被毁，到处残垣断壁，真是欲哭无泪，惨不忍睹啊！徐总账，西安的情况咋样？"

徐玉玺说："左总督率领湘军进入陕西后，起义军就退走了。西安城墙高大坚固，是陕甘总督衙门、陕西巡抚衙门所在地，驻守的军队相对多一些，虽说被屡次围攻，但因全城军民顽强抵抗，总算保住了城池未破。"

姚德问："听说左总督率领的湘军还有枪炮？"

徐玉玺说："是的。湘军进入陕西时，携带了西洋制造的大量枪炮，火力强大，加上湘军战斗力极强，照这样下去，过不了多长时间，陕西的局势就会稳定下来。"

姚德说："陕西局势好转，仅是保住了我们的性命。姚家在甘肃、新疆等地的商号还不知道咋样了？"

徐玉玺说："左总督把起义军全部驱赶到了甘肃、宁夏，目前还没有甘肃、新疆各地商号伙计回来送信，估计是因为发生战事，路途受阻。"

姚德说："社树村现在几乎成了废墟，我打算重新修建姚家各宅院，另外还要修建堡墙。你立即给四川各地分号写信，盖上我的印章，让他们筹措资金并快速运回来。"

听到东家如此安排，徐玉玺明白了他的心思。曾经闻名关中的姚家，现在变成一片废墟，作为姚家的掌门人，有责任恢复姚家的生活水准。他说："请东家放心，我立刻就办。"

姚德叮嘱说："让各分号往回运送银两时，一定要注意路途安全。如果路上不安全，宁可推迟日期，绝对不能再有闪失了。"

徐玉玺知道姚家在这么短的时间内，接连遭受横祸，湖北、河南和常州、苏州、上海等地商号财产尽丧，已经是元气大伤。如果四川各分号抽调的流动资金再出现问题，无疑会雪上加霜，今后相当长时间内难以翻身。他说："我会在书信里给各位掌柜说明的，并让送信伙计再交代清楚。"

第二天早上，姚德和徐玉玺一起把到四川送信的伙计送走之后，回到二进院客厅刚坐下，就听见一阵脚步声直奔客厅。转眼间，接替徐玉玺掌管西安分号的大掌柜刘太平抬腿跨进了客厅。

刘太平神色慌张地说："东家，总账，门口来了一位带着亲兵的军官，指名道姓要见东家。东家，咱们和军方素无瓜葛，见还是不见？"

姚德不由得心里忐忑不安。既然人家上门来明明白白要见自己，肯定是有要紧事。如果找借口推托不见，难免会引起麻烦。他说："不管如何，咱们都得迎接一下。看他的来意，再做决断。"随即站起身出了客厅。

快到商号大门口时，姚德远远瞧见有一位穿着军官服的武官正在来回踱步，几个亲兵身佩刀剑站在不远处，全部都是一副警戒的神态。

姚德紧走几步，拱手作揖，朗声说："商民姚德不知军爷大驾光临，这里有礼了。"

武官闻声转过身，一个箭步上前搀住了他，说："本官是左宗棠左总督的帮办大臣兼军需官雷正绾，奉左总督之命，有事要和姚东家商量。"

姚德说："既然如此，请雷大人屈尊到商号客厅详谈吧。"

雷正绾对跟随自己的几个亲兵交代了几句，就跟着姚德进了商号。落座之后，姚德让刘太平给大家沏茶，随即问道："雷大人此番前来，不知道有啥指示？"

雷正绾见姚德说话小心翼翼，笑着说："姚东家，本官对你没有指示，你也不必紧张。我是奉了左总督之命来和你商谈一件大事的。"

姚德心想自己和左宗棠素昧平生，而且左宗棠刚入陕西平乱，咋会安排人和自己商量大事？他说："姚德是一介商民，此前和左总督并无来往，不知道左总督有何吩咐？"

雷正绾说："你不认识左总督不奇怪，但你和林则徐林大人是熟人吧？左总督的恩师泾阳人徐法绩你总该熟悉吧？"

姚德闻言一怔。林则徐早就在道光三十年因病去世，徐法绩也已经作古了。雷正绾接连说出这两人的名字，看来早已摸清了自己的底细。他说："林则徐林大人当年被朝廷发配新疆时，曾经在姚家商栈住过，我因此和林大人结识。徐法绩是泾阳名人，太常寺少卿，我自然知道。只可惜林大人、徐大人早已故去。"

雷正绾说:"林大人当年离开陕西远赴云南任云贵总督经过湖南长沙时和左总督相识,并成了莫逆之交。后来林大人因病返回老家福建时,又在长沙和左总督彻夜长谈,谈到他在陕西赈灾、帮助贫困农户秋播时,特意跟左总督提到过姚东家。林大人对姚东家的慷慨之举极为赞赏,并称姚东家是义商,有悲天悯人的家国情怀。现在,左总督入陕西平定捻军、陕甘回民军遇到了困难,想请姚东家振臂一呼,倡议陕西富商大户输粮捐款,为入陕西平乱的湘军提供后勤保障。不知道姚东家是否乐意相助?"

姚德并不知道林则徐与左宗棠的关系,他心里疑惑这是否是雷正绾为了让他帮忙故意给自己戴的一顶高帽子。无论如何,现在雷正绾代表官府跟自己商议请他带头输粮捐款,自己总得有个态度。可是考虑到关中富商大户遭劫掠的惨景,他的心里已没了底气。他长叹一声,说:"雷大人跟随左总督进入陕西平乱,肯定看到了陕西尤其是关中道上大多数富商大户已家毁人亡、惨遭洗劫。说实在的,如果不是遭遇这次兵祸,我义不容辞会倡议输粮捐款并带头捐献的,可如今的富商大户损失惨重,我担心大伙儿有心无力啊。雷大人,朝廷派左总督平叛,难道不给粮饷吗?"

雷正绾苦笑着说:"左总督向朝廷上奏章催粮要军饷,结果得到的却是就地征调和依靠地方协款筹措军饷的诏令。朝廷在与英法联军的战争中失利后,国库空虚,财政捉襟见肘,已经无力拨付粮饷了。左总督为了替朝廷分忧,保境安民,不得已准备在陕西实施'劝富分输'政策,号令各地富商大户'捐资助剿'。从古至今,言兵事未有不先筹集粮饷的。作为帮办大臣兼军需官,我不能让将士们空腹上战场打仗吧?不能让将士们战死其家属却得不到任何抚恤吧?"

姚德说:"平叛是国家大事,何况这种事就发生在我们自己家门口,不管是出于道义,还是出于协助左总督,我们都有义务出一份力。雷大人回去后报告左总督，我愿意输粮捐款。"

一直没吭声的徐玉玺插话说："东家，仅靠姚家输粮捐款也无法解决十几万湘军的粮饷啊！我听说三原盐商胡坪曾拿出巨额家财犒赏守城勇士，确保了三原县城东关一带没有被攻陷。东家如果能和胡坪联手倡议，估计还能解筹集粮饷的燃眉之急。"

雷正绾急忙说："左总督的本意并不是让姚家独自输粮捐款，而是希望姚东家带头，从而带动其他大户积极响应，使得粮饷困难的危局得到缓解，平叛就能早日结束。"

姚德说："人常说宁当太平犬，不做乱世人。这场浩劫造成陕西近百万百姓流离失所，家产损失难计其数。再不尽快平叛，老百姓的日子就没法过了。请雷大人放心，我会联络三原富商胡坪一起倡议筹粮捐款的。"

雷正绾见左宗棠交他办理的事已经有了眉目，就起身告辞说："本官这就回去禀告，等候姚东家的佳音。"

送走雷正绾之后，徐玉玺说："东家，左总督率军平叛，并非一蹴而就的事，咱们得输送多少粮食和捐多少军饷啊？"

姚德说："我心里清楚这可能是个无底洞，但事到如今，也没办法。当初陕西的清军无法控制局势，致使关中大乱，普通民众伤亡众多。现在左总督率军平乱，虽说是朝廷的诏令，但也是帮助陕西的百姓恢复正常的生活秩序，咱们不帮能说得过去吗？"

刘太平不放心地说："刚才这个雷大人到商号来，既没有左总督的手谕，也没有总督衙门的官文，东家就这么相信他？万一他是来欺骗咱们的咋办？"

姚德沉吟了一会儿，说："听言不如观事，观事不如观行，观行不如看结果。即使是雷大人打着左总督的旗号来试探咱们的态度，我想左总督也会自有主张，绝对不会草率就号令关中富户'捐资助剿'的。"

当天傍晚时分，雷正绾一身便装又来到了桥梓口姚家商号。这次他没有让人通报，直接大踏步走进商号。

正在吩咐伙计们关门打烊的刘太平见有人这时间进了大门，刚想阻拦，看清来人是早上刚来过的雷正绾，急忙上前施礼说："雷大人，商号马上打烊了，您有何见教呀？"

雷正绾说："姚东家在商号吗？"

刘太平说："东家在二堂客厅里正和徐总账说话，他准备明天一大早回泾阳县城。"

雷正绾说："那正好。麻烦带我去见姚东家，我有话给他说。"

两个人进客厅时，徐玉玺正准备送东家回家休息。他们见雷正绾来了，都吃了一惊。

雷正绾微笑着说："姚东家，左总督请你到总督衙门一趟，他想和你面谈捐资助剿的事。"

姚德吃惊地说："这点小事还让总督大人这么费心！还要当面细聊？"

雷正绾说："我从你这里回去后，见总督大人和几位将军忙着制订围剿计划，没敢打搅。中午时分，我趁总督大人吃午饭时抽空向他汇报了情况，总督大人非常高兴，并让我傍晚时分请你到总督衙门。现在时间差不多了，就请姚东家跟我去面见总督大人吧。"

姚德知道无法推辞，他拍打着自己身上的长袍说："我这身行头已经穿了两天了，可否让我换一身干净衣服去见总督大人？"

雷正绾说："你身上的衣衫虽说已经穿了两天，但很干净，我看就不必换了。咱们总不能让总督大人久等吧？"

姚德心想总督大人公务繁忙，能抽空见自己，那是给了自己一个天大的面子。忙说："商民这就随雷大人走。"

桥梓口距离陕甘总督衙门所在地南院门并不远，最多也就一袋烟的工夫。走在这段不长的路上，姚德的心里七上八下，他猜测不出左宗棠会说出啥话来，又让他带头办些啥事。

姚德紧跟在雷正绾身后，进了总督衙门。穿过几道门，走过一个带有假山的花园之后，来到一座面阔三间、悬檐歇山顶的屋子跟前。雷正绾示意姚德稍微等候，自己进去禀报。

时间不长，雷正绾站在屋门口对姚德招手，并说："姚东家，左总督请你进屋说话。"

姚德下意识地将身上的长袍押平，迈着小步小心翼翼跨过门槛，他见屋内靠墙的八仙桌旁太师椅上坐着一位和自己年龄相仿、穿着一身青色长袍的男子，料想此人便是鼎鼎大名的左宗棠了。他忙上前欲行跪拜礼，左宗棠已经站起身到了跟前，一把搀住了他。

左宗棠打量着姚德说："久闻姚东家大名，今日一见，三生有幸啊！"

姚德越发诚惶诚恐，连忙说："小人是一介商民，承蒙总督大人抬爱，这才是三生有幸啊！"

左宗棠微笑着说："姚东家，咱们坐下说话。正绾，让亲兵沏茶。"

等亲兵沏茶退出门后，左宗棠说："我早就听林大人说过姚东家，他称赞你是少有的义商。今天午饭时，正绾告诉了你们商谈的结果，我对你更是另眼相看了。陕西这个地方，自古就受儒释道三教文化的熏陶，形成了忠义爱国的传统，尤其是陕西人还有悍勇的一面，更值得人钦佩。顾炎武就说过：'按三代而下，兵防之政大明为盛，大明兵备之制，将士之勇陕西为盛，况设二百之险，地藏九死之躯。'可惜，我朝以来，陕西防备不受朝廷重视，军队缺乏训练，军纪松弛，这才导致太平军、捻军、回民军先后作乱，关中富庶之地惨遭蹂躏，生灵涂炭。如今太平军已被剿灭，捻军在黄河两岸的陕西、山西来回流窜。陕甘回民军虽被击退到了甘肃、宁夏，但有可能他们还会卷土重来。本督奉朝廷诏令，就是要干净、彻底、快速、全部地平乱，不达目的决不收兵。"

听了左宗棠一番刚劲勇毅的畅谈，姚德觉得眼前这位书生模样的总督不愧是久经战阵的统帅。虽然左宗棠没有提到粮饷，但他知道该是自己表态的时候了，于是说："陕西遭受连年战火，老百姓丧失家园，富商大户被多次洗劫，但为了长治久安，我等商民愿意捐资助剿，并听从总督大人调遣。"

左宗棠说："我在率军进入陕西之前，曾经向朝廷上奏章说进兵陕西，必先清关外之贼；进兵甘肃，必先清陕西之贼；驻兵兰州，必先清各路之贼。然后饷道常通，师行无梗，得以一意进剿，可免牵掣之虞。现在陕西已基本平定，进军甘肃的战役即将打响。今天一整天，我和各位将军已经拟订出三路进兵之策。姚东家，常言说，兵马未动，粮草先行。有了你倡议关中富商大户捐资助剿，我们定能凯旋，还天下一个太平。"

姚德迟疑地问："总督大人，您认为多久能平定乱军？"

左宗棠说："最多五年时间即可。"

姚德心里盘算了一下，五年时间仅靠富商大户捐资助剿是不现实的。他说："除了我们捐资助剿，左大人是否还有其他良策？"

左宗棠微微一笑，说："我已经严令军队，对乱军不枉杀，不搜赃。尽管粮饷现在还没有着落，陕西财政捉襟见肘，我也告知陕西藩司林寿图要拨款救济饥民和归降者，同时要尽快恢复生产，治理泾河，把关中重新变成真正的粮仓。在因为战乱而荒芜的地方，推行代田法、区田法，让撂荒的土地尽快恢复耕种。心忧天下者得天下，心忧琐事者得琐事。如果不能以天下为己任，以国家民族利益为重，朝廷还要我等为官干什么？"

姚德暗自叹服，自己一介草民，和眼前这位封疆大吏的眼光和见识根本就不在一个层次上。他说:"我明天早上就返回泾阳县城,抓紧时间和富商大户们商议,争取早日为朝廷先筹集一部分粮饷。如果大人需要商队帮忙运输粮草、弹药,请雷大人转告商民就是了。"

一直陪坐的雷正绾见姚德再次表明了态度,心情顿时轻松许多。有了姚德挑头捐资助粮,就解决了自己的燃眉之急。心里在感激姚德之际,忽然想起一件事。他说:"总督大人有所不知,湘军当初困在渭河边,苦于无船渡河,正是姚东家安排工匠昼夜赶造了五艘大木船,才解决了军队渡河的难题。"

左宗棠闻言又上下打量一眼姚德,感激地说:"这种义举如果是别人的话,肯定会大肆宣扬,姚东家怎的一声不吭?"

姚德笑了笑说:"左总督是想还老百姓一个天下太平,草民自当支持左总督。如果干了这么点小事就大肆宣扬,不符合我的秉性,也不是姚家的传统。"

听了姚德的肺腑之言,左宗棠忽然想起林则徐称赞其为义商,依稀记起林则徐曾为姚家撰写过一副对联。为了嘉奖姚德带头捐资助剿,他说:"我记得林大人当年为了嘉勉姚东家扶贫济困,帮助秋播,给姚家撰写过一副对联,真有此事吗?"

姚德立刻回应说:"林大人当年确实为姚家撰写过一副对联,其联曰:'善为至宝一生用之不尽;心作良田百世耕之有余。'这副对联曾经就悬挂在社树村惠谦堂正屋的廊柱上。好在乱军围攻社树村时,我把对联藏起来了。"

左宗棠笑着说:"对于你的义举,林大人能题词嘉勉,本督也想送你一副对联感谢你助朝廷军队渡河。"

姚德心情颇为激动。他说:"能得到左总督亲赐墨宝,草民感激不尽。"

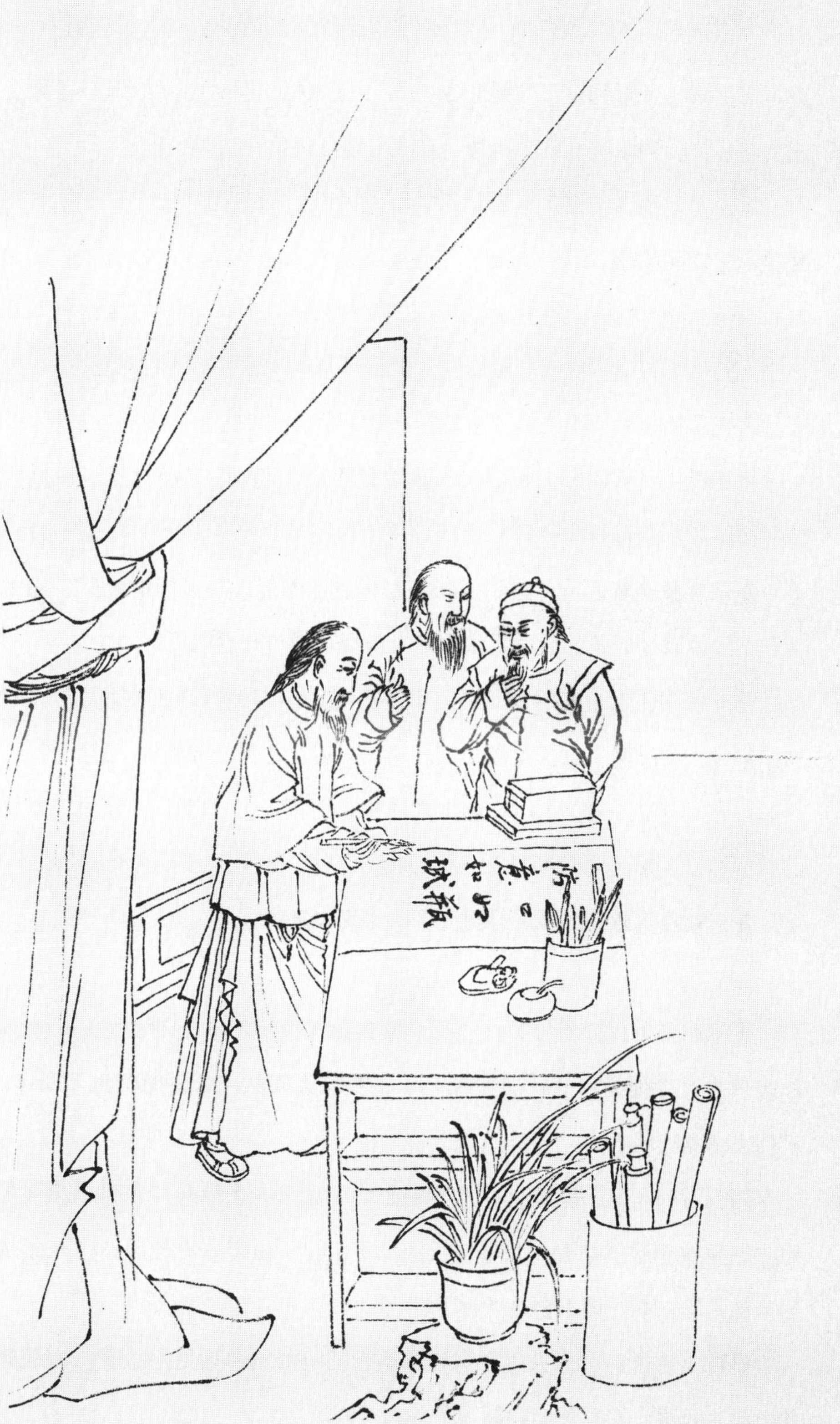

雷正绾一旁附和道："姚东家办事守口如瓶，但对国家的忠心苍天可鉴。左总督能为你撰写对联嘉勉，确实可喜可贺！"

左宗棠走到书案前，铺开宣纸，沉思片刻，随后在笔架上取下一支大号狼毫，饱蘸浓墨，轻舒臂膀，笔走龙蛇八个大字："守口如瓶，防意如城"。写罢仔细端详一番，又换了一支小号狼毫，写上"湘阴左宗棠书"几个字。随后笑着问："你们看看这八个字可否体现了姚东家的秉性？"

雷正绾挑起大拇指说："左总督这八个字恰如其分，再好不过了。"

姚德说："多谢左总督褒奖。草民带回家一定把它装裱悬挂，激励后辈时刻不忘左总督的厚望。"

左宗棠微笑着说："这副对联是对你赶造木船助军渡河的褒奖，别无他意。要说激励后辈的话，我认为林大人撰写的对联可能更好。"

待左宗棠盖上自己的大印后，墨迹也逐渐干了。姚德细心折叠好，对左宗棠说："感谢左总督亲赐墨宝。草民知道左总督公务繁忙，这就告辞。今后雷大人有啥差遣，可以让惠谦堂商号掌柜转告。"言罢向左宗棠、雷正绾行过礼，在亲兵的引领下出了总督府。

左宗棠看着姚德的背影，目光中满是嘉许之意。

姚德回到桥梓口商号客厅，见总账房徐玉玺和大掌柜刘太平还坐在客厅等候自己。他说："让二位操心了，我已经安然回来，时间也不早了，都回去睡觉吧。"

两人看到东家一脸轻松，悬着的心终于放下，正欲起身告辞，徐玉玺眼尖，见姚德手里拿着一张叠成长条的宣纸，不由得好奇地问："东家带回来的是啥东西？该不会是圣旨吧？"

姚德笑着说："你见过有这样拿圣旨的吗？刚才面见左总督，相谈融洽，颇为投缘，左总督为我题写了一副对联。"

刘太平也好奇起来，问："左总督给东家写了一副啥对联？可否让我们一饱眼福？"

姚德点点头，走到方桌前细心把宣纸展开，一股墨香味便弥漫开来。

徐玉玺仔细瞧了半天，说："左总督笔力雄劲，确实难得。东家，不知道这副对联是啥意思？"

姚德兴致盎然，把自己赶造木船供湘军渡过渭河之事原原本本告诉了二人。徐玉玺啧啧称赞说："不要说左总督不知道此事，就是我们这些与东家经常相处之人，如果东家不说，我们也是一无所知啊。"

刘太平接着说："噢，这就是为啥左总督为东家题写了'守口如瓶，防意如城'的缘由了。如果众人都知道了，咋还能叫守口如瓶？"

姚德笑着说："守口如瓶不假，这防意如城其实也是在提醒我要修建社树村堡墙，防患于未然。"

徐玉玺不同意姚德的说法，他说："东家说的也有道理。我猜想左总督的本意是说东家的防范意识就像城墙一样固若金汤。"

姚德说："关中道并不太平，我本来担心树大招风，引起不必要的麻烦。既然左总督都题写了'防意如城'，那就按左大人的提醒，尽快把堡墙修建起来，真正起到城墙的防护作用。"

他接着说："左大人决心要彻底戡乱，确实是让富商大户捐资助剿的，同时对恢复生产、兴修水利、救济灾民等也做了安排。依我之见，左大人一心为国为民，绝非想趁机中饱私囊。徐总账，你收拾一下，明天跟我去一趟三原县城。"

徐玉玺不解地问："东家不是说明天一大早回泾阳嘛，咋又要去三原县城？"

姚德说："据左大人估计，要彻底平乱需要五年左右时间，仅靠泾阳的富商大户捐资输粮根本无法保证军队的粮饷。左大人是想让我带头，并联络所有关中富商大户，一起为军队提供后勤保障。三原县城东关德厚堂东家胡坪曾自散家财招募勇士，成功抵挡住了陕甘回民军攻城，确保三原县城东关没被攻陷，在三原商界树立了威望。如果胡坪能号召三原富商大户捐资输粮，其他各县再响应，就可基本满足军队最近一段时间的粮饷，陕西的战乱即可彻底平息。"

徐玉玺点头说："就依东家所言，明天先去三原县城。"

第二天早上，姚德和徐玉玺吃过早饭，坐着马车出西安城北门，先后过渭河、泾河，等他们到达三原县城时，已经是日暮时分。马车刚靠近县城东关，就有乡勇上来盘查。

徐玉玺说："我们是来找德厚堂胡东家的。麻烦乡党进城向胡东家通报一下，就说泾阳社树村姚东家前来拜访。"

乡勇们都是本地人，对泾阳、三原的富商大户基本上都知道一些。盘查的乡勇对其他伙伴交代了几句，就在前面带路，把姚德乘坐的马车领到县城东关中段一座临街五开间的宅院跟前。乡勇说："这里就是胡东家的宅院，你们自己进去吧，我因值勤就不奉陪了。"

徐玉玺先跳下马车，然后搀扶着姚德下了车。姚德看着屋檐下挂着的红灯笼，仿佛看见了刀光血色。他说："徐总账，上前叩门，别傻站着了。"

徐玉玺走上门前台阶，轻轻在厚重的大门门环上叩了几下。不一会儿，大门徐徐打开，一个壮实的青年汉子探出身子问："你们是啥人？敲门有啥事？"

姚德上前说："麻烦你向胡东家通报一声，就说泾阳社树村姚德前来叨扰。"

时间不长，院内传来一阵脚步声，随后一个二十多岁、身强体壮的关中汉子走出大门。来人拱手朗声说:"鄙人就是德厚堂东家胡坪,不知道姚东家此时来访,有失远迎,怠慢姚东家了。快快请进。"

等姚德、徐玉玺在客厅落座后,胡坪微笑着道:"久闻姚东家大名,可惜此前一直无缘相见。不知道姚东家今天亲自登门,有何见教?"

姚德笑着说:"姚德惭愧,辜负了社树姚家的名声,此次战乱不要说保卫泾阳县城了,就连社树村也被大火焚毁,变成了瓦砾堆。胡东家虽说年轻,却有胆有为,力保三原县城东关没被攻陷,威名传遍了关中,值得敬佩。"

胡坪说:"保卫家园是我的职责,而且三原人有不畏强暴的传统。往远的说,就有明末三原盐商孙豹人在起义军兵临城下时,变卖家产,组织上千人的反抗队伍,开赴前线,他明知是以卵击石,却依然慷慨赴死。大清入主中原后,他保持了'富贵不能淫,威武不能屈'的节操,最后宁肯忍受炊断粮、身无袭的艰苦生活,也不向统治者屈服,辞官隐居,不为贰臣。这种以国事为重、忠贞不贰的商人节操就是我辈的楷模。"

姚德脸上一阵发烫,讪讪说道:"泾阳、三原、高陵自古以来就被称为关中的白菜心,民风相似,习俗相近,不仅是三原人不畏强暴,泾阳人、高陵人同样不畏强暴,敢于抗争。胡东家刚才说,三原商人有以国事为重、忠贞不贰的节操,眼下就有一件关乎国家的大事,不知道胡东家是否感兴趣?"

胡坪心想,姚德和自己一样,都是经商世家出身,仅是比自己年长而已,现在却说有一件关乎国家的大事。他疑惑地说:"请姚东家明言。"

于是,姚德把他先后见雷正绾和左宗棠的详细情况叙说了一遍。胡坪听完之后,极为吃惊,连忙亲自给姚德和徐玉玺续了茶水,追问道:"姚东家准备咋干?"

姚德对胡坪先拒人于千里之外,后又极为恭敬的做法虽感不满,但为了左宗棠所托的大事，他还是原谅了这个年轻人的做法。他说："我想和胡东家联手倡议关中富商大户捐资助粮，你看如何？"

胡坪沉吟片刻，说："据说入陕湘军每年军费开支在九百万两左右，这么大的开销让几个大户连续保证五年，在浩劫之后根本不可能。只有联合关中道上所有的富商大户，才可能勉强应付。"

徐玉玺插话说："浩劫过后，各家都是损失惨重，要想捐资助粮，就得抽调各地分号的流动资金。这就像老话说的，挖却心头肉，去补眼前疮啊！"

胡坪说："左总督率军保一方太平，咱们就是挖肉补疮也应该。商界都流传陕西商人有以商兴国、以商护国的传统。现在真到了以商护国的时候了，咱们不能当尿包软蛋。"

徐玉玺说："左大人是陕甘总督，他实行'劝富分输'政策，号召富商大户捐资助粮，确实是出于无奈。多嘴问一句，你们两位东家捐资，是出于无奈还是心甘情愿？"

姚德知道这是徐玉玺有意在试探胡坪捐资助粮的决心。他说："估计胡家在战乱中也把家财散得差不多了。如今要支持军队粮饷，心里还有多少底气？"

胡坪见两个人一唱一和，早就猜到了他们的用意。他说："对于关中富商大户的情况，大家都是心知肚明的。经过此次战祸，富户们远没有以前富有了，一些人家可以说是倾家荡产，很可能因此一蹶不振。作为幸存的富户，更应该以国事为重，就是抽调各分号流动资金支持左总督也是应该的。世道不太平，百姓不得安生，商家做啥生意嘛！"

姚德见状喜道："有了胡东家这番表态，我就吃了定心丸，也好给左总督交代。"

胡坪笑着说："其实在姚东家来之前，我已经和三原的富商大户们商议过了，我们成立了同德局，已经先后捐了三十多万两白银，现在有了咱们两个倡议，想必各富商都会积极捐款、保卫家园的。"

姚德心里暗吃一惊，看来三原富商大户已走到泾阳前面，难怪胡坪自夸说三原商家有不畏强暴、以商护国的传统。他说："胡东家考虑事情周全，行动迅速，让姚某佩服。既然三原富户已成立同德局，我就不多说了，这就告辞，连夜赶回泾阳和众位东家商议，泾阳商民绝对不会落后于三原同行的。"

胡坪送姚德出门时歉然道："事情紧急，我就不留姚东家了。以后有啥情况，麻烦姚东家及时转告。我想大家齐心协力，一定能让关中早日恢复太平，商家也好正常做生意。"

姚德一行出了三原县城东关，夜幕已经降临。徐玉玺见姚德坐在车上闷闷不乐，一言不发，以为东家为没有拔得头筹生闷气。他劝说道："胡东家年轻气盛，在此次保卫三原县城中出尽风头，受到朝廷嘉奖。他可能也听说了左总督要实行捐资助粮，因此提前行动，成立了同德局，搞得东家和泾阳商户被动啊。"

姚德叹了一口气说："胡坪是个人才，看事情长远，能把事情做到咱们前头一点也不奇怪。关中遭受了百年不遇的战祸洗劫，可谓是百废待兴，要花钱的地方很多。我在跟左总督闲聊时，说到了跟林则徐大人的关系，这让我一下子想起了我曾经许诺林大人要修建一座书院的事。等赶回泾阳县城见到王掌柜之后，我就把捐资助粮和兴建书院一并安排。"

徐玉玺愁眉苦脸地说："重建社树村各院住宅和修建堡墙，咱们都要从四川各地分号抽调流动资金，如今再加上修建一座书院，岂不是要让一些分号歇业了？"

姚德清楚徐玉玺心痛钱财，语气缓和却坚定地说："即便如此，也要一诺千金。花费巨资是为了保家安民，同时也不能忘记了教育后代。咱不能事事都落在人后面。"

徐玉玺见东家决心已下，就知道再劝说也无用了。

王长安刚准备睡觉，就听到一阵敲门声。他披上衣服打开大门，东家姚德和总账房徐玉玺正站在大门口。

王长安见状，赶紧把两人请进商号。等两人落座后，王长安说："东家，现在战乱刚结束，你们就是要回泾阳，也应该早点动身。直到现在才进城，万一有个好歹可咋办呀！"

徐玉玺见姚德不说话，就把先去三原县城东关会见胡坪的事说了一遍，随后问："东家，现在快到半夜了，有事明天再说吧？"

姚德抬头望了望客厅外面的夜色，月光如昼，寒星点点，微风一吹，感觉冷飕飕的，只得无奈地说："王掌柜，你明天一大早把所有在泾阳县城有商号的东家都请到这里来，我有重要事情要和大家商议。"

王长安说："这点小事不劳东家操心，我保证黎明时分就去告知大家。"

泾阳各富商大户听完姚德介绍了陕甘总督左宗棠即将实施的政策和三原县胡坪发起成立同德局的情况之后，议论纷纷。

城东元太商号东家刘可奄率先道："三原富商能成立同德局，咱们就成立护国局，比他们的名字还大气一些。"

众人都说护国局名字好，表示赞同。

姚德见大家群情振奋，登时如同卸下了沉重的包袱。他感激地朗声说道："此次战乱，泾阳县城受害程度远远超过了三原县城，可以说，大家都是受害者。左大人率军入陕既是为了国家太平，也是为了苍生百姓。三原富商能踊跃捐款，我就想咱们泾阳一定不会甘居人后的。"

刘可奄举手道："刘家各商铺愿意一次性乐捐九十万两。另外我弟弟刘映著委托我代捐三万两，刘权棠委托我代捐两万五千八百两，刘质慧委托我代捐三万两。"①

他的话音刚落地，在泾阳县城设立总号的渭南恒宜春商号东家严树茂、甘肃镇藩马永盛商号马昌民等人纷纷捐款，本地富商更是慷慨解囊，半天时间，就筹集了数百万两。从此，每逢国难，泾阳、三原富商大户捐款就形成了惯例，一直延续到新中国成立。

等众人走后，姚德舒了一口气，说："谢天谢地，总算没有辜负左大人的重托。王掌柜，姚家在姚家巷西头的常平仓附近有一块空地，我打算修建一座学堂。你这两天去实地勘察一下，修建学堂所需的砖瓦木料、青石白灰等材料和修建社树村各宅院、堡墙的材料一起采购，一并修建。"

王长安瞠目结舌地说："东家，您刚捐完款，又要修建社树村各宅院、堡墙，还有学堂，那得花多少钱呀？"

姚德面露微笑，目光中透着坚毅，说："关中人说，金窝银窝不如有个土窝，金盔银盔不如咱的锅盔。再多的钱，如果不能为咱服务，要钱干啥？为了土窝和锅盔，为了教育后辈，我就算关掉几个分号也心甘情愿。"

后人叹曰：自愿解囊助军饷，关中富商勇担当。

    咬紧牙关度劫难，倾家荡产助安邦。

---

① 参见马长寿《陕甘回民起义历史资料调查记录》，陕西人民出版社1996年版，第238页。

第十七章

左宗棠祭奠恩师　姚玉如兴办学堂

同治八年（1869）初，左宗棠先后逼降扈彰、董福祥等统领的汉族起义军，随后进兵董志塬（今甘肃省庆阳市管辖），长驱直入，肃清了庆阳、泾州等地。他在准备全力进军金积堡一带时，决定从西安出发途经泾阳、泾州进驻平凉，亲临一线指挥。

左宗棠对关中富户能够积极捐资助粮心存感激，他从帮办大臣雷正绾口中得知，关中的富商大户为了保境安民、恢复生产，已为朝廷和百姓做出了力所能及的最大努力。此番他亲临一线指挥途经泾阳，萌生了要祭奠引他入仕途的恩师徐法绩的念头。

在作战方略下达后，左宗棠向雷正绾询问粮饷情况，雷正绾忙答道："有了关中富户的鼎力相助，攻打金积堡的粮饷已经足够了。左大人如果还不放心,此番进驻平凉时,我绕道三原县城去找一下同德局领头人胡坪,再落实一下粮草供给。"

左宗棠说:"那咱们就分开走,你绕道三原,我途经泾阳,最后在平凉会合。"

雷正绾问:"大人路过泾阳,是否要特意去祭奠恩师?"

左宗棠说:"我正有此意。本督能为朝廷所倚重,有两个人令本督终生难忘,第一个就是恩师泾阳人徐法绩,另一个是既是良师益友,也是儿女亲家的前兵部尚书、两江总督湖南安化人陶澍①。"

雷正绾说:"对于陶大人,卑职听闻颇多。对于大人的第一位恩师徐大人,卑职并不太了解。"

左宗棠说:"道光十二年(1832)我在长沙参加湖南乡试,因没有钱贿赂监考官,试卷被监考官弃入劣等卷之中。所幸恩师徐法绩以礼科掌印给事中主持湖南乡试,为了不遗漏人才,恩师特召考官搜集遗卷。当时,副考官病逝于试院,恩师独自批阅五千余卷,取满了湖南乡试名额。榜吏开启糊名,解首是我大哥湘阴左宗植,搜遗所得,卷首就是我。监临巡抚使者吴公容光避席向恩师作揖恭贺,四座惊叹。正是有了恩师,我才有机会走上仕途。可以说,没有恩师的慧眼识才,我可能连个举人都无法考中,更不用说为国效力,为朝廷效忠了。"

---

① 陶澍:(1779—1839),字子霖,号云汀,湖南安化小淹人。嘉庆五年(1800)中举,嘉庆七年(1802)中进士,选翰林院庶吉士,十年授编修。历任布政使、盐政使、巡抚等要职。道光十年(1830)升迁两江总督,道光十九年(1839)六月二日,病逝于督府,晋赠太子太保,谥"文毅"。陶澍对近代中国的影响主要有两个方面。其一是继承了明末清初王夫子的思想,主张"通经学古而致诸用"。陶澍和好友林则徐、魏源、龚自珍共同开创了清末经世致用思潮。其二是培养和影响了整整一代湖南士人。湘军四巨头的曾国藩、左宗棠、彭玉麟、胡林翼可以说都是陶澍的学生,其中左宗棠和胡林翼都曾正式拜陶澍为师,而且左宗棠、胡林翼还是陶澍的儿女亲家。清史大家萧一山在《清代通史》中评价说:"不有陶澍之提倡,则湖南人才不能蔚起。"

雷正绾唏嘘道:"自嘉庆开始,官场鱼龙混杂,考场受贿成风。大人能在徐大人主持湖南乡试中高中举人,足见徐大人秉公无私,爱惜人才!"

左宗棠说:"朝廷吏治腐败,并非恩师一人能够改变。我中举之后,连续三次考进士不中,深受考官受贿取士之害。道光十六年,我在湖南醴陵渌江书院时,结识了两江总督陶澍。道光十八年第三次落第回家途中在南京拜见陶澍,陶澍主动提议让他的独子和我的长女订婚。谁料不久陶澍病逝,我就到他的老家安化小淹当了八年私塾先生,并协助陶家料理家务。在此期间,我通读了陶家所有藏书,钻研农学、舆地,还编了一本《朴存阁农书》。我利用在陶家挣下的佣金,在家乡湘阴县购置了七十亩土地,并命名柳庄,有时亲自耕种,自称农夫。这些土地所产的九千余斤粮食在道光二十八年至三十年湖南大旱时发挥了重要作用,救济了不少穷人。我在乡试中举之后,突然对舆地就是西方人说的地理学很感兴趣,花费了大量时间研究,可能正因如此,导致后来三次参加会试名落孙山。到陶家后,我发现亲家陶澍的藏书丰富,其中舆地方面的藏书也不少,就对山川、河流、道路和距离等做了大量笔记,这些资料在我给湖南巡抚骆秉章当幕僚和独自领兵作战时发挥了重要作用,真可谓失之东隅,收之桑榆啊。"

雷正绾钦佩地说:"从平定太平军所立的战功看,卑职以为大人是个指挥战争的奇才,没料到大人之前做了这么多功课。大人读书涉猎广泛,除了舆地之外,对农事、经营还颇有心得,尤其令卑职钦佩。"

左宗棠说:"我在安化待了整整八年,对安化了解颇多。安化自唐代出黑茶,安化'芽茶'在明洪武二十四年定为贡茶,明万历二十三年定为官茶。明末清初,晋陕甘等地茶商纷纷到安化办茶,茶行、茶号最兴盛时达三百余家。光绪戊申年八月,陕西试用知县刘翙忠在考察黄沙坪时写有《黄沙坪·感茶事》,其诗曰:'茶市斯为最,人烟两岸稠',描写的就是黄沙坪繁华的茶市景象。为了便于黑茶运输,陕商创造出了百两茶,晋商创造出了千两茶。安化当地民众多以种茶为生，出生于茶乡的亲家陶澍当年就对当地官员提出了'重商、用商、便商、利商'的要求，这才有了安化船舱马背的茶马古道和遍布各地的风雨廊桥。"

雷正绾说："大人遇到的都是伯乐，否则埋没了您这样的人才，就是朝廷最大的损失。"

左宗棠说："我已经拟好了一篇祭奠恩师的碑文和铭文，你抽空送到姚德的商号去，叮嘱姚德立刻派人镌刻碑文、铭文。我途经泾阳时，要特意到恩师坟上祭奠。"一边说，一边从书案上抽出几张纸，递给雷正绾。

雷正绾接过来揣进怀里，说："大人，卑职这就去桥梓口找姚东家。如果姚东家没在西安，卑职就让他的总账房徐玉玺亲自把祭文送回泾阳。请大人放心，卑职一定不会耽误大人祭奠恩师的。"

左宗棠笑着说："看来你和姚德等人都混熟了。"

泾阳县知县马逢春得知陕甘总督左宗棠前往平凉督战要途经泾阳县城时，早就做好了迎接的准备。虽说泾阳县城被攻陷过，但作为西北商贸中心、经济中心，陕西巡抚衙门还是拨专款按照官衙建制照原样修复了县衙。马逢春为接待左宗棠，特意在县衙西侧临近秀水街旁收拾好了干净的房间，就等左宗棠经过时赏光了。

这天午饭过后，马逢春带着县尉、县丞又将供左宗棠住宿的房间检查了一遍，在众人都认为安全后，才放心地返回县衙。

一行人刚回到县衙大堂，派出去打探消息的捕快急匆匆跑进了县衙，气喘吁吁地禀报："马县令，总督大人的车马仪仗已经过了泾河花池渡，距离县城不远了。"

马逢春立即打起精神说："县尉、县丞，都收拾利索些，跟我一起到县城东门接官亭迎接左大人。"

刚走出县衙，马逢春忽然想起一事，对县尉说："你看本县都急糊涂了，咋忘了召集士绅大户一起去迎接？劳烦县尉赶紧派衙役到二条街、姚家巷去告知所有士绅到东门外接官亭迎接左大人。"

左宗棠并没有乘坐地方大员经常坐的八台绿呢大轿，而是骑着一匹红色高头大马而来，一路欣赏着沿途景色，一路琢磨着如何尽快恢复生产。

就在他觉得有些腰酸背痛之际，一名旗牌官跑到左宗棠马头前面大声禀报："大人，泾阳县城马上就要到了。"

左宗棠抬头西望，隐隐约约看见远处不少人在接官亭恭候着自己。他一拍坐骑的屁股，战马一声长嘶，撩开四蹄，立即冲到了仪仗队前面。等到了接官亭，左宗棠勒住缰绳，战马昂首挺立，停下脚步。未等下马，马逢春就迎了上来行跪拜礼，大声说："卑职泾阳县令马逢春率领本县县丞、县尉和众士绅迎接左大人。"

左宗棠翻身下马，扶起马逢春，对跪在地上黑压压一片的士绅们说："大家都起来吧。本督在此感谢众位士绅慷慨解囊，捐资助粮！"言毕拱手对众人作揖，表达了他的感激之情。

马逢春没料到堂堂陕甘总督会对大家如此客气，他说："既然总督大人让大家起身，大家都起来吧。"

左宗棠微笑着说："请所有士绅随本督一起到县衙大堂说话。"

一行人走进县城东门，大街两旁站满了看热闹的民众。左宗棠一面微笑着跟众人打招呼，一面看着街面两旁悬挂的不同文字的各色幌子，心里盘算着等会儿如何鼓励士绅们继续支持自己。

众人从东大街走到县城中心的钟楼南折，就进入南大街，继续往南走不远，拐进秀水街之后，马逢春讨好地问："左大人，您是先休息，还是先到县衙大堂？"

左宗棠说："先到县衙大堂，本督想了解士绅们尤其是富商大户们对劝富输资和捐资助粮的真实想法。"

众人跟随左宗棠进了县衙大堂，黑压压坐了一大片。马逢春亲自执壶把盏为左宗棠敬茶。左宗棠接过茶杯，见杯中茶水泛橙红色，一股茯苓的香气扑鼻而来，他好奇地问："这是什么茶？"

马逢春满脸堆笑地说："总督大人，这是本县驰名西域的特产——泾阳茯砖茶，请大人品鉴指教。"

左宗棠大半生南征北战，走访过多处茶叶产地，品尝过安化茶、龙井茶、乌龙茶、六安瓜片等名茶，却从未听说过茯砖茶。他说："自古岭北不产茶，泾阳怎么出了茯砖茶？"

马逢春毕恭毕敬地说："这茶叶来自大人故乡，在泾阳另行加工制作，一直畅销西域。不知道大人喜欢不喜欢？"

说起了茶叶，左宗棠猛然间想到姚德。当年林则徐给他说过，在发配新疆途经西安时，因水土不服患了疾病，就是姚德给林则徐熬煮茶号生产的茯砖茶治好了他的病。左宗棠看了看左右，并没有发现姚德。他问："社树村姚德来了没有？"

众人互相看了看，正要回答左宗棠的问话，忽听见一阵急匆匆的脚步声直奔大堂而来，正是姚德和一个穿着青色长袍的青年。马逢春忙大声喊："姚德，快进来，左大人正在问你哩。"

姚德抢步进了大堂，拉着儿子姚汉唐给左宗棠行礼。随后气喘吁吁地说："草民姚德没料到左大人这么快就到了泾阳。草民迎接大人来迟，请大人责罚。"

左宗棠把姚德拉到身旁，小声问道："祭奠的准备都做完了吗？"

姚德轻声回答说："请大人放心，一切都准备妥当了。"

左宗棠转过头朗声道："本督知道泾阳是西部茶叶贸易中心，但没料到茶商们经营的却是茯砖茶。马知县履职泾阳不久，对茯砖茶不甚了解。

正好惠谦堂茶号的姚东家来了，就让姚东家给我介绍一下泾阳茯砖茶吧。"

姚德扫了一眼坐在大堂的马永盛茶号东家马昌民、天成铭东家唐廷铨、元顺茶号东家黄杰山、恒益春商号东家严树茂等人，见众人目光中尽是羡慕，不禁心中得意。他微笑着说："左大人想了解泾阳茯砖茶的事，我就代表众位茶商给左大人介绍了。"

姚德介绍说：自唐代中期开始，泾阳就是西北茶叶贸易的集散地。北宋神宗熙宁元年（1068），因机缘巧合，官办茶商无意间发现受暴雨淋湿的茶叶长出了黄色星状斑点，茶商们给这种黄色星状斑点起名叫金花。茶商们起初以为金花是霉变，就贱卖出去了，没想到牧区和西域各地的人们更喜欢带有金花的茶，并且在日常饮用中发现带有金花的茶有多种医用价值。当时，带金花的茶主要是散装茶，加上在三伏天制作，所以叫茯茶。随着茯茶销量不断增加，茶商设法改进茶叶包装，压缩茶叶体积，开始制作砖茶。明洪武元年（1368），诞生了第一块砖形的茯茶，就是泾阳茯砖茶。明万历二十三年（1595）后，朝廷允许湖南安化茶参与西北茶马交易，陕晋甘等省茶商齐聚安化采购，沿资江过益阳进入洞庭湖，转进长江到汉口，入汉江，过襄樊、赊旗，到老河口进丹江，一路上行抵达丹凤龙驹寨，然后走陆路，翻商州西面麻界岭十八盘，经蓝田到泾阳。安化黑茶在泾阳被加工成茯砖茶之后，形成了泾阳茯砖茶的特有风格，其消食健胃、降脂减肥、降压降糖、生津御寒的饮用功能是其他茶叶无法相比的。特别是对主食肉类，缺少蔬菜、水果的西部民众，长期饮用茯砖茶能消食化滞、和胃润肠、通便利尿，对人体有一定的保健和疾病预防作用。泾阳茯砖茶沿丝绸之路远销俄国、西番、波斯等四十多个国家，被誉为"丝绸之路上的黑黄金"。因茯砖茶香气浓郁，就有了"茯茶驼队十里外，茶香已入牧人家"的说法。据卢坤《秦疆治略》记载："泾阳县官茶进关，运至茶店，另行捡做，转运西行，捡茶之人，亦有万余。"只可惜经过同治初年的战乱，泾阳原有的八十六家茶商所剩无几，昔日繁华的景象只能到记忆中去寻找了。

左宗棠端起茶杯，闻到茯砖茶气味似茯苓，香气纯正；见汤色橙黄沉红，清澈透亮；入口滋味醇厚，甘润顺爽，回味悠长。不由得赞叹："好茶！好茶！这茶比我家乡的茶更好喝。"

他见众人静悄悄地看着自己，说："刚才姚东家说到了泾阳茶商惨遭战火洗劫，损失惨重，我心里也清楚。马知县，为了尽快恢复泾阳在西部贸易中的地位，帮助所有商号恢复经营，加快货物周转，方便百姓生活，促进恢复商业、农业生产，我想起了我的亲家、原两广总督陶澍对安化县官府说的话，就是要'重商、用商、便商、利商'。当务之急，你要抓好'重商、用商'，等战事平息，咱们一起再做好'便商、利商'，你看如何？"

马逢春看到左宗棠已经给自己指明了方向，高兴地说："卑职一定按照大人的要求去办，做好'重商、用商'工作，尽快恢复生产，不辜负大人的厚望。"

左宗棠抬头向大堂外面望去，见南面天际的云彩被夕阳映照得五彩斑斓，一阵热风刮进大堂，让他感到一丝疲倦。他对众人说："这几年，本督率军在陕西境内作战，得到泾阳县护国局和三原县同德局富商士绅的竭力相助，保证了大军的粮饷供给，本督铭记在心，深表谢意！此次本督途经泾阳，即将到平凉坐镇指挥围攻金积堡，争取震慑其他乱军，早日恢复陕甘境内百姓的太平日子。本督想知道在座各位对本督倡导劝富输资和捐资助粮有什么想法？"

他的话音刚落，大堂里顿时响起一阵嗡嗡声，时间不长，众人纷纷表态：继续不遗余力地支持朝廷平乱，尽快恢复商贸活动，保证百姓安居乐业。

左宗棠心里清楚众人有些话是压在心里不敢直说的，他眼神扫了一圈大堂，略显疲倦地说："本督知道大家想说的心里话还有很多，本来是可以畅所欲言的，但现在天时已晚，留到明天再说吧。众位先回去，本督明天抽时间到各商号转转，了解一下你们的苦衷，并尽可能想办法解决你们的难题。"

众人见左宗棠下了逐客令，纷纷告退起身往外走。左宗棠对姚德说："请姚东家留步，本督还有事要问你。"

本来已经站起身正准备离开的姚德，立即停下了脚步。待众士绅出了大堂后，姚德问："大人有啥吩咐？"

左宗棠没有回答他的话，指着他身旁的青年问："你就是姚汉唐？"

姚汉唐忙回答："草民正是姚汉唐。"

左宗棠轻轻拍了拍他的肩膀，说："像个关中汉子，身板不错。"他接着对姚德说："明天早上我去恩师墓地，姚东家在墓地等候我。"

姚德恭声说："草民知道了，一定恭候大人。"

马逢春听着左宗棠和姚德的对话，就像坠在云雾里，他好奇地问："左大人的恩师是谁呀？为何定在明天早上去拜谒？"

姚德插话说："左大人说的恩师就是泾阳人徐法绩，他家在县城西面二十里地的土门徐村。徐大人早已仙逝，左大人去平凉督战，特意绕道泾阳，准备明天去拜谒墓地，并给徐大人立碑祭祀。"

马逢春心里后悔极了。他虽说到泾阳任职不久，但听县尉聊起过泾阳历代名人，其中就有道光年间的徐法绩，当时并没有在意。他没料到左宗棠这么感念恩师，就想采取补救措施弥补过失。却不料左宗棠接下来的问话，让他尴尬至极。

左宗棠说："马县令，没有徐恩师当年的提携，我可能都无法考中举人，更不用说能为朝廷效力了。恩师已仙逝，我当执弟子礼前去墓地拜谒。马县令是否知道我恩师后人情况如何？"

马逢春脸色通红，无言以对。

姚德看到马逢春低头不语，替他解围说："当年徐大人病逝后，他的长子徐正谊把父亲遗体运回泾阳老家，安葬在了祖坟墓地。徐正谊因伤心过度，不久也去世了。徐家现在还有徐大人的长孙徐书佩。马大人，就是您刚到泾阳任县令时接见过的举人徐书佩。"

经姚德这么一提醒，马逢春立刻想起了徐书佩。此人虽说是举人，但身体强壮，行动利索，回答问题言简意赅，给他留下的印象不错。他说："徐书佩是个读书的料，假以时日，必能成大器。左大人明天要祭奠恩师，卑职派县丞去告知徐书佩，让他明天陪左大人一同祭奠。还有，祭奠还需要什么礼品，卑职一定准备妥当。"

左宗棠说："只有尊师重教，才能教化民众。马县令，祭奠恩师是我私人之事，一切费用由我承担。你明天随行即可，其他事情就不用操心了。"

马逢春送姚德父子出县衙大门时，小声嗔怪道："姚东家，你也太不够意思了，左大人要到泾阳祭奠恩师这么大的事，你也不告诉本县一声。你看刚才左大人问话，弄得多么难堪。"

姚德连忙解释说："事情紧急，加上要赶制墓碑，镌刻碑文、铭文，我整天待在墓园里忙活，把这事给忘了，请大人包涵。另外，左大人亲自给徐大人撰写了碑文、铭文，我看到后都感动不已。这个左大人啊，战场上是一员猛将，骨子里却是一位尊师爱师的楷模啊！"

马逢春说："能把左大人撰写的碑文、铭文让我看看吗？"

姚德说："碑文、铭文都在镌刻工匠富平人姚景庭手里，我咋敢随身携带？大人如果想看，明天到墓园肯定能如愿以偿。"

第二天早上，天气晴朗，万里无云。

姚德和徐书佩、姚汉唐等人黎明时分就到了徐家墓园。徐书佩和姚汉唐年龄相仿，虽说一个是举人，一个喜好经商，但年轻人在一起，总有说不完的话。

姚汉唐说："书佩，左大人这次特意来祭奠你爷爷，难道你就没有什么想法？"

徐书佩说："左大人是封疆大吏，陕甘总督，他来祭奠我爷爷，那是感念我爷爷当年在劣等考卷中发现了他是个人才。我是一个贫穷举人，没有财力贿赂考官再中进士，自然就无法进入仕途了。我现在的境况和左大人相隔十万八千里，能有啥想法？"

姚汉唐说："人不能一棵树上吊死嘛。参加科举中进士没有希望，难道不能随左大人驰骋疆场、建功立业吗？"

徐书佩打了个激灵，心思一下子开阔了。他说："都说人在事中迷，还果真如此。你今天要不这样提醒，我可能会一直考下去，直到白发苍苍。我虽说只有举人这个虚名，能在这种场合结识左大人，或许是我爷爷在天之灵护佑我吧。"

正在两个人叽叽咕咕地小声交谈之际，姚德隐约听到了左宗棠仪仗队鸣锣开道的锣声。他说："别傻愣着了，跟我到路边去迎接左大人。"

左宗棠没有像昨天一样骑着高头大马，而是乘坐给他配备的八抬绿呢大轿而来。轿子刚停下，左宗棠就下来了。他整了整衣冠，神情肃穆地迈步进入墓园。

徐法绩的坟墓早已被姚德安排护院清理得干干净净，四周的树枝也修剪得整整齐齐。在坟墓南面，新竖着一通高约八尺的青石墓碑，上书"皇清诰授中议大夫、太常寺少卿徐公法绩之墓"几个楷书大字。墓碑前面放了一条五尺左右的石案，上面摆放着祭祀用的三牲和蜡烛、高香。

左宗棠缓步走到祭案前，点燃蜡烛，接着用蜡烛之火点燃三炷高香。他举香过头，对着墓碑三鞠躬，随后将高香插在祭案中部的香炉里。

他后退了几步，取下装饰有花翎的官帽，递给站在旁边的马逢春，然后撩起官服下摆，跪在墓前已经准备好的垫子上，对着恩师徐法绩的墓碑行了三拜九叩大礼。

行礼过后，左宗棠站起身，从怀里掏出祭文抖开，朗声说："恩师在天有灵，弟子左宗棠途经恩师家乡，特意前来祭拜。弟子不才，特意为恩师撰写了碑文、铭文。现当众诵读铭文，感念恩师。"

铭[1]曰：昔在中叶维庆光，日中月盈时太康。

文恬武嬉乐以荒，孰饬蓝篡陈纪纲。

先生有道出羲皇，黄门三疏何琅琅。

帝曰俞哉臣之良，众正颀首师汝昌。

有沮之者言如簧，谓宜明试勤宜防。

九河禹迹穷茫茫，习坎非险吾道臧。

关节不到清以强，河伯弭伏蛟龙藏。

帝恩前席久不忘，和墒起官贰太常。

乞身归卧泾之阳，岁祲振乏谋发棠。

收恤里族恭维桑，清心惠问史谍彰。

我来自东征戎羌，持节度陇瞻公乡。

墓门宰树森成行，遗阡岿然妥平冈。

小子有述慎且详，樵采讥禁世秦望。

泾山高高泾水长。

同治九年夏弟子左宗棠

一旁站立的徐书佩泣不成声，他走到左宗棠跟前，行跪拜礼，哽咽道：

---

[1] 徐法绩碑文、铭文：参见徐民主编著《天下第一砖——泾阳茯砖茶》，陕西人民出版社2010年版，第151—153页。徐法绩墓园、墓碑在20世纪60年代"文化大革命"中被毁，现在墓碑已残缺不全。

"学生徐书佩代表徐家感谢左大人!"

参加祭奠仪式的所有人,此刻都是热泪盈眶。他们不但钦佩左宗棠的文才,更敬重左宗棠的人品。一个堂堂陕甘总督,能以弟子礼跪拜官位远低于自己的恩师墓碑,足以让所有人对他肃然起敬。

左宗棠拉起徐书佩,仔细打量了一番,鼻子一酸,说:"像恩师的模样。"

随后,他对马逢春说:"把徐大人的墓园再扩大一些,遍植松柏,安排专人看护。"

马逢春立即回应说:"这点小事就不劳左大人操心了,卑职一定办到。"

左宗棠拉着徐书佩的手,围着坟墓转了一圈,在墓碑处驻足,又仔细看了一遍碑文,叹息着说:"弟子军务繁忙,等以后有机会,再来祭拜恩师。"

左宗棠走出墓园时问徐书佩:"书佩,你是打算继续参加科举中进士,还是有别的想法?"

徐书佩见他主动问起,忙说:"现在科场黑暗龌龊,学生也难考中进士。学生想追随左大人效命疆场,建功立业。"

左宗棠点头说:"本督也正有此意。你回家收拾一下,明天随我一起去平凉。大丈夫效忠国家,并非参加科举一条路,只要你有为国为民之心,何愁没有前程。"

看到左宗棠答应了自己的请求,徐书佩心里乐开了花。欲行礼感谢,却被左宗棠死死拉住无法脱手。左宗棠说:"你是恩师的嫡孙,我自当照顾你。繁文缛节就算了,免得恩师在天上看见我这个弟子不懂人情世故。"

左宗棠临上轿时,对姚德招了招手。姚德紧走几步,到了轿子跟前问:"左大人有何吩咐?"

左宗棠说:"玉如啊,你办事非常牢靠。今天这事,让你费心了。"

一听左宗棠直呼自己的字,姚德感觉两个人的距离瞬间拉近了。他心头一热,说:"应该的。草民能为左大人办点小事,倍感荣幸。"

左宗棠突然问:"我听说你要兴办书院,现在进行的咋样了?"

姚德说:"因受此次战乱的影响,现在才修建完书院建筑,尚未聘请到山长。"

左宗棠说:"你随我上轿,咱们一起去看看你兴建的校舍。我昨天说过要到县城各商号转转,你就给我当一回向导如何?"

姚德万万不曾料到会享受乘坐总督大人官轿这种待遇,欣喜道:"草民愿意为大人效劳。"

官轿进县城西门后,姚德说:"大人,让我下轿在前面领路吧,否则仪仗队也不知道书院在何处呀!"

左宗棠说:"你先别急,等我换上便装,咱们一起下轿。带着督府的仪仗队,又是鸣锣开道,又是闲人躲避,能看到什么真实情况?"

他换好便装下轿后对马逢春说:"马知县,让仪仗队回驻地,让你的衙役回县衙。咱们几个随便溜达着走走看看如何?"

马逢春说:"一切听从大人的安排,卑职这就让衙役带着仪仗队回驻地。"

一会儿工夫,庞大的队伍就剩下左宗棠、马逢春、姚德、姚汉唐和县尉、县丞六个人了。

一行人先到姚家巷西头常平仓附近新建的书院。呈现在左宗棠等人眼前的新建书院包括:三间面阔的书院大门紧临常平仓,进门一进院新建讲堂三间,堂前东西斋各三间,二门通过两边回廊和大门相连,中间为三间面阔的硬山顶建筑,二进院东西斋各三间,供学生住宿的房舍五间,西偏院东西斋各二十间,厨房修建在院落尽头。

众人在书院转了一周，左宗棠不住点头嘉许。走到大门口时，姚德刚想请左宗棠给书院题写牌匾，发现他的目光投向了书院东北方向的泾干湖。

姚德指着泾干湖说："左大人，东北方向那片湖泊当地人称作泾干湖。干在这里就是水边的意思，泾干湖就是泾河边上的湖泊。这个湖泊水深六七丈，据说湖底有泉眼和泾河相连，常年不会干涸，四季水色常青，是城内民众休闲的地方。"

左宗棠说："县城里面有这样一个湖泊，既可防止水涝，也能救火应急，如果在四周种上花木，还可成为一大景观。"

姚德说："大人，书院已快修建完成，估计明年春天就可招收学生入学。草民想请大人为书院题写一个牌匾，不知道大人能否赏脸？"

左宗棠爽快地说："举手之劳，还谈什么赏脸不赏脸。玉如能为家乡兴办书院，开启民智，教书育人，实乃善莫大焉。我看这里临近泾干湖，就把书院起名为泾干书院①如何？"

姚德本来想请左宗棠书写一块"崇实书院"的牌匾，没料到他给书院另起了名字，只好说："就依大人之意，叫作泾干书院，烦请大人书写牌匾。"

左宗棠又问："玉如，修建泾干书院花了不少钱吧？"

姚德说："书院修建到如今这程度，已经花费了两万多银两，要保证书院正常运行，除了完善其他设施需要花费五千两外，每年尚需花费至少六百两。"

---

① 泾干书院：据清宣统《泾阳县志》记载，书院旧址在现泾阳县人民医院所在地。另据《泾阳文存·致姚玉如书》记载，泾干书院建成后，在光绪二年(1876)聘请关中大儒柏景伟(字子俊)任第一任山长(院长或校长)，光绪十一年(1885)聘任大儒刘古愚(名光蕡，字焕唐，号古愚，以号行)，光绪十七年(1891)刘古愚的学生继任山长。三位山长都是清末关学代表人物，既重视传统又不忽视对西方文化的认知，对培养社会转型期的新型实用人才起了很大作用。1902年泾干书院更名为泾阳县高等小学，存在时间约34年。另据民国《泾阳县志》记载，姚德在泾阳兴建正谊、瀛洲、味泾、崇实等书院时，和兄弟姚敏多次捐助，在以教育振兴泾阳过程中功不可没。

左宗棠慨叹道:"泾阳旧称人文渊薮,名人辈出,丧乱以来,书院荒废,学生无处求学。玉如能花费巨资,兴办书院,恢复学业,培育经世致用人才,重振关学遗风,此等善举,将为后世感念。马知县,你将姚德独资兴办泾干书院的善举拟文上报陕西巡抚衙门,我也给朝廷上奏章,请朝廷敕封姚德为议叙道员[①]。"

姚德说:"草民并非科举出身,咋能当议叙道员?"

左宗棠说:"你和三原县胡坪倡议关中富商大户捐资助粮,又独资兴办泾干书院,理应得到朝廷和官府的赏赐,你就不用推辞了。"

姚德说:"我兴建书院是在兑现当初对林则徐林大人许下的诺言,是为了培育经世致用的人才,并非为了沽名钓誉啊!"

左宗棠笑着说:"南方商业界都说陕西商人是陕棒槌,不会转弯,我今天算是见识了。走,去看看你的茶号吧。"

姚德领着众人沿着街道往南走,拐进二条街茶号、店铺林立的繁华之处。左宗棠边走边看,不时停下脚步打问商品贸易情况。一些店铺伙计看见马县令、县尉、县丞等人寸步不离跟随在一个老头身后,就猜到这个脑后垂着花白长辫的老头子身份不一般,纷纷态度谦恭地回答老头的问话。

闲逛了一会,就转到了惠谦堂茶号门口。姚德转身问:"左大人,到敝号休息一下,喝杯茶如何?"

左宗棠此刻确实感到口干舌燥,点头说:"好,就去看看你的茶号,顺便讨杯茶喝。"

[①] 议叙道员:清代官吏制度于考核官吏以后,对成绩优者给以议叙,以示奖励。议叙之法有二,一加级,二纪录。又由保举而任用之官亦称为议叙,如议叙知县之类。根据清代的官阶制度,道员(道台)是省(巡抚、总督)与府(知府)之间的地方长官。清初的道员官阶不定,乾隆十八年(1753),道员一律定为正四品,同治时期改为从四品。此处的议叙道员是由总督或巡抚推举而任用的官员。居家道员则是不用去官府衙门上班的虚职道员,也称座家道,只有虚名,没有薪酬。

姚汉唐连忙大步流星地先进了茶号，直奔二进院客厅煮茶。待左宗棠等人从门店缓步进到客厅，姚汉唐刚把茶煮好。

姚汉唐倒了几杯茶，分别端给众人，然后恭敬地站在一旁，等候续茶。

左宗棠喝了一口茶说："我到陕西后，可能也是因为水土不服，肠胃一直不舒服。昨天在县衙喝了马县令亲自煮的茯砖茶，感觉舒服多了。汉唐，你去取一块茯砖茶来，让我仔细看看。"

姚汉唐转身跑向前面店面，片刻间就拿着一块茯砖茶进了客厅，双手托着递给左宗棠。

左宗棠拿起像砖头一样的茯砖茶掂了掂，觉得有五斤左右。茯砖茶外面的麻纸上印有红色的惠谦堂标识、总号所在地。他撕开麻纸，黑色泛着黄色斑点的砖茶就呈现在眼前。左宗棠笑着问姚汉唐："小伙子，你能说说泾阳茯砖茶的特点吗？"

姚汉唐倒是毫不怯场，滔滔不绝地说："我在泾干书院大门口听见大人说南方商人戏称陕西商人为陕棒槌，那我就结合陕西人的性格特点给大人介绍一下泾阳茯砖茶。泾阳茯砖茶外形古朴厚重，砖面平整，棱角分明，薄厚一致，体现了陕西人的豪爽、大气、奔放的个性，也就是陕西人自己概括的生蹭愣倔的脾性。茯砖茶制作技艺精湛、考究、完善，发花茂盛，营养和药用作用兼备，是泾水滋润的茶中奇葩，是一件既可观赏又可品尝、贮藏的艺术精品，代表了陕西人外冷内热，深受儒释道三家文化的影响，做事有分寸，办事有诚信。茯砖茶汤红不浊，香气纯正，味厚不涩，滋味悠长，口劲强，耐冲泡，体现了陕西人实在、厚道、忠诚的品质。大人，如果草民说错了，愿意承担一切责任。"

未等左宗棠说话，一直没敢作声的县尉说："我是土生土长的泾阳人，也经常喝几个老字号的茯砖茶，但从来没有见人把茯砖茶和陕西人的性格特点结合得如此深刻。姚汉唐，你要不经商就屈才了。"

姚德笑着说:"没想到这小子对茯砖茶还下了不少功夫,总结出了这样的说法,倒是令我汗颜!"

左宗棠说:"据帮办大臣雷正绾对我说,此次入陕的湘军也有不少人因为水土不服,缺少瓜果蔬菜,食欲不振,肠胃不舒服,影响了战斗力。我看这样,就在玉如的茶号采购一批惠谦堂字号的茯砖茶供将士们饮用。汉唐,你能否随本督一起赴平凉,教将士们如何饮用茯砖茶?"

姚汉唐在徐法绩墓园时就羡慕徐书佩能跟随官军征战,现在听左宗棠询问自己能否去平凉,他瞥了一眼父亲,随即说:"能跟随左大人去平凉为国效力,草民倍感荣幸。"

左宗棠扭头问姚德:"玉如,你放心儿子跟本督去平凉吗?"

姚德心想儿子能为朝廷效力,是求之不得的好事,但他嘴上却说:"儿大不由父。他愿意跟随大人我没意见,就是怕给大人添麻烦。"

左宗棠笑着说:"我看汉唐机灵,让他跟着我去历练一番,说不定将来还有大用场。"

左宗棠一行走后,姚德指着姚汉唐的脑袋说:"你这小子,这么大的事,也不跟老子商量,就敢答应随左大人去平凉。"

姚汉唐笑嘻嘻地说:"徐书佩能随左大人去,我又不缺胳膊少腿,为啥不能去?再说了,我又不是去前线冲锋陷阵,您担心啥?"

姚德说:"你真是不知天高地厚。虽然我答应你随左大人去平凉,但是有几句话我还是要叮嘱在前。你随军出征,要时刻记得谨慎从事,说话做事要注意分寸、场合。我总结了自己大半辈子做人做事的心得,希望你牢记:'知人不必言尽,言尽则无友。责人不必苛尽,苛尽则众远'。其实无论是做人,还是做事,都要学会给别人留有余地。如果把话说得太满,事做得太绝,情面伤得太尽,最终既会让别人为难,也会让自己难堪。做人留一线,日后好相见。给别人让步,就是给自己增福。给别人施恩,就是给自己积德。"

姚汉唐很少能有机会听到父亲这样语重心长的话，明白这既是父亲对自己的忠告，也是鼓励和期盼，于是正色恭声道："请父亲放心，儿子绝对不会给父亲丢脸的。"

姚德说："把你这头犟驴交给左大人，我也就放心了。"

后人赞曰：尊师敬师左宗棠，亲诵铭文祭师长。

提携后辈御农商，鼓励兴学育贤良。

第十八章

严树森撰驸马碑　社树堡呈奢华相

姚汉唐跟随左宗棠去平凉后，不断派人送信回泾阳，一来是向父亲报平安，二来是传递战事的进展情况。姚汉唐在信中说，左宗棠在刘松山进攻金积堡阵亡后痛感"失我右臂"，但丝毫没有动摇他攻克金积堡的决心。随后，左宗棠命令刘松山的侄子刘锦堂代替刘松山，又调动重兵围攻金积堡，终于在同治十年三月攻克金积堡，左宗棠被朝廷赏加骑都尉世职。

姚汉唐的书信不但给姚德报了平安，让他了解了前方战况，更给他吃了一颗定心丸。姚德从左宗棠攻打金积堡的惨烈战况中，进一步认识到了修建堡墙、预防劫匪攻击的重要性。

此时的社树村早就拉开了恢复重建的序幕。姚德在重建姚家各宅院之后，首先遇到了宗族内为修建堡墙意见不合的问题，其次面临着资金严重不足的困境。

姚家自当年姚昂干把永聚公、永聚源、永聚全三大商号划分成十大堂号之后，经过几代人的不断努力，在乾隆至道光中期，一度形成了大小不同近四十个商号，被当地人称作七大八小二十四个火葫芦，达到社树姚家商业贸易的鼎盛时期。随后，姚家宗族因有些堂号东家没有男丁，无法继承祖宗遗留的产业，堂号被不断兼并。太平天国起义后，姚家在湖北、河南及常州、苏州、上海等地的商号因战事影响，超过千万两白银的资产损失殆尽，昔日近四十个堂号萎缩成十大堂号。同治初年，陕甘回民军横扫关中，又使姚家商业贸易雪上加霜，到现在仅存恒昌堂、惠谦堂、五福堂、燕翼堂、仁在堂、竹森堂、华萼堂七大商号了。

社树村被焚毁后，在原址上恢复重建的姚家各宅院在地理上形成了前街三堂（仁在堂、竹森堂、华萼堂）和后街四堂（恒昌堂、惠谦堂、五福堂、燕翼堂）的自然格局。在姚德的规划中，兴建社树村堡将仿照泾阳县城城墙的模样建成一座乌龟形状的城池，除了因为商家忌讳财富外流，不修建南堡门之外，要修建东、北、西三座难以攻陷的堡门，在高大坚固的城墙四角修建角楼，在城垛上每隔一段修建一座炮台，把社树村堡变成一座具有军事防御功能的安全家园。尽管他的想法很完美，但严酷的现实很快让他有了深深的挫败感。

姚家虽说供奉着同一个祖先，每年过年时全族男丁都要到位于村东的宗祠共同祭祖，但这并不能改变有些宗亲因为财富拥有的多寡、平时走动的多少、所管商号的地域等问题而有亲疏、远近之分的现实。就从社树村现有格局来说，后街四大堂号都是没出五服的宗亲，前街三大堂号也是没出五服的宗亲，但前街和后街整体上早就出了五服。以仁在堂为首领的前街三大堂号仍然把总号设在雅州，经营着川藏贸易，但因宗族男丁稀少，虽说东家亲临总号主持重大商务，但日子过得依然有些艰难。对于修建堡墙，姚德曾专门写信征求仁在堂东家、他的堂弟姚树樾（字甫威，妻子是三原商家之女党珍）的意见。当时远在雅州的姚树樾已经知道村里的宅院被焚毁成了一片焦土，加上仁在堂经营困难，无力承担修建村堡分摊的费用，就回信拒绝了前街参与修建堡墙这件事。

姚德接到姚树樾派人送回来的书信，心情极为沮丧。前街三家三大堂号不参与修建堡墙，后街四家四大堂号也没有充足财力完成原来的规划，村堡修建就面临着必须修改原来规划的现实。

一天后半响，姚德怔怔地看着铺在书案上的村堡规划图发呆，管家杨德泰走进了书房他也没有察觉。杨德泰见东家眼睛发直，低着头不说话，只好硬着头皮说："东家，修建堡墙的青砖已经烧制过半，修建城门基础的青石条也运到了村里。现在资金缺口较大，前街三家到底是啥态度？"

姚德苦笑着说："甫威已经托人捎信回来了，前街三家不参与修建堡墙。杨管家，依你看，后街四家有能力按规划将堡墙修建起来吗？"

杨德泰脑子里盘算了一下说："东家这些年因资助林大人完成秋播，资助左大人军需，加上兴办泾干书院，已经花去了后街四大堂号巨额资金。现在要想按照原来规划修建堡墙，除非出卖姚氏家族在盩厔、鄠县，甚至咸阳、兴平的大量土地，否则根本无法完成。"

姚德心里清楚，杨德泰说的田产是姚昂干当年主持姚氏家族商业贸易发家致富后留下的产业，不要说他无权处置，就是有权他也不能这么干。

见姚德不表态，杨德泰只好等着看东家下一步咋安排。

就在两个人为资金苦恼的时候，姚德的大儿子姚炎悄悄溜了进来。他站在两人背后刚好偷听到父亲和管家谈起修建堡墙出卖土地的事，于是蹑手蹑脚停下来，想听听父亲的主张。

姚德考虑了一阵说："土地坚决不能出卖。如果资金不足，继续转让四大堂号在四川各地分支商号的股份，把分支商号转让给大掌柜经营，把资金抽调回来修建村堡。"

姚炎觉得父亲这样做，无异于杀鸡取卵、饮鸩止渴。忍不住插话说："父亲这样做，就会丧失姚家在四川各地经营了上百年的商号。即使前街无能力出资，咱也不能把活钱变成死堡墙。孩儿愚见，不如出卖土地，全力保证四川各地商号正常经营。"

姚德猛然间听到姚炎这番话，不以为然，训斥道："你一个半大孩子懂个屁，不好好读书，跑到这里掺和大人谈论的事情来了。中国自古以来就有'以商致富，以农守之'的传统，我还没有听说谁出卖了祖上留下来的土地去经商的。"

姚炎不服气地说："父亲说的是流传了几千年的老观念。商人不以加快货物周转并获取利润为重，却把土地当成了命根子。不断抽取商号流动资金，只能使商号周转困顿，甚至倒闭。为了保住土地，把商号转让，这本身就不是一个明智的商家的作为。"

杨德泰觉得姚炎说话没大没小，竟敢指责姚德的做法。他说："大少爷还是去读书吧，东家经历过大风大浪，自然知道该咋做。"

姚德有点生气地说："前些年社树村被攻陷，抢了姚家多少财富？但只要田地的地契在咱们手里，谁也没办法抢夺走。陕西商人说'生意钱几十年，庄稼钱万万年'就是把田产看得比商产还重要。你一个没经过世面的学生，能懂多少世间的道理？这里没你啥事，赶紧滚蛋！"

姚炎噘着嘴不情愿地走了。杨德泰劝道："大少爷的一番话也不无道理，请东家再斟酌斟酌。"

姚德说："不用考虑了，就转让四川各地商号资产修建堡墙。另外，前街三家不愿参与，咱们能否这么办？"说话间，拿起一支笔，在堡墙规划图上描画了一番。

杨德泰看到经过东家修改的规划图，将乌龟形堡墙变成了一个不规则的七边形，好像一头耕牛卧在原来的规划图上。他说："规划图经东家修改，呈卧牛形状，虽说堡墙所包围的面积小了不少，但显得更紧凑了。耕牛是农户的重要家产，吃苦耐劳，无私奉献，和东家义商的称谓也相符合。这样一改更好。"

姚德说："我是这样想的，堡墙规划改过之后，东西走向的街道叫永惠路，南北走向的街道叫永昌路。东门叫瀛洲迎驾，北门叫仲山晴岚，西门叫泾水长流。你让石匠把三个门的名字镌刻成石条，修建城门时镶嵌在城门上。"一边说着，一边将写有三个城门名字的纸张递给杨德泰。

杨德泰接过纸张走出客厅后，觉得东家的心情和心思较以往有了较大的变化。姚德兴建完泾干书院之后，曾经带着财帛礼金兴冲冲地到三原县城拜访关中大儒贺瑞麟，并盛情邀请贺瑞麟出任泾干书院第一任山长，贺瑞麟没有当面表态，随后回信拒绝了姚德的好意。在泾干书院开学之后，贺瑞麟创办了正谊书院并出任山长。这件事，对姚德打击不小。在姚德的心里，都是为家乡兴资办学，培育人才，有钱者出钱，无钱者出智，贺瑞麟拒绝自己的邀请，或许是看不起自己是商人，也可能是因为他没进过书院读书，没有取得过功名。自尊心受挫之人，往往会产生一种逆反心理。儒生看不起商人，但商人也不会因此沉沦。从姚德此后真诚邀请的泾干书院山长和写下的堡门名字看，他绝对是一个拿得起放得下的人。

杨德泰从三个堡门的名称中，体会到了东家的良苦用心。堡内两条街道，暗含着惠谦堂、恒昌堂的堂号，这两个脱胎于永聚公总号的堂号，惠谦堂东家姚德的宅院正好处在东门里的永惠路上，恒昌堂东家的宅院在北门里永昌路中段。虽说社树村位于龙洞渠上游，地理位置确实和三个名字有关，但三个堡门这样命名，还是让人震惊。东门命名瀛洲迎驾脱胎于泾阳八景之一的瀛洲春草，相传为唐代十八学士登瀛洲之处。唐太宗当年延请四方文学之士兼文学馆学士聚会在县城东南二十里处的瀛洲台谈论诗文，让天下读书人神往。瀛洲迎驾无疑寄托着东家美好的期盼。北门命名仲山晴岚则直接引用了泾阳八景之一的称谓。杨德泰记得在《史记》第二卷中就有："未央宫成，高祖大朝诸侯群臣，置酒未央前殿。高祖奉卮①，起为太上皇曰：'始大人常以臣无赖，不能治产业，不如仲力。今某之业所就孰与仲多？'"随后，刘邦把泾阳县城西北七十里的山脉赏赐给其兄刘仲，这座山从此被称为仲山。每当雪雨霁晴，遥望此山之上白云朵朵，山中岚气袅袅，犹如浣溪之纱飘于清流之中，远观令人神清气爽，耳目一新。明代乔奉先曾特作《仲山晴岚》②一诗抒发他的感受。或许，东家是希望自己所修建的堡墙能保护姚家子孙万代都能远眺仲山，欣赏到大自然的美丽美色。西门起名泾水长流，也许是东家受到了左宗棠祭奠恩师徐法绩铭文中最后一句"泾山高高泾水长"的影响，希望姚家的财富就像泾河之水长流不断。可能是因为社树村临近泾河出瓠口处，村里原来修筑的水渠就是把瓠口筛珠洞的泉水引了过来，供人畜饮用和浇灌花草树木。杨德泰其实更愿意相信东家是受了乔奉先《文川秀色》③这首诗的影响。谁不希望自己的家园果木繁茂，绿树成荫，繁花似锦，赏心悦目？杨德泰没有立即把三个堡门的名字交给石匠去镌刻，他觉得东家不会随便就让几位石匠镌刻堡门名字的。果真如此的话，岂不是把美好的企盼降到了最低水平？让他没想到的是，正因为他的消极怠慢，书写三个堡门名字之事竟有了意想不到的收获。

社树堡全面开工建设之后，按照姚德的规划，将在村堡内修建永惠路、永昌路两条大街。这两条街道全部用青石条铺设路面，所有堡内建筑全部

---

① 卮：古代盛酒的器皿。
② 明代乔奉先《仲山晴岚》诗全文：矗矗峰峦插碧空，浮云流水各西东。岚光晴滴山头雨，树色凉生洞口风。一抹淡烟青嶂外，半林残照翠微中。挥毫几欲留新句，只恐山灵消未工。
③ 明代乔奉先《文川秀色》诗全文：活水源头漾碧流，此中佳致胜瀛洲。天桃嫩柳一川景，红叶黄花两岸秋。鸥鹭忘机时上下，鱼龙吹浪任沉浮。吟边剩有无穷趣，为问丹青写得不？

高出街道三尺，方便遇到暴雨天气宅院内积水能够顺畅地流到街道两边的暗渠内，防止内涝成灾。在村堡中心修建池塘、戏楼、牌坊、旗杆、魁星楼等建筑。对于堡墙的修建，姚德特别关注，要求堡墙用三分白灰七分黄土按照每层两寸厚度夯实，每天都有人对每层夯土用水进行质量检查，凡发现锤子窝有渗水现象，必须返工。底宽八米，高度八米，顶宽约六米的夯土墙完成后，全部用青砖包裹，在堡墙外面深挖壕沟，放水入沟，构成防护屏障。三座堡门均修建二层重檐歇山顶式门楼，在堡门内两侧修建跑马道，供马匹沿跑马道直接上堡墙。

在堡墙即将竣工时，姚德特意把修筑堡墙的所有能工巧匠召集到一起，对他们交代要在南面堡墙的正中间修建一座面南背北的三层六角龙王庙，并对庙里的壁画提出了详细要求。一层北面墙上绘制坐在中央的泾河龙王，下面有一官员手执奏折，正在求水神行雨，名为"祈雨图"。东面墙上绘制众侍女正在准备用珠宝、水果及酒供奉龙王。西面绘制众侍女正在忙于尚食，有两个小侍女在烧炉，火炉上的壶已经烧开，其中一侍女弯腰捅炉灰，站着的侍女怕炉灰落脏了头发，急忙用衣袖遮住了头，名为"尚食图"。二层全部绘制秦腔戏剧故事，包括《三娘教子》《张连卖布》《周仁回府》《下河东》《捉放曹》《辕门斩子》《穆桂英挂帅》等。三层北面绘制唐僧取经图，东面绘制孔圣人授徒图案，西面绘制武圣人《关羽夜读〈春秋〉》图。

姚德一一说完要求后，见众人用异样的目光看着自己，笑着解释道："在南堡墙修建龙王庙，是为了祭祀泾河龙王，不让泾河发大水淹了社树堡。千百年来，泾河流域发生了魏徵梦中斩龙王、柳毅传书、翠华姑娘等许多传奇故事，想必大家都知道。供奉泾河龙王，也是祈求风调雨顺，五谷丰登，让庄户人家都能过上好日子。"

这年的金秋季节，泾阳县知县马逢春在衙役的护卫下来到社树堡。在北面堡墙上监工堡门楼收尾的杨德泰眺见有一队人马直向社树堡而来，他急忙转到东门的堡墙上，这才看清楚是马知县来了，匆忙跑下堡墙向东家汇报。

姚德听说知县大人到了社树堡，急忙换了一件干净长袍，还未来得及走出宅院大门，马逢春带着人马已经到了大门外。接着一阵鞭炮声响起，噼里啪啦的鞭炮声弄得姚德丈二的和尚摸不着头脑。

待鞭炮声稍停，烟雾中马逢春走到姚德跟前满面笑容说："恭喜议叙道员姚大人。"随即向衙役队伍一招手，四个衙役抬着两块牌匾走了过来，第一块牌匾上面雕刻着"议叙道员"四个楷书大字，第二块牌匾上雕刻着"进士及第"四个大字。姚德看着这两块牌匾，不由一怔，真不敢相信这是泾阳知县亲自送上门来的。

马逢春笑着说："姚大人，左总督当初让本县将你的善举写奏章上报朝廷，日前朝廷下了诏令，敕封你为四品议叙道员，加赏进士及第。本县特意让人将朝廷诏令雕刻成了这两块牌匾，今天专程送到社树堡。"

姚德这才恍然大悟，忙抱拳向马逢春表示感谢。随后，让杨德泰接收了两块牌匾，安排跟随知县大人前来社树堡的所有人员到一进院喝茶聊天。自己则陪着马逢春到了二进院客厅。

姚德请马逢春落座后，一边给马逢春沏茶，一边说："草民没料到马知县能亲临社树堡，这是新建的社树堡莫大的荣幸啊！"

马逢春放下茶杯严肃地说："你以后就不能再称自己是草民了，按官职大小，你这个议叙道员还在本县之上呢，以后本县见了你，还要按照朝廷规定向你行礼请安哩。"

姚德急忙说："知县大人可不能这么说。议叙道员是个闲职，哪敢和您这实职的县令相比呀！"

马逢春见姚德清楚官场规则，笑着说："姚大人知道就好。不管咋说，姚大人今天也算是双喜临门，必须得庆贺一下才对。"

姚德谦让道："姚家在本朝出过武进士，但还没有通过科举中进士的。我这个大半辈子经商之人，没料到却被朝廷赏赐进士及第，真是皇恩浩荡啊！姚某能有今天这份天大的荣幸，还要感谢马大人和左总督竭力举荐之功呀！"

马逢春知道姚德和左宗棠的关系，不敢贪左宗棠之功为己有，说："本县听说姚大人的儿子姚炎、姚五经学业优秀，人才出众，难道还怕不能通过科举进入仕途吗？姚大人，本县今天来社树堡，见堡墙高大，堡门坚固，门楼巍峨，街道青石铺地，宅院豪华气派，真的是出乎本县所料。姚大人能否派人领本县在堡子里转转，让本县开开眼界？"

姚德说："想不到知县大人对一个小小的社树堡感兴趣，姚某自当亲自陪同马知县到各处转转，有不合适的地方恳请您指正。"

姚德领着马逢春刚走出大门，杨德泰就和县尉跟了出来。四个人沿着东西街道直走，就到了堡子中心地带的荷花池。这里位居整个村堡的地理位置中心，修建有牌坊、戏楼、魁星阁、楼台亭榭等建筑。在牌坊前有两根插在青石须弥座上高耸入云的铸铁旗杆，旗杆上有大、中、小三个云斗，每个云斗上有四个风铎，云斗间行龙盘绕，顶部站着一只展翅欲飞的凤鸟。马逢春抬头观望了一会儿，觉得有点头晕，就低头观看旗杆下面的青石须弥座。这个插着铸铁旗杆的青石须弥座上精雕细刻着天马、狮子、梅花鹿、麒麟等图案，其真实寓意非常明显。

在旗杆东面的青石台阶上修建有一座坐东面西、前重檐后单檐建筑的戏楼。戏楼的额方、雀替及挂落等构件上雕着"鸣凤朝阳""龙吟虎啸"等图案，二层靠外面的两根立柱上悬挂着一副对联：声情警觉开场白即收场白；高台教化戏中人亦世上人。

旗杆西面修建有一座七层高的青砖魁星楼。远看如同崇文塔一般，塔顶用青色琉璃瓦装饰，光彩夺目。每层均有外悬回廊供人登高远眺。

旗杆南侧是一座修建在三层青石台阶上的三门式汉白玉牌坊。石牌坊分左中右三个独立单元，每个单元都有五层，飞檐高挑，通体满布匾额、对联、人物、禽兽图案。中间牌坊为三间四柱式，须弥座、方柱的两侧附以抱鼓石，中间两侧鼓面雕刻"俞伯牙爱琴""孟浩然爱梅""林和靖爱鹤""周敦颐爱莲""米元章爱石""嵇康爱竹""王羲之爱鹅""陶渊明爱菊"八爱图。中坊上雕刻着福禄寿三星，匾书"孟氏难言这浩然"。东配坊左上刻"杜甫吟诗"，右上雕"李白骑鲸"，西配坊左上雕"赵匡胤输华山"，右上雕"赵彦求寿"。整座牌坊雕工精细，布局合理，图案栩栩如生。马逢春仔细观看牌坊上的图案，对设计者高深的传统文化功底钦佩不已，对镌刻者融观赏性、教化性于一体的高超技艺赞不绝口。

转过身，就是紧邻牌坊的荷花池。这个占地面积近两亩的荷花池碧波荡漾，池中荷花正在怒放，白色、黄色、粉红色，色色鲜艳，令人垂涎欲滴。池子北面用白色玉石精雕的龙头喷出水柱，清水入池，溅起朵朵水花，泛起层层涟漪，惹得在水下游动的各种鱼类来回穿梭。池上修建了一座曲折蜿蜒的石桥，石桥上有供人休息的石凳、凉亭，这座石桥把南北两岸连在了一起。池子四周修建有亭台楼阁，种植名贵树木。马逢春觉得这里颇有江南景象，暗自忖度没有足够的财力是无法建成的。

姚德见马逢春好奇，就说："堡子里用暗渠把泾河瓠口筛珠洞的泉水引了过来，平时供人畜吃用，浇灌树木花草，遇到火灾，也可救急。"

马逢春拍手赞叹道："还是姚大人考虑得周全。有了活水入堡，可以保证四季有活水，干净卫生。"

姚德见马逢春意犹未尽，就领着他从西门马道上了堡墙。马道是用青石雕刻莲花的磨盘铺成，远看如几何图案，人踩上去也有步步莲花和步步高升的吉祥用意。一行人依次沿西南东北转了一周，姚德又详细把四个方向的景色和特点向马逢春逐一介绍了一遍。当转到西门时，姚德说："马知县一路鞍马劳顿，咱们还是休息一下吧，我让杨管家准备了饭菜，咱们一醉方休。"

马逢春笑道:"客随主便,就按照姚大人说的办吧。"

回到姚德二进院客厅后,几个人闲聊起来。杨德泰来到客厅,见马逢春谈兴正浓,插话说:"马知县,您在堡子里转了一圈,没发现少了些啥东西吗?"

县尉在一旁赞叹道:"整座村堡高大坚固,堡墙上有瞭望孔,堡墙下有护城河,堡墙拐角处修建炮台,三寸厚的松木门上铁条如索,结实耐用。大门除门闩之外,还用坚实圆木插入墙体内,可以防止外侵者破门而入。这样一座具备军事防御功能的村堡,可以和泾阳县城相媲美了。我转了一圈,真是开了眼界。我敢说,整个关中道上还没有超过社树堡的。"

马逢春点头说:"要说有缺憾,还是有的。姚大人现在是朝廷敕封的议叙道员,也算是朝廷命官了。既然如此,就应该在东门里给姚大人修建一座办公场所,制作回避、肃静等木牌,同时安排衙役或者皂隶供姚大人差遣。"

姚德赶紧摆手说:"我这个议叙道员并非朝廷实授官职,也不在官府衙门管事,修建办公场所,难免遭人猜忌,我也怕惹人笑话呀!"

马逢春笑道:"俗话说人凭衣裳官凭印。没有办公的地方谁认你这个议叙道员?姚大人能耗费巨资修建社树堡,我想不会为了几个小钱心痛吧?"

杨德泰见他们把话题扯远了,只好说:"草民说的可不是这个意思。马知县,社树堡所有工程即将竣工,剩下三个堡门的门额名字恳请马大人题写。"

马逢春一听是这等小事,爽快地说:"不就是几个字嘛,好说,取笔墨纸砚来,本县立即就书写,权当送给姚大人的贺礼。"

社树堡竣工后,姚德背着手在堡子里悠闲漫步,觉得心里格外舒坦。

虽说为重建各宅院、新修牌坊、魁星楼、戏楼和堡墙花费了巨额资金，甚至转让了四川一些分支商号，但看着眼前的一切，他觉得值了。人生不过百年，谁都有泄气的时候，趁着现在还能享受银钱带来的快乐，也算是人生一大乐事。就在他心满意足地享受人生时，又一桩好事送上门来。

这天中午时分，恒益春商号东家严树茂领着一位五旬开外、穿着青色长袍之人来到社树堡。严树茂在东门外跟值守的皂隶说了半天，才得到许可进到堡里。他正想跟人打听姚德的宅院，恰巧碰到出宅院大门去办事的管家杨德泰。

杨德泰认识严树茂，他见严树茂领着一个人在宅院外面，急忙上前打招呼。严树茂说："杨管家，早就听说社树堡戒备森严，今日算是领教了。介绍一下，这位是我的宗亲，前湖北巡抚严树森[①]。他近期抽空回陕西寻宗问祖，想拜会姚东家。"

杨德泰赶忙上前行礼问候，随后把两人领进二进院客厅。杨德泰刚才出门时，看到姚德在客厅抱着一个白铜雕花的水烟袋抽水烟，此刻却没有了踪影。

杨德泰给两位沏茶之后，就到三进院寻找东家，仍然未见，直到跑进后花园，才远远看见姚德站在假山上四处观望。他气喘吁吁赶到东家跟前说："东家，恒益春商号东家严树茂领着一个人来拜访您，并说所领之人是原来的湖北巡抚，名字叫严树森。"

姚德听说湖北巡抚来了，忙转身下假山，跟着杨德泰来到二进院客厅。刚跨过客厅门槛，就双手抱拳说："姚德不知道贵客进门，有失远迎，请

[①] 严树森(1814—1876)，初名澍森，字渭春，四川新繁人，祖籍陕西渭南，清朝官吏。道光二十年举人，入赘为内阁中书。改知县，铨授湖北东湖，捐升同知。以防剿功，晋秩知府，署武昌府。经巡抚胡林翼推荐于同治八年擢荆宜施道，迁按察使。同治十年，迁布政使，擢河南巡抚。

严大人和严东家多多包涵。"

严树森站起身微笑道："本人严树森不请自来，姚东家莫要见怪。本人曾在湖北任职多年，于同治元年任湖北巡抚，推荐过陕西朝邑人阎敬铭①任湖北布政使。近期因身体欠佳休养，回到陕西认祖归宗，并想顺便拜访因疾病回乡的工部侍郎阎敬铭阎大人。到了渭南后，发现严家宗祠被焚毁后刚刚修复，又听说宗亲严树茂在泾阳县城开设当铺、钱庄，就一路询问追到泾阳了。"

对方说了半天，姚德也没有听出他到社树堡的理由，他问："严大人和社树堡姚家有渊源吗？"

严树森说："严家在康熙年间就在四川成都、雅州、绵州等地做生意，主要以经营钱庄、当铺为生。雍正年间，严家祖上严忠孝与姚家祖上姚昂干因开发自贡盐场曾经有过合作。我之所以出生在四川新繁，是因为严家在新繁有生意，严家有一支就在新繁开枝散叶，落户在新繁了。到泾阳后，听严树茂说他和你关系不错，就想到社树堡来祭拜一下姚昂干先辈。"

姚德这才明白严树森来社树堡的原因，为他这种重情重义的举动感激不已。他说："严大人能在公务繁忙间隙，不忘祖先们当年的交情和友谊，让我感到钦佩呀！"

严树森说："我刚进客厅时，看到外面廊柱上挂着林则徐林大人撰写

---

① 阎敬铭（1817—1892），字丹初，陕西朝邑赵渡镇（今陕西省大荔县朝邑镇）人，道光二十五年（1845）进士，晚清大臣。历任翰林院庶吉士、户部主事，湖北按察使、布政使，山东盐运使、山东巡抚。光绪九年（1883），赐紫禁城骑马，兼任兵部尚书，上书建议兴办新疆屯田。同年转任军机大臣，总理各国事务衙门大臣，晋协办大学士。光绪十一年（1885）授东阁大学士。因强烈反对慈禧重修清漪园，得罪了慈禧被革职留任。光绪十三年（1887）复职，四次上书告老还乡，得到批准。阎敬铭理财有道，为官清廉耿直，是我国历史上为数不多的理财专家之一，有"救时宰相"之称。光绪十八年（1892）卒于山西寓窝，追赠太子少保，谥"文介"。阎敬铭因病请辞回陕西后，热心地方公益事业，不仅捐款修建义学，而且倡导、督促在朝邑县城西侧（今大荔县城东 17 公里处的朝邑南寨子）建起一座丰图义仓，这是当时全国唯一的一座民间粮仓，可储粮 1000 万斤。慈禧太后题写仓名"天下第一仓"。新中国成立后，人民政府仍沿用作为粮站，现在是陕西省重点保护文物。

的一副对联，姚东家和林大人也有交往吗？"

未等姚德回应，杨德泰就插话把东家和林则徐的交往以及林则徐亲自为姚家撰写对联的经过全部告诉了他。

严树森听完姚德和林则徐交往的故事，不禁神往，感慨地说："林大人是主张抗击外侮的民族英雄，是一位勤政爱民的好官。姚东家此生有缘结识林大人，值得庆幸。我虽说无缘结识林大人，却曾在他好友陶澍的弟子胡林翼手下任职。到了泾阳之后，听严树茂说起姚东家，觉得你这个人了不起呀，独资兴办了泾干书院，还请左宗棠大人为书院题写了名字。"

姚德谦虚道："哪里，哪里，严大人谬赞了。当初左大人率军进入陕西，因缺少粮饷，曾让我倡议关中富商大户捐资助剿。我和三原盐商胡坪先后在泾阳、三原成立了护国局、同德局，带动了渭南、朝邑、高陵、富平、韩城、鄠县、兴平、醴泉等县富商大户纷纷响应，解决了左大人的燃眉之急。我在省城面见左大人时，左大人给我写了一副对联：守口如瓶，防意如城。就是现在悬挂的那副中堂。后来左大人到泾阳祭奠他的恩师徐法绩时，微服私访泾阳县城各商号，到泾干书院勘察过，他对民间兴办学堂、开启民智极为赞赏。后来经我恳请，才为泾干书院题写了牌匾。"

严树森扭头看了看悬挂的中堂，确实是左宗棠亲笔所书。想到如今的社树堡防守严密，固若金汤，还真应了"防意如城"的下联，但上联"守口如瓶"让他很难猜到其中的用意。严树森问："姚东家，左总督书写的这副中堂不错，下联确实像现在的社树堡，坚如城池，固若金汤。但不知道上联所指何意？"

姚德笑着说："守口如瓶嘛，应该是指没必要大肆宣扬之意。左大人书写的守口如瓶是一种特指，别无他意。"

严树森见姚德不愿意解释"守口如瓶"的含义，只好顺着原来的话题接着说："左大人和陶澍是亦师亦友的关系，还是儿女亲家，和胡林翼同为湘军名将，令人钦佩。姚东家刚才说的三原盐商胡坪是不是当年和你我祖上在开发自贡井盐时结识的胡砺金、胡砺锋两兄弟的后人？"

姚德说："三原胡家自明代初年就经营盐业，康熙年间到四川发展，从我和胡坪交流的情况看，他确实是胡砺金、胡砺锋两兄弟的后人，而且现在依然以经营盐业为主。"

严树森说："陕西商民在国家有难时，往往不惜代价为朝廷出力，真的令人感慨。就是在官场，陕西人刚正勇毅、秉公办事的传统也不会因为某些人受人庇护而网开一面。"

姚德不明白严树森突然冒出来最后一句话的寓意。他说："陕西人认死理，不会曲意逢迎，很少阿谀奉承，陕西这块土地上养育的人大都如此。这种性格特点可能是官场大忌，也是陕西人近代很少出大官的原因吧。"

严树森笑着说："在商界陕西商人被戏称为陕棒槌，在官场陕西籍官员因为刚正不阿、秉公办事，经常让上司难堪，因此升迁很慢。我推荐过的朝邑人阎敬铭就让我见识过陕西人一根筋的办事作风。"

姚德好奇心顿起，问道："说起阎大人，我知道一些情况。民间传说阎大人是一位公正廉明、实心任事、两袖清风、不畏权贵的好官，难道他也会干出格之事？"

严树森展眉笑道："我给你说一段阎大人的往事，你就知道他为人办事的风格了。"

严树森随后说，当年他和阎敬铭在湖广总督官文手下共事时，官文有个副官曾带着几名亲兵闯进武昌城外一户人家强抢民女，民女怒骂不从，副官被激怒了，竟让亲兵乱刀把民女砍死。死者父母进城告状，县衙、府衙官员都不敢过问，阎敬铭知道此事后，义愤填膺，决心为民申冤。那名副官听说阎敬铭要出面过问此案，就跑到官文的总督府中寻求庇护，官文心存私心，就把副官藏匿在总督府衙。阎敬铭找到总督府讨要凶犯。官文借口自己病重，拒绝接见他。阎敬铭知道是官文故意护短，就让随从给总督府传话，说自己要把被褥拿到总督府来，就在总督府衙门的门房过道住宿、办公，总督的病不好，他就不回去。阎敬铭说到做到，真的拿来被褥住在了总督府大门的过道里，弄得官文被困在府中三天哪里都不能去。他实在想不出办法，就让我和武昌知府李宗寿劝说阎敬铭回去。尽管我二人费尽口舌，浪费了许多唾沫，也丝毫没有打动阎敬铭不杀凶犯决不回府的决心。官文无奈，只得出来相见，并求阎敬铭给他这个总督一个面子，放副官一条生路。阎敬铭铁面无私地说，立即交出凶犯，押回原籍，不许逗留片刻。官文见阎敬铭秉公办案，找不出任何破绽，只好把副官交了出来。阎敬铭一见凶犯，即刻下令跟随他的衙役将其撂翻在地，捆绑手脚，剥去衣服，当着官文的面重杖四十。杖刑结束，又让衙役给副官戴上刑具，立即发配回原籍。

严树森随后说："我很钦佩阎敬铭的魄力，更敬重他维护法度尊严的人格，后来就推荐阎敬铭任湖北按察使。担任湖北按察使时间不长，他就被调往山东，先后任山东盐运使、山东巡抚。同治六年，朝廷任命阎敬铭为工部右侍郎，他因病回陕西朝邑老家休养。说实在的，我虽出生在四川，但身上流淌的是陕西人的血脉，也有陕西人的秉性。这次到陕西，第一是祭祖，第二就是专门看望阎敬铭的。"

姚德给严树森续上茶之后说："官场虽然腐败，但朝廷里还是有人能仗义执言、知人善用的。阎大人的所作所为，为陕西人增光添彩了。"

严树森说："姚东家，现在能去姚家宗祠祭拜吗？"

姚德苦笑着说："要去姚家宗祠祭拜，最好放在明天晌午之前，我好让杨管家准备好祭拜用的物品。现在去有点匆忙，而且不符合关中道上祭拜祖先的传统习惯。如果严大人有雅兴，我可以陪严大人在社树堡散散步，您觉得如何？"

经姚德提醒，严树森连声说："对，对，客随主便，就到堡子里转转，明天早上再去姚家宗祠。"

姚德在前面带路，领着严树森、严树茂出了大门，杨德泰怕东家临时有事要交代，紧随其后。他们沿着永惠路向西，就到了永惠路和永昌路交会处，也就是村堡的中心繁华地带。

严树茂看着眼前奢华气派的建筑，倒吸一口凉气，心里感慨万千。他见管家杨德泰紧挨在自己身旁，问道："杨管家，姚东家修建这座村堡，花了不少银钱吧？"

杨德泰说："为恢复重建各宅院和堡墙，原属于堡墙内掌管的七大堂号现在仅剩下了恒昌堂、惠谦堂、燕翼堂和竹森堂，乐善堂、居敬堂、华萼堂已经易主，而且留下来的四大堂号的分支机构也大大缩减了。"

严树茂暗自盘算，乐善堂、居敬堂、华萼堂三大堂号易主，把流动资金全部抽回来，最少也有五百万两以上。把这些活钱用来修建豪华建筑，虽然赏心悦目，但肯定会影响姚家生意。他刚才见到姚德的宅院里不时有仆人走动，又问："杨管家，堡墙内四大财东各家日常生活咋样？"

杨德泰如实回应道："每家主人最多不过十口，使用的男女仆人比主人多几倍，每家平均每天吃米五斗，小麦至少一石五斗，猪肉六十斤，酒三十斤，全年吃清油七八千斤，过年过节过寿和丧葬等事另行开支。现在每院每月日常花销已经由乾隆时候的三千两减到八百两，男女仆人每年工钱也降到了五十两[1]。为了加强村堡安全，姚东家雇用了几名武师，和县衙派来的皂隶共同巡视村堡，每天夜幕降临时分，三个堡门全部落锁关闭，

---

[1] 参见政协泾阳县委员会文史文员会编《泾阳文史资料精编》第一卷《家山遥望》中姚绍方撰写的《泾阳社树姚家发家和衰落的概述》。

就连惯盗想进入社树堡盗窃都无处下手。"

严树茂听罢，更是瞠目结舌，不知该如何应对了。在他的心目中，姚德已经由精打细算、勤俭经营变成了花钱如流水，捐钱比阔绰的东家了。或许是因为姚德现在已成了议叙道员，不得不讲究排场、气派，但在骨子里，他宁愿相信，这种奢华的后面一定有他猜不到的理由。他说："把大量流动资金变成豪华建筑是陕西商人在历次劫难后的通病，早就司空见惯了，也无可厚非。我担心的是，这样下去，姚家的经营利润怕是会走下坡路。不知道这样的舒坦日子还能过多久啊！"

杨德泰摇了摇头，苦笑着没有回答。

第二天一大早，姚德陪着严树森、严树茂出了堡墙东门，当他们快到姚家宗祠时，管家杨德泰早就提前准备好祭拜所用的一切物品等候他们。

姚家宗祠是一座面阔六丈、高约三丈的单檐硬山顶建筑，大门左右各放置着一个精雕细刻的石狮子。宗祠分前中后三进院落。一进院面临外面道路，里面有左右两个大的会客厅，年关时节供姚家各院男丁祭祀祖先时临时休息，平时供到宗祠来的一般客人休息喝茶。二进院里栽种着一棵桂花树、一棵白玉兰，两院之间用青石条搭起的通道相连。主建筑内分成了左右两个贵宾厅，里面摆放着楠木家具、茶几、书案，靠墙立着几个博古架，上面摆放着姚家商业从开始起步所经营的各种货物样品。穿过二进院主建筑，进入三进院后就是供奉姚家祖先驸马姚成和公主塑像的地方了。在这座姚家神圣之地，每天都有仆人按时给香案前的油灯加油，随时更换快要燃完的香烛。在主神位两侧，摆放着姚氏家族已经故去的列祖列宗按辈分排列的灵位。

严树森神情肃穆地跨进门槛，整了整衣服，点上香烛，对姚成和公主塑像三鞠躬，随后把香烛插进香案上的香炉里，又郑重地跪在塑像面前三叩九拜，起身后又作了三个揖，这才完成祭拜姚家祖宗的礼节。

他在仰视姚家列祖列宗灵位时，发现了姚昂干和姚大勋的灵牌。他到香案上取了三炷香点燃，先作揖后叩拜，总算了却了他来社树堡的心愿。

在一旁答谢的姚德在祭拜结束后，请严树森、严树茂到二进院客厅休息。几人进客厅后，仆人急忙把早就熬好的茶水端了上来。众人品茶聊天，很快就扯到了姚家和严家当年在四川合作开发自贡盐场的往事。因为都不是当事人，也只能叙说一些老一辈流传下来的奇闻趣事。

当说到曾经经历的战火洗劫，姚德猛然间想到自己已经整修了祖坟的牌楼、神道和遭到损毁的坟墓，唯独剩下祖先姚成的墓碑还没有合适的人撰写文字。他恭声道："严大人，姚某有个不情之请，希望严大人能够成全。"

严树森说："请姚东家明言，只要严某能办到，绝对全力以赴。"

姚德说："姚家祖先姚成的墓碑在战火中被毁坏，我想请严大人为祖先姚成书写神道碑文字。"

严树森说："我还以为姚东家会给我出啥难题哩。这点小事，严某自当效劳。"

站在一旁的杨德泰抢先走到书案边，开始研墨，等墨研好后，铺开了一张宣纸。

严树森起身走到书案前，挽起袖子，把手指轻轻活动几下，从笔架上取下一支狼毫，饱蘸浓墨，悬腕运笔，一气呵成写下"元驸马都尉姚氏合族始祖神道碑"几个大字。

姚德、严树茂和杨德泰看到严树森书写的文字笔力遒劲、法度严谨，无不啧啧称赞。

这真是：村堡刚呈奢华相，好事连连频登场。

湖北巡抚书墓碑，护佑姚家续华章。

黄天顺 著

SHESHU
YAOJIA

社树姚家 下

陕西新华出版　陕西人民出版社

你越能回溯历史，便越有可能展望未来。

——（英国）温斯顿·丘吉尔

第十九章

左宗棠改革茶政　关中道禁种罂粟

姚德把严树森题写的神道碑文字照原样放大雕刻成高大的石碑，耸立在姚家墓园姚氏先祖坟墓的神道上之后，终于盼来了姚汉唐的来信。

姚汉唐在信中首先对连续一年多没有给家里写信表示歉意，并恳求父亲原谅他的过错。随后，他在信中详细叙说了这一年多因为战事频繁，经常转移，现在才看到彻底胜利的希望。原来姚汉唐在随左宗棠参加围攻金积堡战役之后，又随湘军进攻河州（现甘肃省临夏市），当地起义军无法抵挡湘军的猛烈进攻，于同治十一年（1872）投降。随后左宗棠派刘锦堂进攻青海西宁，并克复西宁。同治十二年（1873）初，左宗棠率部大举围攻甘肃肃州（现甘肃省酒泉市），随即肃州被平定，由此结束战事。朝廷敕封左宗棠陕甘总督协办大学士，赏加一等轻车都尉世职。

除了简要诉说战事进展外，姚汉唐在信中向父亲透露了一个至关重要的信息，那就是在他随军征战服务过程中，湘军都喜欢上了泾阳茯砖茶，销量日益增加，价格不断上涨。左宗棠发现其中蕴含着巨大商机，很可能要对西部茶叶贸易进行改革。另外，姚汉唐还告诉父亲，安吴堡式义堂东家、湖北盐运使吴蔚文向左宗棠的湘军捐银两万多两，镇番马永盛商号马昌民命自家驼队帮助运输粮草、弹药支持左宗棠清剿陕甘回民军。左宗棠对吴蔚文、马昌民等人赞不绝口。

姚德拿着儿子的来信，想了半天，也没有猜出左宗棠会如何改革西部茶叶贸易。同时对有姻亲关系的吴蔚文在湖北捐银支助左宗棠却没有告知自己多少感到有些不舒服。

就在姚德发愣的时候，管家杨德泰来到客厅。他见姚德手捏几张纸，坐在太师椅上一言不发，好奇地问："东家，想啥好事哩，半晌不说话？"

姚德一抖信纸说："汉唐好不容易来了一封书信，却给我心里堵了一块大石头。"

杨德泰不相信还有能让东家不痛快的事。他说："我听说左大人率领湘军和陕甘两省军队已经平定了起义军，安稳日子就来了，东家应该高兴才对呀！"

姚德说："确实应该高兴。为左大人彻底平息战事并获得朝廷嘉奖高兴，为平民百姓不再受财产和性命担忧高兴，为所有商家能继续在河西走廊进行贸易高兴。汉唐在信中告诉我，在左大人西征时，马永盛商号为军队提供了驼队运输粮草，安吴堡式义堂东家吴蔚文捐资助饷，都受到了左大人的赞赏。还有一条就是汉唐随军队征战过程中，茯砖茶很受湘军欢迎，帮助湘军克服了许多地方病，提振了士气，增强了战斗力，因此销量大增，价格也不断上涨。据汉唐说，左大人准备对茶政进行改革哩，你猜一下会咋样改革？"

杨德泰挠挠头说:"西北和西南茶叶贸易从明代初年的茶马交易开始实行的就是茶引制,几百年了一直都是这样的,从没有改变过。左大人想改变现状,我还真猜不到会从哪里着手哩。"

姚德皱眉说:"泾阳茯砖茶运到兰州后开始销售,茶商分为东西柜,东柜都是山陕茶商,西柜则是当地回民茶商,并且以陕西商人居多,这种东西柜的行销模式几百年没有变过了。我等愚笨,猜不出左大人有啥高招,就静观其变吧。杨管家,安吴堡吴家和社树堡姚家关系一直不错,吴蔚文的妻子姚尝还是惠谦堂嫁出去的女子,为吴家东院式义堂生下了唯一的男丁吴聘。按道理说,吴蔚文向左大人的湘军捐银之事,应该告知一下姚家呀,汉唐如果不在信中告诉我这件事,我还一直被蒙在鼓里呢。"

杨德泰见东家为此事计较起来,笑着劝道:"东家这个姻亲和别人的做事方式不同。道光年间吴蔚文的父亲吴莪轩在凉州一带经商发财后就用银子捐官,弄了个武德骑尉卫守府的官衔,到吴莪轩于道光二十九年去世时,吴家东院早就成了当地富户。吴蔚文二十一岁以泾阳县第一名进入县学成为庠生①,和姚尝结婚后也开始经商。吴蔚文或许是受到了其父的影响,曾捐银被保举任山西宁武县知县,后来在四川任职时受到川督骆秉章的器重,又捐款擢升仪叙布政使衔。骆秉章任湖广总督后,吴蔚文改任湖北候补道台。我听说这次吴蔚文捐银子支助左大人后,已改任湖北盐运使了。听从汉口回来的伙计说,吴蔚文在管理两淮盐场盐务之后,立即在户部注册承办江苏、安徽、江西等省的盐业专卖权,吴家兴盛的日子在望啊。东家,吴家发财致富您应该高兴才对呀!"

姚德摇头说:"嫁出去的女子如泼出去的水。姚尝回到社树堡娘家从

---

① 庠生:古代学校称庠,故学生称庠生,是明清时期科举制度中府、州、县学生员的别称。 庠生也就是秀才之意。明清时期叫州县学为"邑庠",所以秀才也叫"邑庠生",或叫"茂才"。秀才向官署呈文时自称庠生、生员等。

来不提吴家的事，弄得姚家跟局外人没啥两样。吴家有了啥动态，我们还是从别的渠道听说的。"

杨德泰说："您就别埋怨姚尝了。她虽说给吴家东院生了唯一的男丁吴聘，但那孩子常年病恹恹的，她的心情能好吗？人的心情不好，肯定不会东拉西扯一些家务事。再说，女人在家里能有多大的权力？她根本管不上男人的事。"

姚德点了点头，没有说话。

左宗棠凯旋陕甘总督府后，虽说朝廷加赏他一等轻车都尉世职，但他依然放心不下。在攻破金积堡后，湘军在金积堡内搜出了大量俄国制造的枪弹，这件事让他预感到一切没那么简单。现在，白彦虎率部退入新疆，在朝廷没有诏令继续追击的情况下，他必须未雨绸缪，做好入疆追击的准备。眼下当务之急就是如何尽快恢复陕甘两省的生产生活秩序，使百姓的生活稳定下来。

左宗棠深知，在他清剿陕甘回民军的这几年里，关中道上的富商大户可谓是竭尽全力，甚至有些原来的富户现在已经和普通民众一样了。在如何尽快恢复陕西经济方面，他第一个考虑的就是改变现在的茶政，第二是兴修关中水利，尤其是要疏通龙洞渠，解决关中农业的用水问题。

在陶澍老家安化小淹生活了八年之久的左宗棠，心里清楚安化茶叶被陕晋甘茶商压价收购的苦楚，也知道此次大军所经之处西北民众对泾阳茯砖茶的喜爱。自太平军占据南方之后，尤其是攻陷汉口、南阳后，南茶北运的运输线路就受到了毁灭性打击，一方面安化茶叶每年产量不低，没有销路，造成大量积压，价格低廉；另一方面，因运输受阻，泾阳茶商原料短缺，使泾阳茯砖茶在西部成了紧俏商品。虽说现在战火基本平息，但受茶引数额的制约，安化茶叶销售依然不畅，泾阳茯砖茶加工原料短缺没能得到改观，导致泾阳茯砖茶价格一路上扬，供不应求。喝着由故乡茶叶加工而成的泾阳茯砖茶，他难免产生提升安化茶叶价值的想法。但现有的茶引管理办法已经实行了几百年，要进行改革，必须寻找出足以让朝廷同意的理由。左宗棠苦思冥想，最终才打定了主意。

左宗棠在上书朝廷推行茶政改革的奏章中说："国家按引收课，东南唯盐，西北唯茶。茶务虽课额甚微，不足与盐务相比，然以引课有无为官私之别，与盐务固无异也。道光年间，西江盐务废弛，先臣陶澍力排众议，于淮北奏改盐票，蹉纲顿起，且有溢额；曾国藩克复金陵，犹赖票盐为入款第一大宗，其明验也。盐可改票，茶何不可……今拟仿淮盐之例，以票代引①。"同时，左宗棠向朝廷提出了三条建议，一是全免茶商以前所欠茶税，不再收其他杂费；二是不分省域定额，只要想经营茶叶都可以领票，不论多少，领票时先缴税；三是还税按所得税缴纳，杂课按营业税缴纳。同时规定内销茶一引票缴纳白银一两，外销茶则加倍缴纳。

朝廷在左宗棠率湘军入陕开始，就很少向左宗棠拨付军饷，几年下来，已累计欠左宗棠部军饷接近两千万两。现在，左宗棠上奏章要求改革西北茶叶贸易弊政，又列举了陶澍、曾国藩改革盐政成功的案例，就诏令左宗棠主持改革西北茶务。左宗棠接到朝廷诏令后，随即制定了《变通茶务章程》，改几百年来实行的茶引制为票引制，同时在兰州专门为安化人增设南柜，鼓励安化茶商到西北经营茶叶，提升安化茶叶的利润空间。

姚汉唐回到泾阳后，向父亲姚德详细汇报了这几年他随左宗棠大军在甘肃、宁夏、青海各地征战的过程。他说："因为姚家惠谦堂茶号的茯砖

---

① 参见徐民主编著《天下第一砖——泾阳茯砖茶》，陕西人民出版社2010年版，第149—150页。

茶供不应求，安吴堡的裕兴重茶号、镇番的马永盛茶号、县城的元顺店茶号、孝义镇的德厚堂茶号都向湘军和西部牧区销售茯砖茶，而且口碑都不错。我在书信中也说了，左大人可能要对西部茶叶贸易进行改革，一旦有了举动，姚家该如何应对？"

姚德见儿子在征询自己意见，他说："西部茶叶贸易之所以供不应求，价格不断上涨，与安化茶叶运输不畅、官府严格控制茶引数额有关。左大人如果能让朝廷和官府放开茶引数额管制，西部茯砖茶贸易数量就会大幅度增加，价格也会适当降低。"

姚汉唐说："我们虽说和左大人关系不错，湘军将士也认可惠谦堂茶号的茯砖茶，但毕竟咱们的产量有限，无法垄断西部茶叶贸易。我这次回来，见社树村发生了翻天覆地的变化，也猜到了父亲的心思。但把巨额流动资金用在修建宅院、戏楼、牌坊、堡墙等方面，势必会影响姚家商号货物周转。即使左大人能奏请朝廷改革茶政，放开茶引数额，我们拿啥去采购原料？市场竞争，除了商品质量过硬，价格公道外，拼的就是实力，就是谁能拥有充足的流动资金不停周转，也就是咱们陕商总结的薄利多销、转快利多的贾道做法。"

听出来儿子在埋怨自己，姚德有些不悦地说："我在恢复重建宅院、修建社树堡时，你大哥就说过不要把四川各地分号主权转让，抽取流动资金的话。他当时建议出卖姚家在附近各县的土地，不要把活钱变成死钱。但你也应该清楚，商人自古以来就遵循着'以商致富，以农养之'的古训，在农耕社会里，谁都会把土地当成命根子，没有人会把商号当成命根子的。关中道上，不光是父亲抽取流动资金重建家园，其他富商大户都是这么做的。这难道有错吗？"

见父亲有些生气，姚汉唐不想因为辩论对错闹得不欢而散，他说："姚家是十几代人接连不断从事商业贸易的经商世家，历代对紧跟朝廷政策都很敏感。现在，左大人想改革茶政，不管最后的政策如何，我想都是为了加快恢复西部贸易，稳定边疆和牧区民众。姚家应该抓住这个机会，趁势把茶叶贸易做大，不说当西部茶叶贸易的通行领袖了，最起码要改变现状。"

姚德说："你现在翅膀硬了，我也老了，就把惠谦堂交给你经营，我回社树堡休养。"

姚汉唐见父亲要撂挑子，急忙说："我绝无逼迫父亲交权的意思，只是说一些我的想法。父亲大人大量，不会因为儿子说了几句实话就生气吧？"

姚德长叹一声说："我现在确实感到心力交瘁，早已没有精力打理商号的所有事务了。你大哥专心于学业，一心想考取功名，家里的商业事务只能交给你打理了。在你外出后，朝廷敕封我为议叙道员，加赏进士及第，姚家又独资兴办了泾干书院，社树堡里面各种商铺都有，还要应付官府的各种事情。你经营惠谦堂商号，我来管这些琐碎事情，你看咋样？"

姚汉唐看着年迈的父亲，心痛地说："这些年确实让父亲为难了。儿子就按照父亲的安排，接管惠谦堂商号，竭尽全力让姚家再度兴盛。还有一件事，我想告诉父亲，这次随左大人西征过程中，我听说左大人在福建任闽粤总督时，就倡办过船政学堂，主张购买外国机器，培养造船技术人才。他现在任陕甘总督，估计也会倡导学习西洋技术的。"

姚德说："陕西地处内陆，对西洋的机器和技术了解不多，也不知道该从何处下手。当年，林则徐林大人就说过，西洋机器纺织的棉纱、棉布等商品，比国内手工业制作的商品价格低廉，质量还好，我当时还纳闷。今天听你这么一说，看来我们确实不能总抱着老祖宗留下来的东西不放手了。兴办泾干书院时，我就让山长给学生们多开设经世济用的课程，现在看来还远远不够。等左大人提出了要求，咱们照办就是了。"

姚汉唐说:"我只是听湘军一些将领说过左大人的一些故事,没有见过西洋机器实物。可惜姚家损失了汉口、苏州、常州、上海等地商号,要不然早就能见到了。"

姚德有点不快地说:"你总是哪壶不开提哪壶。对了,你要扩大泾阳县城茶厂,从汉口分号回来的十几个伙计可供使用,原来汉口分号二掌柜穆怀德可堪大用。"

姚汉唐说:"我目前最主要的问题是筹措资金,等有了足够的资金,待左大人改革茶政的办法出台,就能动手了。"

过了几天,陕西督粮道魏亚涛到了泾阳县衙。知县马逢春见上级衙门来了人,急忙热情招待,唯恐照顾不周。

魏亚涛见马逢春忙得不亦乐乎,笑着说:"马知县,你就别忙了。本官到泾阳来,是传达总督大人有关茶政改革事宜的。你派衙役告知县城的茶商到县衙大堂来,我把左大人制定的《变通茶务章程》给众茶商宣读,从今年开始,就要废除以前实行的茶引制,改成茶票制了。"

马逢春心里觉得眼前这个督粮道管得太宽,大老远跑到泾阳县城来,不说粮食的事,反倒越俎代庖地管起茶叶贸易来。他说:"告知茶商们改茶引制为茶票制这件事,好像不是魏道台的职责呀!"

魏亚涛说:"左大人派本道台到泾阳来是考察龙洞渠整修的,顺便让我把归茶马司管的事代办了。"

马逢春说:"听说林则徐林大人当年任陕西巡抚时,就让当时的督粮道张集馨认真研究过《关中胜迹图志》,并提出了龙洞渠整修方案,因为需要花费巨额资金,事情就搁置下了。如今,左大人又想整修龙洞渠?"

魏亚涛说:"就是因为左大人要整修龙洞渠,本道台才到泾阳县城。龙洞渠整修事关关中腹地几个县的农业灌溉,我这个督粮道哪敢推辞。"

马逢春说:"我这就让衙役告知县城各大茶商东家尽快到县衙大堂来。等道台大人宣读《变通茶务章程》之后,我再陪同道台大人前往考察龙洞渠如何?"

魏亚涛说:"我早就听人说过马知县是个能干的知县,今日一见,果真如此。马知县,如果能在你任泾阳知县任期内完成龙洞渠整修,想必左大人一定会提携你的。"

马逢春说:"左大人提携不提携暂且不说,关键是要把魏道台交代办理的事情先办好。"

魏亚涛哈哈大笑,指着马逢春说:"还是马知县会说话呀!"

大半个时辰之后,总号在县城的所有茶商东家陆续来到县衙大堂,每来一个东家,马逢春就向魏亚涛介绍一个。这些东家向魏亚涛行过礼之后,就坐在大堂里准备的长条凳上,恭候陕甘总督府的决定。

姚汉唐在县衙大门口碰上马永盛茶号东家马昌民。两个人打过招呼,姚汉唐就说:"马东家在镇番老家的驼队可真了不起,让我真正见识了啥叫沙漠驼舟。"

马昌民说:"要走河西走廊,甚至到新疆,中原地带的马匹、骡子、毛驴等根本没法跟骆驼相比。马家常年沿甘凉道出嘉峪关到新疆运输各种货物,肯定离不开驼队。左大人率领的湘军都是南方人,没有进入过大漠、戈壁,肯定想不到在西部蛮荒之地运输粮饷有多困难。左大人奉朝廷诏令平乱,还大家一个太平世界,对咱们经商也有好处,我理当让马家驼队全力以赴地支持了。"

姚汉唐刚想夸赞几句,抬头看见大堂不远了,他说:"有机会我去拜访马东家,咱们一起好好聊聊。"

马昌民说:"随时恭候姚东家大驾光临。"

两个人一齐走进大堂后,马逢春对魏亚涛说:"这两个人年轻的是社树堡惠谦堂新任东家姚汉唐，年长的是镇番马永盛商号东家马昌民。"

魏亚涛仔细打量两人，笑着说："我从雷正绾雷大人那里早就听说过这两个人的名字。马知县，人都到齐了吗？"

马逢春环视大堂说："都到齐了。"

魏亚涛站起身，哼了一声，从怀里取出一张纸展开，声音洪亮地说："本官是陕西督粮道魏亚涛，奉陕甘总督左大人之命，向所有茶商宣读经朝廷恩准即将执行的《变通茶务章程》。同时，告知各位茶商，从今年起，已经实行了几百年的茶引制宣告作废，开始实行茶票制。"

随后，魏亚涛逐条逐字把《变通茶务章程》念了一遍，并就左宗棠为什么要进行改革做了说明。魏亚涛最后说："左总督实行以票代引，就是为了鼓励陕甘茶商不受以前茶引数额的限制，以最大努力采购安化茶叶加工，满足西部民众需求。同时鼓励安化当地茶商在兰州开设南柜，和陕甘茶商开设的东西柜展开公平竞争，鼓励所有茶商开展对俄罗斯茶叶贸易。大家如果还有没听清楚的地方，我让县衙师爷把《变通茶务章程》抄写几份，分别张贴在县衙大门口和县城主要街道，同时要求各位茶商遵照执行。"

众茶商见状，觉得没啥说的了，纷纷起身准备离开。

魏亚涛看到姚汉唐要走，喊道："姚东家请留步，本官有几句话想问你。"

姚汉唐停下脚步，等候问话。

待其余茶商离开大堂后，魏亚涛说："姚东家年纪轻轻就随左大人在西部奔波，着实令人羡慕啊！姚东家，今天咋没看见姚老东家？"

姚汉唐回应道："家父年事已高，不太适合在商海继续闯荡，现在已经回社树堡休养了。魏大人找家父有啥事，可以尽管对草民说，草民替家父办理。"

魏亚涛点头说："既然这样，我明天早上去一趟社树堡和姚老东家面谈，顺便到龙洞渠渠首勘察。左大人准备整修龙洞渠，我来打前站，把工程量核实一下。"

姚汉唐说："草民这就派人回去告知家父，让他在社树堡等候魏大人。"

姚汉唐走后，马逢春说："魏大人好不容易来一趟泾阳，应该观赏一下泾阳县城的风貌。在县城内游览之后，晚上我在钟楼以北的万福楼酒家宴请魏大人，权当给魏大人接风洗尘如何？"

魏亚涛饶有兴趣地问："城内有值得一看的古迹吗？"

马逢春说："在二条街东头有一座太壶寺值得观赏一番。卑职虽说在泾阳任职，但要了解当地的人文掌故，最好把县尉带上。他是本地人，分管治安、缉捕事宜，对泾阳了如指掌，带上他一来可以保护魏大人的安全，二来可以让他给魏大人详细介绍。"

魏亚涛点点头说："还是马知县心细啊！那就按你说的办。为了避免麻烦，你我都换上便装吧。"

两人在县尉的陪同下，出了县衙所在地秀水街，拐到南大街之后向北走，过了位于县城中心的钟楼不久，就进入了二条街。二条街是泾阳县城最繁华的一条商业街，商铺鳞次栉比，幌子随风飘荡，街上行人穿梭，讨价还价声不绝于耳。几个人在人群中蛇形穿梭，很快就到了太壶寺大门口。

县尉停下脚步，指着一座面阔三间，单檐歇山顶琉璃瓦履顶的大殿说："魏大人，这就是早年闻名遐迩的太壶寺了。"

魏亚涛走近大殿仔细观看眼前这座建筑，发现大殿虽然有些残破，但设计精巧，斗拱华丽，不失为民间传说的皇家寺院。

县尉说："太壶寺原来是前秦苻坚在泾阳的行宫，北周时期改作佛寺，名叫惠果寺。隋文帝时改名叫中兴禅寺。唐开元年间改称太壶寺，和长安青龙寺、小雁塔与荐福寺同为当时讲经传教的圣地。相传唐明皇、杨贵妃曾来太壹寺朝圣降香，日本太子也曾在此留学。唐以后历代都对太壹寺青睐有加，不断修缮。明景泰二年进行过一次大修，增建了殿宇，重塑佛像，使太壹寺面貌焕然一新，寺院香火极为鼎盛。可惜同治五年县城被攻陷，太壹寺焚毁，就剩下了眼前这座大殿了。"

魏亚涛穿过大殿走进寺院里面，在北墙根处发现两通倒在地上的石碑，仔细辨认，其中一通是唐代书法家韩云卿所书的修缮太壹寺记事碑，一通是北宋早期著名画家赵光辅所画的太壹寺胜迹图。从残留的两通石碑看，县尉所说绝无夸大之词。魏亚涛原本是抱着浓厚兴趣来参观太壹寺的，没料到看到的却是一座被焚毁的寺院，让他兴趣索然。

马逢春见魏亚涛没了兴致，就说："县城刚恢复重建，把主要精力都放在恢复生产和兴办书院上面了，对重建太壹寺没有足够重视，让魏大人失望了。如果魏大人还有兴致，咱们可以到附近东门里的昭忠祠、郭公祠或者马王庙一游。"

魏亚涛摆摆手说："今天就算了，不去了。以后要整修龙洞渠，还怕没机会去拜谒这些祠庙吗？"

马逢春说："也好，也好。天色不早了，咱们去万福楼吃饭。魏大人，您的随从咋办？"

魏亚涛说："你让人安排他们吃饭就行了。我看县尉这人不错，等会儿把县丞也叫来，咱们几个一起，有些事情正好和你们商量。"

马逢春等人刚踏进万福楼酒家，酒家掌柜就慌忙迎了上来，一面作揖一面堆笑说："马知县，雅间在二楼静心斋，我陪各位大人上楼。"

他在前面带路，将几人领进静心斋。这个雅间中间摆放着一张八仙桌，桌边摆放了四把太师椅，墙上挂着当地名人字画，虽然不算奢华，却充满了书卷气，和它的名字倒也般配。

众人落座后，跑堂伙计给每人先上了一杯茶水，然后陆续上凉菜。待八个凉菜上齐，马逢春端起酒杯说："卑职招待不周，在这里先敬魏大人一杯。"

魏亚涛端起酒杯说："本道台来泾阳县叨扰各位了，马知县就别客气，大家都端杯，互敬一杯。以后在整修龙洞渠过程中，难免要经常麻烦各位相帮。"

县丞高兴地说："终于要整修龙洞渠了。这是好事，大喜事。马知县，我可否代表龙洞渠流域的父老乡亲再敬魏大人一杯酒？"

马逢春说："应该的。魏大人，龙洞渠日常事务归县丞管，他听魏大人说要整修龙洞渠，心里高兴。另外，有关龙洞渠方面的事情，魏大人正好向县丞询问。"

魏亚涛端起酒杯说："看来这杯酒是非喝不可了。咱们先喝完这杯酒，我正好有事要问。"

喝完这杯酒，魏亚涛说："县丞，请你把龙洞渠现在的情况说给本官。"

县丞说："龙洞渠现在的情况卑职略知一二，容卑职慢慢禀告。"

县丞随后介绍说，乾隆初年，泾河河道被河水冲刷严重，河水已无法进入明代所修的广惠渠入口，关中农业灌溉面临无水可用的危机。乾隆二年，朝廷诏令兴建引泾河水灌溉关中农田工程，当时因工程量巨大，放弃了历代引泾河水入渠的做法，采用引泾河谷口泉水入渠灌溉农田。这种做法，使灌溉面积大大缩减。林则徐林大人任陕西巡抚时，让当时的陕西督粮道张集馨认真研究过《关中胜迹图志》，并提出了整修方案，终因耗资巨大搁置起来。龙洞渠自咸丰年间开始，基本上就是民间管理，对龙洞渠的维修划分成了两个部分，公共部分是修缮渠首张家山段，王屋一斗以上龙洞渠干渠清淤等常规工作，由各县共同出资。余下各段则由受益地方负责进行常规维护，其专门机构是各县县丞所在的衙署，具体管理者是龙洞渠各渠总①、水老②等民间人员。

县丞最后说："自咸丰年间整修龙洞渠开始，渠总就由泾阳富商王桥镇于家担任，现在的渠总叫于天赐。近年来，泾阳水老由社树堡姚家委派宗亲担任。于天赐规定，每月月底割除渠两岸杂草，每年九月上旬检查渠道。渠总和水老办公的地方就在社树堡以东，桥底镇扶托村以西的海角寺。每月由县丞、渠总组织各县渠长、水老等人在海角寺商议确定阶段性工作。"

魏亚涛听罢县丞一番叙说，觉得自己身上的担子一下子轻了不少。按照县丞的介绍，龙洞渠管理早已形成惯例，只要渠首整修完成，按照现有管理办法，就可保证关中最少五到七个县的农田灌溉，关中粮仓的美誉便可实现。

酒过三巡，菜过五味，魏亚涛忽然闻到一种奇怪的味道。他不敢贸然下结论，便又闻了一下，这才问："马知县，在泾阳县城有人抽鸦片吗？"

马逢春还没有回答，县尉插话说："确实有人抽鸦片。自第二次鸦片战争失败后，罂粟就开始在各地种植，泾阳也不例外。罂粟夏季开花，果实是椭圆形，籽呈黑色。果中有白乳汁，干了之后叫鸦片，俗称大烟土。鸦片有镇痛、镇咳、止泻的作用，但常用容易上瘾。一些商家在谈论生意时，就用大烟土招待重要客人，青楼中娼家用大烟土供嫖客吸食，使其暂时获得精神上的兴奋和快感，哄骗嫖客大把花钱。"

魏亚涛追问道："泾阳一带种植罂粟的人多吗？"

---

① 渠总：清末民初管理龙洞渠灌溉工程修堰、掏渠、分配水资源、召集各县水老协商渠道管理之人。清代咸丰之后，渠总多由具有一定财力、威望、号召力的士绅担任。
② 水老：清末民初由参与龙洞渠灌溉工程管理之人，主要负责本县区域内水闸开启、用水顺序、用水时间、水费收取等工作。清代咸丰之后，水老多由地方士绅担任，协助渠总管理龙洞渠灌溉工程的一般事务。

县尉说:"泾阳是西部贸易的大都会,人员来自四面八方,而且种植罂粟比种庄稼来钱快,不愁销路,就刺激了一些农户放弃种庄稼改种罂粟。一些富商大户因为自己也吸食大烟土,就让租户在其出租的土地上种植罂粟,供自己和招待客人用。"

魏亚涛大吃一惊,生气地说:"左总督筹措资金准备整修龙洞渠,是为了恢复和发展关中农业的,而不是为了种植罂粟。左大人对吸食鸦片深恶痛绝,不但自己丝毫不沾,就连身边的人也绝对不容许吸食。如果任由民众种植罂粟,挤占良田,就会导致粮食减产。同时民众吸食大烟土,必将败坏社会风气,造成不安定因素,影响社会治安。泾阳历代都是首善之区,又是西部商贸中心,民风淳朴,如果这事让左大人知道,马知县难逃干系。"

马逢春连忙辩解道:"我一个小小的知县,对普通百姓种植罂粟还有办法,但对富商大户种植罂粟就束手无策了。还请魏大人向左总督提议,以陕甘总督府的名义禁种罂粟吧。"

魏亚涛明白马逢春说的是实情,他说:"等明天勘察完龙洞渠渠首之后,我回到西安城向左总督禀报泾阳种植罂粟的事情,并请左总督尽快拿出办法来。"

第二天早上,魏亚涛在马逢春、县丞、县尉等人的陪同下,来到泾河瓠口地带。他站在高处观看泾河河谷,满目都是奇形怪状的石头,河谷中被常年流水冲刷形成的沟槽千姿百态,河谷中的石头或耸立,或平卧,或狰狞,或怪异,真是看啥像啥,匪夷所思。到了历代引泾工程渠首位置,两岸关键部位的石头已经面目全非,开膛破肚,化成大坝、水闸、导流渠等遗迹。

县尉指着山坡上一处乱坟堆说:"魏大人,那个地方就是为历代引泾工程献身的石匠们的安葬之处。每次兴修引泾工程，都有无数石匠死在工地上，因为赶工期，病死、摔死或者炸石头死亡的石匠就被草草埋葬在山坡上。我记得一首修郑国渠时的秦风民谣是这样传唱的：我有锐士，决水夭亡；舍生河渠，断我肝肠；勒石泾水，魂魄泱泱；上也上也，大秦国殇。这首秦风民谣虽然说的是郑国渠开凿之事，其后的郑白渠、丰利渠、王御史渠、广惠渠，还有龙洞渠都是如此。依靠石匠人工开凿隧洞、挖凿导流渠，代价太大了。"

魏亚涛四处观察了一会儿，见快到晌午了，觉得脚步沉重，口干舌燥，就没有心思继续勘查了。他说："这里离社树堡不远，咱们就去叨扰一下姚德姚老东家吧。"

县丞说："魏大人和马知县，你们慢慢走，我先去社树堡告知姚老东家一声。"

马逢春说："就请姚老东家在社树堡东门里的衙署等候，我陪着魏大人随后就到。"

魏亚涛惊诧地问："社树堡还建有衙署？"

马逢春说："姚德因捐资输粮支持左总督平乱，又独立兴办了县城的泾干书院，经卑职上报陕西巡抚衙门，同时又得到左总督举荐，姚德被朝廷敕封为议叙道员，赏进士及第。虽说议叙道员不是实职，但总得有个办公的场所吧。后来我建议姚德在堡墙东门里修建了一座议叙道员衙署，委托他处理一些民事纠纷，同时也方便各级官府巡察社树堡时有个落脚喝茶的地方。"

魏亚涛指着马逢春夸道："你这事办得冠冕堂皇，有远见。"

姚汉唐离开县衙回到姚家巷惠谦堂总号，脑中想着应对之策。左宗棠改茶引为茶票后，原来每年受茶引数额控制的安化茶叶采购数量就会发生巨大变化，尤其是左宗棠鼓励安化茶商到兰州设立南柜经销安化茶叶，这对几百年来形成的东西柜制必定会造成巨大冲击。他思忖半天，觉得派人回社树堡告知父亲魏亚涛要去拜访他，不如自己亲自回去。

姚汉唐临出商号大门时，觉得一个人回去不妥，就把大掌柜王长安叫上，快马加鞭地赶回社树堡。

两人赶到社树堡时，已经夕阳西下。村堡武师头领罗大山和常年驻在堡里的皂班头领正在东门外巡视。罗大山远远瞧见两匹快马向东门奔驰而来，刚想招呼武师和皂隶戒备，就听见大掌柜王长安高声喊道："罗头领，我和少爷回来了，赶紧让开。"

二进院客厅里，姚德和杨德泰正在聊天，听到外面急匆匆的脚步声，刚想让仆人去看一下，就见姚汉唐、王长安大跨步进来了。

姚汉唐不等坐下就说："父亲，今天中午时分，陕西督粮道魏亚涛魏大人到了泾阳县城，让马知县召集所有茶商到县衙大堂开会，魏大人当场宣读了左大人上奏朝廷并恩准执行的《变通茶务章程》。同时宣告大家从今年起，开始实行茶票制了。还有一个重大变化，就是左大人鼓励安化茶商到兰州开设南柜，和东西柜陕甘晋等三省茶商开展公平竞争。"随后，姚汉唐详细介绍了《变通茶务章程》的具体内容。

听了姚汉唐的汇报，姚德感慨地说："还是左大人有魄力，有能力，能把实行了几百年的茶引制改成茶票制，对泾阳所有茶商都是好事，对安化茶商也是开天辟地的大事啊！"

杨德泰说："茶商不分大小，均可领票经营是个高招。要领茶票，需要先到陕西巡抚衙门缴纳税款，仅此一项，朝廷就能增加不少财税呀！还有就是鼓励安化茶商参与西北茶叶贸易，这对安化当地经济和茶叶种植都是好事。"

姚德说："一个人的格局，决定了他看问题、办事情的视野。左大人深知这些年陕西富商大户做出的贡献，也清楚泾阳茯砖茶在西北的销售情况。前些年，因为运输不畅，安化茶叶积压，泾阳茶商没原料加工，导致茯砖茶价格一路上扬。后来虽说战火平息，泾阳茶商又受茶引数额的限制，无法扩大生产，茯砖茶价格居高不下。实行茶票制，可以不受数额限制，谁有多大本事就可以成多大精了。至于增加财税，对咱们来讲没多大用处，但对左大人来说，用处就多了。"

姚汉唐说："据左大人的帮办大臣雷正绾说，这些年朝廷亏欠左大人的军饷已经高达两千多万两白银，再不广开财路，恐怕就无法安抚军队了。还有就是左大人想兴修关中水利，并且把整修龙洞渠放在了首位。父亲，明天督粮道魏大人要来社树堡拜访您，他让我告诉您说是有事要和您面谈。"

王长安插话说："改成茶票制之后，茶商们肯定会趁势而上，加大安化黑茶采购量。老东家，咱们该如何应对？"

姚德指着姚汉唐说："我已经不再管茶号的日常事务了，有啥事情你就问汉唐吧。另外，陕西督粮道来社树堡能为啥事？"

姚汉唐说："魏大人仅对我说有事情要和您面谈，没有说啥事。"

杨德泰说："我猜测还是为了整修龙洞渠之事而来。林大人当年想整修龙洞渠的希望落空后，左大人想帮老朋友完成心愿，同时也想重建关中粮仓。这两个人都是旷世奇才，心思和想法也一致。要不然改革茶政之事派茶马司来人就行了，为啥派督粮道来泾阳？"

姚德说："杨管家言之有理。咱们做好迎接魏大人的准备，看魏大人到时候咋说吧。"

姚汉唐扭转话题说："要扩大姚家茶号的茶叶加工和贸易量，我建议削减各宅院每月日常费用，从原来的每家八百两削减到五百两甚至三百两，把省下的银钱用在采购安化黑茶上。"

姚德沉思了一会儿说："削减每家宅院日常生活费用，我怕他们会产生怨恨啊！"

杨德泰清楚各家宅院在上次削减费用后，就有了怨言和牢骚。现在为了扩大茶叶贸易量再削减费用，他这个管家就更难当了。他说："依我之见，咱们还是先迎接魏大人，看他来社树堡的真实目的。至于削减各家宅院日常生活费用，还是从长计议吧。"

魏亚涛等人临近社树堡东门时，看到皂隶和护院们站得笔直，丝毫不亚于总督府衙门大门口的守卫。魏亚涛进了东门，远远望见姚德、姚汉唐等人正在议叙道员衙署门口迎候。彼此寒暄了几句，姚德请众人进了衙署。这里肃静、回避、红黑棍等全部齐备，和县衙大堂毫无二致。

魏亚涛等人坐下后，就有护院给每个人沏上茶水。魏亚涛端起茶杯品了一口，说："姚老东家可真会享福啊！"

姚德说："魏大人风尘仆仆地到社树堡来，肯定不会是专为品茶而来。有啥话就请直言吧。"

魏亚涛说："还是姚老东家爽快。说实话，本官到社树堡来，是受左大人委托来看望你的。同时，为了整修龙洞渠，本官到渠首进行了实地勘察。姚老东家，对于整修龙洞渠，你有什么建议？"

姚德笑着说："龙洞渠整修工程，不是敲锣打鼓、喝茶看戏那么简单。自本朝以来，经河水不断冲刷，河床一再加深，水流渐渐远离渠首不能引用了，导致灌溉面积大幅度下降。要整修龙洞渠，最好把渠首上移，这样施工难度就会加大，工程费用就会更大。仅靠石匠凿山、凿导流渠，没有五年以上的时间根本不可能完成引泾河水灌溉这样浩大的工程。"

魏亚涛问："姚老东家有良策吗？"

姚德说："我听说左大人在福建任闽粤总督时，创建过船政学堂，主张学习西洋造船技术。如果能把西洋开山技术引进到整修龙洞渠工程上来，不但能节约费用，缩短工期，也会减少石匠伤亡。"

魏亚涛自忖这样的话只适合姚德自己去跟左总督说，他见了左宗棠肯定无法开口。于是说："姚老东家对整修龙洞渠工程颇为了解，见识也非同一般。我看这样，就劳烦姚老东家跟我去一趟省城，你当面向左大人提出刚才的建议如何？"

姚德说："自左大人西征，我和他也有几年没见面了，很想念他。既然魏大人邀请，姚某恭敬不如从命。"

姚德随魏亚涛到西安后，先让魏亚涛到总督衙门汇报总督交办的事情，自己则到桥梓口商号等待左宗棠召见。

两天后的后半晌，魏亚涛来到了桥梓口惠谦堂商号。他刚跨进大门，掌柜刘太平就认出了他。

刘太平满脸堆笑地问："魏大人到敝号来是有什么重要事情吗？"

魏亚涛没有正面回答刘太平的问话，只是问道："姚老东家在商号吗？"

刘太平说："老东家在二进院客厅和总账房徐玉玺闲聊哩。我这就带您进去。"

魏亚涛到了二进院客厅，刚见到姚德就说："姚老东家，左大人有请。"

姚德知道左宗棠时间宝贵，耽搁不得，就急忙站起身跟着魏亚涛出了门。

他见到左宗棠时，发现左宗棠明显憔悴衰老了。他说："几年不见，左大人可好？"

左宗棠招呼姚德坐下，吩咐亲兵倒茶，他说："还好，就是有些精力不济了。"

姚德说："无情岁月催人老啊，何况左大人整天为国为民操劳。多保重身体吧。"

左宗棠说："督粮道魏大人从泾阳回来后，给我汇报了泾阳的情况，怎么能让我放心得下呀！姚东家，听说泾阳有部分农户为了获取高额利润，放弃种庄稼改种罂粟了？"

姚德自然清楚泾阳的现状，既然左宗棠已经知道有部分农户种植罂粟，就没必要再打马虎眼了。他说："确实如此。有些大户和商号用大烟土招待客人或客户已经司空见惯，此风不刹，势必影响民风，进而影响社会安定。"

左宗棠气愤地说："我拟筹集资金整修龙洞渠，提升关中农田灌溉面积，重建关中粮仓，没料到有些人为了一己私利，现在竟然有人在关中种植罂粟，毒害百姓。姚东家也知道，当年林大人为了禁止英国鸦片进入中国，在广州禁烟，随后朝廷在鸦片战争中失利，林大人遭贬，但国人对鸦片的毒害已经有了了解，而且教训深刻。现在竟然有人在关中种植罂粟，毒害百姓，我绝对不能容忍此风蔓延。魏大人向我汇报此事后，我随即和陕西藩司林寿图商议，决定严令各级官府严禁种植罂粟，劝导农户种植棉花，还准备刊行《种棉十要》和《棉书》，解决种植棉花的技术问题。对不适合种植棉花的地区，倡导农户种植杂粮改善民生。姚东家说得好，严禁种植罂粟这件事，必须得总督衙门下决心。对此，我准备对禁种罂粟督察不力的官员进行严查，并上报朝廷严惩。对于西洋进口的鸦片，我也准备上书朝廷，建议提高关税，减少进口。"

姚德心情激动地说："只要左大人下了决心，种植罂粟之事必然就可杜绝。另外，魏大人说左大人要整修龙洞渠，我当时把我的担忧都告知了魏大人，不知道左大人接下来咋办？"

左宗棠说:"你考虑的问题很现实。要整修龙洞渠引水工程,不能按照过去纯粹依靠石匠凿隧洞、凿导流渠这种古老的办法。我在兰州兴建了兰州制造局(亦称甘肃制造局),为西征军修造枪炮。此次整修龙洞渠引水工程,可以调用兰州制造局的炸药开山,同时准备引进西洋机器设备,加快工程进度。"

姚德说:"还是左大人见多识广,视野开阔。我说句不该说的话,左大人的计划很好,就怕下面各级官员人浮于事,难以落实到位!"

左宗棠说:"吏治是历朝历代的为政之要。自鸦片战争以来,朝廷因为国库空虚,开始卖官鬻爵,一些商人捐银买官,造成官员人数大幅度增加,败坏了官场风气,降低了办事效率,真是令人恼火。魏大人,你能说说卖官鬻爵的来源和产生的弊病吗?"

魏亚涛心里清楚,这不但是左宗棠在考他,也是想通过他给姚德提个醒。他说:"朝廷卖官鬻爵滥觞于文景之治,当时朝廷为了解决财政收入不足的问题,不得不提出了一些惠商政策,希望借此收取商人手中的财富,就开了卖官的先河。当时凡能够捐献钱粮的,视其捐献财富的多少都可以获得相应的官职。到汉武帝时期,商人的势力在朝堂上已经形成了一股不可忽略的力量。汉武帝任用东郭咸阳、孔仅、桑弘羊等人推行盐铁官营、均输平准、酒榷等政策,都获得了不错的成效。同时,商人进入官场的弊端也逐步显现出来,首当其冲的就是冗官现象,另一个弊端就是带坏了官场风气,使贪污腐败盛行。汉武帝看到商人进入官场的弊端后,首先建立了完善的监察制度,其次大量提拔儒生,希望能够端正官场风气。但汉武帝采取的措施基本上是治标不治本,从而导致西汉走了下坡路。"

左宗棠点了点头,说:"朝廷的吏治早就出现了问题,要革除弊端,就要整肃吏治。我初步想出一个办法,就是察吏、训吏、恤吏。就是要注重考察各级官员的性情才识、为政得失,对官吏进行教育训导,对官员施以体贴亲恤，促其为善。同时罢免贪庸官吏，任用良吏，革除陋规，提高官吏办事效率。"

姚德说："左大人一番话，让姚某如坐针毡。姚某本是一介草民，承蒙左大人举荐，朝廷敕封议叙道员之职，但这是个虚职，姚某也从未想过要真正进入官场。现在冗官泛滥，一些举人、进士捐献银两取得候补之后，一等就是多年，有些人须发皆白了，还没有得到实职，甚至弄得家破人亡。左大人要整肃官吏，启用贤能，姚某举双手赞成。"

左宗棠微笑着说："姚东家别生气，今天这番话是话撵话，不是针对姚东家的。刚才姚东家担心下面的官员把我的计划落实不到位，就说起了这个话题。在整修龙洞渠工程上，本督还希望姚东家一如既往地大力支持啊！"

姚德说："左大人能兴修关中水利，禁种罂粟，劝农种粮种棉，实乃百姓之福！我虽只是议叙道员，但也绝不尸位素餐，一定干好左大人安排的事。"

左宗棠说："等忙完了这些事，我一定请你好好喝一次酒，感谢你对本督所有工作的支持。"

这真是：兴修水利灌农田，禁种罂粟保平安。

一代名臣干实事，竭尽所能称典范。

第二十章

左宗棠抬棺出征　姚汉唐茶粮随行

姚德回到泾阳后不久，陕甘总督府就下达了禁种罂粟的命令，同时要求各级官府严格督导。与此同时，龙洞渠整修工程准备工作即将就绪。更让姚德欣慰的是，长子姚炎在京城户部任郎中，次子姚五经在该年科举中高中举人，被陕甘总督府委派到甘肃岷州任职。

姚德跟姚汉唐开玩笑说："你们兄弟三人，两个兄长喜欢读书，现在都有了不错的前程，剩下的就看你的了。"

姚汉唐最近正在扩大姚家巷的茶叶加工场地，并让穆怀德亲自监工。他听到父亲说起了两位兄长，乐呵呵地说："姚家祖上曾经说过，一个名商大贾远胜朝廷的名臣能吏。我就不相信，我继承姚家商业事务之后，干不出一番名堂来。"

姚德看着姚汉唐严肃地说:"姚家经过战乱洗劫,加上资助林大人、左大人,以及兴修社树堡,所剩家财已经不多。要真正蹚西域,把生意做大,你就要想方设法和马永盛商号合作,利用马家驼队不畏惧沙漠戈壁的优势,把货物长途贩运到河西走廊乃至新疆迪化去。这一路虽然艰险,但获利丰厚。"

姚汉唐说:"我上次和马永盛商号东家马昌民说起过到新疆做生意的事,最近一直忙于扩大茶场,还没和他进一步交流。今天晚上,我就去找马昌民,了解过嘉峪关后前往迪化的沿途情况和新疆商贸情况。"

姚德见儿子思路清晰,感到很欣慰。他觉得把惠谦堂交给姚汉唐去掌管,自己完全可以放心了。他说:"你随左大人西征的几年间,几乎跑遍了甘肃、宁夏、青海三省的主要商贸集镇,但从来没有出过嘉峪关。明代朝廷实行'列镇长城,恪守边墙'的边疆策略,陕西商帮的商贸活动就没有越过嘉峪关。乾隆二十七年朝廷发布'晓示商民有愿往者即给以印照'之后,又令嘉峪关'每日晨开酉闭,出关者听其前往,不得阻遏',陕晋甘商人才得以进入新疆,内地和新疆的贸易方始逐步兴盛起来。说实话,父亲这辈子没到过新疆,但听林大人和姚家商号掌柜说过新疆的苦寒和民众的生活状况。你能和马昌民联手,这个路子绝对没错。找时间去请教一下马昌民,让他给你说说如何前往新疆进行贸易,尽可能少走弯路。"

姚汉唐满是自信地说:"路都是人一步一个脚印蹚出来的。别人能办到的事,我一样能办到。"

当天黄昏时分,姚汉唐来到二条街东段的马永盛商号。掌柜马瑞民看到他在商号门前张望,就迎出来问:"姚东家,你是来找我们东家的吧?快请进。"

姚汉唐笑着说:"马掌柜,生意兴隆啊。马东家在商号吗?"

马瑞民说:"在二堂客厅。我带姚东家进去。"

姚汉唐跟着马瑞民穿过商号大堂,直往后面走进了商号二堂前面的院子。院子东西两侧盖有厢房,透过窗户能看到里面的货架上堆放着加工成型的马家茯砖茶。迎面是修建在三级台阶上面阔五间的单檐歇山顶建筑,外面廊柱悬挂着一副对联:"商道无形商道即人道;商品有形商品即人品。"未等姚汉唐仔细琢磨,马昌民已跨出客厅门槛,笑着说:"稀客啊,稀客!姚东家快请进。"

进了客厅,姚汉唐观察到主建筑东西两面分别被隔成两个房间,客厅占地面积只有三间面阔、三丈左右的进深。等姚汉唐在八仙桌旁的太师椅上坐下,马瑞民就给他倒上了茶水。姚汉唐端起茶杯,一股茯苓的香气扑鼻而来,再看杯中汤色,和自家茶号所产茯砖茶熬煮后的汤色并无多大区别。细品之后,满口留香。

姚汉唐放下茶杯,啧啧赞叹道:"马东家这是得到茯砖茶制作的真传了,难怪能在河西走廊畅销几十年。"

马昌民说:"马家明代初年到了泾阳,当时在泾阳县城就开设有茶号,制作的茯砖茶销往河西走廊。因考虑到运输问题,马家祖上马应海在凉州镇番县购置了大量沙土地,用当地生长的骆驼草养殖骆驼,并成立驼队专门从事货物运输。雍正初年,青海的罗布藏丹津叛乱,朝廷军情紧急,辎重来不及准备,马家为了支援平叛,减轻百姓徭役之苦,自告奋勇召集河西、川陕所有马家驼队一律援军,解决了军需物资的后勤运输。按事后抚远将军年羹尧的说法,马家为讨伐罗布藏丹津立下了'汗驼功劳'。年羹尧、岳钟琪将马家功绩向雍正帝上奏,雍正帝御书'永盛'二字,赐勉马家商号永盛不衰,从此之后,马家世代被誉为马永盛家。道光二十年第一次鸦片战争战败后,朝廷向全国富户摊派战争捐款时,马家茶号义捐白银十万两,道光皇帝除了对马家嘉奖,还御笔亲书一个福字中堂，配了两幅金色龙条赐给马家，以示表扬。不过现在的马家和姚家境况差不多，说只剩下空架子有点过头，但实力无疑都大幅度下降了。"

姚汉唐从没有听父亲姚德详细说过马家的事情，在他的眼里，姚家能够和林则徐、左宗棠、严树森结缘，已经很了不起了，没料到马家竟如此辉煌过，让他觉得姚家和马家还有不小的差距，最起码马家曾受到过雍正、道光两位皇帝的嘉奖。他说："过去的辉煌，是祖上创造的荣光，只能代表过去，却不能代表未来。就像雍正皇帝赐勉马家商号永盛不衰一样，是美好的愿望。现在，战乱已平息，河西走廊的生意也能做了。左大人又改茶引制为茶票制，这对常年在河西一带做茶叶贸易的马家来说是一个难得的翻身机会。"

马昌民说："不仅是对马家，对所有在河西走廊甚至到新疆做生意的商号都是好事，更是机会。"

姚汉唐说："说到去新疆做生意，马东家能将新疆的情况给我介绍一下吗？"

马昌民说："这个简单，你想知道，我就说给你听。"

随后，马昌民说，全国各地客商到新疆做生意，通常由两条路进入新疆。一路从张家口、归化城（呼和浩特旧城）走蒙古草地进入新疆，其中在蒙古草地的一段又分为两条路线，北路经乌里雅苏台、科布多至古城（今新疆奇台县）；南路蒙古沿草地与宁夏、甘肃边界经巴里坤到迪化、伊犁。从蒙古草地到新疆的多是山西商民，人称"北套客"。另一条路走内地经河西走廊出嘉峪关，到哈密后分道进入天山南北，是陕西、甘肃、四川等省客商的必经之路。纪晓岚发配新疆时，曾作诗描述过各地客商在新疆的经商情况，他在诗中说："敕勒阴山雪乍开，斡汉队队过龙滩；殷勤驿长稽名字，不比寻常估客来。"

接着，马昌民疑惑地问道："马家自明代中期开始就在河西走廊做生意，乾隆二十七年以后开始涉足新疆生意。我听说姚家也在河西走廊和新疆有分号，难道没人给姚东家说过去新疆的艰辛吗？"

姚汉唐说："姚家生意在雍乾两朝鼎盛时期，曾经在甘肃、新疆开设过分号，但东家很少有人亲自去过。我这几年随左大人先后走过甘肃、宁夏、青海等地，也没觉得有多辛苦，就想到新疆闯荡一番。"

马昌民点头说："西域自然条件恶劣，天苍苍，野茫茫，经常是朔风怒号，黄尘万斛，戈壁瀚海，风吹沙移，令人望而生畏，更不用说去做生意了。诗人李渔在《甘泉道中即事》形容当时的情景是：'一渡黄河满面沙，只闻人语是中华。四时不改三冬服，五月常飞六出花。海错满头番女饰，兽皮作帐野人家。胡笳听惯无凄婉，瞥见笙歌泪转赊。'姚东家敢闯西域的勇气可嘉，但一定要有足够的心理准备。"

姚汉唐说："陆游曾说：'纸上得来终觉浅，绝知此事要躬行。'马东家，西部茶叶贸易一旦恢复，我们两家说不定还要通力合作哩。"

马昌民说："不但是茶叶贸易，就是在布匹、粮食、药材、皮毛等生意上也可以合作。"

左宗棠给姚德的许诺，终因后来爆发收复新疆之战无法兑现了。左宗棠刚把陕西的事情安顿好，就接到噩耗。同治十三年（1874）十二月初，刚满十九岁的同治皇帝因病驾崩，两宫皇太后立醇亲王之子载湉为帝，改元光绪，确定次年为光绪元年（1875）。

光绪元年五月，朝廷下诏授左宗棠为钦差大臣督办新疆军务，全权节制三军，以将军金顺为帮办军务，择机到新疆平叛，收复新疆。关于新疆问题，左宗棠对来龙去脉了如指掌。同治四年（1865）初，中亚浩罕汗国军官阿古柏在喀什噶尔封建地主勾引下，受浩罕国统治者的派遣，入侵新疆南部，并于同治七年（1868）建立洪福汗国，进而侵犯新疆北部，企图使新疆脱离朝廷独立。沙俄也趁机出兵于同治十年（1871）七月侵占伊犁。新疆局势引起了朝廷重视，曾诏令左宗棠派兵进剿，当时陕甘回民起义燃起的战火尚未结束，左宗棠认为出兵新疆，并非上策，但还是派部将徐占彪进兵肃州。

左宗棠于同治十二年（1873）三月致信总理衙门，提出了先安定新疆回民，再收复伊犁的主张。他明确表示，伊犁是中国疆域，寸土都不能有失。如果通过外交交涉失败，不得已和沙俄军队交战，清军未必不能取胜。

现在朝廷诏令左宗棠择机收复新疆，同时也给他出了一个天大的难题。打仗是需要银钱的，朝廷拨付的军饷只有二百万两，这点军饷仅够每年出关运粮的费用。如果加上西征军官兵的军饷，每年至少需要八百万两。如何快速解决西征军粮饷，左宗棠急切之间苦无良策，一筹莫展。

在研究如何收复新疆的战略上，左宗棠和军务帮办大臣金顺，西征军将军刘锦棠、张曜、徐占彪等人进行了详细研究，随后他提出了"先北后南""缓进急战"（又称"缓进速决"）方案。

左宗棠对众将官解释说："先北后南就是先安定北疆，再进军南疆。这是考虑到进军新疆重点在打垮阿古柏，而阿古柏的势力主要在达坂城、托克逊、吐鲁番一线，其在北疆势力比较薄弱，进军难度较小。同时，位于北疆的迪化有重要政治意义，攻占迪化，可以鼓舞士气，振奋民心，重新树立大清国的国际形象。从地理区位上讲，收复北疆，也可为进一步收复伊犁创造必要条件。缓进急战中的缓进，就是积极治军。朝廷历年来亏欠陕甘湘军军饷两千万两，本次诏令收复新疆，只拨付军饷二百万两，根本无法保证军队物资供应，更不要说给官兵发军饷了。因此咱们得准备用一年半左右时间筹措军饷，积草屯粮，整顿军队，减少冗员，增强军队战斗力。即使是西征主力湘军，也要剔除空额，汰弱留强。凡是不愿出关西征的，一律发给路费，遣送回原籍，不必勉强。急战就是考虑到国库空虚，西北交通不便，人烟稀少，田地荒芜，为了紧缩军费开支，大军一旦出发，必须速战速决，力争在一年半左右获取全胜，尽早收兵。"

听了左宗棠的主张，金顺感到压力很大。作为帮办军务大臣，筹集粮饷是他的头等大事。朝廷历年欠饷不说了，仅拨付二百万两白银就让左宗棠率军收复新疆，这不是开玩笑吗？金顺清楚自己能力有限，无法在短时间内给军队筹措到足够的粮饷。他愁眉苦脸地说："左大人，此次西征就是按照您的部署，粮饷问题也是头等大事。新疆远在西陲，路途遥远，环境恶劣，后勤运输艰辛，仅粮草一项就让人头痛啊！卑职无能，如何筹措军饷还需要左大人明示。"

刘锦棠说："自古以来，都是兵马未动，粮草先行。此番西征新疆，粮饷是能否取得胜利的根本保证。左大人，没有足够的粮饷，如何收复新疆啊？"

左宗棠说："粮草运输是西北用兵的关键，收复新疆的快慢，全赖粮草运输。我估算了一下，西征军额定军粮大约两千万斤，不可能从一个地方征集。本钦差就委派张曜将军任西征军前锋统帅，先率军进驻哈密，兴修水利，屯田积攒粮食。同时从甘肃河西走廊的凉州、镇番、永昌、肃州、甘州等地采购军粮，出嘉峪关，过玉门，运至哈密。由包头、归化、宁夏采购军粮经蒙古草原运至新疆东部的巴里坤古城。此外，还可以在新疆东部采买粮食进行补充。有了这几个渠道筹措军粮，基本上就可以保证西征军所需。至于运输军粮，可以借助民力，也可以借助在河西走廊经商的商队。"

张曜说："末将遵命。只是归根结底，还是银钱是关键。没有银钱，就无法征集粮草，没钱雇佣人力或者商队。左大人即便规划得再好，也没办法实施啊！"

左宗棠紧锁眉头，突然想起他在兴办福建船政学堂时的搭档胡雪岩①。他说："朝廷不给银钱，我就是去找胡雪岩向外国银行借钱打仗，也要收复新疆，决不辜负朝廷的重托。"

几个人听说左宗棠要借钱作军饷，收复新疆，不由得都捏了一把汗。他们都听说过借外债很难，就连恭亲王向洋人借款都被拒绝了，胡雪岩能行吗？

左宗棠看到几个人脸色凝重，知道他们对通过胡雪岩向上海的外国银行借款没有信心。但朝廷已经下达诏令，可谓是箭在弦上不得不发。即使有一点希望，他也要试一下。他说："借钱如果能成功，将开创本朝借钱开战的先河。刘将军、张将军先整顿军队，我立即给胡雪岩写信派人送往上海。金将军，征集粮草和后勤运输就靠你了。"

金顺感到责任重大，压力更大。他说："我可以先用朝廷拨付的军饷征集粮草，至于如何运输，还请左大人指教。"

左宗棠说："之前我在西征时，就有陕西商队帮助运输军用物资。前往新疆不比在河西走廊，行走大漠戈壁，最好用驼队运输。你可以到泾阳去找几大商号，跟他们商议粮草运输的事。同时在几大茶号多采购茯砖茶，解决西征将士水土不服、水果蔬菜少引起的地方病。"

金顺虽然心里依然忐忑，但也只能领命说："卑职过几天就去泾阳，让泾阳知县召集各大商号解决左大人交办的事情。"

一天傍晚，姚汉唐在惠谦堂二进院客厅和王长安、穆怀德闲聊茶叶加

---

① 胡雪岩（1823—1885），本名胡光墉，字雪岩，安徽徽州绩溪人，中国近代著名红顶商人、富可敌国的晚清著名企业家。开办胡庆余堂中药店，入浙江巡抚幕，为清军筹运饷械。1866年协助左宗棠创办福州船政局，后主持上海采运局局务，为左宗棠借外债、筹供军饷和订购军火，又依仗湘军权势，在各省设立阜康银号20余处，并经营中药、丝茶业务，操纵江浙商业，人称"为官须看曾国藩，为商必读胡雪岩"。

工的事。在闲谈中，姚汉唐才知道穆怀德是咸阳渭城穆家寨人，其祖上就是明末清初泾阳茶业的通行领袖穆士元前辈。

姚汉唐说："穆老前辈创立的驻中间、拴两头的经营模式几百年来，无人能打破，足见穆老前辈的远见卓识。在泾阳设总店，在兰州设分店也就成了西北茶叶贸易一直采用的模式，才有了'参横月落夜迟迟，络绎鸣驼任所之；盐茶春暖花开际，水草秋高云塞时'的繁忙景象。"刚说到这里，听见客厅外一阵脚步声，未等他站起身来，就看到马昌民愁眉苦脸地跨进客厅。

姚汉唐赶紧给马昌民让座。等他落座后，姚汉唐问："现在各家都在忙茶叶分包之事，马东家咋有空闲到惠谦堂来？"

马昌民说："我是无事不登三宝殿。今天后半晌，我家在西安分号的伙计回来给我说了件事，我想了半天拿不定主意，就想找你商量一下如何应对？"

王长安笑着说："马东家，到底啥事嘛，说了半天把人弄得云里雾里的。"

马昌民说："听伙计说，左大人被朝廷敕封为督办新疆军务的钦差大臣。左大人一心想收复新疆，苦于军饷不足，长途运输粮草仅靠官驼无法保证，还要征用私驼帮助运输军需物资。西征大军一旦开拔，势必影响咱们的正常贸易，如今该咋办？"

姚汉唐还未开口，穆怀德插嘴问道："马东家，啥叫官驼，啥叫私驼？"

马昌民说："官驼就是官府采买的骆驼，因为喂养麻烦，官府没有重大行动，一般不会养官驼的。私驼就是民间养殖的骆驼，也叫民驼，是不受官府支配的商业性营运骆驼，就像马家常年停留在县城骆驼巷的驼队。私驼除了自己使用外，给其他商号运送货物是要收取运费的。官府如果征用私驼参与官运，一般都会支付一定费用。"

姚汉唐说:"之前西征时,左大人就接到过朝廷的诏令,让他率军到新疆平叛。当时肃州战事尚未结束,左大人无暇顾及。现在朝廷又诏令左大人率军收复新疆,看来年过七旬的左大人也要像老黄忠一样为国操劳,征战沙场了。"

王长安问:"马东家,朝廷有征用私驼的先例吗?"

马昌民说:"在康熙征剿噶尔丹,平定西藏叛乱,雍正征剿罗布藏丹津时,都征用过镇番的私驼。左大人西征新疆,除了征用私驼,肯定还要在河西走廊一带征集军粮。姚东家,你参与过左大人的西征行动,这次左大人西征,你还想参加吗?"

姚汉唐说:"征集军粮,确保运输,是西征胜败的关键。我估计左大人西征新疆,筹集军粮可能会分成两路,一路从甘宁蒙等地采购向西运输到哈密,一路可能就是在河西走廊就地筹粮,经甘州向西运输到哈密或者敦煌。我们两家都在做粮食生意,可以利用在甘肃的分号帮左大人在河西走廊筹集粮草。马东家,马家在康熙、雍正年间就用驼队帮助过朝廷军队运输粮草,这次左大人西征新疆,是为维护国家疆域完整,于情于理你都会相帮吧?"

马昌民一拍大腿,脸上乌云已然散去,激动地说:"肯定帮呀!我们虽是商家,但仍要分清义和利的关系,按常规左大人也不会白用马家驼队的。有了这样一个机会,我不敢说咱们能发财,最起码能帮助左大人解决后顾之忧,能为朝廷收复新疆做点事情。"

姚汉唐说:"这么大的事情,陕甘总督府不会没有动作,等总督府有了号召,我一定和马东家去河西走廊,甚至新疆,做一些力所能及的事情。"

姚汉唐、马昌民没有料到,随后发生的事情真的让他们有了用武之地。

金顺带着随从到达泾阳县衙时,马逢春正在处理嵯峨山附近个别农户不听官府禁令偷偷种植罂粟的事情。他黑着脸厉声斥责了农户，并严令县尉按照陕甘总督府的禁令予以处罚。

待农户退下，马逢春伸了伸懒腰，刚想略做休息，县衙大门口的衙役跑进大堂说："马知县，钦差大臣左大人的军务帮办金顺将军到县衙门口了。"

马逢春赶紧起身出迎，还未走到县衙的照壁，金顺就在随从的护卫下，进了县衙的大院。

马逢春急忙上前叩见，金顺拉住他说："马知县，本官奉陕甘总督、督办新疆军务钦差大臣左大人之命，前来泾阳请马知县帮忙的。"

马逢春说："金将军一路辛苦，有什么事到大堂再说。"随后将金顺请进大堂。

彼此客套了一番后，金顺说："马知县，朝廷诏令左大人率军收复新疆，此事想必你也知道了。左大人说'筹饷难于筹兵，筹粮难于筹饷，筹转运又难于筹粮'，军需物资的转运事关此次平叛的成败，也是能否收复新疆的关键。泾阳是西部商贸中心，每年有大量物资运往河西走廊，甚至出嘉峪关，远涉新疆。本官的意思是，请马知县召集县城有运输能力和做粮食生意的商号东家到县衙大堂开会，倡议各商家拿出行动支持左大人收复新疆。"

马逢春略加思索，说："据卑职所知，泾阳商号运往兰州的货物，大多采用马匹、车辆、毛驴运输，要出嘉峪关往新疆运送军需物资，最好采用驼队运输。县城内骆驼巷长年驻扎着马永盛商号的驼队，马东家能否乐意提供帮助，卑职也不好强求，毕竟朝廷就是征用私家驼队也是要支付费用的。"

金顺说："征用私家驼队之事，左大人已经考虑过了，并且就运费也做了规定，关内（嘉峪关）运粮每百斤百里银四钱；关外运粮每百斤百里银五钱。因出关后属于荒漠戈壁，水草奇缺，车驮难以行进，所有运粮得靠驼队才行。马知县,咱们还是把商家们请来再说,他们长年行走在河西走廊和新疆,说不定还有咱们想不到的高招哩。"

马逢春对县尉吩咐:"你去安排县衙所有衙役马上到县城各商号通知所有东家,一个时辰以后,全部到县衙大堂来。"

县尉应了一声拧身出了大堂,金顺冷不丁问道:"马知县,经过这几年的恢复,泾阳商户们恢复元气了吗?"

马逢春没有猜到金顺这句话的真实用意。他说:"经过同治五年的劫难,商户们要想恢复到以前的水平,尚需时日。金将军,您问这话有什么用意?"

金顺说:"朝廷虽诏令左大人收复新疆,但拨付的军饷只有区区两百万两,我盘算了一下,这点钱仅够运输粮草用。征集军粮的费用,军队的枪炮弹药,官兵的军服、军饷都还没有着落。"

马逢春吃惊地问:"给左大人两百万两军饷去收复新疆,这不是开玩笑吧?"

金顺说:"左大人虽有收复新疆的雄心壮志,但也有一文钱难倒英雄汉的苦楚啊!为了收复新疆,维护国家统一,左大人已经向他的老朋友胡雪岩写信,请他在上海向外国银行借钱,以解燃眉之急。我想帮左大人筹措军饷,想向泾阳的富商大户借钱。"

马逢春沉吟着说:"金将军可以把您的想法告诉他们,看一下他们的意愿。收复新疆是国家大事,关乎国家声誉和尊严。陕商在朝廷平定西藏、噶尔丹、罗布藏丹津叛乱中,都有非常好的表现,曾经受到朝廷的嘉勉。左大人之前西征时,陕商也出过力。这次为了国家统一,我想陕商也不会甘于人后的。"

说话间,陆陆续续有商号东家进了大堂。马逢春向众位东家介绍了金顺,并请他们坐在早就准备好的长凳上稍候。不到一个时辰,所有在泾阳县城开设总号的东家都已到齐。

马逢春说:"金将军,所有商号东家都已经来了。"

金顺看了一眼众人,哼了一声,清了清嗓子,大声说:"本官是陕甘总督、督办新疆军务钦差大臣左大人的军务帮办金顺。奉左大人之命,今天把众位东家请到县衙大堂来,是有重要事情和众位商议。众位可能也知道,左大人奉朝廷诏令,即将率军西征,收复被阿古柏和沙俄侵占的新疆领土,维护国家疆域统一和安全。古话说,兵马未动,粮草先行。我知道,众位东家之中,有人长年在嘉峪关和迪化之间往返,对新疆的地形地貌、气候水源等非常了解。左大人此次西征新疆,需要众位商家中熟悉新疆情况并有运输驼队的东家大力支持,还望众位东家积极响应。"

金顺话音刚落地,众人的目光不约而同地都落在马昌民身上。

马昌民站起来说:"金大人,草民是甘肃镇番马永盛商号东家马昌民。马家在泾阳县城有运输驼队,在镇番老家饲养了一千多峰骆驼。草民愿意用自家驼队支持左大人西征,收复新疆。"

金顺打量了一下眼前这位四十多岁的中年汉子,猛然想起了康熙、雍正年间镇番驼队为朝廷征剿大军运送粮草的事。他问:"马东家所在商号马永盛,是不是雍正皇帝亲赐的?"

马昌民回应说:"正是。马家驼队当年为年羹尧、岳钟琪两位将军的军队运送粮草,年、岳两位大人将马家驼队支持军队立下的汗驼功劳上报朝廷,雍正帝亲赐马家马永盛商号。"

金顺点点头说:"看来马家支持朝廷是有家传的。马东家,你一共有多少峰骆驼?"

马昌民说:"马家自己养殖了一千多峰骆驼,而在镇番有养殖骆驼的条件和习俗,几乎家家都养殖骆驼,全县骆驼总数估计有一万多峰。"

金顺闻言,心中暗喜。如果马昌民带头,并且把镇番的所有骆驼组成驼队,往新疆运输粮草的难题就可迎刃而解。他追问道:"依马东家之见,镇番民众愿意组成驼队帮朝廷运送粮草和军需物资吗？"

马昌民朗声道："金大人不必担心。镇番虽地处荒远，民众生活并不富裕，但自明代开始，镇番人都能积极支持朝廷的重大行动。本朝康熙、雍正、乾隆三位皇帝对西部用兵，每次都有镇番驼队的身影。这次左大人西征，镇番人定会一如既往地支持。"

金顺大喜道："如果本官代表左大人委托马东家回镇番组建驼队，马东家可否愿意？"

马昌民略微迟疑了一下，随即大声说："草民愿意为朝廷效劳，为国家尽力。"

金顺压在心头的石头终于落地了。他高兴地说："马东家不愧是马永盛商号的后人，没有辜负雍正皇帝当年对马永盛商号的期望。有了马东家带头，往新疆各地运送粮草和军需物资之事就成功了一大半。"

众位东家见金顺当面赞扬马昌民，都对他投来钦佩的目光，有人还对马昌民竖起大拇指。

金顺看到大家情绪不错，他趁势说："粮草运输是西征成败的关键，现在有马东家带头仗义相助，可以说基本上能够解决了。还有一个难题，本官想和大家商议一下。"

随后，金顺向众位东家透露了想向富商大户借钱之意。他说："朝廷国库空虚，战争赔款繁多，根本拿不出多少钱来支持左大人收复新疆。本官到泾阳来，还有一个重要任务就是向大家借钱。大家不用担心，我代表左大人向大家借钱，就是朝廷向各位东家借钱，肯定会付给大家利息的。如果大家有闲钱，可以自愿上报数额，本官返回西安后立即向左大人汇报。"

金顺这番话，无异于向平静的水面丢了一块大石头，一瞬间就激起了巨大水花。众人坐在县衙大堂，不敢大声喧哗，就和身边的人交头接耳，大堂里顿时响起不断的嗡嗡声。

金顺见大家只小声议论，并没有一个人站起来表态，心里就有点不耐烦。等了一会儿，依旧是嗡嗡声，他就更加烦躁了。他本就是行伍出身，性格急躁，于是大声说："我知道大家或许都有难处，没办法立即表态。这样吧，大家可以先回去考虑，明天再来县衙申报。"

就在众人起身准备离开县衙大堂之际，姚汉唐大声说："金大人，陕商遭遇同治之乱的洗劫，后来又捐资输粮资助左大人平乱，确实是竭尽了全力。现在，各位东家刚开始正常经营，元气尚未恢复，一下子也拿不出多少银钱来。烦请金大人请示左大人，除了银钱，陕商能否用自家分号生产的茯砖茶、收购的粮食和药材等实物支持西征？"

众人纷纷转过身来，等着金顺表态。金顺略加思考，立即说："这位东家言之有理。我来泾阳之前，左大人特意交代我要采购一批茯砖茶供官兵饮用，我刚才着急解决粮草运输和军饷的事，把这事给忘了。如果泾阳茶商愿意用茯砖茶支持西征，本官当然表示感谢。"

在一旁的马逢春靠近他说："刚才表态的就是社树堡姚德的儿子姚汉唐。姚德和左大人关系不一般，姚汉唐曾经随左大人出征。如果金大人能够勉励姚汉唐几句，说不定会有意想不到的效果。"

金顺点了点头，随后大声说："姚东家之前跟随左大人西征的事，我听前任帮办大臣雷正绾大人提起过。我看这样，就请姚东家牵头，把泾阳各商号支持左大人西征的物资开列一个清单，标注上价值，等左大人筹集到银钱，绝对不会亏了大家。"

姚汉唐说："小事一桩。等我汇总后，就把清单上缴给金大人。"

看着众人相继离开大堂，金顺突然想起了一件事。他大声喊："请马东家、姚东家留步，本官还有事情和你们商量。"

马昌民、姚汉唐返身又回到大堂，等他们坐下，金顺说："二位既然敢牵这个头，肯定有这个能力。我有一个想法，就是请二位提前到河西走廊一带去做准备工作。马东家到镇番老家组建驼队，姚东家到甘凉一带提前收购粮食。不知道二位意下如何？"

马昌民说："组建驼队比较复杂，是要提前准备的。骆驼的编队，驼户的搭配，骑马先生、锅头、水头、拉连子等都要分工明确，各负其责。要把这些事情办妥，不是几天时间就能解决好的。"

姚汉唐接着说道："金大人让我提前到河西走廊，是怕有人趁机哄抬粮价吗？"

金顺赞赏地说："到底是商业世家出身，一点就破。"

姚汉唐走出县衙大门时对马昌民说："看来咱们还真要到新疆去闯荡一番了。初步约定一下，三天之后出发如何？"

马昌民说："一言为定，三天后出发。"

姚汉唐回到惠谦堂总号后，王长安、穆怀德还在客厅等候着他，想知道东家去县衙到底带回来什么消息。

姚汉唐把帮办大臣金顺来泾阳的目的告诉了二位，并说："朝廷没有钱还想要打胜仗，真难为左大人了。"

王长安说："我还是第一次听说向商户借钱打仗的，估计这个办法也只有左大人能想出来。"

穆怀德说："战争一旦开启，很难在短时间内结束。虽说朝廷同意左大人向商户借钱，但借的钱何时归还就说不准了。东家，你要去河西走廊，商号的正常事务咋办？"

姚汉唐说："我正想和你们商量此事。我看这样，王掌柜和穆掌柜共同掌管惠谦堂事务。我刚才在县衙大堂已经表态了，要资助左大人一部分茯砖茶，你们明天就开始准备。同时麻烦你们替我尽快将各商号支持左大人的物资列成清单，标明价值。明天早上，我回社树堡一趟，告知我父亲即将去河西走廊乃至新疆的事。"

王长安、穆怀德见东家已经打定主意要走了，都满口答应服从东家的安排，有啥事情随时派人回来送信，他们一定会按照要求，做好一切工作。

姚汉唐回到社树堡家里时，发现父亲的精神状态远不如以前健旺。但对此次远行，他又不得不说。他说："父亲，左大人奉朝廷诏令准备西征收复新疆，儿子想随左大人一起进新疆，顺便了解新疆的生意情况。"

姚德的眉毛拧成了一个疙瘩，说："左大人和我年纪相仿，已经年过七旬了，可叹这样的年龄还要率军亲征。这些年国家危难，屡屡丧权辱国，啥时候打过胜仗？国库空虚，军饷匮乏，还要劳师远征，谈何容易呀！"

姚汉唐说："左大人的帮办大臣金顺今天来泾阳了，他转达左大人的意思是，倡议关中富户支持左大人西征，有钱出钱，无钱出力。马永盛商号马昌民答应回镇番组建驼队帮助左大人运输军粮和物资，我答应资助左大人一些茯砖茶，并到河西走廊去替左大人收购军粮。"

姚德说："应该的。华夏泱泱大国，屡次被西方列强羞辱，以前只是赔款，这次是沙俄侵占伊犁，再不反击，国家的尊严就丧失殆尽了。"

姚汉唐问："父亲大人估计左大人此次西征能成功吗？"

姚德说："大丈夫行事，论是非，不论利害；论顺逆，不论成败；论万世，不论一生。左大人是一位军事奇才，虽说上了年纪，但依然宝刀未老。此番西征，我敢保证他一定会建立不世功勋，扬我国威，名垂青史。"

姚汉唐笑着说："父亲对左大人这么了解和信任？"

姚德说："左大人的军事才能在镇压太平天国起义的时候就已经表现得淋漓尽致了，后来西征平乱更是老谋深算。虽说左大人年纪不小了，但却是老而弥坚，用兵更加老辣。左大人能借钱西征，足可说明他有必胜的决心和信心。"

姚汉唐说："民间有传言说左大人是镇压起义军的刽子手，他是用这些人的鲜血染红了自己头上的顶戴花翎。父亲，您如何看呢？"

姚德冷哼了一声说："太平军曾经占据了江南大部分，建都南京，号称太平天国，但随后就因争权夺利陷入了内讧，最终被湘军、淮军击败。陕甘回民军尤其是陕西回民军、捻军也曾在关中纵横，最后被左大人击溃。这些起义的根源是朝廷腐败，屡次在外战中失败，丧权辱国，不断增加赋税，造成民不聊生引发的。这三次起义，都不同程度地打击和动摇了朝廷的根基，却也在一定程度上造成了社会动荡，人口锐减，商业凋敝，使国家更加羸弱，甚至还可能会出现被分裂的危局。左大人作为朝廷倚重的肱股重臣，奉旨戡乱，既是为国尽忠，也是职责所在，咋能片面地说左大人是刽子手？对于左大人的功过，作为当事人或者见证者，我们的评价或许会带有感情色彩，有失公允，那就套用一句话叫'千秋功罪，留待后人评说'吧。"

姚汉唐不住点头，说："我同意父亲的观点。左大人镇压太平军、捻军和陕甘回民军的是非功过肯定要留待后人评说的。但这次左大人西征收复新疆肯定无人非议。"

姚德说："左大人收复新疆是维护国家统一，做的是名垂青史的事，肯定无人敢非议。你能参与这次西征，也算不枉此生了。我老了，身体大不如以前，如果再年轻十岁，我就陪左大人一起去新疆。"

姚汉唐笑着说："您就在家好好将养身体吧。朝廷把如此重任交给了左大人，他自有良策，您就在家等着捷报吧。"

姚汉唐和马昌民如约出发，到凉州后两个人就分了手。马昌民去镇番老家组建驼队，姚汉唐继续赶往肃州与西征军前锋部队主帅张曜会合。

姚汉唐在肃州府衙没有找到张曜，却意外地碰到把西征军指挥部转移到肃州的左宗棠。

左宗棠见到姚汉唐，同样欣喜异常。他说："光绪元年年底，胡雪岩利用自己阜康钱庄和英国渣打银行有生意来往的契机，亲自出面向渣打银行借款。他知道此前恭亲王向外国银行借款被拒绝过，因此抱着能谈成功，代表的就是中国政府；谈不成功，只代表他自己的态度。要说胡雪岩还真是个商界奇才，经过几昼夜秘密谈判，双方终于就利息、期限、偿还方式等细节达成了一致，为西征军筹集到了第一笔借款两百万两①。有了这笔钱，我就立即动身到了兰州，随后因为征集军粮时出了点问题，我又到了肃州。"

姚汉唐说："金顺将军曾为军需物资转运之事到过泾阳县城，马永盛商号东家马昌民已经回到镇番老家组建驼队了，有了那上万峰骆驼组成的驼队，就可解决左大人粮草运输的后顾之忧。我本来是找前锋主帅张曜将军的，看一下在收购军粮方面能帮上啥忙。"

左宗棠说："嗯，金顺将军已经全部向我汇报了。到肃州后，我才知道金昌也组建了驼队。有了镇番和金昌两支驼队，后勤供给可保无虞。在购买军粮时，确实有不法粮商和贪官勾结，哄抬粮价，导致购粮困难重重。我放心不下，就在二月份到了肃州。除了严办贪官，打击不法粮商，我下令清丈土地，改变税则，增加田赋。要求各州县按照新定章则，把土地分为川地、塬地和山地三等，每种按照各州县原有的田赋总额，按照三等九级分摊。赋粮（公粮）以外就是征粮，用钱向民众购买。同时在凉州、甘

---

① 据清史档案记载：胡雪岩以江苏、浙江、广东海关收入做担保，先后六次出面借外债1870万两白银，另外向华商借贷846万两白银，解决了西征军的经费问题。胡雪岩还给西征将士送了"诸葛行军散""胡氏避瘟丹"等大批药材，免去了水土不服之虞。左宗棠赞曰："雪岩之功，实一时无两。"

州设立粮仓，等大军全部集中完毕，再运往敦煌总库。"

姚汉唐不得不佩服左宗棠考虑问题细致周密，他问："左大人准备何时进军新疆？"

左宗棠说："第一次西征时，对兰州到肃州的道路、桥梁进行了整修，沿途种植了榆杨柳树。此次西征将深入新疆，需要整修拓宽从嘉峪关到敦煌、哈密的道路、桥梁，种植柳树。估计这些事情最快也要两个月。四月份天气转暖之际，就是西征新疆之时。"

光绪二年（1876）四月，左宗棠在肃州祭旗，正式拉开了西征的序幕。他亲自坐镇肃州，命令刘锦棠、金顺分兵两路出关，到哈密会齐。当时塞外还是冰天雪地，寒风刺骨，滴水成冰，但两路大军谁都不敢怠慢，全部按规定时间到了哈密。当年八月，刘锦棠和金顺配合，占领了济木萨（今吉木萨尔县），进而攻占迪化外围的古牧地，阿古柏放弃迪化逃跑，刘锦棠兵不血刃地收复了迪化，随后金顺攻占昌吉，刘锦棠帮助荣全攻克玛纳斯城，新疆北路全部收复。

姚汉唐跟随马昌民带领的驼队不断从哈密往前线运送粮草，等刘锦棠收复迪化后，因战场形势发生了变化，后勤物资一刻也不能短缺，驼队就由哈密到迪化的长途运输变成从迪化到北疆各地的短途运输了。

新疆深秋的天气就像孙猴子的脸，说变就变，这一刻还是艳阳高照，不一会儿很可能就是大雪纷飞。行走在荒漠戈壁上，或者穿越河流大山，经常会遇到空驼队和负重驼队相遇而道路狭窄无法避让的问题。不管是镇番驼队，还是金昌驼队，谁都怕路边积雪太厚，避让时骆驼滚下山坡或者山涧，吵闹和推搡就成了驼队领队甚至赶驼人之间经常发生的事情。

马昌民带领的镇番驼队就和金昌驼队因错行避让问题发生过冲突。当时天降大雪，朔风怒号，视线不好，只能听见阵阵驼铃声由远而近。等到两个驼队相遇时，正好在一座小山的狭窄路段，镇番驼队负重前行，金昌驼队空返而归，按道理应该是金昌驼队避让，但金昌驼队领队怕路边积雪滑撇了驼胯，无法向驼户交代，丝毫没有避让的意思。马昌民和金昌驼队领队为此在山顶上大喊大叫吵了起来。

姚汉唐隐隐约约听到前面有人高声喊叫，急忙逆风跑上前，他一看阵势，就知道金昌驼队领队不对，帮助马昌民就顺理成章了。几个人一推搡，双方的驼夫们就提着赶骆驼的杆子拥上来，几句话不合，就打在一起。西北人打群架，往往下狠手，不一会儿双方就有驼夫鬼哭狼嚎，受伤倒地。就在双方难解难分之际，稽查军官路过，喝令住手，双方才停止了械斗。后来这件事被左宗棠知道了，严令以后不准再出现这样的事，否则军法处置。

马昌民事后说："骆驼是驼户的命根子，是家里最值钱的家产，谁都不想让骆驼受伤。发生械斗虽然影响不好，但心情可以理解。"

姚汉唐笑道："和你相识这么多年，还是第一次看到你打架不要命的凶狠模样。这事被左大人知道了，不知道会咋处置咱们这两个熟人哩。"

马昌民有点遗憾地说："事情已经发生了，咋处理都行。记住一点，以后宁愿吃点亏，都不能给陕商再丢脸了。"

姚汉唐说："进入新疆以来，马家骆驼已经伤残上百峰了，再这样下去，马家的损失就大了。"

马昌民虽然脸色严峻，但依然说："既然来了，就要坚持到底。应人事小，误人事大，这点道理我还是懂得的。"

光绪三年（1877）四月，刘锦棠出兵先后收复了达坂城、托克城，徐占彪和张曜在盐池会师，攻克吐鲁番门户七克腾木，阿古柏等人逃往焉耆。不久，刘锦棠、徐占彪、张曜三军一起收复了吐鲁番。阿古柏见大势已去，服毒自杀。到了八月份，左宗棠派大军继续向西挺进，进入十月份，西征军势如破竹先后收复焉耆、库车、库尔勒、拜城、阿克苏、乌什。东四城已被收复，西四城（喀什噶尔、英吉沙尔、叶尔羌、和阗）之敌自乱阵脚，相互攻杀。十二月份，刘锦棠率军先后收复喀什噶尔、叶尔羌、英吉沙尔、和阗，阿古柏长子、白彦虎等率残部逃亡俄国。至此，这场由英、俄两国支持的阿古柏之乱宣告平息，左宗棠被朝廷诏封二等恪靖侯。

姚汉唐和马昌民见除了伊犁没有收复之外，新疆的战事已经基本结束了。他们商量了一下，看到新疆各地刚经过战争，如果要在迪化等地设立分号经营茶叶、皮毛、药材等生意，条件还不成熟，就和镇番驼队一起返回了肃州。

到了肃州之后，已经是光绪四年（1878）春暖花开的季节了。一路上，左宗棠让官兵和民众种植的柳树已长出了绿色嫩芽，进了嘉峪关，道路两旁的柳树就像出征的士兵一样，长得笔直，树叶婆娑，随风起舞，仿佛在为他们凯旋助兴。他们到军粮转运站一打听，左宗棠还在肃州，两个人一阵兴奋，以为可以见到他了。待他们收拾整齐，兴冲冲地赶到肃州府衙西征军大本营，没有见到军务繁忙的左宗棠本人，倒是在凝德堂陕商李善述的中药店意外地碰到了左宗棠的同乡加幕僚杨昌濬。

姚汉唐和马昌民在肃州闲转了几天，就到陕西华阴人李善述开的凝德堂药店闲聊。李善述在肃州碰到乡党，格外高兴。谈起药材生意，他说："自左大人西征以来，每年都派专人赴内地采购药材，但由于路途遥远，供不应求。我就在甘州、高台、金塔、肃州等地开设了药店。除了供应西征军人马外，多余的药材也卖给当地民众。"

就在姚汉唐他们想进一步了解药材生意时，一个年约五旬出头、穿着薄棉袍的男子进了凝德堂的大门。

李善述见到来人，赶紧起身相迎。等来人坐下后，将姚汉唐、马昌民介绍给他，并对姚、马二人说："这位大人是左大人的乡党加幕僚杨昌濬。"

杨昌濬早就从左宗棠口中知道了姚汉唐和马昌民，他说："经常听左大人提起两位，今天总算见到本人了。"

姚汉唐已经离开陕西好几年，看到新疆已基本平定，难免有思乡的念头，他问："杨大人，左大人平定了北疆和南疆，新疆的事情就基本解决了，我和马东家是否可以回陕西了？"

杨昌濬摇着头说："我到李东家的凝德堂来，就是继续为军队采购药材的。你们有所不知，今年以来，左大人几次上书朝廷，建议在新疆设省和收回伊犁。而出使俄国大臣崇厚签订了卖国屈辱条约，我见到左大人在奏章中痛陈：'武事不竞之秋，有割地求和者矣。兹一矢未加，乃遽议捐弃要地，餍其所欲，譬由投犬以骨，骨尽而噬仍不止。目前之患既然，异日之忧曷极！此可为叹息痛恨者矣！'他提出：'为今之计，当先之以议论，委婉而用机，次决之以战阵，坚忍而求胜。臣虽衰慵无似，敢不勉旃。'左大人的奏章在朝廷引起了激烈争论，清流派首领张之洞①连续上了《熟权俄约利害折》《筹议交涉伊犁事宜折》两道奏章，支持左大人继续收复伊犁。从目前情况看，新疆战事不会就此结束。"

马昌民说："根据杨大人的判断，左大人是要率军和沙俄交战了？"

杨昌濬说："天下艰难际，时势造英雄。左大人戎马大半生，为的就

---

① 张之洞（1837—1909），字孝达，号香涛，当时人称其为张香帅。晚清名臣、清代洋务派代表人物。直隶南皮（今河北南皮人），生于贵州兴义。咸丰二年（1852）十六岁中顺天府解元，同治二年（1863）二十七岁中进士第三名探花，授翰林院编修，历任教习、侍读、侍讲、内阁学士、山西巡抚、两广总督、湖广总督、两江总督（多次署理，从未实授）、军机大臣等职，官至体仁阁大学士。张之洞早年是清流派首领，后成为洋务派的主要代表人物。教育方面，他创办了自强学堂（今武汉大学前身）、三江师范学堂（今南京大学前身）、湖北农务学堂（今华中农业大学前身）、湖北工艺学堂（今武汉理工大学、华中科技大学、武汉科技大学前身）、湖北武昌蒙养院、慈恩学堂（南皮县第一中学）、广雅书院等。政治上主张"中学为体，西学为用"。工业上创办汉阳铁厂、大冶铁矿、湖北枪炮厂等。八国联军入侵时，大沽炮台失守，张之洞会同两江总督刘坤一与驻上海各国领事议订"东南互保"，并镇压维新派的唐才常、林圭、秦力山等自立军起义。光绪三十四年（1908）11月，以顾命重臣晋太子太保，次年病卒，谥文襄。有《张文襄公全集》。张之洞与曾国藩、李鸿章、左宗棠并称"晚清中兴四大名臣"。

是国家的安定统一，这时候撤军任由沙俄侵占伊犁，他岂能甘心？有一次我和他闲聊时，他就情不自禁地吟诵了范仲淹《渔家傲》①一词，对范仲淹'羌管悠悠霜满地，人不寐，将军白发征夫泪'大发感慨。左大人一面让胡雪岩继续为他筹集军饷，囤积粮草；一面加紧军队训练，积极备战。据我揣测，左大人一定会继续率军收复伊犁的。"

姚汉唐扭头对马昌民说："马东家，咱们既然来了，就把为朝廷运输粮草和军用物资的事情干到底。跟着左大人这样的大英雄收复伊犁，咱们也能留下美名。"

马昌民使劲点头说："大丈夫应当如此。我回去把驼队清理一下，淘汰掉不适合继续使用的骆驼，再补充一些来。"

杨昌濬说："两位东家为了支持朝廷，把自家的生意都耽误了，着实令人钦佩！"

姚汉唐说："朝廷自鸦片战争以来，就没有打过胜仗。左大人此番进军新疆，若把沙俄赶出伊犁，必将名垂青史。支持左大人这样的国家栋梁，我们就是有点损失，也无怨无悔！"

马昌民接着说："请杨大人转告左大人，如果需要镇番驼队继续运送物资，尽管开口。"

杨昌濬双手抱拳对他们表示感谢。他说："我一定把你们的意愿转告左大人，也希望在收复伊犁的战争中见到你们。"

光绪六年（1880），左宗棠经过精心准备，在朝廷派曾纪泽出使沙俄谈判没有结果的情况下，兵分三路向伊犁发起了攻击。

---

① 范仲淹《渔家傲》一词全文：塞下秋来风景异，衡阳雁去无留意。四面边声连角起，千嶂里，长烟落日孤城闭。浊酒一杯家万里，燕然未勒归无计。羌管悠悠霜满地，人不寐，将军白发征夫泪。

姚汉唐、马昌民带着镇番驼队从肃州出发时，恰好碰到左宗棠率军从肃州出发赶往哈密督战。令他们惊奇的是，左宗棠还令士兵抬着一口黑光发亮的棺材。姚汉唐在人群里找到杨昌濬指着棺材问："杨大人，左大人这是啥意思？大军出征都想图个吉利，左大人为啥抬着棺材出征？"

杨昌濬说："左大人在战前动员时就说，壮士长歌，老怀益壮，大丈夫就不应该以出塞为苦！他让士兵抬着棺材出征，就是表明他要血战到底，一定要收复伊犁！"

姚汉唐不禁热血沸腾，再远眺如长蛇般的大军队伍，心底里对这位年逾古稀的老人充满敬意。

光绪七年（1881）二月，左宗棠率军西进，收复了伊犁九城及特克斯一带，终于将沙俄赶出新疆。左宗棠没有忘记给他大力支持的有功之臣，为他向外国银行借款筹集军饷的胡雪岩被朝廷授予布政使衔，赏穿黄马褂、官帽上可带二品红色顶戴，并总办"四省公库"，被人称作红顶商人。

左宗棠返回肃州时，特意为马昌民撰写一副对联："羊裘一袭，担社稷大业；明驼千里，做国家干城"，并盖上了左公大印，以示嘉勉。

从伊犁返回肃州时，杨昌濬看着道路两旁连绵不绝的柳树，一时诗兴大发，作了一首七绝赞叹已经被人称之为左公柳的道旁柳树："上相筹边未肯还，湖湘子弟满天山。新栽杨柳三千里，引得春风渡玉关。"

新疆收复，大快人心。左宗棠第五次向清政府奏请新疆建省，提出乘新疆收复伊始和西征大军未撤之威，不失时机地建省设县。左宗棠的恳切陈词说服了朝廷，同意着手在新疆建省。随后左宗棠调任两江总督兼南洋通商大臣离开了西北。光绪十年（1884），新疆省正式成立。姚汉唐和马昌民回到泾阳，又会开启什么样的人生呢？

有人叹曰：良将抬棺出边关，驱除外患凯歌还。

列强阴谋成泡影，千里杨柳婆娑赞。

第二十一章

泾阳帮智斗外商　茯砖茶畅行蒙疆

　　姚汉唐和马昌民结伴回到泾阳后，发现县城又多了几家茶号，以前就已经起步的裕兴重茶号还是老样子。这种境况，和他们在兰州东关看到裕兴重分号大掌柜胡服九愁眉苦脸、萎靡不振毫无二致。

　　姚汉唐回到惠谦堂总号，王长安和穆怀德猛然间竟然都没有认出来。六七年时间没有见面，东家明显变老了，皮肤黢黑，胡子拉碴，身穿老羊皮，脚蹬破布鞋，起初他们还以为是叫花子上门要吃喝的，直到姚汉唐开口说话，他们才认出面前之人就是随左宗棠西征到新疆去的东家。

　　穆怀德赶紧把姚汉唐让进客厅，急忙打来一盆热水，招呼东家洗漱，又让伙计拿来一身干净衣裳让东家换上。一番忙乎之后，两个人这才陪着姚汉唐拉起了家常。

姚汉唐把自己这几年在河西走廊和新疆各地的情况详细说了一遍，然后问："泾阳这几年情况咋样？"

王长安说："商家每天都有开业的，也有倒闭的，要想恢复元气还需要一段时间。还有一个重要消息就是安吴堡东家吴蔚文在光绪二年四月间因病在武昌去世了。老东家亲自去安吴堡参加吴蔚文的葬礼，又安慰了你的堂姐姚尝。老东家从姚尝那里才知道，吴蔚文在湖北任盐运使时，就给他的独生子吴聘捐了一个议叙郎中官衔。吴家式义堂现在内靠总管家骆荣、总账房房中书，外靠兰州分号胡服九、川花总号罗天增、扬州总号王子绪、上海总号王幼农等人。因为吴聘常年有病，没有精力管理式义堂各种事务，吴家的商业贸易就开始走下坡路，前景堪忧啊。"

穆怀德说："从雅州仁在堂总号传回来的消息说，川藏茶叶贸易也出现了问题。据义兴茶号、仁在堂茶号返回泾阳的茶工说，这几年在西藏地区出现了一种从英国殖民地印度倾销到西藏的红茶，价格低廉，对五属边茶贸易造成了不小的冲击。现在雅州传统的三大茶号恒泰盛、义兴茶号、仁在堂都面临着生存危机。"

姚汉唐苦笑着说："咋就没一件让人听了高兴的事情？我在河西走廊和新疆这些年，顺便考察了那里的商贸情况，前景也不乐观。新疆虽说生产棉花、皮毛、药材，但路途遥远，运回来出售不划算。在河西走廊和新疆，目前能做的生意就只有茯砖茶了。西藏出现了印度红茶，谁能保证新疆不会出现红茶？"

王长安说："自明代中期以来，都是中国茶叶垄断着世界茶叶市场，这几年突然冒出来了印度红茶，而且价格比湖北、安徽、福建等地的红茶还便宜，幸好我们做的是用黑茶加工的茯砖茶，否则，我们的西部茶叶贸易肯定也会受到冲击。"

穆怀德说："自五口通商以来，安化红茶基本上从广州出口，汉口也成了红茶向欧洲出口的中转站。据汉口茶商传回来的消息说，因为印度红茶价格低廉，南方红茶出口量在逐年下降，中国茶叶垄断世界市场的盛况不复存在了。"

姚汉唐不明白短短的几年间，茶叶贸易就发生了这么大的变化。他问道："你们两个谁能给我说一下印度红茶到底是咋回事？"

穆怀德瞥了一眼王长安，见他不吭声，就说："这个话题的起源说起来有点遥远，但还必须从源头说起。"

穆怀德随后说，在第一次鸦片战争爆发以前，中国和英国的茶叶贸易对整个英国来说都是意义非凡，英国每年从中国进口茶叶多达四千多万磅，征收的茶税超过三百万英镑，几乎占到英国国库全部收入的一成。由于英国茶叶的经济命脉掌握在中国茶商手里，掌握在清政府手里，英国政府就急于打破中国茶叶垄断世界茶叶贸易的局面。道光二十八年六月，罗伯特·福琼从英国南安普顿出发到香港，后来深入福建武夷山盗走红茶茶种，到安徽松萝山偷盗茶苗，花高价带走了精通制茶技术的制茶工人。他们经过三年多的研究试种，终于将中国茶树移植到印度，成功地制作出红茶，并通过东印度公司销往欧洲，现在几乎可以和中国红茶平起平坐了。

穆怀德继续说："中国红茶垄断世界市场即将成为过去，现在英国人把红茶已经倾销到了西藏，我担心弄不好还会把红茶倾销到新疆。如果真发生了这样的事，我们在西部茶叶市场上就会受到严峻挑战。"

姚汉唐说："中国是茶叶诞生之地，没想到英国人却盗走茶种、茶苗，大量种植，反过来制约我们。中国茶叶市场如果被欧洲列强垄断，不但朝廷茶税锐减，就是我们这些茶商的生计也会受到威胁。商场如战场，胜则生存，败则死亡。我们就是拼死一搏，也要抵制印度红茶进入西藏、新疆。"

王长安摇头道："东家，抵制印度红茶进入西藏和新疆，并非姚家茶号就能做到的。咱们就是拼光了资本，也未必能阻挡得了。要想实现东家的愿望，必须争取朝廷和所有泾阳茶商的支持才行啊！"

姚汉唐听完王长安的苦口相劝，头脑这才清醒了。姚家茶号有多大能力，他心里非常清楚。要把雅州和泾阳的所有茶商联合起来，也并非一件容易的事。他说："咱们今天先说到这里，我随后就联系县城几大茶号，听一下他们的想法。茶叶贸易大战即将开始，与其坐以待毙，不如奋力一搏。"

王长安说："东家好几年没回来了，还是先回去看望一下老东家吧。这几年，老东家的身体越来越差了，经常派人到县城来打探你的消息。东家既然已经回来，就先回去安慰一下老东家，一解老东家思念之苦。就是想和印度红茶打贸易战，也需要从长计议。"

如果说王长安、穆怀德在姚汉唐面前喊叫狼来了的话，马昌民碰到的情况就是狼已经侵入自己的家园。

马昌民回到马永盛总号，马瑞民在兴奋过后，就告诉了东家一个极其严重的情况。马瑞民说："马永盛茶号一直垄断西北及对俄罗斯陆路茶叶贸易的局面自五口通商之后已经逐渐被蚕食，尤其是恰克图市场开通后，马永盛茶号增长的势头正在放缓。俄国人在恰克图采购山西茶商运往俄国的茶叶，大量销往蒙古，使茶叶市场供大于求，茶叶贸易获利极微。现在马永盛茶号面临着失去恰克图和蒙古市场的极大压力。"

马昌民预感到前所未有的危机已经悄然来临。在马永盛茶号垄断西北和俄国陆路茶叶贸易时期，马家茶号每年销往俄国的茶叶大约一千二百万卢布。现在俄国政府以财力支持俄国茶商向蒙古倾销茶叶，对马家茶号极尽打击之手段，是他根本没有预料到的。他问："泾阳其他茶商销往蒙古、新疆的情况咋样？"

马瑞民说："除了销往宁夏、青海、甘肃一带的茶叶数量还算正常外，销往新疆、蒙古的茶叶数量都在大幅下降。"

马昌民沉思了一会儿说:"茶叶贸易遇到前所未有的困境,从表面上看,是利益驱动下想垄断市场问题,我猜测可能还有政治问题。马家的镇番驼队这些年连续支持左大人打击阿古柏分裂新疆,驱除俄国侵占伊犁,应该是已经引起了英国、俄国政府的仇视,他们在借助茶叶贸易打击和报复马家。一个小小的马永盛茶号又怎能应对两个国家的打击和报复啊!"

马瑞民说:"我原以为这就是正常的茶叶贸易,压根没往政治方面想。经东家这么一分析,问题确实严重了。果真如此的话,俄国茶商就是故意要整垮马家茶号。"

马昌民说:"从明代万历二十三年起,陕晋茶商就开始到湖南安化采购茶叶,晋商在赊旗镇开始走陆路,过孟津、泽州、祁县,经太原、忻州、雁门关到黄花梁,一路走张家口、兴和、二连浩特,到库伦(今乌兰巴托)、恰克图、莫斯科,直到圣彼得堡。另一路走杀虎口、呼和浩特、塞尔乌苏、德伦,在库伦与前面一路会合,继续往西北,直到莫斯科,甚至圣彼得堡。从晋商销往俄国的茶叶运输线路上看,库伦和恰克图是向蒙古和新疆倾销茶叶的最佳地点。你刚才说,马家茶号在恰克图和蒙古的市场受到冲击,这就是俄商的精心谋划,企图掐住咱们的咽喉,让马家甚至所有中国茶商退出俄国和蒙古市场。"

马瑞民不得不佩服东家看事情有远见。他说:"茶叶贸易是马家在西部、蒙古和俄国的大宗贸易,如果失去了蒙古和俄国茶叶市场,马家的日子就难过了。"

马昌民刚想接着说下去,突然觉得胸部极不舒服,紧接着一阵阵剧痛袭来。他强忍着剧痛,额头上却滚下了豆大的冷汗。

马瑞民见状,急忙搀住马昌民,关切地问:"东家,您这是咋啦?哪里不舒服?"

马昌民痛苦地说:"前些年在新疆因为驼队避让的事和金昌驼队的驼夫打过架,可能落下了病根。不要紧,休息几天就好了。"

马瑞民看着马昌民苍白的脸色和痛苦的表情,猜到东家病得不轻。加上刚才他汇报的生意情况,对东家的打击肯定不会小。有病之人再碰上挠心之事,病情肯定会加重。马瑞民小心扶着马昌民到商号后面的卧室休息,心里生出不祥预感。他仰天长叹了一声,小声嘀咕说:"老天爷啊,你咋这么不公道啊!"

姚汉唐回到社树堡看望父亲,没想到从父亲口中得到的消息竟让他瞠目结舌,并深感前程坎坷。

姚汉唐看到父亲一脸病态,心情极为难过。这些年跟着左宗棠在新疆各地奔波,早就让他体验到荒漠戈壁的残酷,遇到事情也能从容应对。但见到父亲衰老的模样,仍让他难以镇定,心里满是辛酸和无奈。

他向父亲详细叙述了自己这几年在新疆所经历的一切,话题难免就扯到了左宗棠身上。

姚德抱着水烟袋吸了一口,缓缓说道:"后面发生的事你可能就不知道了吧?我听说左大人就任两江总督之后就生病了。没料想又爆发了中法战争,左大人抱病参战,率领黑旗军、恪靖定边军等在镇南关得胜,夺取了谅山。朝廷却诏令前线各军停战撤军,派李鸿章[①]和法国议和。最终李

[①] 李鸿章(1823—1901),晚清名臣,洋务运动的主要领导人之一,安徽省合肥人,世人多称"李中堂"。因行二,故民间又称"李二先生"。本名章铜,字渐甫或子黻(fú),号少荃(泉),晚年自号仪叟,别号省心。李鸿章是淮军、北洋水师的创始人和统帅,洋务运动的领袖,晚清重臣,建立了中国第一支西式海军——北洋水师。官至直隶总督、文华殿大学士、北洋通商大臣,爵位一等肃毅伯。一生中参与了一系列重大历史事件,包括镇压太平天国运动、镇压捻军起义、洋务运动、甲午战争等,代表清政府签订了《越南条约》《马关条约》《中法简明条约》《辛丑条约》等一系列不平等条约。与曾国藩、张之洞、左宗棠并称为"中兴四大名臣"。死后追赠太傅,晋一等肃毅侯,谥文忠。著作收于《李文忠公全集》。

鸿章和法国代表巴德诺签订了《中法会订越南条约》，气得左宗棠大骂李鸿章'对中国而言，十个法国将军，也比不上一个李鸿章坏事''李鸿章误尽苍生，将落个千古骂名'。左大人的话传到李鸿章耳朵后，两个人原有的矛盾就公开化了。李鸿章利用自己手中的权势，让潘鼎新、刘铭传等陷害攻击恪靖定边军首领王德榜、台湾道台刘璈，使他们失去兵权，砍掉了左大人的左膀右臂。左大人上书朝廷为属下鸣冤叫屈未果，回家养病去了。"

姚汉唐惊出一身冷汗。他说："这两个人都是朝廷重臣，为啥能闹到如此地步？"

姚德说："官场如同战场。两个人性格不同，志向不同。左大人性格刚烈，主战拒和，李鸿章性格中庸，左右逢源，两个人在为收复新疆问题上就有矛盾。左大人认为新疆是国家领土，应该寸土不让；李鸿章认为新疆是不毛之地，地广人稀，不要也罢。两人在塞防和海防的意见不一致，因此结怨。此次左大人率军在镇南关击败法军，李鸿章却代表朝廷签订了《中法会订越南条约》，两个人就撕破脸皮了。坊间传言，李鸿章要进一步打击左大人，并在剥夺左大人亲信将领兵权后，提出了'排左先排胡，倒左先倒胡'的口号，看来胡雪岩这个为左大人西征收复新疆提供军饷的'红顶商人'也要倒霉了。"

姚汉唐不禁为胡雪岩捏了一把冷汗，他说："神仙打架，百姓遭殃。自第一次鸦片战争以来，堂堂大清帝国屡次战败，战争赔款不断升级。左大人好不容易在新疆打败阿古柏，驱除了俄国人，又取得镇南关胜利，却落了个被人排挤的悲惨结局。我看这个朝廷大有问题，不然绝对不会干出让亲者痛、仇者快的蠢事。"

姚德岔开话题说："听说新疆的生意也不好做，下来你准备咋办？"

姚汉唐说："不但新疆生意不好做，就是整个西部的茶叶贸易现在也受到了冲击。这些琐碎事情我来处理，您就安心养好身体吧。"

姚德叹息说："真是世事难料啊！想当初，左大人收复新疆，全国上下颂歌不断，被称作民族英雄。这才多长时间，就因'法国不胜而胜，中国不败而败'悲愤请辞回家养病，说起来就让人心酸。林大人也好，左大人也罢，这些国家的栋梁尚且如此，咱们还能咋样？往事如烟，不由得让人感慨'世事无常耽金樽，杯杯台郎醉红尘。人生难得一知己，推杯换盏话古今'了。"

姚汉唐看到父亲如此落寞、孤寂，也是无言以对。

在和管家杨德泰闲聊时，姚汉唐知道父亲姚德因为病痛，也开始用大烟止痛了。他吃惊地问："杨管家，我父亲深知鸦片的害处，为啥还要吸食大烟呢？难道你就没劝过他老人家吗？"

杨德泰苦笑着说："老东家一辈子经历过多少大事，岂能不知鸦片的毒害？现在关中道殷实人家用大烟招待客户或贵客已成习俗，老东家德高望重，对别人的殷勤招待盛情难却，偶尔也会随波逐流。再说老东家一辈子辛劳，落下浑身病痛，发现吸食一点大烟能止痛，就欲罢不能了。我曾经劝说过老东家，但是没用。"

姚汉唐担忧地说："作为姚家的掌门人，偶尔应酬，无可厚非。但若吸食上瘾，恐怕就无法阻止家族里其他人跟着效仿了。此风一开，必将毁掉姚家几百年的家业啊！"

杨德泰说："老东家上了年纪，现在唯一能让他高兴的事，就是每年正月耍社火、踩高跷和唱大戏了。除此之外，他好像对啥都不感兴趣。"

姚汉唐说："对一个年逾古稀的老人来说，只要他活得高兴就行了。杨管家，我父亲用大烟止痛可以，千万不能让他上瘾。一旦吸食大烟上瘾，只有一个结果，我不说你也应该知道。"

杨德泰心里清楚，姚汉唐这是为他父亲的性命担忧哩。但作为姚家的管家，他又能如何控制老东家？只能无奈地说："尽人事，听天命吧。"

姚汉唐回到县城不久，就听到了胡雪岩在生丝大战中一败涂地的消息，紧接着就是胡雪岩变卖家产，在穷困潦倒中死去的传闻。

他在苦闷中就想找马昌民聊天解忧，没料到见到马昌民后，又吃了一惊。

姚汉唐去马永盛茶号拜访马昌民时，马瑞民见到他直叹气，说："东家从新疆回到泾阳后就一直在生病，这几天听到胡雪岩在穷困潦倒中死去，更是悲痛伤心。我和他聊天时，他一直闷闷不乐，心事很重，不愿意多说话。姚东家来了，好好帮我劝劝东家，凡事都要想开点。"

姚汉唐跟着马瑞民进了卧室，看到马昌民躺在炕上，人都快要瘦成干了。他拉着马昌民皮包骨头的手惊诧地说："伙计，几天不见，你咋变成这样啦？"

马昌民有气无力地说："从肃州返回泾阳时，我就觉得不对劲，当时也没在意。等回到泾阳后，才觉得身体出了大问题。找了几个郎中看，都说是因为长年忍饥挨饿落下了病根，加上和金昌驼夫打架时受了点伤，就成了如今这般模样。姚东家，咱们跟着左大人出生入死几年，咋会得到这样的报应？"

姚汉唐无法回答马昌民的问题。他说："我知道你很纠结，我也一样。不管咋样，咱们是自愿追随左大人为国出力的。现在俄国茶商向蒙古、新疆倾销茶叶，咱们面临着无法预知结果的竞争，这才是头等大事。看你病怏怏的，我本来不想给你添堵，但又不能不说。"

马昌民说："我回到泾阳后就知道了俄商倾销茶叶的事，无奈身体不争气，也没有和你商量此事。今天你正好来了，我想问一下，你准备咋办？"

姚汉唐说："俄商向蒙古、新疆倾销黑茶，英商向西藏倾销红茶，这两件事表面上是茶叶市场正常竞争，背后却是这两个国家不甘心他们在新疆的失败，想利用茶叶贸易继续深入西藏、新疆，寻求翻盘的机会。事情出来了，我们不能躲避，应该保护泾阳茶商在西部茶叶贸易商的利益，动员雅州茶商维护他们在西藏的权益。只有西北茶商和西南茶商联手，才有可能挫败俄国茶商和英国茶商的阴谋。"

马昌民说："贸易战很少有全身而退的赢家，要想和英国茶商、俄国茶商打这场经济战争，必须要有足够的心理准备，而且要团结西北、西南所有的茶商。姚东家，我虽然身体欠安，但支持你牵头干这件事情。"

姚汉唐慨然应诺说："曾国藩曾经说过'以苟活为羞，以避事为耻'。这场经济战争，即使两败俱伤，也要赢得尊严，捍卫咱们茶商在西北、西南茶叶贸易中的主权和地位。"

马昌民思忖了一下说："现在汉口已经向外商开放，咱们从安化采购茶叶的数量也受到了影响，要想打赢茶叶贸易战，首先得统一所有茶商的思想，不能各自打小算盘，不顾整体利益。其次得姚东家牵头，尽可能和官府取得联系。茶叶贸易关乎国家和官府茶税收入，一旦这场茶叶贸易战失败，国家也要遭受损失。再次得靠前指挥，深入新疆、西藏地区，弄清英国茶商、俄国茶商倾销茶叶的来路，取得相应证据。有了证据，官府即使想推托，不给茶商做主，也没有了借口。"

姚汉唐说："国家羸弱，受人欺凌，商民指望不上国家帮助和支持，只能自己先组织起来抗争了。马东家，胡雪岩丧命的事你听说了吗？"

没等马昌民说话，马瑞民插话说："胡雪岩家大业大，本不应该有如此悲惨结局的。胡雪岩在生丝大战中刚刚惨败，接着就出现了阜康银号挤兑狂潮，在胡雪岩变卖家产急需资金之际，李鸿章暗地里让他的朋友邵友濂故意拖欠胡雪岩饷款二十天，把胡雪岩逼到了绝境。大家都知道，左大人西征收复新疆，饷银靠胡雪岩，运输靠镇番驼队。东家担心朝廷两大重臣之间的内讧，会波及马家商号。他这些天一直心绪不宁，无心操劳其他事情了。"

姚汉唐一听这话，更加苦恼了。

马昌民看到姚汉唐默不作声，说："自古以来都是福祸相依，对于即将来临的祸端，我已经有了准备，大不了落得个和胡雪岩一样的结局。对于和外商竞争的事，就要靠姚东家联络其他茶商了。"

姚汉唐安慰说："你安心养病，有啥大事我会来和你商议。左大人缺钱短粮也能打败阿古柏，使俄国撤军，我就不相信在咱们的地盘上，还能让英国茶商、俄国茶商横行霸道，为所欲为。"

当年茯砖茶上市后，姚汉唐决定亲自前往兰州和裕兴重茶号掌柜胡服九、魁泰通茶号掌柜赵春生等人进一步商议应对俄国茶商的办法。

跟随姚汉唐一同前往兰州的还有惠谦堂掌柜穆怀德，马永盛茶号东家马昌民、掌柜马瑞民，裕兴重泾阳总号掌柜王福禄。几人带着商队上路后，昼行夜宿，每个人心里都七上八下的。

十八天后，姚汉唐等人进了兰州城东关。分手的时候，姚汉唐特意小声叮嘱马瑞民说："马东家身体本来就不好，经过这一路颠簸，估计累得够呛。你要细心照料，如有用得着我的地方，只管来告诉我。"

马瑞民点了点头，忧心地说："东家这次硬要来，可能有所预感。叶落归根也是人之常情，但愿东家能挺过去。"

姚汉唐和穆怀德赶到惠谦堂茶号时，掌柜苗晋元早已在门口等候了。

苗晋元见到东家亲自押送茯砖茶到兰州，高兴地说："终于把东家盼来了。有了第一批茶叶到兰州，我心里就有底气了。"一边说着，一边把两人迎进商号，并吩咐伙计赶紧卸茶。

招呼姚汉唐、穆怀德洗漱之后，苗晋元就把兰州市场上的情况给东家做了全面汇报。

最后，苗晋元说："当年左大人在兰州兴办的兰州机器织呢局因经营不善倒闭了。另外有消息说，左大人已经在福州病故了，享年七十三岁。据官府衙门的邸报说，当今皇上对左大人的一生做了很高的评价，加恩御谥文襄。入祀京师昭忠祠、贤良祠，并于湖南原籍及立功省份建立专祠。据说左大人临终口授遗折时还说：'而越事和战，中国强弱一大关键也。臣督师南下，迄未大伸挞伐，张我国威，怀恨平生，不能瞑目！'对于左大人的临终遗折，皇上嘉许说：'披览遗疏，震悼良深。左宗棠着追赠太傅，照大学士例赐恤。'左大人一生为国为民，皇上的评价可谓公正公允。如今左大人仙逝了，我们就缺少了强力支撑，今后的日子恐怕愈发艰难。"

姚汉唐听罢，很久没有作声。在他心里，左宗棠就是一位顶天立地的汉子，是一位为捍卫国家统一不惜性命的强人，更是一位让他尊敬的师长。左宗棠故去了，他的心里空落落的，如同大厦将倾。令他担忧的是，随着左宗棠故去，一些和左宗棠生前有矛盾的人会趁机排挤甚至打击左宗棠当年器重的人，这种内耗的厄运或许会降临到自己头上。

穆怀德看到东家一言不发，说："这可真是树倒猢狲散啊！好好的一个机器织呢局咋说倒闭就倒闭了？"

苗晋元说："如今这世道，啥事都会发生。就说咱们以前在河西走廊和新疆的茶叶、皮毛贸易吧，往年这个时候，零售商早就踏破门槛了。今年这个时候，上门进货的零售商仅有往年的一半，而且还要压低价格。问得急了，他们才说今年销往蒙古和新疆的茯砖茶受到俄国茶商低价倾销的冲击，要不是看牧区民众喜欢泾阳茯砖茶，他们就到俄国茶商那里进货了。"

姚汉唐感到内忧外患的压力越来越大了。重压之下，就觉得有些巨烦。他说："苗掌柜，你现在就到裕兴重茶号、魁泰通茶号、马永盛茶号去，告知胡服九、赵春生、马瑞民等几位掌柜，就说我明天在东关馨悦楼置办酒宴招待大家，同时有要事和大家商议。"

穆怀德猜到了东家的心思，在苗晋元走出客厅后，他说："天下熙熙，皆为利来；天下攘攘，皆为利往。东家明天宴请的这几位掌柜，除了魁泰通掌柜赵春生能做主之外，胡服九和马瑞民都难当家。还有就是东家虽然给雅州三大茶号写了书信，但是我估计他们也在观望西北茶叶贸易的情况。要想把西南、西北几大茶商的思想统一起来，并不是一件简单的事。"

姚汉唐说："只有枪口一致对外，咱们才会有一线生机。如果各自为政，打自己的小算盘，最终难免全军覆没。我想大家都是明白人，所谓响鼓不用重槌敲，我把最坏结局告诉大家，让大家商议，最后再做决定。一旦达成共识，凡违背者，一律严惩。"

两个人正说着，苗晋元风风火火地跑进客厅，上气不接下气地说："姚东家，不好啦，马东家归天啦!"

姚汉唐刚站起身，一时惊呆了。稍停片刻，他急忙问："刚才分手时，马东家还好好的，咋就这么一会儿时间，人就不在了?"

苗晋元说："听说马东家回到马永盛茶号后，茶号掌柜唐怀忠告诉马东家镇番老家遭到了一场莫名其妙的大火，不但马家庄园被焚毁了，就连马家饲养的驼队也被大火烧得一干二净。马东家听完唐怀忠的话，一口鲜血喷涌而出，随后就气绝身亡了。"

姚汉唐不由得流下泪来，长叹了一声说："'出师未捷身先死，长使英雄泪满襟'。不说了，苗掌柜带上礼物，咱们一起去马永盛茶号吊唁。"

第二天中午时分，姚汉唐早早就到了馨悦楼门口，时间不长，胡服九、赵春生分别带着二掌柜、账房先生来了。姚汉唐和他们打过招呼，让苗晋元、穆怀德带着他们上了二楼雅间。等了一会儿，马瑞民、唐怀忠头上戴着白色孝布也来了。

姚汉唐上前拉住他们的手，使劲摇了摇，眼神中尽是宽慰之意。马瑞民神情黯然地问："兰州的几大茶号掌柜都来了吗？"

姚汉唐说："都来了。你们一到，就全到齐了。"说着，几个人相跟着上楼，进了雅间。

胡服九一眼就看到马瑞民、唐怀忠头上缠着的孝布，他惊诧地问："唐掌柜，你们这是何意？"

唐怀忠说："我们东家昨天刚回到兰州就病故了。本来今天这个聚会应该是东家来参加的，突发事件之后，只能我和马掌柜一起来了。"

马瑞民看到除了惠谦堂的姚家外，其余人皆是目瞪口呆，哽咽道："大家都落座吧。东家临终前还在念叨'草豆为刍又食盐，镇番人惯走参潭；载来纸布茶棉货，卸去泾阳又肃甘'这首《甘肃竹枝词》哩，可惜他再也不能同大家一起'载来纸布茶棉货，卸去泾阳又肃甘'了，只能把希望寄托给大家。"

姚汉唐从内心里希望马家有人能继承马昌民的事业，在关键时刻也能帮自己一把。他问："马家后人情况如何？"

唐怀忠说："东家有一个独生子叫马合盛。马家庄园被无名大火烧毁后，当地就流传了一句'骆驼骆驼高高，马家园里烧烧'的民谣，让少东家感到非常气愤。东家不幸病故后，按照镇番民俗，少东家要为东家守墓三年，他也想趁此机会查明马家庄园失火的原因。不过，少东家交代过了，马永盛茶号暂时由马瑞民掌柜和我共同经营管理，泾阳帮茶商一切重大活动，马家茶号都要鼎力相助，全力支持。"

姚汉唐虽然没有见过马合盛，但从他所做的决定中，已经感到这个年轻后生不简单，心里感到了一丝安慰。他说："昨天让大家今天中午到这里来，本来是想庆贺新茶上市的，没料到马东家突然因病亡故了。按道理说，商议大事应该到贡元巷的陕西会馆去，但既然大家都到齐，就不必再转移地方了，咱们可以边吃边聊。想必大家都已经知道了今年茶叶订单的情况，我就再啰唆几句。造成今年西北茶叶订单减少的主要原因，是俄国茶商以恰克图为中心，把从晋商、汉口采购的安化黑茶向蒙古、新疆倾销，西南茶叶也因为英国茶商把出产自印度的红茶向西藏倾销，造成西北、西南茶叶销路不畅。俄国茶商、英国茶商都有政府背景和支持，他们想用经济手段垄断西北、西南茶叶贸易，把我们彻底赶出这两个市场。可以这么说，泾阳帮茶商遭遇了几百年不遇的大变故，我们该如何应对？"

胡服九叹了一口气说："姚东家言之有理，我们是遇到了大变故。现在俄商、英商打上门来，咱们再不想办法应对，就只有破产的份了。姚东家，关中有句俗话叫不蒸馒头蒸（争）一口气，你就说咱们该咋办吧。"

赵春生接着说："经济手段说白了就是经济战争，英国、俄国暗中操纵新疆独立被左大人挫败，他们岂能善罢甘休，就变换花样，想用经济战争继续渗透。如果我们不敢迎战，就丧失了老秦人的血性。"

马瑞民说："我此前就听姚东家和我们东家谈论过俄商、英商倾销茶叶的事，我们东家虽然已经作古，但他说过的话仍然算数。马永盛茶号支持姚东家带领泾阳帮茶商抗击俄商、英商，决不能认怂。"

看到大家义愤填膺、心思一致，姚汉唐欣慰地说："我此前已写信告知在雅州经营五属边茶贸易的泾阳三大茶号，并让我堂弟仁在堂东家姚煦联合义兴茶号刘东家、恒泰盛茶号于东家，从西南方向对英商在西藏倾销红茶发起反击。如果我们能从西北方向对俄商低价向蒙古、新疆倾销茶叶同时反击，估计会收到意想不到的效果。战争一是为了生存，二是为了尊严。咱们现在既是为了生存，也是为了尊严。所谓箭在弦上不得不发，这就是我们现在面临的状况。"

胡服九说："既然这场茶叶贸易战是经济战争，就要做到知彼知己。《孙子兵法》说：'上兵伐谋，其次伐交，其次伐兵，其下攻城。'胡某想听听姚东家有何具体打算。"

姚汉唐说:"知彼这件事大家都知道了,知己这件事大家未必都清楚。泾阳茯砖茶虽然畅销西域几百年,但不能说我们就做到了尽善尽美、无懈可击。正是因为有漏洞,才给了俄商可乘之机。牧区民众也分三六九等,一揽子全部销售茯砖茶,可能无法满足西域上层人士和贵族的需求,才造成固有的市场格局被俄商钻了空子。要想抵御俄商,我想我们应该创新营销模式,具体办法就是针对陇青藏蒙牧区民众,从以奶酪为食的传统习惯和需要出发,主要销售茯砖茶。对陕西和陇右农业或半农半牧区民众,主要销售经过炒制而不压制的散湖茶。对达官贵族、士绅地主则销售经过认真筛选、质地优良的花卷茶和陕西紫阳所产的细茶。只有这样,才能满足不同层次的需求,打破俄商倾销安化黑茶蚕食西北茶叶市场的局面。"

众人不约而同点头认可。针对不同对象销售不同茶叶,既能满足不同层级的需求,也能用多样化经营抵御俄商的疯狂攻击,确实是一个妙招。

姚汉唐继续说:"虽说泾阳茯砖茶是用安化黑茶加工而成的,但却有安化黑茶不具备的功效,其消食健胃、杀腥解腻、降脂减肥、降压降糖、生津御寒的功效是其他茶叶无法比拟的。在陇青藏蒙牧区,毕竟普通牧民占多数,只要守住了这块阵地,就不至于满盘皆输。如果能把花卷茶和紫阳细茶市场扩大到达官贵族、士绅地主这个层面,就有了绝对胜算。"

赵春生说:"不管是英商,还是俄商,他们再疯狂,说句不好听的话就是在走私,不像我们是给官府缴纳茶税、领取茶票之后合法经营的。"

姚汉唐笑着说:"赵掌柜可说到点子上了。西北贸易以茶叶贸易为大宗,每年给官府缴纳的茶税就是官府财政的主要来源,如果我们都退出西北茶叶贸易市场了,官府从哪里补这个窟窿?刚才胡掌柜提到了《孙子兵法》,我想咱们只需将'上兵伐谋,其次伐交'用好就行了。咱们联合雅州泾阳帮茶商之后,以英商、俄商走私茶叶为名,恳请陕西巡抚衙门、四川巡抚衙门联合向朝廷上奏章，要求继续推行茶叶专卖制度，严禁茶叶走私，甚至打击茶叶走私，这样既能保证官府税收，也能挽救目前的危局。"

胡服九钦佩地说："这个办法好，绝对有希望办成。英商、俄商有他们政府撑腰，才敢肆无忌惮地低价倾销茶叶。咱们指望不上官府撑腰，但可以用实际行动反过来倒逼官府支持。我提议，大家敬姚东家一杯酒。"

众人站起身，端起酒杯纷纷向姚汉唐敬酒。

姚汉唐一连干了几杯酒，面色发红看着大家说："国家羸弱，商民更是受尽了委屈。自从五口通商之后，咱们在西北就剩下茶叶贸易这一个强项了，如果把这个根基也丢了，不但对不起陕商前辈，也会让后人戳咱们的脊梁骨。有了大家的抱团支持，咱们未必会输。"

赵春生说："姚东家，麻烦你再给雅州的泾阳帮茶商写封信，催问一下他们的态度。只有西北、西南茶商联手，才会引起朝廷足够重视并采取行动。"

姚汉唐说："酒席散后，我就写信，并让甘南分号伙计快马加鞭送往雅州。赵掌柜，在生死存亡之际，容不得他们不和咱们联手行动。"

回到惠谦堂茶号后，姚汉唐当即给堂弟姚煦写信，并再三叮嘱他要抓紧时间和其他两家茶商商议出一个具体办法。

送信的伙计走后，姚汉唐对穆怀德说："你明天就回泾阳，告知王掌柜赶制一批散湖茶和紫阳细茶，并尽快运送到兰州来。咱们让别的茶号这么办，首先自己得带头，否则人家看样学样，不但商定的事情有可能泡汤，而且还会影响整个大局。"

穆怀德说："东家这是为了大家的利益豁出去了？"

姚汉唐说："这事往大的说是为了国家利益，往小的说也是为了咱们自己的生计。如果都当鳖尿软蛋，无人出头组织，就真成了一盘散沙，任人宰割了。"

穆怀德虽说和姚汉唐接触时间不长，但对他的秉性还是了解的。自从东家掌管惠谦堂商号之后，就一直跟着左宗棠东征西讨，受他的影响很深。现在左宗棠已经作古，他们此前建立的关系也随之烟消云散。马昌民之死，很有可能是有人在清算当年追随过左大人的人。东家不顾身家性命发动泾阳帮茶商跟英商、俄商相斗，结局还真是无法预料。

穆怀德说："我明天一大早就返程，东家还有啥事要交代吗？"

姚汉唐说："来兰州之前，我父亲的身体就不太好，如果他听到左大人去世的噩耗，肯定会伤心的。你替我多照顾我父亲，有啥事情立即派人告知我。"

穆怀德担忧地说："这次茶叶贸易大战，不同于咱们茶商之间的正常竞争，吉凶难料。哪个环节出了问题，后果都不堪设想啊！"

姚汉唐强装笑脸说："如今这阵势，就像小卒子过河，只能前进，不能退缩。你回泾阳后，抽空找一下恒益春商号东家严树茂，请他托人打通陕西巡抚衙门的关节。如果咱们在蒙古和新疆真的跟俄商斗上了，就得恳请鹿传霖①鹿大人联合四川巡抚一起向朝廷上奏章，维系茶叶专卖制度。"

穆怀德迟疑道："严东家一直在各地经营当铺、钱庄，他能和鹿大人搭上线吗？"

姚汉唐说："你难道忘记了姚家祖坟里的神道碑就是严树茂的族兄严树森题写的这件事了吗？虽说严树森和鹿传霖在官场上没有交集，但有了

---

① 鹿传霖（1836—1910），清朝末年大臣。字润万，又字滋（芝）轩，号迂叟。直隶（今河北）定兴人。同治元年（1862）进士，选翰林院庶吉士，初入清军胜保部，对抗捻军。历任广西兴安知县、桂林知府（1874），广东惠潮嘉道道员，福建按察使，四川布政使。光绪九年（1883）晋升河南巡抚，十一年（1885）调任陕西巡抚，次年因病开缺。十五年（1889）复任陕西巡抚。

这块招牌，鹿大人多少还是会给一些面子的。再说为了陕西的财政，鹿大人也不会眼睁睁看着茶税荡然无存的。"

穆怀德说："请东家放心，我一定鼓动严东家帮泾阳帮茶商干好这件事。"

姚煦接连收到堂兄托人送来的要求雅州茶商和泾阳茶商联手应对西北、西南茶叶贸易中英商、俄商倾销茶叶的信件，感到事情有些棘手，但真要按照堂兄在信中说的去做，雅州在藏区茶叶贸易中的颓势或许就会出现转机。姚煦拿着姚汉唐派人送来的信件思索片刻，觉得要在藏区对抗英商，还得和义兴茶号刘东家、恒泰盛茶号于东家一起合计，才可能把事情落到实处。

这天后半晌，姚煦忙完仁在堂的几件大事后，带着信件就到了义兴茶号。正在茶号巡视的刘东家见姚煦脸色凝重地进了商号，笑着问："姚东家，有啥为难之事，弄得你愁容满面的？"

姚煦勉强笑道："我是无事不登三宝殿，咱们到贵号二堂客厅再说吧。"

刘东家转过身，领着姚煦到了二堂客厅落座后，问："这下可以说了吧？"

姚煦把两封信件递给刘东家，然后说："刘东家，此事事关藏区茶叶贸易大局，我建议把恒泰盛茶号于东家请来一起商议。"

刘东家抽出信纸，迅速看完了两封信，眉毛随之拧成一团，说："泾阳茶商准备抱团抵御俄商在蒙疆倾销茶叶，我们也得有所行动，只有两处联手，才可能抵御英俄茶商。你先喝茶稍候，我这就派人去请于东家一起来商议具体办法。"

一盏茶工夫，于东家就来了。他见姚煦、刘东家神情严肃，笑着说：

"发生啥事了，能使两位大东家都这般紧张？"

刘东家把信件递给于东家，说："你先看信，随后咱们一起合计合计。"

于东家看完信件，叹息着说："事情确实严重。光绪十四年英国人发动入侵西藏的战争，朝廷无力反抗，于光绪十六年和十九年先后和英国签订了《藏印条约》《藏印续约》，英国要求朝廷把西藏作为商埠，而且英国商人在西藏贸易五年之内不收税。英国商人趁机把殖民地印度所产的红茶大举向西藏倾销，早就对雅州的西南边茶贸易造成了巨大冲击。这几年，咱们在西藏的茶叶贸易日渐萎缩，销量大幅度下降，一度只有正常年份的四成左右。再这样下去，咱们就举步维艰了。"

姚煦听了于东家的一番感慨，觉得时机到了。他说："我堂兄姚汉唐在信中详细诉说了他联络马合盛茶号、裕兴重茶号等泾阳茶商的具体做法，值得我们借鉴。在我看来，英国茶商在西藏倾销红茶除了价格低廉，并非无懈可击。英属殖民地印度的茶树多生长在热带地区，茶叶滋味浓烈，属于烈茶，不如川茶清香持久、芳香可口。据仁在堂茶号伙计在西藏各牧区带回来的消息说，藏民因为长久饮用川茶，他们认为川茶性凉，消食解腻、沁心解渴、经煮耐熬，有印度红茶无法替代的功效。我们可以利用英商在西藏五年贸易不收税早已过期限这一条，收集英商在西藏倾销茶叶的证据，和泾阳茶商一起联手抵御英俄茶商在西部的经济侵略，维护西南茶商的利益。"

刘东家说："我赞成姚东家的意见。我提议从现在开始，咱们三大茶号各抽调几名技术人员远赴藏区，详细了解印度茶叶的倾销路线、制作工艺、市场售价等，尤其要注意收集藏民对印度和川茶的评价。等有了结果，我们再通过雅州知府向四川巡抚衙门上报西藏茶叶贸易情况，要求朝廷坚持在西藏实行茶叶专卖制度。"

姚煦点头说："据仁在堂伙计说，英国茶商知道印度茶叶的劣势，他们在倾销红茶的同时，诱导藏民以川茶为主，印度茶为辅，把两者混合饮用，称之为和茶。这就说明川茶在藏民心目中还是有相当地位的。依我看，只有雅州茶商和泾阳茶商联手抵御英俄茶商，咱们才能生存，否则后果不堪设想。"

于东家攥紧双拳说："现在西部茶叶贸易受到严重冲击，咱们再不联手反制，就失去了陕西人的血性。我同意你们两个人的意见。"

姚煦喜道："我回去就给我堂兄写回信，告知他们咱们商议的结果。我也期待着雅州茶商和泾阳茶商联手，共同御敌。"

有时候民间的力量是不可低估的。姚汉唐坐镇兰州发起的泾阳帮茶商和英商、俄商为了争夺西南、西北茶叶贸易市场的争斗，在一年之后终于引起了陕西巡抚、四川巡抚的重视，他们也不愿意自己管辖下的茶商因为不平等竞争失去家业，更担心缺少了茶税，使原本就捉襟见肘的财政更加艰难。两个巡抚不约而同地向朝廷上奏章，并附带西北、西南茶商搜集到俄商、英商私自销售茶叶的证据，重申了茶叶专卖制度的必要性。朝廷户部大臣不敢决断，随即向总理衙门大臣陈述了维持西南、西北茶叶专卖制度的重要性，并将西南、西北茶叶贸易上升到了维护朝廷尊严和国家主权的高度。朝廷虽然怕得罪英国人、俄国人，但这么多要害部门接连上奏章，终于促使朝廷下了决心，诏令要求西藏、新疆、蒙古坚决推行茶叶专卖制度并贯彻始终，坚决打击英俄商人私贩茶叶的一切活动。

姚汉唐看到朝廷的诏令之后，终于松了一口气，同时感到身心俱疲。

在胡服九张罗的庆功酒宴上，姚汉唐没有了一年前部署茶叶大战时的豪迈，反而多了一分沉稳。他双手抱拳感谢大家的鼎力相助，随后说："今天的胜利来之不易，确实值得庆贺。这件事情也在警告我们，即使在自己的地盘上，也要对茶叶质量严格把关，尽可能满足不同层级民众的需求，而故步自封、墨守成规，就会丧失泾阳茯砖茶在西北茶叶市场上的优势地位，给别人以可乘之机。"

胡服九接着说道："通过这次茶叶贸易大战，让我们充分认识到大家抱团取胜的强大力量，也要感谢姚东家殚精竭虑地为大家操劳。在格局和视野方面，胡某甘拜下风。"

赵春生笑道："这场经济战争的胜利，我们不但赢得了生存，更为茶商们赢得了尊严，可谓名利双丰收。"

唐怀忠唏嘘着说："要是我们东家能看到今天大家喜笑颜开的样子该多好啊！"

听到唐怀忠提起了马昌民，姚汉唐心里顿时觉得难受。他有些惆怅地说："虽然我们取得了目前的胜利，但前面的路仍然危机四伏，谁能预测到将来会是一个什么样的前景呀！喝完这顿酒，我想返回泾阳。唐掌柜，马合盛若将来要入门，让他到泾阳去找我，我一定尽力相助。"

唐怀忠说："我知道姚东家和我们东家曾经共甘苦、同患难，交情不浅。少东家如果能得到姚东家指点，马家茶号就有复兴的希望了。"

姚汉唐说："商业的复兴要靠国家实力来支撑，国运衰，商家悲；国运兴，商家盛。现在国家受人欺凌，商家能有啥好日子过？虽说在蒙疆地区又呈现出了'茯茶驼队十里外，茶香已入牧人家'的繁忙景象，但我认为大家还要时刻警惕，关注市场变化，守护好来之不易的成果，为泾阳商帮在西北茶叶市场站好岗，守住门。"

有人叹曰：国家羸弱受欺凌，外商霸道贩私茗。

泾阳商帮同努力，维护主权谋复兴。

第二十二章

谋复兴异军突起　货西北三足鼎立

姚汉唐心绪不佳地回到泾阳，才知道世事已发生了无法逆转的变化。

惠谦堂掌柜王长安看到东家并没有像英雄凯旋一般的喜悦，就把恭贺的话硬生生咽回肚子里。他详细地向姚汉唐汇报近来泾阳商界发生的事情。

不等王长安说完，姚汉唐插问一句："我父亲现在身体咋样？"

王长安知道东家会问老东家的情况，同时为他按照老东家的嘱咐没有向东家及时汇报感到为难。现在东家当面问起，他只有硬着头皮如实汇报。他嚅嗫良久说："老东家在今年春夏之交时因病医治无效仙逝了。"

姚汉唐乍一听父亲去世的噩耗，顿时一阵眩晕，差点从太师椅上栽下来，待缓过神来，随即放声大哭。王长安忙上前宽慰，他生气地质问道："家里发生这么大的事，为啥不派人告诉我？"

就在王长安刚想解释的时候,穆怀德走进客厅正好听到姚汉唐在斥责王掌柜,连忙插话说:"我按照东家的安排回到泾阳后,三天两头派人或者亲自去社树堡看望老东家。今年春夏之交,气候异常,老东家可能也有所预感,他向我询问您在兰州的情况,严肃地叮嘱我等,即使他不幸病逝,也不能把噩耗告知您。老东家怕因他去世,扰乱您的心神,影响与俄国茶商的争斗结果。事已至此,东家要责怪就责怪我,这件事和王掌柜没有关系。"

王长安见穆怀德替他解围,歉意地说:"对于老东家的叮嘱,我和穆掌柜也很为难。老东家临终前还在念叨司马迁说过的'大行不顾细谨,大礼不辞小让'的老话,生怕您因家事分心误了大事。"

姚汉唐心里清楚父亲的秉性,之所以能做出这样的决定,也是性格使然,与两个掌柜的确没有多大关系。他哽咽道:"我父亲虽然一生隐忍,但在大事上一点也不糊涂。现在蒙疆茶叶贸易的事情已经圆满解决,我也可以告慰他的在天之灵了。明天一大早我就回社树堡祭奠父亲,把这个喜讯告知他。"

姚汉唐赶回社树堡时,父亲姚德已入土为安了,家里仅保留了供后辈祭奠的灵位。姚汉唐披麻戴孝在摆放着父亲灵位的供桌前焚香祭拜,一个人跪在蒲团上,看着父亲的遗像,泪流满面地呢喃着向父亲细述泾阳茶商、雅州茶商联手抗击英商、俄商的往事。

就在姚汉唐刚说完,三叩头后准备起身之际,老态龙钟的管家杨德泰缓步走进灵堂。杨德泰见姚汉唐满脸凄容,好心宽慰他说:"老东家一生雅好博古,轻财好施,修桥补路,捐资兴学,每遇国家大事,必先尽力襄助,为姚家留下了好家风,也赢得了社会各界的赞誉。人生难过百年,能赢得一世清名,也不枉一生的辛劳了。现在,老东家已经作古,东家请节哀顺变,继续把姚家的事情做好,这样才能不辜负老东家的期望。"

听了老管家的劝慰，姚汉唐心情稍微好了一些。他随即问道："我父亲仙逝三四个月了，他老人家的碑文和铭文准备好了吗？"

杨德泰说："老东家的碑文、铭文是大老爷姚炎请人撰写的。碑文是由赐进士出身、太仆寺卿办理吉林事务前陕甘学政、翰林院编修吴大澂撰写的；由赐进士出身，翰林院编修、国史馆协修、前陕甘江西副考官贵州正考官潘衍桐书丹；铭文由赐进士出身，翰林院编修朝邑人霍为楙用篆书书写。现在碑文、铭文等都在老东家的书房里，我带东家前去看看。如果东家同意，可选择吉日立碑。"

姚汉唐说："立碑是大事，得等两位兄长丁忧①时再商议。"

杨德泰说："老东家仙逝后，家里已经派人先后前往京师、岷州给大老爷姚炎、二老爷姚五经分别报丧，不过他们请假丁忧，交接手续也有一个过程，需要时间。即便如此，我估计他们也快回来了。"

姚汉唐说："我先看一下碑文、铭文，等两位兄长回来后再择吉日立碑。"

到了姚德的书房，杨德泰指着靠在北面山墙的两块石碑说："大石碑是碑文，小石碑是铭文。东家先看看再说。"

姚汉唐走近大石碑仔细一瞧，碑文中有"骊山烽火泾辑无舟官军莫渡，君星夜造五渡船师赖以济，军屯灞柳厂筹量沙协饷不继，君输巨款为秦人倡师赖以克，又虑社树里无城池之伟，寇来莫籲，商之伯兄坚筑城堡乡间以全，陕抚刘果敏公将拜疏荐于朝，而君以母老辞。呜呼，秦山破碎，草木皆兵，数年之间卒能勘定，非富而好义者之襄助耶"②等对姚德颂扬之语。小碑的铭文写道："铭曰：山苍水深兮，土厚而坚。善人之壤兮，卜云其然。既固且安兮，崇坤穹乾。克昌厥后兮，亿万斯年。"姚汉唐细细品

---

① 丁忧：根据儒家传统的孝道观念，朝廷官员在位期间，如若父母去世，则无论此人任何官何职，从得知丧事的那一天起，必须辞官回到祖籍，为父母守制二十七个月，这叫丁忧。

② 姚德墓志碑现由泾阳县社树村姚家惠谦堂后裔保存。

读碑文、铭文，想起父亲以久病之躯，尚在关心泾干书院的日常事务，督导姚家后辈的学业，惦记着自己在兰州团结泾阳茶商抵御俄国茶商向新疆、蒙古倾销茶叶发起的经济战争，不由得悲从心起，突然仰天长啸："父亲大人，天堂没有病痛，没有烦恼，愿您老人家一路走好啊！"

半年之后，马瑞民带着一个年轻后生到惠谦堂总号来拜见姚汉唐。当时，姚汉唐正在和王长安、穆怀德商议茶号生产的茯砖茶往甘青蒙疆一带的运输问题。见马瑞民造访，起身相迎说："马掌柜，近来生意可好？"

马瑞民笑道："托姚东家的福，今年生意比往年强多啦。"随后，他指着紧跟在身后的年轻后生说："姚东家，这位就是马家商号东家马合盛。东家，快来见过姚东家。"

穿着一身青色长袍，脑后垂着一条乌黑长辫，长着国字形脸庞、浓眉大眼的马合盛上前给姚汉唐施礼。

姚汉唐一把拉住他，仔细打量了一番，点头说："是马兄弟的种，长得和马昌民一模一样。"

马合盛说："晚辈前来泾阳，是想重振马家商号。不过有件事情要告知叔父，我在兰州时，已经把马家马永盛商号改为马合盛商号了。马家庄园遭遇莫名其妙的大火虽然蹊跷，但我一直也没有找到证据。为了避免老字号引来不必要的麻烦，晚辈决定改换字号。马永盛商号已经成为历史，我想从头开始。"

姚汉唐夸道："这可真是虎父无犬子啊！我家姚国庆如果能有你这般志向，我就心满意足了。"

马合盛说："晚辈初来乍到，有好多东西需要向几位前辈学习，还望能不吝赐教。"

几个人闲聊了一会儿，裕兴重掌柜王福禄手中拿着几个大红请柬进了客厅。他见姚汉唐、马瑞民都在,高兴地说:"姚东家、马掌柜都在,就省得我再跑了。我受安吴堡总管骆荣所托,今天特意到惠谦堂总号给姚东家送喜帖来了。马掌柜正好在此,我就同时把喜帖送给马掌柜了。"

姚汉唐接过喜帖打开一看,见红色油光纸上写着吴聘和周莹结婚的喜讯。他合上喜帖,高兴地说:"论起来,吴聘还该把我叫舅舅哩。这么大的喜事我一定前往祝贺。"

王长安问道:"东家,吴聘公子迎娶谁家千金呀?"

王福禄插话说:"我家公子迎娶的是曾经在泾阳商界有名的财东、鲁桥镇孟店村周家周海潮的千金周莹。"

穆怀德知道孟店村周家,不过周家在"同治之乱"时被烧毁了十六院高大宅院,仅剩下的一座宅院也衰败不堪了。到了周莹父亲周海潮手里,也仅是在三原县城开了家客栈维持生计。前几年客栈被大火烧毁,周海潮一命呜呼,家里就剩下周海潮的遗孀周胡氏和女儿周莹。现在,周胡氏愿意把周莹嫁给吴聘,多半是为了丰厚的彩礼。他说:"王掌柜,问句不该问的话,吴家在这个时候迎亲该不会是为了冲喜①吧?"

王福禄嗔怪道:"我家公子最近身体已基本康复,咋能算是冲喜?吴家也算是关中道上有名的富商大户,能娶到周家小姐周莹为妻,也算是吴周两家的缘分。"

马瑞民见大家一直在热闹地谈论吴聘的婚事,自己也没来得及向王福禄介绍少东家马合盛,就插言说:"王掌柜,你一进门就向大家通报吴家公子即将喜结良缘,我还没来得及向你介绍我们的东家哩。"

王福禄这才注意到旁边的陌生年轻男子,忙问:"马掌柜,这位公子

---

① 冲喜:旧时迷信风俗,家中有人病重时,用办理喜事(如迎娶未婚妻过门)等举动来驱除所谓作祟的邪气,希望病人转危为安。

就是你家东家？"

马合盛向王福禄双手抱拳说："晚辈马合盛商号东家马合盛见过王掌柜。"

王福禄啧啧称赞说："马东家不必客气。您可真是一表人才啊！马东家刚到泾阳县城，就连商号招牌都换了？我刚才从二条街东面经过，看到几个伙计更换商号门前的招牌，当时我还不知道马合盛是谁，现在总算见到真神了。"

马合盛听到王福禄话里有其他意思，也不想解释。他说："马永盛商号已经成为历史了，晚辈想重打鼓另升堂，靠着自己的努力，恢复祖上的基业。以后还请王掌柜多多指教。"

王福禄笑着说："指教谈不上，可以相互切磋。对了，既然马东家在此，我代表吴家请马东家赏光参加我家公子的婚礼。"

马合盛说："吴家大喜，作为生意上的同行，自当去恭贺。"

王福禄拱手说："各位到时候一定赏光啊，我还要继续送喜帖，就不打搅各位了。"说完告辞而去。

王福禄走后，王长安说："东家，吴家好多年没有办过喜事了，这次您堂姐为了这个独苗儿子，肯定会大操大办的。您看我们应该准备些啥？"

姚汉唐说："吴蔚文在世时，就给吴聘捐了个议叙郎中官职，虽说吴聘因病无法进入官场，但吴蔚文当年曾经也是呼风唤雨，结识了不少人物。这次吴家办婚事，除了宴请商界同行，肯定也少不了官府人物。至于准备些啥礼物，我自己考虑，就不麻烦你们了。"

王长安说："听说凡是和吴家有关系的各地官宦名儒、士农工商，吴家都会发请柬，泾阳、三原、高陵、乾州、咸阳等地的知县也都答应要出席吴聘的婚礼。"

马瑞民说："看来阵势确实不小。届时我陪少东家一起前往恭贺，讨杯喜酒喝。"

吴聘结婚的当天早上，马合盛在堂叔马瑞民的陪同下，带着礼物前往云阳镇安吴堡恭贺吴聘新婚。路上随处可见各地络绎不绝的贺喜人群，骑马的、坐轿的、骑驴的、走路的，大家都在谈论着即将举办的婚礼。

安吴堡北依嵯峨山麓作屏障，东临红塬卫侍，西傍泾河润田，南有渭水浇地，高大的青砖墙把堡子变成一座军事堡垒，堡内分布着东西南北中吴家五个大院。等马合盛快到安吴堡大门时，王福禄远远地就望见了他们，不停地向他们招手示意。

进了堡门，马合盛见街道宽阔，秩序井然，道路两旁的树木上披红挂彩，喜气洋洋。来到吴家东院门口，只见大门飞檐斗拱，左右悬挂着红色宫灯，两边蹲着石狮子镇守，左有下马石，右有拴马桩，门前青石条铺地，厚达五寸的红色松木大门上卯着六十四枚圆鼓铁钉，庄严大气。门口的空地上搭着十座席棚，里面摆着八仙桌，上面放着花生、红枣、糖果、瓜子等零食。

马合盛一看这阵势，感觉泾阳和镇番举办婚礼，还是有很大的差别。他就对王福禄说："王掌柜，我们就在这儿坐一会儿吧，里面全是达官贵人、名流大儒，我们就不进去了。"

王福禄笑道："马东家见外了。已经到了门口，哪怕进去转转也行。东家如果知道马东家来了却不进院子，怪罪下来说我没有招呼好您，我可吃罪不起呀！"

马合盛见推托不掉，含笑说："说真的，我是从小地方来的，没见过世面，也不想丢人现眼，压根就没想进吴府。既然王掌柜盛情邀请，咱就当刘姥姥进大观园，好好参观参观。"

马合盛、马瑞民跟着王福禄进了吴府大门。没走多远，一座碑亭式建筑挡在眼前，王福禄说："这是吴府二门，穿过二门就是三门，即内宅门。如果马东家不想进内宅，咱们就在二进院礼房坐坐，然后再出去转转如何？"

马合盛说："行。我看到处都是贺喜的人群，就不打扰了。"说着，打量了一眼二门，看到这座碑亭式建筑古色古香、飞檐翘角、雕梁画栋，左右门脚旁各植一株紫藤，院中空地上摆设了十张圆桌，上面摆放着与门前席棚中同样的四样小吃。唯一不同的是，在四样小吃的中间，蹲放着一个紫砂香炉，此刻正冒着香气浓郁的袅袅细烟，空气中弥漫着喜庆的气氛。

进了礼房，总管骆荣正在忙碌，看见马瑞民进门，忙放下手中的毛笔，微笑着相迎说："马掌柜大驾光临，吴家可是蓬荜生辉呀！"

马瑞民放下手中的礼物，引见马合盛说："骆总管，这是我们东家马合盛，我今天是陪着东家来贺喜的。"

马合盛说："骆总管辛苦了！"说着，把一张一百两的银票递给了骆荣。

骆荣双手接过银票，对王福禄说："王掌柜，麻烦招呼马东家、马掌柜到内宅去吧，姚东家也在内宅。"

马合盛笑着说："骆总管，你忙你的。今天贵客较多，姚东家是吴家上司衙门的人，肯定忙得不亦乐乎，哪里有时间陪我这个晚辈说话，我就不打搅了。"

骆荣说："这咋行！您是贵客嘛，不要客气了，跟王掌柜一起进去吧，姚东家在内宅等候您哩。"

盛情难却，马合盛、马瑞民只好跟着王福禄进了内宅。吴府内宅是一座充满南方韵味的花园式庭院，马合盛猜想吴蔚文当年经常去南方，就把南方的建筑样式搬了过来。占地面积巨大的内宅，正堂是一座面阔五间的飞檐硬山顶式建筑，院内有一个占地二亩多的池塘，东西南北各有一个小码头，池塘边松柏、冬青、红柳点缀，石鼓、石条、石凳分布在树荫下，池塘中间的假山上修建有一座八角亭。没等马合盛仔细欣赏，姚汉唐从张灯结彩的正堂走了出来。

马合盛急忙上前，双手抱拳，笑着说："恭喜姚东家！"

姚汉唐说："感谢马东家。我堂姐夫去世了，吴家的事情我还得操点心。你们先进去找地方坐下喝茶，我出去迎接泾阳知县，等会儿咱们再聊。"

马合盛见他确实繁忙，就说："喜事是乱事，您先忙吧。咱们随后再说。"

姚汉唐对王福禄说："王掌柜，麻烦照顾好马东家。"

王福禄笑道："请姚东家放心，我今天专门照顾马东家。"

马合盛因为吴家达官贵人多，就和马瑞民坐在大门外的席棚里，跟着一伙生意人闲聊。不久，就听见鼓乐声、唢呐声四起，紧接着鞭炮齐鸣，头戴凤冠、身穿霞帔、一身红色薄棉袍的新娘被人搀着迎进了吴家大门。

从安吴堡回来，马合盛这才真正体会到啥叫家大业大、财大气粗。与吴家相比，自己现在充其量才起步，没啥值得骄傲的。后来，他听说吴聘婚礼当天，西安知府、乾州知府、关中关学名儒百里先生都大驾光临了，更感慨这是一场前无古人、鲜有来者的旷世婚礼。

马合盛没有到吴聘和周莹的婚礼现场，姚汉唐却见证了整个过程。姚汉唐提前两天就到了安吴堡，他见吴聘躺在炕上，皮包骨头，满脸病容，说话有气无力，丝毫没有病情好转的迹象，就猜到吴家这场婚礼确实是在冲喜。

从卧室出来，他特意问堂姐姚尝："姐姐，吴聘病重，能支撑下来程序烦琐的婚礼吗？"

姚尝苦笑着说："聘儿自小就体弱多病，前一阵身体刚康复，就闹着要骑马转转，没料到在上马时又被马踢了一下，病情就更严重了。吴家五院虽说是同父异母的亲兄弟，但每个人的心思不同。以前，你姐夫吴蔚文在世时，靠着他在湖北盐运使任上把吴家的商业贸易做得风生水起，积累了巨额家产，成了关中道上有名的富户。但自从你姐夫因病去世后，吴家的生意就没有吴家人亲自打理了，这几年就一直在走下坡路。其他四院兄弟基本不染指生意上的具体事情，每年都靠东院分给他们红利，维持奢华生活。依我看，他们还都指望着东院能有人出来主持吴家各地分号。据几个郎中说聘儿的病情已经没有好转的希望了，我就想借冲喜把周莹迎娶进门，如果老天保佑，或许他们能为东院生下一儿半女，将来也好继承吴家的产业。"

姚汉唐理解堂姐的苦衷，他说："我这些年一直在外地瞎忙，不太清楚吴聘的病情，这次来安吴堡发现吴聘确实病得厉害。如果冲喜能使他病情好转，也算是吴家祖上积了阴德。万一新婚之后发生意外，我这个当舅舅的也不会坐视吴家衰落，袖手旁观。"

姚尝眼含泪花，叹道："兄弟，姐姐命苦啊！为了迎娶周莹，姐姐也是想尽了招数，这才撮合成这门亲事。周莹出生在商人世家，并深受其父周海潮的教诲，据说办事很有见地。大婚之后，聘儿就是能恢复健康，也无法打理吴家的生意，今后吴家可能真要靠周莹来支撑了。"

姚汉唐知道这是堂姐委婉地提醒自己照顾吴家的生意，必要时要出手相助。他说："请姐姐放心，姚家和吴家是打断骨头连着筋的关系。吴家以后有啥困难，尽管来找我。"

话虽然是这么说，姚汉唐始终对吴聘的病情放心不下。新婚大喜当天，吴聘依然无法从炕上下来参加婚礼，这让吴家上下和姚汉唐心急如焚。眼看吉时快到，新娘子即将进门，主持婚礼的吴先生急中生智说："让吴聘的堂弟穿上红色礼服，怀抱大红公鸡代替吴聘拜堂成亲。"

在二进院客厅等候婚礼开始的众多亲朋见吴先生说得有道理，都点头表示同意。没料想大门外鞭炮声、唢呐声响起的时候，病恹恹的吴聘却奇迹般穿着结婚礼服出现在众人面前。

一对新人拜天地、拜父母的时候，姚汉唐瞥见堂姐姚尝眼眶中噙满泪水。等夫妻对拜之后，吴先生安排人赶紧把一对新人送进洞房。

众人落座，喜筵开始。按道理，一对新人是要给亲朋敬酒感谢的。但自始至终，姚汉唐再也没有见到吴聘的身影，这让他预感到吴聘强撑着病体参加婚礼，或许就是民间常说的回光返照。他把自己的猜测压在了心底，始终没敢向旁人透露半个字。

马合盛回到泾阳县城后，就开始全盘筹划马合盛茶号来年茶叶贸易的相关事宜。经姚汉唐牵头，泾阳帮茶商战胜俄国茶商之后，河西走廊和蒙疆的茶叶贸易基本上就是泾阳茶商的天下，在面对如此大好形势的时候，他也没有忘记姚汉唐当年为了战胜俄国茶商制定的将茶叶分类、创新销售方法的妙计。不管咋说，只有保证茶叶质量，才是能够在西部茶叶贸易中获取一席之地的根本。马合盛觉得，他有着姚家和吴家无法比拟的优越条件，就是他继续组建了马家驼队。利用马家驼队，他既可以赚取其他商家运输货物的利润，也能降低自家运输货物的成本，更重要的是能让马家商号做到产供销一条龙经营。

马合盛深思熟虑之后，决定亲自前往安化采购茶叶，从源头上保证茶叶质量。在和泾阳几大茶商交流中，他了解到几大茶商在制作茯砖茶时，一般是新茶六成，子茶四成，有的还是新茶、子茶对半分。如果同样按照这种做法，改头换面的马合盛茶号根本就没有恢复马永盛茶号当年辉煌的希望。

有了想法之后，他对大掌柜马瑞民说："我要亲自去一趟安化采购茯砖茶原料，而且想改变传统的茯砖茶做法。就是马合盛茶号在制作茯砖茶时，新茶占七成，子茶占三成，要从茯砖茶质量上超过其他茶商。另外，根据西部牧区民众的消费习惯和购买能力，对包装也要改变。别的茶号制作的茯砖茶都是十斤一包的，咱们制作茯砖茶时要改成五斤一包的，这样既方便牧区民众购买、运输，也省去了原来十斤一包剁开销售造成的浪费。"

马瑞民沉思了一会儿说："少东家要去安化和改变茯砖茶包装，我没意见，而且赞成。对于改变制作茯砖茶的新茶、子茶配比，还是请少东家认真考虑一下。这样做，毕竟增加了成本，价格又不能上涨，肯定会影响马家茶号的利润。"

马合盛满怀信心地说："要想做大生意，就不应该紧盯眼前的蝇头小利。咱们今年制作茯砖茶之后，一定要在茯砖茶外包装上打上马家茶号的字号，方便牧区民众区分是哪家茶号的茶叶。只要咱们闯出了马家的字号，加上马家遍布牧区的分销店面，我想恢复马家当年垄断蒙疆茶叶市场生意就为期不远了。"

马瑞民虽说跟着马昌民在生意场闯荡了大半辈子，但一直都是在按照马昌民的交代兢兢业业地干好每一件事，他从来没有想到过在茯砖茶制作和包装上进行变革，而且还要闯出马家字号。对于少东家的安排，他无法反驳。马合盛的这些想法恰恰针对的是泾阳茶商们普遍存在的短板，如果能在这方面做些改变，销售情况肯定比以前要好。他不住点头说："传统的东西未必不好，但也要紧跟市场情况，就像姚东家当年提出针对西部不同消费层级制作不同茶叶一样。少东家尽管放心去安化采购茶叶，制作茯砖茶和改包装的事就交给我来办。"

姚汉唐听说马合盛亲自去安化采购茶叶，对这个年轻人不由得刮目相看。这些年来，泾阳县城几大茶号都把到安化采购茶叶这种辛苦差事交给茶号掌柜去办，而且几大茶号在安化都设有专门的采购店面，不怕谁会在收购茶叶这件事上日鬼捣棒槌。马合盛能亲自去安化，可能是因为刚入行，急于想了解茶叶采购环节的具体情况。不管咋说，能够亲自翻山越岭、不辞辛苦地到安化去，说明这个年轻人有不同于一般茶号东家的想法。在茶叶采购环节能有如此举动，让他猜不透马合盛接下来会有啥新鲜花样。

姚汉唐还没有琢磨透马合盛的心思，就听到吴聘因病亡故的噩耗。姚汉唐知道，吴家东院就守着吴聘这一根独苗，现在他病故，整个吴家东院不但天塌了，就是吴家所有商号也面临着无人掌管的尴尬局面。

令姚汉唐没有想到的是，年轻寡妇周莹面对和公公吴蔚文同父同母的二叔父，同父异母的三叔父、四叔父、五叔父以分家过日子相逼，竟然邀请了泾阳县知县作为见证人，把吴家产业一分为五，顺利地完成了分家立业，周莹作为东院唯一的合法继承人，全面接收了式义堂的经营管理权。

当坊间还在流传和议论周莹大胆决策的时候，又听说周莹带着贴身丫鬟红玉和护院王健等人去了成都，一时间巷谈街议，说啥的都有，弄得姚汉唐这个堂舅也摸不清事情的真相。就在他为吴家式义堂的前途命运担忧之际，裕兴重茶号掌柜王福禄登门了。

正想弄清楚周莹到底想干啥的姚汉唐见王福禄来了，将他热情地迎进院里。两个人坐在客厅里寒暄了几句，话题就自然地扯到周莹分家和去成都这一连串的举动上来。

王福禄说："吴家分家这事我清楚。老东家吴蔚文在世时，几乎全靠吴蔚文这个吴家老大一个人支撑整个吴家产业，其他四院只想着分钱享福，没人愿意参与各地分号经营管理。吴蔚文和吴聘去世后，其他四院不相信一个年轻的寡妇能承担起吴家产业发展的重任，就想分光家产，各自管理。少夫人为此召集总账房中书、总管骆荣商议，对各打小算盘的四位叔父采取各个击破的策略，把吴家产业一分为五，她独自掌管式义堂所有商号，这就是民间现在流传的少夫人周莹分家之事。姚东家可能也知道，吴蔚文去世后，吴家在成都、重庆、汉口、扬州、上海等地的分号，每年都是以书信方式汇报经营情况，这些分号的经营利润也在逐年下降。少夫人接手式义堂之后，有些掌柜欺她是一介女流，就想趁机谋取东家资产。少夫人解决了内患之后，就决定亲自到这些分号去巡视，借此敲打心怀不轨者，甚至撤换不能承担大任者。"

姚汉唐不禁暗自佩服周莹不愧是经商世家出身，看问题很准，出手也毫不拖泥带水。他说："周莹一个弱女子为了吴家产业抛头露面确实作难了。我和吴家虽说有姻亲关系，但同时也是生意上的竞争对手。我和周莹没见过几面，作为长辈，也不好意思和一个年轻寡妇谈论生意上的事情。从她目前这一连串举动来看，还真是个奇女子啊！"

王福禄说："少夫人在吴聘去世后就立下了规矩，吴家宅院二进院往里，非请莫入。就连房中书、骆荣想禀告事情，也要先通过少夫人的贴身丫鬟红玉请示并得到同意后，才能到二进院客厅面谈。"

姚汉唐说："自古以来就有寡妇门前是非多之说，周莹此举是在堵好事者的嘴，避免有人说三道四。我堂姐能遇上这样一个洁身自好、聪明能干的好儿媳，也不枉她长年吃斋念佛了。"

王福禄没有忘记他到惠谦堂来的目的。他说："姚东家，现在惠谦堂在西部茶叶贸易市场上独领风骚，以后，式义堂茶号的生意还希望姚东家多帮衬呀！"

姚汉唐爽快地说："不要说姚家和吴家有姻亲关系，就是没有任何关系，泾阳帮也应该守望相助，互相帮衬。当年，没有泾阳帮茶商团结一心，我们咋能打败俄国茶商？依我看，马合盛和周莹这两个年轻人当真是后生可畏啊！"

王福禄并不同意姚汉唐的看法，他说："马家茶号在马昌民时期，可以凭借马家驼队和遍布蒙疆的分号和咱们平起平坐，现在马家刚换了年轻东家，涉世未深，经验欠缺，不足为虑。"

姚汉唐微微一笑，随后说："千万不能小看年轻人。周莹能轻易化解内忧，现在又亲自去处理外患，这种行事风格可不是你我所能预料的。马合盛初到泾阳，就改用马合盛商号招牌，此举绝非心血来潮，定有鸿鹄之志。俗话说，出水才看两腿泥。依我之见，这两个人可能都是陕西商界未来的精英，绝非等闲之辈。陕商能否在西部贸易中闯出来名堂，还要看他们咋折腾了。"

王福禄听到姚汉唐对周莹和马合盛有如此高的评价，猛然想起了一件事。他说："姚东家，我听兰州分号掌柜胡服九说，马家在河西走廊和蒙藏牧区拥有大量分支店面，每年都能很快把茯砖茶运送到牧区。如果马合盛专打此牌，岂不是抢了头筹，占尽了先机？"

姚汉唐说："虽说俄国茶商被咱们联手打败了，但咱们内部的竞争从来就没有断过。马家在镇番饲养的骆驼，就是马合盛能和咱们竞争的最大资本。他能利用马家驼队把茯砖茶运送到西部任何地方，我们却做不到。因此，不要把马合盛看作竞争对手，而是要把他看作联合的对象。姚家和吴家都在兰州东关开设有分号，但咱们做的基本上是茯砖茶的批发贸易，不是零售贸易。马合盛在兰州东关、西关、北关连续开了三个分号，不但做批发贸易，在牧区也做零售生意。我们真要把他当作主要竞争对手来打压，就只会两败俱伤，对谁都没有好处。"

王福禄心悦诚服地说："姚东家胸怀宽广，看问题就是有远见，和少夫人的看法不谋而合。对于马合盛，只能联手，不能打压。否则，我们在西部的所有货物就会失去驼队运输，人为加大运输成本。等少夫人巡视回来，我一定把姚东家的话原原本本告诉她，供她做决断。"

姚汉唐笑着说："江山代有才人出，各领风骚几十年。我的想法或许过时了，周莹咋决断，还是由她自己决定吧。"

当年年底，西部贸易市场格局发生的巨大变化引起姚汉唐的极大关注，甚至是震惊。姚家惠谦堂茶号原先独领风骚的格局变成了姚家、马家、吴家并驾齐驱，泾阳茶商不由得对两位新人掌管的茶号刮目相看了。

对于马家、吴家的异军突起，虽然姚汉唐早就有预感，但他们的发展速度还是远远超出了他的预料。有点措手不及的姚汉唐和王长安、穆怀德一起商议时才弄清了吴家、马家迅速崛起的根本原因。

王长安说："按以往的惯例，姚家茶号每年到年关将近的时候，茯砖茶销售就过了六成。今年销售情况不太乐观，仅有四成左右。我询问了几大茶商的掌柜，才知道周莹改变了延续几百年的东西制分配办法，马合盛改变了茯砖茶分包重量，并特意在茶包外包装上精心印制了红色喜庆的马合盛茶号标识。"

姚汉唐不解地问："周莹怎么打破了东西制分配模式？"

王长安说："在传统的东西制管理模式下，东家出资占六成，掌柜出智出力占四成，这就是延续了几百年的'银六人四'分配办法。周莹在成都、重庆、汉口、扬州、上海等地巡视一圈，重新聘任了各个分号的掌柜，把'银六人四'的传统做法改成'银四人六'，并且对所有伙计提升了两成薪俸作为奖励。这个办法出台后，吴家式义堂商号从上到下都憋足了劲，积极性空前高涨。据说，吴家今年的销售利润创造了吴蔚文在世时都没有过的辉煌。吴家各地掌柜和伙计都对周莹感恩戴德，赞不绝口。"

姚汉唐心里盘算了一下，虽说"银四人六"这种办法看起来好像减少了东家的分红利润，但整体利润大幅度提高之后，最后的赢家还是东家。周莹此举是紧紧抓住了人性，谁不想多赚钱养家糊口？作为一个寡妇，周莹不可能长年在外巡视各地商号，只能用书信传递各种指令，指导各地商号经营。提高掌柜和伙计的薪俸，无疑也给各地商号掌柜套上了枷锁，要想获取丰厚的薪俸，必须不断超越以往的业绩，这样的良性循环，必将使东家财源滚滚，富甲一方。

姚汉唐点头说："周莹不简单，能在分配方式上进行变革，是需要勇气和魄力的，更是一种智慧。或许周莹改良的东西制管理模式，就是将来泾阳帮的管理模式。王掌柜，马合盛又是用啥招数赢得了先机？"

王长安说："马合盛把传统的十斤一包的茯砖茶改成了五斤一包的小包装，并在外包装上采用红色印刷的马合盛茶号标识，以示和其他茶号的区别。据说马合盛在茯砖茶制作上也进行了改良，把传统的新茶占六成，子茶占四成，改成了新茶占七成，子茶占三成。这样的话，马家茶号制作的茯砖茶在质量上就优于其他茶号的茯砖茶。加上马家在青蒙疆各地牧区都有分支机构，赢得先机就顺理成章了。"

穆怀德说："以往所有茶号都采用十斤一包的包装，但牧区民众生活艰辛，往往买不起一整包茯砖茶，零售时还要剁开出售，既费时又费力，还经常造成损失。五斤的包装，既方便运输，又减少了零售的麻烦，恰好满足了牧区大多数民众的需求。"

姚汉唐感慨道："我在甘肃、青海、宁夏、新疆等地奔波了好多年，看来对牧区民众消费习惯和能力还是没有马合盛了解呀！只有熟悉市场，准确把握百姓消费习惯和能力，才能把生意做好、做大。恰恰在分配方式和对市场的把握这两个关键方面，姚家输给了周莹和马合盛，造成今天这样的结果就不奇怪了。"

王长安见东家有些气馁，就劝说道："东家，西部茶叶贸易的市场容量基本上是确定的，吴家和马家只是销售快一点儿而已，不值得烦恼。凭着姚家几百年的老字号招牌，咱们的茶肯定会在新茶上市之前销售一空的。"

姚汉唐说："话可以这么说，但事情不能继续这么做了。我们只有以变应变，才能保持三足鼎立之势，否则就可能被别的茶号取而代之了。"

穆怀德问："东家也想改变东西制的管理模式和茶叶包装吗？"

姚汉唐点点头说："商场如战场，不能一味坚守以不变应万变，应该与时俱进，以变应变。这两个年轻人都不简单，虽然用的办法不一样，但却殊途同归，快速回笼了资金，增加了红利，鼓舞了人心。我老了，比不上年轻人脑子活泛，也想不出他们这样的招数。"

王长安听出东家的这番话，蕴含有隐退之意。他说："朝廷开展洋务运动，主张富国强兵，这对商家来说是好事。如果能抓住这个机遇，扩大商号的经营品种，不特意在茯砖茶贸易上争长短，我们还是有优势的。"

姚汉唐明白王长安这番话的真实用意。他说："洋务运动提倡'中学为体，西学为用'，与日本的明治维新运动不可同日而语。朝廷没有进行全盘规划，任由各地兴办工厂，形成了官办、官督商办、官商合办等格局，引起了守旧派的指责和反对。陕西地处内陆腹地，对洋人的管理模式了解不多，如果一味兴办工厂，恐怕难以收到成效。生意场上有做熟不做生的说法，我看咱们就别掺和此事了。"

穆怀德劝道："听说洋人的机器很厉害，织出的棉纱、棉布比府布质量好，价格还便宜。如果咱们能兴办一家纺织厂，前景肯定不错。"

姚汉唐沉吟道："采购洋人的机器简单，要学会使用、维修就没有那么简单了。洋人采用的是工厂化管理模式，我们则是手工作坊管理办法。这两种模式有着截然不同的管理思路，不是想当然就能学会的。我知道你们的心思，也知道工业化生产的优势，但中国首先是个传统的农业大国，朝廷都没有想着发展成工业化国家，我们就是有再好的想法，也是白搭。先干好自己的事情吧，我还没听说过洋人的机器能织出苏杭一带出产的丝绸哩。"

王长安看出东家的思想不可能一下子转变，从他的话语中，听不到要参与工业运动的意思。他心有不甘地说："东家刚才说要与时俱进，以变应变，现在已经能看到工业运动兴起带来的好处了，却望而止步，难免让人心有遗憾啊！姚家是几百年的老字号了，难道就因为朝廷没有全盘规划就止步不前了？"

姚汉唐摇头说："没有金刚钻，不揽瓷器活。洋务运动从林则徐开始就已经倡导了，左宗棠开办福建船政学堂就开了先例，后来泾干书院也开办了相关课程，结果能咋样？说到姚家是几百年老字号这件事，我就唠叨几句真心话，功名富贵对我来说，早就成了过眼烟云。不是我不思进取，而是这个世界变化太快了，我还无法适应。你们刚才劝我的话，让我想起了前几年到河北邯郸过黄粱梦吕仙祠时的一副对联：'睡至二三更时，凡功名都成幻影；想到一百年后，无少长俱是古人。'把世事看开些，让年轻人去闯荡，这才是当下需要解决的问题和关键。"

穆怀德追问道："东家是想把姚家商号交给少东家姚国庆吗？"

穆怀德说的少东家姚国庆是姚家惠谦堂后辈中一个比较突出之人，此前在泾干书院读书时已获得了监生[①]资格。但姚国庆看到朝廷羸弱腐败，无心继续走科举之路，倒是对经商很感兴趣。姚汉唐心里也很清楚，一个经商世家如果不注重培养接班人，没有能谋善断者继承祖业，单纯依靠各分号掌柜按照东家下达的目标经营，经营决策大权迟

[①] 监生：明清两代称在国子监(封建时代国家最高学校)读书或取得进国子监读书资格的人。其中依靠父、祖官位入监的称荫监，由皇帝特许入监的称恩监，因捐纳财物入监的称捐监，监生可参加乡试。清代后期，监生成了虚名，向朝廷捐款达到一定数量就能取得监生资格。

早会旁落,甚至会因个别掌柜心存异心,弄得资产荡然无存。自从他有了隐退之心后,曾经对姚国庆精心指导过。现在穆怀德问起了惠谦堂继承人之事,他说:"这就叫长江后浪推前浪。国庆掌管姚家商号后,希望你们还能一如既往地支持。"

王长安看到劝说不动东家,只好说:"请东家放心。我们虽说有些不成熟的想法,但依然会以少东家的决策为主,绝对支持少东家的决定,不会蛊惑他干一些不熟悉的事情。"

姚汉唐回到社树堡之后,和姚国庆有过一次长谈。他对儿子述说了这些年他经商的心得,对时局的看法,最后叮嘱说:"虽然现在国家还算太平,是做生意的好时机,但整体情况和道光之前已发生了根本变化。两次鸦片战争失败后,朝廷被迫不断开放通商口岸,洋货充斥国内市场,传统的商品贸易面临着巨大危机。时局变,观念就应该随之而变,只有适应潮流,才可能不被淘汰。可惜我老了,无法适应变化不断的时事,就想退出了。你接管姚家商号之后,一定要和吴家、马家搞好关系,对他们只能联手,不能恶性竞争。一定要记住和则共赢,斗则俱伤。"

听了父亲语重心长的一番长谈,姚国庆心里感到沉甸甸的。这些年,他在社树堡帮助总账徐玉玺料理各地分号账务,对姚家的经营情况了如指掌。从和徐玉玺的交谈中,他对整个泾阳帮各大商号的经营情况知道了大概。让他始料未及的是,父亲看到姚家、吴家、马家在西部茶叶市场上呈现三足鼎立之后,就要急流勇退了。

姚国庆说:"父亲担忧时局之事,我从泾干书院恩师刘古愚[①]先生处多

[①] 刘古愚(1843—1903),原名光蕡(fen),字焕唐,别号古愚,清道光二十三年(1843)生于陕西咸阳县(今咸阳市)一个世代书香的地主家庭。光绪元年(1875)陕西乡试举人,曾试进士未中,由此绝意仕途,潜心教学,先后主讲陕西泾阳泾干、味经、崇实诸书院及甘肃兰州大学堂,提倡"兴学救国"的新思想,时有"南康北愚"之说(南康指南方的康有为,北愚指北方的刘古愚),是于右任、张季鸾、李仪祉等人的老师。

少也了解了一些。据刘先生说，中国虽然经历了所谓的'同治中兴'，除了军力有所增强，整个国力还是比较羸弱，尤其让人痛心的是帝后不和。光绪皇帝深信他的老师翁同龢为首的清流派，打压以李鸿章为首的洋务派及其淮军，两派关系日益恶化。反观东邻日本，自六十年代'明治维新'之后，资本主义发展较快，经常实施扩军备战，等待时机侵略中国。有识之士如两江总督沈葆桢、台湾巡抚刘铭传等人虽然看出'倭人不可轻视'，屡次上奏提醒，但朝廷和大部分政要认为日本是'蕞尔小邦'，并不在意。朝廷派系斗争，内部不和，状况堪忧。坊间传说慈禧太后为了过好她的六十大寿，大量裁减军费，致使军队装备不足。这样下去，如果日本对中国开战，咱们的胜算又能有多少？"

姚汉唐第一次听儿子谈论国家大事，而且把刘古愚的言论引用得恰到好处，心里感到了一丝安慰。他说："商家关心国家大事是应该的。只有国家太平，商家才有机会赚钱。刘先生是位高人，可惜无用武之地啊。马合盛、周莹都是人中龙凤，你要趁着国家还算太平，和他们一起合作，保持住三足鼎立的局面。就算以后真的像刘先生预言的中日之间发生战争，也要牢记先有国，后有家。如果国都不存在了，家岂能保全？"

姚国庆说："请父亲放心。如果真有战事发生，儿子绝对不会给姚家丢脸。"

姚汉唐说："洋务运动带来的新变化，你也要时刻关注。有啥大事情决断不了的，可以随时回来告知我，咱们一起商议应对之策。"

姚国庆明白父亲是在担心自己能否独自挑起姚家商业继续发展的重担，也想考验自己的能力。他说："儿子虽然比不上马合盛、周莹那么有才华和智慧，但也绝对不会输给其他人。"

三年之后，姚汉唐见姚国庆把商号打理得井井有条，并且保持住泾阳帮茶商姚家、吴家、马家三足鼎立的局面,安心地退出了商界,在社树堡颐养天年,含饴弄孙了。

有人叹曰:一生操劳屡建功,世道变幻计亦穷。

天道衰微商难做,良苦用心一场空。

第二十三章

屡丧权国运衰败　众陕商捐资纾困

姚国庆正式执掌惠谦堂之后，按照父亲的叮嘱，时刻关注着周莹和马合盛的举动。在相对和平的岁月里，他清楚马合盛在蒙古、新疆、甘肃、青海的举动，也知道马合盛把分号开到了张家口和北京。对有姻亲关系的周莹，姚国庆很佩服这个女中豪杰，她把式义堂的生意做得风生水起，尤其对她多年前改革陕商传统的"银六人四"做法着实钦佩。

姚国庆还没有当几年安稳东家，光绪二十年（1894）七月爆发了中日甲午战争，这场战争以北洋水师全军覆没而告终。李鸿章代表清政府与日本签订丧权辱国的《马关条约》，将辽东半岛、台湾岛及所有附属各岛屿（包括钓鱼岛）、澎湖列岛割让给日本；中国赔偿日本军费白银两亿两（后追加三千万两赎回辽东半岛）；开放沙市、重庆、苏州、杭州四地为通商口岸。消息传回国内后，引起一片哗然。

甲午战争惨败带给全国民众最直接的灾难，就是清政府向百姓摊派战争赔款。

甲午战争时候的泾阳，仍然是西北贸易中心，当地依然流传着"天下县，泾三原""宁要泾阳县，不要西安府"的俗语。这些俗语其实反映了当时的陕西政治中心在西安，经济中心在泾阳、三原。

对于朝廷向商贾摊派银两，各级官府执行力度不一样，富商大户的表现也有差别。泾阳县王知县看到西安府把泾阳作为全省富裕县，摊派的银两远远高出附近的其他各县，他不敢抗争，就让胡县丞带着人挨个到富商大户中催款，自己则躲在县衙静观事态发展。

姚国庆这几年亲历了泾阳县城各大商号的变化，尤其是三水唐家天成铭破产、渭南姜家大德昌受陕西官钱局一案[1]打击之后，心里对朝廷屡次摊派战争赔款愈发厌恶，对商家后人贪图享乐、投机取巧导致家产尽丧痛心疾首。说实在的，随着自己掌控惠谦堂经营决策大权之后，受五口通商的影响，惠谦堂的生意日渐萎缩，早就今非昔比。镇番马合盛的马合盛茶号、安吴堡周莹的裕兴重茶号早就超越了惠谦堂，经济实力也远在惠谦堂之上。对于朝廷摊派的战争赔款，自己无力抗拒，一时没有好办法应对，就想到了找恩师刘古愚讨要良方。

这天后半晌，趁着天气凉爽，姚国庆提着几样礼物专门到泾干书院拜访恩师。走进泾干书院山门，顺着中间的通道往里走，过了二道门就是刘古愚的住处。此刻，刘古愚正坐在房门口大树下的石桌旁看书，听到脚步声抬头一看，姚国庆手提着几样东西已到自己跟前。

---

[1] 陕西官钱局案件：参阅黄天顺著《大引茶商》，陕西新华出版传媒集团陕西人民出版社 2019 年 7 月第 1 版第十三章相关内容。

刘古愚放下书，指着石桌旁的石圆凳示意请坐下，说："国庆啊，好长时间没见到你了，最近可好？"

姚国庆把礼物放在石桌上，刚坐下就叹气说："唉！这次甲午战争失败，朝廷将对洋人开放沙市、重庆、苏州、杭州四个口岸，商家的日子就更艰难了。最近朝廷又向全国富商大户摊派战争赔款，弄得人苦不堪言啊！"

刘古愚看到姚国庆满脸愁容，就猜到了他的来意，愤然说："李鸿章签订的《马关条约》可谓丧权辱国至极！两亿三千万两白银，摊到每个国人身上，平均每人半两多，简直是奇耻大辱！朝廷无能，国人遭殃，这种局面再不改变，中国就有亡国灭种的危险。"

未等姚国庆接话，碰巧马合盛也提着礼物而至，刚好听到刘古愚说的这些话。

马合盛接过话题说："最近县衙派胡县丞挨个到各商号变着花样名目催要款项，昨天是县衙的，今天是府衙的，弄不好明天就是巡抚衙门的。商家们不敢违抗，疲于应付，也不知道何时是个头！"

刘古愚说："朝廷摊派战争赔款之事，自鸦片战争以来就已形成惯例，富商大户虽有怨言，但无人敢跟朝廷作对，抗捐不交。你们打算咋办？"

马合盛说："刘先生此前曾经说过，国家国家，先有国，后有家。朝廷屡次丧权辱国，国将不国了，家何以堪？我此番前来就是想请教刘先生，看有没有了断此事的好办法。"

姚国庆附和道："我也是苦无良策应对，来请恩师指点迷津的。"

刘古愚看了二人一眼，叹了一口气说："儒家有天道、地道、人道之说。现在天道不彰，朝廷腐败羸弱，把对外战争失败的恶果转嫁到百姓身上，弄得百姓苦不堪言，怨声载道，这在历朝历代都罕见。天道几乎不存在了，仅靠地道、人道也难有作为。关中人深受北宋张载创立的关学影响，又受到出忠入孝的家族文化熏陶，使关中人多具有家国情怀，为官则不忘初心，秉性耿直，仗义执言，多为清官廉吏；经商则诚信经营，不畏艰险，守望相助，多为义商大贾；务农则不误农时，不惜体力，精耕细作，大多衣食无忧。关学不但塑造了关中人的观念，而且也改变了社会风气。在商界，外人都认为陕商每遇天灾人祸都能以商事国，就连你们这些商家也以此为自豪。依我看，一个经商之人，经常被三天两头地催款打扰，哪有心思做生意？对于没完没了的催款，我建议你们长痛不如短痛，想办法一下子捐出一大笔款项，赶快了断此事。要不然，生意还咋做？"

姚国庆一听恩师这样说，心情一下子沉重起来。惠谦堂近年来的生意日渐萎缩，虽说仍然排在泾阳县城各大商号前列，但经济实力已今不如昔，恩师提出的办法让他一下子犯了难，不知道该如何回答。

马合盛看到姚国庆面有难色，低着头不吭声，就问道："依先生之见，捐多少合适？"

刘古愚知道马合盛的实力，说："朝廷虽然无能，令人痛心，甚至怨恨，但我们毕竟不能没有这个国，否则就会变成亡国奴。马家祖上曾经在鸦片战争、左公西征时义捐白银十万两，我看这次义捐马家就以十万两为上限。国庆近些年进账有限，支出颇多，自己掂量着来。"

姚国庆明白这是恩师在为自己开脱。五口通商之后，西部茶叶贸易受到很大影响，惠谦堂不但要独立承担泾干书院的所有费用，还要维持社树堡几大家族的日常生活，在流动资金方面肯定无法和马合盛相比。如今恩师已经把话说到这个份上，他再不表态，来书院一趟又有什么意义？姚国庆迟疑地说："惠谦堂的流动资金早已捉襟见肘，确实拿不出十万两白银向朝廷义捐！如果少一点儿，我可以考虑。"

听到刘古愚建议自己一下子义捐十万两白银，马合盛暗吃一惊。他不解地问："刘先生，非得要捐十万两白银吗？"

刘古愚说:"义捐少了,无法引起重视,各级官府还会照样找你摊派。像你祖上一样,一次义捐十万两,就会引起朝廷震动,博得皇上嘉奖。这样一来,没人敢再找你的麻烦了。"

马合盛觉得刘古愚的分析很有道理。他说:"多谢刘先生指点。但我一个经商之人,如何才能把义捐的白银交给官府并让皇上知道呢?"

刘古愚说:"如果你真的义捐十万两白银,我给你想办法,让你直接捐给户部,避免让各级官府克扣。"

马合盛追问道:"刘先生在户部有关系?"

刘古愚笑着说:"我认识几个人,他们有关系。我可以把你的义举写信告知他们,请他们帮忙。"

马合盛追问道:"他们都是哪些人呢?"

刘古愚一听这话,知道马合盛有些不放心。一下子捐十万两白银可不是小数目,不放心也在情理之中。刘古愚说:"我认识光绪皇帝的掌印御史宋伯鲁[①]、刑部侍郎赵舒翘[②]。这两个人都是陕西乡党,为人耿直、廉洁自律、办事干练,深受朝廷重视。让他们帮忙办理你义捐的事,尽可以放心。"

姚国庆以前听恩师谈论过这两人,现在又看到恩师放弃了从不求人的规矩,帮马合盛直接向户部义捐,心里犹感难过。他说:"马东家,恩师确实认识宋伯鲁、赵舒翘两位大人,而且与他们的关系不一般。如果这两位大人帮忙,你义捐的银两肯定会直接交给户部。"

[①] 宋伯鲁(1854—1932),字子钝,号芝田,陕西礼泉人。清光绪十一年(1885)中举,翌年中进士,曾任都察院山东道监察御史、掌印御史。支持康梁变法,是康梁维新运动骨干之一。戊戌变法失败后被贬。民国时期,关心地方事务,留下了许多佳话。

[②] 赵舒翘(1847—1901),字展如,清末大臣,陕西长安(今西安市)人。同治十二年(1873)中举,翌年中进士,授刑部主事。此后十年间,先后在刑部任牢厅主事、直隶司主事等职,官至刑部尚书。光绪二十五年(1899)升任总理各国事务衙门大臣、军机大臣兼管顺天府府尹。1901年,被慈禧"赐令自尽"。

马合盛满是歉意地说:"刘先生,恕我眼拙。还真没看出来,您才是神通广大之人啊,连皇上的掌印御史都认识。"

刘古愚摇摇头,笑道:"宋伯鲁是礼泉人,当年我们同年中举,他后来中了进士,出任过山东乡试副考官,任过都察院山东道监察御史,现任皇上的掌印御史。如果派人去找他说你义捐之事,他定会在皇上面前为你美言。皇上一高兴,说不定还会赏你个顶戴花翎。"

马合盛苦笑着说:"为国出力,既是朝廷的摊派,也是商民的义务,倒是没想得到皇帝的赏赐。当然,能赏赐最好,就当义捐十万两白银听到了响声。"

刘古愚叮嘱说:"你准备好银票,我给宋伯鲁写封书信,把你的义举陈述清楚。"

马合盛长舒一口气,说:"那就麻烦刘先生了,我这就回去准备银票,希望刘先生的妙策,能了却我的烦恼。"

刘古愚朝马合盛竖起大拇指,赞道:"马东家有陕商的忠义之气,了不起!"说话间,他瞥见姚国庆神情有些落寞,又接着说:"国庆,马东家带头义捐之后,泾阳各大商号肯定会响应,尤其是安吴堡周莹。我看这样,你就和马东家一起组织泾阳各大商号义捐,先完成西安府摊派给泾阳县的任务。至于马东家会得到朝廷啥赏赐,就要看造化了。"

姚国庆说:"如今惠谦堂的经济实力已无法和马东家相比了。马东家能一次义捐十万两白银,实在令我汗颜。说实话,我只能义捐两万两,再多的话,就会影响商号正常周转了。"

马合盛宽慰他说:"两万两也早就超出了官府的摊派。惠谦堂这些年一直独家支撑着泾干书院的费用,又要维持一个大家族的日常生活,各种开销肯定不少。我一次性义捐,咋能和你常年流水似的花钱相比。说起来我还真钦佩姚东家哩。"

姚国庆苦笑了一声，对马合盛说："对于朝廷这次摊派，我估计我表嫂周莹会派人和你商量的。"

马合盛喜道："如果周莹能一同义捐，朝廷定会对陕商刮目相看。"

刘古愚说："如果周莹和马东家一起义捐，就能帮助解决普通百姓的难处。至于能否得到朝廷的赏赐，我认为并不重要，你们就权当是积德行善吧。积德虽无人见，行善自有天知。"

马合盛点头称是，说："我等刘先生写好书信，就派人进京，最好尽快了结此事。"

在马合盛把捐款基本上凑齐之际，已接替马瑞民任掌柜的刘福生找到正在二堂忙碌的马合盛说："东家，安吴堡总管骆荣登门求见。"

马合盛听到骆荣来访，料想是周莹委派他来和自己商议义捐之事的。他说："赶紧请骆总管进来，看他有啥要事。"

时间不长，刘福生领着骆荣来到了二堂客厅。马合盛笑着相迎说："快请坐。骆总管大驾光临，真是蓬荜生辉呀！好久不见，您老身体可好？"

骆荣落座后说："骆某上年纪了，和马东家无法相比。此次前来，是受我家夫人之托与你商量一件事。"

马合盛虽然猜到了骆荣的来意，却故意岔开话题说："骆总管，你可以告知你家夫人，咱们两家多年来合作共赢，我马家驼队多年来从未给安吴堡涨过运费。今年还是按照老规矩，不知道骆总管是否满意？"

骆荣一听这话，就知道马合盛误会了他的真实来意。不过能顺便把运费之事确定下来，也是好事一桩。

骆荣说："还是马东家仗义。不过老朽此次前来，并非为运费之事，而是有大事要和马东家商量。"

马合盛等着骆荣的下文，却见他停顿下来，没有继续往下说。马合盛明白了，骆荣见刘福生在当场，恐怕有些不方便。于是说："刘掌柜不是外人，骆总管有话请直言。"

骆荣不好意思地说："我知道刘掌柜不是外人。马东家近来是否经常受到官府催缴银两的骚扰？"

马合盛点点头说："眢乱至极。难道吴家没有受到官府的骚扰？"

骆荣说："像吴家、马家这样的富商大户，肯定是官府关照的主要对象。我家夫人也是不厌其烦，就派我到贵号来和您商量办法。"

马合盛问："你们东家可有良策？"

骆荣说："我家夫人思前想后，觉得长痛不如短痛，准备一次性义捐白银十万两给户部，了结这没完没了的巨烦。不知道马东家能否响应？"

周莹的想法竟然同刘古愚与自己所谈的不谋而合，马合盛暗暗称奇，心想这个在生意场上叱咤风云的俏寡妇，果然不同凡响，远远超过了许多男子。马合盛料想这是骆荣在试探自己的底线，也不愿意过早暴露自己的真实意图，他笑着说："你家夫人胆识不凡，让马某钦佩。吴家家大业大，周莹出手阔绰，岂是我等小商人效仿的对象？"

骆荣没想到马合盛是这种态度，他问："那么马东家准备如何应对当今这局面？"

马合盛故意面露难色，说："我准备细水长流，慢慢应付。朝廷吃了败仗，巨额赔付银两，造成国库空虚，却把灾难转嫁到老百姓头上，我还有些没想通哩。"

骆荣不知就里，语重心长地说："任何社会动荡、政权更迭，受害最重的都是社会底层的劳苦大众，商家也是其中的一分子。咱们陕西商人大都深受关学的熏陶，基本上都能'以商事国'，博取善名。但要想活得有尊严，就只有进入仕途，这样才能受人尊敬。"

马合盛继续装作茫然不知，说："骆总管说了这么多云里雾里的话，是盐里有我，还是醋里有我？对我等无权无势的商人来说，不知道骆总管这一番话有何用意？"

骆荣放下茶杯，说："人常说，有权有势，你见过谁说过有财有势？现在这世道，即使你再有钱，人家有权，就可以让你在一夜之间变得人财两尽，生不如死。所以，有钱的人都想办法捐官，哪怕是虚职，好歹也算有了名分，脱离商人低下的社会地位，进入官场。如果捐得多了，机缘巧合，获得实职，就有了权，有了势。有权有势的人，有几个发愁没有取财之道？如今朝廷为了应对战争造成的国库空虚，已经开始卖官鬻爵了。这也给有钱无权之人提供了晋身之路，您不妨想一下可否花钱买官？"

马合盛终于听明白了，骆荣绕了一个大圈子，原来不只是义捐，还有煽动自己买官之意。正想着该用啥话回应时，就听刘福生问："骆总管，你家东家义捐十万两白银，是想买个啥官当当？"

骆荣面色一沉，生气地说："当朝还没有女人当官的。吴家因官府摊派数额巨大，普通百姓难以承受，就想通过联合义捐，减轻百姓经济负担，绝非是为了买官张扬！"

刘福生知道骆荣说的是实话，他故意说："当朝慈禧太后不是掌控实权，当着一个天下最大的官吗？"

骆荣听刘福生之言胡搅蛮缠，有讥讽之意，他阴沉着脸说："慈禧乃是当朝皇太后，有啥人能比？我今天来就是想听听马东家的真实想法。如果马东家想安于现状，让人钝刀子割肉，老朽就告辞了。"气冲冲说完话，真的站起身来。

马合盛见时机已到，急忙将骆荣按在椅子上，他笑着说："骆总管稍安毋躁，毕竟十万两白银不是个小数字。您得容我考虑一下嘛。"

骆荣说："十万两白银的确不是个小数字，但你马家祖上不是在鸦片战争和左宗棠征西收复新疆时都义捐过十万两吗？轮到你马合盛，认尿啦?"

看到骆荣真的生气了,马合盛赔着笑脸说:"骆总管,千万别生气,有话好好说。俗话说,人活一口气,佛争一炷香。不就是十万两白银嘛,我马合盛再小气也不会在这事上认尿。您刚才把老马家的老底都抖搂出来了,我再不答应,今后有啥面目在生意场上混?好啦,现在我就明白告诉您,我也准备义捐十万两,您看咋样?"

骆荣看着马合盛一脸怪笑,知道上了他的当,悻悻地说:"你小子现在财大气粗,竟敢耍弄老朽了?"

马合盛忙解释道:"您总得让我知道你家夫人的真实想法吧?官府摊派,民不敢抗争,这已经成了不争的事实。我同意长痛不如短痛,但官府腐败,贪官污吏横行,谁敢保证义捐的银子能交到国库里?您刚才说,要把义捐的银子交到户部,不知道有啥办法可以帮助咱们实现这个愿望?"

骆荣说:"我们商量了一下,可以找礼泉的宋伯鲁。他现任皇上的掌印御史,可以帮咱们实现这个愿望。"

马合盛想进一步探他的口风,就问:"谁认识宋伯鲁?又咋能肯定他愿意帮这个忙?"

骆荣说:"我家老爷在世时,经常在京城走动,留下了一些人脉关系。我们想通过陕西在朝为官者接近宋伯鲁,托他办此事,应该问题不大。"

话说到这个份上了,马合盛就把自己和刘古愚商量好的事和盘托出。骆荣高兴地说:"如果有刘先生鼎力相助,可保万无一失。我说,马东家啊,还是你办法稠,点子多,老朽领教了。"

马合盛笑着说:"我是在焦头烂额之际,求教刘先生,才得到这一良策。凭我这脑袋,打死也想不出这样的好主意。对了,为了减轻普通百姓经济压力,我已经和姚东家商议了,在泾阳茶叶商会倡导义捐之事,动员茶商们主动捐款,您看如何?"

骆荣点头说："这个办法好。如果茶商们愿意义捐，估计摊派到泾阳的赔款就能完成，王县令就该请你吃饭喝酒了。"

马合盛说："官家的饭还是不吃为好。"

骆荣说："那就这么办。我回去告诉我家夫人，咱们两家直接把银票送到京城，其他商户义捐的银两送到泾阳县衙，你看如何？"

马合盛说："一言为定。我这就去找刘先生讨要书信。"

县城的茶商们一听说马合盛、姚国庆倡议捐款，没人愿意整天被官府骚扰，都积极响应。几天下来，义捐银两就超过了西安府下达给泾阳的数量，尤其是姚国庆义捐两万两白银拔得头筹，引起不小轰动。

义捐结束后，姚国庆找到马合盛问："马东家，我知道你给我面子，让我风光了一回。姚某在此多谢了。你们向户部捐款的事进行得咋样了？"

马合盛说："安吴堡周莹派总管骆荣到县城和我商议，她准备义捐十万两。此事确定之后，我到刘先生那里拿到了他写给宋伯鲁的书信，安吴堡派王健，我派刘福生一起带着银票去京城了，估计一个月之后才能得到准确消息。"

姚国庆钦佩地说："还是你们两家实力雄厚，令人羡慕啊！"

马合盛笑着说："这是向朝廷捐款，又不是经商发了大财，没啥羡慕的。"

一个多月之后的一天下午，姚国庆因为茶叶运输的事来找马合盛，闲聊中，姚国庆关心地问："马东家，刘掌柜和安吴堡王健去京城一个多月了，也该回来了吧？"

马合盛最近正在为他们去京城没有音信担忧，听了姚国庆的问话，他摇头说："按道理应该回来了，估计就这几天吧。"

话音刚落地，堂弟马合利急匆匆跑进客厅说："哥，刘掌柜回来了。"

马合盛腾地站起身来，忙说："快，快让刘掌柜到客厅来！"

不一会儿就传来一阵脚步声，刘福生跟在马合利身后进了客厅。刘福生见到马合盛，歉意地说："东家，劳您担心啦。皇上敕封东家为四品资政大夫了。"

姚国庆闻言，心里很是羡慕，拱手道："恭喜马东家。"

马合盛高兴的神色溢于言表，口中却说道："拿钱捐了个虚名，没啥可恭喜的。"转头问道："对了，皇上敕封周莹什么官？"

刘福生说："皇上敕封周莹为二品诰命夫人。"

马合利首先不乐意了。他问："刘掌柜，我哥和周莹都义捐十万两白银，为啥我哥被敕封为四品资政大夫，周莹却被敕封为二品诰命夫人？"

刘福生说："当初在京城听到宋伯鲁宋大人的管家赵良给我和王健通报这个消息，我也和马掌柜一样有疑惑，后来听赵良解释了一番，我觉得有道理，就没敢再计较。"

刘福生随后就说了在京城的事情：他和王健带着银票和刘古愚写的书信到京城后去找宋伯鲁，两天后的晚上，宋伯鲁让管家赵良到马家商号告诉了他们皇上的敕封情况，当时他就不理解为啥义捐银两一样多，敕封的官阶却高低有别。赵良对他们说，当天早朝之后，宋大人正准备把刘古愚先生的书信和他们义捐的银票面呈皇上，谁知道皇上直接到慈禧老佛爷后宫里去了。宋大人情急之下就追到了后宫，老佛爷本来对宋大人支持康梁维新运动不满，但碍于皇上对他非常器重，也有些无可奈何。后来看到宋大人手里拿着东西到后宫来面见皇上，就有点不高兴。于是老佛爷问宋御史有何要紧事情急着要办，宋大人没办法，就将实情告知了老佛爷。老佛爷接过书信一看，高兴地说，大清能有如此关心国家大事的子民，乃是国家的洪福。光绪皇帝更高兴，就想对周莹、马合盛进行赏赐。但在如何赏赐这件小事上，老佛爷和皇上发生了分歧。按道光以来捐官的惯例，十万两白银可以捐个四品官职，皇上就说御赐周莹和马合盛都为四品资政大夫，但老佛爷说周莹一介女流，又是寡妇，实在不容易，就要求皇上御赐周莹为二品诰命夫人。

刘福生最后说："当时赵良就对我说，刘掌柜你别眼红，要是你们东家也是寡妇，宋大人肯定会当场力争。你们都知道，老佛爷也是一个寡妇，寡妇偏向寡妇，自有她的道理，诰封这事连皇上都无法反驳，更遑论宋大人了。"

马合盛听了刘福生一番陈述，笑着说："都是虚名，再计较就没意思了。只要皇上和老佛爷知道咱们陕商没忘朝廷就行了。"

刘福生说："据赵良说，朝廷已命陕西巡抚衙门派人到泾阳来嘉奖东家和周莹，东家提前做好准备吧。"

马合盛豪气地笑着说："不就是一块匾额嘛，还要提前做好准备，这也太夸张了吧。"

姚国庆劝道："这可是本朝以来破天荒的第一次，请马东家还是准备迎接朝廷敕封的匾额吧。"

半个月后，西安知府带着一帮随从来到泾阳县衙，让王县令告知周莹、马合盛准备迎接光绪皇帝御赐封号。此消息一时间传遍了关中大地，成为坊间长时间的谈资。

时光荏苒，岁月如梭，转眼间就到了光绪二十六年（1900）。该年六月，马合盛在张家口的分号掌柜王三槐让伙计送信给马合盛，说五月下旬直隶中部的涿州府被义和团占领，大量山东拳民涌入直隶，在天津至涿州、保定都有拳民起坛请神、烧教堂、杀洋人、杀清军，并到处毁坏铁路及电线杆等洋物，局势已失去控制。

不久，北京分号马合祥也派人送回急件，说义和团已进入北京内城，六月十六日前门一带约千家商铺因老德记西药房发生大火而被烧成废墟，正阳门楼、北京二十四家铸银厂也遭烧毁。让他担忧的是，京城中义和团、京师禁军掳掠洗劫商户平民，公开拍卖赃物，就连礼部尚书孙家鼐、大学士徐桐的家都被抢掠了，八十岁的徐桐还被拳民拖到大街上批斗、羞辱。马合祥在信中请示东家北京分号下一步何去何从？

马合盛接连收到张家口、北京城寄来的告急信件，心里很为两个分号人员及财产安全担忧，他不知道这种局面还会延续多久。忙连夜写好信函，交代王三槐、马合祥将现银运送回泾阳，如遇到拳民打砸商号，以保全性命要紧，不必吝惜商号的资产。等商队保镖高海峰、董二虎分头出发后，马合盛才略微宽心。

时局的变化出乎他的意料。该年六月二十一日，清政府以光绪皇帝的名义向英、美、法、德、日、俄等六国同时宣战，结果到了八月十六日晚，八国联军（日、俄、英、美、法、奥、意、德）基本占领北京全城。慈禧、光绪及皇室成员在日落时分仓皇逃离北京，先奔太原，后又逃亡西安，史称庚子国变①或帝后西狩。

慈禧太后和光绪皇帝西狩西安的消息不胫而走，马合盛也从各地分号传回来的信息和西安府、泾阳县等地方官员口中得到了证实。朝廷大员齐聚西安，陕商怕是又要为朝廷承担粮饷了。

---

① 庚子国变：清朝末期，由于列强欺凌过甚，激起中国百姓普遍的愤恨，造成义和团的兴起，以"扶清灭洋"为号召，拔电杆、毁铁路、烧教堂、杀洋人和教民。清政府听信义和团能够刀枪不入，杀光洋人，便于光绪二十六年（1900）五月二十五日对十一国宣战。为扑灭义和团的反帝斗争，扩大对中国的侵略，英、美、法、俄、德、日、意、奥八国组成的侵略联军，于1900年6月，由英国海军中将西摩尔率领，从天津租界出发，向北京进犯。最后导致中国陷入空前灾难，险遭瓜分。1900年是中国农历庚子年，这场动荡也被中国人称为"庚子国变""庚子国难"。

就在马合盛为此事惴惴不安之际，姚国庆找上门来了。马合盛热情招呼姚国庆坐下喝茶，说："姚东家，慈禧皇太后和皇上西狩西安城，据说是受了蛊惑。我听人说，大太监李莲英就曾对慈禧皇太后说，关中有四险之固，沃野千里，渭北一带富商遍地。慈禧皇太后听信了他的话，也知道西安城是汉唐国都，长安之地，又有大批富商，就奔西安来了。这些朝廷大员到了陕西，吃喝都是问题。赊旗会馆传来消息说，湖广总督张之洞正在湖北征集粮草，准备通过丹江运往西安救急。不知道姚东家如何看？"

姚国庆叹息着说："皇太后和皇上政见不合，弄得国家屡遭劫难，实在是令人痛心疾首啊！以前遇到难题无法应对时，还能请恩师刘古愚出谋划策。因戊戌变法①失败，恩师被朝廷通缉离开泾阳，泾干书院没有了山长，我也痛失良师益友。说实话，如今的生意场，我就只有你可以推心置腹了。马东家也知道，姚家近年来生意惨淡，勉强维持日常经营和各种开销，我就是有心报国，也无实力了。你刚才说，张之洞大人在湖北征集粮饷，准备运往西安救急，那马家的驼队就可以派上用场了。"

马合盛说："老佛爷带着官兵在西安，粮饷肯定是问题。我想与其以后让官府征调，还不如自己主动作为。因此，我决定抽调马家驼队为朝廷从龙驹寨到西安运粮饷，帮朝廷一把。"

姚国庆问："就这些吗？"

还没等马合盛回答，刘富生领着裕兴重茶号掌柜王福禄进了客厅。马

---

① 戊戌变法：又称百日维新、维新变法、维新运动，是晚清时期以康有为、梁启超为代表的维新派人士通过光绪帝进行倡导学习西方，提倡科学文化，改革政治、教育制度，发展农、工、商业等的资产阶级改良运动。戊戌变法从1898年6月11日开始实施。其主要内容有：改革政府机构，裁撤冗官，任用维新人士；鼓励私人兴办工矿企业；开办新式学堂吸引人才，翻译西方书籍，传播新思想；创办报刊，开放言论；训练新式陆军海军；科举考试废除八股文，取消多余的衙门和无用的官职。但因变法损害到以慈禧太后为首的守旧派的利益，而遭到强烈抵制与反对。1898年9月21日，慈禧太后发动戊戌政变，光绪帝被囚，康有为、梁启超分别逃往法国、日本，谭嗣同等戊戌六君子被杀，历时103天的变法失败。

合盛招呼王福禄坐下，刘富生给王福禄沏茶之后，马合盛笑着问："王掌柜今天急匆匆地到敝号来有何指教啊？"

王福禄看了一眼姚国庆，放下茶杯说："指教谈不上，我有一事相告。马东家和姚东家可能已经知道老佛爷和皇上到了省城，我家夫人已经派义子吴怀先带着几头奶牛先去了西安，随后她带着银票和许多见面礼也跟去了。"

姚国庆吃了一惊，不禁好奇地问道："你家夫人带啥宝贝去觐见老佛爷了？"

王福禄说："据骆管家说我家夫人带着哞珠手串一件、象牙凉席两件、金佛像一尊、景泰蓝香炉一个、楠木卧床一张、楠木小圆瓶八个、金猴一个、景泰蓝食盒一对等物品以及银票已经出发。"

马合盛惊叹地说："你家夫人的动作还真够快的。"

王福禄说："我家夫人是朝廷敕封的二品诰命夫人嘛，应该的。我到贵号来，是想告知马东家，我家夫人带了银票去觐见老佛爷，也希望马东家、姚东家能够积极响应，带动陕商为朝廷纾困，帮助朝廷渡过难关。"

姚国庆说："实不相瞒，我和马东家刚才就在商议此事，没想到你家夫人已经走到了前面。马东家，你还没有回答我刚才的话哩。"

马合盛长叹一声，说："看来渭北的富户又得义捐了。姚东家，除了马家驼队为朝廷运送粮饷外，我还准备了十万两银票，看时机捐给朝廷吧。只要朝廷还在，国家就在，咱们做生意就有希望。姚东家，你准备咋办？"

姚国庆苦笑道："我可不像马东家财大气粗，更不敢和周莹的大手笔相比。至于惠谦堂义捐多少，我还需要和父亲商议一下，尽最大努力。"

马合盛点头赞许道："尽心就好，尽心就好。咱不能让朝廷说咱陕商没良心是吧？"

王福禄见两位东家都打算响应周莹的建议，自己这趟没有白来，心里甚是高兴。他说："有了马东家的仗义支持，姚东家慷慨解囊，朝廷一定能渡过此次难关。至于马东家说的陕商有没有良心，人间自有公论。"

姚国庆有些忿忿不平地说："陕商在朝廷历次摊派中啥时候说过不字？朝廷又给了陕商啥好处？晋商票号与户部来往密切，朝廷又让晋商垄断了与俄罗斯、蒙古的茶叶贸易，这些好处朝廷都有明文规定，或者已成定例。国破了，遭难了，就逃到西安，还让陕商捐资纾困，你说这都是些啥事么？"

马合盛知道姚国庆心有怨气，也有难处，他劝说道："陕商自古以来就有家国一体的传统，朝廷有难了，尽最大能力相帮，也算以商事国。如果国家不存在了，咱们还怎么能做生意？"

姚国庆摆手说："罢了，罢了。马东家，您放心，怨气归怨气，但事情还得照做。"

马合盛说："好，咱们一言为定。等会儿我就去骆驼巷，安排调集驼队的事。"

姚国庆说："听说宋伯鲁大人在戊戌变法失败后被革职，就住在西安桥梓口十字向南不远的土地庙附近，你到西安城之后，可以抽空去拜访他，或许还能通过熟人见到皇上。"

马合盛说："多谢提醒。宋大人和刘古愚先生是故交，在甲午战争失败后的义捐活动中帮过我，应该去拜访，顺便讨教一些宫廷礼仪。咱们虽是一介商人，但不能让人瞧不起。"

姚国庆离开马合盛商号之后，一路考虑着如何向父亲汇报马合盛、周莹倡议的义捐之事，同时也为姚家该捐多少感到头痛。

回到惠谦堂总号之后，姚国庆没敢多停留，带着掌柜王长安就回到了社树堡。

刚进家门，就碰到了正准备外出的新任管家邢吉臣。姚国庆问："邢管家，我父亲在家吗？"

邢吉臣急忙回应说："老东家近日身体欠安，正在休息，我正寻思是否该派人到县城去告知东家哩。既然您回来了，就去看看老东家吧。"

姚国庆听说父亲生病了，心里暗吃一惊。三步并作两步匆匆赶往卧室。只见姚汉唐躺在炕上，正闭目养神。

姚国庆走到父亲身旁，轻声问道："父亲，感觉咋样？"

姚汉唐起先听到脚步声，以为是管家邢吉臣进了房间，就没有睁开眼睛，直到听到姚国庆的问候声，这才缓缓睁开眼，吃惊地问："你咋回来了？"

姚国庆顺势坐在炕沿上，说："儿子遇到难题了，回来请教父亲。"

姚汉唐说："我早就把惠谦堂的一切事务都交给你了，有啥事情你自己决断。"

姚国庆有点无奈地说："父亲，朝廷在向西方十一国同时宣战不久，八国联军就攻进北京城，老佛爷和皇上带着朝廷一帮大员到西安避难，对外称帝后西狩。这么多人马到了西安，粮饷就成了头等大事。安吴堡周莹先是派了义子吴怀先带着几头奶牛去了西安，随后又带着吴家珍藏的珠宝和银票到西安觐见老佛爷。马合盛听到这个消息后，准备让马家驼队免费为朝廷运输粮草，自己也带着十万两银票到西安城，想为朝廷纾困，而且他们都倡议陕商为避难到西安的朝廷义捐。姚家商号现在流动资金捉襟见肘，咋能跟吴家、马家相比。儿子拿不定咱们到底该捐多少，就回来想和父亲商议一下。"

姚汉唐吃惊得一下子坐了起来，一阵咳嗽后，看着姚国庆问："你打算捐多少？"

姚国庆说："甲午战争失败后，朝廷向全国富商大户摊派战争赔款,周莹、马合盛二人通过宋伯鲁向户部分别一次性义捐了十万两白银,咱们义捐了两万两白银。后来周莹被朝廷敕封为二品诰命夫人,马合盛被朝廷敕封为四品资政大夫,姚家仅获取了一个义商的虚名。这次义捐,马合盛又准备捐十万两白银,还让马家驼队免费为朝廷运输粮草。周莹除了献给老佛爷大批珍奇古玩,义捐数量肯定也不会少。姚家即使不能和吴家、马家相比,最少也得捐五万两白银吧,否则义捐的白银连响声都听不到。"

管家邢吉臣听东家说要一下子捐五万两白银,吃惊得嘴都合不拢了。在他接替杨德泰任管家以来,姚家各门的日子从来就没有富裕过,甚至有些宗亲为了日常费用和他红脖子涨脸地大吵过。现在听说东家要捐款五万两白银,让他这个管家都不知道该从何处筹措这笔银钱了。邢吉臣不等姚汉唐说话,急忙插话问:"东家,非得捐五万两白银吗?"

姚汉唐心里很清楚姚家当下的窘境,一下子拿出五万两白银,难度确实很大。他语气平缓地说:"姚家惠谦堂总号自'同治之乱'以后,生意日渐萧条,分支机构不断萎缩,经营收入虽有几次看好,但却因屡次战争赔款义捐,家底早就折腾光了,如今只徒有虚名在外。我知道你想和周莹、马合盛赌一口气,也想为姚家争些颜面,但银钱是硬通货,没有足够的财力支撑,仅凭赌气是很难实现的。"

姚国庆仍有些不甘心,说:"父亲难道就愿意让吴家、马家占尽了风头?"

姚汉唐叹了一口气说:"我从你爷爷手中接过惠谦堂总号之后,也没少折腾过。当年在智斗英商、俄商并取得完胜之后,我以为惠谦堂就能恢复元气,重现昔日的荣光,没想到朝廷对外战争接连失败,屡次摊派战争赔款,弄得惠谦堂不但流动资金捉襟见肘,就是几家宗亲的日子也不好过。你如今打算集中惠谦堂所有财力捐五万两白银,就只能使几家宗亲的日子愈发艰难，怨气横生，甚至离心离德，这就是俗话说的财聚人散。"

一直没有说话的掌柜王长安同样对姚家硬撑着捐五万两白银之后的前景充满担忧。他说："捐款是商家自愿，没有人规定必须捐多少。惠谦堂现在周转不灵，日子艰难，我想没有必要屎巴牛①支桌子硬撑吧。"

姚汉唐知道王长安是为了惠谦堂的将来着想，但为了不打击儿子一心想和吴家、马家争个高低的心性，只好冷着脸说："俗话说，要想人前显贵，必须人后受罪。王掌柜所言虽然让人扎心，但话丑理端，无可厚非。想我姚家自踏入生意场之后，从来没有因为向朝廷义捐之事这么头疼过。眼下，国家危难，帝后西狩，粮饷不继，财政艰难，国庆执意要义捐五万两白银，我不反对，这也应了一句俗话叫佛争一炷香，人争一口气。为了姚家的脸面，必须处理好各宗亲的关系，绝对不能因义捐闹纠纷，让旁人看姚家的笑话。"

邢吉臣心中暗自叹气。他心里清楚王长安是惠谦堂的老人，先后在姚德、姚汉唐东家时就连续任大掌柜，有资格也有胆量建言献策。他作为现任管家，更是明白如果按照东家打算的数额义捐之后，堡墙里的姚家宗亲日常费用会大幅度减少，他这个管家必定会成为宗亲发泄不满的对象。听了老东家姚汉唐的一番肺腑之言，虽然对姚家父子充满了钦佩，但他依然忧虑地说："老东家刚才说财聚人散，其实还有一句叫财散人聚。惠谦堂如果硬撑着要义捐五万两白银，既不能财聚人散，也不能财散人聚，恐怕两边都落不了好。"

姚汉唐苦笑着说："邢管家说得没错。商家的命运和国家的命运是紧密相连的，国家强盛商家兴，国家羸弱商家衰。姚家宗亲从我父亲那一代开始，大多贪图享受，喜欢奢华，缺少了不畏艰险、勇闯天涯的血性，落

---

① 屎巴牛：关中方言，指屎壳郎。

了个生意逐渐萎缩的结局。但姚家商业的兴起是趁朝廷政策应运而生的，再咋艰难，都不能忘本。"

姚国庆虽说得到了父亲的支持，但心里还是沉甸甸的。自责道："佛教《三世因果歌》云：'欲知前世因、今生受者是；欲知来世果，今生作者是'。都是孩儿无能，才把惠谦堂弄到了如此地步。"

姚汉唐说："我这一辈子虽说也接触过许多大人物，见惯了商海沉浮、人生跌宕，但始终还是想把祖上留下的产业发扬光大。无奈天道不可逆，人道不可违，最终给你留下了一个烂摊子。最近身体欠安，倒让我对《红楼梦》中《好了歌》有了深刻理解。邢管家，你也是个读书人，记得《好了歌》吗？"

邢吉臣听老东家突然问起了《好了歌》，就猜到老东家是对朝廷心怀不满，对时局感到愤懑，只是不好当着他们的面明说而已。他回应说："《好了歌》是《红楼梦》中的经典诗词，我还依稀记得。既然老东家问起来了，我就给大家吟诵一下：'世人都晓神仙好，惟有功名忘不了！古今将相在何方？荒冢一堆草没了！世人都晓神仙好，只有金银忘不了！终朝只恨聚无多，及到多时眼闭了。世人都晓神仙好，只有娇妻忘不了！君生日日说恩情，君死又随人去了。世人都晓神仙好，只有儿孙忘不了！痴心父母古来多，孝顺儿孙谁见了？'老东家，不知道我吟诵的可否有遗漏？"

姚汉唐点头说："没错，是这样的。国庆，你和王掌柜、邢管家清点一下姚家的家底，凑够五万两白银随时准备义捐。办完义捐之事后，把惠谦堂产业划分到堡墙内各宗亲名下，让他们各自打理自己的生活。大厦将倾，朽木难支啊！"

等姚国庆七拼八凑地凑够五万两银票后，从省城西安就传来了消息，老佛爷认周莹作千女（满族称呼，相当于汉族的干女儿），御封马合盛为"大引茶商"。光绪皇帝随后敕封周莹为"一品护国夫人"，敕封吴怀先为坐家道①，敕封马合盛为四品资政大夫。姚国庆听了这些，在为周莹、马合盛感到高兴的同时，心里不禁酸溜溜的。他把自己义捐的五万两银票通过关系递交给陕西巡抚衙门，获得了四品资政大夫的虚衔。

朝廷嘉奖周莹、马合盛、姚国庆之后，关中渭北一带富商大户群起效仿，积极向朝廷义捐，有十多位义捐五万两白银以上的富商被光绪皇帝敕封为四品、五品资政大夫，带动了全国富商义捐，缓解了朝廷西狩的经济危机。老佛爷慈禧一高兴，命令各县署把富商们的义举记入县志，以示嘉奖。尤其是慈禧对周莹说"还是陕商和朝廷是一心"，赞赏马合盛说"你不愧是大引茶商啊"两句话，续写了陕商的传奇，留下了一段被人称颂的佳话②。

后人赞曰：秦腔妙乐奏升平，陕商纾困保朝廷。

不是曲终人散去，青史永留义商名。

---

① 坐家道：即坐在家里当道台，属于虚职，只领俸禄，没有实职。
② 周莹、马合盛获朝廷敕封详情参见黄天顺著《大引茶商》，陕西人民出版社2019年版，第十四章《庚子年帝后西狩 众陕商捐资救难》。

社树姚家

下部

纾国难

自商鞅变法以来，陕西商人就形成了『以商事国』『家国一体』的家国意识，自觉地将经商行为与国家兴亡合而为一，以实现民族兴旺和富国强兵为商业经营的出发点和归宿，这是十三朝文明古都培育的『国都意识』和『首善理念』在经商领域的展现，也是陕西人作为华夏文化『守墓人』的责任自觉。儒商姚文青捐粮捐款，资助学校，帮助孤贫，襄助建国，为抗美援朝战争捐献飞机，很好地诠释了陕商『体夫子（关公）之心，以事君则忠君也，以事孝则孝子也，以敬先则孝悌也，以交友则良朋也，忠心忠行，行心笃敬』为现代陕商树立了典范。

第二十四章

仁在堂浴火涅槃　姚文青历尽苦难

诗曰：磊砢郁凌云，奔流迴天障。自昔矜险绝，何年蹴龙象。腹背负巉岩，逆面洶涛向。哲匠偶运斤，画刻巨灵状。慧眼俯城郭，白足踢骇浪。悠悠千载寂，沈沈不流宕。惟唐释海通，镌此严巨防。往古事冥漠，牢落谁考量。我本江海客，感此气弥壮。安得踞昆卢，长歌志一放。①

经历过甲午战争、庚子国难之后，陕西的商业像全国其他地方一样，大多数处于凋敝状态。驻在社树堡外面的仁在堂就像一个病入膏肓的病人，挣扎在死亡的边缘。由姚家第二十代姚煦、姚蒸兄弟俩掌管的仁在堂现在

---

① 姚文青遗著，姚青郎、李春凤编《一代儒商姚文青诗文集》上编，三秦出版社2016年版，第3页。

就面临着一场灭顶之灾。

几年前，姚煦、姚蒸两兄弟为了躲避四川战乱，举家迁回社树堡，居住在堡墙外原有的旧址上。在他们返回陕西时，委托总号大掌柜、二掌柜、三掌柜三人共同经营仁在堂在川藏的贸易，谁料不到三年时间，三个掌柜接连病故，客死他乡，仁在堂总号遇到了前所未有的人才危机。

姚煦在大掌柜病故后，连续两年都接到继任掌柜病故的噩耗，心如油煎，急切之间却找不到合适的继任者，免不了长吁短叹。

姚蒸自然清楚姚家面临的困境。仁在堂自姚家第十二代先祖姚昂干分设以来，就由仁在堂第一位先祖姚宏春经营管理，传到姚煦、姚蒸这一代，已经是第十代了。四川境内近些年兵祸横行，生意难做，仁在堂早就失去了昔日的光彩，苟延残喘，维系着一线生机。连续三个掌柜病故，对姚家兄弟来说，不啻当头三棒，敲得他们晕头转向，不知该如何应对。

姚煦和姚蒸枯坐在客厅，心情沉重，好长时间都无话可说，屋子里的气氛像是凝固了，突地一阵脚步声传来，姚煦抬头一看，见是姚家已退休的总管高五爷，仿佛一下子看到了救星。高五爷长得身躯魁梧，胡须花白，声若洪钟，和姚煦、姚蒸是结义的异姓兄弟，虽说只是姚家总管，但在姚家威望很高。

高五爷跨进客厅，见姚煦、姚蒸一脸苦相，垂头丧气，就问道："出啥大事了，把你们兄弟愁成了这般模样？"

姚煦把三个掌柜接连病故之事如实相告，并恳求说："从目前情况看，雅州仁在堂总号掌柜非五爷莫属，还望看在多年交情的分上，麻烦五爷到雅州再辛苦几年。"

高五爷深知雅州仁在堂总号的困境，但自己已经年近花甲，担心心有余而力不足。他头摇得跟拨浪鼓似的说："老喽，恐怕难当此大任。"

姚蒸也认定高五爷是眼下仁在堂大掌柜最合适的人选，但仅靠以前建立的关系肯定无法说动他到雅州赴任。他故意说道:"五爷该不会听说仁在堂三个掌柜接连病故,心存忌讳,有了戒心吧?"

高五爷笑着说:"我怕啥呀!都一把年纪的人了,啥事没经过。如果你们兄弟执意要我去掌管雅州仁在堂总号,咱们必须把丑话说到前头,也像古人一样,来个约法三章。"

姚煦见姚蒸的激将法起了作用,爽快地说:"只要五爷同意去雅州仁在堂总号,别说约法三章了,就是再多要求,我们兄弟都尽可能满足。"

高五爷郑重地说:"雅州距离泾阳路途遥远,往来传递消息多有不便,因此必须得约法三章。第一,要允许我相机处理总号一切事务,东家不得无故干涉;第二要补充仁在堂周转资金,保证商号能启动正常业务;第三无论姚家发生任何变故,未经我同意,东家不得抽取仁在堂分文资金。你们答应这三条,我便到雅州去接管仁在堂总号业务;如不答应,就另请高明。"

姚煦与弟弟对视一眼一点头,说:"姚家正在用人之际,咋能不答应五爷的约法三章?第一条和第三条,我当场就可以答应。第二条还需要我们兄弟把家当清理一下,准备好资金后告知五爷。"

高五爷清楚姚家现在的境况,要想按正常渠道迅速筹集资金是不可能的,唯一的办法,就是把祖上留存的古玩字画和女眷的金银首饰抵押或者变卖。果真如此的话,确实是需要时间。高五爷说:"那咱们就一言为定,你们准备好资金后告知我。要去雅州了,我也要回家准备准备,安抚一下家人。"

送走高五爷后,姚煦和姚蒸又开始熬煎起来。仁在堂虽说还在勉强维持,但多年已经没有给东家送回来银两了。要从别处借钱,似乎也不可能。名声在外的社树堡,其实就是指堡墙里的后街四大堂号,和堡墙外的前街三大堂号几乎没有关系。堡墙修建完成后,高大的堡墙也就把姚家七大堂号人为地分成了两个世界，不但人际关系变生疏了，互相帮衬也没了，尤其是在资金方面。当年姚德主持兴建堡墙时，曾经写信征求过当时仁在堂总号东家姚树樾的意见，姚树樾以仁在堂经营困难、社树村老宅被焚毁没有富余资金修缮为由，拒绝了共同出资修建堡墙的建议，因此造成堡墙里和堡墙外一些误会。经过甲午战争、庚子国难之后，堡墙里的四大堂号因屡次捐款，经营滑坡，早就入不敷出了，现在去向堡墙里四大堂号借钱，几乎不可能。如果再让堡墙里的东家说上几句难听话，他们的颜面何存？

就在姚家兄弟一筹莫展之际，老夫人姚党氏拄着拐杖，颤巍巍地来到客厅。她看到两个儿子愁眉不展、无精打采，大声说："世上哪有过不去的坎？借钱无望，就变卖家当。既然你们兄弟答应了五爷去雅州掌管仁在堂总号，咱们就是砸锅卖铁也要筹集到总号的启动资金。妈老了，也没有多少私房钱，但还有当年嫁到姚家时的陪嫁首饰和几十年积攒下来的零碎银两。如果姚家两房儿媳把首饰和值钱的东西都拿出来典当，估计就能凑够启动资金。"

姚家兄弟见母亲如此深明大义，都觉得羞愧难当。既然母亲都能拿出几十年来积攒的家当，他们的妻子更应该毫无怨言地支持他们的决定。

姚煦说："都是孩儿们无能，拖累母亲大人了。仁在堂现在正处在生死存亡关头，不筹集资金就是一个字死，筹集到资金或许还能起死回生。我们不想让五爷背着仁在堂百十年的招牌回来，希望母亲大人见谅。"

姚党氏微笑道："多大个事情嘛，还能把你们愁成这样。说好了，我这就回屋收拾东西，你们过一个时辰来取。"

姚家兄弟看着母亲的背影，眼泪在眼眶里直打转，心里对母亲又敬又愧。姚党氏能做出如此决定，和她自小受的家教和对仁在堂的关爱息息相关。姚党氏姓党单名一个珍字，是三原县东里堡人，三原党忠烈公远醇七世嫡孙女，娘家也是闻名西北商界的富商大户。党珍自小就聪明伶俐、智慧过人，惹人喜欢。长大后更是知书达理，芳名远扬。按照门当户对的传统观念，党家和姚家不但是生意上的伙伴，两个东家还是知心的朋友。等到了谈婚论嫁的年龄，不用媒人撮合，两个东家就决定结为亲家，以便两家能拧成一股绳，把生意做大。党珍过门后，为姚家生下了两个儿子、一个闺女，现在闺女已经出嫁，两个儿子共同继承了已故丈夫掌管的仁在堂总号。在仁在堂面临危机的关头，党珍义无反顾地支持俩儿子，不想让仁在堂的招牌砸在他们这一代人手里，给姚家的列祖列宗脸上抹黑。

有了姚党氏带头，姚家上下很快就把值钱的东西归拢到一起，凑够了仁在堂总号重新启动的资金。

在送高五爷去雅州时，姚煦把全家老少召集到客厅说：“从现在起，姚家全权委托高五爷决断仁在堂总号一切事务。世道艰难，商业经营更不容易，只要高五爷不把仁在堂总号的招牌背回来就是为姚家立了大功，全家上下不得有任何抱怨。”说完话，向高五爷行礼拜谢。姚党氏知道成败在此一举，躬身也要拜谢。

高五爷虽然接受了姚煦、姚蒸兄弟的拜谢，但看到老夫人也要拜谢自己时，急忙拦住了姚党氏。他说：“姚煦、姚蒸是我的结义兄弟，我临危受命，可以接受他们拜谢。老夫人是我的长辈，侄儿就是再不懂礼数，也不敢接受长辈的拜谢。我即刻启程去雅州，不使仁在堂总号起死回生，我决不回泾阳。”

高五爷走后，姚家兄弟的日子过得就更艰难了。姚党氏年事已高，身体羸弱，为了养家糊口，维持日常生活，由姚煦出面向县城舒聚源钱庄孙掌柜借款二百两白银，约定年底本息一次付清。谁料到就是因为这笔借款，让姚家兄弟再次蒙羞，甚至惊动县令涂少卿亲自断案。

眼看快到约定还钱的时候了，姚家除了能勉强度日之外，根本就没钱还账。无奈之下，姚煦写信向雅州的高五爷求助，两个月后高五爷让伙计捎回来巴掌大一片纸条，上面仅有寥寥两句话：我和伙计死守库房，为你家生意差点把老命都搭上了，你们为债务坐牢有何不可？

姚蒸气愤难当，当场就要发火。还是哥哥姚煦稳重，他猜测高五爷如此回复自己，可能有隐情，就询问了送信回来的伙计。

伙计说："当年八月底，雅州发生了一场莫名其妙的大火，北街整条商业街道成了一片火海，风助火势，火借风势，形势十分危急。总掌柜高五爷见火势蔓延，商号之间各顾各的，无人组织灭火，只好号令仁在堂伙计自救。在漫天大火迅速蔓延，逐步逼近仁在堂总号之际，高五爷恐土匪趁火打劫，把账册、印信等全部收藏，又取下了悬挂在总号门额上姚家祖上在乾嘉年间亲自书写的旧匾，同时命令伙计随自己坐守库房，并用砖块封了库房大门。令人胆战心惊的大火过后，仁在堂总号店面全毁，伙计及库房货物安全无恙。度过生死之劫的高五爷想做饭充饥，才发现厨灶早已被大火焚毁，他们就地取材，用三块石头支起铁锅做饭，席地而坐吃饭。后来高五爷经常说仁在堂总号就是三块石头加一口铁锅兴办起来的。大东家写信求助时，总号生意刚恢复正常，高五爷说他去雅州之前和两位东家有过约法三章，因此才分文不给。"

姚煦听完伙计的叙述，长叹一声，沉默不语。

刚进入腊月，孙掌柜就带着账房贾先生进了姚蒸的家门。按照关中风俗，父母一般跟小儿子居住在一起，孙掌柜为了让姚家兄弟早做还钱打算，故意没上姚煦家门，直奔姚蒸家里来了。

姚蒸见债主上门，知道他们来的目的，赶紧热情地让座看茶，随后又把白铜水烟袋递给孙掌柜。忙乎完毕，让仆人赶紧去请兄长姚煦。

姚煦急匆匆地跨进兄弟家客厅时，孙掌柜正低头抱着水烟袋吸烟，脸色阴沉，头都没抬一下。

贾先生阴阳怪气地说："两位东家，还款日期都快到了，你们咋没啥动静？"

姚煦赔着笑脸说："孙掌柜，贾先生，姚家现在日子过得恓惶，对别人都难以启齿。孙掌柜今天能亲自来，我们已经知道是啥意思。请孙掌柜放心，姚家即使再作难，也不会赖账不还。"

孙掌柜把手中的水烟袋往方桌上重重一蹾说："当初借钱给你们，就是姚家信誉不错，在雅州还开有商号。前一阵，我听说你们在雅州的商号遭遇大火，被焚烧得一干二净了。姚东家，现在距离年底没几天，我看你指望不上雅州商号，就要赶紧想其他办法了。到时候不还钱，可别怪我不客气。"

姚蒸见孙掌柜说话欺人，便有些气恼，说："姚家还没有到说话不算数的地步。我们就是砸锅卖铁，也会想方设法把钱还上的。"

贾先生说："陕西人说话一口唾沫就能砸出一个坑，有了二东家这句话，孙掌柜就放心了。"

孙掌柜冷笑道："俗话说吃穿居住看家当。你看看你们现在的样子，还像个有钱人家吗？不要为了赌气就说大话。不要说堡墙外你们三家了，就是堡墙内的四家，以后也别想在我的钱庄借到一文钱。"

姚煦一听这话也不乐意了，他刚想反驳，随即想到自家的困境，转瞬间没了底气。他说："孙掌柜，这就叫三十年河东，三十年河西。姚家当年辉煌时，不要说借二百两银子，就是打发一般上门求助的亲戚朋友，也没有低过这个数。现在不提当年的事了，到时候我们还钱就是。"

贾先生讥讽地说："就是，瘦死的骆驼比马大。我想你们也会有办法还钱的。"

孙掌柜站起身，哼了一声，说："一旦骆驼死了，咋能跟活着的马相比？关键你首先得是活着的骆驼，你看现在的姚家像一峰骆驼吗？贾先生，咱们走吧，就等腊月底来取钱了。"

送走了孙掌柜、贾先生，姚煦和姚蒸面面相觑，无话可说。欠债还钱，天经地义，关键是他们拿啥去还。

腊月二十三小年一过，孙掌柜见姚家兄弟还没有到县城来还钱，就猜到姚家确实是无钱可还了。让他生气的是，姚家兄弟没有钱还却连个话都没有。他思来想去，决心要上硬茬，逼着姚家兄弟把钱还上。

腊月二十八早上，孙掌柜对贾先生说："你让伙计们准备几床被褥带上，咱们一起去社树堡。年关将近，姚煦他们不还钱连个话都没有，咱们也不能这样干等。不采取点非常之策，他们早就忘了狼是麻的。"

工夫不大，伙计们就准备好了东西。孙掌柜、贾先生带着两个精干伙计驾着马车出了县城西门直奔社树堡。关中腊月底的天气，北风劲吹，滴水成冰，异常寒冷，嘴里呼出的热气一瞬间就会在眉毛胡子上冷凝成白色的霜雾，孙掌柜和贾先生坐在车厢里冷得直打哆嗦，两个伙计跟着马车一路小跑，借助跑动驱寒。一行人临近社树堡，须眉都挂上了白霜。

待马车拐向社树堡，孙掌柜说："这一次不去姚蒸家，咱们直接到姚煦家里。如果他们不还钱，咱们就吃住在姚煦他们家的宗祠，让他们丢人现眼。"

姚煦见孙掌柜在年关之际上门，知道这一行人是催债来了。姚煦把准备过年用的几样食品摆上客厅靠北墙的八仙桌，招呼一行人落座，殷勤地给孙掌柜递上水烟袋，又给每个人沏了茶之后，低声下气地说："孙掌柜，行行好吧，要是能还上本息，我们早还了，何必劳您亲自上门催债呢？"

姚煦刚说完，就看见弟弟姚蒸急匆匆进了家门。原来姚蒸听说有几个壮实的关中汉子进了哥哥的家门，不知道出了啥事，就赶了过来。

孙掌柜见姚家两个兄弟都到齐了，铁青着脸，乜了姚煦一眼，又瞪了一眼姚蒸，这才冷冷地说道："你还知道我是登门催债？咱们可是有契约在先。如果没有契约约定年底本息一把清，你想请我来，我还未必来哩。一句话，今天还钱万事皆休，如果不还钱，我们就住在姚家祠堂不走了，直到本息两清为止。"

姚煦心里清楚自家的状况，不要说本息两清了，就是让他拿出一百两银子也比登天还难，更不要说二百两银子一年的本息了。姚煦觍着脸说："孙掌柜，我们兄弟俩实在是没有办法，要不然还能拖到现在吗？求您宽限我们一段时间。要是来年三月底还不上本钱，您来封了我兄弟的大门，全盘接收雅州商号如何？"

孙掌柜突然哈哈大笑起来，这笑声让姚煦兄弟毛骨悚然，不寒而栗。等笑声止住，孙掌柜戏谑道："难道真是法他妈把法死了没法了？我知道你刚才说的是气话，我也不会当真，封门、接收商号，那是我孙某人干的事吗？两院破屋，一个烂摊子商号，能顶二百两白银一年的本息，真是痴人说梦话！我坐守钱庄，图的就是吃高利贷，旱涝保收，才不会去吃经商的苦。何况杀人偿命，欠债还钱，历朝历代都是天经地义，我不相信你们兄弟两个不知道这个简单道理。你说我冒着严寒上门逼债，你以为我愿意吗？"

姚蒸见他言语刻薄，气愤地说："孙掌柜，事已至此，我们实在是无钱可还。我哥刚才说的我完全同意，如果孙掌柜来年三月拿不到钱，我们情愿扫地出门，把祖上留给我们的家当双手奉上。"

贾先生在一旁气哼哼地说："姚老二，你拿这话噎①谁哩？我还不相信天下没有公理了？欠钱不还，难道还有理了？"

孙掌柜看到姚家兄弟默不作声，气哼哼地对贾先生说："贾先生，让

---

① 噎：关中方言，是指说话顶撞人，使人无话可说。

伙计们把被褥取下来，今儿不多说废话，咱们就住在姚家祠堂不走了。"

姚煦一听这伙人要住在姚家祠堂，一下子就急了眼。他说："孙掌柜，祠堂是供奉先祖灵位之地，外人非请莫入。你们为了逼债要住进姚家祠堂，实在是过分了吧？"

贾先生冷笑着说："要说过分，是你们做事过分在先。我们不住在你家已经是给足你们面子了。几间破祠堂，四面漏风，我还想说你们让孙掌柜住进破祠堂过分了呢！"

姚家兄弟这下可算是领教了孙掌柜逼债的手段，无奈确实是山穷水尽，别无他法。

孙掌柜带着人住进姚家祠堂的第二天，姚家兄弟还是没能归还本息。贾先生说："人活一张脸，树活一张皮。姚家兄弟不还钱，就让伙计们在姚家祠堂拉屎撒尿，我不相信姚家兄弟不想办法。"

一个伙计附和道："这明摆着是死猪不怕开水烫嘛，就按贾先生说的办，羞辱一下他们，或许还能把本息还了。"

当村里的异姓乡邻告知姚家兄弟孙掌柜他们在姚家祠堂拉屎撒尿、胡作非为之后，二人羞愤难当，偷偷哭泣起来。年关将近，他们不敢让母亲姚党氏知道祠堂里发生的一切，只能打掉牙往肚子里吞。

姚家兄弟因孙掌柜带着人住在姚家祠堂，导致除夕之夜无法祭奠先祖，引起社树堡民众的公愤。他们都劝说姚煦向县令控告孙掌柜。姚家兄弟既觉得难堪，又不能驳了众乡邻一番好意，随即向县衙递上控告状。

县令涂少卿刚过完正月十五，就接连收到了两份诉状，舒聚源钱庄孙掌柜状告社树堡姚家两兄弟欠债不还，故意赖账，请县令秉公决断，惩罚无赖。社树堡附近士绅连同姚家两兄弟状告舒聚源钱庄孙掌柜为富不仁，道德沦丧，请求县令维护纲常，教化民众。涂少卿看着既是原告又是被告的两份诉状，感到蹊跷，就把姚家兄弟和孙掌柜叫到大堂，仔细询问事情的起因之后，涂少卿问："姚煦，你可有还款计划？"

姚煦说："一年之内还清本息。"

涂少卿说："仁在堂近年来的困境无人不知，你母亲年老，身体羸弱，家中一切都需要你张罗。这样一笔巨款，一年内如何能归还？"

涂少卿看到姚煦迟疑着没有回应自己的问话，料想他一年内无法归还借款本息。他冷眼看着孙掌柜说："孙掌柜，你为富不仁，侮辱姚家兄弟，又纵容伙计在姚家祠堂撒野，有伤风化，引起了公愤。姚家自清代以来，屡次捐款捐粮，资助林则徐林大人镇抚渭北刀客，向贫困农户提供种子耕牛；资助左宗棠左大人平乱，收复新疆。这两项，姚家动辄就是几万两甚至十几万两白银，在关中道上留下了义商的美名，受到了同行和百姓的尊敬。俗话说花无百日红，谁能保证做生意就能长盛不衰，没有难处？姚家兄弟并非赖账不还之人，确实是遇到了难处，借债不能按期归还，也属正常。你因此不顾仁义道德礼教，故意羞辱姚家兄弟，众怒难平，你说咋办？"

孙掌柜早就听说涂少卿是光绪以来泾阳县少有的清官，而且对泾阳的人文地理、风俗习惯了如指掌，曾经严厉打击过横行乡里、为非作歹的不法之徒，清理过千余件积压的案件，赢得了百姓的称颂。此刻见县令有袒护姚家之意，只好说："小民一时丧失理智，做下令人不齿的举动，涂县令没有责罚已是孙某烧了高香。至于还款之事，小民任凭县令大人公断。"

涂少卿说："已经还了的利息就算了，今后止息还本，三年内还清如何？"

孙掌柜看到县令没有追责自己的过错，也觉得再纠缠下去很无趣，无奈地说："小民愿意接受县令大人的决断。"

姚煦没料到结局会是这样，自然愿意。他说："小民愿意接受涂县令的决断，保证三年内归还本金。若再食言，甘愿受罚。"

姚家兄弟在节衣缩食归还舒聚源钱庄本金的时候，光绪二十九年（1903）五月，姚蒸的妻子姚梁氏为姚家生下了唯一的男丁，姚党氏终于盼到嫡孙出生，大喜过望。她说："姚家历经磨难，终于有后了。按辈分，应该给孩子起名叫开基，不过我觉得还是叫文青好。"

姚家兄弟都知道母亲在诗词书画方面功力不浅，对传统文化造诣很深，又听这个名字有期待孙子读书成才、做人清正磊落之意，都点头同意了。

拥有幸福童年的人大多是相似的，经历不幸童年的人却各有各的不同。姚文青的诞生，给姚家带来了欢乐和希望，也使他从小就开始历经了磨难。姚蒸老年得子，溺爱儿子自不必说，就是兄长姚煦因为没有子嗣，对这个侄子也喜爱有加，仁在堂两院上下都把姚文青当成掌上明珠。等姚文青记事时，姚党氏已经故去了。在他的记忆里，祖母的印象是模糊的，无从确切表达。

四岁时，姚文青遇到人生之中的第一道坎。该年，姚文青突发急病，附近几个知名郎中看过之后，都束手无策，几乎众口一词说让准备后事。姚梁氏痛哭流涕，满怀悲恸地为儿子准备安葬时穿的新衣服，并让丈夫购置了小棺木，就等儿子咽气之后下葬。白发人送幼子，其心情之痛自是难以言表。就在要把姚文青放进小棺木入殓时，姚梁氏舍不得儿子就此离去，抱着儿子放声大哭，或许是老天爷感念姚家孤苦，放了姚文青一条生路。姚梁氏痛心裂肺的哭喊声，竟然叫醒了儿子。醒过来的姚文青就像没事人一样，很快恢复了正常。躲过劫难的姚蒸夫妇对着观音菩萨像烧香磕头，感念观音菩萨慈悲，把儿子从鬼门关拉回人世，救了儿子一命。

姚文青恢复正常后，姚煦见侄子又变得活蹦乱跳了，就和弟弟姚蒸商议要去雅州参与仁在堂总号经营管理事务。姚煦说："自高五爷到雅州总号后，一文钱也没给姚家送回来，仅凭伙计来回传话，我们无法掌控总号经营状况。现在世道不靖，南方会党和革命党人频繁发起暴动，姚家再不去人掌管仁在堂事务，说不定人家把咱们卖了，咱们还傻乎乎帮别人数钱哩。"

姚蒸深以为然，说："陕商自明代以来就采用驻中间、拴两头的经营模式管理商号经营。仁在堂总号在雅州，我们却常年蜗居在社树村，不但无法掌握总号的日常经营，决断总号经营大事，就是伙计们传回来的信息也有可能是过时的，让我们无法做出及时判断。哥，文青的病刚好，你弟妹又因文青生病身心受到了打击，身体状况一天不如一天。按道理，你这个兄长应该在老家守护，我应该去雅州总号。可现实情况却要让兄长去雅州，让兄弟汗颜啊！"

姚煦说："亲兄弟不说两家话。文青年纪小尚需要照顾，弟妹生病也需要亲人陪护，你就照看好他们吧。高五爷拼老命保住了仁在堂总号大部分资产，对我们就是功臣，但这个功臣现在已经功高震主，忘记了谁是仁在堂的东家了，我再不去怕生变故。我走后，家里就剩下你嫂子一人在家，麻烦你替我照顾。四川有啥消息我会及时告知你的。"

姚蒸点头说："哥，你就放心去吧，家里有我照顾哩，不会出啥事的。"

姚蒸无法预料，他对兄长的承诺很快就落了空。

宣统三年（1911）十月初，武昌起义爆发，陕西新军以张凤翙①为首发动，会党和新军随之响应，打响了辛亥革命的第二枪。经过两天激战，西安光复，陕甘总督升允逃往甘肃，西安将军文瑞投井自杀。

陕西辛亥革命光复了西安，打乱了朝廷原来想凭借陕甘做基地向南方反扑的美梦。朝廷诏令陕甘总督升允一定要剿灭陕西的革命军，确保大西

---

① 张凤翙(1881—1958)，字翔初，陕西西安人，祖籍河南沁阳，中华民国时期著名政治家。张凤翙曾在日本学习军事，武昌新军起义后，率领陕西新军起义，光复西安，任秦陇复汉军政府大统领。"七七事变"后，他主张抗战，并与惠春波等人筹办西安菊林中学。抗日战争期间，张凤翙拒绝与日本人合作，坚持在大后方支援抗战，积极为抗战出力出资。新中国成立后，曾任陕西省副省长，1958年在西安因病逝世。

北的安定。升允丢了西北重镇西安,感到颜面丢尽,他铆足了劲要与张凤翙率领的革命军较量一番,于是率领十几万清军一路攻城拔寨,杀回陕西,张凤翙亲率革命军迎击,关中大地顿时成了双方你死我活的惨烈战场。

陕西新军和清军激战,双方死伤惨重,也波及到关中百姓的正常生活。清军一度进攻到醴泉(今陕西省咸阳市礼泉县)县城以东地界,泾阳县和醴泉县毗邻,也受到了影响,尤其是地处泾阳县西北部的王桥、桥底一带。姚蒸听说陕西新军和清军激战正酣,整天枪炮声不断,不免为两家人的性命担忧起来。

在疾病中艰难度日的姚梁氏听到各种传闻,病情日益加重。姚蒸接连聘请郎中,频频出入药房,最终也没能挽救姚梁氏的生命。这个一辈子几乎没有享受过舒坦日子的女人,终于在姚文青刚过七岁生日后给孩子留下一对自己使用过的金钗留作纪念,然后就撒手人寰,丢下了年幼的儿子和孤苦的丈夫。

失去母亲的姚文青按照关中风俗,披麻戴孝为母亲守灵,他用一双小手不断拍打母亲的棺木,希望能把母亲唤醒。他撕心裂肺的哭喊声,惹得亲朋和乡邻无不叹息。一个七岁的孩子失去母亲,大家在给予他同情的同时,对他的未来充满了担忧。安葬完姚梁氏,姚文青的伯母姚封氏看到姚蒸整天萎靡不振、精神恍惚,对姚蒸父子也很担忧。

姚梁氏过完百日之后不久,社树村突然闯进来一群散兵游勇,这伙匪兵骑马挎枪,气焰嚣张,引起村中看家护院的猎犬狂吠。一个军官模样的见猎犬打搅了他们的好事,拔出随身佩带的短枪,直接朝猎犬射击,连续击毙了好几条猎犬,吓得其他猎犬撒腿就跑。

匪兵们看到社树堡城墙高大坚固,城门紧闭,就把抢劫对象转向堡墙外的姚氏宅院和其他杂姓人家,顿时社树堡城外打砸声、哭叫声四起,变成了人间地狱。军官带人闯入姚蒸的家里时,姚蒸因妻子亡故、儿子年幼,早就生病卧床不起了。军官带着几个匪兵，踹开姚蒸卧室房门，用枪逼着他拿出钱财。

姚蒸有气无力地说："姚家早就家徒四壁了，哪里还有钱财。军爷如果不相信，可以四处搜查。"

几个匪兵到宅院里各个房间四处搜寻，不大工夫，陆续回来向军官报告说没有搜到任何值钱的东西。军官气得咬牙切齿，厉声说："久闻社树堡姚家是富甲一方的大户人家，没料到家里竟然没有值钱的东西，这就让人纳闷了。老东西，赶紧把埋藏的金银珠宝拿出来，否则我只好让枪子和你说话了！"

姚蒸见这伙匪兵态度蛮横、毫不讲理，挣扎着坐起来说："仁在堂姚家早就穷得叮当响了，几位军爷刚搜过，应该知道我没有说谎吧。如果姚家还有钱财，我也不至于落到这步田地。"

军官狞笑着说："俗话说人为财死，鸟为食亡，看来你这个穷财东是想豁出性命为姚家保住家产啊！再问一句，你拿还是不拿，老子没工夫跟你闲扯淡。"

姚蒸知道儿子一大早就去了嫂子那里，自家宅院里除了照顾自己起居的一个男仆已经没有别人。他看了一眼手持短枪指着自己的军官说："姚家现在是要钱没有，要命一条，军爷自己来拿吧。"

军官冷哼一声说："老子在乾州城下杀人无数，是刚从死人堆里爬出来的，还怕多杀一个人吗？既然你想死，老子成全你！"举起手枪，朝着姚蒸连开三枪，姚蒸胸部中弹，倒在了血泊之中。

等这伙匪兵悻悻走后，男仆拖着被打伤的腿艰难地跑进姚煦的家门。这天一大早姚封氏听到村里猎犬狂吠，预感到大事不好，随后就听管家说村里来了一伙匪兵。姚封氏紧紧搂着瑟瑟发抖的姚文青，对丫鬟小红说："小红，你领着少爷赶紧藏到后院柴房，不管前院发生啥事，你都要保护好少爷，我不派人去叫你，千万不要出来。"小红拉起姚文青，哄着他跟自己往后院去了。

姚封氏胆战心惊地坐在二进院，听见外面不断传来打骂声、哭喊声，后来又是一阵杂乱的脚步声，随后就恢复了平静。正当她长舒一口气的时候，侍候姚蒸的男仆拖着伤腿闯进门，扑通一声跪在地上，哭着说："大奶奶，不好了，二老爷让匪兵给打死了。"

姚封氏顿时觉得天旋地转，眼前发黑，身体软绵绵地倒在炕上。男仆见姚封氏昏倒了，急忙大声叫人。管家听到夫人房里传来的哭喊声，赶紧跑过来看究竟。

男仆把姚蒸遇害的事告诉管家后，管家大惊失色。急忙轻轻呼喊姚封氏，生怕姚封氏受不了这个突如其来的打击也出现意外。

姚封氏在管家的轻声呼叫声中缓缓醒来，第一句话就哭道："天塌了，我咋给掌柜的交代呀！"

管家劝道："夫人，现在匪兵已走，咱们还是安排二老爷的后事要紧，其他的事随后再商量吧。"

姚封氏点头说："我现在方寸已乱，也没有啥好主意。管家，你就看着办吧。快把文青叫出来，虽然孩子年幼，但发生了这么大的事情，也应该让孩子知道。"

管家打发人到后院寻找姚文青的间隙，把匪兵抢掠社树堡外面所有宅院的情况向姚封氏做了简要汇报，并说姚家宗亲姚东海也遭到匪兵枪杀。姚封氏泪如雨下，哽咽道："真是屋漏偏逢连阴雨，船破遭遇万丈浪啊！可怜我的文青，四岁时差点一命归西，七岁时父母俱丧，这以后的日子咋过呀！"

话音刚落，丫鬟小红领着姚文青进了屋。姚封氏见姚文青安然无恙，拉住他的手说："文青，走，咱们一起去见你父亲。"

姚封氏一手拄着拐杖，一手拉着姚文青，迈着小脚，出了自家门，拐进姚蒸家。院子里各个房门大开，地面上乱扔着许多东西，一看便知是匪兵翻箱倒柜寻找财物所致。等进了姚蒸的卧房，只见他屈膝跪在土炕上，上半截身子趿拉着，身子下的鲜血已经凝固成黑色。

管家和男仆上前，把姚蒸的尸身放平，这才发现他胸前有三个枪眼，早已气绝身亡。姚文青跑上前哭喊着父亲，但他的父亲再也听不到儿子的呼喊声了。

姚封氏让姚文青跪在地上，向父亲三叩头，然后拉起他，说："你父亲享福去了，和你母亲团聚去了。咱们走，让管家他们清理现场，好好装殓你父亲。贤侄啊，从今往后，只有咱们两个相依为命了。"

安葬了姚蒸，姚封氏见泾阳地界并不太平，就带着姚文青回到三原县城石头巷娘家。等姚文青从丧失父母的悲痛中缓过劲之后，姚封氏就把他送进三原善堂小学启蒙读书，开启了姚文青的读书生涯。

出人意料的是，姚梁氏在世时，给姚文青订了一门娃娃亲，对方是姚梁氏娘家三原东里堡从俭堂的内侄女刘纫秋，姚文青的授业老师竟然是刘纫秋堂姐的丈夫牛翰臣。

牛翰臣是一位饱读诗书的老学究，他给姚文青授业时已年过六旬，看到面前这个小自己五十多岁的小连襟，牛翰臣偷着乐了。虽说刘纫秋的堂姐是自己的继室，但姚文青毕竟是刘纫秋未来的夫君，按辈分论和自己平辈。不管咋说，姚文青现在是自己的学生，于情于理都应该严加管教。他详细询问姚文青此前读过哪些书，姚文青如实回答了牛翰臣的问话。

牛翰臣事后对姚封氏说："我这个小连襟虽然年龄尚小，但却读过《诗经》《左传》《小学》等书，回答问题口齿伶俐，天资甚高，但气度方面尚需历练。遗憾的是他没有学过算术，就让他插在乙班跟读吧。"

姚封氏说："文青是仁在堂姚家两门守护的独苗，拜托牛先生严加管教。我婆婆在世时，曾经给他起官名叫开基，后来改叫文青，就是想让他学有所成，为姚家增光添彩。孩子可怜啊，刚过七岁，父母接连去世，感情上受到了极大的伤害。虽说他天资聪颖，但还要劳烦牛先生费心啊！"

牛翰臣说："我清楚姚家仁在堂的情况，小连襟当了我的学生，我一定尽心尽力，决不让他荒废学业。"

姚文青在善堂小学的几年里，不但学业优秀，而且因用心临摹欧体楷书，字写得颇有章法，经常得到授业老师的表扬。或许是出身商业世家的缘故，姚文青在别人已学珠算除法时，尚不知道如何进行加减法运算，等到学期结束，竟然名列前三，引起不小的轰动。

随着姚文青年龄渐长，姚封氏觉得长住在娘家不方便，就托人租住在石头巷樊家老宅。租住的地方距离善堂小学比较远，有时候姚文青放学回家，饭菜还没有做好，姚封氏不允许他用其他生冷食物充饥，必须等饭菜做好后才准吃饭，姚文青因此经常迟到。有一次考试，他因吃饭耽误了时间，等赶到考场时考试时间已经过半，受到牛翰臣的斥责。因姚文青平时学业优秀，牛翰臣允许他进入了考场，所幸这次考试考的是算术，又是姚文青特别喜欢的科目，他用仅剩下的一半时间答完考卷，等到成绩出来，又闹了笑话。

这个时期的关中三原、泾阳一带，许多有识之士已经认识到了让女孩读书的必要性，从俭堂刘家就是其中比较开明的大户人家。刘财东让他的两个女儿都进入了善堂小学女生部读书，在女生部学业优秀的学生中就有姚文青未来的媳妇刘纫秋。算术成绩出来后，学校把考试成绩用红纸书写并张贴在校门口，一些嫉妒姚文青学业的同学看到姚文青和刘纫秋以同样的成绩名列榜首，有人开玩笑地说："不知道这小两口咋商量的，考试成绩竟然如此巧合？"

有好事者接着说："肯定是在被窝里商量好的，否则咋会考一样的分数？"

姚文青听到同学们的议论，羞得满脸通红，无言以对。他挤开观看考试成绩的人群，跑出校门就回家了。姚封氏感到诧异，这个时候并没到放学时间，侄子咋满脸通红地回来了。姚封氏问过缘由后笑着说："好好读书，你跟纫秋结婚那是迟早的事，就让他们羡慕去吧。"

同学们的玩笑话，还是引发了姚封氏的心事。姚蒸生病时，曾经告诉过她，姚梁氏临终前曾将自己一生积攒的金银首饰和私房钱装在一个小箱子里，埋在了一个隐秘之处，此事只有埋藏箱子的老仆人李某知道。不料想姚蒸遭匪兵枪杀后，姚封氏派人去寻找姚梁氏遗留给儿子延续学业和成家的救命箱子，却已经被人盗走。这些年，姚封氏含辛茹苦地拉扯姚文青长大，租住别人家老宅，自己亲自动手为姚文青缝制穿戴、洗衣做饭，也是因为雅州仁在堂总号自姚煦入川后，依然没有送回来一文钱。姚封氏看着姚文青一天天长大，想早点给他完婚，了却一桩心事。当她跟姚文青提起完婚之事时，姚文青以年龄尚小拒绝了。

一九一八年八月，姚文青正式就读于三原陕西省立第一甲种工业学校，关中大儒朱佛光[①]、刘古愚等人曾在此任教。三原陕西省立第一甲种工业学校的前身是三原宏道书院，始建于明弘治七年（1494），由王承裕（三原北城人，后任明嘉靖户部尚书）、王恕（明廷兵部尚书）父子协力将僧舍改建为宏道书屋，次年扩建为宏道书院。王承裕幼承家学，王恕为关学三原学派创始人，父子被誉为关学翘楚。高陵吕楠（泾野），三原马理（溪田）、雒昂（三谷）等三秦名士皆出于宏道门下，由是名声大震。到了清代，宏

---

① 朱佛光(1853—1924)，陕西三原人，原名朱先照，字漱芳，晚年改字佛光。光绪十九年(1893)中举。甲午战争后，国势日衰。朱认为救国之道，当以经学、科学并重。于是在光绪二十三年(1897)与孙芷源在三原发起组织励学斋，广泛购买科学书籍，增订各种报刊，热心引导教育有志青年科学救国，创西北结社之风。

道书院更成为西北学界旗帜，省学衙署设三原，府考亦在宏道书院举行。于右任、李仪祉、吴宓、张奚若、范紫东、张季鸾等人都在宏道书院刻苦学习过，后来或成为民主革命先驱或成为专家学者。

姚文青刚入学，在了解了学校历史后，立志发奋读书，没料到紧接着陕西就爆发了长达四年之久的护法运动①。当年八月八日，于右任、张钫发表通电，分别就任陕西靖国军总司令与副总司令，把司令部设在三原县城。于右任就任总司令后，陕西靖国军接连取胜，开始围攻西安，陕西督军陈树藩为解决陕西危局以求自保，以省长为诱饵请河南刘镇华率镇嵩军入陕围剿靖国军，从此关中道上狼烟四起，枪炮声不断，双方攻防变换，人员死伤惨重，财产损失更是难计其数。

姚封氏怕战争影响姚文青的学业，特意叮嘱他不要参与任何与战争有关的活动，一心读书，学好功课，争取早日改变姚家仁在堂的困境。

姚文青心里清楚，眼前的困境，都是因为高五爷独揽仁在堂总号大权所致，伯父姚煦即使到了雅州，也无法动用总号分文资金。为了姚家仁在堂的基业，他除了学习学校正规课程和完成连襟牛翰臣布置的额外作业外，开始初步学习商号经营管理。按他的想法，就是尽快掌握商号各项事务，不能受制于高五爷。

翻过年，姚封氏感到自己的身子骨大不如前了，不管姚文青同意与否，开始张罗侄子的婚事。经过和从俭堂刘财东商议，两家家长（姚家由姚封氏做主）同意婚事从简举办。一九二〇年九月，姚文青在伯母姚封氏的张罗下，终于和从小就订下的娃娃亲刘纫秋喜结良缘。

---

① 护法运动：是指1917年7月到1918年5月，以孙中山为首的资产阶级革命党人为维护临时约法、恢复国会，联合西南军阀共同进行的反对北洋军阀独裁统治的斗争。又称护法运动。所谓"护法"指的是护卫《中华民国临时约法》，打倒北洋军阀专政的虚假共和，重新建立新生共和的民主法统。

姚文青的婚礼办得极其简朴，只邀请了岳丈一家和连襟牛翰臣一家，正在读书的姚文青以家中有事为由，向学校请假一天。三家八九个人在一起吃了一顿饭，就算把姚文青和刘纫秋的婚事办了。

简单的婚礼结束后，两个人回到简朴的洞房。刘纫秋告诉姚文青，曾经闻名陕西的富商大户安吴堡寡妇周莹，按辈分是她的表姐。姚文青清楚周莹的往事，也知道姚家惠谦堂他的堂姑姚尝是周莹的婆婆。

姚文青笑着说："真没想到咱们这一结婚，把泾阳姚家、吴家和三原刘家都连在一起了。人常说好事成双，没料到咱们是好事成三了。"

刘纫秋指着姚文青的鼻子说："看把你美的。不过姚家、吴家和刘家都已经衰落，要振兴姚家、刘家的产业，就寄希望于你了。"

姚文青说："听说'同治之乱'时，刘家也是竭尽了全力抵抗，是真的吗？"

刘纫秋见姚文青似信非信，只好说："当时泾阳县城被攻陷，三原县城就剩下东关一带还算完整，东里堡以一个乡间小城堡能够固守保全，民众赖以生存，全赖我曾祖父刘公毁家纾难。当年，刘公带头将历年经商积攒下的八万两白银无偿捐出，又从三原县城商号抽取了部分流动资金，招募乡勇坚守城堡。回民军多数是普通农民，当他们攻城时，刘公让乡勇由城墙上往外抛出一些银两，城下的义军无心攻城，东里堡得以保全。之后民间就流传有'东里财东用银子退敌'的佳话，当时三原县令余庚阳奏请朝廷，还给从俭堂御赐了一块'功迈历城'的匾额哩。"

姚文青感慨地说："陕西民众深受儒释道三教文化的熏陶，自古以来就把国家大事当作自己的事情办，每当国家有难，陕商毁家纾难就成了惯例。今天是咱们新婚大喜之日，我当赋诗纪念咱们喜结良缘。"

刘纫秋含情脉脉地看着新婚的丈夫说："我知道你有才情，让我见识一下。"

新娘子话语相激，倒让姚文青想起了大婚之前，自己在三伏天突发疾病，盗汗频出，生命垂危，刘纫秋不顾猜忌，不怕麻烦，悉心熬汤煎药照顾自己康复的往事。他略加思量，随即赋诗一首，纪念新婚之喜。

诗曰[①]：炎蒸抱病苦兼旬，惹得婵娟眉翠颦。欲问平安休启口，私求吕祖佑郎身。宛转芳心苦未禁，舍身卫喜见情深。怜卿岂独如花貌，淑女贞怀感自今。

---

① 新婚诗见姚文青遗著，姚青郎、李春凤编：《一代儒商姚文青》，三秦出版社2016年版，第103页。

第二十五章

想求学时运多蹇　遇吴宓终生为伴

　　新婚后的姚文青，没有沉浸在儿女情长之中，而是自觉地担负起了养家糊口的重任。在三原陕西省立第一高等工业学校读书期间，为了能让伯母姚封氏和妻子刘纫秋生活得宽裕一些，他谋得了一份给三原东关女校授课赚取外快的差事，每天给女校授课几小时，挣点小钱，补贴家用。

　　刘纫秋虽然不忍心丈夫独自承担家庭重担，但一时也没有更好的办法解决家庭经济问题，只能尽自己所能，照顾好对待自己和丈夫如亲生子女一般的伯母姚封氏。平凡的日子刚过一年，刘纫秋就在一九二一年孟冬时节为姚文青生下了第一个儿子姚应孚。就在一家人欢天喜地之时，刘纫秋因产后大出血，又让姚文青受尽煎熬。等刘纫秋死里逃生之后，姚文青不得不为自己的将来着想了。

苦于经济来源艰难，姚文青开始涉足商号经营管理，借此想整顿仁在堂总号经营事务，为租借住在三原的一家人谋取生活来源。待他真正接触到商号经营时，才知道事情并非想象的那么简单。

姚封氏对有畏难情绪的姚文青说："清政府早就灭亡了，读书参加科举进入仕途早已过时，你还不如学习经商。虽说你伯父早就去了雅安（民国时期改称雅州为雅安），但仁在堂总号每过一段时间还是送号信①回来请东家做决断，我猜测这是高五爷不想放权，或者是在试探姚家的底线。读书不过是为了混口饭吃，纵使你每年能收入一千大洋，也不如守着家传祖业好。要学经商，你就从写号信开始吧，有不懂的地方，可以请教我或者别人。"

见伯母劝说自己经商，姚文青虽然内心不太乐意，但还是按照伯母要求开始学写号信。姚家商号的号信有一定的惯例，用蝇头小楷书写，每张纸约三十行，抬头只空一字，要求文字简洁明净、不蔓不枝，自成一体。信封上要盖商号印章、经理私章、列号章、护封章。就是经理的私章也有特殊的篆刻法，不能随意。姚文青感到这些要求可比写文章难多了，固定的格式让他不能任意挥洒，发挥自己的特长。而且仁在堂经过高五爷和伯父多年艰辛拼搏后，已经恢复生机，在各处开设了分号，总号送回来的号信内容就变得极为复杂，并要求一一作答，不能遗漏任何一件事。对于请示办法的，无论如何都必须回复，就是已经处理过的事情，也必须做出处理是否妥当的评语。号信的信首一般不写名号，书兹者（上封下用为兹者，下封上用为启者）叙写正文时，先略叙来函大意，其次发指示，对来函中请示的事情一一作答。如果来函中没有涉及地方治安、水旱

---

① 号信：明清到民国时期，商号大掌柜（总经理）向财东（投资人，又称东家）传递商业信息、汇报请示工作的信函。根据每家商号经营范围的不同，号信都有不同的格式要求。

和伙计家中情况，就可知道一切皆好。在回复号信时，一般先起草稿，然后誊写，再将底稿记录在号簿上备查，因此一封回复信件，实际上要写三遍。姚文青对这些枯燥的事情没有失去耐心，反而感到是一种乐趣。时间不长，他就能熟练掌握其中的技巧，后来回复总号和各分号号信时，就直接书写，不再打草稿。雅安总号有几位前清时的秀才和贡生，还有一位曾经到日本留学的账房先生，他们见到半年之内泾阳老家回复的号信，都竖起了大拇指。

刘纫秋对丈夫由衷佩服，夸赞说："你不愧是经商世家出身，别人干这种事几十年都未必能干好，你竟然不起草稿而不遗漏任何一件事情，这才算是真本事啊！"

姚文青轻轻叹息一声，语气坚定地说："世道艰难，姚家不能总让别人掌控一切。我干这些事，就是知重任重，一定要干出一点名堂来，不能让人说姚家无人能堪当大任。"

姚文青虽说已经能熟练运用号信回复雅安总号的所有请示了，但在他的心里，还是希望能继续读书。只要伯父姚煦在雅安总号一天，仁在堂使用了近二百年的老字号招牌永远就属于姚家的。姚文青在参与商号经营管理的同时，学业始终保持在学校前三甲，等一九二四年毕业时，他以优异成绩考上北京大学，并喜获陕西省奖学金。

拿着北京大学录取通知书，姚文青犯难了。姚封氏年老多病，刘纫秋一人拉扯着儿子姚应孚，还要服侍待自己如亲生儿子的姚封氏。自己如果单身去北平读书，心里不但难以割舍，而且也放心不下。

姚封氏看到姚文青拿着录取通知书发呆，就猜到其中的缘由。为了不影响他的学业，姚封氏说："文青，你就放心去北平读书吧。我虽然老了，但生活还能自理，家里尚有老仆吴妈照料，你不必牵挂。"

姚文青清楚这是伯母给自己宽心，好让他安心地去读书。他说："伯母，咱们一家总租住在石头巷樊家老宅也不是个事，要不然搬回社树村居住吧。我让人把姚家老宅收拾一下，再给您雇用一个年轻的仆人，这样我去北平读书才放心。"

姚封氏摇头说："不能搬回去居住。你这几年一直在辛苦读书，处理总号的号信，可能对社树堡的情况并不了解。据人说，社树堡永聚源姚家宗亲姚永祥和姚永福两兄弟为了争夺咸阳产业所有权，弟弟姚永福给咸阳商会会长、县长等人行贿，独占了姚家在咸阳的产业。哥哥姚永祥不服气，一怒之下找到了当时陕西督军陈树藩部下陈健寻求帮忙。陈健是行伍出身，爱钱如命，见到有人求自己，也想捞好处，就答应了姚永祥的请求。后来陈健帮姚永祥把产业夺了回来，却耍了个手腕，让两个妓女陪酒，灌醉了姚永祥，盗取了他的印信，在伪造的姚永祥把咸阳产业转让给自己的契约上盖上了印章。等姚永祥酒醒后，发觉上当受骗，后悔莫及。姚永祥惧怕陈健的权势，羞于回社树堡，从此流落街头，以乞讨为生，不久就失踪了。陈健空手套白狼，硬生生从姚永祥手里夺走了永聚源的产业，永聚源随之倒闭[①]。还有就是堡墙里姚家宗亲有人吸食大烟，我怕纫秋带着应乎回到社树老宅，让孩子见到长辈们如此放浪形骸，抽大烟成瘾，影响不好。"

听了伯母一番话，姚文青颇感踌躇。当时驻扎在泾阳县城的是陕西陆军第一旅旅长田玉杰[②]，此人在泾阳倡种罂粟，巧取豪夺，为非作歹，在当

[①] 姚家宗亲争夺咸阳渭河以南产业的详情参见黄天顺所著《三秦儒商》，陕西人民出版社2017年版第十三章相关内容。

[②] 田玉杰（1886—1929），字润初，陕西富平县老庙镇人，刀客出身。早年投身同盟会会员胡景翼部下，成为"秦陇复汉军"部属。1910年冬进驻泾阳。1920年随胡景翼接受直系军阀改编为陕西陆军第一师第二旅，1926年5月，任陕西第三师师长。在泾阳被困期间，田玉杰虽受杨虎城重托，却消极防守，任镇嵩军奸淫抢掠，城乡民众极为愤恨。1928年，蒋、冯战争结束后，欲投靠蒋介石。田玉杰在牵线搭桥回河南信阳武胜关之四望山时，被工农红军截获，经过审问，被处决于四望山麓。田玉杰主政泾阳十年期间，倡种鸦片，祸害匪浅，又因搜刮民财，勒收重税，口碑极差。

地人中口碑极差。尤其是倡种罂粟之后，作为西部贸易中心的泾阳一带，有人因好奇吸食，最终成瘾，难以戒掉，许多大户人家因此破产。如果真像伯母说的那样，社树堡也有人吸食大烟，姚家老宅肯定是无法回去了。

沉吟一会儿，姚文青只好说："伯母言之有理。我看这样，您在樊家老宅住习惯了，就继续居住在这里，我让人按时给您送生活费，我带着纫秋和应孚一起去北平吧。纫秋原本学业优秀，这几年带孩子被耽搁了。到了北平之后，如果纫秋想继续学业，就请一个保姆照看应孚，我们两个人一起去读书。"

姚封氏虽然舍不得孙子应孚跟着父母远去北平，又担心自己的身体状况照顾不好应孚，让孩子受罪。她说："就按你说的办。如果应孚在北平不习惯，就赶紧把孩子送回来，省得我这个宝贝孙子在北平受洋罪。"

姚文青见伯母豁然大度，感激地说："我们一定照顾好应孚，不会让他受罪的。等学校放假，我就带着他们一起回来，也让应孚好好陪您老人家开心。"

当年秋季，姚文青带着刘纫秋、姚应孚准备出发去北平读书。临行前，姚封氏放心不下，千叮咛万嘱托，一定要把所用东西带全，老太太虽然唠叨，却完全是一番好意。刘纫秋按照姚封氏的交代，细心整理所有该带的物件，并经姚封氏检查后才装进箱子里。

一家人洒泪而别，姚封氏拄着拐杖送姚文青一家三口出门，又再三叮嘱赶车的车夫老刘一路上晓行夜宿，千万不可为赶路耽误了住店，露宿在荒郊野外。

马车出三原县城南门就拐上向西的道路。姚文青此前已经打听过，晋南、河南一带发生了军阀混战，从陕西潼关过黄河进入山西前往北平的道路不安全，他就想从三原出发，途经泾阳、永寿北上进入内蒙古，绕道到北平。或许是老天爷故意刁难他们一家吧，刚过永寿县城就遇到了麻烦。

永寿县城北部是典型的黄土高原延伸地带，山沟纵横，丘壑遍布，一条不宽的道路蜿蜒在两山之间。秋天的景色应该是层林尽染、气象万千的，但川道里却是冷风飕飕，树叶飘零，让人无形中感到了秋风的肃杀之气。

这天刚过中午，突然间阴云密布，狂风四起，不久天空中就开始飘起雪花。老刘坐在车辕上，见雪花越来越大，越来越密，心里感到担忧。他扭头对坐在车厢里的姚文青说："少爷，下雪了。看样子这是一场大雪，一时半会肯定不会停，咱们咋办呀？"

姚文青钻出车厢，抬头一看，天色阴暗，彤云密布，纷纷扬扬的雪花把大地染成洁白一片，自姚文青记事起，就没见到过秋天下这般大的雪。看着漫天飞舞的雪花，姚文青也是茫然。

老刘见姚文青怔怔发呆，没有回答他的问话，只好说："咱们抓紧时间赶路，到前面村庄找一家农户先住下来，等大雪停了之后再走吧。"

姚文青苦笑着说："老刘叔，也只能这样了，你就看着办吧。"

老刘听了这话，扬起鞭子，在空中一甩，就听啪的一声脆响，驾辕的红马蹽开四蹄跑了起来。过了一顿饭时间，一行人终于看到路边有个小村庄。老刘吆喝着红马拐进一家农户小院。

农家小院的主人姓赵，夫妻俩生活在一起，唯一的儿子前几年被拉了壮丁，不知死活。老赵听到院子里有马蹄声，打开房门一看，外面银装素裹，已经全然变成白色的世界。再仔细看，见一个雪人赶着马车正往院子里走。

老赵上前打招呼问："乡党，到哪里去呀？"

老刘见房主问话，急忙应答说："老哥贵姓呀？这鬼天气下这么大的雪，想走都走不了啦。老哥，让我们在你这屋里歇息一下行吗？"

老赵说："一个庄户人家，还谈啥贵姓，叫我老赵。我住在这里几十年了，从来没见过秋天下这么大的雪。你们再往前，道路会更难行，就是不想走了，也很难找到落脚的地方。大雪天的，人不留人天留人啊。乡里乡党的，就暂且在我这破屋里委屈一下吧。"

老刘停好车之后，姚文青就下了马车，紧接着姚应孚也跳了下来。小家伙自出生以来，从来没有见过这么大的雪，高兴地在雪地里活蹦乱跳，兴奋异常。姚文青搀扶着刘纫秋下车，两人一起跟老赵打招呼。

寒暄过后，姚文青问："老赵，今年咋这么早就下大雪呀？"

老赵恨恨地说："这是人作孽引起老天爷发怒了。"

姚文青如坠在云雾中一般，不知道老赵话里的含义。他说："可否明言？让我了解一下情况。"

老赵说："于司令率领的陕西靖国军解散后，冯玉祥[①]就成了西北王。最近一段时间，冯玉祥不断从甘肃调军队进入关中，这里经常是大军如潮水而过。幸亏今天天降大雪，不然你们碰上这伙如狼似虎的军队，就倒大霉了。"

姚文青倒吸了一口凉气。他原本想晋南、河南有军阀混战，路道不通，想绕道内蒙古去北平，如今看来，带着刘纫秋和姚应孚走这条路去北平同样是危机四伏。他抬头望了望天空，鹅毛般的大雪压根没有停歇的意思，刺骨的寒风刮过，他不禁打了个哆嗦。他说："老赵，家里有地方吗？我

[①] 冯玉祥(1882—1948)，字焕章，原名基善，原籍安徽省巢县(安徽省巢湖市)，生于直隶青县(今属河北省沧州市)，中国国民革命军陆军一级上将，西北军阀。有"基督将军""倒戈将军""布衣将军"之称。1911年辛亥革命爆发后参加滦州起义，1921年7月后任陕西督军。1924年发动北京政变，推翻直系军阀控制的北京政府，并将所部改称为国民军，任总司令兼第一军军长，电请孙中山北上主持大局。1926年初在直奉联军进攻下通电辞职，同年3月赴苏联考察，同年5月加入中国国民党。同年9月17日在绥远五原誓师，率领西北军出潼关参加北伐战争。1930年3月与阎锡山组成讨蒋联军，中原大战失败后隐居山西汾阳峪，后隐居泰山。1933年5月，在察哈尔组织民众抗日同盟军，任总司令。1935年任国民政府军事委员会副委员长。1948年1月1日，被选为民革常务委员和政治委员会主席。1948年7月回国参加新政协会议筹备工作，9月1日因轮船失火遇难。冯玉祥是蒋介石的结拜兄弟，系国民政府青天白日勋章、美国总统二战银质自由勋章、国民政府首批抗战胜利勋章三大抗战勋章获得者。

们一行暂且在你家住下，等大雪停了再走。你放心，吃住和伙食费不会少了你的。"

老赵说："我打眼一看就知道你们是知书达理的大户人家出身，老赵寒舍简陋，家里寒酸，只怕委屈了你们和孩子。"

刘纫秋说："遇到这么大的雪，你能收留我们，就是积善行德，我们咋会计较。"

老赵说："既然如此，就别在雪地里冻着了。"说完，冲着屋里大声喊叫："老婆子，来客人啦。"

姚文青、刘纫秋带着姚应孚刚走到屋门口，从里面就走出来一个穿着黑色破棉袄、满脸皱纹的乡下女人。她一看见姚应孚，就笑着说："这个孩子长得太心疼人了。快进屋，别受冻感冒了。"谁也没想到，老赵女人无意中说的话就像是一句谶语。

老赵家里确实寒酸。院落没有围墙，仅有一座三开间的厦子房①，中间当客厅，东西两侧是两个房间，厨房和厕所修建在厦子房外面。进屋之后，老赵让老婆子赶紧去烧开水，给客人泡茶。

老赵说："陕西这些年战祸不断，连年战争，死个人就跟死个麻雀似的。我儿子前几年被拉去当壮丁，说是吃粮当兵去了，但一去杳无音讯，也不知道是死是活。"说到伤心处，不由自主地用衣袖擦着眼泪。

老刘劝说道："世道不太平啊！老辈人说宁做太平犬，不做乱世人，看来是有道理的。孩子当兵去了，不知下落，你还有个盼头。如果真的有人给你送来死讯，你们老两口可咋活呀？"

---

① 厦子房：关中民俗建筑，陕西八大怪之一的"房子半边盖"。中国家居一般都是"人"字形结构，关中地区把"人"字形结构的房子叫"安间"，又叫上房，常住老人和主人。院落的偏房在关中叫厦子房，结构是"人"字的一半，就是半边盖的"怪"房子，这种格局的四合院是关中民居的主流。

老赵突然抬起头问:"你们这是准备去哪里呀?"

姚文青说:"准备过永寿,经邠州、长武,绕道内蒙古去北平。"

老赵说:"天降大雪,别说要去内蒙古,就是邠州你们也到不了。我看你们还是回去吧。"

老赵的话让姚文青心里凉了大半截。永寿降了如此大的雪,邠州、长武降雪肯定不会小,自己跟老刘还好说,关键带着妻儿,要应付如此恶劣的天气就难说了。

第二天早上,姚应孚就开始发高烧,孩子满脸通红,不停地喊难受,一下子急坏了姚文青两口子。老赵赶紧让老婆子给孩子熬姜汤退烧,但丝毫没起作用。到了中午时分,大雪依然不停地下,姚应孚也从早上的喊叫变成了小声哼唧。

老赵见孩子难受,也没有好办法。他说:"要不然给孩子刮痧吧,兴许能起作用。"

姚文青没料到老赵还会刮痧,急忙说:"那就有劳老赵了。"

老赵一边洗手一边说:"在这荒郊野村,一般的病都得自己想办法医治。现在外面大雪覆盖,就是想给孩子找点草药也没有办法,只能用土办法试一下。如果孩子还不退烧,我劝你们就赶紧回去,否则孩子性命难保。"

姚文青知道老赵说的是实话,无奈自己开学日期临近,不容耽搁。一方面孩子是姚家的命根子,是伯母的心头肉,刚出家门没几天,孩子如果有个三长两短,自己无法向伯母交代;另一方面,自己好不容易考上北京大学,耽误了报到日期,就有可能被取消入学资格,中断自己继续求学的愿望。姚文青在煎熬中看着老赵在儿子小小的脊背上刮痧,当儿子细嫩的皮肤上刮出一道道血红色印痕时,他心痛得不忍目睹,转身出了屋子。外面依然大雪纷飞,一片片雪花就像一块块沉重的石头压在自己的胸口,压得他喘不过气来。

刘纫秋拉着姚应孚的小手，一个劲劝说他忍一下，等刮痧完毕，发烧就会好，就不会再难受了。孩子虽说年龄尚小，但聪明乖巧，看到父母为自己操心，咬着牙忍受着背部的疼痛，也希望自己尽快好起来。

老赵满头大汗地忙活完，看着孩子背上一道道暗红色的印迹直叹气。他说："刮痧之后孩子如果高烧不退，我就没有办法了。"

刘纫秋一面感谢老赵，一面安抚儿子，泪水在眼眶中直打转。她颤声说："如果孩子高烧不退，我们就只好原路返回了。"

到了第三天早上，姚应孚满脸通红，连说话都很困难。姚文青看到孩子病重，再拖下去恐怕真会要了孩子的性命，他只好和妻子、老刘商议下一步的打算。

姚文青说："孩子命悬一线，必须回去找郎中医治，否则很可能会有不测。老刘叔，咱们冒点险原路返回三原县城吧。"

老刘清楚姚应孚在姚家上下心目中的地位，也不想耽误孩子看病。他咬咬牙说："连续几天大雪虽然使道路依稀难辨，但为了小少爷的性命，我就豁出去了。"

刘纫秋不忍心丈夫就此失去继续读书的机会，也割舍不下孩子。她说："文青，我带孩子回三原，你一个人去北平吧。"

姚文青知道妻子的心思。虽说刘纫秋提出的办法是目前唯一两全齐美的选择，他还是万般难以割舍，说："这场大雪丝毫没有停的迹象，为了孩子的生命也只能如此。纫秋，本来想让你跟我一起到北平，有机会的话继续你的学业，如今看来是老天爷故意跟我们作对，要拆散我们一家人呀！"

见丈夫同意了自己的想法，刘纫秋转身进屋，给儿子穿上棉衣，戴上棉帽，又把给丈夫准备的物品装在一个箱子里。等忙完这一切，她对老刘说："刘叔，事不宜迟，咱们这就折回三原县城找郎中给孩子看病，让文青一人去北平。"

老刘为难地说："老夫人出门前让我把你们一家送到北平的，这半道上让东家一人冒着大雪去北平，我回去咋对老夫人交代呀？"

刘纫秋说："有我在，你就不必解释任何事情了。老夫人要怪罪就让怪罪我。"

姚文青说："事出无奈，老夫人谁都不会怪罪的。你们上车，等送走你们我就出发。"

他抱起儿子安顿在马车上，叮嘱妻子说："你回到三原县城首先给应孚看病，其次给伯母解释清楚就行了。我一到北平就给家里写信，应孚和家里有啥情况，及时告知我。"

刘纫秋虽然不愿意丈夫孑然一身去北平，但严酷的现实打碎了她想陪伴丈夫的美梦。她说："孩子的病情耽误不得，我们这就往回赶。在老赵家里住了几天，我觉得老赵两口子人厚道，日子过得很恓惶，你给他们留点钱，权当报答人家对咱们的照顾。刘叔，咱们走。"

已经坐在车辕上的老刘扬起手中的长鞭往空中一甩，随着"啪"的一声脆响，红马迈开四蹄，拉着马车原路返回了。

姚文青怔怔地站在雪地里，看着马车逐渐变小，随后消失在茫茫大雪之中，心情极为沮丧。他回到屋里，取出一些大洋，硬塞给老赵，然后提着箱子，迈开脚步，踩着积雪向北而行……

姚文青独自一人风尘仆仆地赶到北平，却在办理入学手续时遇到麻烦。北京大学新生接待处看了姚文青的学业成绩，认为他毕业于三原陕西省立第一甲种工业学校，属于工科，而北京大学以文科为主，拒绝为他办理入学手续。姚文青给新生接待处的老师百般解释，丝毫不起作用，让满怀希望的他就像掉进了冰窟窿。

就在姚文青上天无路、入地无门之际，走过来一位戴着眼镜、穿着青色长袍、腋下夹着公文包的男子，他见姚文青满脸愁容无助地木然而立，就停住了脚步。新生接待处一位老师看到这位男子，急忙上前打招呼说："吴宓[①]教授，您这是干什么去呀？"

被称作吴宓教授的男子指着姚文青问："这位报到的新生怎么回事？不符合学校规定吗？"

老师说："这位新生虽然拿着咱们学校的录取通知书，但他中学时期是在三原陕西省立第一甲种工业学校毕业的，不符合学校规定。"

吴宓走到姚文青跟前，仔细一打量，吃惊地问："你是社树堡仁在堂的姚文青吧？"

姚文青尴尬地说："我就是仁在堂姚文青，毕业于三原陕西省立第一甲种工业学校，也就是原来的三原宏道书院。国运艰难，我想弃工从文，就报考了北京大学文学院，没想到因为中学时期学工的原因，报到处拒绝接收我入学。"

吴宓扭头对接待处的老师说："新生改变所学专业早就司空见惯了，你们不能因为他中学时期学工就拒绝他入学。如果你们因此拒绝为他办理入学手续，我去找校长理论。"

老师一听吴宓这话，急忙说："吴宓教授说能办就能办，不用找校长了。"

吴宓几句话就化解了姚文青入学难的问题，让姚文青倍加感激。后来他才知道，吴宓留美期间和陈寅恪、汤用彤并称"哈佛三杰"，在北京大学具有很高的威望。

[①] 吴宓（1894—1978），原名玉衡，字雨僧，笔名余生，陕西省泾阳县人，中国现代著名西洋文学家、国学大师、诗人。清华大学国学院创办人之一，被称为中国比较文学之父。吴宓与陈寅恪、汤用彤并称"哈佛三杰"，著作有《吴宓诗集》《文学与人生》《吴宓日记》等。

北京大学是清光绪皇帝批准创办的，因此被人认为是中国历代太学的继承者，是古代最高学府在当代的延续，学生们都自豪地称北京大学为"上承太学正统，下立大学祖庭"。之所以有这种自豪感，是因为清华大学、燕京大学、辅仁大学、师范大学等院校在建校时间和地位上很难与北京大学匹敌。

学业步入正常后，姚文青就去拜访了吴宓。此时吴宓早已成家，夫人是陈心一女士。姚文青登门拜访时，陈心一刚好要出门。两个人在门口寒暄了几句，陈心一把姚文青领进家门，对正在书房备课的吴宓说："雨僧（吴宓字雨僧），你的老乡姚文青看你来了。"

吴宓听说姚文青登门，把他请进书房。这是一间不大的房间，书桌上方悬挂着一张孔圣人的画像，四壁的书架上排满了书籍。吴宓把堆放在书桌上的文稿、书籍往旁边一推，空出了一点地方，然后给姚文青倒了一杯茶，这才坐下问："最近适应学校生活了吗？家里情况咋样？"

姚文青有些拘谨地说："已经适应了北平的气候和学校的生活。家里最近来信说一切安好。"

吴宓说："社树姚家是经商世家，在关中道上富名远扬，现在情况如何？"

姚文青把社树堡内外的经营情况向吴宓简单地叙述了一下，然后说："仁在堂姚家现在已经衰落，前景堪忧。我在三原读工科，原本想以实业挽救姚家祖业，但看到国家羸弱，屡受外强欺辱，就改学文科，将来好唤起民众，为国家富强而奋斗。"

吴宓把架在鼻梁上的眼镜往上推了推，仔细看了一眼面前这位小老乡，笑着说："想当年，我在三原宏道书院读书时，也是壮怀激烈，想报效国家。可如今，政府因利益问题争扯不休，学校几度面临停办或合并，前途堪忧啊！"

姚文青说:"军阀混战,民不聊生,国家就像一盘散沙,民众没有信仰,长此以往,国将不国。全国如此,陕西更甚。军阀混战,不以苍生为念,让民众看不到希望。吴教授,我在三原读书时,就听老师经常提起您和于右任、张季鸾、李仪祉等人,校长号召同学们都要向你们学习哩。"

吴宓说:"于右任追随孙中山先生,想以三民主义挽救中国,前几年听说他任陕西靖国军总司令在三原率军护法,后来陕西靖国军失败后,他到上海兴办报纸,以图唤醒民众。李仪祉出国留学去了,先学习修建铁路,后来在德国改学水利。张季鸾在天津办报纸,和在上海的于右任遥相呼应,也是声名大噪。"

姚文青见吴宓对这几位学长的情况了若指掌,就问道:"吴教授是泾阳安吴堡人吧?"

吴宓点头说:"正是。我能够有今天这点成就,离不开人称安吴寡妇的大妈周莹资助,才得以完成学业。当年在三原宏道书院读书时,因为喜欢读《红楼梦》,被同学们戏称为才子。毕业后由陕西省报送报考清华大学堂,当时清华大学堂是由美国用庚子赔款援建的,学生毕业后一律送美国留学,但有一条,要求学生入学年龄不超过十五岁,而我当时是十七岁。为了能进入清华大学堂读书然后去美国留学,我只好改名。我出生后,按照吴家辈分起名玉衡,到了八岁时,因弟妹名字中都有曼字,又改名陀曼,取佛经中'天雨曼陀罗'之意,复字雨僧。在报考清华大学堂时,我拿不定主意起啥名字好,就拿出一本《康熙字典》,闭目翻开一页,用手随意压着一字,心中祈祷手指所压之字就是我的名字,等睁眼一看,手指压的字是个宓字,就以天意改名为宓,考取了清华大学堂。"

姚文青看到吴宓谈起往事,丝毫不隐讳,他笑着说:"吴家东院太夫人姚尝是我的堂姑婆,一品护国夫人周莹是我媳妇刘纫秋的表姐。"

吴宓听完这话一愣,随即说:"吴家和姚家是有姻亲关系,没想到咱们的关系还这么近。依吴家和姚家辈分而论，咱两个是平辈。依我大妈周夫人和你岳丈刘家而论，我倒比你低了一辈，这该如何是好？"

姚文青自入学以来，听到不少同学议论吴宓，对他的学识充满敬意。此刻他见吴宓为两个人的辈分犯难，笑着说："咱们两个大男人，就以吴家和姚家论辈分吧，不必纠结周家和刘家的关系了。吴教授名满北大，又年长，我能称呼您为兄长已经高攀了。"

吴宓说："对，就以平辈论吧。你刚才说到实业救国，也说了陕西的情况，其实陕西并非缺乏有远见卓识之人，只可惜英雄无用武之地。"

姚文青问："您说的是刘古愚先生吗？"

吴宓说："除了刘古愚先生，还有一个就是我的姑夫陈涛。你年龄稍小，可能对陈涛知之不多。陈涛是三原人，幼年在刘古愚任教的三原县东关古月斋就读，光绪十三年又随刘古愚到泾阳县陕甘味经书院就读，光绪十五年乡试中陕西第一名举人。甲午战争中国惨遭失败后，陈涛与在京应试的各省举人一道联名上书光绪皇帝，就是今天定性的公车上书。他们痛陈割地、赔款的严重后果，提出拒和、迁都、变法三项主张。《马关条约》签订前后，陈涛与杨蕙、孙征海三人奉刘古愚之命前往汉口、苏州、上海等地，参观织布、轮船、枪炮制造及印刷等近代工业，还与英国商人商议购买织布机等事宜。陈涛此行眼界大开，带回大量新书刊，买回日本生产的轧籽棉机，现在泾阳西关的轧花厂就是他开的，这也是机器轧花首次传入陕西。光绪三十一年，陈涛在广州创办广东高等工业学堂，并为陕西介绍了大量政治、经济、文化信息，尤其关心陕西教育。他目睹沿海一带迅速发展的经济形势，唯恐陕西人日益落后，曾经不无担忧地说，近人每谓中国人将为白种人的奴隶，他更惧陕西人将成为奴隶的奴隶。陈涛想用实业救国之举，对我影响很大。但纵观今日之中国，实业救国之道也很艰难。辛亥革命后，我有感于国事日艰，曾做过一首诗表达了我的担忧。"

说到这里，吴宓停住了话题，端起茶杯饮了一口茶水，姚文青迫不及待地问道："什么诗？吟诵一下让小弟学习学习。"

吴宓微微一笑，缓缓吟道："一代兴亡事已空，阽危国社例飞蓬。迭传汉塞三边外，已陷楚歌四面中。余孽跳梁歼未尽，强邻逼视祸无穷。茫茫隐患谁先觉，苦向江干料峭风。"

姚文青听完，一句句默默体会，不由得钦佩吴宓的忧国忧民之情。当下虽说实行共和，但政令不畅，列强环视，个个虎视眈眈，这种局面何时是个尽头？

吴宓看到姚文青低头不语，知道这个刚结识的兄弟和自己一样，对国家命运充满着担忧。

他叹了一口气，继续说道："其实，我与于右任先生也是故交，曾经受到过他的教诲。于先生是国民革命的元老，他主张遵循孙中山先生的三民主义，做了许多有益之事，可惜他在军界没有实力，无法实施自己的主张。你现在好好读书，等将来有机会配合于先生，或许能干出一番大事业来。"

姚文青回应说："谨遵吴教授教诲。其实，我与于右任先生也有过交往，他的理想也影响了我，这才促使我弃工从文，到北京大学来读书。当年于右任先生在三原指挥陕西靖国军时，经常抽空到三原省立第一高等工业学校看望师生，有时也会给老师和同学们讲一些革命道理，我因此结识了这位学兄。但愿今后有机会为国家和民众做点有益的事情，不辜负您和于先生的厚望"。

北平的冬天，寒风刺骨，滴水成冰。干冷的气候、漫天的黄沙，让姚文青这个在关中道上生活了二十多年的人极不习惯。比寒冷的气候更使他难受的是，吴宓要去清华大学筹建国学研究院并担任主任一职了。

为了知道吴宓去筹建清华大学国学研究院的真实动机，姚文青又一次拜访了这位兄长。这次相见，姚文青没有了此前的拘束感，他感到身为知名教授的吴宓确实把自己当成他的小兄弟。

当姚文青问起吴宓为什么放弃在北京大学舒适的教学生活，而去清华大学筹建国学研究院时，吴宓的表情立即变得严峻起来。他说："北大更名之初，孙中山先生在此演讲时就提出了国民政府的办学宗旨，想必你也知道。后来立宪派领袖梁启超在北大做过演讲，提出了大学之精神在于研究和发明，希望北大师生能保持大学之尊严，努力于学问事业，勉力为中国文明争光荣。梁先生谈到北大学风时说，北大为全国最高之学府，大学学风足为全国学风之表率，并提出了三条改善学风之建议，一是谨守服从之德；二是力倡朴素刻苦之风，切戒奢侈放纵；三是养成冷静之头脑，提倡静穆之风，切戒浮躁轻率。现在，奉系军阀进驻北平，不但在军事上打压其他派系，在政治上也继承了北洋军阀的衣钵，对北大的教学横加干涉，偌大的北大，很难再有专心研究学问的场所了。"

姚文青叹息着说："本以为吴教授在北大，我能经常来请教。您现在离开北大去清华，当面请教的机会就少了。"

吴宓有些无奈地说："清华那边再三邀请，盛情难却。奉系军阀把矛头指向北大，今后的日子恐怕就艰难了。或许到了清华之后，环境会好一些。我无上阵杀敌之力，只能研究学问，力争在学术方面给国人以启迪。"

看到吴宓已决心去清华大学，姚文青有些遗憾地说："好在清华和北大相邻，以后遇到困惑我去清华找您请教。吴教授既然已经确定要去清华，筹建国学研究院的事也该有眉目了吧？"

吴宓说："我虽然被人称作知名教授，但骨子里还是陕西人说话办事一言九鼎的风格，既然应允了清华大学，就做了一些工作。国学研究院拟聘请梁启超、陈寅恪、王国维、赵元任等人来任教。有了这些著名学者相助,我相信国学研究院一定能成就伟业,让其他院校刮目相看。"

姚文青早就听说过吴宓所讲的这四位学者的鼎鼎大名。能够将他们聚集到清华大学国学研究院,不用猜也知道作为主任的吴宓肯定是费了不少口舌,他更相信是吴宓的人格魅力感动了这四个人,以致与吴宓一起支撑起国学研究院这块影响后世的招牌,为清华大学争得无上荣光。

翻过年,新学期刚开始不久,奉系军阀从山东不断调兵进入北平,看样子又要发生内战了。战争还没有开始,北平已鸡犬不宁,大街上四处游荡的兵痞,不但影响社会治安,还波及各个大学正常的教学秩序,北京大学、清华大学等学校陆续停课,在校学生纷纷躲避,姚文青此时也遇到了难题。

就在他决定去留之际,刘纫秋的加急电报到了。电报中说,伯母姚封氏已病入膏肓,很想见他一面。姚文青拿着电报,心情极为瞀乱。自从四岁失去母亲,七岁失去父亲之后,伯母就把自己当成了亲生的儿子对待,现在伯母的生命进入倒计时,自己也无法上课,应该趁此回去侍奉伯母。古人说养育之恩是最难报答的,就是做得再多也不为过。如果伯母不幸故去,自己必须请假为伯母守孝。这样一来,学业就无法按期完成了。

倍感苦闷的姚文青拿不定主意,就到清华大学找吴宓商量。吴宓说:"姚封氏对你有养育之恩,即使学业无法按期完成,也应该回陕西为她老人家养老送终,否则别人会戳你脊梁骨的。"

姚文青说:"我知道必须回去。现在时局这么乱,只怕这次回去,就难以继续学业了。"

吴宓说:"你放心回去办理老人家的后事。如果因为安葬老人家和为老人家守孝耽误了时间和功课,我去找北大校长为你说情,保留你的学籍。等你办完老人家的后事,想继续学业时,再来找我。"

姚文青说:"伯母对我恩深似海,无以为报。如若不回去见她最后一面,我会悔恨终生的。。"

吴宓见姚文青情绪低落,忽然想起了他的家事。他说:"姚家是商业世家,现在雅安的商号咋样了?"

姚文青说:"吴教授问的事正是我担忧的事。我伯父现在孤身一人在雅安,年前写信说身体情况不太好。如果我伯母因病去世的消息传到雅安,不知道他老人家是否能承受住打击?如果伯父再有个三长两短,我估计此生就再无继续学业的希望了。"

吴宓劝说道:"你也不要太悲观了。先回去看看,如果需要我帮忙的话,尽管开口。"

姚文青苦笑着说:"如果能够用命换命,我倒是愿意用自己的生命换取伯母寿比南山啊!"

吴宓叹息道:"世道艰难,人生多变。渐能至理窥人天,离合悲欢各有缘。人这一生,没有结在世上不老的道理。"

姚文青一时想不到如何应对吴宓的安慰之语,只好说:"吴教授,如果有缘,咱们后会有期。"

看似简单的一句话,真的成为现实,已经是多年以后了。

有人叹曰:时运不济世道难,家中屡变嫩肩担。

　　　　往事如梦无处说,前程如晦心茫然。

第二十六章

弃学业初涉雅安　斩乱麻夺回主权

过年之后，刘纫秋见姚封氏病情日益加重，请了县城几个有名的郎中诊治，无奈老人年老体弱，丝毫没有康复的迹象，就连日夜伺候她的刘纫秋有时也分不清了，嘴里时常说着一些不着边际的呓语，让刘纫秋感到后怕。

帮刘纫秋伺候姚封氏的吴妈眼看着她变得神志越来越不清楚了，提醒刘纫秋说："少夫人，老夫人恐怕不行了，你还是赶紧想办法让少爷回来吧。如果少爷在，就是老夫人有个意外，咱们也好交代。万一老夫人故去了，少爷又不在现场，如果怪罪起来，我们就无法交代了。"

刘纫秋说："前几天我伯母嘴里还在念叨文青，该是她想见文青一面，当时我也没有多想，以为是老年人的通病，吴妈这么一说反倒提醒了我。

伯母一生没有儿子，一直把文青视为己出，他现在就是学业再忙，我也得拍电报让他回来给伯母养老送终。"

吴妈赞许地说："难得你这么孝顺，平时伺候老夫人吃喝，老夫人病重时你又衣不解带端茶倒水、擦洗身体、浆洗衣服被褥，就是亲闺女也并不见得比你做得好啊。"

刘纫秋见吴妈当面夸赞自己，红着脸说："我就是伯母的亲闺女啊。伯母对待我们一家恩同再造，亲如父母，伺候她老人家是应该的。"

当天下午，刘纫秋就跑到县城邮局给姚文青拍了加急电报，敦促他赶紧回来。

等姚文青赶到三原石头巷樊家老宅时，姚封氏已经不进饮食，气若游丝了。他拉起伯母枯瘦如柴的手，感觉不到温度，知道伯母已经到弥留之际。他轻声呼唤："妈，妈，儿子文青回来看你来了。"

姚封氏在姚文青的呼唤声中突然缓缓睁开了眼睛，眼光迷离地说："你不在北平好好读书跑回来干啥？"

姚文青哽咽道："学校放假了，儿子特意回来伺候您。"

姚封氏吃力地摇头说："妈不是傻瓜，知道儿子心里有妈就行了。"

姚文青还想跟伯母说话，只见她已闭上眼睛睡着了。姚文青松开拉着伯母的手，示意刘纫秋到屋外说话。到了外面，姚文青说："妈刚才和我说话，好像是回光返照，我一回来，妈的心劲就散了，估计妈撑不了几天。你和吴妈照顾好妈，我和车夫老刘得赶紧回社树村准备妈的后事。咱们一家常年居住在三原县城，妈不在了，我们要把妈安葬在社树姚家祖坟，还需要提前回去和姚氏宗亲商议，另外社树村老宅也需要提前拾掇一下。"

刘纫秋说："那你就赶紧叫上老刘回去吧。妈不能病逝在樊家老宅，否则老樊家会埋怨的。"

姚文青点了点头，出门叫上老刘赶着马车直奔社树村。老刘在路上说："少爷，老夫人生命垂危，你回去后好好和姚氏宗亲商议，千万别惹出乱子来。"

姚文青一听这话，诧异地问："我妈去世就应该安葬在姚家坟地，咋会惹出乱子来呢？"

老刘说："这几年你在外读书，对堡墙里几家宗亲发生的事并不了解，也不怪你。堡墙里自永聚公旗下各商号倒闭之后，各家就开始各自为政了，有些人吸食大烟、赌博成瘾，为了应付各种开销，开始贱卖各处土地，更有甚者，已经出卖祖上留下的房产了。你回社树堡，只能去找恒昌堂当家姚秉圭了。你这个堂叔现在是龙洞渠水老，在堡墙里颇有威望，说话还有人听。如果你挨家挨户去征求意见，恐怕事情就难办了。"

姚文青清楚这些年他们一直住在三原县城，很少回社树堡，跟宗亲们来往甚少。如果有人以此为借口，拒绝姚封氏安葬在姚家祖坟墓地，他还真是有理说不清。他说："感谢老刘叔提醒。到了社树村，你帮我赶紧让管家刘安康把老宅拾掇干净，把我妈前些年做好的棺木抬出来看一下有没有问题。秉圭叔原本对我就不错，我想他不会因安葬我母亲为难我的。"

老刘说："姚家户大，人多嘴杂，也只有你秉圭叔能摆平此事。"

马车经过泾阳县城时，姚文青特意让老刘停车，他到一家店铺买了几样礼物，两个人在一个小饭馆要了两碗面条充饥。等到了社树堡，夜幕已经降临了。

老刘把马车刚停在姚文青家大门口，管家刘安康就出来了。他看到姚文青跳下马车，欣喜地说："好长时间没见过少爷了，今天是啥风把你们吹回来了？"

姚文青没有回答刘安康的话，他说："刘管家，快跟我一起到我堂叔姚秉圭家里去一趟。"

刘安康见姚文青神情严肃，手里提着礼物，急忙上前接过来，说："老刘，你把马匹牵到后面院子里去，我屋里有茶水，自己照顾自己吧。"

老刘知道姚文青心里着急，说："赶紧忙正事去吧，别啰里啰唆了。"

刘安康提着礼物在前面带路，时间不长就进了社树堡东门。姚秉圭家就在距离东门不远处的恒昌堂老宅院。刘安康上前敲门，时间不久，大门在吱扭声中徐徐打开，开门的仆人老张看到是刘安康手提礼物站在门外，急忙把两扇大门开大了一点，随后就看到紧跟在刘安康身后的姚文青。

老张惊讶地说："没想到文青少爷也来了。快请进。"

老张领着姚文青、刘安康进了宅院。这座老宅已经有些破旧，屋檐下廊柱上的油漆斑驳，很多地方都露出了松木的本色，门窗上雕刻的精美图案也因岁月的流逝和无人精心护理黯然失色。姚文青没来得及仔细打量，就听见有些苍老的声音传来："这是文青吗？"

姚文青抬头一看，堂叔姚秉圭正站在客厅屋檐下瞅着自己，他疾步上前下跪行礼，说："侄儿文青拜见叔父。"

姚秉圭拉起他说："都是自家人，何必行如此大礼？快，进屋说话。"

众人在客厅落座后，姚文青把自己去北平求学和姚封氏病危的事情告诉给姚秉圭。随后说："叔父，我伯母姚封氏一直把我视作己出，现在她老人家病危，我想把她接回我家老宅，万一伯母仙逝，希望安葬在姚家祖坟墓地。"

姚秉圭呆坐片刻后，遗憾地说："唉，这些年你们居住在三原县城，彼此来往就少了，没想到我嫂子还养了一个你这么孝顺的儿子。姚封氏是姚家的儿媳，应该安葬在姚家祖坟。别人要是说三道四，由我出面摆平，你就放心准备后事吧。另外，我嫂子已经准备好了棺木，但墓穴还没有开挖，我让姚家人帮忙开挖墓穴。如果还有其他事情，请贤侄一并告知。"

姚秉圭是恒昌堂掌门人，在堡墙内的几家宗亲中说一不二，有很高威望，他能如此表态，说明伯母可以安葬在姚家祖坟墓地。姚文青感激地说："感谢叔父替侄儿所做的一切。我现在心乱如麻，对丧葬风俗又不懂，大事还要仰仗叔父替侄儿做主哩。如果需要花钱，尽管告诉我。"

姚秉圭轻轻颔首，感慨地说："姚家到了你们这一辈，就数你最有出息。你能如此对待你伯母，堪称你们这一辈的楷模。啥话都别说了，咱们就按刚才说的办。"

等把姚封氏从三原县城接回社树村老宅时，姚封氏已经昏迷了。姚文青不敢怠慢，让老刘把嫁到川刘村刘家的堂姐姚翠娥接了回来，让堂姐陪伴伯母最后一程。

三天后，姚封氏撒手人寰。姚文青虽然知道伯母是脱离了苦海，不用再忍受病痛折磨，但对亲人的离去依然在感情上难以割舍。他强忍悲痛，亲笔为姚封氏写了哀启①。姚家宗亲和帮忙的乡邻看到他书写的哀启，无不为之动容，也引得大门外经过之人驻足观看：哀启者，先慈封老夫人，三原县东里堡人，年十八来归，伯父述初公（姚煦，字述初）。时先祖母在堂，伯父远商雅州，先慈上事先祖母，克勤克孝，乡间称道，咸奉为则。先慈养育一女一儿，抚育教诲，以至成立。适逢国运衰微，家业受损，先慈率子女勤俭度日。余幼年父母俱丧，全赖伯母督责教养，视为己出，助儿求学，替儿成家，含辛茹苦，至今历历追忆，有余痛焉！苍天不公，世风日下，先慈饱受艰难，身染沉疴，日前仙逝，时切悲痛！祗卜地于泾阳社树堡姚家祖坟，谨择三月初六日，奉柩安葬，敬述事略，恳祈当代名达，

---

① 哀启：旧时一种由死者亲属叙述死者生平及临终情况的文章，一般附在讣告之后发送亲友。

锡以铭诔①,殁存均感②,伏希矜鉴③。

姚文青和儿子姚应孚按照关中风俗,披麻戴孝为姚封氏守灵,接待吊唁的姚家宗亲和亲友,葬礼和亲生儿子安葬父母并无二致,赢得了亲友和乡邻的首肯。

忙完姚封氏的葬礼后,疲惫不堪的姚文青对沉浸在悲痛中的刘纫秋说:"伯母刚安葬,我们不宜再回三原县城了。按照关中风俗,老人安葬之后,逢七就要到坟上去祭奠,如果回三原县城居住,往返很是麻烦。不如趁此机会把老宅拾掇一下,咱们暂且住在老宅,有啥事情也好照应。"

刘纫秋说:"就按照你的打算办吧。伯母在世时,我心里还有个主心骨和依靠,现在伯母故去了,我感觉就像天塌了一样,心里空落落的。"

姚文青劝慰道:"人生自古谁无死呀!但愿伯母在天堂没有病痛,得享极乐。"

姚文青刚给姚封氏过了三七,雅安总号派伙计送回一封号信,该号信是雅安仁在堂大掌柜郭倬甫亲自执笔书写的。姚文青展开号信刚阅读一半,就大惊失色。

刘纫秋见姚文青还没看完号信脸色就变了,想着号信中应该不是好消息,就问:"文青,号信中说啥了,让你如此震惊?"

姚文青没有理会刘纫秋的问话,直到把号信看完才说:"雅安总号大掌柜郭倬甫在号信中说伯父病重,盼望我亲临雅安主持大局。另外,高五爷在雅安不听伯父相劝,执意要更换郭掌柜,两个人为此分歧很大。伯父年老多病,被高五爷挟制,已经无法管理总号事务了。"

刘纫秋苦笑着说:"真是福不双至,祸不单行啊!伯母刚过完三七,

---

① 诔(lěi):叙述死者事迹表示哀悼。
② 殁存均感:(清末民国时期讣告上常用语)活着的人和逝去的人都对你表示衷心感谢。
③ 矜鉴:怜悯体察。

伯父又在雅安生病，我看你这学业恐怕要耽误。"

姚文青长叹了一口气，说："姚家仁在堂是百年老字号，我不能让郭掌柜把招牌背回来。眼下不要说继续学业了，把总号经营大权夺回来才是当务之急。"

刘纫秋问："你当真要放弃学业去经商？"

姚文青说："姚家自明代中期开始入川经商，先祖姚昂干创设恒昌堂、仁在堂、惠谦堂等十大堂号，到如今只有仁在堂还在勉强维持。我再不去雅安，弄不好会堂号易主。"

刘纫秋见姚文青决心已定，又问："你准备何时动身？我为你收拾行囊。"

姚文青说："依郭掌柜在号信中所言，伯父早已生病，只是一直不让告知家人罢了。事不宜迟，我后天就动身。我走后，你带着应孚就住在老宅，没事别让孩子往堡墙里跑。"

刘纫秋虽说刚回到社树堡老宅，但是听到过一些闲言碎语，知道周边人家对堡墙内姚氏宗亲吸食大烟、赌博颇有微词，丈夫不让儿子到堡墙内去，是怕儿子幼小的心灵受到污染。她说："你放心，我会管教好儿子的。另外，此去雅安路途遥远，你一个人孤身入川我不放心，还是带个年轻随从吧，路上也好彼此照应。"

姚文青知道入川之路道路艰险，眼下不管是陕西还是四川，都不太平，妻子的担忧很正常。他说："我等会儿到堡墙内去找秉圭堂叔，看他能否推荐一个会武功的年轻人。"

刘纫秋点头说："郭掌柜派人仅送回来一封号信，没有附带循环簿，我就猜到事情不妙了。"

姚文青说："循环簿一般都用红缎封面，是总号结账后的记录簿，详细记载着东家和伙计们的分红名单，也是商号的经营机密。除了东家和大掌柜、商号总账，一般人无权查阅。往年，郭掌柜在这个时候都会亲自携带循环簿回来交给东家，供东家了解总号经营情况。今年，伯父病重，高五爷虎视眈眈，逼迫郭掌柜辞职，郭掌柜怕泄露总号经营情况，就把循环簿和提录簿全都存放在总号了，等我前去查验。"

刘纫秋说："看来郭掌柜还是个有心人啊。"

姚文青说："郭掌柜是前清秀才出身，为人隐忍持重，办事老练稳重，是伯父在雅安的左膀右臂。高五爷几次找碴要辞退郭掌柜，都因伯父坚持无法达到目的。这次伯父生病不能主持总号大局，高五爷又出来无事生非，恐怕局面就变得复杂，难以掌控了。"

刘纫秋担忧地说："你虽说熟悉号信之事，但对总号具体经营不太了解。入川后，还是要尽量依靠郭掌柜等人，千万别把事情搞砸了。"

姚文青苦笑着说："你就别替我操心了，安心把应乎抚养好就行。"

到了姚秉圭家客厅，姚文青看到小他一岁的堂弟姚鑫也在座，就有点不好意思直接说明来意。姚秉圭知道他上门肯定有事，爽快地说："文青，姚鑫现在西安做事，不是外人，有啥事你就直说。"

姚文青再也顾不得矜持，把他的想法全盘托出，又补充说："叔父，仁在堂总号目前面临危机，我准备放弃学业到雅安接管总号，同时侍奉伯父。"

姚鑫叹息着说："你放弃学业固然可惜，但是如果能掌控仁在堂总号经营，把仁在堂的业务恢复到鼎盛时期的水平，也不算枉费一番苦心。"

姚秉圭没有顺着姚鑫的话往下说，而是转移话题道："我知道高五爷的秉性，有了劳苦功高这样的功绩，肯定让你伯父这些年在雅安受了不少窝囊气，他的病八成是因为生气所致。你到雅安后，要处理好和高五爷的关系。高五爷当年用三块石头一口铁锅挽救了仁在堂，不管咋说也是仁在堂的有功之臣。"

姚文青无法向姚秉圭细说高五爷的一些做法，也不愿家丑外扬，只得轻叹一声，默默不语。

姚秉圭又接着说："何去何从，你到雅安后见机行事。堡墙里原来配有武师和护院，这些年经济不宽裕，已经辞退得差不多了，只剩下罗家父子三人。罗家老大罗玉龙和你年龄相仿，少年习武，曾得到过高人指点，武功不错，人也忠厚，你就带着他一起入川吧。"

姚文青说："感谢叔父忍痛割爱，侄子后天就带着罗玉龙入川。家里只剩下刘纫秋母子，劳烦叔父照顾。"

姚秉圭说："都是一家人，说这话就显得生分了。有我在，绝对不会让我侄媳和孙子吃亏的。"

姚鑫插话说："现在奉系军阀盘踞北平，不断调兵遣将；国民革命军在广州兴办军校，操练兵马。南北双方政见不同，势同水火，必有一战。堂兄远涉雅安，一切以安全为第一要务，千万不敢麻痹大意。"

姚文青说："多谢堂弟提醒。我此去雅安，只带罗玉龙一人，骑马从陈仓古道入川，估计问题不大。"

送丈夫启程时，刘纫秋虽依依不舍，但还是以大局为重。她叮嘱说："姐姐姚翠娥给我说过，姐夫就是雅安义兴茶号东家刘增辉，遇到难缠之事，你可以去找姐夫商议。"

姚文青笑着说："多谢夫人提醒。临别之时，我口占五绝一首，赠予夫人。"

刘纫秋强作欢颜说："纫秋洗耳恭听。"

姚文青随即吟诵道："故里兵尘满，江淮杀气缠。不成向南国，还更入西川。欲就君平卜，犹携子敬氇（音zhan）。蜀山应笑我，不厌听啼鹃。"吟诵完毕，翻身上马，打马如飞，绝尘而去。

姚文青心里着急，一路上快马加鞭，罗玉龙紧随其后，马蹄扬起的尘土惹得路人躲避不及，望着一路灰尘纷纷在他们后面指指点点。

过了宝鸡后，夕阳斜照，夜幕快要降临了。罗玉龙见姚文青丝毫没有停下的意思，急忙追上他大声喊道："少东家，不能这么跑了，否则马匹受不了，我们也会错过客栈，弄不好得露天宿营。"

姚文青一抖缰绳，放缓了速度，说："雅安要出大事了，我心急如焚，就忘了入川二十八站的顺口溜。现在时候不早了，咱们再赶一段路，在秦岭脚下找客栈住下。"

罗玉龙说："咱们这一天马不停蹄，人不下鞍，已经走完别人三天的路程，再继续赶路就进入秦岭山区了。山区道路艰险，凿岩为径，摩天峭壁，一条道路蜿蜒在山谷之中，也是强盗劫匪洗劫行人的理想之地。我虽说会些武功，但也仅限于近距离格斗防身，现在的强盗劫匪大多持有快枪，能远距离威慑。如果错过客栈，我们可能就会变成强盗劫匪的猎物。"

姚文青这才感到了后怕。他一心急着赶路，却没有考虑行走在秦岭山区的危险和可能发生的不测。他说："我是第一次入川，心急如焚，就把危险抛到了脑后。玉龙，你走过陈仓道吗？"

罗玉龙说："前几年随我父亲走过一次，对陈仓道还算了解。过了大散关、凤州后，嘉陵江的河谷平原就突然收拢起来，变成高山峡谷，两侧山崖壁立，中间一水奔流，满目苍松翠竹、青萝蔓藤，是强盗劫匪经常出没之地。陈仓古道发生过太多的历史故事，汉高祖刘邦由此进入关中平原争夺天下，唐玄宗李隆基由此入川避难，陕商多由此入川经商。几千年下来，陈仓古道因其较为平缓，已成为入川的主要道路。"

姚文青听罗玉龙侃侃而谈，不由得对这个小伙子另眼相看。他没料到一个习武之人，不但对陈仓古道路况熟悉，对这条古道上发生的故事也是了如指掌。他由衷赞道："玉龙，不简单。"

罗玉龙此前只听说过姚文青的名字，知道他是读书人，而且是仁在堂未来的继承人，仅此而已。两个人初次见面时，姚文青只是简单地问自己是否愿意随他入川。当时，罗玉龙没有细想，以为仅是为姚文青当保镖，就毫不犹豫地答应了。他之前和姚文青说过的话屈指可数，能让少东家当面夸自己，让他有点不好意思。

罗玉龙说："其实也没啥，只要走过这条古道，任何人都会听到好多故事。"

姚文青问："你除了习武，还喜欢啥？"

罗玉龙说："要说喜欢的事，当然是秦腔了。"

姚文青笑着说："以后有机会唱来听听。"

罗玉龙说："没问题，碎碎个事。"

之后的每天，两人都在秦岭的崇山峻岭间穿越，一路上丝毫不敢耽搁，过了汉中、勉县、宁强后，就到了川陕交界的棋盘关。在这里，他们遇到了此前从没碰到过的难题。

到了棋盘关下，罗玉龙说："少东家，翻越棋盘关不能骑马，必须牵着马小心翼翼地前行。棋盘关古道沿山势逶迤盘旋，的确有七盘。蜿蜒在山涧的古道，曲折往复，盘旋而上，一边是悬崖峭壁，一边是沟壑深涧，不宽的道路全是人工开凿。只有牵着马沿古道前行，才能保证安全。"

姚文青说："这里地势险要，历来是兵家必争之地，也是往返川陕的必经之路。就按照你说的办，咱们牵着马走。过了棋盘关还有难走的山路吗？"

罗玉龙说："除了棋盘关，过剑门关时也得牵马而行。等过了剑门关就到了川北平原，穿翠云长廊，经梓潼大庙，翻鹿头关、白马关，就可直达成都。少东家，棋盘关、明月峡、剑门关这几个关口，地势险要，也是风景优美之地，你如果有兴趣，可以驻足观赏，也不枉入川一趟。"

姚文青苦笑道:"我恨不能插上翅膀飞到雅安,哪还有心思浏览美景。以后要经常走这条道,有的是时间欣赏。"

两个人过了棋盘关、明月峡、剑门关之后,一路狂奔到成都。姚文青到了成都芙蓉街仁在堂分号,掌柜杨茂才早就得到消息说少东家已经从泾阳出发入川,此刻终于盼到少东家,一颗悬着的心才算放下。他招呼姚文青和罗玉龙洗漱、吃饭后,简单地寒暄了几句,就告诉姚文青一个噩耗:姚煦于他们到达成都的当天早上在雅安总号病逝了。

姚文青听到这个消息,路途的劳累加上伯父病故的打击,一下子瘫倒在座椅上。杨茂才顿时慌了,直后悔自己嘴巴太快,最起码应该等少东家缓口气再告诉他不迟。事已至此,赶紧让伙计把姚文青搀扶到客房休息,等待少东家缓过来后再做打算。

送走姚文青后,杨茂才向罗玉龙详细询问一路上的情形。听罢罗玉龙的叙述,杨茂才说:"一个常年读书之人,能长途跋涉来成都,确实难为少东家了。现在雅安总号局势危急,非少东家亲临才能稳定大局,我急切地将老东家病逝的消息告知少东家,也是情势所迫。我相信少东家了解总号危局后不会怪罪我的。"

罗玉龙不清楚他话里的含义,也不好妄加评论,说:"少东家是读书之人,深明事理。只要杨掌柜做得在理,他肯定不会怪罪你。"

时间不久,姚文青缓过劲来,脚步蹒跚走进客厅,略显疲惫地刚坐下就问:"杨掌柜,雅安总号是啥时候派人告知我伯父仙逝的?"

杨茂才愧疚地说:"总号郭掌柜在老东家倒头①后就派人骑马到成都来,后半晌刚到。报丧之后,就立刻返回雅安了。"

姚文青悲痛地说:"我在泾阳老家接到号信,紧赶慢赶,还是没能在

---

① 倒头:关中方言,指老人去世。

伯父生前见上一面，实在是老天爷不开眼啊！事已至此，我明天一大早就赶往雅安，办理伯父的后事。杨掌柜，说句真心话，你觉得高五爷这人咋样？"

杨茂才愣了一下，随即说："我想少东家对高五爷多少还是了解的。高五爷自恃当年挽救过仁在堂总号财物，又和老东家是结义兄弟，从来不把别的掌柜放在眼里。老东家入川后，高五爷照样独断专行，经常一个人就对总号经营做出决断，还到处插手各分号经营事务，因此和老东家有了矛盾。近年来，高五爷屡次强逼郭倬甫总掌柜辞职，从而与老东家矛盾激化。现在，老东家仙逝，仁在堂总号到了生死存亡的关键时刻。好在少东家已经入川，仁在堂上下就全仗少东家主持公道了。"

姚文青见杨茂才并没有透露自己的想法，追问道："杨掌柜刚才说的事，我基本都知道。如果我依然维持现有局面，杨掌柜做何打算？"

杨茂才迟疑了一下，接着说道："如果少东家想维持现在的局面，杨某就辞职不干了。"

姚文青听了这话，暗自吃惊。自己初来乍到，几句简单问话就让成都分号掌柜有了辞职的念头，不但自己难堪，传出去之后也会引起极为不良的影响。为了弄清杨茂才辞职的真实原因，他好奇地问："杨掌柜是仁在堂的老人了，成都分号经营业绩也不错，你不会因为老东家仙逝就辞职不干吧？"

看到少东家打破砂锅问到底，杨茂才只好摆明了说："少东家既然知道雅安总号一些事情，就应该清楚郭掌柜和高五爷早就势同水火了。这两个人不分出个高低来，肯定不会善罢甘休的。高五爷功高震主、任性霸道、飞扬跋扈，把自己当成了仁在堂的太上皇，发号施令，不容置疑，早就让各分号掌柜难以忍受。要不是大家看在老东家的面子上，早就各奔东西了。如果少东家继续留用高五爷，不但郭掌柜会辞职，我会辞职，可能总号十多个伙计也会辞职。"

姚文青这才深刻感受到事态的严重性。如果不当机立断解除高五爷的所有权力，仁在堂总号确实有树倒猢狲散的可能。果真如此的话，自己如何面对祖先的灵位，又如何向刘纫秋解释自己到雅安后发生的一切。如果自己把仁在堂百十年的老招牌背回泾阳老家，岂不让所有陕西商人笑掉大牙。

姚文青沉思了一会儿说："义兴茶号东家刘增辉是我伯父的亲女婿，他没有帮过我伯父吗？"

杨茂才说："从明中期开始，泾阳川刘村义兴茶号、王桥街道于家恒泰盛茶号和社树村姚家仁在堂茶号就垄断了川藏茶叶贸易，三方既是合作伙伴，也是竞争对手。老东家刚入川时，刘东家还经常到仁在堂总号请安问好，高五爷却在总号伙计面前讥讽刘东家存心不良，这话传到刘东家耳朵之后，刘东家就很少过问仁在堂总号的事了。"

姚文青见时间不早了，就说："大家都早点休息，明天黎明时分一起出发，快马加鞭，争取天黑时分赶到雅安。另外，杨掌柜替我私下约一下郭掌柜，我有要事和他商谈。"

雅安东邻成都，西连甘孜，南界凉山，北接阿坝，素有"川西咽喉""西藏门户""民族走廊"和天然氧吧之称。自明代初年开始，这里就是川藏贸易的集散地，也是泾阳帮茶商扎堆的地方。泾阳桥底川刘村刘家的义兴茶号总号（规模在雅安及康定名列第一）、社树姚家的仁在堂总号、王桥于家的恒泰盛总号等都集中在三元街一带，是川藏茶叶贸易的翘楚。

姚文青一行风尘仆仆地抵达雅安时，夜幕已经降临。进了仁在堂总号大门，姚文青直奔伯父的灵堂。他在灵堂上香磕头之后，立刻换上孝衣，一身白色孝服，使他更显得精明干练。

总号掌柜郭倬甫、总账房韩树德没料到东家这么快就赶到了雅安，急忙招呼他们一行休息喝茶。

姚文青端起茶杯却又放下，说："请韩总账派人告知泾阳商帮乡党，明天早上，我要以仁在堂东家的身份为伯父入殓祭灵。顺便告知仁在堂所有回到雅安来的各分号大掌柜、二掌柜，总号二掌柜和账房先生，后半晌全部到总号议事厅开会。"

韩树德见东家风风火火，说话干脆利索，安排事情细致周到，料到他要安排大事了。但却没料到，东家后来的举动让他多么惊讶。

姚文青等韩树德离开客厅后，对郭倬甫说："郭掌柜，文青初来乍到，有些事情需要当面向您请教。"

郭倬甫看了看四周，轻声说："这里不是说话的地方，东家果真有事要问的话，咱们到我的房间去吧。"

姚文青站起身时对罗玉龙说："玉龙，麻烦你到灵前替我守灵，如果有人问起我是否到了雅安，你就说我已经到了，但因路途劳累先行休息了。"

姚文青跟着郭倬甫出了客厅到了总号前院，拐进左侧一间屋子。这间屋子不大，干净整洁，所有东西摆放得井井有条。郭倬甫招呼东家坐在上首，说："刚才成都分号杨掌柜悄悄告诉我说东家找我有事，不知道东家有啥要事啊？"

姚文青说："郭掌柜，咱们虽说见过几次面，但都是你向我伯母汇报总号经营情况，我跟你没说过几句话。从你发送回泾阳老家的号信中，我能看得出你的为人和能力。现在仁在堂因老东家仙逝，暗流涌动，危机四伏。我想知道你和高五爷到底有什么过节，务必给我交个实底。"

郭倬甫知道此前的号信大多是他回复的，对重要事情都有恰当的安排，见到这样的号信多了，他对姚文青无形中就有了好感，并且对他能妥善处理总号各种大事感到由衷钦佩。现在东家到了雅安，肯定是接到了自己在号信中的请求。有了这样单独说话的机会，他也想一吐为快，把这些年积压在心里的憋屈释放出来。如果东家执意继续留用高五爷，自己就可以光明磊落地离去，不会让泾阳商帮瞧不起。

他说："要说有过节，以前也都是些鸡毛蒜皮的小事。自大老爷入川主政后，我跟随大老爷跑遍仁在堂在川藏地区的所有分号，掌握了各分号的经营情况，在决策方面有时与高五爷不合，但也没有影响大局。等高五爷年届六十岁时，大老爷按照商规，让高五爷卸下总掌柜职务，准备启用我任总掌柜，但高五爷受其儿子高富贵及几个知己掌柜的蛊惑，竟然要求大老爷任高富贵为总掌柜。二人意见不合，别扭了很长一段时间，我夹在中间也受尽了窝囊气。东家也知道，高五爷有几个儿子，但没有一个争气的，就连他带到雅安的高富贵也是难堪大用之人，根本没有德性和能力出任总号大掌柜。最后，大老爷坚持己见，让我做了总掌柜。打那以后，高五爷时常找我的麻烦，借口找碴，甚至还牵连到大老爷。泾阳帮许多掌柜看不过去，要召开商帮会议解决这个问题，大老爷人心善良，惦念高五爷多年为姚家辛苦劳作，劝阻了此事。在大老爷病危期间，年龄快八十岁的高五爷逼着大老爷辞退我，又提出由高富贵主政，甚至向各分号下发了没有加盖大老爷印章的由高富贵任总掌柜的文书，大老爷看到高五爷意图谋权篡政，一气之下，病情更重。现在，大老爷撒手人寰，东家已经来了，你看此事如何办才好？"

姚文青微微颔首说："我没料到事态会如此严重。我伯父、我父亲和高五爷是异姓结义兄弟，他是我干大①，这样做事确实过分了，简直是荒唐之极。眼下的当务之急，必须先处理好我伯父的丧事，等事情稍有眉目，

---

① 干大：关中渭北一带在孩子满月时有撞干大的风俗，往往安排自己最亲近和器重的人做孩子的干大，就是干爸。

再整顿总号主权归属，否则，真会大权旁落，甚至有家产被鲸吞之虞。"

郭倬甫心里顿时踏实多了，说："不瞒东家说，我等多个分号掌柜就等着少东家办完大老爷丧事之后，看你如何处置总号事务哩。如果你继续留用高五爷，我等就辞职不干了，免得再受窝囊气。说实话，雅安许多商号也在等着看仁在堂总号的笑话哩。"

姚文青又问道："现在对高五爷唯命是从的都是哪些人？"

郭倬甫说："高五爷前后主政仁在堂总号长达二十年，当然有不少亲信。据我所知，甘孜、阿坝、康定等几个分号掌柜就和高五爷父子走得比较近，他们在高家父子的威逼利诱下很可能早就串通好了。东家要夺回主动权，只要打断高五爷这根主心骨，其他人就不会成为心腹之患，也搅不起浪花。"

姚文青点了点头，算是认可了郭倬甫的建议。他说："麻烦郭掌柜带我到义兴茶号总号去，我要拜访一下我堂姐夫刘增辉。"

郭倬甫说："大老爷病危期间，刘东家来过几次嘘寒问暖，也曾求医问药，尽到了一个当女婿的职责。大老爷仙逝当天，刘东家就在现场。不过现在有些晚了，要不然明天早上再去吧。"

姚文青心里清楚，留给自己的时间有限，容不得再耽搁。他说："事不宜迟，就是再晚，我也要上门叨扰。"

郭倬甫无奈，只好领着姚文青出了仁在堂总号大门，快走到义兴茶号总号时，故意放慢脚步，等候姚文青靠近自己后再上前敲门。

姚文青看到义兴茶号门前屋檐下挂着四个红色的灯笼，朦胧的灯光下，依稀可辨大门两侧的廊柱上挂着一副对联：唐太宗恩典蒙顶雅茶入藏地；乾隆帝御赐金匾朱漆扬义兴。

就在姚文青驻足细看对联时，郭倬甫已经迫不及待地拍打义兴茶号的大门。时间不长，大门徐徐打开，义兴茶号总管刘文祥探出脑袋，看清楚是郭倬甫和一个身着孝服的年轻人，问道："郭掌柜深夜来敝号有何贵干？"

郭倬甫指着姚文青说："这位是刚到雅安的仁在堂东家姚文青，他想拜见刘东家。"

刘文祥知道姚家和刘家的关系，又听说是姚家东家来拜访自家东家，急忙把他们请进总号。边往总号二进院客厅走，刘文祥边说："刘东家早上从仁在堂总号回来后，一直就枯坐在二堂客厅，茶不思饭不想，让我很担忧。姚东家来了，正好帮我劝说一下我们东家。"

说话间，一行人就到了二堂客厅。刘增辉刚才已经听到有人敲总号大门，随后又是一阵脚步声由远及近传来，接着看到三人到了跟前。

刘增辉站起身问："郭掌柜，不知深夜光临敝号，有何指教？"

郭倬甫摇头说："我哪敢指教刘东家呀，是你的内弟姚文青执意要来拜见你哩。"

姚文青连忙上前双手抱拳说："内弟姚文青拜见姐夫。"

刘增辉见面前的年轻人气宇轩昂、儒雅洒脱，急忙回礼说："哟，是文青啊。多年不见，已经认不出来了，真是一表人才呀。我今天一天都在为岳丈去世后仁在堂何去何从熬煎哩，现在你到了雅安，就看你如何收拾这个烂摊子了。"

姚文青说："咱们是打断骨头连着筋的关系，我就是为如何妥善处理危局来请教姐夫的。"

刘增辉此前和郭倬甫交往深厚，对他的为人处事、忍辱负重感到着实钦佩。此刻客厅里没有外人，就说："姚家的事情我不宜出面直接参与，否则会落下话柄，让人说三道四。你既然来了，我想听听你的想法。"

姚文青知道刘增辉心有顾虑，就斩钉截铁地说："天下之难持者莫如心，天下之易染者莫如欲。仁在堂到了今天这个局面，和我伯父顾及情面、不断忍让有关。伯父的大度滋长了高五爷的贪欲，也造成了仁在堂总号人心不稳。我的办法就是乱世用重典，危局出重拳。要用快刀斩乱麻的霹雳手段，夺回仁在堂经营管理大权。"

刘增辉点头说："你有此决心，我就放心了。高五爷曾经是姚家的功臣，但这些年的所作所为实在难以让人启齿。他将自己凌驾于东家之上，拉帮结派，打压异己，甚至心存异心，谋权夺位，让陕西商帮都在嘲笑姚家无人。好在你已经有了打算，斩断这堆乱麻，就能让仁在堂重归正轨。一家人不说两家话，你需要我支持的话，我理当义不容辞，全力以赴。"

姚文青喜道："多谢姐夫。姐夫刚才说到高五爷曾经是姚家的功臣，他就是凭借着当年保全了仁在堂总号资产，在姚家目空一切，甚至对我婆都指手画脚，吹胡子瞪眼，完全没有把长辈放在眼里，更不用说我伯父、我父亲了。我这些年在来往号信中也见识了高五爷的手段，他曾经强逼我伯母在任用掌柜的文书上加盖印章，遭到我伯母拒绝后，竟然大发雷霆，完全忘记了谁才是仁在堂的东家。每次郭掌柜有号信送回泾阳，高五爷随后就另送号信，并在号信中对郭掌柜妄加指责，言辞刻薄、毫不留情。古人所谓功高震主之言，放在高五爷身上绝不为过。此人不走，仁在堂难保安宁，更不用说把生意做好了。"

姚煦的灵堂设在仁在堂总号第三个院落的北面，那里也是他的居所。白色幔帐挂满了屋檐，屋内的供桌上除了祭品，还有一幅姚煦的画像，两边立柱上悬挂着一副对联，简要概括了他的一生。披麻戴孝的姚文青跪在供桌左侧，回应前来吊唁的乡党们。

等泾阳帮各路掌柜及仁在堂总号在川藏地区各分号接到报丧信息的掌柜们基本到齐后，郭倬甫走到姚文青跟前小声嘀咕了一声，随后对众人大声说道:"姚家少爷已于昨天晚上赶到雅安,现在按照少爷的吩咐,正式入殓大老爷。"

众人刚才还在猜测跪在供桌左侧、披麻戴孝之人是谁,现在听郭倬甫这么一说,都大吃一惊,他们没想到姚家少爷这么快就到了雅安。泾阳帮各路掌柜好奇入殓之后,新东家会对他们说些什么,仁在堂各分号掌柜则想知道新东家如何应对接下来的复杂局面。这些人当中,唯独高富贵面露讥讽之意,这一瞬间的表情变化,恰好被郭倬甫看在眼里。

虽说姚煦在雅安去世,但入殓的风俗还是按照泾阳当地丧葬风俗进行。姚文青走在前面,从左至右围着黑色油漆刷过的柏木棺材转了一圈,然后在棺材底部撒一层麦草,麦草上铺好红布褥子,放好枕头,又在枕头下放了几本书。做完这些,韩树德招呼伙计把姚煦遗体安放在棺内,让前来吊唁者围绕棺木瞻仰遗容。

姚文青发现记忆中已经模糊的伯父和父亲非常相像,伯父穿戴整齐躺在棺材里,慈祥的面容泛着青色,嘴里噙着一枚用红色绳子拴着的铜钱,手边放着拐杖,手腕上拴着荞面饼,双脚用麻绳绞绊。这些做法完全符合泾阳当地风俗。

等吊唁者瞻仰了遗容,仁在堂的伙计们早已在灵堂外摆好"十全"纸活外加守门狮子、硬灯照等。"十全"纸活是关中丧礼上最全的纸活,包括上平房、左右侧房、门房、过亭、灵堂、金童、玉女、纸马、轿车、鹿、鹤、靠山、转灯等,这些纸活全是后人对长辈生活状况的复制,越排场显得对长辈越孝敬。姚文青没有亲自操办过丧事,一切全仗韩树德精心安排。

入殓完毕,钉上棺钉之后,姚文青走到供桌前,点上三根高香,准备上香。旁边郭倬甫一语双关地说道:"乡党们请留步,姚家大老爷仙逝于雅安,仁在堂现在虽不能和泾阳当地相比,但总得让人吼上一段大老爷生前喜欢的秦腔为他送行吧?"

泾阳帮掌柜们听到郭倬甫如此一说，都停留住脚步。郭倬甫扭头喊道："玉龙，吼一段祭灵给大老爷送行。"

罗玉龙等姚文青上完香，跪在灵前，这才走到离供桌不远的地方，冲着姚煦的遗像作了三个长揖，清了清嗓音，顿时灵堂里响起了苍凉悲伤的秦腔《祭灵》选段。只听罗玉龙高亢的嗓音唱道：

满营中三军齐挂孝，
风摆动白旗雪花飘。
白人白马白旗号，
银弓玉箭白翎毛。
文官臣头戴三尺孝，
武将官身穿白战袍。
因甚事王把服袍套，
为之为桃园恩义高。
入灵位王把纸钱吊，
……

罗玉龙刚唱到"入灵位王把纸钱吊"，姚文青忍不住悲痛放声大哭，哭声中透出来的伤心让吊唁者为之动容，唏嘘不已。

悲声稍止，姚文青站起身，对着乡党们频频作揖，感谢他们前来为伯父送行。随后，姚文青朗声道："各位乡党，我是姚文青。紧赶慢赶到雅安，也未能在伯父生前见上一面，万分遗憾。今天大家看在老乡和同行的面上，前来吊唁，让我万分感激，此情容当今后加倍回报。大家都知道，丧事是乱事，如果招呼不周，请大家海涵、见谅！另外，仁在堂总号所有参加吊唁的各分号大掌柜、二掌柜和账房先生，后半晌全部到总号议事厅开会，我有要事向大家宣布。"

郭倬甫眼看着高富贵和甘孜、阿坝、康定等几个分号掌柜相跟着出了仁在堂总号大门，悄声对姚文青说："就是刚才一起出大门的几个人跟高五爷穿一条裤子，东家务必当心。"

姚文青神情肃穆地说："该来的就让它来吧。离了张屠夫咱还吃带毛猪不成。"

位于三元街距离仁在堂总号不足一里处，有一座关中民俗建筑风格的三进式四合院，青砖砌墙，雕梁画栋，此处便是仁在堂元老高五爷的住所。当年，姚煦赶到雅安管理仁在堂总号时，鉴于高五爷对姚家的贡献，从当地一户人家处购买了这块地皮，不惜重金聘请工匠，为高五爷建起了这座宅院。虽然时隔多年，但院落依然显得雄浑大方，不落俗套。

此刻，在二进院落的正屋客厅里，高富贵正在向父亲高五爷汇报早上在姚煦入殓仪式上见到的一切。陪同高五爷在座的还有甘孜、阿坝、康定等几个分号的掌柜，这几个人全是高五爷主政时亲手提拔任用的。此前，他们就在一起商议过，如果姚家没人能主政仁在堂总号，就推举高富贵接任总掌柜，进而瓜分仁在堂资产，另起炉灶单干。他们没料到老东家刚入殓，姚文青就告知仁在堂总号所有掌柜、账房后半晌有重要事情宣布。眼看着美梦有可能成为泡影，他们就跟着高富贵来找高五爷想办法。

听了高富贵的叙述，高五爷也感到有些吃惊。姚煦刚去世，姚文青就到了雅安，绝对是来者不善。他狡黠地扫了一眼面前的几个掌柜，放下手中的水烟袋，胸有成竹地说："慌什么。一个乳臭未干的黄毛小子，还能捅破天不成？只要你们拧成一股绳，劲往一处使，由我出面掌控仁在堂不在话下。"

几个掌柜七嘴八舌，无非就是说姚文青已经到了雅安，恐怕要收回仁在堂的经营管理大权，再不动手，原先商议的事情就成了幻想。

高富贵见他们心情焦虑，说："姚家的生意几十年来全靠我们在经营，大老爷虽说曾经主政，但大的事情哪样不是听我爸的。可以说，姚家能有今天，全是在座的功劳。现在已到关键时候，大家绝对不能认尿，谁要想认尿就不要掺和此事！"

几个掌柜听到高富贵言辞犀利、口无遮拦，完全不把他们放在眼里，都不再言语，等着听高五爷的良计妙策。

高五爷呵呵一笑，安慰他们说："你们不必发愁，先去吃饭，后半晌我跟你们一起去议事大厅，咱们随机应变。我就不相信咱们这些在生意场上闯荡了几十年的老伙计还斗不过一个刚出道的东家小子。"

快到约定的时间，姚文青提前来到总号议事大厅。时间不长，各分号大掌柜、二掌柜、账房先生陆陆续续进了大厅，并按照位置依次落座。他们都想看看刚入川的东家如何安排今后的营生，如何对待他们这些前朝的功臣。

郭倬甫扫视了一眼大厅，低声对姚文青说："除了高富贵高掌柜，其他人都到了。"

姚文青站起身，高声道："我早上已经告知大家要议事，现在就按照议事的规矩办。俗话说国不可一日无君，家不可一日无主。今天我召集大家议事，其实就是告知大伙儿，从现在起仁在堂的所有经营决策大权统归我掌管，其他人无权干涉，更不得无理取闹，否则按照商号规矩严惩。"

他的话音刚落，就听到一个苍老的声音大喊："这话说得太满了吧，也不怕风大闪了舌头。"

众人顺着声音望去，只见高五爷颤巍巍地拄着拐杖，在儿子高富贵的搀扶下，缓步走来。姚文青对郭倬甫、韩树德点了点头，这种预料之中的事早来比晚来强。

姚文青连忙上前行礼，笑吟吟说道："干大，您能来参与决断姚家大事，我求之不得，快来请坐。"

他把高五爷扶上自己刚才坐的太师椅，自己则坐在了高五爷对面。等高富贵找到自己的位置坐下后，姚文青继续说："在座各位都是姚家的功臣，为仁在堂的起死回生做出了巨大贡献，姚家人不会忘记你们的功绩和辛劳，文青在此多谢了。自古以来，人臣就有忝臣、篡臣、功臣、圣臣四种之分，也有功高震主之说。四川是三国故事的多发地，今天我就借用三国故事讲一下道理。曹孟德一世枭雄，敕封魏王，但他始终未敢篡汉自立；诸葛亮劳苦功高，神机妙算，也没有逼刘禅让位把蜀汉改姓诸葛。诸位都是姚家的功臣、圣臣，如果能在我掌事期间，继续为仁在堂效命，一展自己的商业才华，文青将感激不尽。"

高五爷听着姚文青引经据典，脸色一阵青、一阵黑，极其难看。他没想到，姚文青这个愣头青一番言语，直击要害，把他想反驳的话硬生生堵了回去。

姚文青看了一眼高五爷，继续说："老东家仙逝了，但姚家的生意还得继续。之前，我也听到一些风言风语，这些我全当耳旁风，不再计较。从现在起，各位掌柜都要按照总号指令行事，不得有任何差池。"

高五爷见姚文青当着大伙的面说如此强硬的话语，心里很不舒服。想当初，即使大老爷姚煦主持仁在堂总号商务，对自己也是毕恭毕敬，尊崇有加。郭倬甫虽然是总掌柜，但稍不顺眼，自己照样呵斥，姚煦虽然心里不悦，但从不敢当面发作。今天自己的这个干儿子，第一次召集掌柜们议事，竟敢不把自己放在眼里，长此以往，不要说瓜分仁在堂，恐怕连自己坐的位置都不保了。想到这里，高五爷冷笑着说："还真是太子登基，一下子就想独揽朝政了。"

姚文青赔笑着说:"俗话说,家有百口,主事一人。我不是年幼的同治,用不着弄出个垂帘听政的故事;也不是懦弱的光绪,任由太后专权,搞得丧权辱国,没了尊严。"

高五爷知道这小子心里已经有了打算。此刻担心之前的密谋就要泡汤,不甘心地问:"干儿子,如此一来,把干大置于何地呀?"

姚文青终于听到高五爷要摊牌,恭声说:"既然干大问了,我就明确告知一下。干大是姚家仁在堂的功臣,虽说当年舍命保住了仁在堂总号资产,但也让舒聚源孙掌柜着实羞辱了我伯父、我父亲。我伯父入川后,舍不得给老家输送银钱,却不惜出巨资为您购地建房,算是仁至义尽吧?您退出生意场,我伯父仍然对您礼待有加,四时八节派人送去银两问候,试问有几个东家是这样做的?干大已年近八旬,早就年老体衰,精力不济,也不适合在生意场闯荡,不如回家颐养天年吧。"

高五爷先是一愣,随即大声抗议道:"我不忍心当年我们用三块石头一口铁锅支撑起来的仁在堂总号败在你的手里?"

姚文青依旧满面恭谨地说:"干大如何能预测到仁在堂会败在我的手里!人心虽然都是自私的,但应该有分寸。以商人而论,谁都想挣大钱,都想拥有更多的钱财。有了钱财就想有权力,有了权力还想掌控一方或者业界,甚至还有更大的奢望。而我只想做好生意,做点善事,有机会的话能帮助更多的人。如果这点事情我都做不好,就愧为姚家子孙。"

高五爷心里虽不愿承认姚文青的能力,但姚文青的这番话早就让他的脸挂不住了。想到此前和姚党氏、姚煦兄弟之间的恩怨纠葛,他有些愧疚地站起身想走。姚文青急忙上前,把他轻轻按在太师椅上。

姚文青说:"话不说不明,灯不挑不亮。咱们今天就把话说明白,好让各位掌柜安心做事。我收回仁在堂主权,也仅是收回经营决策权,各位掌柜还是按照老东家原先制订的办法考核分红。虽说我初来乍到，但我有权决定，各位掌柜如果完成年初老东家下达的目标，我在原分红基础上再加一成。如果各位掌柜另有想法，甚至想撂挑子走人，请尽快提出，我好让韩总账算账送人，绝不勉强，也不敢耽搁各位掌柜的前程。"

众人悄声议论了一阵，无人站起来表态说要走。大多数忠诚姚家的掌柜悄悄竖起大拇指。而那些为数不多、原来有其他想法的掌柜也低头不语了。

姚文青见目的已达到，内心虽然兴奋，但依然表情平静地说："既然如此，我拜托大家仍然不辞辛苦，用心干事，路遥知马力，日久见人心。我会让大家伙儿知道我姚文青是如何为人做事的。"

他转过头，对韩树德说："韩总账，你安排人收拾几桌饭菜，让大伙好好吃喝一顿，也算是我这个东家来雅安之后和大伙的见面宴。"

各分号掌柜陆续走出议事厅被伙计迎往餐厅，只有高五爷垂头丧气地在高富贵的搀扶下径直迈出仁在堂总号大门。

后人叹曰：功高震主不应当，倚老卖老欠思量。

快刀斩断人情账，扬起风帆好起航。

第二十七章

进锅庄再续前缘　寻商机不畏艰险

当机立断收回仁在堂的经营管理大权后，姚文青并没有觉得心情舒畅。在酒宴上，大部分掌柜、账房对姚文青做出的决策赞不绝口，唯独甘孜、阿坝、康定三个分号掌柜见了他不敢对视，甚至故意躲避，让他对这三个分号掌柜极不放心。权力交接过程中引起混乱，造成人心不稳，历来都是商号的大忌，他不得不防。

姚文青在决定按照姚家商号规矩巡视各地分号之前，特意把总号掌柜郭倬甫、总账房韩树德叫到一起商议。

姚文青说："仁在堂商号在取名时含有德泽仁厚之意，原来有恒顺益、恒顺合、恒顺源、天增公四个分号，恒顺源早就倒闭了，咸丰同治年间，恒顺益、恒顺合先后倒闭，只剩下原来资本规模最小的天增公。从社树堡姚家来说，后街四家不说了，前街姚家二门华萼堂后嗣已绝，长门竹森堂现存两女，三门仁在堂也就我一根独苗。人丁不旺，无人入川总揽总号大权，是仁在堂难以持续兴盛的主要原因。从现在起，我就常驻雅安总号，恢复东家经常巡视各地分号的传统，帮助各地分号掌柜解决经营管理中遇到的实际困难。"

郭倬甫听东家做出了这样的决定，心中感到兴奋和喜悦。东家能亲临一线指挥，就省去了用号信来回传递商号信息的麻烦，并且能根据市场变化情况及时做出决策，也符合当下商号管理情况。他说："明清时期陕商创造的驻中间、拴两头的经营管理模式已经过时了。东家能这么做，肯定会对总号和各地分号提高办事效率、应对市场变化起到不可预估的作用。"

姚文青说："东家常驻泾阳老家，总号用号信请示工作，往返最快两个月，等到东家的意见传到雅安总号，可能市场情况已经发生了变化，因此就会失去良机。今后，总号和各地分号有啥要求咱们及时处理，免得影响业务发展。"

韩树德喜道："东家果断收回总号经营管理大权后，又给各分号掌柜增长了薪俸，既鼓舞了人心，又激励了斗志，加上东家临阵指挥，总号的经营利润肯定会超过往年。"

姚文青微微一笑，说："平稳过渡，凝聚人心，是我到雅安来的初步打算。郭掌柜，两天之后，你陪我一起到康定、甘孜、阿坝几个分号巡视一下，有机会的话我想从康定进藏，拜访锅庄秋娘，把茶叶、药材、布匹生意进一步夯实，我不想让高五爷看我的笑话。"

听话听音，郭倬甫一下子就明白了东家的用意。他说："这些年，因为大老爷身体欠佳，我们跟锅庄和彝族土司之间交往就少了，在贵重药材采购方面确实数量在逐年下降。如果东家能亲自拜访锅庄秋娘和彝族土司，不但可以恢复之前的关系，而且在丝绸、瓷器、布匹、食盐等销售方面还可更进一步。"

姚文青说:"明天早上安排伙计把我伯父的灵柩暂且厝①放起来,等年底我回泾阳时再运送回家,安葬在社树堡姚家祖坟墓地,好让我伯父叶落归根,和我伯母安葬在一起。我再抽空去拜访一下我姐夫,商量如何改进茶叶加工工艺。"

郭倬甫说:"五属边茶贸易到现在为止已经四百多年,都是用泾阳紧压茶技术,东家难道想把泾阳茯砖茶技术引进雅安?"

姚文青说:"我知道泾阳茯砖茶制作有'三不离'之说(离了泾阳的气候不行,离了泾阳的水不行,离了泾阳茶工的技术不行),但至少我们要尝试一下才能知道用五属边茶能否制作出茯砖茶。即使不能制作成茯砖茶,也要改进现在五属边茶加工工艺。清末时期,大引茶商马合盛就是改进了泾阳茯砖茶包装,贴上了自家商标,才闯出了一片天地。依我看,今后仁在堂茶叶贸易除了加工五属边茶,还应该引进茯砖茶加工工艺,改变现有包装,在外包装上使用天增公商标,争取创立自己的品牌。"

听到东家要用天增公商号作为五属边茶贸易的新商标,韩树德猜他是不愿躺在先人的功劳簿上,想自己独创品牌,以示和先人的区别。他说:"东家这个想法很好。以往我们销售给藏族、彝族贵族的茯砖茶就是在泾阳加工的,往返费时费力,成本很高,利润较薄。如果能引进茯砖茶加工技术,就能节省不少成本,无形中就提升了利润,但有一个前提就是得从泾阳挖掘技术精湛的制茶技工到雅安来试制。"

姚文青说:"现在距离新茶下来还有一段时间,我拍电报给西安分号掌柜王智远,让他到泾阳去高薪聘请制茶技师,赶在新茶上市之前到雅安来。"

---

① 厝(音 cuo):把棺材停放待葬,或浅埋以待改葬。

他转过头对郭倬甫说道："烦请郭掌柜明天就准备礼物，要根据锅庄秋娘和土司的不同喜好，区别对待。另外，随行再带几个人，以防不测。"

韩树德犹豫片刻说："东家刚到雅安总号，就要外出巡视。临走前，不去拜访一下高五爷吗？"

姚文青清楚这是韩树德在提醒自己。虽说在部分掌柜参加的会议上宣布了收回仁在堂总号所有大权，但高五爷毕竟在仁在堂深耕二十多年，树老根多，颇有影响。韩树德是在担心自己外出巡视，高五爷趁机在背后捣乱。他说："不去了。高五爷就是想折腾，他也得有折腾的资本。我给所有掌柜提高一成薪俸，就是为了稳定人心，高五爷他做不到。如果我临走之前再去拜访他，就会让他觉得我离不开他。此事如果传出去，反而会造成不良影响。"

郭倬甫赞同道："既然已经撕破脸皮，就没必要再给谁面子。不能让他以此为由兴风作浪，蛊惑人心。"

当天，高五爷回到自家宅院，气得浑身发抖，脸色铁青。高富贵搀扶着高五爷进了客厅，回头见一个人都没有跟着过来，更是破口大骂："都是些啥东西嘛，一帮子小人，看到文青这个愣头青做主了，没有一个人跟着过来，都忘了以前是咋恭维您的了！"

高五爷一屁股坐在太师椅上，抱着水烟袋猛吸了几口，生气地把水烟袋往桌子上重重一蹾说："这就叫改朝换代！没想到文青这小子看起来温文尔雅，一副书生模样，说起话来却振振有词、言语犀利，办起事来手段镵火[①]，绝不留情啊！"

[①] 镵（音:chan）火：关中方言锋利。史记中就有陕西人说话、办事总是镵火得很的说法。

高富贵在一旁拱火道:"您好赖也是闯荡商海几十年的人了,让姚文青一番话语,就把咱们的梦想和希望击得粉碎。现在好了,以前跟着您屁股转的几个掌柜都不敢跟着到咱家来了,咱们父子就成了孤家寡人,也可能是姚文青眼中造成仁在堂人心动荡的祸根,您看这局面咋收拾?"

高五爷见儿子埋怨自己,更是气不打一处来。他说:"姚文青说的每句话都有所指,暗含着让我知足之意。如果我当场反驳,只会坐实了我们另有企图。我说的第一句话就是太子登基,这话够重的了,但他是咋回复的?这小子对仁在堂总号高层不和早就知道,这么着急召集掌柜议事,心里早就有了打算,说白了就是宣布他的决定。现在人家把权力收回去了,咱们的心血只能白费。"

高富贵担忧地说:"爸,按照姚文青的做法,以后在仁在堂就没有你的米汤和馍了,这可咋办?"

高五爷长叹了一口气说:"姚文青在议事厅上说的那些话,你一辈子都学不来。这小子自小在他伯母指导下学习经商,上小学的时候已经能熟练回复号信了。后来在三原省立第一高等工业学校读书时,处理总号各种事务甚为妥当,让总号的掌柜、账房先生们都觉得惊讶。如今,这小子翅膀硬了,没有了姚煦的羁绊,就更不会顾念以往的情谊。要说有机会的话,就只能等他上门拜访我的时候再说。"

高富贵看到父亲也没有良策应对,心里很不踏实。他说:"您能干政时,我仅是总号的三掌柜。现在姚文青大权独揽,也不知道他将把我放置在何处。我想让父亲替我向姚文青求情,让我到某个分号去当大掌柜,这样的话,手里最起码还有点权,也不用低三下四地看郭倬甫和韩树德的脸色。"

面对儿子的奢望,高五爷的脑子里闪过以往和郭倬甫、韩树德等人的纠葛和恩怨,心里很清楚这些人绝对会阻止姚文青重用高富贵的,甚至还会劝说姚文青辞退高富贵。他说:"估计够呛。我和郭倬甫长期不和,人所共知,姚文青看过总号往来的所有号信,肯定也知道。要怪只能怪你自己不争气。佛争一炷香,人活一张脸。你让我一张老脸去求姚文青,是打错算盘了。几十年来,我在姚家求过谁?你要学会忍辱负重,留得青山在,不怕没柴烧。我想姚文青不看僧面看佛面,还不至于开除你,但也别指望重用你,更不要说让你去哪个分号当大掌柜了,能保住眼前这个三掌柜就不错了。"

高富贵顿觉沮丧。当年父亲权倾一方,颐指气使时,他也曾依仗父亲,没少得罪仁在堂总号中意见不合者。现在父亲没权没势,不能干预仁在堂总号事务了,他的处境就会很尴尬。但他仍不死心地说:"不管咋说,您还是要给姚文青说一声,不能扔下您儿子不管,让别人看笑话吧。"

高五爷闷哼一声,生气地说:"你这个不争气的东西,还不如当年跟着我屁股后面跑的几个掌柜哩,最起码他们还有经商的头脑和才干,你说你有啥?你整天就想掌握大权,这个大权给了你,凭你的智慧和胆略,你能玩得转吗?干好你自己的事,姚文青要是来拜访我,我自然会当面提醒他的。"

高家父子的如意算盘很快就落空了。他们在家久等姚文青上门没有等到,听到的却是姚文青带着郭倬甫等人去巡视泸定、康定等地分号的消息。高五爷仰天长叹一声说:"姚家终于出了能人,今后别再指望还能继续染指仁在堂的各种决策了。"

姚文青带着郭倬甫、罗玉龙等人,驮着丝绸、布匹等商品出了雅安城,前往康定分号。

夏季的雅安,青衣江环绕,树木葱茏,空气新鲜,江水清澈,让初到雅安的姚文青对这里的一切都充满了好奇。

出城不久，姚文青就对郭倬甫说："郭掌柜，你在雅安经商二十多年了，路上无聊，请你给我讲一些雅安的历史文化、传奇故事，让我尽快融入这块神奇的土地吧。"

郭倬甫确实在雅安待了二十多年了，他从伙计做到了总号掌柜，早就把雅安和各地分号装进自己头脑。他说："好啊，那咱们就先从雅安说起。雅安是藏语，意思是牦牛的尾巴，是藏区的边缘。三国时，诸葛亮南征，与孟获交战，就在雅安。七擒七纵使孟获心服口服，双方商定，孟获退一箭之地。谁料这一箭却从雅安射到了四百里外的康定。后来听人说，诸葛亮早已暗中派人在康定安炉造箭，然后将所造之箭插在山顶，孟获吃了哑巴亏，无奈还雅安于蜀国，退到康定以西，所以康定也称打箭炉。也有人说丹达山以东为康，取康地安定之意。藏语称康定为打折多，意为打曲（雅拉河）、折曲（折多河）两河交汇处。打折多的发音和汉语打箭炉相似，加上诸葛亮当年在当地打铁造箭，被汉人称作打箭炉，简称炉城。把打箭炉改称康定，是清代康熙初年平定西藏叛乱之后的事，有人说取康定这个名字是康熙皇帝为了彰显他的文治武功，是他平定了叛乱。这些名称的变化，估计你在姚家的经商史中已经看到了吧？"

姚文青说："姚家经商史中很少特意解释经商所在地名称因何而变的，郭掌柜不详细解说，仅凭经商史很难搞得清楚。我在书本中就看到过'扬子江中水，蒙山顶上茶'这样的妙句，还有白居易在《琴茶》中'琴里知闻惟渌水，茶中故旧是蒙山'的吟唱，对于民间传说的蒙山长嘴壶茶技龙行十八式更不知道是何种技艺了。既然踏入了生意场，我就想尽快了解当地民俗和与商贸有关的所有信息。"

郭倬甫说："五属边茶贸易其实就是蒙顶山所产茶叶贸易。蒙顶山，又叫蒙山，因'雨雾蒙沫'而得名，与峨眉山、青城山并称四川三大名山。古人说这里'仰则天风高畅，万象萧瑟；俯则羌水环流，众山罗绕，茶畦杉径，异石奇花，足称名胜。'蒙山因为是茶的发源地而久负盛名，故有'扬子江中水，蒙山顶上茶'之说。龙行十八式茶技相传是北宋高僧禅慧大师在蒙顶山结庐清修时所创，作为僧人修行的一门功课，此茶艺只在蒙顶山僧人中流传，直到清代才传入民间。龙行十八式茶技是指蒙顶山禅茶中所独创的十八道献茶技艺，其融传统茶道、武术、舞蹈、禅学、易理于一炉，充满了玄机妙理。东家如对此感兴趣，我们到康定后就可欣赏到龙行十八式茶技了。"

郭倬甫话音刚落地，罗玉龙就打马赶了上来，他好奇地问："郭总掌柜，你一路上都跟东家叽里咕噜地说啥哩？"

姚文青笑着说："我在请教郭掌柜当地一些人文掌故，就是听故事哩。"

罗玉龙喜道："我也喜欢听故事，请郭总掌柜继续说吧，让我也增长一些见识。"

郭倬甫见罗玉龙很会说话，又是东家从泾阳带到雅安的，对他也就自然而然有了好感。他说："东家想听啥，只要是我知道的，保证全盘托出，毫不保留。"

姚文青问："我常听说蒙山是茶文化的发源地，这有何说法？"

郭倬甫说："历史上最早记载茶叶的是王褒所著的《僮约》，当地也有吴理真在蒙山种植茶树的传说。因蒙顶山的海拔高度、土壤、气候等最适合茶叶的生长，早在两千多年前的西汉时期，蒙顶山茶祖师吴理真开始在蒙顶山驯化栽种野生茶树，开始了人工种茶的历史。唐玄宗天宝元年蒙山茶被列为贡品，作为天子祭祀天地的专用品，一直沿袭到清代。宋代蒙顶山进贡的两种名茶'万春银叶'和'玉叶长春'就榜上有名，清代《陇蜀余闻》记载：'每茶时，叶生，智炬寺僧辄报有司往视，籍记其叶之多少，采制才得数钱许。明时贡京师仅一钱有奇。'这种专用茶采自茶祖吴理真种下的七株仙茶,也叫'灵茗之种'。到清代,蒙顶五峰被辟为禁地,七株仙茶被石栏围起来,辟为'皇茶园',普通人家甚至高官厚禄之人,也极少能品尝得到。物以稀为贵,茶因贡传名。正因如此,贡品茶叶被传得神乎其神。有了这些传奇故事,也就有了文化意蕴,当然就派生出了所谓的茶文化。"

姚文青哈哈一笑,赞许地说:"郭掌柜真是博闻强记啊,让我钦佩!"

郭倬甫谦逊地说:"这些人文掌故带有故事性好记一些,难记的是商号中各种枯燥的数字。记住枯燥的数字是经商者最起码的基本功,没有过目不忘的本领,就要练就把数字烂熟于心的能耐,能一口气口齿清晰地向顾客报上他看中商品的产地、特点、价格。否则,在生意场上就无法混,更别说还要出人头地,做出一番事业来。"

午饭之前,姚文青一行赶到了名山县城。名山县是隋开皇十三年(593)由蒙山县改名而来,县城不大,但因地处南丝绸之路的交通要道,却也不失繁华。沿河道而建的房舍错落有致,各商号旗幡随风飘扬,伙计们不时向路上并不认识的人打招呼,或招揽生意,或招呼吃饭、喝茶,处处显得热闹祥和、舒适惬意,也是商旅之人落脚休息的好去处。

郭倬甫一行人找了一家经常光顾的饭店,规模不大,很素雅、洁净,伙计们忙前忙后地热情招呼这一行七八个人。等姚文青他们都坐定后,郭倬甫说:"东家,名山县城地处蒙山之阳,也是蒙山茶文化的主要传承地。要不要让伙计表演一下龙行十八式茶技?"

没等姚文青发话,罗玉龙率先鼓掌叫道:"郭掌柜,欢迎表演,让咱这关中人也见识一下啥叫龙行十八式茶技。"

郭倬甫见姚文青点头同意,就对一个穿着整洁的伙计交代了一番。

不一会儿,就见一个二十来岁年纪、长相清秀的伙计手持三尺多长的长嘴铜壶走了过来,他把七八个茶碗放在一行人面前的方桌上,然后远离方桌，翻转腾挪，来回走动，身形飘逸，步法灵活，既像练功，又像舞蹈，更像耍杂技，一招一式完全模仿龙的动作，一时间在座的各位眼花缭乱。只见这位伙计龙行云动，凭着手腕的转动，将铜壶中的茶水走弧线远距离准确注入各个茶碗中，外面不洒一滴。店家伙计的阳刚之美和独特的表演技术，让姚文青等见识到茶文化融入表演内容，充满了异趣，增加了动感，油然而生目不暇接、叹为观止之感。

午饭后，一行人接着赶路，不知不觉间到了一段高山峡谷区。这里两岸峰峦夹峙，河流湍急，午后的阳光洒在高低起伏、犬牙交错的峰峦上，呈现出千奇百怪之景，既变化诡异，又恐怖阴森。寂静的小道上，除了嗒嗒的马蹄声，就是风声、水声，无形中使人产生恐惧感，心理压力陡增。郭倬甫知道此处就是天仙关，经常有劫匪出没，他在前面领路，一行人无人言语，个个快马加鞭，急匆匆赶在天黑之前终于找到客栈住了下来。

第二天一早，阳光灿烂，万里无云，碧空如洗，是个难得的好天气。郭倬甫招呼一行人吃过早饭，继续上路。

沿大渡河往西南不远，一行人就进入二郎山西麓。二郎山是青衣江和大渡河的分水岭，也是川藏茶马古道的第一道咽喉险关，自唐宋以来，人背马驮蹚出的道路弯多、坡陡、路窄，在山岩中穿行，坑坑洼洼，极其难走。随着地势升高，一边是随时都可能落下石头的峭壁，一边是一眼望不到底的悬崖，身处这样的山路上，一行人提心吊胆。等到了山顶，郭倬甫告诉姚文青，此山高达三千四百多米，有万丈之称，是雅安往返康定的必经之路。

姚文青和罗玉龙站在山顶上，觉得呼吸有些困难，但看到路上身背货物、手拄拐杖艰难而行的背工，他们才感到自己的确是体力不济，见识有限。

罗玉龙看到郭倬甫坐在一块圆石上端着一尺多长的铜管旱烟袋抽烟，

眼睛看着不时过往的背夫和路面上坑坑洼洼的圆形深窝不说话，他上前问道："郭掌柜，路面上的圆形深窝是来往背夫用手中的拐杖戳出来的吗？还有你说这座山叫二郎山，这个二郎是不是封神榜中的二郎神杨戬？"

郭倬甫抬头看了一眼他，笑着说："没想到你小子这么好奇。路面上的坑坑洼洼及圆形拐子窝，那是骡马的铁掌和背夫手拄的青杖留下的痕迹。一千多年下来，古道犹在，背夫们不知换了多少代。陕西商人在明代初年也当过背夫，自己背着货物深入藏区进行贸易，后来有了资本，自己就不干这种苦差事了，雇用当地民众背货物到康定。我听说姚家祖上就当过背夫，用积攒下的银钱创立了恒裕堂。这座二郎山和封神榜上的二郎神杨戬无关，仅与青衣江和大渡河有关。"

郭倬甫说到此处忽然停了下来，罗玉龙正听得津津有味，忙不迭地催促说："郭掌柜继续往下说呀，不能把人撂到半路上嘛，刚想听你说二郎山哩，咋就打住不说了？"

郭倬甫说："二郎山的故事很凄婉，你想听我就继续说吧。二郎山在久远的古代，曾是羌人聚居繁衍生息的地方。传说有一天大山里突然来了一位叫二郎的年轻少年，在村子里传播农耕种植技术。不久，就得到了村子里一位叫青衣姑娘的爱慕。就在两位年轻人热恋得难分难舍之际，村子里突然来了一个兴风作浪的妖怪，一阵黑风过后卷走了二郎。青衣姑娘想抢救恋人，便紧紧追赶，却看见妖怪把二郎变作了一座大山。青衣姑娘见状悲痛欲绝，一头撞向大山，与大山融为一体。从此之后，这座二郎化作的山人们就叫它二郎山，二郎山流出的水人们叫它青衣江。"

郭倬甫说完这段故事，磕掉烟锅中的烟灰说："时间不早了，咱们还是赶路吧。这条道虽说人来人往，但过了行人较多的时候，有时也不安全。"

谁也没料到郭倬甫无意间的一句话竟成了谶语。

沿山路下行不久，刚到一个急拐弯处，就见前面七八个短衣打扮，头缠黑色布条，手持大刀、梭镖的壮汉拦住了去路。经常在外行走的郭倬甫知道遇上了劫匪，他吩咐随行伙计照顾好东家，紧走几步，越过众人，来到最前面，双手抱拳，冲着对方一揖，高声说道："朋友，借个道。"

对方一名个子稍高者说："留下买路钱，一切好说。"

郭倬甫说："我们是做生意的良民，还请好汉让道。"

对方见郭倬甫丝毫没有提银钱之事，不耐烦地高声叫骂道："格老子的，赶紧留下买路钱，否则老子手里家伙不认人。"

没等郭倬甫接话，罗玉龙几步冲到前面，只见他在腰间一扯，三节棍就握在了手里，气哼哼地说："你个小舅子，给谁当老子？"

对方毫不客气地说："小娃儿，敢在老子面前逞强，看来不收拾你不知道马王爷三只眼！"

话音未落，手持大刀就冲了上来。罗玉龙虽没经过真阵仗，但年轻人心性，早就摩拳擦掌，见对方气势汹汹，便迎了上去。到底是名师出高徒，没儿个回合，对方就接连中棍，惨叫不绝。

这时，对方人群中又有一个中年大汉手持大刀上前夹击，郭倬甫见状，怕罗玉龙双拳难敌四手，抽出插在背后的铜管烟袋，挥舞烟杆迎了上去。

山道路窄，对方虽然人数不少，可是无法施展，只能眼睁睁看着四个人你来我往。罗玉龙虽初涉江湖，但见招拆招，游刃有余；郭倬甫经验老到，巧妙周旋，点到为止，手下留情。不一会儿，对方两人就气喘吁吁难以招架。中年大汉眼见不敌，大喊一声："点子扎手，扯呼！"率先落荒而逃，余者纷纷作鸟兽散。罗玉龙抡起三节棍要去追赶，被郭倬甫喊住了。

郭倬甫说："穷寇莫追，我们还是加快赶路吧。"

经历过这次打斗，姚文青方才感到刘纫秋的确是有心之人。没有郭倬甫、罗玉龙这等武艺，碰上劫匪，他还真不知道该怎么办。

郭倬甫见东家惊魂已定，对他说道："东家，陕商在茶马道上不时遇上劫匪，只要对方不是不依不饶，我们也仅是打退他们就算了。强龙不压地头蛇，跟劫匪真的结下梁子，最终吃亏的还是我们商帮。碰上这种事，商帮往往是见好就收，从不赶尽杀绝，他们知道咱们不好惹，以后就会很少骚扰咱们。"

姚文青见识了郭倬甫的身手，惊奇地说："没料到郭掌柜也是个练家子呀！"

郭倬甫呵呵一笑，说："关中人自古以来就尚武，常年行走商旅，学点武艺也能防身嘛。说实话，陕商当中许多东家本身就是武林高手，他们平时隐藏不露，到了关键时候，不但能保护自家性命，也能保护商队货物不受损失。"

姚文青遗憾地说："我在三原上学时，被同学戏称为细腿子，就是跑得很快，可惜就是没有想到要习武健身。郭掌柜，俗话说天高皇帝远，拳头是县官。我们在这茶马古道上会经常遇到劫匪吗？"

郭倬甫说："川藏地区这些年不太平，这些劫匪大多与袍哥有千丝万缕的关系，有些级别较高的袍哥还是军政要员。在川藏经商，遇见劫匪，最好不要结下梁子，否则，会有想不到的麻烦。"

姚文青此前听说过清代初年就有袍哥，现在又听郭倬甫说袍哥和当地军政要员有关联，于是问道："郭掌柜，袍哥是啥？为啥这么厉害？"

郭倬甫说："咱们边走边说。说起袍哥，历史很悠久。清康熙初年，郑成功占领台湾后，创立反清复明的秘密组织，并派部将陈近南回四川，在雅安开'精忠山'，拜把结盟，并取《诗经》上'岂曰无衣，与子同袍'之义，以平等合作之精神，互相联络，当如兄弟，号称袍哥，并警惕勿忘根本，故又称'汉留'。当年姚家祖上姚昂干在雅州经商，就曾经娶过袍哥第一任总舵主陈近南的妹妹陈雪娇为妾，开创了和袍哥合作的先河，使恒裕堂总号货物在四川各地畅通无阻，后来还创设了永聚公、永聚源、永聚全三大商号。随着时间的推移，袍哥组织也在发展壮大，成了民间一股不可忽视的力量。辛亥革命前期，四川各地袍哥积极参加保路同志军，芦山袍哥首领高廷斌带领天、芦、宝等地同志军参加攻打雅州清军战斗等，让世人对袍哥组织刮目相看。不过，现在的袍哥组织性质多少发生了变化。"

罗玉龙见他说话卖关子，着急地追问道："郭掌柜，你能不能讲得直接点？"

郭俌甫斜眼扫了一下罗玉龙，笑着说："年轻人，心急吃不了热豆腐。好啦，我这就说直接的。民国成立后，各级政府利用袍哥势力，维持社会的表面平静，军阀也与袍哥互相勾结，扩充势力，一些地痞流氓则依靠'舵爷'势力，欺压良民，鱼肉乡里，甚至拦路抢劫。谁也不敢保证刚才碰到的劫匪与当地袍哥没有关系。"

姚文青和罗玉龙听了他的话，半晌不再言语。

此后的几天太平无事，商队终于在天黑前安全抵达康定城。进入城区，一行人沿河道前行，不一会儿就到了河东岸的陕西街，这里聚集着八十多家陕商字号。在郭俌甫的带领下，众人来到陕西街中部的仁在堂分号。还未打烊的商号灯火通明，伙计们忙进忙出，其中一位穿着青色长袍、壮实精干的中年人热情地招呼郭俌甫说："郭掌柜，你有半年没来康定了，今天啥风把你吹来了？"

郭俌甫转身一指紧跟着进门的姚文青说："这位是咱们东家。"

中年人赶紧上前打招呼说："东家好，您的大名半个月前就闻知了，没想到这么快就来到康定。"

郭俌甫介绍道："东家，这位是康定分号二掌柜刘保荃，上次因为有事没能去雅安,你们这是初次见面。大掌柜你见过,叫陶知非。"

话音刚落,就听到有个洪亮的嗓音喊道:"谁在叫我?"

一阵脚步声之后,从后面转出来一位身着青色长袍的方脸大汉,此人一眼瞅见姚文青,赶紧上前说道:"原来是东家驾到,东家也不提前打个招呼,要不是郭掌柜是老熟人,恐怕没人认识东家,那不是难堪死了。东家,你们一路鞍马劳顿,赶紧进后院先休息。二掌柜,你安排伙计们给东家一行赶紧准备晚饭。"

吃过晚饭,陶知非来到姚文青住的客房,有些内疚地说道:"东家,我们这些分号掌柜,大多跟随高五爷多年,曾经受到过高五爷的照顾。在老东家病重期间,高五爷托人带话说让我们推举高富贵任总掌柜,我们面子上抹不开,就同意了。后来听说高五爷父子另有企图,我们也被蒙在鼓里,当了他们的吹鼓手,跟着他爷俩转,确实对不起姚家。事后我也后悔,就赶着回来,按照你的安排,抓紧时间紧盯生意,保证全部完成大老爷年初安排的工作。"

姚文青笑着说:"知错能改,善莫大焉!上次见面匆忙,都没弄清你们的姓名,实在汗颜。今天知道你叫陶知非,又听了你一番道白,就知道你等心存善念,心怀感激,绝不会做出让人唾骂之事。好了,此事翻过去,就不提了。陶掌柜,请你说说康定的生意情况。"

于是,陶知非详细向姚文青汇报了康定砖茶及布匹等生意往来情况。

临走时,陶知非问道:"敢问东家是从哪个关口进城的?"

姚文青说:"从东关进的城。"

陶知非说:"你们进城时,夜色已经降临,可能也没弄清康定城的布局。康定城以山为障,设有东、南、北三门,因门内设税关,又称三关。康定城虽无城垣,但三关巍峨,雄踞东南北之要冲,山与关相连,也是康定城别具一格之处。"

姚文青说:"我抽空在康定好好转转,免不了麻烦陶掌柜。"

姚文青在康定稍做休整,没有心情欣赏城里的异域风景,就带着郭倬甫、刘保荃、罗玉龙等人去了康定城外的包家锅庄。

骑马出了康定城东门后,姚文青问陶知非特意推荐陪同自己前往包家锅庄的刘保荃:"刘掌柜,我听说姚家在康藏做茶叶贸易一直都是跟包家锅庄打交道,这是真的吗?"

刘保荃说:"包家锅庄是四大锅庄之一,也是仁在堂茶叶贸易主要的捐客。要说姚家和包家锅庄打交道,那就要追溯到明代中期了。当年姚清纯、姚方钟两位前辈作为姚家第一代人入川经商,就和包家锅庄打交道了,此后就一直维系着比较融洽的合作关系。"

姚文青一听姚家和包家锅庄有这么悠久的交往历史,一下子来了兴趣。他说:"请刘掌柜把锅庄的交易情况给我说一下。"

刘保荃说:"锅庄的作用其实就是在汉藏商人之间搭起了不见面交易的桥梁,充当着捐商的角色。藏商携带关外的土特产品到康定,首先都堆放在锅庄里。据说最早是因为语言不通,藏商并不直接销售给汉族商人,而是交由锅庄主人代为销售。藏商需要的茶叶,也由锅庄主人代为介绍某茶号。汉藏商人之间的贸易,一般情况下不直接见面,而是由锅庄主代为完成交易过程,或至少由锅庄主居间翻译、撮合,发生纠纷通常也是由锅庄主调停裁决,双方大都接受,一般不会有异议。如果出现汉商或藏商存在赊账或远期交货,锅庄主就扮演了双方债务和信用担保人的角色。锅庄主的收入主要来源于藏商出售土特产后的抽成,也叫吃退头,通常占贸易额的百分之二至百分之四,抽成由卖方也就是汉商支付的。"

姚文青说:"我听说姚家祖上曾经编过一本《汉藏话本》供伙计们学习藏话,难道咱们不能直接和藏商交易吗?"

刘保荃说:"我在康定分号见过《汉藏话本》这本书,分号伙计也确实会说一些简单的藏语,应付个别藏民到商栈购买物品。但大宗贸易不同于日常零售,要想把茶叶、丝绸、布匹批量销往藏区,一般都得通过锅庄来交易。"

说话间,一行人就到了包家锅庄。他们刚下马,就引起拴在大门口的一头藏獒狂吠。姚文青看着被铁链拴着像小牛犊似的藏獒像是随时会挣脱出来扑向他们,立即停住了脚步。

听到藏獒狂吠声,一位穿着大领无衩藏袍,头戴平顶帽,腰束皮带,手拿念珠的藏族男子走出大门。他一见刘保荃,叽里咕噜地说了一大通姚文青听不懂的话,然后就见刘保荃指了指姚文青对他说了几句藏语,这个脸色黑红的大汉便领着他们一行进了大门。

包家锅庄占地颇大,房屋数量一时间无法计算,除了有花园、果园、还有经堂。走进正房,藏民大汉用手指了指客厅里放着的椅子示意他们先坐下,然后进到后面。

刘保荃小声对姚文青说:"刚才那个藏民就是包家锅庄的管家,他说女主人秋娘正在和一位重要客人谈话,估计留给咱们的时间不多,并提醒说尽量把重要事情说完,不要耽搁秋娘太多的时间。"

姚文青说:"咱们就是礼节性拜访,不会耽搁太久。"

不一会儿,姚文青听到一阵配饰的清脆响声,就看见一个藏族小姑娘走了进来。随后又是环佩叮当,一位穿戴奢华、雍容华贵的二十多岁的藏族女子紧接着进了客厅。

刘保荃看见后面的藏族女子,马上起身,右手一捂前胸,低头说:"秋娘好!"

被称作秋娘的藏族女子随即说:"刘掌柜,大驾光临,也不提前打声招呼,怠慢了。"

刘保荃指着姚文青说："这位是仁在堂姚老东家的少爷，姚老东家故去了，今后仁在堂总号由少爷做主，恳请秋娘看在多年交情的薄面上，多多照顾仁在堂的生意啊。"

秋娘侧身对姚文青说："姚少爷好。"

姚文青赶紧说："秋娘好。今后咱们要经常打交道，还是按照陕商的叫法，你就称我姚东家吧。"

秋娘咯咯笑道："好，今后就称你姚东家。"

姚文青一使眼色，罗玉龙立即将礼物奉上。秋娘让那个藏族小姑娘打开包装，看到是金银佛像、珠宝玉器，另有丝绸等物，她有些歉意地说："初次见面，让姚东家破费了。"

姚文青说："应该的。这么多年，秋娘一直对仁在堂照顾有加，这点儿礼物不成敬意，请秋娘笑纳。"

秋娘扭头对小姑娘说："央吉卓玛，收下吧。"

礼节性的寒暄过后，姚文青与秋娘谈了一些茶叶、丝绸、药材等生意上的事。告辞时，姚文青问道："秋娘，仁在堂在藏区茶叶生意一直是包家锅庄从中撮合，本人十分感激，希望今后继续真诚合作。另外我有一事不知当讲不当讲？"

秋娘看了一眼刘保荃，对姚文青微笑道："我与刘掌柜打交道多年，深知仁在堂大小掌柜和伙计，入乡随俗，尊重藏民，诚实守信，公平交易。姚东家有什么想法，但说无妨。"

姚文青说："藏民也有穷富之分，对茶叶的要求就有高低之别。我们仁在堂除了经营五属边茶，一直也在经营泾阳茯砖茶，但从泾阳把茯砖茶运送到康定，往返费时费力，成本也大。我想把泾阳茯砖茶制作技术引进到雅安或者康定，就地加工当地茶叶销售。当然，对藏区贵族和富有阶层，我们仍然以五属边茶明前茶和泾阳茯砖茶为主，对普通藏民能否以本地茶叶加工后的茯砖茶交易？秋娘放心，仁在堂会确保所有茶叶质量，价格问题还需要你从中撮合，我们不会亏待你的。"

秋娘低头沉思了一会，说："姚东家有此想法不错，但愿你能引进成功，这样汉藏茶叶生意价格就会下降，普通藏民因得到实惠，也会感激你的。"

姚文青说："如果制茶技术引进成功，我一定首先奉送秋娘品尝。若质量不过关，绝不进行交易。"

秋娘赞赏地点了点头。

姚文青说："秋娘忙吧，我初次登门拜访，长时间打扰你忙正事，请见谅。"

秋娘回头对那个藏族大汉叽里咕噜说了几句藏语，然后对姚文青说："姚东家，我的确有正事要办，听说刘掌柜来了，这才出来与你们相见。不好意思，来日方长，让他替我送送你们。"

走出包家锅庄后，刘保荃认真地问："姚东家，你真的打算把泾阳茯砖茶制作技术引进来？"

姚文青说："有这个打算。这里不缺茶叶，就缺技术。如果引进成功，岂不是好事一件。"

刘保荃上下打量姚文青，觉得这个东家的确不简单。多少人想干都不敢干的事，他转了一圈就决定去做，而且与秋娘初次见面就达成协议。如果按照东家的想法发展下去，仁在堂必定会成为康定茶叶贸易的佼佼者。

其实对这次礼节性的拜访，姚文青并没有抱多大希望，原以为就是认个人，聊天而已，没想到与秋娘一番交流，甚为默契，于是就坦然说出自己的想法，更意想不到的是居然得到了秋娘的支持。有了秋娘的承诺，更坚定了他把茯砖茶技术引进雅安的信心。

第二天，姚文青在陶知非、刘保荃、账房先生等人的陪同下，巡视了康定分号，又把所有伙计召集起来开了一个简单的会议。在会议上，姚文青重申了他在雅安总号议事大厅上的承诺，鼓励大家凝心聚力，加快发展，争取更大的成就。

会后，陶知非特意设宴款待了东家一行。酒过三巡之后，陶知非说："我听刘掌柜说东家要把泾阳茯砖茶技术引进雅安，利用五属边茶制作茯砖茶，不知道东家是否已经决定了？"

姚文青说："我到雅安总号后，看到总号茶厂利用泾阳紧压茶技术制作的茶叶之后，就有了把茯砖茶技术引进雅安的想法，并且已经让西安分号王掌柜招募技术工人了。陶掌柜，你觉得我这个想法如何？"

陶知非说："在泾阳紧压茶技术未引进雅安之前，四川当地也有一套茶叶加工技术，不过基本上是茶叶加工的粗放阶段。据张揖《广雅》记载，早期，当地人将采摘的茶叶做成饼状，若是叶老的就和米粥一起搅和捣成茶饼。煮饮之前，先将茶饼炙烤成深红色，再捣成茶末，并辅以葱、姜、橘皮等物一起煮饮，是一种羹煮的形式。西晋张载《登成都白菟楼》诗中'芳茶冠六清'似乎暗示晋代的成都已经有茶馆出现，所用茶叶及饮用之法就是这种团茶做饼的加工方法及煮饮方法，并且一直沿袭到唐、宋时期。明、清以来，泾阳紧压茶技术进入藏区，其制作工艺和技术远远超过了当地团茶，因此受到边民喜欢。时代在进步，茶叶加工技术也应该顺应时代潮流。如果东家能成功引进泾阳茯砖茶制作技术和工艺，我想前途不可限量，大有作为。"

姚文青欣喜地说："有了你们这些销售一线的掌柜支持，我想就是不能制作出茯砖茶，也能改进现有制茶工艺，提升茶叶质量。"

陶知非讨好地说："东家果真能引进成功的话，就是对所有茶商和藏区民众的巨大贡献啊。"

姚文青说:"凡事总得有人试,才能知道能否成功。"

陶知非问:"东家接下来准备去哪家分号?"

姚文青不假思索就说:"到泸定分号去。近年来总号贵重药材进货量逐年下降,我准备去拜访泸定藏族土司,疏通一下关系。"

陶知非说:"这样做也好。东家,甘孜、阿坝两个分号掌柜和我一样,当初都是受了高五爷的蛊惑,跟错了人,站错了队,做出一些不明智之事,他们也很后悔。如今东家亲临康定,鼓舞人心,让我感动。我一定把东家的善意和举措告诉他们,让他们确保完成全年任务。"

姚文青清楚陶知非是趁此机会向自己表达忠心,他说:"以前的事就不要再提了。咱们重打鼓,另升堂。不管干任何事,都要有一个合适的舞台。有了能够施展自己才华的舞台,才能够做成些事情。仅靠单打独斗,是闯不出一番天地来的。"

忙完康定分号的事情,姚文青带着郭倬甫、罗玉龙等人,驮着茶叶、丝绸及拜见土司的礼物,告别陶知非、刘保荃等人,出康定东门,踏上去泸定的道路。两天后夜幕降临时分,他们进入泸定县城,泸定分号掌柜柳金宝热情接待了他们。

第二天,晨曦初露,姚文青就听见哗哗的流水声,起身简单梳洗后来到院子,发现泸定分号也是关中四合院建筑,前店铺,后库房,临河而建。院子里种植着花草,干净整洁,井井有条,可见柳掌柜安排有方。

柳金宝听见院子里有响动,起身走了出来,看到东家正在低头观赏院子里带着露水的花草,赶紧走上前,笑着问:"姚东家,昨晚休息得可好?"

姚文青说:"年轻人瞌睡多,一觉睡到大天亮,让柳掌柜见笑了。"

说话间,郭倬甫、罗玉龙等陆续出来,几个人聚在一起,又寒暄了一番。

早饭后，柳金宝、郭倬甫、罗玉龙等人陪着姚文青在泸定城转了一圈，也算让他了解了当地风土人情和建筑风格。泸定城被大渡河由北向南从中间分开，两岸用康熙四十五年（1706）所建并由康熙赐名的"泸定桥"相连，两岸高山，一河怒水，惊涛澎湃，石走惊雷，让人望之胆寒。

沿着街道走不远，就看到东西两岸遥相呼应的木结构建筑的桥头堡，桥头有一通康熙御笔亲书的"泸定桥"石碑。相传康熙皇帝为了国家统一，解决汉区通往藏区道路上的梗阻，于康熙四十四年（1705）下令修建大渡河上的第一座桥梁。耗时一年，大桥于康熙四十五年（1706）建成，康熙皇帝取"泸水"（即大渡河，旧时称沫水，康熙错以为泸水）、"平定"（平定西藏准噶尔之乱）之意，御笔亲书"泸定桥"三个大字，横批为"一统河山"，从此泸定桥便成为连接汉藏交通的纽带，泸定县也因此而得名。

姚文青驻足在"泸定桥"石碑前，本想仔细阅读《御制泸定桥碑记》，谁知道才看了几行字，就被罗玉龙叫喊着让他赶紧上桥。姚文青不愿大家过多等候，就转身离开了。

一行人走在晃动的桥上，十三根铁链固定在两岸桥台落井里，九根做底链，四根分两侧做扶手。底链上面铺上木板作桥面，扶手之间环环相扣的铁环把扶手彼此相连，组成桥栏。姚文青生平第一次踏上如此长度的铁索桥，桥底、护栏摇晃不说，透过桥底木板的缝隙，只见河水湍急，咆哮奔腾，让人心颤。再看上下游，河面宽阔，一河怒水呼啸而来，奔腾而去，极为壮观。虽说心里有些害怕，但依然兴奋不已。

从泸定桥转回来后，姚文青告知柳金宝他此行的主要目的就是想拜会泸定土司，疏通贵重药材采购通道。他听说藏族土司一般难缠，便询问与藏族土司打交道的细节，以免因误会坏了大事。

柳金宝听说东家要去拜访泸定藏族土司，也觉得很有必要。自老东家姚煦前几年拜访过当地千户土司王明礼之后，因身体原因，就没有再来泸定。因为交往甚少，仁在堂的药材生意尤其是贵重药材生意大幅度减少，一定程度上也影响了自己的薪俸。他见东家打听拜会藏族土司的礼仪，就把所知道的一股脑儿全告诉了姚文青。

进入民国之后，土司虽然没有了昔日风光，却虎倒雄风在，依然控制着藏区民间贸易，在藏区权倾一方。既然是拜访土司，少不了献哈达、吃饭、喝酒等一整套礼仪。

柳金宝说："献哈达是藏族待客规格最高的一种礼仪，表示对客人热烈欢迎和诚挚的敬意。哈达是藏语，即纱巾或绸巾。以白色为主，亦有浅蓝色或淡黄色的，最好的是蓝、黄、白、绿、红五彩哈达。五彩哈达用于最隆重的仪式如佛事、进献皇帝等，我等自然不敢奢望。在酒桌上，藏族在迎接客人时除用手蘸酒弹三下外，还要在五谷斗里抓一把青稞，向空中抛撒三次。酒席上，主人端起酒杯先饮一口，然后一饮而尽。主人饮完后，大家才能自由饮用。饮茶时，客人必须等主人把茶捧到面前才能双手接过饮用，否则认为失礼。吃饭时讲究食不满口，嚼不出声，喝不作响，拣食不越盘。"

姚文青听完柳金宝的叙说，感觉与藏族土司打交道的礼仪实在讲究。好在提前知道了他们的待客之道，心里也踏实许多，否则，以陕商的秉性，不知道会闯出多大的乱子。

第二天早上，姚文青带着柳金宝、郭倬甫、罗玉龙及几个伙计骑着马，驮着礼物出泸定城先往北后朝西，踏上拜访千户土司王明礼之路。一行人走在静谧的山道上，只见山路蜿蜒向上，两边高山耸立，林木茂盛，野花静开，微风吹过，飘来阵阵幽香。嗒嗒作响的马蹄声，引起山谷回声，更增添空旷感。猛然间不知名的飞禽因马蹄声四散飞起，让人为之一惊，随后释然。

一个时辰后，一行人行进到半山腰，姚文青发现山腰烟雾缥缈处有一群颜色亮丽的藏族风格的建筑群，就猜测离土司城堡不远了。

柳金宝催马上前，对姚文青说："东家，前面就是王明礼土司城堡，我们当心为好。"

不大一会儿工夫，一行人就到了城堡门口，一名穿藏袍、持枪的汉子大声喊道："什么人，到此何事？"

柳金宝上前回答："我们是仁在堂商号的，新任姚东家前来拜访王土司。"

持枪汉子道："稍等一下，待我前去禀报。"

姚文青听到他们一问一答，有点奇怪地问："柳掌柜，这里的藏民会说汉话？"

柳金宝说："他们土司都改汉姓了，何况说汉话。这里距离汉族聚集区比较近，又长年和汉人打交道，王土司就让手下的藏民学说汉话。"

没多久，堡门打开，姚文青一行下马，步行进入土司堡。进门之后，姚文青发现堡内的藏式建筑虽然风格基本相同，但用料差异甚大。没容他仔细观看，就到了一座高大的藏式建筑前。

柳金宝在前，姚文青等人随后，从跨入大门的那一刻起，姚文青就被王土司府邸的豪华气派震慑住了。这里的所有建筑雕梁画栋，用料讲究，假山水池，曲径回廊，比关中的豪门大户毫不逊色。初入藏族土司府邸，姚文青尽管好奇，但也不敢放肆地东张西望。

穿过几道门槛，走过几段回廊，突然眼前一亮，一座高大的建筑呈现面前。远远望去，只见一位穿着华贵藏袍、戴着珍珠玛瑙项圈的汉子正坐在椅子上训斥垂手站立的几个藏民。持枪男子走到坐着的藏族男子跟前说了几句，这位藏族男子似乎不情愿地站起身，缓步走过来。

柳金宝赶紧上前说："王土司近来可好？"

王明礼有点不悦地说:"没病没灾的,还行。劳柳掌柜挂念了。"

柳金宝转身介绍道:"这位是仁在堂刚到的少东家姚文青,今天特意来拜访你。"

王明礼不解地问:"少东家?姚老东家呢?"

姚文青插话说:"姚老东家故去了,我刚到雅安,就特地来拜访王土司,望勿见怪。"

王明礼阴阳怪气地说:"就说姚老东家几年不来,我以为你们不做药材生意了。"

姚文青说:"老东家因身体原因,礼节不到,请王土司海涵。"

王明礼看到姚文青应对有度,不失规矩,一时挑不出毛病,再说汉人经常说有理不打上门客,就对姚文青说:"姚东家,请。"

众人进了客厅坐下后,姚文青和王明礼寒暄几句,就把仁在堂的最新情况告知他,随后让伙计们把带来的礼物呈上来。王明礼见姚文青态度诚恳,仁在堂又是泸定最有实力的商号之一,他笑着说:"姚东家人虽年轻,出手不凡啊!"

姚文青细心观察到王明礼话虽说得客气,但态度依然不冷不热,微笑着站起身来拉着王明礼的手,把他拉到僻静处,从上衣口袋里取出一个用红色绸缎包着的物件递给他。

王明礼毫不见怪地当面打开,发现竟是一尊二寸来高的纯黄金佛像,这才喜笑颜开。对姚文青说:"与仁在堂打交道多年了,见此金佛如见主人,这也是泸定土司与仁在堂的暗号。否则,任你是谁,都别想得到数量巨大的贵重药材。姚东家,咱们一回生,二回熟,我绝对保证仁在堂的需求。"

说完这番话,王明礼有点过意不去地说:"姚东家,今天早上我就看见喜鹊在树枝上欢叫,预感到有贵客登门。今天老哥做东,就在我家一醉方休。"

听了王明礼的一番言语，使得姚文青不得不佩服郭倬甫心思缜密。从康定出发时，郭倬甫特意花重金请了一尊纯黄金佛像，让东家带在身上，并叮嘱他不到万不得已，不要拿出来送给当地土司。姚文青刚才见王明礼打着哈哈，不提合作之事，这才把他拉到一旁。你说藏人豪爽也好，见佛眼开也罢，姚文青要的是结果。

姚文青拉着王明礼的手说："今后我会定期拜访王土司，希望咱们合作愉快，实现双赢。"

王明礼拍了拍姚文青的手，笑着点了点头。

众人看到王明礼与东家嘀咕了一阵，又见二人喜形于色，皆大欢喜。听说王明礼设宴招待，无不欢呼雀跃。

在准备酒菜的同时，汉藏一干人等聊天解闷。除了风土人情、世道变化，不时谈论一些军阀混战、逸闻趣事。交谈间，酒菜已准备停当，异常丰盛，山珍野味、牛排羊肉，可谓色泽诱人、馨香四溢，令人食欲大振。

王明礼吩咐一个穿着藏袍的漂亮姑娘给姚文青献上一条黄色哈达，随后呈上盛满三只银碗的青稞酒。姚文青按照藏族习俗，伸出手指，蘸了一下银碗的青稞酒，先向天弹，后向地弹，最后在自己额头上按了一下，这才端起青稞酒，一饮而尽。等他喝过三碗青稞酒之后，酒宴正式开始。

姚文青此番见识了藏族礼仪，同时也被灌了个一塌糊涂。

真是：初出茅庐见阵仗，豪气博得土司赏。

　　了却心头药材事，一醉方休又何妨。

第二十八章

茯砖茶技艺入川　镇嵩军围困西安

接连疏通了锅庄、土司的关系后,姚文青感到神清气爽,更让他惊喜的是,总账房韩树德托人捎信说从泾阳高薪聘请的制茶技师苗春元等人已经到了成都,新茶厂地址也已选好,让他赶紧回雅安商议茶厂扩建的具体事宜。

姚文青本来想趁着夏季深入藏区到甘孜、阿坝分号去一趟,看到韩树德的号信后,他对郭倬甫说:"郭掌柜,甘孜、阿坝分号以后有时间再去,现在我们就返回雅安,商议茶厂扩建之事。"

郭倬甫说:"茯砖茶制作工艺复杂,还真得早点回去准备。另外,我建议东家和刘东家、于东家通个气,免得一旦把茯砖茶技术引进雅安,他们两个埋怨你悄悄干,没有告知他们。"

姚文青说:"我和这两个东家都沾亲带故,肯定会告知他们。就是他们不参与,我也会自己干。万一干成功了,也不会吃独食。"

回到雅安后,姚文青和已经到雅安的制茶高手苗春元就茯砖茶加工进行了一番长谈。

苗春元有些担忧地说:"雅安有天漏、雨城之称,和泾阳的气候截然不同。自茯砖茶在泾阳诞生以来,许多人都想把茯砖茶制作技艺引进到茶区,但都以失败告终,因此才流传下一句制作茯砖茶三不离的民谚,保证了茯砖茶只能在泾阳当地加工的独特地位。姚东家是读书人,想把茯砖茶工艺引进到雅安,精神可嘉。我担心的是在雅安加工茯砖茶难以发花。姚东家肯定知道,茯砖茶制作质量的高低是以砖茶上发花多少作为评判标准的,发花多说明砖茶质量好,发花少说明制作的茯砖茶是失败的。万一在雅安制作茯砖茶不发花,让人说我手艺不行还在其次,击碎了姚东家引进茯砖茶技艺的梦想,糟蹋了姚东家大量资金就难以交代了。"

姚文青理解苗春元的心思。作为一个制茶高手,向来都把自己的产品看得很重,甚至视如生命。万一在雅安制作不出和泾阳一样的茯砖茶,就等于砸了他的招牌,让他无颜在制茶行业中存身,更不用说去哪家茶号当制茶大师了。姚文青为他宽心说:"泾阳茯砖茶的故事很多,三不离的说法也流传几百年了。我知道手艺人把自己的技艺视为生命,难道苗师傅就不想做雅安制茶第一人?我都不怕砸了天增公商号的招牌,苗师傅还有啥可担心的?"

看到姚文青有如此决心要在雅安试制茯砖茶,苗春元不再犹豫,当即说:"既然姚东家有雄心壮志,我又有啥怕的。"

姚文青说:"我已经在泸河边上高价盘下一块空地,请苗师傅画一张建设茶厂和所需物品的图纸,明天我就让总账房韩先生带你去现场,随后就动工,争取赶在今年新茶上市之前建设好茶厂。"

苗春元说:"让韩先生负责建设茶厂,我和一同前来雅安的几位制茶师一起制作有关模具。姚东家,咱们把丑话说到前面,万一在雅安制作的茯砖茶不能发花,你不要责怪我们没有尽心就行。"

姚文青笑着说:"制作不出茯砖茶,总能制作出砖茶吧。放心吧苗师傅,只要大家尽心了,我不会怪任何人的。对了,天增公商号制作茯砖茶这件事,我还会拉上义兴茶号、恒泰盛茶号一起干的。"

苗春元瞪大眼睛,张着嘴不知道说啥好了。

等新茶厂开始动工后,姚文青特意让总掌柜郭倬甫把义兴茶号东家刘增辉、恒泰盛茶号东家于安泰请到已经换了总号招牌的天增公总号商议引进茯砖茶技艺之事。

刘增辉刚跨进天增公总号二堂客厅就笑着说:"文青,你这真是要改朝换代,连总号大门口使用上百年的老字号招牌都换了。"

姚文青让座倒茶之后说:"仁在堂的老招牌放在我的住处了,经常看着老招牌,能让我刻骨铭心地牢记仁在堂艰难的发展历程,就像唐太宗说的'以铜为镜,可以正衣冠;以史为镜,可以知兴替;以人为镜,可以明得失'。天增公字号本就是仁在堂总号之下的分号,我用此作为总号大门口的新招牌,确实有另起炉灶的用意。人不能总躺在祖宗创立的基业上过日子,还得有自己的想法。"

他的话音刚落地,于安泰就跨进了客厅,正好听到姚文青最后几句话。于安泰笑着说:"文青,不简单啊!刚到雅安,就手脚麻利地果断处理了老东家纠结几十年都没有处理好的关系,让泾阳商帮见识了你的镪火手段,大开了眼界。要说你这读书人办事还就是跟我们这些大老粗不一样啊!"

姚文青连忙摆手说:"哪里,哪里。仁在堂近些年的情况你们都知道,不采取果断手段处理主权归属这个大事,仁在堂不但会名存实亡,很可能还会让我亲自背着老招牌回泾阳的。于东家，我那样做，实属无奈，但无愧于天地，无愧于祖先，无愧于良心。过去的事不说了，今天我请二位东家来，是要商量把泾阳茯砖茶技艺引进到雅安的，想征求你们的意见。"

于安泰说："以往在藏区的茯砖茶生意，都是我们在雅安收购附近五县所产茶叶，运回泾阳加工，然后再运回雅安，在雅安再发往康定，由康定通过锅庄销往藏区，成本高，盈利低。泾阳茯砖茶制作，历来都有三不离之说，这也让许多前辈望而却步，没人敢在雅安尝试。你能有此想法，肯定做了不少工作。依我看，如果能在雅安建厂加工，不但节约成本，而且节约时间，对此事，我坚决支持。文青，你测算一下，建厂需要投入多少资金？咱们三家每家应该出多少？"

刘增辉接着说："此事如果办成，应该是利在当代，功在千秋。我也坚决支持。不管试验成败，咱们风险共担，利益共享。"

看到二位东家异口同声地坚决支持，姚文青顿时打消了顾虑，他说："对于建厂之事，我早有谋划。至于建厂投资，我不想让二位东家分担，想自己独自承担。现在的问题是，在雅安加工茶叶，很可能无法加工成茯砖茶，为了区别对待泾阳茯砖茶和雅安茶，必须另起名号，以免造成藏民误会，产生不必要的纠纷。"

于安泰首先表示赞同。他说："这也正是我担忧之事。藏民往往一根筋，见茶叶不同，肯定会闹事。现在，文青提出另起名号，区别对待，就避免了麻烦。再说，你不是与包家锅庄秋娘谈过此事嘛，她肯定会理解，并会替我们做藏民的工作。此事无忧，放心干吧。"

刘增辉说："是应该区别对待。万一砖茶上没有金花，就可能在汤色、香味等方面有差异。文青未雨绸缪，想在了前面，做在了前面，就省去了许多麻烦。刚才说到另起名号之事，我认为我家还是以义兴茶做名号吧。"

姚文青说："能起个藏名最好，这样方便交易。"

于安泰点点头说:"那就按照文青说的,恒泰盛茶叶就叫狮子牌,藏语叫根郎沙颖。"

姚文青笑着说:"我初来乍到,对藏语不熟悉,还真不好起名。不过,这里山多水多,水里动物品类也不少,天增公的名号就叫水兽牌如何?"

刘增辉说:"水兽在藏语里叫曲升罗布,寓意不错。"

于安泰问刘增辉:"刘掌柜,你真的不再为义兴茶起个藏语名号?"

刘增辉说:"算了,有你们打头阵,我跟着沾光就是。"

五月的雅安,山披绿装,风轻云淡,野花飘香,清泉喷涌,像一片世外桃源,静谧舒坦。头道茶采摘完毕,雅安静谧的氛围就被采购茶叶的茶商打破了,空气里弥漫着茶叶的芳香,热闹的场面从早上持续到黄昏。

义兴茶号、恒泰盛、天增公三大茶商没有像往年一样,将采购的茶叶打包运回泾阳,全都储存到新建的厂房里。这一异常举动,引起其他茶商的好奇。几经打听,才从好事者口中得知,这三家茶商联合起来要在雅安本地加工砖茶。茶商们都知道雅安的水质和气候与泾阳迥异,根本无法加工出泾阳茯砖茶,现在见义兴茶号这个通行领袖都积极参与此事,一些茶商就充满好奇地等待结果,少数茶商甚至在等着看笑话。

一个多月后,姚文青用自家收购的茶叶制作的茯砖茶到了堆垛阶段。奇怪的是,在泾阳半个月就可发花的茶砖,在雅安二十天还没有发花。按照苗春元的说法,没有发花的茶砖就不能称为制作成功。

姚文青怕苗春元失去信心,鼓励他又试验了一次,依旧是到期没有发花,这才相信雅安的水质和气候对茶砖能否发花起着决定性的作用。但请人饮用,茶汤橙红,茶香扑鼻,回味悠长。除了没有泾阳茯砖茶的金花,苗春元制作的雅安砖茶简直能以假乱真。

为了稳妥起见,姚文青请来于安泰、刘增辉,又请他们叫上各自在雅安的掌柜，连同郭倬甫、韩树德等人，一起品鉴。众人对苗春元用雅安茶叶制作的砖茶赞不绝口，众口一词地认为是一大贡献。苗春元歉意地说："这里的水土和气候，毕竟与泾阳当地条件不一样，尽管我和伙计们细心操作，最终也没有出现泾阳茯砖茶的金花。你们看，该如何处置？"

姚文青见苗春元愧疚之情溢于言表，宽慰他道："苗师傅，这不能怪你。你带着伙计能做出砖茶已属不易，岂敢奢望它再长金花？依我看，雅安砖茶是引用了泾阳茯砖茶技术，咱们为了区分，干脆把在雅安制作的茶砖改变一下形状，制成圆饼状，叫团茶如何？"

刘增辉附和道："苗师傅不愧是行家里手，能在雅安制作出砖茶实属不易，就不必自责了。我看这砖茶汤色、韵味、香气等与泾阳茯砖茶几无差别，为了诚实守信，我赞同文青的建议，制成圆状，起名团茶，以示区别。文青，你抓紧时间去一趟包家锅庄，同时带上泾阳茯砖茶和苗师傅试制的团茶，试探一下秋娘的想法。如果秋娘愿意销售，二者在价格上差异不大，咱们再大干如何？"

于安泰说："这样就更稳妥了。就是要麻烦姚东家再辛苦一次。"

姚文青说："这点小事，何足挂齿。我明天一早就出发前往康定包家锅庄，二位仁兄等候好消息吧。"

姚文青第二天就带上郭倬甫、罗玉龙，用马匹驮着泾阳茯砖茶和雅安团茶出发了。一路上因心里有事，无心观景，一行人快马加鞭，急匆匆赶路。

当姚文青在刘保荃的陪同下，再次来到包家锅庄时，秋娘的态度有了明显改观。她亲自出迎，又让藏女端茶倒水，热情接待。姚文青给秋娘展示了两种不同的茶叶，然后请藏女煮茶，不一会儿，两杯几乎无法分辨的茶水就呈现在秋娘面前。

秋娘依次端杯，先闻了一下，又打量一番，这才微启樱唇品鉴。现场安静得能听到每个人的呼吸声，谁都不敢说话，唯恐打扰了秋娘。工夫不大，秋娘展颜笑着说："如果你们不说，我还真品不出来，都是一样的好茶。姚东家，你说吧，团茶如何交易？"

见秋娘如此痛快地愿意销售团茶，姚文青面不露色地说："依秋娘之见，团茶该是什么价格？"

秋娘略加思索，回答说："如果低于泾阳茯砖茶二成价格，咱们就算成交。"

姚文青心里盘算，团茶成本比茯砖茶低了不少，如果按照秋娘说的价格交易，既能满足于、刘两位东家的期望，利润也相当丰厚。于是他痛快地说："一切全仗秋娘照顾。按咱们此前说的，泾阳产的茯砖茶销给藏区上等人家，雅安产的团茶销给普通藏民，我们为此专门起了藏名商标，以防混淆。秋娘放心，泾阳帮茶商诚实待人，虽说言不二价，但绝不以次充好。"

秋娘说："我早知道泾阳帮茶商诚实守信，这才多年来往，互惠共赢。姚东家，眼下已经到了茶叶销售季节，希望你们早点把茶叶运送过来。"

姚文青连说："一定，一定。"

消息传回雅安，于安泰、刘增辉高兴得跳了起来，都表示要郑重感谢姚文青。其他茶商听说包家锅庄愿意销售雅安团茶，赶紧到天增公找姚文青，想让苗春元代料加工者有之，想直接购买天增公的团茶者有之，以求赶上销售的好时机。一时间，天增公倒变成了雅安的陕西会馆，整天人来人往，熙熙攘攘，络绎不绝，一改往日气象。

时间不长，藏区传回来消息，藏民对团茶赞不绝口。各方面信息陆续证实，姚文青不但成功引进了泾阳砖茶制作技术，还造福一方，惠及藏民，留下了一段传奇。

此后，天增公雇用背夫沿茶马古道，翻二郎山，经泸定将团茶运至康定锅庄,再由康定锅庄派伙计或交由从拉萨来的藏商将茶砖人背马驮,由巴塘、理塘趋昌都,再由昌都运至拉萨,全程两千余里,每年将九百余万斤茶叶运往西藏,满足了边疆民族的需要。姚文青名下的"水兽牌"与于安泰名下的"狮子牌"几乎垄断川南边茶的一半以上,天增公一跃成为雅安仅次于义兴茶号的第二大茶商。

姚文青收获的不仅仅是引进茯砖茶技艺成功后带来的茶叶贸易销售高歌猛进的喜悦,到当年十一月底,藏区贵重药材收购也连创佳绩,扭转了仁在堂往年一直低迷的颓势,在业界获得了盛誉。

这天早上,姚文青刚进总号前院,总账房韩树德手中举着一封信把他叫住了。韩树德说:"东家,这是邮差刚送来的一封家信,你拿去看吧。如果需要商号帮忙解决的,你尽管安排。"

姚文青接过信件,一眼就认出是刘纫秋的笔迹。他没好意思当面打开,笑着对韩树德说:"一封家信,估计不会有啥大事。您先去忙吧,有事的话我去找您。"

他转身回到三进院自己的卧室,撕开信封,抽出信纸,看着妻子娟秀的笔迹,仿佛觉得妻子就站在自己对面,对他有点幽怨地说:"送别后妾心时刻挂念,关山远隔未卜,贵体安康否?家中大小事情,不需过虑。应孚已懂事,并开始了启蒙教育。家中一切安好,特此告知夫君。"

姚文青看完信件,写的都是些日常琐事,不像妻子此前写给自己的信件,他猜测可能自己长时间在外,很少给家中写信,惹刘纫秋生气了。就在他准备放下信件时,觉得信封中还有东西,仔细一瞧,才发现这封私信还有一页。他展开信纸,依旧是隽秀工整的小楷字体,不过写的是一首词牌为《浪淘沙》的词:"楚楚小婵娟,月貌花颜,纤腰雅步态嫣妍。最是闻郎归去也,翠锁眉端。别泪莫频弹,钗钿盟坚,好将消息报青鸾。杏子春衫著体后，准续前缘。"姚文青不由得脑海里闪现着他与刘纫秋之间的点点滴滴。等心情稍微平静，他坐在椅子上，准备给妻子写一封回信，告知她自己在这里的情况，免得妻子挂念。

考虑了一阵，姚文青磨好墨，铺开纸张，提笔写道："觅利远方，殊非我愿。家业后继无人，只能弃学经商。一月有余，历尽艰险，未到雅安，大伯故去，实属遗憾。有德高者欲趁机瓜分家业，情势危急。所幸姐夫指点，众人帮衬，用霹雳手段，夺回主权，转危为安。为固家业，四处奔忙，情况已有好转，不必挂念。为使伯父魂归故里，欲在春节前扶柩归葬。望贤妻善体为要，切勿操劳，家中大小之事，尽可安排管家处置为当。"正文结束，他给妻子回了一首《渔家傲》："趋利奔名何代了，知君底事萦怀抱。谏往追来，何不早。归计好，单衾孤馆冬寒峭。倦睡不闻鸡报晓，荒村古木昏鸦噪。一片疏棂，斜月照。春梦了，长安道是邯郸道。"

姚文青拿着写好的信件来到前院，正好碰见罗玉龙。他说："玉龙，麻烦你到邮局跑一趟，替我把这封信递出去。"

看着罗玉龙远去的背影，姚文青想到要让伯父姚煦归葬泾阳姚家祖坟墓地，他必须得和刘增辉交换一下意见。

姚文青走进义兴茶号总号大门时，刘增辉正在大堂，见姚文青来了，就把他让进二进院客厅。

两个人寒暄了几句后，姚文青就把他的想法全盘托出。

刘增辉说："你能在不到一年的时间里，把天增公这个新招牌在川藏地区叫响，确实让任何人都没想到。年关将近，往往是在川陕商想念家人的时候。让我岳父魂归故里，也是应该的。你安排好时间，临走时告知我一声，我想为老人家送行。"

姚文青说："伯父辛劳一生，最后在仁在堂总号病逝，想起来就让人心酸。趁着回家过年，我就送伯父回家，把伯父、伯母安葬在一起，了却我一桩心事。"

他可没有料到，这次回泾阳老家，却碰到陕西近代史乃至中国近代史上发生的大事件，让他颠沛流离、东躲西藏，其窘境丝毫不亚于逃难。

姚文青和罗玉龙等人运送姚煦的灵柩翻山越岭到达社树堡时，已经是寒冬腊月。姚文青带着从四川特意捎回来的礼物拜见堂叔姚秉圭，提出了他的想法。

姚秉圭说："姚煦是我的堂兄，理应安葬在姚家祖坟墓地。你选个适宜日子，我通知姚家宗亲全部去参加葬礼。"

见堂叔毫不犹豫地答应了自己的请求，姚文青欣慰地说："我伯父在雅安受尽了窝囊气，但保住了姚家的仁在堂，没有给姚家祖先脸上抹黑。现在，我把仁在堂的招牌换成天增公，生意大有起色。安葬伯父时，我会让西安分号掌柜王智远等人回来一起参加葬礼，顺便了解一下西安分号的近况。"

姚秉圭叹了一口气说："姚家兴盛时期，一度有十大堂号近四十个分号，到如今只剩下苟延残喘，唯一让人感到欣慰的就是你主政的天增公了。贤侄啊，堡墙里的姚家子孙没有几个争气的，要是他们都能像你，姚家就不会让人看笑话了。"

姚文青心有不甘地说："由俭入奢易，由奢入俭难啊！就连曾国藩也说'人败皆因懒，事败皆因傲，家败皆因奢'。如今大多数宗亲不仅丢掉了祖先险中求富、不畏艰难的精神，还养成了好逸恶劳、贪图享受的坏习惯。不根除这个顽疾，就无法重振家业，再现辉煌。"

回到自家宅院，姚文青和刘纫秋谈起了和叔父见面的情形。刘纫秋善意地提醒说："天增公刚有起色，你就张狂了！你在叔父面前说的话好像有教训之意，这是犯了大忌，你难道不怕叔父训斥你不知天高地厚？"

姚文青反驳说:"富商大户衰败大多是从内部开始的,贪图享受、钩心斗角、争夺权力,都想主宰商号的决策权,这个毛病不改,就是神仙也救不了。外部力量只可能加速衰败,但起决定作用的依然是内部。自己打败自己,自己糟蹋祖业,自己坠入深渊,都应该从自身寻找原因,不应该把根源推卸在外部环境变化上面。果真如此的话,别人又是怎样发展起来的?"

刘纫秋见丈夫振振有词,知道他为姚家其他宗亲的不争气感到羞愧。她说:"社树堡如今名声欠佳,我怕应孚在社树堡待得时间长了会受到影响,安葬好伯父,过完年之后咱们搬走吧。"

姚文青说:"要搬走可以,但不能再搬回三原县城。我准备在西安购地修建宅院,你们母子就搬到西安吧。西安是省会城市,应孚在西安不但能远离干扰,也能接受良好的教育。"

刘纫秋点头说:"就依你。"

姚煦的葬礼非常隆重,远远超过当初仁在堂困难时期安葬姚蒸、姚封氏、姚梁氏时的场面,也让附近百姓看到了姚家绝非全是败家子,尤其是姚文青到雅安后采取的手段和取得的业绩,让他们看到了姚家几成废墟的老宅透出一缕阳光。

姚文青此前和西安分号掌柜王智远素未谋面,在葬礼上他们才相识。王智远四十多岁,中等身材,四方脸,络腮胡,虎背熊腰,在西安城西大街天增公分号主营砖茶、药材、皮货、丝绸等生意。王智远带给姚文青的除了生意上的好消息,还有一个无法预料的隐患甚至是灾难性坏消息。

王智远说:"西安城最近疯传,镇嵩军刘镇华奉吴佩孚、阎锡山之命要带兵洗劫西安。现在城里一些富商大户携带着金银细软和家眷外出避难,也有附近乡绅带着家眷进城,整天乱哄哄的。姚东家,咱们是生意人,下一步咱们该咋办?"

姚文青闻知此事，无异于当头棒喝，一下子蒙了。对于镇嵩军头目刘镇华，他多少知道一点情况。刘镇华于清末出生在河南巩义神都山下，其父刘寿山乃开明人士，教他学习《四书》《五经》，后来考中秀才，又入保定北洋优级学堂、保定法定专门学堂学习。之后他加入同盟会，开始在豫西一带从事反清活动。辛亥革命前夕，刘镇华到嵩县羊山动员由王天纵率领的一支"刀客"武装参加反清斗争，这支武装后来就成了他发家的资本。

民国初年，河南都督张振芳与陕西军政府张凤翙、张钫商议，王天纵这部分军队开回豫西，分驻河南府、陕州、汝州一带二十二个县，帮助当地维持治安，因这一带靠近嵩山，故这支军队被称为"镇嵩军"。后来，王天纵被袁世凯调往北京，经张钫举荐，袁世凯任命刘镇华为镇嵩军协统兼豫西观察使及豫西剿匪总司令。之后他因镇压白朗起义有功，被袁世凯授予陆军中将。此后数年，刘镇华更加靠拢袁世凯，苦心经营镇嵩军，势力不断壮大。

一九一七年冬，陕西革命党人郭坚、耿直、高峻等响应孙中山反皖号召，在三原县城成立陕西靖国军，邀请于右任任总司令，率靖国军围攻西安，讨伐投靠皖系军阀的陕西督军兼省长陈树藩。陈树藩兵力单薄，急电刘镇华求援，并许以省长之职。刘镇华率军西进，击退靖国军，解西安之围，一九一八年三月，北京政府正式任命刘镇华为陕西省省长。在陕西主政的八年当中，刘镇华搜刮民财，祸害无尽，并安置一大批落后文人，豢养了不少地方乡绅。一九二五年四月初胡憨（胡景翼、憨玉琨）战争爆发后，刘镇华出逃陕西进入山西运城，被阎锡山收留。

姚文青忧心的是，当年刘镇华因失败逃出陕西，现在奉吴佩孚、阎锡山之命围攻陕西国民军，肯定会进行疯狂报复。姚家虽只是做生意的商家，但覆巢之下，岂有完卵？

见东家半晌不作声，王智远问："东家，咱们何去何从，你倒说话呀！"

姚文青满面愁容地说："军阀混战，百姓遭殃，商家倒霉。现在年关将近，估计这场战争一时半会也打不起来。这样吧，你先回西安，安顿好伙计们回家过年，年后我到西安，咱们看一下情况再做决定。"

王智远说："好。正月初上我来给东家拜年，随后咱们一起去西安。"

姚文青嗯了一声，算是应了王智远的话，但这个消息就像一颗隐藏的炸弹，惹得他心烦意乱，没有心思过年。

大年三十黄昏时分，关中下起了大雪。按照庄稼人的说法，这叫瑞雪兆丰年。大雪从除夕黄昏时分开始，一直下到了正月初二中午时分，白皑皑的积雪把关中大地全部覆盖，天地间白茫茫一片，泛着刺目的亮光。连续两天大雪后又刮起刺骨的西北风，整个关中大地滴水成冰，如同一个巨大的冰窖，降低了亲人团聚过年的温暖。

刘纫秋见丈夫过年期间闷闷不乐，心神不宁，还以为他在为搬家之事烦恼。她说："做父母的都想给孩子一个良好的环境，督催孩子读书成才。如果你觉得搬到西安不合适，我们母子就将就着继续待在社树堡。"

姚文青说："你不知道缘由，就别乱猜了。西安分号王掌柜给我说，镇嵩军刘镇华要率军攻打西安。战争一起，估计短时间内很难结束。你们这个时候到西安城居住，我咋能放心得下。"

刘纫秋一下子愣住了。知道自己误会丈夫之后，她说："刘镇华在任陕西省省长的八年之中，可没少祸害陕西百姓。这次咋又要回来了？"

姚文青说："清朝灭亡后，北洋系、奉系、皖系军阀就一直为争夺地盘，混战不休。现在加上广州的国民革命政府誓师北伐，不知道国家何时才能太平。别人谈起战争，就像在讲故事，我一想起发生在陕西的历次战火,就有切肤之痛。在辛亥年西安新军捍卫胜利果实的保卫战期间,我父亲就是在乱兵抢劫中丧生了,那一年我才七岁多一点。在三原县城读书时,陕西靖国军和陈树藩、刘镇华在关中大地上打了四年仗,我们过的是啥日子你总记得吧?接着胡憨战争爆发,虽说时间很短,但受苦的还是咱们老百姓。历次战争,打的都是钱财,死的大多数是青壮年,这十几年来,关中几乎没有消停过。才安生几天,又要起战火了,我在琢磨着这次战争可能不会很快结束,我们该到何处去避难哩。"

刘纫秋给丈夫宽心说:"车到山前必有路。你不是给王掌柜说年后到西安看情况再做决定吗?那就安心过完年,到时候根据情况再说。"

正月初四一大早,王智远就提着礼物给东家拜年来了。两个人没有心思喝酒聊天,匆匆吃过早饭后,就让老刘套车,然后坐上马车过了泾河就直奔西安。

按道理说,过年时节的西安城是一年之中最热闹的时候,卖小吃的、捏面人的、玩杂耍的,都会在过年时节登场,把整个西安城变成一眼望不到头的大市场,一些大户人家还会请戏班子到家里唱堂会。可这次姚文青一行进了北门,看到的却是冷清,街道上行人稀少,脸色凝重,步履匆匆,完全没有过年的气氛。马车从钟楼盘道进入西大街之后,往日这里车水马龙、人头攒动的景象也了无踪影,寒风四起,雪花飘舞,让这里尤其显得寂静、落寞,尽是难以言表的肃杀氛围。

天增公西安分号位于西大街中段桥梓口附近,临街五间门面坐南朝北,进深十余丈,用花墙和圆形拱门分成了前、中、后三个功能不同的院落。当王智远领着姚文青踏进分号门槛时,就感到货栈里留守值班的几个伙计心神不宁、烦躁不安。

姚文青在西安城待了几天,打听到一些情况。广州国民革命军准备北伐后，吴佩孚、张作霖为清除侧背隐患，委任刘镇华为所谓的陕甘剿匪总司令，纠集原镇嵩军旧部，以"打到西安去升官发财"为号召，收编豫西土匪、红枪会等地痞流氓，组成了八个师，号称十万之众，准备对支持北伐的陕西国民军开战。刘镇华主政陕西期间扶持的乡绅听说刘镇华要打回陕西，大肆造谣，加上主战主和意见不统一，一时间人心惶惶，莫衷一是。当时，西安城内只有督办李云龙①所属第十师的一个旅、四个独立团和陕西陆军第四师卫定一部的两个团，而且都建制不全，合计人数不足五千人。实力上的差距，让人忧心忡忡。

姚文青看到西安城人心惶惶，小道消息不断，就打定主意取消年后返回雅安的计划。他对王智远说："看样子这场战争不可避免。过完正月十五之后，你安排人在分号值班，其他人员先让回老家休息，等事态明朗后再做打算。"

王智远说："我听夫人说准备搬到西安城里居住，这段时间我在附近转转，看看有没有合适的房产或者土地可以购置。如果有合适的地方，可以买下来，等战争结束，就可以让夫人和少爷搬过来了。"

姚文青心绪不佳地说："生意估计难做了，你就随便看看。我回泾阳去了，城里有啥动静，及时派人到社树堡来告知我。"

王智远问："东家不准备回雅安总号了？"

姚文青说："时局动荡，人心惶惶，我难以放心。有我在社树堡坐镇，你们也能安心一点。"

---

① 李云龙（1889—1954）：原名秉信，字实生，后改名云龙，字虎臣，以字行。陕西临潼人，刀客出身。早年参加辛亥革命，后入胡景翼部，历任旅长、陕西军务帮办。曾与杨虎城一起创造了"二虎守长安"的军事传奇。1930年任陆军新编第三师师长。后因不愿"剿共"，弃职客居沪、津、汉。抗日战争时期，曾任陕西省临时参议会参议员。后促成临潼县和平解放。1949年新中国成立后，任陕西省政协委员。1954年12月在西安病逝。

民国十五年（1926）三月底，刘镇华趁陕西国民军精锐损失殆尽，关中地区守军成分复杂、兵力分散，驻同州的麻老九、驻蒲城的缑章保等部借机倒戈之际，轻而易举地占据潼关，长驱直入，一路借口"就地征发"军饷，烧杀抢掠，直扑西安。四月初，刘镇华率领镇嵩军兵临西安城下，拉开了"二虎守长安"的序幕。

随后，陕西东府难民陆续拥入西安附近几个县，有的还避难到咸阳以西，素有关中白菜心之称的泾阳、三原、高陵等县也有许多投亲靠友的乡亲。姚文青从避难者口中得知，刘镇华军队无恶不作，烧杀抢掠，所过之处，一片焦土。陕西东府各县百姓惨遭劫难，苦不堪言。

四月底，王智远趁镇嵩军还没有封堵西安城西，形成对西安四面合围之际，派出一个机灵的伙计出城，带着《新秦日报》上刊载的西安城防卫最新动态，到社树堡向姚文青汇报情况。伙计简单汇报了分号内部的情况，对西安城近期情况，他仅说了镇嵩军指挥部驻扎在东郊十里铺，一部分军队在长安县胡作非为，烧杀掳掠。至于城区防卫情况，伙计说王掌柜交代过，让东家看《新秦日报》，报纸上的情况更全面一些。

送走报信的伙计，姚文青翻阅了他送来的《新秦日报》，对西安城的危难形势有了大概了解。西安围城之初，刘镇华留出西面，原本是希望驻守西安的李云龙、卫定一及其所部知难而退，从西门撤出西安城。加上他过去在西安豢养的地方富绅宋联奎等人组织了一个"和平期成会"，派出代表去找他，他们请刘镇华稍停一下，等李、卫部队全部撤走之后，举行一个盛大的欢迎会，迎接"刘雪帅"（刘镇华，字雪亚，当时一部分人乃至吴佩孚给刘的电报都这样称呼）进城。刘镇华从这些地方富绅方面了解到西安城内的情况，满以为一切尽在掌握之中，拿下西安城如探囊取物，就同意了这个建议。谁知驻扎在三原的国民军第三师师长杨虎城眼见西安危急，召集李子高、孙蔚如、冯钦哉、魏野畴等人开会，分析形势，研究对策，决定对刘镇华迎头痛击，固守西安，牵制北洋军阀，支持北伐革命。

四月十六日，杨虎城先头部队从西安北门入城。四月十八日，杨虎城率领幕僚及卫队抵达西安。杨虎城与李虎臣根据双方力量情况，决定做长期固守。同时杨虎城特意派参谋长侯思奇将军劝说城里各界名流尽快离开西安，避免无谓的牺牲，造成无法估量的损失。

刘镇华听说杨虎城、李虎臣决心固守西安后，气得火冒三丈，随即命令部队向西开拔，全面包围了西安城。

在围困西安的同时，镇嵩军把咸阳、泾阳、三原等富庶县城也团团围住，欲大肆洗劫富商大户，趁机大发其财。

其时，驻守泾阳县城的是国民军第二师师长田玉杰。杨虎城本指望驻扎外线的田玉杰对敌能起到一定的牵制作用，谁知田玉杰对友军困守孤城不予支援，只命令张九才旅防守县城，自己则带着一个营驻扎在县城以西十五里的许家堡，名曰策应泾阳防御工作，实则避战作壁上观，保存实力。

田玉杰率军驻扎到许家堡之后，姚文青大失所望，为了保护家人性命，他准备远走避难。

当姚文青把自己的想法告知妻子后，刘纫秋说："现在泾阳、三原都被包围了，要想逃出生天并不容易啊！"

就在他们一筹莫展之际，罗玉龙出主意说："东家想避难，我倒有一个好去处。"

刘纫秋急忙问："玉龙，你说的好去处在哪儿？"

罗玉龙说："如今咱们在泾阳、三原无处可躲，不如去醴泉吧。我二姨家在醴泉烟霞，距离社树堡不远，而且那里靠近九嵕山，即便镇嵩军骚扰，也有个躲藏处。"

姚文青喜道："那就赶紧收拾东西，让玉龙带着咱们一家到烟霞去避难。"

姚文青决定带着妻儿去醴泉烟霞避难时，管家刘安康却死活不愿意随同前往。刘安康说："东家，你和夫人带着少爷走吧。家里总得有人守护才行，我就留下来看家吧。"

刘纫秋不忍心让他一个人守卫家园，更害怕发生不测，就竭力劝说他一起走。她说："乱兵所到之处，经常是杀人放火。姚家现在已经没有金银珠宝等贵重物品，你就把大门锁上，跟我们一起去避难，或者回老家照顾家人也行。只有这样，我才能安心一些。"

刘安康说："夫人即使不说我也知道留下来意味着啥。我是姚家的管家，只要这所宅院在，我就不能离开半步，否则就是我失职。不管发生啥事情，这里就是我的战场，我不能因为害怕乱兵洗劫就轻易离开的。"

姚文青见刘安康态度坚决，不禁想起了自己父亲惨死的往事。他知道田玉杰率军就驻在许家堡，镇嵩军不会轻易进攻社树堡。他叮嘱了刘安康几句，就带着刘纫秋等人过了泾河往烟霞方向去了。

六月初，西安城战事正酣，镇嵩军采用爆破城墙、地道战、炮击、组织敢死队等办法，都无法攻破西安城防，刘镇华为了断绝城里粮源，不顾百姓死活，下令部下放火，焚毁了西安郊区十多万亩就要收获的麦子，一时间，"白天浓烟蔽日，入夜火光烛天"，乡亲们眼看着辛苦一年即将到手赖以活命的粮食全部被毁，对刘镇华痛恨至极。

六月底，镇嵩军围困三原。七月初，镇嵩军师长梅发奎、旅长姜明玉率部西进，包围泾阳县城，其师部就驻扎在永乐镇磨子桥村。

姚文青一行在烟霞安顿下来不久，就闻听泾阳县城被镇嵩军包围了，驻军在张九才的率领下拼死抵抗。又听说镇嵩军围攻泾阳县城所使用的枪炮，是阎锡山转赠的落后粗笨的旧式武器，枪支使用效果差，攻城用的大炮形如小桶，射程不过一里，而且十之八九不发火。北洋军阀之间的尔虞我诈，互不信任，才使得泾阳县城被围四个月而没被攻破。尽管如此，带给泾阳百姓的是田地荒芜，商业停顿，附近乡民逃入城内，死在炮火下的百姓难计其数。

逃难的日子并不好过，在姚文青为战争何时结束发愁时，罗玉龙不知道从何处搞到了两份报纸，让他对战局的变化有了初步了解。据《大公报》和《民国日报》刊载西安保卫战的文章说，刘镇华在三面围城之初，曾请宋伯鲁等十老出城，杨虎城亦至其家劝其出城，七十三岁的宋伯鲁拒之曰："我不能走，其他各老也不走。如果我们出了城，城内百姓就更遭殃了。只要我们在城内，刘镇华就不敢用大炮乱轰，百姓也少受些难。"杨虎城感动地说："既然如此，咱们就一起守城吧。"一日，宋家正在用餐，一发炮弹轰然穿过宋家后墙落入院内，屋内顶棚震裂，碟盘跳起，灰尘弥漫，全家大小乱作一团，唯宋伯鲁稳坐未动，而且还安慰慌乱中的一家老小。

当年九月初，冯玉祥、于右任先后从苏联回国。十七日，冯玉祥在五原向全国发表宣言，就任国民联军总司令，于右任为副总司令，史称五原誓师。之后，国民联军分两路由陇东、陕北驰援被围困在西安的杨虎城、李虎臣所部。

姚文青在报纸上看到此消息，无比兴奋。一是西安之围解困有望，二是期待有机会面见于右任，当面请教。

时局变化很快。十月初，冯玉祥、于右任接受中共北方区委负责人李大钊提出的"进军陕西，策应北伐"的建议，确定了"固甘援陕，联晋图豫"的方针，迅速行动。于右任、史可轩、许权中带领一路经榆林南下进入关中。十月二十日，于右任率领的国民联军进军三原，击败镇嵩军，解了三原之围。随后，泾阳之围被解。

姚文青在于右任解了泾阳之围的当天晚上就赶到泾阳县城，并见缝插针地拜访于右任。在泾阳县政府，担任国民联军副总司令的于右任命令部队休整，准备随时开拔，增援西安。当警卫连长告知他姚文青来访时，他这才拖着疲惫的身子走出会议室。

姚文青看到人称美髯公的于右任苍老了许多，而且一脸怒气，不知道是谁惹了他。未等于右任开口，他上前几步说："于司令好。我是社树堡姚文青。"

于右任上下打量他说："想当年在三原陕西省立第一高等工业学校见到你时，你还是个毛头小伙子，没想到这才几年工夫，就变成一位著名的陕商了。"

姚文青羞涩地连连摆手，说："著名陕商可是万万不敢当。难得于司令还认得文青。于司令似乎不甚高兴，敢问所为何故？"

于右任叹气说："唉，田师长贻误战机，实在令人恼火。这次从五原出发，解救西安之围，将士们长途奔袭，难得休息，让我于心不忍啊。"

姚文青说："国民军联军一路势如破竹，解西安之围，指日可待。文青知道司令日理万机，不敢多耽搁时间，只想尽点绵薄之力，犒劳联军将士，不置可否？"

于右任喜道："姚东家有心了，我在此先行谢过。你打算如何劳军呢？"

姚文青从身上摸出一张支票说："时间匆忙，来不及准备，我就捐献一万大洋资助国民联军吧。等于司令解了西安之围，我在西安再想办法继续资助。"

于右任说："我明天要在县城召开一个群众大会，希望你来参加。大会之后，就率军开拔，等解了西安之围，咱们细聊。"

第二天早上，于右任在县城钟楼西边的空地上召开万人大会。面对羸弱不堪的百姓，他慷慨激昂地说："进入民国以来，军阀割据，连年混战，商道不通，民不聊生，这不是当年国民革命的目的。现在国民革命政府发起了北伐战争，就是要消除军阀割据的局面，实现全国军令政令统一，让全国民众过上太平的好日子。在三原、泾阳解围之后，我将率领国民联军继续进军，争取早日解高陵、咸阳乃至西安之围，彻底打败北洋军阀豢养的刘镇华，实现陕西和平。吾辈顺乎潮流，讨逆救国，深得百姓支持拥护，捐钱捐粮，传递消息，国民联军才得以打败镇嵩军，其中，泾阳父老乡亲功不可没，我在这里代表国民联军谢谢大家了。希望诸位乡党今后继续支持我们，团结奋斗，取得革命胜利。"

各界民众闻言，无不欢欣鼓舞，群情振奋。

等姚文青再次见到于右任时，他正在跟泾阳商会会长邓监堂谈话。邓监堂感叹说："于公为国民革命，舍家而奔走东西，不顾安危。国家兴亡，匹夫有责，我们也当尽微薄力量。这次泾阳捐款，是商会组织的，以茶商捐款数额最大。"

于右任说："泾阳茶商是陕西商帮中的佼佼者，泾阳茯茶和砖茶在我国茶叶史和茶文化中占有不可替代的地位，有着卓越的贡献。早在宋、明时期，泾阳能工巧匠就制出了驰名丝绸之路的茯茶和砖茶，一直为官府专买专卖，和西域进行茶马交易，以茶安民、安边，故当时称之为'安边茶'。而今，茶商以茶叶收入支持国民联军讨逆安国，堪称'安国茶'也。"

邓监堂听到于右任对众茶商捐款捐物给了如此高的评价，高兴得合不拢嘴。他说："有了于公这样心系民众的革命党人，我们就看到了希望。期盼于公率军旗开得胜，尽快解西安之围，彻底打败刘镇华这个祸害百姓的北洋军阀走狗。"

于右任说："此次率军一路南下，看到老百姓疾苦，让我等寝食难安。解了泾阳之围后，看到父老乡亲们自发劳军，让我感动，说真的，还是咱们泾阳人实在。"

随后，于右任指着姚文青对邓监堂说："这个年轻人是社树堡姚文青，尽管我比他大两轮，但我们是忘年交。你们同是商界中人，以后多来往，更要多为家乡做好事。"

邓监堂笑道："早听说社树堡出了一个商界才俊，今天才见到。姚东家，以后在泾阳商界有啥事，尽管来找我。"

姚文青拱手致谢，说："今后少不了麻烦邓会长。"

十一月二十八日下午，冯玉祥先遣部队在邓宝珊将军率领下进军西安，刘镇华撤兵临潼，西安之围终解。随后邓宝珊部于十一月三十日由泾河突进，占领同州（大荔），刘镇华恐后路被袭，狼狈逃出陕西。

姚文青回到解围后的西安城，只看到满目疮痍、城池残缺、房屋倒塌，百业凋零。随处可见的饥民面无颜色、衣衫褴褛、孤寡悲食，到处尸横遍地，惨不忍睹。街道两旁所有树干全部光秃秃的，不但树皮没有，就连树木的枝叶也荡然无存，可见围城之际，西安城内之惨烈。

当姚文青迈进自家分号货栈，面黄肌瘦的王智远弱不禁风地迎上来，未开言来珠泪落。姚文青把随身带的能食用的物品让他赶紧分给伙计，等人到齐后，发现少了两个人。问及此事，王智远说："守城期间，咱分号两个年轻伙计参加城墙东北角战斗，都牺牲了。"

姚文青吃惊地问："咋回事？"

王智远哽咽道："刘匪围城到了六月份，见久攻不下，恼羞成怒，就下令组织敢死队，扬言能从城墙东北角攻入城内者，赏大洋三百元，官升三级。咱分号伙计韩相、马相此前受到学生宣传鼓动，加上会些武功，年轻力壮，就参加了护城队。六月中旬，刘匪组织敢死队攻城时，韩相手持大刀劈死匪兵五六人，后被匪兵冷枪打中胸部阵亡。马相手持梭镖与匪兵激战受伤，最后抱着一捆手榴弹与匪兵同归于尽。两个年轻人为了守城，死得其所，着实令人惋惜。"

姚文青听说自家分号两个伙计牺牲得如此悲壮，长时间无语。

再说于右任进城后，干的第一件大事就是处理城内四处阵亡的英烈和饿死的百姓。他知道如果处理不及时，来年春暖花开，瘟疫蔓延，关中道就会有灭顶之灾。在如何处置时，于右任提出"负土"安葬亡灵，在旧皇城东北侧划出一块四百多亩的土地建立"革命公园"，接纳城中所有亡灵。他号召百姓搬来城墙上塌落的墙砖，拆除战争中毁坏的寺庙砖石梁柱，采取以工代赈的形式修成革命亭、忠义祠等建筑。在革命亭两侧，按男左女右分别挖出直径约五十米、深约十五米的两个大坑。于右任要求，全城百姓每人到北郊草滩背一袋黄土，运到革命公园建设工地，用以安葬亡灵。

在祭奠守城死亡志士时，姚文青带着天增公幸存的几个人，跟着人流从北郊草滩人拉肩扛的负土到西五路，埋葬烈士，纪念英灵。两座三十米高的大冢之下，安葬着三万六千余忠魂遗骨，加上乱葬坟和城外已经入土的死亡人数，西安城在被围的九个月里，有五万余兵民殒命。守城主将杨虎城看着坟茔，泪流满面，感慨地说："生也千古，死也千古；功满三秦，怨满三秦。"姚文青心中暗想，西安保卫战正如民间传说宋伯鲁预言的一样，陕西人民为国民革命和北伐战争所做出的巨大贡献，将会彪炳千秋，永存史册。

五万多人的离去，使西安城变得空荡荡的。到处都是废弃的房舍，颓垣残壁随处可见。

姚文青抽空去拜见了一次于右任。于右任依然公务繁忙，寒暄几句之后，他告知姚文青，他即将出任国民政府审计院院长、监察院院长，并邀请姚文青有空去南京相见。姚文青原本想征询他对自己在西安城购房的看法，见他忙于国家大事，不好意思提说就告辞了。

过完年，姚文青安排身体已经恢复健康的王智远寻找地方，两个月内先后在四府街等地购置了十七处院落，又在五味什字东边卢进士巷（20世纪中期"文化大革命"运动中改卢进士巷为芦荡巷）购置了一块三亩多的空地。他准备在空地处修建一所上下两院、明清建筑风格的关中四合院，把妻儿接过来住在西安城内，让孩子远离是非之地。

词曰：

旌旗翻动，卷残云，吞吐古今人物。围攻长安，泾三原，烧杀惨绝人寰。秋风稍停，严霜骤降，寒光照城雪。如今百姓，几人还念二虎？

残留青兽飞檐，栩栩如生状，怒抖毛发。回眸汉唐，瞋目怒、鬼魅宵遁逃亡。枪炮火光，激起千层浪，史称绝唱。古籍翻遍，独留清风明月。

第二十九章

制蜡烛上海名扬　　贩丝绸跨海越洋

安顿完西安的事情，姚文青就带着罗玉龙直奔雅安。到雅安天增公总号后，郭倬甫、韩树德发现东家明显消瘦了，所幸气色还不错。

姚文青简单叙述了自己一年多的见闻，总号的一干人尽管已经从报纸上知道老家发生的变故，但听了东家的叙说，还是唏嘘不已。

姚文青对大家说："我入川之前，就已经让管家刘安康到几个掌柜家里询问过了，泾阳的情况不像省城西安那么惨绝人寰。事情已经发生了，唯愿逝者的灵魂能得到慰藉，生者更应珍惜。"

郭倬甫说："关中自古帝王都。这些年战火纷飞，战祸不断，神仙打架，百姓遭殃，确实让父老乡亲受罪了。"

姚文青安慰大家之后，问起这一年多天增公总号的经营情况。一众伙计见东家询问总号机密大事，纷纷起身离开，客厅里就剩下了姚文青、郭倬甫、韩树德三人。

郭倬甫向东家做了详细汇报，说："天增公总号三大主营业务中，团茶和药材生意还比较好，就是布匹生意受到洋货冲击，前景堪忧。"

姚文青知道西方列强工业化生产的洋纱洋布，质量上乘，价格比湖北、河南出产的府布，甚至比苏杭一带出产的标布都有价格优势，布匹行业受到冲击是迟早的事。他说："团茶和药材生意是天增公的传统生意，咱们地处雅安，偏居西南，受到的冲击有限。布匹生意一直由汉口分号在湖北、河南采购府布销往重庆、成都、雅安和藏区，受洋货冲击在所难免。郭掌柜、韩总账，你们在四川多年，也清楚蜀绣是四大名绣之一，在市场上抢手。我想咱们应该转变观念，放弃一部分府布业务，把丝绸生意作为天增公总号未来的重点。如果有可能的话，咱们也可以从四川走出国门，把丝绸生意向东南亚发展。"

既然东家有了做丝绸生意的念头，郭倬甫就知道此事只能竭尽全力辅助东家，决不能三心二意，甚至打退堂鼓。他说："四川各地栽桑养蚕历史悠久，尤其以乐山附近为最。但四川丝绸纺织技术水平难以和江浙苏杭一带相媲美，声誉也难以和苏杭丝绸并驾齐驱。东家要做丝绸生意，我建议还是和苏州分号董桂堂掌柜商议一下，先把国内丝绸生意做起来。如果东家要向东南亚发展，也要考虑最合适的人选。"

韩树德说："布匹生意过去比较稳定，只要有足够的资金，店里有存货，利润就可以预计出来。布匹生意需要占用大量资金，近年来利润也在逐年下降。东家如果想改营丝绸生意，我看可行。苏州分号原来主要经营标布、丝绸和药材，如果把苏州分号充分利用起来，让董掌柜调整主营业务，我想问题不大。"

看到总号两位关键人物都支持自己的想法，姚文青心中暗喜。他说：

"我听说乐山是南丝绸之路的枢纽，咱们就在乐山开设商栈，收集生丝，让董掌柜寻找合作伙伴，在江浙一带加工，闯出另一番天地。对了，郭掌柜，你能把南丝绸之路的情况给我介绍一下吗？"

郭倬甫笑着说："东家说风就是雨啊！了解南丝绸之路是走出国门的第一步，你想听，我就给你说道说道，便于你决策。"

郭倬甫随后说，南方丝绸之路东、中、西三线从成都出发，第一段路程均要沿岷江而下到宜宾转五尺道、步道、夜郎道，地处岷江中游的乐山就成了必经之路。西线即是《史记》所称的"蜀身毒道"。《史记·西南夷列传》记载："及元狩元年，博望侯张骞使大夏来，言居大夏时见蜀布、邛竹杖，使问所从来，曰：'从东南身毒国，可数千里，得蜀贾入市。'"故名"蜀身毒道"。西线又分东、西两路，西路称"零关道"，东路称"五尺道"。零关道从成都出发，经双流、新津、邛崃、雅安、荥经、汉源、越西、喜德、泸沽、西昌、德昌、会理、攀枝花，越金沙江至云南大姚、姚安，西折至大理；五尺道经乐山、犍为、宜宾、云南大关、昭通、曲靖，西折经昆明、楚雄。两路在大理会合后，继续西行至永平，称永昌道，亦称博南道。从永平翻博南山、渡澜沧江，经保山，渡怒江，出腾冲至缅甸密支那，或从保山出瑞丽抵缅甸八莫，再西去印度、中亚、西亚而达欧洲。

郭倬甫的一番叙说，使姚文青感到一丝压力。经过短暂的考虑，他说："天增公总号现在的三大贸易，唯布匹行业面临可以预知的危机，如果不提前布局，当危机来临时，总号利润肯定会有一定幅度的下降。赚钱多少没关系，关键是会打击伙员的积极性。尽管南方丝绸之路布满艰辛，但必须要迈出这一步，三条腿走路，总比两条腿走路强。多条腿，也就多了一道防范经营危机的屏障。要用传统优势贸易保证总号的经济基础，用开拓新的商业贸易增加总号发展活力，尽快形成传统优势和新业务并存的局面，增强总号的实力。因此，我决定先从充分利用川锦及生丝优势入手，做好国内丝绸贸易，然后走出国门，进军缅甸，待机而动。"

郭倬甫说："把乐山作为中转站，就必须在乐山兴建加工厂。如果东家确有此意，我建议把康定分号二掌柜刘保荃调回来负责乐山分号筹建。"

韩树德接着说："刘保荃是康定城有名的三硬商人（陕西商人因人硬、货硬、脾气硬被人称作三硬商人），他的这个秉性，虽然因诚实经营、不欺不瞒、一诺千金，为东家争取了利益，但也造成陕商缺乏通融、不会待客之短处。如果把他调到乐山来负责乐山分号筹建，就能充分发挥他办事认真的特长，更好地维护商号的利益。"

姚文青见两个人同时竭力推荐刘保荃筹建乐山分号，就说："我同意刘保荃到乐山筹建分号，同时也要注意招揽懂机械和纺织工艺的人才。郭掌柜，你准备一下，后天咱们一起去乐山，先购置商栈和土地，然后去苏州分号找董掌柜商议丝绸贸易的事。如果有时间的话，我还想去一趟上海分号，了解上海最近的情况，为将来丝绸生意走出国门提前谋划。"

郭倬甫说："我从总号带上几个伙计一起去，互相也有个照应。"

乐山西与雅安连界，东与宜宾毗邻，南与凉山相接，北与眉山接壤。县城一面依山，三面临水，上通成都，下达渝夔，雅河通雅安、天全，铜河通峨边、金川，为水陆要冲。商埠之盛，甲于川南，自古就是南方丝绸之路的交通枢纽。

夜幕降临时，姚文青、郭倬甫等人赶到乐山迎春门码头。该码头地处三江汇流处，是五尺道最繁忙的水陆码头。此刻他们看见江中桅杆林立，灯火通明，大小船只在江中穿梭来往，艄公号子此起彼伏，江水平静的间歇，倒映出两岸各式建筑，好一派别致的景象。

一行人边欣赏迎春门码头的夜色，边在人群中穿梭，好久才找到一家有空房的客栈。让店家伙计牵走马匹之后，姚文青感慨地说："乐山地处水陆交通要道，人口密集，而且流动性很大，真是个做生意的好地方啊。"

罗玉龙说："就是，到处都是人，南腔北调的。"

姚文青说："人多是好事，做生意最怕的就是没有人。乐山是交通枢纽，在某种程度上比雅安具有优势。把乐山这块地方利用好，天增公就有了新希望。时间不早了，大家抓紧时间休息。"

第二天一大早，姚文青对郭俾甫说："郭掌柜，你带伙计去寻找能开分号的地方，我带罗玉龙去附近考察乐山生丝、蜀锦的贸易情况。咱们分头行动，能节约不少时间。等有了初步想法，再一起商议如何？"

郭俾甫笑着说："就依东家的意思办。"

半个月后，郭俾甫用低价盘下一座三开间的货栈，姚文青也把乐山及附近几个县生丝及蜀锦生产掌握了八九不离十。他在考察中发现乐山还是四川原蜡的主要生产地和集散地，更让他惊喜的是，在乐山遇到了在三原陕西省立第一高等工业学校读书时的校友张兴隆。

那天身着青色长衫、戴着一副眼镜、提着一个皮箱的张兴隆站在迎春门码头眺望，正欲找人打听之际，忽然间远远望见一个似曾相识的身影，仔细一看正是姚文青带着一个青年在指指点点，他连蹦带跳高声喊道："姚文青，我是张兴隆，专门到乐山来找你的。"

姚文青听到喊叫声，扭头顺着声音传来的方向一看，果然是校友张兴隆。两人各自挤开人群会合到一处，姚文青喜出望外道："兴隆，你咋跑到乐山来了？"

张兴隆笑道："我刚到成都，就听天增公成都分号掌柜杨茂才说你正在招聘懂机械的技师。我问了你的动态，然后直奔乐山找你来了，没想到能在人潮如织的码头上碰上你，这可真是天意啊！"

姚文青欣喜地说："当真是如此。我这里正缺你这样的技术人才，你来了就可解我的燃眉之急，太好了。"随后，姚文青让罗玉龙帮着张兴隆提箱子，介绍说："这位是总号伙计罗玉龙，咱们泾阳老乡。我刚好在乐山收购了一家货栈，咱们到货栈再聊。"

坐在自家货栈里，姚文青发现众人不时打量张兴隆，他笑着说："这个乡党名叫张兴隆，是我当年在三原陕西省立第一高等工业学校的同学，也是机械和纺织方面的行家。我看乐山这个地方不错，只有这么一个货栈不行，还要麻烦郭掌柜再找一块大一点的地皮，准备兴办加工厂。刘掌柜，天增公总号准备逐步压缩府布生意，改行经营丝绸，你今后就在乐山分号当掌柜，主管生丝和蜀锦收购。"

张兴隆站起来和大家打过招呼后说："乐山水陆交通发达，物产丰富，如果要在这里兴办工厂，不但要考虑生丝收购、贮存用地，最好想得更长远一些。"

看到初到乐山的张兴隆已猜到了自己的意图，姚文青高兴地说："英雄所见略同。兴隆啊，乐山是用武之地，你今后就负责技术，继续为天增公招揽技术人才。现在大城市里都有了咖啡厅，时兴烛光晚餐，就是小城镇，也把点蜡烛当成了身份和财富的象征，但成都、雅安、乐山，甚至重庆商号出售的蜡烛质量都太差。你如果能改进技术工艺，为天增公创立品牌，就是大功一件。"

张兴隆说："这个事情应该不难。等我考察了乐山原蜡和市场上销售的蜡烛之后，一定会拟出一个妥善的方案。制作蜡烛需要场地和帮手，我初来乍到，还需要刘掌柜帮忙。"

刘保荃说："都是一家人，不要说两家话。只要是东家决定的事，我一定全力以赴。"

姚文青说："郭掌柜暂时留在乐山，帮助刘掌柜、张兴隆解决资金和场地问题,等这些事情办妥了再回雅安总号。我明天就带着罗玉龙去重庆,然后沿长江而下到汉口、苏州,等我和董掌柜商量好之后,拍电报告知刘掌柜收购生丝的事。另外,我会在苏州或者上海等候兴隆制作蜡烛大功告成的好消息。"

姚文青到山城重庆后,掌柜徐元庆向他汇报了重庆分号的经营情况。徐掌柜介绍说重庆分号除经营砖茶、棉布、丝绸、药材外,还经营日用百货。每年通过水运往汉口、上海等地销售的原蜡就占了绝大部分。

随后,徐元庆陪着东家在重庆转了两天,以便他了解重庆的市场行情。姚文青发现市场上与天增公一样经营原蜡的商家不少,大家都销售原蜡,没有品牌,竞争激烈,利润很低。眼前的情况,更坚定了他利用乐山原蜡制作蜡烛的信心。他在拍发给张兴隆的电报中说:"重庆市场原蜡销售无序竞争,利润很低。期盼早日批量制作成蜡烛,创出品牌,提升竞争能力。"

天增公苏州分号位于苏州山塘街的繁华地段,距离苏州陕西会馆和曾经声名显赫的柏园都不远。姚文青的到来,让苏州分号掌柜董桂堂多少有些意外。当他听说东家准备转行经营丝绸时更是惊讶。

苏州分号多年来一直经营布匹生意,把泾阳、三原、高陵、富平、耀县等地产的棉花贩运到苏州,贩回江南生产的标布运回泾阳,进行加工整染,然后改卷成适合西北运输条件的式样,销往各地。董桂堂暗忖,尽管标布生意大不如前,但也不至于现在就转行吧?

姚文青看到董桂堂面露疑惑之色,故意说:"我此次来苏州,见到的景象和想象中出入很大,似乎苏州并不像人们传说中的那么繁华鼎盛了。"

董桂堂解释说:"苏州商业贸易最发达的地区在阊门附近,就是苏州城的西北部，包括城外的南濠街、上塘街和山塘街，以及城内的阊门大街。就当地商品而言，苏州出产以纱缎为大宗，丝茧次之；行店以钱业为大宗，绸缎布匹次之。自洋货侵贯内地，土货销路日绌，加上银市日紧，捐输繁重，商情涣散，商业贸易多数已经转移到上海。"

姚文青说："我在书本上曾看到乾隆年间有一幅名画叫《姑苏繁华图》，画的就是当时阊门至枫桥的十里长街万商云集的盛况，当时这里各种店铺多达数万家，各行各业应有尽有，各省都在此设会馆。难道这些盛况不复存在了？"

董桂堂说："你说的那是老黄历了。咸丰十年，李秀成率领太平天国起义军进攻苏州，江苏巡抚徐有壬和总兵马德昭接连颁布三道命令，以巩固城防的名义，将繁华的城西阊门商业区彻底焚毁。虽说战后各地商家苦心经营，但境况已大不如以前。山塘街陕商会馆、大儒巷安徽会馆、中张家巷全晋会馆都没能逃过劫难。"

姚文青眉头紧皱，说："世道真的变了。按照现在有些人的说法，中国目前是半殖民地半封建社会，政治上的事咱们不说了，就说商贸经营吧，国内市场上洋货充斥，传统的手工业遭受了致命打击。我们如果不利用苏州当地丝绸是大宗贸易的优势，不尽早改变经营思路，或许就是死路一条啊！"

身处江浙一带的董桂堂对近年来洋布洋纱大量进入中国市场，本土棉布受到严重冲击，价格下降、销路不畅，是感知深刻的。他在担忧的同时，决定听从东家的安排。他说："董某只是苏州分号的掌柜，只要是东家决定的事情，董某定当竭尽全力，决不让东家失望。"

姚文青说："你刚才提到了苏州陕西会馆，能否带我去参观一下？"

董桂堂说："苏州陕西会馆距离分号不远，当然可以去。不过现在天色已晚，我怕去了会吃闭门羹。"

姚文青说:"没事,在外面看一下也行,也算了却一桩心愿。"

董桂堂带着他走出分号,在商铺林立的街道上,穿过熙熙攘攘的人群,不多时就到了苏州陕西会馆,姚文青这才发现与成都陕西会馆同样豪华气派的苏州陕西会馆,也是叙乡情联乡谊的地方。会馆门前立有一通《新修陕西会馆碑记》,驻足细观,他看到了这样一段记述:"吾乡幅员之广,几半天下。微论秦陇以西,判若两省,河渭之间,村墟鳞栉,平时有不相洽者,一旦相遇于旅邸,乡音方语,一时荡然而入于耳,嗜好性情,不约而同于心。加以岁时伏腊,临之以神明,重之以香火,樽酒蓝脯,欢呼把臂,故乡骨肉,所极不忘耳。"

看完碑文,他们见会馆大门紧闭。董桂堂准备上前敲门时,姚文青摆摆手拦住了他。

姚文青说:"既然人家已经歇息,咱们就不便打扰了。董掌柜,听说柏园就在会馆附近,我们去寻访一下柏园的踪迹吧。"

董桂堂说:"柏园早在民国初年就已易主。柏园的主人就是泾阳县桥底镇柏家村的大簸箕柏家,在泾阳当地曾经流传过一段顺口溜:'泾阳县,西北乡,财东多,银钱广,大簸箕柏,辘轳把张,金银财宝堆满箱。'其中的'大簸箕柏'说的就是柏家。当年柏家在苏州、常州、汉口、北京开设有商号、当铺、票号,一度还是陕西布商在江南的通行领袖。到了柏筱陂主政时期达到了鼎盛,他在苏州购买了一条弄堂,起名叫柏家弄,修建了一座占地四十多亩江南闻名的柏府,也叫柏园。辛亥革命爆发前,柏家后人柏惠民到苏州巡视,后来到了上海,曾经资助创办《民立报》的老乡于右任八千大洋,赈济安徽灾民五千大洋。辛亥年间,听说柏惠民为了支持张凤翙、井勿幕领导的陕西新军抵御陕甘总督升允率领的十几万清军,不惜以柏园和苏州分号资产做抵押,向外国军火商购买了一万条枪、十几万发子弹、四门大炮,向沪督陈其美捐款一万大洋。辛亥革命成功后,陕西军政界人员变化频繁，柏家资产荡然无存。现在，柏园精华虽在，但占地面积早已缩减。"

姚文青说："柏惠民和高铭新、高又明是泾阳人所共知的辛亥革命三杰，是陕西最早的同盟会骨干，他们和于右任、井勿幕关系颇深，尤其是柏惠民散尽家财，为陕西辛亥革命的成功做出了巨大贡献。高铭新在陕西靖国军护法战争中牺牲了，其少妻孤子，不知所踪。柏惠民现在疾病缠身，长期卧床不起，导致柏家衰落。高又明有制造炸弹的专长，原来在军队中任职，后来在西安开设了一家药房维持生计。董掌柜，柏园附近如果有空地，我想购置一块，修建一所宅院，一来纪念这些为推翻帝制做出贡献的人，二来也好时常督导苏州丝绸贸易。"

董桂堂说："人常说上有天堂，下有苏杭。东家想在柏园附近修建宅院，就包在我身上。我明天亲自请风水先生实地勘察柏园附近空地，有合适的地方就告知东家。"

姚文青说："现在中国的经济中心在上海，苏州距离上海不远，住在苏州既可避开大都市的热闹喧嚣，也能及时掌握金融市场动向。还有一点，就是丝绸贸易开始后，咱们把银行账户开设在上海外商银行，便于调动资金。"

董桂堂看着面前这位年轻的东家，不得不佩服他考虑事情的周全和稳妥，由衷地说："东家是饱读诗书之人，在清朝最起码是举人，考虑问题比我们这些只进过几年学堂之人有远见。东家如果住在苏州，也好经常指导苏州分号的业务。"

姚文青笑道："说指导就过誉了，咱们倒是可以彼此切磋想法，争取把丝绸贸易做得更好，甚至超过以前分号所有业务的利润总和。"

董桂堂说："我明天让二掌柜陪你到苏州转转，游览一下苏州美景。我寻找合适地方，一有消息就告诉你。"

姚文青说:"看来我要在苏州多待几天了。不过也好,久仰苏州的小桥流水、江南景色,逛逛拙政园、寒山寺,权当给自己放假吧。"

过了几天,董桂堂有些遗憾地告知姚文青说:"柏园附近没有合适的地方,我在沧浪区观前街打线弄找了一块五亩左右的空地。请东家前去看看,如果觉得合适我就找人从中撮合购买,然后兴建宅院。"

姚文青点头说:"可以。宅院就按照江南民居样式修建,说不定我会常居在此。"

姚文青在苏州考察、购置土地的时候,也正是张兴隆在乐山试制蜡烛的紧要关头。自从接到姚文青在重庆发给自己的电报,他就感受到了压力。

他在乐山市场观察了两天,发现一些制作蜡烛的作坊用料大不一样,很多掺杂了已经用过的废料,制作出来的蜡烛质量差异很大,有一些甚至一见太阳就变软、变形。但令他印象深刻的是,这些蜡烛销路不错,利润还很丰厚。

尽管张兴隆以前没有接触过蜡烛制作,但真要用心思钻研这个事情,对他这个科班出身的人来说并不是难事。他留心了几家制作蜡烛的小作坊后,在书店购买制作蜡烛的书籍回来阅读,弄清了制作蜡烛的技术。随后找到出售化工原料的商号,购买了硼酸、硫酸钾、硫酸铵,二十号棉纱等材料,便亲自试验。

按照操作方法,张兴隆先把做烛芯使用的棉纱漂白处理,这样做是为了让烛光明亮。对处理过的棉纱,进行编织,使其成为细绳状,再用涩料浸泡,避免燃烧太快且多灰。

接下来,他对原料配方又做了研究。用优质原蜡十斤、硬脂酸两斤、蜂蜡一斤,反复进行试验。多次失败之后,终于成功总结出制作蜡烛的方法。

用这套方法制作出来的蜡烛洁白如玉、粗细均匀、不易变形、亮度很高，超过了市场上其他的蜡烛产品。

刘保荃看到张兴隆试制的蜡烛样品，对他竖起了大拇指，说："兴隆老弟不愧是东家看中的人才啊！这么短时间内就摸索出了独特的配方，制作出超过市面上所有蜡烛的样品，不简单，真是不简单！"

张兴隆说："制作蜡烛，技术虽然简单，但门道也不少。白蜡制造，需要将新旧蜡按比例搭配，严格执行，每道工序都要有标准，必须做到精细化，这样才能保证蜡烛的质量。别的商家，旧蜡比例过高，模具不规范，有些甚至是手工制作，由此制作的蜡烛当然不能保证质量。市场上以质量取胜，价格上小的差别，大家也就接受了。"

刘保荃说："东家现在苏州，我发电报请示他是否开始批量生产，同时烦劳你把分号几个年轻伙计做集中培训，等东家同意后，咱们就开始大干，争取用最短的时间见到成效。"

张兴隆说："你拍电报请示，我再试制一些其他蜡烛，争取把天增公的蜡烛品种多样化。"

刘保荃吃惊地问："除了白蜡烛，还能生产出别的蜡烛？"

张兴隆信心满满地说："事在人为嘛，不试制咋能知道。"

随后，张兴隆带着几个年轻伙计继续试验，不久就制作出彩色蜡烛、带香味蜡烛、不流泪蜡烛、透明蜡烛等系列产品。等姚文青的电报到乐山时，刘保荃已经安排张兴隆开始小规模生产蜡烛了。

"天增公牌"蜡烛进入乐山市场后，立马就一炮打响。刘保荃看到市场前景广阔，又拍电报请示东家是否扩大生产规模。不久，姚文青回电报指示一定要扩大生产规模，不能局限在乐山、重庆、成都等地销售，要把眼光放长远，争取在汉口、南京、上海等城市打开局面。

随着"天增公牌"白蜡、彩蜡源源不断面市，其他商家制作的质量不过硬的蜡烛很快就被淘汰，时间不长，先是重庆、汉口，随后是江浙、上海，很快就见到了天增公各分号销售的蜡烛。这一项新增业务被天增公商号做得蒸蒸日上，带来了丰厚的利润回报。

姚文青在苏州正在为"天增公牌"蜡烛畅销而感到高兴时，又接到妻子从西安卢进士巷新居发来的电报。说已怀有身孕，据陪伴她的吴妈说是个男孩。

姚文青手拿着电报，高兴得跳了起来。

董桂堂从来没有见到东家这么得意忘形过，好奇地问："东家，有啥喜事了，这么高兴？"

姚文青咧开嘴笑道："真是双喜临门呀！早上刚得知乐山分号制造的各种蜡烛畅销到了重庆、汉口，中午又接到夫人从西安发来的电报说她又怀了一个儿子。董掌柜，你说我能不高兴吗？姚家从此可以说是人丁兴旺，不怕后继无人了。"

罗玉龙欣喜地说："东家应该请客祝贺，让大家一同沾个喜气。"

姚文青满口应承说："应该的，应该的。有福同享，有喜共乐。董掌柜，你告知分号所有伙计，我今天晚上在苏州最好的酒楼松鹤楼宴请大家，与大家同乐。"

这天酒足饭饱回到苏州分号后，姚文青特意把罗玉龙叫到身边。他看着罗玉龙说："玉龙，你当初随我入川是做保镖的，随着时代的进步，保镖这个行业基本上快要消失了。你有什么打算？"

罗玉龙愣了一下，心想东家可能要辞退自己。他说："我知道再好的武艺也比不上快枪。现在货物运输不比从前，不需要保镖护送了。东家如果想辞退我就早说，我绝无怨言。"

姚文青看到他误会了自己，笑着说："经过这几年接触，我看你人很机灵，适合做生意。你不妨先在苏州分号跟着董掌柜学习咋做丝绸生意，我要单独去一趟上海。等我处理好上海分号的事情，咱们一起回乐山。至于你今后干啥，到了乐山分号再说。"

罗玉龙担忧地说："我就是一个练武之人，从来没有想过做生意。东家如此安排，就不怕我耽误商号大事？"

姚文青鼓励他说："凡事都有个学习过程，你不试一下，咋知道自己不能做生意？"

见东家如此相信自己，罗玉龙激动地说："我一定认真学习，争取不辜负东家的期望。"

罗玉龙走后，姚文青坐在书桌旁，展开信纸，给妻子写了一封回信，详细叙述了他在乐山兴办蜡烛加工厂、准备压缩标布数量、扩大丝绸生意及在苏州购置土地等事项，临近结束时，他压抑不住内心的兴奋，即兴赋诗道：种玉蓝田喜未迟，熊罴入梦正当时。从今怀里添雏凤，不待阿家打肚皮①。

二十世纪二十年代末的上海，金融机构云集，市场活跃，已经形成了同业拆借市场、贴票市场、内汇市场、外汇市场、白银市场、票据市场、债券市场、股票市场等众多门类，为实体经济发展提供资金支持和金融服务，仅外资银行就有二十七家之多。这些功能齐全的金融业务和金融服务，使上海不但成为全国金融中心，也是远东地区首屈一指的国际金融中心。

姚文青到上海时已是金秋季节。他在上海陕西路自家商栈住下，与分号掌柜贾金明就天增公在上海的生意情况做了充分交流。贾金明四十多岁，

---

① 打肚皮：关中习俗。过门媳妇几年不孕，由其姑用细枝条轻敲媳妇腹部，谓之打懒肚皮。

中等偏上身材，一袭淡青色丝绸长袍，分外精神。他在上海从学徒做起，见识过上海金融市场的波诡云谲，也历练得精明干练。在上海商栈负责丝绸、药材、皮货、蜡烛等商品生意，从没有出现过任何纰漏，在所有分号掌柜中享有很高的声誉。

贾金明陪着东家在上海商业繁华地段转了几天，发现一些商号里竟然在代销"天增公牌"系列蜡烛，这既让姚文青感到意外，也让他更觉兴奋。

回到上海分号后，姚文青对贾金明说："上海不愧是东方明珠、东南亚的金融中心，这里的一切让人眼花缭乱。我在乐山时决定制作蜡烛，没想到在上海就看到了天增公商号的产品。贾掌柜，我在苏州时和董掌柜已经商议过，准备把丝绸贸易首先做到缅甸去，你到美国花旗银行专门开设一个丝绸贸易的账户，方便今后调动资金。"

贾金明在此前的号信中已经知道东家主政之后的一系列举措，而且他的这些举措从来没有失手过。此刻听到东家让他在美国花旗银行开设账户，就笑着说："小事一桩。东家，据我所知，陕西商人之中到目前为止还没有人走出国门做生意的，你真的要把丝绸贸易做到缅甸去？"

姚文青说："我有这个打算，也有这个信心。我来上海之前，在乐山就成立了分号，专门收购乐山附近的生丝，运到苏州加工，不出意外的话，刘掌柜现在已经开始收购生丝了。收购四川生丝在苏州加工，打开天增公商号国内丝绸经营是第一步。迈出这一步之后，在乐山兴办丝绸加工厂，把蜀绣和川锦沿南丝绸之路经云南外运到缅甸，走出国门，开拓东南亚市场是第二步。如果第二步能获得成功，在外国银行开设账户就成了必然要求。我得到的信息是，缅甸属于佛教国家，出产生丝，而且丝绸锦缎需求量很大。如果能利用好乐山和缅甸生丝，不愁没有利润可赚。"

贾金明听了姚文青一席话，打心眼里钦佩他的远见卓识，啧啧赞叹道："东家不但紧盯国内市场，而且能够放眼东南亚，这可是一般商人想都不敢想的啊!

姚文青笑着说:"不管咋说,人还是要有梦想的。有了梦想,就有了动力。我在接手仁在堂总号决策权时,高五爷就曾预言说我会败光仁在堂的祖业,这话对我刺激很大。时代变了,墨守成规是行不通的。一个成功的商人,不能只盯着传统的固有业务,要对市场发展有预感,要有放眼世界的胆量和勇气。"

过了几天,苏州分号董桂堂发电报说,刘保荃已经把在乐山收购的生丝发运到苏州。姚文青高兴地对贾金明说:"在美国花旗银行开设账户的事就交给你了,你抓紧办,我得赶回苏州去看一下情况,然后返回雅安准备筹建缅甸分号这件大事。"

等姚文青赶到苏州,看到刘保荃发运过来的生丝后,顿觉选用他任乐山分号掌柜没有看错人。刘保荃把收购的生丝每四十两捆成一扎,放进竹筐封好,然后从乐山发货。苏州分号收到生丝后,立即和协议厂家联系,开始加工丝绸。

姚文青没敢在苏州多耽搁,带上罗玉龙坐船沿长江逆流而上直奔重庆。当他兴冲冲地赶回雅安总号,却压根没料到在缅甸分号掌柜人选上和郭倬甫、韩树德两位德高望重的前辈发生了严重分歧。

姚文青回到雅安总号后,郭倬甫、韩树德把总号近来的经营情况向他做了全面汇报,并赞叹东家有远见、有胆识,不但闯出了"天增公牌"蜡烛品牌,而且获利颇丰,给总号增添了新的发展动力。

姚文青随后谈了他准备把丝绸贸易做到缅甸的想法。他说:"乐山分号的蜡烛现在订单不断,产品供不应求,已经在市场上形成了一定影响力。按照我原来的设想,接下来就是利用四川生丝优势,把丝绸生意通过南丝绸之路进军缅甸市场。这次着急回来,就是和两位前辈商议一下缅甸分号掌柜人选事宜。我的意见是从雅安原来府布分号中抽调一个懂业务、善管理、人活泛之人去缅甸开辟市场。"

还未等二人表态，高富贵急匆匆地冲了进来。看到姚文青就气喘吁吁地说："东家，我父亲病危，他想见你一面。"

姚文青吃了一惊，随即对郭倬甫、韩树德说："走，咱们一起去看望高五爷。"

郭倬甫、韩树德二人虽说有点不乐意，但东家已经吩咐了，就跟着姚文青出了雅安总号大门。

姚文青一行进了高家宅院，看见高家人脸色沉重，脚步匆匆，轻声细语，有点慌乱，都预感到大事不妙。

他紧跟在高富贵身后来到高五爷卧房。躺在病床上的高五爷瘦骨嶙峋，脸色苍白。看到姚文青带着郭倬甫、韩树德一起来看望他，吃力地指了指床边上的椅子，有气无力地说："文青，你小子不简单啊！这才几年时间，就把天增公整顿得井井有条，各项生意日渐繁荣，还开拓了新业务，早就远超了我和你大伯，令老朽佩服啊。"

姚文青凝视着行将就木的老人，想到他为姚家做出的贡献，感叹道："五爷，后生不知道商海深浅，全凭感觉判断。一时的生意兴隆，不代表一世都能兴旺发达。您老安心养病，老天爷不会亏待心存善良之人的。"

高五爷说："我知道自己命不久矣。刚才让富贵去请你，准备给你说道说道他的事。前一阵，富贵到总号去了几次，都说你去苏州、上海巡视，不在雅安。我今天心里特别瞀乱，就让富贵再去看看，没想到你刚回到雅安，这可能就是冥冥之中咱爷俩的缘分吧。"

姚文青说："您老福大命大，一点小毛病撂不倒您。再说，富贵干得好好的，还要您老挂念？"

高五爷喘着粗气说："人之将死，其言也善；鸟之将亡，其鸣也悲。

我自己的儿子是啥德行我知道。以前的事就让它过去吧，你就别计较了。你干大临终想托付你照顾一下富贵，让他活出个人样来，为高家争一口气。"

姚文青不知道面前的高五爷唱的是哪一出，不好立刻答应，便没有接话。

高五爷见姚文青没有答应，就继续说："现在布匹行不景气，丝绸行还行。如果你要做丝绸贸易，就让富贵去当掌柜的吧，他轻车熟路，一定能干好。"

姚文青觉得高五爷提的要求并不过分，就答应道："五爷，您放心。我如果经营丝绸生意，一定让富贵担当重任，决不食言。"

姚文青又安慰了高五爷一番，郭倬甫、韩树德碍于以前曾经共过事的情面，也分别劝慰了高五爷几句宽心话，然后就告辞了。

虽说看望高五爷是一段插曲，但却勾起姚文青的旧情。这些年，高富贵没有了高五爷这个靠山，为人做事低调了不少，既没有了以前的张扬狂傲，也把他分管的业务当作正事，颇有洗心革面另做人的气象。他在雅安负责经营棉布，积累了相当丰富的经验，人也活泛，足可独当一面。姚文青就想让他去缅甸开拓市场，既想还高五爷一个人情，也想让高富贵远离雅安，省得自己见到他想起往事，感到心里巨烦。

回到天增公总号，几人说了几句高五爷的病情，就把话题转到缅甸分号掌柜人选上来了。姚文青说："这几年业务量不断增加，骨干人员缺乏。总号如果实在抽不出合适人员，我看就让高富贵去缅甸开设分号吧。这样，既能还高五爷一个人情，也能让高富贵远离雅安。"

郭倬甫作为天增公总号大掌柜，他觉得高富贵能力没问题，品行有缺陷。他说："古人讲，委以重任，须德才兼备最好。如二者不兼得，以德为重，才次之。否则，才能虽佳，品德不好，就可能坏大事，造成的后果无法弥补。东家,我和高家父子打交道几十年了,这两个人的人品都有问题,我不同意让高富贵任缅甸分号掌柜。"

韩树德说:"商圣范蠡在《人谋》篇中说:'用人要正,忠奸定兴废。大事要慎,妄托受大害。'在重用高富贵这件事上,我和郭总掌柜意见一致,也不同意让高富贵出任大掌柜。"

姚文青心里清楚,这两位长辈都是在为总号的长远发展着想,并没有掺杂个人恩怨,他就不好再一意孤行。为了不因此事陷入僵局,他说:"我们都考虑一下,过两天再议。"

还未到两天,高五爷就病逝了。看到高富贵披麻戴孝地到总号来报丧,姚文青等人都想着死者为大,只有先办理完高五爷的丧事之后才能确定缅甸分号掌柜人选了。

高富贵在报丧的同时,对姚文青哭诉道:"我父亲临终之前交代,让我把他安葬在雅安,他要用魂魄护佑天增公生意兴隆,财源茂盛。"

郭倬甫虽然对高富贵的如此说法嗤之以鼻,但也不好意思当面揭穿。他向东家建议道:"高五爷是仁在堂有功之人,就请东家按照他的遗愿办吧。"

安葬高五爷时,姚文青在葬礼上高度赞颂了高五爷对仁在堂的贡献,没有提及他后来和姚煦等人的恩怨纠葛,甚至对高五爷企图瓜分仁在堂资产的事也是只字未提。

高五爷的葬礼后,郭倬甫对韩树德说:"韩总账,东家顾念旧情,心地善良,我估计他还会坚持任用高富贵。但高富贵隐忍奸诈,有其父的野心,是一个司马懿式的人物,我们不得不防啊!"

韩树德忧心地说:"东家有用人大权,我们也不便硬顶,我看此事只能从总号管理制度上想办法。总号历来都是两本账,我们可以建议东家把循环簿和提录簿分开管理,避免高富贵专权。"

郭倬甫点头说："你说的这个办法可行，另外必须派东家信任之人出任二掌柜，由二掌柜掌管循环簿。"

等姚文青再次和郭倬甫、韩树德谈起缅甸分号掌柜人选时，他们二人就没再坚决反对。郭倬甫说："我并非想一棒子把高家人打死，永不重用。但对于东家重用高富贵，我还是保留看法。"

姚文青笑着说："一个人的格局，不仅决定了他的视野，更决定着他的胸襟。人非圣贤，孰能无过？我想高富贵就是想折腾，也要能跳出如来佛的手掌心才算有能耐。"

韩树德提醒道："东家既然任用高富贵做大掌柜，还应再派一个二掌柜，同时从总号抽调经验丰富的账房先生一同前往，对他进行监督。"

姚文青说："我准备让罗玉龙出任缅甸分号二掌柜。有了罗玉龙和账房先生把关，他就是想折腾也没有什么机会。"

郭倬甫说："罗玉龙很机灵，可堪大用。临走前，我再叮嘱一番，让他管好循环簿，预防高富贵日鬼捣棒槌。"

姚文青认为他们商议的办法无懈可击，没料到却留下了意想不到的隐患。

半年之后，高富贵、罗玉龙同时传回消息，他们经昭通、昆明、腾冲进入缅甸，已经在缅甸曼德勒安营扎寨，注册了商号。他们考察了曼德勒丝绸市场，建议将乐山所收生丝，改纺成织锦用丝，用竹筐运输到曼德勒，零售给当地土著。土著买丝并不付现款，待生丝织成绸锦出售后再还货款。货款存入曼德勒外国银行，汇到天增公上海分号提取。姚文青觉得此法可行，就同意了。

一年之后，"天增公牌"白蜡被上海《申报》《新报》列为正牌，尽管价格高于其他杂牌，仍然订单不断，生意兴隆。缅甸分号在曼德勒站稳了脚跟，生意也是蒸蒸日上，前景一片大好。

这年春节前，姚文青来到乐山分号巡视工作，张兴隆见到他高兴地说："乐山这地方还真有些邪乎，我刚想给你汇报工作，你就来了。"

姚文青称赞道："老同学不简单呀，为天增公商号闯出了品牌，我还要感谢你哩。"

张兴隆说："我听说你要在乐山开设丝绸纺织厂，就特意把我的大学同学赵振宇挖了过来。他在大学学的就是纺织机械，他若能加入乐山丝绸厂筹建和负责技术工作，管叫你的生意再上一层楼。"

姚文青喜出望外地说："有了你们这些技术人才，我就不愁办不成丝绸纺织厂了。晚上我设宴招待你和赵振宇，咱们一起聊聊丝绸纺织厂如何兴建。"

张兴隆说："赵振宇刚到乐山，我就让刘掌柜陪着他去看场地了。等他回来，我就告知他这个好消息。"

姚文青的欢喜劲还未消散，分号伙计就来报告说："东家，缅甸分号大掌柜郭富贵、二掌柜罗玉龙回来了。"

姚文青不由得大喜。他刚出房门，就看到高富贵、罗玉龙正奔自己的房间而来，他微笑着招呼道："二位掌柜辛苦了，快请屋里坐。"

高富贵进屋坐下后，把缅甸分号一年多的经营情况向姚文青做了详细汇报，随后又说："玉龙，我没有说到的地方，你来补充。"

罗玉龙说："郭掌柜说得很详细，我就不啰唆了。"

高富贵见已经汇报完毕，就站起身说："东家如果没有其他事，我就告辞了。"

姚文青说："别着急走。张兴隆给乐山分号引进了一位难得的技术人才，我晚上做东，你和玉龙一起参加，顺便让新来的赵振宇了解一下曼德勒的市场情况。"

高富贵说："这是好事，我一定参加。"说完，还是走出了房门。

姚文青看着他的背影，遗憾地说："富贵这是公事公办，没有一点乡党们的情分啊！"

罗玉龙说："这个人就那样，有时说话阴阳怪气的，可能还在记恨东家完全收回了总号决策大权。"

姚文青不想再提这个话题，就说："玉龙，给我说道说道你在曼德勒的见闻。"

罗玉龙从云南腾冲开始介绍到曼德勒，包括风土人情。腾冲是滇西重镇，也是中国与缅甸的口岸。腾冲城区附近为盆地，但四周有四座大山拱卫，飞凤山耸立于东，宝凤山雄峙于西，来凤山横枕于南，蜚凤山屏障于北，故有"四凤求凰"之说。其城池方圆约四里，城墙为明代所建，全部由青石砌成，城墙上堡垒环列，四周均有坚固的侧防工事，加上大盈江、饮马水河三面环绕，历来都是兵家必争之地。因为当地现在鲜有战事，所以驻兵不多，但却是商业贸易收取关税的关卡。

过了腾冲口岸，就正式进入了缅甸。沿着滇缅简易公路，翻越高山峻岭，跨过湍急河流，就到了曼德勒，继续向前就是缅甸首都仰光。曼德勒亦称瓦城，是缅甸故都，四百多年前缅甸阿瓦王朝建立时，风水大师看中了曼德勒，就把首都定在这里。正因如此，城内保留着气派堂皇的皇城，有中国人讲，皇城的规模气势和建筑风格，可以和北京的紫禁城相媲美。曼德勒也因位于缅甸中部，就成为商贸往来的集散地，商铺林立，商业繁荣，各种语言交汇，大都生意兴隆。

当地缅甸男人比较懒散，他们穿着和女人一样的筒裙，宽宽松松，用布带很随意地在腰间挽一个结，走路大摇大摆。缅甸女人一个个长得很水灵、丰满，很能干，经常穿得很单薄，上身是紧身的小汗衫，短得不能再短，下身经常是薄薄的长筒裙，一直拖到地面。风摆杨柳地从你面前走过，汗衫和筒裙之间，裸露着白嫩嫩的腰身，很晃眼。据当地人说，女人穿短衫是有道理的，她们没有衣袖是为了炫耀手腕上的玉镯，领口开得很低，才能显露出珠光宝气的项链。缅甸产玉，花样品种繁多，女人们的筒裙式样新颖，薄如蝉翼，颜色艳丽，山水宝石把女人们出落得像仙女一样。

罗玉龙最后说："到曼德勒后，我跟着高掌柜学到了不少生意经，但对他的为人难以认可。高掌柜带领一干人等，在缅甸曼德勒闯荡出了天增公的另一片天地，也赢得了当地土著对天增公的认可。在能力方面，我对他钦佩有加。在为人方面，尤其是在他跟缅女勾勾搭搭方面，极其反感。我认为，他的能力虽强，品性道德却低下，不值得深交。"

姚文青听完罗玉龙一番话，心里对高富贵起了戒心。为了不影响罗玉龙的情绪，他说："尺有所短，寸有所长。缅甸分号现在紧缺的就是懂经营的人才，咱们用好他的长处就行了，没必要计较他的个人喜好。你和账房先生只要时刻注意分号资金流向，他也就翻不起大浪。玉龙，缅甸女人漂亮能干，你就没想在曼德勒找一个媳妇领回来？"

姚文青的一句玩笑话，把罗玉龙说得满脸通红。他说："缅甸女人虽好，也比不上咱们中国女人贤惠。我要找媳妇的话，还是找一个泾阳姑娘，哪怕找一个四川幺妹，也绝对不找缅甸女子。"

话音刚落，刘保荃、张兴隆就带着一个戴着眼镜、长相斯文的青年男子跨过了门槛。刘保荃看见罗玉龙，欣喜地说："没想到玉龙回来了。"

罗玉龙忙站起身说："刘掌柜好。我刚到乐山，碰巧东家在分号巡视，就在一起聊了一会儿。"

张兴隆拉过赵振宇对姚文青介绍说："东家，这位就是我跟你提起的赵振宇。"

姚文青双手抱拳微笑道："鄙人姚文青，欢迎赵先生加入天增公总号。"

赵振宇没料到声名鹊起的天增公商号东家这么年轻,如此平易近人,他赶紧回礼说:"我听兴隆聊起过姚东家的传奇故事,能加入天增公商号,本人自当竭尽全力,不辜负姚东家厚望。"

姚文青见天色已经暗了下来,就对众人说:"走,咱们一起去洪福酒楼,一来为高富贵、罗玉龙接风洗尘,二来欢迎赵振宇加盟天增公。"

这真是:善用人才大肚量,蜡烛丝绸生意旺。

莫说商道有玄机,胸怀宽广谱新章。

第三十章

遭年馑关中罹难　天增公捐粮捐款

各项业务步入正轨后,姚文青在春暖花开之际回到西安卢进士巷三号自家宅院,一家人终于团圆了。此时,大儿子姚应孚已经上小学,二儿子姚应禄尚在襁褓中。刘纫秋见日夜思念的丈夫回家了,高兴地抱起姚应禄说:"儿子早过满月了,才见到你这个狠心的父亲。"

姚文青接过儿子,使劲亲了口儿子粉嫩的小脸,歉疚地说:"本来忙完苏州的事就想回西安照顾你待产的,没料到乐山分号蜡烛生意火爆,又要兴建丝绸加工厂,我就回乐山了。在你最需要关心和照顾之际,我却在乐山忙于生意上的事,真是对不起你们母子。"

刘纫秋嗔怪地说:"你没回来也好,要不然又要瞎操心了。"

姚文青以为妻子怕自己为她临产担心,害怕出现意外,他笑着说:

"操心你是应该的,更是人之常情,咋能说是瞎操心哩?"

刘纫秋说:"你虽然没在西安,可能也知道泾阳县城在去年秋季又被围困了,各商号损失惨重,百姓流离失所,其惨况不亚于当年镇嵩军围困泾阳。"

姚文青说:"我在乐山时听到了一些传闻,等明天早上我到分号找王掌柜详细打听。对了,高五爷在雅安病逝了,临终之前嘱托我照顾高富贵。在开设缅甸分号时,急需用人,我就让他担任缅甸分号大掌柜了。"

刘纫秋愣了一下,说:"为政之要,重在用人。高家父子的为人你难道不知道?你碍于情面,任用高富贵担任缅甸分号大掌柜,可能会带来隐患呀!"

姚文青没料到妻子的看法居然和郭倬甫、韩树德出奇地一致。他反驳说:"没有那么玄乎吧!现在缅甸分号由高富贵、罗玉龙分管,并由罗玉龙管理循环簿,应该不会出问题的。再说高富贵也知道我是顶着压力任用他的,不会以怨报德吧。"

刘纫秋见丈夫坚持己见,叹息着说:"但愿如你所说。你刚回来,不说这些烦心事了。好不容易一家人团聚,你就放松一下吧。"

第二天早上,姚文青独自出门沿着卢进士巷向北到粉巷,拐到五味什字后,一路溜达着来到西安分号。刚进分号大门,就听见有人在哼唱秦腔,而且哼唱的竟是西安当下的商贸情况。他停下脚步,就听到这样一段唱词:穿绸褂缎老九章(绸缎店),戴金插银老凤祥(首饰店),全家照相找大芳(照相馆),想生贵子藻露堂(中药店),磨盘眼睛德华斋(眼镜店),南华公司(糖果公司)吃洋糖……

姚文青正想着唱词中商号的位置,就听到有人大声问候:"东家,你咋来商号了?你啥时候回西安的,也不提前告知一声?"

姚文青抬头一看,见正是王智远,原先哼唱的秦腔声音也戛然而止。

他笑着说："没想到王掌柜还有这么一手，把西安城的商号都编成秦腔唱词了。"

王智远说："我哪有这个本事，刚才的唱词是秦腔著名丑角演员晋福长在《逛西安》中的戏词，我照葫芦画瓢哼唱了一下，没料到让东家听见了。"

姚文青说："这是好事。"

王智远忙把东家迎进二堂客厅落座，沏了一杯茶，这才问："东家这次回西安是有啥大事吗？"

姚文青说："夫人又给姚家生了儿子，我特意赶回来看望的。王掌柜，听说去年秋季泾阳县城再次被围困，你给我说说具体情况。"

王智远说："说来话长了，总之都是各路军阀争夺地盘，害得百姓不得安生。"

王智远随后说，一九二六年十一月底，冯玉祥率国民联军赶走镇嵩军，解西安之围后，开始主政陕甘，并把杨虎城等地方部队调出了陕西。一九二七年八月初，甘肃地方部队黄德贵、韩有禄两个师起兵造反，被冯玉祥属下宋哲元部追逃入陕西。黄德贵、韩有禄溃败，窜入泾阳，向当地驻军张九才求援。宋哲元部第八师师长周永胜以"田等收容黄、韩巨匪，危害党国"为由出师讨伐，进驻泾阳县城西部许家堡一带。田玉杰从三原率兵来泾阳增援张九才、黄德贵和韩有禄，经过激烈的白刃战，田玉杰被击败，周永胜率部包围了泾阳县城。

在十月初泾阳县城未被全面围困之前，周永胜所部将俘虏的士兵二百多人，押在西关蒙家桥的水井边用大刀行刑，死尸填满了数丈深的水井，淹没了无数冤魂。

周永胜本欲砍杀俘虏威慑泾阳守军，没想到却激起守军拼死抵抗的斗志。历时月余的战火中，县城北门附近临街门面再次被毁，城内百姓人心惶惶，商贸活动全面停顿。

王智远最后说："这次军阀争斗，泾阳再次遭受蹂躏，估计短时间内很难恢复元气。我估计西北商业贸易中心很可能因此要转移到西安来。"

姚文青说："自明清以来，陕西乃至西北政治中心和经济中心就是分离的，经济中心一直在泾阳、三原一带，政治中心在西安。自'同治之乱'开始，泾阳、三原屡次遭受战祸，商业贸易凋敝。现在政府修建的陇海铁路已经修到河南灵宝。陇海铁路一旦修到西安，政治中心和经济中心合二为一就是大势所趋了。"

王智远问："那咱们该如何应对？"

姚文青说："西北经济落后，信息闭塞，观念传统，很难接受新鲜事物。要想把生意做大，应该以江浙富庶地区为重点。西安分号维持茯砖茶、药材、丝绸、布匹等生意就行了，另外，管理好我在西安购置的房产。对了，我刚才走到粉巷，看见南院门一带人头攒动，熙熙攘攘，难道西安城内的商业贸易也转换了地方？"

王智远说："东家在西安停留不多，对西安城内的商业了解相对就少一些。这么说吧，清末以前，城内商贸以西大街最为繁华，清末到现在，政府对南院门一带极为重视，在花园广场四周兴办了许多新商号，绸缎店、钟表店、照相馆、大药房、五金店、鞋帽店、皮货店等商号在南院门一带就兴盛起来了。东家有空的话，可以到南院门转转，考察一下城内商业情况。"

姚文青笑着说："没想到西安的商贸并不落伍，有机会我带着家人去转转。"

姚文青在西安逗留了几个月，其间听妻子说吴宓曾于去年一月到西北大学邀请挚友东游，顺便到卢进士巷家里探问自己的消息。听说此事后，他长叹了一口气。几年未见吴宓，让他的心里多少有些牵挂。

姚文青无法预知，随后的民国十八年（1929）到民国二十一年（1932），关中地区连续大旱，赤地千里，庄稼颗粒无收，素有关中白菜心之称的泾阳也同样遭遇了历史上罕见的旱灾，史称民国十八年年馑①。

一九二九年，关中大地春天至秋季滴雨未沾，井泉干涸，泾、渭、汉、褒诸水断流，多年老树大半枯萎，春种愆期，夏季收成不过二成，秋季颗粒未收，饥荒大作，草根树皮都被吃得一干二净，死亡逃散者数以百万计，为糊口而倾家荡产者比比皆是，农民被迫贱卖土地，流离失所，惨状空前。

九月初，全国赈灾委员会派出以回杰生为代表的"西北灾情视察团"赴陕西。九月九日，视察团抵达西安，省救灾委员会主席、民政厅厅长邓长耀，教育厅厅长黄统，西安市市长萧振瀛，赈务会常务委员杨天仁等人在钟楼上接待了视察团全体成员。邓长耀、黄统详细汇报了陕西灾情，希望视察团将灾情电告全国，以得到国内外各界人士的重视与支持，拯救陕西及西北灾民，否则"陕西将有灭绝人种之危险"。

视察团在陕西视察灾情时，姚文青因处理缅甸分号外汇事宜已经到了上海。他此前就接到了妻子的信件，知道关中发生了旱灾，但他没料到旱灾竟如此严重。尤其是陕西赈务会王淡如、蔡雄霆于十二月一日发给上海日报公会、南京复旦社、天津《大公报》、北平《益世报》的电文，让他感到震惊。电文说：关中各县，除渭滨滩地稍有收获外，余皆秋收毫无，麦多未种。行其野田地荒芜，蓬蒿没胫。草丛中不时发现破烂衣服与凌乱骸骨，盖未经掩埋已被禽兽啄食净尽之路毙也！入其村但见室多泥门堵窗，无人居住，盖自入春以来，饿毙者先后相继，多至

---

① 年馑：方言，指荒年。陕西人把一年中一料未收称为饥年，两料未收称为荒年，连续三料未收称为年馑。民国十八年年馑是三年六料基本无收成，有人说是百年一遇，也有人说是三百年一遇。

绝户。村人埋不胜埋,只泥堵其窗户,希图苟安于一时,以致近日各县疫病流行,死亡枕藉。传染既易,死者益多,尤以省西之眉县、乾县、醴泉、武功、扶风等县,渭北之大荔、蒲城、澄城、合阳、三原、泾阳等为最甚。现天仍亢旱,洼地麦苗且日已枯死,滨水之区亦尘深尺许,高原更可想见。且入秋以来,陕南兴、汉所属共五县,亦迭遭水、旱、蝗、雹、匪各灾,日加惨重。灾民除采自树皮草根水之浮萍外,并有掘食一种白土,俗名"观音粉"者。食用既久,往往腹中结成石块,膨胀以死,灾情如此,中外善士若不设法救济,全陕将不免有绝人之患。

姚文青反复阅读报纸上刊发的电文,心潮澎湃,寝食难安。泾阳属于重灾区,也是生他养他的故土,年馑如此严重,自己岂能无动于衷,袖手旁观。他自忖素有关中白菜心之称的泾阳,之所以成为重灾区,主要有以下几个方面的原因:一是田玉杰主政泾阳十年间,倡种鸦片,使大量良田被占,造成烟馆林立,吸食者众多,有些商家甚至平民以用鸦片招待客人为时尚;二是泾河灌区只有少部分土地靠龙洞渠灌溉,仅占全县可耕地面积的百分之二三,绝大部分农田靠天雨浇灌,农户几乎没有存粮;三是连续两年兵祸不断,造成庄稼几乎绝收;四是外粮内运困难,山西军阀阎锡山"闭粜",封锁黄河各渡口,不准东粮西运陕西,导致灾情不能缓解;五是有不良商人囤货居奇,哄抬物价,放高利贷,逼租逼债,造成百姓苦不堪言。凡此种种,无不令人心酸、心寒。但说这些都于事无补,关键是如何尽快解救难民。最后他决定捐献五千大洋,在南方购买粮食,运回陕西,帮助父老乡亲保全性命,渡过难关。

姚文青让上海分号掌柜贾金明筹款购粮之际,《申报》《大公报》陆续刊发国民政府监察院院长于右任自南京回陕西探望的消息。报道说,于右任带回二十万现金救济灾民,目睹故里惨状,挥毫赋诗曰:"迟我遗黎有几何?天饔人虐两难过。河声岳色都非昔,老人关门涕泪多!"其所赋之诗通过报刊传出后，更多的陕商自愿加入了救济家乡难民的行列。

等姚文青把购粮事项办妥当，却为没有火车皮运送粮食发起熬煎。主要原因就是一九三〇年五月爆发的被后世称之为"中原大战"的军阀混战，阻断了上海到西安的交通。

为了尽快把粮食运回陕西救急，解决家乡百姓的生存危机，姚文青通过上海、沙市、重庆、缅甸等地分号又筹集了一万多大洋准备应急。在如何能尽快把第一批救灾粮发运回陕西这个问题上，让他伤透了脑筋。

贾金明见东家无心思打理商号的生意，而一直在惦记着如何尽快把粮食运回陕西，便劝道："东家，陇海铁路虽说早已动工，但至今也只修到河南灵宝。现在中原大战尚未结束，要想把这批救命粮安全运回陕西，难度委实不小，你还是另想办法吧。"

姚文青一时想不起来去求谁。他枯坐在椅子上，半晌默不作声，脸色难看之极。

看到东家愁眉不展，贾金明猛然间想起于右任曾亲往陕西视察灾情并赈灾，他试探着说："东家，于右任院长不是回过陕西赈灾嘛，你为何不去求他呢？"

一语惊醒梦中人。就是啊，为何不去求这位老乡呢？姚文青说："真是人到事中迷啊！运粮这么大的事，我咋就没有想到去找于院长呢？贾掌柜，你赶紧去买火车票，咱们明天一大早去南京找于院长，请他帮忙运粮回陕西赈济乡党们。"

第二天，姚文青带上贾金明坐上火车就赶往南京。在火车上，姚文青对贾金明讲述和于右任交往的故事，提起于右任当年在西安解围之后曾邀请他到南京做客。这几年，他忙于商号经营，东奔西走，就把拜访于右任之事耽误了。他有些愧疚地说："如今病急乱投医，临时抱佛脚，去求于院长帮忙，还不知道于院长咋看我哩。"

见东家忐忑不安，贾金明安慰道："于院长是咱陕西人，又是东家的同乡、学长，现在陕西遭遇年馑，救民于危难存亡之际，于院长不会计较的。"

姚文青长叹一声，说："唉，但愿于院长能看在救民于水火的形势上，能帮忙解决粮食运输难题。"

在南京火车站下车后，两个人叫了一辆人力车，直奔于右任的办公地点南京中山北路一〇五号。

在戒备森严的监察院门口，卫士班长对姚文青、贾金明盘问了半天。面前的这两个商人打扮的人，虽说自称是于院长的老乡，他也不敢贸然放入。又经不起这二人的软磨硬泡，只好给于院长办公室打电话求证。于院长办公室回电话说，让他亲自陪来访的两个人到于院长办公室。卫士班长见来人虽不起眼，却来头不小，立刻变了副面孔领着他们去于院长办公室。

于右任自离开陕西就任监察院院长之后，对陕西的政局一直很关心。当年冯玉祥主政陕甘，把陕西地方部队调出陕西，让他心里很不痛快，却也无可奈何。随后发生的泾阳县城被围，周永胜滥杀无辜，更让他心寒。关中百年不遇的年馑消息传出后，他为故乡人民遭受的恓惶和磨难黯然神伤。他视察家乡灾情，返回南京后作诗《北归》表达自己的痛心和惆怅，诗曰："卧病久蹉跎，归程计几何？难携东海雨，苦执鲁阳戈。人与山河老，诗真血泪多。渭南还渭北，惆怅莫经过。"虽说自己亲自赴陕西携款慰问，但仍始终牵挂着陕西的灾情。如今听说有人自称姚文青来访，他倒希望真是姚文青，也想和这位忘年交好好谈谈，看他能否发动全国陕商捐款捐物，帮助故乡父老躲过劫难，延续血脉。

轻轻的敲门声刚响起，张秘书打开了门，随后卫士班长一声报告，领着姚文青、贾金明走了进来。于右任看到确是姚文青，激动不已，吩咐张秘书赶紧让座、倒茶。

众人坐下后，于右任问："文青，许久不见，这次却不打招呼就来，定是有要紧事吧？"

姚文青难为情地把自己想运粮回陕西赈济乡亲所遇到的困难详细叙说了一番。于右任听罢，站起身在办公室来回走动，脸色凝重，沉吟不语。众人见状，谁也不敢开口说话，唯恐打扰了他。

转了几圈之后，于右任重新落座。他说："运粮回陕西之事的确不易，但不管如何艰难，咱们都要想办法办成。文青，我看这样吧，你俩先去转转，晚上到我家来，咱们仔细商量一下，想个万全之策。"

从监察院出来，贾金明带着姚文青游览秦淮河。秦淮河是南京文化的摇篮，十里沿河两岸，从六朝起便是名门望族聚居之地，因夫子庙、贡院、学宫闻名遐迩，因明末清初秦淮八艳的事迹脍炙人口，素有"六朝烟月之区，金粉荟萃之所"之称，更兼十代繁华之地，使这里成为商贾云集、文人留恋、儒学鼎盛的文化中心。姚文青紧跟在贾金明后面，听着他指点所见的景物，脑海里涌现的却是关中年馑的惨状。仿佛这里的一切并不属于自己，甚至连匆匆过客都算不上。他无心思继续游览，就劝贾金明返程。

进城的路上，姚文青突然问："贾掌柜，秦淮河匆匆一游，你的感觉如何？"

贾金明不知就里，如实回答："景物依旧，变化不大。"

姚文青说："这里歌舞升平，醉生梦死，倒让我想起来杜牧的《泊秦淮》一诗。还是杜牧说得好啊，'商女不知亡国恨，隔江犹唱后庭花。'"

贾金明知道东家心里焦急，就带着他按照于右任说的地址，在华灯初上之际到了于府。

于右任虽贵为国民政府监察院院长、国民党元老，但为人低调，做事朴实。他的府邸不像有些达官贵人那样奢华，屋里的陈设也以简洁大方为主。姚文青他们进于府时天色已暗,加上张秘书引路,不便东张西望,时间不长,就到了于府客厅。

见姚文青二人进来,于右任示意他们落座。等沏好茶之后,于右任才说:"你们走后,我打了几个电话协调,基本上没问题了。但因铁路运粮只能到河南灵宝,从灵宝到西安几百里路程要靠汽车运输,困难依然不小啊。"

得知事情终于有了着落,姚文青心头压着的石头总算落了地,他感激地说:"还是于院长办事得力。说实在的,冒昧来找您,实在是没有办法。还要请于院长海涵啊!"

于右任面带微笑地看着姚文青,亲切感油然而生。虽说姚文青比自己小不少,但这个后生跟自己相识十多年来,一次比一次有出息。他是经商之人,在家乡遭遇年馑之际,能够慷慨解囊,颇有义商风范,值得肯定。如果他能首倡义举,带动陕商赈济百姓,关中生灵就可以度过此次劫难。于右任笑着说:"我身为国民政府官员,救民于水火,义不容辞。你一介商人,能有此举,堪称大义。"

姚文青不好意思地说:"陕商原本就有'以商事国'的传统,连亡命陕西的慈禧当年都说过'还是陕西人与朝廷一心呀!'的话。我的祖母姚党氏娘家三原党氏家族祖上党公、贱内刘纫秋娘家三原东里堡刘家都是好善乐施家族。更何况,这次是陕西遭年馑,咱们不赈济,还能指望别人吗?"

于右任赞赏地说:"此话不假。看来不管是姚家、党家,还是刘家,都有陕商以商事国、忠义仁勇的传统,你能延续这种传统,真是善莫大焉!文青,你能否带头倡议陕商捐款赈济灾民,这样声势也大一些,而且可能救助更多的灾民。"

姚文青爽快地答应说:"没问题。我先把这批粮食运回陕西,以解燃眉之急,然后再利用已经从上海、沙市、重庆、缅甸等地分号筹集的一万余大洋,倡议全国陕商捐款赈济。于院长,您看如何?"

于右任点头赞同。他用欣赏的眼神看着姚文青,忽然想起了高铭新抛下的幼子高鸿①。他说:"文青,我有一个不情之请,希望能得到你的支助。"

姚文青慨然应诺道:"于院长有啥事尽管吩咐,只要我能做到,就义不容辞。"

于右任说:"你知道泾阳辛亥革命三杰吗?"

姚文青回答道:"当然知道。柏惠民、高铭新、高又明是陕西同盟会最早的会员,被泾阳当地人称为陕西辛亥革命三杰。柏家为支持陕西辛亥革命已经倾家荡产,现在柏惠民疾病缠身,家道中落。高铭新在护法战争中牺牲。高又明在西安开了一家中药店维持生计。于院长,您有啥事就明说。"

于右任语气沉重地说:"高铭新就是在我任陕西靖国军总司令时牺牲的。他英年早逝,留下了妻子刘淑铭和不满一岁的幼子高鸿,生活很艰难。我们这些早期的同盟会骨干,为了推翻封建帝制,不惜抛头颅洒热血,慷慨赴死,没料到结局凄凉。我想问一下你能否资助高鸿完成学业。"

姚文青问:"高鸿现在何处?我应该咋资助?"

于右任说:"我已经把高鸿接到南京读书。你也知道,我微薄的薪水不足以长期供给高鸿母子,为了培养高鸿成才,将来好为国家做贡献,只有请你帮这个忙了。"

姚文青说:"没问题。今后高鸿的衣食住行和读书费用由我承担。贾

---

① 高鸿(1918—2013),陕西省泾阳县人。我国近代仪器分析学科奠基人之一,分析化学家、教育家,中国科学院院士。1943年毕业于中央大学化学系,1947年获美国伊利诺伊大学博士学位。历任南京大学副教授、教授、终身教授,全国首批博士生导师,陕西省政府决策咨询委员会特邀咨询委员,西北大学终身教授。多次荣获全国科学大会奖、国家自然科学奖、全国优秀图书奖等国家级奖励。

掌柜，你记着每月从上海分号按时给刘淑铭汇款一百大洋，直到高鸿大学毕业找到工作为止。"

贾金明说："请东家放心，这点小事我一定办好。"

于右任见高鸿读书之事已解决，喜道："文青年纪虽小，办事却毫不含糊，有义商、仁商之高风啊。"

姚文青微笑着说："仁在堂商号中就蕴含着仁义二字，我岂敢违背祖宗意愿。我出资购粮赈济灾民，支助高鸿完成学业，只不过算是做了一点点善事而已。"

于右任对姚文青竖起大拇指，转头对张秘书说："张秘书，拿笔墨来，我该为文青的义举赋诗一首。"

于右任是民国首屈一指的草书大家，久负盛名。听他说要为自己赋诗一首，姚文青激动不已，满怀期待这位同乡前辈挥毫泼墨。

时间不长，张秘书准备好了笔墨纸砚，于右任领姚文青等人到他的书房。只见书案上平铺一张洁白的四尺宣纸，左右上角已经用铜质镇纸压好。于右任略假思索，拿起狼毫，饱蘸浓墨，下笔如游龙，一气呵成。对草书不太精熟的姚文青认真地欣赏着墨宝，却无法连贯地读出来。

于右任指着宣纸上的字迹念道："嵯峨山下有高门，李靖家乡育伟人。国赤忧忧燃笔底，诗豪草圣冠群伦。"

细品这四句诗，姚文青感到这写的不是自己，倒像是于右任写他自己。于是说："于院长，这写的是您自己吧？"

于右任笑着说："我可当之有愧，希望大家共勉！"

从南京返回上海后，姚文青就一直等于右任协调火车皮的消息，同时他让贾金明安排两个干练的伙计押车随行，以防不测。尽管如此，厄运还是降临了。

阳春三月，本来是春光明媚，万物复苏，心情舒畅的日子，关中却因为年馑正在闹春荒。尽管有了不少赈济，广大百姓的日子还是很恓惶，急需继续得到救助。张秘书按照于右任的吩咐，打电话告知姚文青已经联系好的车皮，并说粮食到灵宝之后，如有困难，可以再联系。

姚文青等人喜出望外，赶紧组织人马运输用五千大洋购置的满满两车皮粮食。粮食装好后，他叮嘱随车押运的王相、李相一定注意路途安全，粮食到西安后，与分号王智远掌柜联系，让他负责发放赈灾粮，救济灾民。

火车进入河南后，中原大战遗留下来的残垣断壁到处都是，路上不时出现成群的难民。王相、李相两个人打起精神，随时观察铁路两旁的情况，生怕出现意外，难以给东家交代。火车过了三门峡，一切顺利，离西安越近，他们越感到轻松。在两人看来，河南境内的局势并不像想象中那样混乱，如果不出意外，等火车到达灵宝站后，把粮食换装到汽车上，两天后，这两车皮粮食就可交到王掌柜的手上，他们的任务就算顺利完成了。

灵宝位于豫秦晋三省交界处的河南西部，南依小秦岭、崤山，北邻黄河，境内的函谷关是中国建置最早的雄关要塞，是古代通洛阳、达长安、连京都、接帝畿的要冲，为历代兵家必争之地，更因老子在此著《道德经》名垂青史。其时，灵宝既是尚未完成的陇海铁路西端的终点站，也是从西往东现代运输的起点。

中原大战后期，冯玉祥率领的西北军主力在河南崩溃，除被收编的几万部队外，大量散兵游勇四处游荡，占山为王，为非作歹，祸害百姓。灵宝附近的亚武山上就聚集了西北军第二军赵姓营长带领的一伙兵痞，他们以打家劫舍为生，想保存实力，等候国民政府收编。

亚武山东据崤函，西临潼关，背靠秦岭，俯视黄河，高山峻岭，易守难攻。相传真武大帝在此出家，后转至湖北武当山得道，故称亚武山。远看诸峰如凤凰展翅，跃跃欲飞，又名凤凰山。赵营长认为，不管是亚武山,还是凤凰山,这座山对他来说都是吉祥山,是不可多得的风水宝地,如果依此为根据地,不愁他没有展翅高飞的那一天。

赵营长原本想带着不足一营的散兵撤回陕西,但听说陕西全省发生了饥荒,回去之后既无粮饷,也无地盘,如果这些兵痞四散而去,他就会失去谈收编的资本,也就打消了回陕西的念头。现在,他们天不收,地不管,凭借亚武山地势险峻,灵宝车站是陇海铁路交通枢纽这些优势,时常抢劫火车旅客,骚扰周边百姓,日子过得很滋润。

这一天,探子用暗号报告,有一列火车即将进入灵宝火车站,赵营长就吩咐亲信张连长带领人马下山,洗劫火车。张连长最喜欢干这种事,于是带着一连兵痞直奔灵宝火车站。

火车到灵宝车站时刚过正午时分,车刚停稳,王相、李相打开闷罐子车的车门想透透气,谁知厄运就降临了。车门打开的一瞬间,车站上忽然冒出几乎一个连的士兵,这些人身着破烂的灰色西北军军装,说着陕西、甘肃等地方言,手端长枪,包围了整个列车。

王相、李相想当然地认为,这些人基本上都是乡党,不会对自己咋样。谁知面黄肌瘦的士兵们来到他们面前,端起长枪,从他们两人之间的缝隙,就用刺刀往车厢里的麻袋上乱捅,麻袋霎时裂开,流出白花花的大米。士兵们看到一车皮大米,顿时欢呼雀跃,脸上乐开了花,上前便抢。王相、李相一下急了眼,紧靠车门,先是求饶,后是拼力抵抗,与士兵们起了争执。

不大一会儿,张连长趾高气扬地走了过来,听了外围士兵的汇报,从腰间抽出匣子枪,朝天就是"铛铛铛"几枪。几声清脆的枪声划过天空,闹哄哄的人群一下安静下来。

张连长走到王相、李相面前,往车厢里一看,见堆满了装着大米的麻包,顿时来了精神。他用枪指着王相、李相说:"给老子让开,军爷们好多天没见着粮食,这些粮食军爷们征用了。"

年龄稍长的王相求饶着说:"长官,这是运回陕西的赈灾粮啊,你们征用了,我们咋给东家交代呀!"

张连长嘿嘿笑着说:"赈灾粮?军爷们也需要赈济,难道不行?"

王相赔着笑脸说:"长官,听口音咱们都是老乡,您就高抬贵手,放兄弟一马吧。"

张连长面色一沉呵斥道:"老子们替冯长官卖命,部队被打散,当官的全跑光了,丢下我们自生自灭。我知道关中发生了年馑,需要救济,但老子们更需要救济。你还套近乎说咱们是老乡,难道老乡征粮你们也敢不给?"

李相怕事情弄僵了难以收拾,连忙赔话:"长官,你们吃粮当兵,我们也是给人当差。大家都不容易,求长官放过我们吧。"

张连长眼珠子一瞪,威胁道:"让不让开?别逼老子动手。"

有一个士兵讨好地说:"张连长,您发话,我来收拾这两个不要命的。"

张连长训斥说:"你能欻毬①,如果你们能行,用得着老子费这么多口舌吗?"

士兵说:"您没发话,弟兄们不敢动手呀。"

张连长厉声说:"老子没发话,难道你们不知道肚子饥吗?现成的粮食就在眼前,还要等老子发话,真长能耐了。"

他用手枪指着王相、李相怒吼:"在灵宝地面,还没人不听老子招呼的。你们给老子让开,否则别怪老子不客气。"

王相、李相咋敢让开,只有死死地护住车门。张连长见二人不识抬举,

---

① 欻毬:关中方言,骂人无正当用处之意。

顿时怒从心中起，恶向胆边生，面露狰狞，抢过一个士兵手中的长枪，倒转枪口，用枪托朝着两人劈头盖脸地抡了过去，一阵闷响之后，王相、李相就倒在了血泊之中，其他士兵一哄而上，两车皮粮食在不到一袋烟的时间里就被一抢而光。

残阳如血，冷风飕飕，灵宝火车站安静得出奇。王相醒来后，感到身上冰冷，头部发麻，摸摸脑袋，血迹已经凝固，再看李相，尚在昏迷，满脸的血污。他摇了摇李相，没有动静，摸了一下李相的脉搏，感觉还在跳动，稍微宽心，使劲呼唤摇晃。时间不长，李相慢慢苏醒过来。两个人忍痛转身去看车厢，里面早已空无一物。再看四周，寂静荒凉，了无人迹，空中不时传来飞禽凄厉的叫声，让人毛骨悚然。

两个人一路搀扶着向西安方向走去，共同的想法是尽快赶到西安，找到王掌柜，把他们遭到的厄运告知远在上海等候消息的东家。

天增公西安分号掌柜王智远早就接到了上海发来的电报，言称第一批赈济粮五天之后到达西安，让他做好发粮的准备。年馑以来，西安城虽说粮价一日三涨，普通民众生计艰难，但对于天增公这样的富商大户来说，日子还能过得去。王智远现在除了照顾分号生意，还有一个任务就是照顾居住在卢进士巷的刘纫秋和东家的两个儿子。眼看着约定接粮的时间已过，王智远不免担忧起来。

四天后，衣衫褴褛、头部仍有血迹的王相、李相脚步蹒跚地进了天增公分号。王智远开始以为是两个叫花子，仔细打量后才认出是上海分号的伙计，他赶紧安排人打来热水，先让他们洗脸，然后给伤口上药。等吃过饭后，王智远这才询问他们咋落到了这步田地。

伤势较轻的王相把他们在河南灵宝遇见兵痞劫粮之事一五一十地告诉了王智远。他闻言大吃一惊，知道赈济粮是指望不上了。

王智远让伙计照顾好李相、王相，他赶紧出门，一路小跑到钟楼邮局，向心急如焚地等候在上海的东家发出了一份报丧一样的电报。

姚文青满怀期待地等候西安分号能传来赈灾粮已到，并按照计划发放的消息，没想到收到的却是赈灾粮被劫的电报。姚文青颤抖的手里拿着寥寥几字的电报，冷汗淋漓，脸色极其难看，仿佛兵痞们正在用枪托殴打自己的躯体，身子一下子瘫软在椅子上。

贾金明发觉东家脸色煞白，以为东家身体不舒服，走上前正欲问候，姚文青顺手把手里的电报递给了他，他看完电报，一下子也蒙了。

姚文青知道这一切已无法挽回，庆幸的是伙计没有性命之忧。他决定先向于右任院长报告情况，然后再依照于右任的安排，倡议全国陕商筹集资金，继续援救在饥荒中艰难度日的家乡父老。

得知赈济粮被劫后，于右任大发雷霆，痛骂这伙西北军的败类。当听说姚文青准备倡议全国陕商筹集资金继续赈济灾民时，他安慰并褒奖了姚文青几句，鼓励他联络更多的陕商，一起赈灾，发挥人多力量大的优势，争取为家乡人民多做善事。

姚文青有自知之明，以他在陕商中的威望和影响，要想振臂一呼，应者云集，是不可能的事。要想团结更多的陕商参与赈灾，非于右任首倡莫属，其他人根本不具备在政界、商界的号召力。他寻思先写一个赈济灾民的倡议书，推举于右任作为发起人，这样效果会更好，参与人数会更多。

他费尽心思起草好倡议书准备发给于右任时，却遭到贾金明善意地阻拦。贾金明说："东家，你想一下，于院长是国民政府的监察院院长，可不仅仅是咱们老乡。现在全国到处闹饥荒，他不能仅为陕西饥荒发出倡议吧。我劝东家还是借助中国济生会，实现赈济陕西饥荒的愿望。我认为这样做更为妥当，您自己斟酌。"

姚文青犹如醍醐灌顶，手拍额头说："我只考虑了于院长是陕西乡党，德高望重，有号召力，咋把全国到处闹饥荒，他不便于只给陕西发倡议这事给忽略了。贾掌柜，我对上海中国济生会并不了解，你给我介绍一下相关情况，咱们要确保捐献的赈灾款万无一失，确实能实现赈济灾民的目的。"

贾金明详细介绍说，中国济生会全称是上海中国济生会，成立于一九一六年十月，是当前中国规模和影响最大的慈善组织之一，其前身集云轩，是具有佛教色彩的民间团体，宗旨是"研究道德、实行慈善事务以增进中国公益为宗旨，政治时事概不预闻"。该会成立后，即大规模开展慈善救济事业，为了增进社会信任和弘扬善举，在《申报》上不断刊登大量的捐款报告和鸣谢广告。同时，《申报》经常跟踪报道中国济生会在全国各地办理赈灾情况，使普通民众对该会的慈善活动有了深入了解，扩大其影响，提高了该会的知名度，为筹集善款奠定了群众基础。

贾金明最后说："中国济生会通过《申报》刊发的消息中就有与陕西饥荒有关的资料，其在陕西多地进行了急赈。东家，我觉得通过中国济生会倡议全国陕商捐款赈济陕西灾民和通过《申报》刊发追踪消息，既能起到弘扬陕商义举的作用，也不会出现闪失，同时还能保护于院长不受他人非议，可谓一举三得。"

姚文青点头称是，说："我为发起倡议之事寝食难安，还为此写了一首长诗。这事就交给你去具体经办，我到苏州等候消息。"

贾金明说："麻烦东家把长诗和倡议一起交给我，我一定尽快去办。也请东家留意《申报》，从鸣谢栏目中可以看到全国陕商义捐的情况。"

姚文青还没有离开上海，就看到了《申报》刊发的中国济生会请求民众捐款赈灾广告："各位善士慨发仁慈，勇镯乐输，源源接济，俾解倒悬……"。鸣谢栏目中，他的名字赫然在列。同时《申报》还刊发了他写的长诗《荒年杂咏》："饿夫络绎不绝门，索哺嗷嗷不忍闻。我正食时且停箸，留得一半与伊分。鱼笋鸡豚春韭华，今年端让他人家。饥采文字随心饱，何必评论旨酒嘉。晚凉喜有新汲茶，移凳风檐（音yan）看月斜。蚊蝇臭虫都避去，清心无忧胜食瓜。终日寂寂静掩门，但得劫过此身存。不敢盲从遥避去，端持此心似桃源。仓廪空之到处云，街头夺食更骇人。寻常粗粒谁家有，旧日殷食今也贫。丰裕人家粮早没，贫家饥馑更如何。庹锡如银一斤许，门前换面无两多。麸子一斤六百文，蒸拌槐花黄似金。义犬一头不忍逐，念他寒夜守衣砧。羊肉肥美酒盈罍，桥头食富何壮哉。要知收来便宜货，携去三原便发财。"

随着《申报》鸣谢捐款人员名单不断增加，捐款数额也在不断攀升，这本来对支持陕西赈灾是大好事，没想到捐款最多的姚文青却因此惹来了祸端。

在苏州的姚文青看到《申报》刊登的鸣谢，甚感欣慰，他对贾金明出此主意产生的效果颇为满意。正在为陕西募捐赈灾取得阶段性成果而庆幸时，却收到国民党陕西省党部以军方急需用钱，让他把捐款转给军方的加急电报。

如同当头棒喝，姚文青压根没想到会有这样的结局。从天增公西安分号传来的消息看，陕西饥荒尚未结束，政府摊派不断，商业经营举步维艰。尤其是"九一八"事变后，西安群众和各校学生纷纷成立抗日救亡团体，发宣言，提抗议，抵制日货，坚决反对南京政府"攘外必先安内"的政策和投降卖国主义，成立了西安学生反日总会。他想不明白政府怎能对百姓的生命置若罔闻？赈济陕西灾民本就应该是国民政府的职责。全国到处受灾，政府赈灾能力有限，通过民间组织发动富商绅士捐款赈灾，正是在帮政府，为啥要把好不容易募集的赈灾款转给军政当局？姚文青难以想通，就拒绝了国民党陕西省党部的要求。

国民党陕西省党部对姚文青断然拒绝将赈灾款转给军方使用大为恼火。省党部几个负责人在一起商议如何使他尽快乖乖就范的对策。有人提出查封姚家西安分号，有人提出质押姚文青家属逼其就范。经过一番密谋，他们认为查封天增公西安分号没有充足理由，弄不好还会激起民愤和社会各界声讨，倒是悄悄拘押姚文青家属更具威慑力。方案确定之后，省党部决定动用特务组织秘密实施这一计划。

这天黄昏时分，姚文青刚回到苏州分号，就接到从上海打来的长途电话。贾金明在电话中焦急地说："东家，陕西省党部要拘押您夫人和孩子，逼您交出赈灾款。您赶紧想办法告知他们逃离吧。"

姚文青闻听此言，大吃一惊，尽管他知道贾金明神通广大，却依然将信将疑，对着电话喊道："贾掌柜，此话当真？"

贾金明听东家在质疑消息来源，他来不及解释，大声说："消息绝对可靠。再说，都啥时候了，我敢跟您开这种玩笑？"

姚文青听贾金明这么说，不敢再有迟疑，说："多谢了，我这就想办法告知他们避难。"

放下电话，姚文青扭头对苏州分号掌柜董桂堂说："赶紧和我一起到电报局走一趟，西安怕是要发生大事。"

董桂堂连忙问："怎么回事？要赶紧通知西安分号吗？"

姚文青说："十万火急，你先别问啥缘由，赶紧走吧。"

董桂堂笑道："东家，您急糊涂了吧？上个月，西安的长途电话就通了，您就在这里给西安分号打电话吧，打电话比拍电报更快更能说清楚。"

姚文青一拍脑门，赶紧抓住电话机的手摇把，使劲摇了起来。时间不长，西安分号的电话接通了。姚文青对着电话喊："我是姚文青，赶紧让王智远掌柜接电话，有紧急事情。"

工夫不大，电话中传来一阵急促的脚步声，随后就听见问话："姚东家，我是王智远。您有啥紧急事情，尽管吩咐。"

姚文青说："你赶紧安排两个精干的伙计，到卢进士巷去，督促刘纫秋和两个孩子连夜出城到苏州。切记，一定要连夜出城，千万不能耽搁，以免关了城门就来不及了。"

王智远不知这是唱的哪一出，忙问道："东家，这是为啥呀？"

姚文青焦急地大声说："你别问为啥了，赶紧去办，过后我告诉你原因。"

王智远放下电话，立即选派两个靠得住的精干伙计，套上马车，带着干粮和水，急匆匆赶赴卢进士巷姚家大院。

夕阳西下，微风渐起。太阳在下沉之际，映出西边天空灿烂的火烧云，煞是好看。王智远带着伙计，赶着马车，无心欣赏残阳余晖渲染出的美丽风景，手中长鞭不断抽打驾辕马匹，口中喊着行人躲让，不一会儿就到了卢进士巷姚家大院门口。

刘纫秋像往常一样，正要安排护院伙计关闭大门，听到外面奔驰的马蹄声由远而近，她跨出院门正好看到王智远从车辕上跳下来，刘纫秋诧异地问："王掌柜，日急三慌地出了啥事？"

王智远的额头已渗出密密的汗珠，他急促地说："夫人，您别问了，赶紧招呼两个孩子，带上简单行李，我派人送你们去苏州。"

刘纫秋不明就里，又问："这么着急，为啥呀？"

王智远催促道："夫人，您就别问这么多了，东家从苏州打来电话，就是这么交代的。我问原因，他没说，只要求我在城门关闭前送你们出城，其他事情以后再说。"

刘纫秋见问不出个名堂，事情又紧急，赶紧转身回到上屋，招呼两个正在玩耍的孩子带上自己喜欢的物件，准备去苏州见父亲。她进屋收拾了几件换洗衣服，带些首饰和零用的法币，把这些东西打成一个包袱，提着包袱就出了卧房。两个孩子听说要去苏州见父亲，都高兴得又蹦又跳，欣喜异常。刘纫秋看到孩子们全然没有着急的样子，就生气地呵斥道："别疯了，赶紧带上东西跟妈走。"

姚应孚、姚应禄从没见过母亲如此严厉，乖乖地紧跟着母亲出了门。

等刘纫秋母子上了马车，王智远吩咐护院伙计："锁好大门，等会儿去分号取东西。"

一行人慌慌张张赶到东门时，城门即将关闭。守城士兵见王智远驾着马车匆匆赶来，就问道："王掌柜，天色已晚，还出城呀？"

王智远扮着笑脸说："家里突然出了点变故，打电话让内人及孩子赶紧回家。这不，才赶在老总关闭城门前出城嘛。"

士兵问："车上不会有违禁品吧？"

王智远走上前，从身上摸出两块大洋，塞到了士兵手里，赔笑道："老总开玩笑了，天增公商号一向守法经营，老总您是知道的。要不是马上就要关闭城门，我还真想让老总检查一番，以示清白哩。"

士兵掂了掂银圆，嘿嘿地笑着说："我知道王掌柜为人诚实，算了吧。天快黑了，你们赶紧赶路吧。"

马车出城后，王智远又叮嘱了两个伙计一番，看着他们向灞桥方向绝尘而去，这才转身赶在城门半闭时回了城。

王智远回到分号，打电话向等候在苏州分号的姚文青报告了情况，又取出笔墨纸砚，写了两张封条。写封条时，细心的王智远把日期故意提前了三天，这才叮嘱护院回到卢进士巷姚家大院，仔细检查门窗，然后再落锁，最后把封条贴在大门上。

对此事颇感好奇的王智远在第二天黎明时分，带上护院悄悄隐藏在离姚家大院不远处观察动静。曙光刚照亮大地，就看见五六个身穿便衣、动作灵敏的精壮汉子，带着短枪围住姚家大院。一个领头者见大门上锁，门上贴着封条，走近大门看了一眼，用脚狠踹了几下，除了几声哐哐的响声，大门纹丝未动。领头者骂骂咧咧带着随行人员悻悻离开了卢进士巷。

王智远从来人衣着打扮上判断这帮人是特务，他不知道东家咋得罪了这帮人。如果他果真得罪了特务，西大街分号就可能连带遭殃。想到此，顿时出了一身冷汗，心情也变得沉重起来。

回到分号，王智远把刚才看到的一切和自己的猜疑通过长途电话向东家做了汇报。姚文青在感到庆幸的同时，才对王智远说明了真相。

姚文青没想到自己一心想解救灾民之举，竟然引来特务组织迫害，妄图拘押刘纫秋母子逼自己就范，一下子感到无比茫然。王智远听东家如此一说，对省党部一伙人的所作所为极为反感，对东家一家成功躲过劫难额手称庆。

后人叹曰：赈济灾民显义商，无耻兵痞劫灾粮。

官府敲诈赈济款，巧妙应对梦一场。

第三十一章

李仪祉修泾惠渠　关中道变粮棉仓

在刘纫秋母子未到苏州之前，姚文青让董桂堂安排人把他在苏州兴建的宅院重新收拾了一番，他打算就让他们母子今后在苏州生活。苏州是江浙名城，各方面条件优越，尤其是姚应孚已经上学，遭此变故，应该让他尽快恢复学业。等这一切安排妥当，刘纫秋带着孩子在伙计的精心护送下赶到了苏州。

一家人见面格外亲热，尤其是刘纫秋，就像和丈夫经历了一场生死离别一样。姚应禄从小就没怎么见到过父亲，此时还有些胆怯，不像哥哥那样围着父亲叽叽喳喳说个没完。姚文青不愿意冷落这个二儿子，就把他抱在怀里，拉起了家常。

等孩子们睡下后，刘纫秋这才问起此次仓促来苏州的原因，姚文青就把事情原原本本地告诉了她。

刘纫秋叹息道:"世道如此,想积德行善都难啊。"

姚文青说:"听说杨虎城主政陕西后,还是关心民间疾苦的,我们破点财无所谓。这次逼款事件是省党部有人故意所为,不代表整个陕西政界都是一团糟。今后,家乡有困难,我在力所能及的情况下,还是想积极支持的。"

刘纫秋问:"难道不怕有人继续找你麻烦?"

姚文青悠悠地说:"扶贫济困积阳德,吃斋念佛积阴德。二者相比较,积阳德胜于积阴德。古人讲,悯济人穷,虽分文半合,亦是福田;乐与人善,即只字片语,皆为良药。我知道一己之力十分有限,便通过中国济生会并在《申报》上刊登义捐情况高调捐钱,就是为了唤起更多的富人一起行善,这虽说打破了'积德虽无人见,行善自有天知'的常规,但我毫不后悔。如果有人对行善积德者进行报复,天理难容。人在做,天在看,我怕啥?"

刘纫秋笑着说:"你都不怕,我怕啥呀。你放心地去做你想做的善事吧,我支持你。"

时间不长,姚文青从《新秦日报》上得知,西安学生捣毁了陕西省党部,痛打了省党部委员田毅安、张守约等人,驱逐了教育厅厅长李范一,杨虎城与国民党陕西省党部矛盾激化,国民党中央被迫改组陕西省党部。陕西军政方面的杨虎城、王一山(十七路军参谋长)和陈必觍等三人加入省党部为委员。

他看到此消息,愈发觉得古人讲的"多行不义必自毙"真可谓至理名言。坏人作恶,不是不报,时辰未到而已,就像逼他交出赈灾款的省党部有些人一样,被学生殴打,真是大快人心。他希望作为陕西人的杨虎城,能为陕西地方的经济发展做出点与别人不同的贡献,这样才能对得起陕西民众对他的期盼。

他的期望,很快就变成了现实。

陕西饥荒,引起了政府对兴修水利工程的高度重视。杨虎城在稳定了陕西政局后,便开始着手引泾灌溉工程的筹备工作。

引泾灌溉,始于公元前二四六年的秦郑国渠。之后历朝历代对引泾灌溉都极为重视,并随着泾河瓠口位置的变化,先后诞生了汉代白公渠、前秦苻坚渠、唐代郑白渠、宋代丰利渠、元代王御史渠、明代广惠渠、通济渠、清代龙洞渠等一系列引泾灌溉工程,到民国期间,引泾工程基本废弃。民国十八年年馑后,社会各界倡修引泾工程的呼声不断高涨。一九三〇年主政陕西的杨虎城面对水利颓废、民不聊生的局面,毅然决定为民请命,兴修引泾工程,并特邀时任导淮委员会总工程师的李仪祉回陕共商兴水大计。李仪祉受邀,心情十分激动,感到自己终于可以实现夙愿,随即出任陕西省建设厅厅长,负责引泾工程建设。

早在一九一九年,陕西省水利局局长郭希仁先生应水利专家李仪祉之邀,考察了西欧国家的水利工程,他在惊叹西欧各国发达的水利工程的同时,思考着被干旱缺水所困扰的陕西水利事业,也想到了历史上曾经辉煌的引泾灌溉工程,于是就有了恢复其工程的想法。

当年,郭希仁派人第一次实测泾河河谷、吊儿嘴和灌区最上游地形。一九二一年进行第二次勘测时,渭北水利工程局已成立,决定兴修引泾工程,并与北平华洋义赈会联系赈款援助事宜。该会旋即派人赴泾河河谷勘察,评测自吊儿嘴经妙儿岭至赵家桥的水准及地质情况。一九二二年秋,第三次勘测,由李仪祉(郭希仁生病,李仪祉接任陕西省水利局局长,兼渭北水利工程局总工程师)主持。在勘测中,李仪祉聘请河海工专学生兼同事刘钟瑞、胡步川具体负责,借调陆军测量局人员测量地形和路线,其他陆地水文与地质各择专人。李仪祉根据勘测结果写出《引泾论》《再引泾论》，并于一九二四年完成甲乙两种方案的设计工作，形成《陕西渭北水利工程局引泾工程第一期报告书》和《陕西省渭北水利工程局引泾二期报告书》。至此，引泾灌溉工程前期工作全部完成。

李仪祉原本以为有了勘测数据及报告，就会实现造福乡梓的愿望，谁知道接下来的事却异常艰难，这就是筹备工程建设所需要的款项。李仪祉为此三上北平，两下南京，同华洋义赈会和民国中央政府商议筹款事宜。他到处奔告，四处游说，呼唤民众重视水利，积极捐款捐物，建议政府发行水利公债筹措建设资金，甚至在西安举办渭北水利工程展览会，用图片和模型向人们展示引泾灌溉工程的宏伟气势。然而，这一切都成为徒劳，没有取得任何实质性结果。面对困局，李仪祉留下"引泾之事，时局负我，我负希仁，他日干戈载戢，政府有意兴办，尚欲高陟钟山之顶，望小辈努力成功也"的无限感慨和对引泾工程的眷恋，拂袖东去。

李仪祉受杨虎城邀请回陕后，就任陕西省建设厅厅长兼水利局局长。因国民党元老于右任的积极呼吁，引起社会各界关注，使得此次工程建设筹款比较顺利。水利局很快和华洋义赈会达成实施乙种方案的合作协议，华洋义赈会出资四十万元，承担渠首至十一公里处一段引水工程修建任务。十一公里以下由省政府出资四十万元承担。

第六代引泾工程启动的消息经《新秦日报》刊登后，引起社会各界的极大反响，檀香山华侨捐款十五万元，朱子桥先生捐助洋灰（水泥）两万桶相继到位，这些义举也触动了远在苏州的姚文青的神经。尤其是当他看到监察院院长于右任慷慨解囊后，又萌发了捐款资助引泾工程的念头。他认为，兴修水利，灌溉农田，提高粮食产量，才能有效防御大旱之年粮食歉收问题。兴修水利乃是治本，捐款赈济充其量算是治标。李仪祉曾经在泾阳崇实书院就读，又是水利专家，由他主持引泾工程，必会干出功在当代、利在千秋的大事业。

姚文青决定携款返回陕西，他想目睹引泾工程开工建设的盛况。当他把这一想法告知妻子时，刘纫秋说："支持家乡水利建设，咱们义不容辞。引泾工程渠首离社树堡不远，可惜咱家已经无人在那里居住了，你回去食宿咋办？"

姚文青说："食宿是小事。只要你支持我回去捐款，就是受点苦也无所谓。"

李仪祉到泾阳后，首先要选择引泾工程指挥部。此前，他带领工程技术人员多次到泾河谷口一带考察测量，对当地的情况很熟悉。经过考察，他把引泾工程指挥部选在靠近渠首的社树堡附近一家农家小院。

当了多年泾阳渠总兼水老的社树堡姚家族长姚秉圭听说李仪祉就在社树堡围墙外的一户农家小院办公，心情格外激动。他曾以泾阳水老身份参与过清末左宗棠整修龙洞渠，这些年他长期担任龙洞渠渠总兼泾阳水老，尤其是刚刚过去的年馑，让他对无水灌溉农田造成百姓饿殍遍野痛彻心扉。现在听说他曾经多次陪同考察的李仪祉到了社树堡，激动不已，连忙前往打探消息。当他走到堡墙外的农家小院时，恰好碰见了昔日的老熟人李仪祉。

李仪祉正从一间屋里出来，看到一位穿着黑色棉袍、戴着瓜皮帽、手拿旱烟袋的老农模样的人站在院子门口往里张望，紧跟在他身后的一位年轻工程师走过去正想询问，那老农却高声喊道："李局长，我是姚秉圭呀，当年陪着你勘查过泾河瓠口、河谷和吊儿嘴，你不记得啦？"

李仪祉仔细一打量，来人确实是泾阳水老、社树堡姚家族长姚秉圭。他紧走几步到门口，拉着姚秉圭的手说："姚先生，你要不说话，我还真不敢认你了。姚先生，来，咱们到屋里说话。"

姚秉圭跟着李仪祉进了他办公的地方。刚跨进屋子，就感到这间所谓的办公室地方狭窄，光线也不好。

他说："听说李局长要兴修引泾工程，我高兴得都睡不着觉了。今天到你这里一看，这地方不适合办公。如果李局长不嫌弃，我愿意劝说姚家宗亲把姚家宗祠腾出来供工程指挥部使用。"

李仪祉说："目前工程刚准备启动，募集的资金有限，不敢乱花。姚先生的心意我领了，感谢你对引泾工程一如既往地支持啊！"

姚秉圭看到李仪祉为资金掣肘发愁，立即表态说："我知道引泾工程耗资巨大，资金上有缺口。这样吧，姚家宗祠免费提供给指挥部使用该可以吧？"

李仪祉大吃一惊。虽说工程指挥部刚成立，办公地点确实有些简陋，但占用姚家宗祠办公，他还是觉得不妥。他说："宗祠是家族神圣之地，外人一般是非请莫入。姚先生虽是姚家族长，但把宗祠无偿让工程指挥部使用，恐怕不合适吧？"

姚秉圭大声说："有啥不合适的？李局长受杨虎城之邀，兴修第六代引泾工程，就是解民众于倒悬，重振关中粮仓，让家乡父老不再受干旱之苦。姚家宗祠地方宽敞，光线也好，适合办公。李局长如果愿意，其他的事就不要管了。"

李仪祉说："姚先生真是深明大义之人啊！在这里办公确实有点勉为其难。以后工程技术人员增加了，我真不知道该如何安排哩。李某多谢姚先生为造福乡梓，慨然应允工程指挥部使用姚家宗祠。"双手抱拳，对姚秉圭作揖表示感谢。

姚秉圭的义举，令附近百姓对姚家刮目相看，也得到了县政府有关部门的褒奖。

当姚文青赶回泾阳时，引泾工程即将开始。此时的社树堡墙内几家已经衰败，他在堡墙内转了一圈，昔日的"花门楼家"已经不复存在，堡墙内原来巍峨高耸、雕梁画栋、气势非凡的牌坊、戏楼、魁星楼等奢华建筑已烟消云散,到处都是一派衰败景象。

一个家族,经过十几代人不断拼搏,积累了无数的财富,却因后辈贪图享受、不思进取,终落了个声名狼藉,被人耻笑。眼前的境况,让他感到一丝凄凉,不由得想起李商隐的《咏史》诗。他一个人在堡墙内的街道上一边漫步,一边默默地吟咏道:"历览前贤国与家,成由勤俭破由奢。何须琥珀方为枕,岂得真珠始是车。远去不逢青海马,力穷难拔蜀山蛇。几人曾预南薰曲,终古苍梧哭翠华。"家与国,虽大小不同,治理的道理却是一致的。

虽说有万千感慨,但看到此次姚氏家族能为引泾工程出力,姚文青仍感到兴奋。当他转到姚秉圭家门口时,想到堂叔曾经对他的支持和帮助,就想拜访一下很久未谋面的堂叔。

两个人见面寒暄了几句,话题自然就转到年馑和兴修引泾工程上来。姚秉圭叹息着说:"龙洞渠荒废已久,引水浇灌能力尚不能满足泾阳土地的三分之一。年馑时,泾阳这个关中白菜心也是寸草不生,哀鸿遍野,更有甚者以卖儿卖女求生。即使像姚家这样曾经的大户人家,也只能以粗粮加糠菜续命,更不要说贫苦百姓了。听说国民党元老于右任到陕西赈济灾民时,特意到老家斗口村于家老宅住了几天,为伯母房太夫人扫墓,并写下《斗口村扫墓杂诗》六首,其中两首可谓是当时惨状的真实写照!"

姚文青在南京拜见过于右任,当时于右任只是说了陕西年馑的惨状,顺便提起了他写的一首《北归》五言诗,并没有提起还有六首杂诗。他饶有兴趣地问道:"堂叔可曾记得当时于院长写的杂诗?"

姚秉圭说:"我就知道你听说此事后会追根问底,好在我记性还不错,就把其中的两首给你念叨一下。其一:'水环三面白公渠,垂老重来省故居。犹记阿娘哭阿母,报儿今岁读何书?'其二:'发冢原情亦可怜,报恩无计慰黄泉。关西赤地人相食，白首孤儿苦暮年。'"

姚文青见堂叔有些伤感，就宽慰他说："龙洞渠年久失修，几乎颓废，也不能怪你们几个渠总、水老，根源在政府没有重视水利。现在，李局长主持兴修引泾工程，一旦工程完工，就不会再让年馑的惨剧重演了。"

姚秉圭说："谁说不是呢。水就是庄稼的血脉，没有足够的水源灌溉，庄稼肯定歉收甚至绝收。文青，你这次回来有啥重要事吗？"

姚文青回答说："我这次回来就是想资助引泾工程的。在苏州分号时，我听说于院长为赈济陕西灾民，将长子婚礼上所收的贺礼全部用来赈灾了。于院长的高风亮节，乃是我辈学习的楷模。我想捐款五千大洋，然后到雅安总号再倡议泾阳商帮也捐款，争取为家乡百姓做点实事。"

姚秉圭赞许地说："姚家出了你这个青年才俊确实是给家族争光了。可惜其他后辈没有几个成器的，要是都像你，姚家就复兴在望了。"

姚文青说："做善事就是有钱出钱，无钱出力。叔父都一把年纪了，还在为引泾工程奔波，要多保重啊！其他事都是身外之物，只有身体健康，才能安享晚年。"

姚秉圭颔首道："过几天引泾工程就要破土动工，我抽空让你和李局长见上一面，也好了却你的心愿。"

姚文青说："破土动工是大事，在此之前就别给李局长添麻烦了。等动工典礼结束后，我当去拜访李局长。"

三月初，仲山嵯峨之阳，地面解冻，气候转暖，杨柳抽芽，花草遍坡，春天的气息弥漫在广袤的渭北平原之上，泾河瓠口地带更是人声鼎沸，异常喧闹。现场的人潮正等着引泾工程开工仪式之后破土动工。

姚文青挤在人群当中，看到杨虎城、李仪祉和泾阳、三原、醴泉、高陵、临潼五县县长亲自为引泾工程开工剪彩。剪刀放下之后，鞭炮齐鸣，锣鼓震天，欢声雷动，气势磅礴。随后工地上镬锹飞动，土车上下奔忙，各种农具纷纷亮相。堤上夯工齐声呼喊，夯土器具上下翻飞，整个劳动场面蔚为壮观，激情飞扬。

姚文青事后得知，陕西连年大灾之后，农业凋敝，口粮短缺，尤其是春荒阶段，情况更甚。杨虎城、李仪祉采取以工代赈方式，号召民众为长远利益修渠，故而参加渠工极为踊跃。看着黑压压的瘦弱人群像一条黑色的巨龙一般由西向东密密麻麻地铺开，他的内心受到极大震撼。引泾工程自战国以来，历代多被重视，关中道被称为"天下粮仓"，富庶之地，是与引泾工程灌溉分不开的。历史上几个兴盛的王朝，都是凭借着关中这块风水宝地赢得天下并保持了繁荣和昌盛。他真心希望，第六次引泾工程也能造福乡梓，使广大百姓不再因为天旱少雨而没有收成、以致于流离失所、饥寒交迫、走投无路。

从工地回来，姚文青的心情久久不能平静。他期待着尽快把捐款交给李仪祉，了却自己的心愿。

姚文青在姚氏宗祠，也就是现在的引泾工程指挥部找到了正忙得焦头烂额的李仪祉。身材修长偏瘦、穿着一袭青色长袍的李仪祉听到有人找自己，就走出指挥部大门。

姚文青忙上前打招呼，说："李局长好，我叫姚文青，社树堡姚家的后代，也是于右任院长的忘年交。在您百忙中打扰，是想表达一点我支持引泾工程的心意，请您包涵。"

李仪祉仔细打量眼前的青年汉子，一副儒雅的样子，不像当地农户，又说自己是姚家的后人，就知道来人属于商家，否则不会说自己想捐款了却心愿。引泾工程虽说已经启动，但资金缺口依然不小，有人捐款，他当然求之不得。尤其是来人说自己是于右任的忘年交，更让他感到高兴。

李仪祉说："姚东家，跟我来，咱们找个地方说话。"

姚文青跟在李仪祉后面到了不远处的一所院落。

院落上房大厅的墙面上挂满了图纸，正中的方桌上也堆满了成卷的图纸。李仪祉把图纸一掀，本想腾出一块地方，谁知图纸因外力挤在一旁，就露出了没有油漆的桌面，一松手，就又恢复了原状。他不好意思地说："姚东家，请坐！条件简陋，不成敬意，只能干坐着说话了。"

姚文青说："在此等条件下办公，李局长太辛苦了。"

李仪祉苦笑着说："嘿嘿，有个地方办公就不错了。姚东家刚才说和于院长是忘年交？"

姚文青说："是的，十多年交情了。"于是，他把自己和于右任如何认识，直到请于右任帮忙搞车皮运粮赈灾之事简要叙说了一遍。

李仪祉听完，感慨地说："于院长地位尊崇，谨慎用权，两袖清风，与其他国民党元老甚至军政要员相比，简直是天上地下。他能帮你协调车皮运送赈灾粮，必定也经历了许多周折。好在引泾工程已经开始，若大功告成，旱灾之事就不会在关中大地上再发生了。"

说到引泾工程，姚文青问："李局长，引泾工程是因为这次陕西饥荒才考虑开工的吗？"

李仪祉叹息一声，谈起他前期所做的全部工作。最后说："现在开工的引泾工程是第一期工程，任务是完成总干渠与南干渠渠道工程及输水建筑物。总干渠由王桥镇西边山石渠尾开始，经王桥南至社树堡南北分水闸，长三公里余；下为南干渠，东经桥底镇南，泾阳城北宝峰寺（即三限闸旧址），再东过横流渠、磨子桥（旧彭城闸），折东南，于高陵县城南排入渭河，长五十余公里。为少占耕地，渠道在彭城闸以上基本利用旧渠线，仅是加以裁弯取直，利于水流。"

姚文青听罢，问道："李局长，如此浩大的工程，资金能保证吗？"

李仪祉眉头紧皱，说："捉襟见肘，很难保证。要不是华洋义赈会、朱子桥先生等人的捐助及时到位，仅凭政府投入难以开工啊。"

姚文青掏出五千元支票双手递给李仪祉，说："这是我为家乡水利建设尽点绵薄之力，请您收下。哎！本来也想多捐一点，无奈通过上海中国济生会发起赈灾所捐的一万多大洋，因省党部要求转给当局做军费依然被扣押，要不然，还能多捐些。"

李仪祉接过支票，惊奇地问："有这等事？"

姚文青于是把省党部如何逼款，如何准备拘押家眷之事简略说了一番。

李仪祉气愤地说："简直是无法无天，胆大妄为！这事你不管了，我会告知杨主席，请他帮忙解决。"

姚文青说："如果杨主席能够解决此事，那一万多大洋就可以捐给引泾水利工程了。"

尽管如此，姚文青还是担心工程资金之事，他问道："李局长，如果后续资金得不到保证，您咋办？"

李仪祉苦笑道："关中连年大旱，民众普遍贫穷，无法募集更多资金。现在正值春荒，水利局采取以工代赈使用渠工，也是无奈之举。为保证工程顺利进行，经与地方协商，同意拆除沿岸破旧庙宇寺院，以其砖石木料用石灰砂浆简易砌筑渠道建筑。"

姚文青无意继续打扰李仪祉，起身说："李局长，我就告辞了。引泾工程乃千秋伟业，您能干成此事，必将青史留名。"

李仪祉摇头说："造福乡梓，我义不容辞。至于是否留名，让历史去评说吧。"

姚文青回到西安分号之后，王智远亲自把他送到卢进士巷姚家大院。自特务拟拘押刘纫秋及孩子未果后，王智远安排护院张师傅精心照料大院的一切，房舍卫生、花草树木等都是原来的样子。两个人来到上房，张师傅为他们沏上茶就告退了。王智远想起当日所看到的情景，有些后怕地说：

"如不是按照东家要求的时间抓紧办理,后果真是不堪设想啊!"

姚文青一声叹息,说:"世道太乱,人心不古。为了一点捐款,竟行此人所不齿之事,让人心寒。不过此事我已告知李仪祉局长,他应承转告杨虎城主席解决此事,我们就不用再担惊害怕了。"

王智远问:"东家见到李仪祉先生了?"

姚文青说:"见到了。我很钦佩李仪祉先生的专业和胆识,尤其是他想恢复郑国渠昔日辉煌的夙愿。王掌柜,如果中国济生会的赈济款能安全转回,我的意见是捐给引泾工程,支持家乡水利建设,造福桑梓。"

王智远暗想东家还真够犟的。先是赈灾粮被兵痞所劫,愿望落空;后是赈灾款被省党部要挟,还想拘押其家属逼其就范;现在刚跟李仪祉搭上线,不仅亲自回泾阳捐款,还想续捐中国济生会募集的资金,真是应了陕西人的秉性。他见东家决心已定,答应道:"谨遵东家吩咐。"

姚文青在院子里上上下下转了一圈,这里的一切照旧,就是没有了昔日家庭欢聚、其乐融融的氛围,也没有了妻子及孩子们笑脸相迎的温情,心里难免失落。

王智远跟在他身后,把西安城近来发生的大事简要地讲给他听,其中最敏感的是中共陕西省委发出的《为捣毁国民党党部及非基运动宣言》。姚文青听后,默默不语,并未做评论。

姚文青逗留西安期间,想不到杨虎城还真解决了省党部索款之事,他依照与李仪祉的约定,把上海中国济生会所募集的资金全部转捐引泾水利工程。这一义举,在陕商中引发了极大反响。

杨虎城解决了姚文青被省党部勒索的麻烦,使他对杨虎城这位自称为"粗人"的老乡自然更加关注。杨虎城是蒲城人,刀客出身,二十四岁时自赋诗曰:"西北山高水又长,男儿当能老故乡。黄河后浪推前浪,跳上浪头干一场。"此诗在他人眼里,可能缺少韵味,但在姚文青看来,却是杨虎城内心的真实写照。

杨虎城是渭北刀客出身。辛亥革命爆发后,参加过陕西新军抵抗陕甘总督升允率领清军反扑的保卫战,随于右任参加过护法战争,任陕西靖国军左翼支队司令。后与李虎臣抗击镇嵩军,共同坚守西安城八个月之久,留下了"二虎守长安"的传奇。一九二九年,杨虎城率部附蒋,驻防河南。在中原大战中率部占领潼关,截断西北军退路,致使西北军全军瓦解。一九三〇年十月底,国民政府任命杨虎城为陕西省主席,由此主政陕西。

一个自称是粗人,一个被誉为水利奇才,姚文青坚信有他们通力配合,有于右任奔走呼号,引泾工程一定会顺利完工,一定能重现昔日辉煌。

姚文青离开西安后,顺道去了一趟雅安总号巡视,没料到却听到一件让他挠心的事。

郭倬甫接待他时说:"东家这几年在上海、苏州等地忙业务发展,又连续赈济陕西百姓,支持引泾工程,在雅安陕商中已经引起不小反响。不过我要对你说一件事,估计会让你难堪的。"

姚文青开玩笑地说:"不会是天塌下来了吧?"

郭倬甫随后告诉他说,中原大战期间,四川爆发了军阀刘文辉、刘湘争夺"四川王"的叔侄之战。在"二刘"混战期间,堡墙内在雅安的永聚全无力维持。为争得更多利益,姚兆丰、姚兆年俩兄弟先后来到雅安,分别给军阀刘湘、刘文辉部下当权的军官行贿。起初,姚兆年因结交刘文辉部下,争得了永聚全的所有权,让姚兆丰大为不快,心存芥蒂。时间不长,刘文辉被刘湘击败,姚兆丰依葫芦画瓢,出大价钱买了刘湘某部一个副官军衔,带着护兵和卫队进驻永聚全商号。眼看早已到手的财富被哥哥强占,弟弟姚兆年不肯罢休,依然住在商号里,坚决不退让。姚兆丰见弟弟豁出性命保护既得财富,就买通了一个当地惯匪,在一个无月风大的夜晚,刺杀了姚兆年。姚兆年一死，永聚全自然落到姚兆丰手里。谁知道姚兆丰还没过几天舒心的日子，刘湘的一个部下眼红他轻而易举地获得巨额财富，就暗杀了姚兆丰，永聚全财富更落入刘湘部下的腰包，从此永聚全就改名换姓了。

尽管姚文青和堡墙内的宗族来往不多，对他们的所作所为极端瞧不起，但毕竟是姚氏同宗，身体里都流淌着先祖的血脉。在"哀其不幸，怒其不争"的同时，他对军阀混战、百姓遭殃有了深刻的感悟。

他痛心疾首地说："家乡正忙着赈灾，他们却为争夺祖产死于非命，真是愧对姚家列祖列宗了。"

郭倬甫说："他们这样做，也让雅安的泾阳帮丢尽了脸面。对了，义兴茶号刘东家、恒泰盛茶号于东家几次问你的音信，这次回到总号，你抽空去拜访一下他们吧。"

姚文青到雅安的一个重要目的，就是找他们商议支持引泾工程的大事。郭倬甫一提醒，他就顺水推舟说："好长时间没见面了，应该去拜访这两位仁兄，听听他们对时局的看法。"

姚文青在郭倬甫的陪同下到了义兴茶号，刘增辉看到他，打趣地说："好久没见文青，还以为你到江浙富庶之地后，就忘了雅安这个穷地方哩。"

姚文青笑着说："人不能忘本，我这不是回雅安了嘛。姐夫，我还有要事想跟你和于东家商量，你让刘总管把于东家请过来吧。"

刘增辉说："小事一桩。你跟郭掌柜先进客厅喝茶，我这就让刘总管去请于东家。"

一盏茶工夫，恒泰盛茶号于安泰就赶到了。他说："文青，你还真是红萝卜调辣子吃出没看出呀！这几年，你让天增公商号大放异彩，风头早就盖过了义兴茶号和恒泰盛茶号。再这样发展下去，不多久就能恢复姚家当年永聚公、永聚全、永聚源三足鼎立的气象。"

姚文青一听这话，脸色一沉说："姚家永字三号早就成了历史，于东家重提往事，这不是在恶心我哩嘛。"

于安泰猛然间想起姚家永聚源的变故，不好意思地说："见了你高兴，说话口无遮拦，兄弟见谅啊！"

刘增辉嗔怪地说："你真是哪壶不开提哪壶。"

姚文青悠悠地说："凡是过往都是历史，就是想翻过来也不可能了。"

于安泰岔开话题说："文青，听说你近几年在外面干了不少大事，你就给我们说道说道。"

姚文青见他们饶有兴致，就把这几年经历的事简要叙说了一遍。

于安泰由衷赞道："文青这几年很不容易，天增公在你的手里，生意日渐兴隆，尤其是把生丝生意做到缅甸，开创陕商走出国门的先河。你资助陕西赈灾，捐款兴修水利，着实让我等钦佩。眼下，刘文辉驻扎在雅安，倡导新学，要求雅安的富商大户捐款捐物，你看如何应对？"

没等姚文青说话，刘增辉插话说："我们虽是商帮，但常年在此经营，亲属也多在此居住生活。按理说，应该支持刘文辉倡导新学，教化孩子。文青，你说呢？"

姚文青笑着说："二位仁兄已经有了主意，何须征求我的意见。我看，只要能对当地教育有好处，咱们就捐点，也算是行善积德。我痛恨军阀混战，但对倡导新学，教育孩童，还是积极支持的。"

三个人议定捐款数目之后，又议论家乡的引泾水利工程。说到动情处，于安泰说："引泾工程就在我家门口，即便是为了自家利益也应该捐。我比不上文青财大气粗，就捐两千法币吧。"

刘增辉说："泾阳能出现百年不遇的年馑，主要是水利设施损毁严重，无法大面积灌溉。现在李仪祉重修引泾工程，造福关中百姓，应该大力支持。我也捐两千法币。"

因为姚文青、刘增辉、于安泰等人带头捐款，在雅安泾阳帮中产生了示范效应，带动其他富商陆续捐款。

忙完雅安总号的事，姚文青又分别到乐山、重庆、沙市、汉口等地分号巡视，临近年关时，终于回到苏州。他刚进家门，夫人刘纫秋就告诉他一件伤心欲绝的事。

刘纫秋一见到他，便痛哭道："你走后，我生下老三（姚应哲），没想到这孩子没福分，一生下来就疾病缠身，不到半岁就夭折了。我怕你分心，一直没敢告诉你。"

姚文青心中极是难过。他在离开苏州时，妻子怀孕的腰身已经显现所怀孩子是个男孩，这让他兴奋不已，并提前给孩子取好了名字。姚家在他这一代是单传，如果自己能有三个儿子，就不会有什么遗憾了。把孩子们教育成才，喜欢经商的可以继承自己创立的天增公商号，确保衣食无忧；不喜欢经商的可以让其读书学一门专业，足可在社会上立足。现在听说还未见面的三子夭折，他内心的苦楚无处诉说，还要安慰妻子。如此境况，也让这个年过得着实悲凉。

就在其他人家的年味正浓时，贾金明突然打电话，上海发生了中日军队大规模军事冲突，请求东家指令，他们该咋办？姚文青放下电话，半天没有吭声。

刘纫秋见丈夫脸色难看，不知道发生了啥事情。姚文青解释说："中日军队在上海发生大规模军事冲突，分号贾掌柜打电话问他们何去何从。"

刘纫秋说："日本占领东三省之后，一直就在觊觎全中国，现在在上海发生军事冲突，一点都不奇怪。至于贾掌柜电话中说的事，你可以向于院长求证，然后再做决定不迟。"

经妻子这么一提醒，姚文青这才想起来给于右任打电话。电话接通后，张秘书说于院长有要事外出了，并告诉他上海的确发生了中日战争。一九三二年一月二十八日午夜时分，日军海军陆战队两千三百人在坦克掩护下，沿北四川路西侧向中国驻军发动进攻，遭遇十九路军坚决抵抗，上海主流媒体称该事件为"一·二八事变"。现在中日双方不断调集军队，激战正酣。

姚文青证实了消息，赶紧打电话告知贾金明："关闭上海分号，全部伙员迅速撤离到苏州分号。"

贾金明说："让伙员全部撤离，我自己坚守。我不相信小倭寇能翻天，上海分号也不能没人看管。"

姚文青见他态度坚决，只好劝说道："贾掌柜，你一定要注意安全。财产损失了，咱们再去挣，性命没有了，一切就都没了。"

贾金明说："东家，你放心，我知道轻重。"

本来就有些悲伤的春节，因为上海爆发战争，更让姚文青整天提心吊胆，生怕再发生不测。

这场战争于一九三二年三月三日停战，五月五日在英、美、法、意等国的调停下，中日签署了《淞沪停战协定》，日军返回战前防区（上海公共租界北区、东区及其越界筑路地带），中国军队暂留现驻地（沪宁铁路上的安亭镇至长江边的浒浦一线），交战区划为非武装地区。

据战后统计，"一·二八事变"中，中国损失金钱约十四亿元，闸北华界商号被损毁四千余家，房屋被毁近两万户。天增公上海分号几乎被夷为平地，所幸贾金明安然无恙。

贾金明在收拾了残局来到苏州后，姚文青安排他协助苏州分号董桂堂共同掌管苏州分号生意，并对其慷慨赴难的忠义精神大加赞许。他更是觉得，损失点资产没有啥，能保住像贾金明这样的人才更为重要。他对贾金明说："等战事结束后，如果有可能咱们再重建上海分号。上海是全国乃至东南亚经济中心，我们不能因为战争就放弃上海这个阵地。"

贾金明同意东家的看法。他说："以后要重建上海分号，最好把分号地址选在租界。日本人虽然嚣张，但还不敢贸然进攻英租界、法租界。"

姚文青点头说："你在苏州先等上一段时间，等局势稳定后再回上海找地方吧。"

董桂堂说："现在天增公总号丝绸生意已经做到缅甸，离开上海分号，货款汇兑可能会很麻烦。有贾掌柜坐镇上海，有些事情也好斡旋。"

姚文青说："既然如此，贾掌柜过一阵就重返上海吧。凡事都不能一朝被蛇咬，十年怕井绳。"

两个月之后，贾金明在上海英租界找到一栋小楼，经请示姚文青后花钱购买下来，重建了上海分号。

就在姚文青心情逐渐放晴之际，西安分号王智远打电话说引泾工程即将开闸放水，他问东家是否回去参加这一盛典。姚文青毫不含糊地确认，他一定要参加开闸放水仪式，目睹这一盛况。

一九三二年六月中旬，引泾工程第一期完工，经过几次试水，土渠并未发生溃决事故。农工爱渠，做工实在，质量可靠，由此可见一斑。六月二十日，张家山渠首，人声鼎沸，彩旗飘扬，锣鼓喧天，新筑的渠岸上挤满了黑压压的人，加上西安易俗社演戏助兴，把开闸放水仪式搞得盛况空前。

在受灾严重的渭北平原修建引泾水利工程，国民政府虽说没有拨款，但也极为重视，派出政府大员吴稚晖参加庆典仪式。

姚文青作为捐款代表参加了放水仪式。他站在吴稚晖身旁，与大家共同见证了开闸放水的宏大场面。只见闸门缓缓升起，石渠内水流翻滚，直冲而下，滚滚东流，如黄河奔涌，两岸群众欢声雷动，喜笑颜开，鼓掌相庆。

吴稚晖看到如此激动人心的场面，不禁目瞪口呆，自言自语地说：

"中央政府未拨款是失策！穷陕西还真修了这么大一条渠，致使杨虎城独擅其美！"

放水仪式后，姚文青碰到了他堂叔姚秉圭。姚秉圭穿着一袭青色单长袍，看起来比以前更加精神矍铄，仿佛年轻了几岁。

姚文青上前打招呼："堂叔，你显得比以前更精神了。"

姚秉圭笑着说："都说人逢喜事精神爽嘛。走，到家里去，我还有话对你说哩。"

面对堂叔的盛情邀请，姚文青不好意思让他扫兴，就跟着他到了堂叔家里。进屋之后，姚秉圭刚端起茶壶，姚文青就接了过来，给两个人都沏满茶。

姚秉圭笑呵呵地说："如今，引泾工程第一期完工，接下来还要进行第二期工程。等二期工程完工，关中就再也不怕旱灾了。还有就是引泾工程指挥部所用的姚家宗祠将改名中华水利会馆，我这个龙洞渠管理局第一任主任也将结束管理龙洞渠的使命。"

姚文青吃惊地问："堂叔，这是咋回事？"

姚秉圭说："民国初年，在渭北引泾工程处成立之后，我就被陕西省政府委任为龙洞渠渠总之职，沿用清末的管理办法管理龙洞渠灌溉和日常事务。一九二二年由渠总转任龙洞渠管理局第一任主任，统管全渠事务，并在该年颁发《龙洞渠管理局泾、原、高、醴水利通章》，其时各县亦设龙洞渠管理局并隶属泾阳县。现在引泾工程第一期已经完工，据李局长说要成立新的管理局，撤销龙洞渠管理局。我年龄偏大，已然力不从心，难以胜任新的要求，就想退出了。"

听到堂叔想急流勇退，姚文青追问："堂叔难道就没有其他想法？"

姚秉圭说："姚家宗祠改称中华水利会馆后，可能会成为新管理局的临时办公场所，局长将由省政府重新任命。新管理局的主要任务是管理总干渠以及由此分出的南、北二干渠和八支渠，同时兼管诸干渠分水、泄洪等事宜。姚家为引泾工程能做的事情最好到此结束，以后关心引泾工程可以，最好不再参与具体管理。"

姚文青感慨地说："堂叔作为渠总也好，主任也罢，从李局长勘探引泾工程开始，就关心和参与了前期许多事宜，即使在工程开始后，对工程修建、考察工程进度等也是亲力亲为、殚精竭虑，让我这个后辈感到钦佩。现在引泾工程第一期大功告成，您却让贤，岂不是有些遗憾？"

姚秉圭微笑着说："这就叫长江后浪推前浪啊！新的管理局将承担更重大的使命，就让年轻人去担当吧。"

引泾水利工程开闸放水，当时灌溉面积约四十万亩，地跨泾、原、高、临、醴五县。一九三五年清丈后已扩灌到六十万亩，加上抽水灌区百万亩，合计已超过郑国渠规模。由于灌区内土地肥沃，当时灌溉过的农田小麦亩产迅速从二三百斤增至四五百斤，棉花亩产从三四十斤增至约八十斤。随着灌区带动经济增长，泾阳、三原、高陵县城乡镇逐渐繁荣，棉商云集，银行商号遍布城乡，周边县乡的百姓把当地特产运到灌区交换粮棉，关中地区因此旱涝保收，跨入富庶地区行列，恢复了昔日荣光。

引泾工程建成并投用之事经报纸刊登后，全国为之惊奇，大多数人想不到现代科学化的大型灌溉工程竟能在贫穷落后的陕西建成。更让姚文青感慨的是，李仪祉提请省政务会议将此引泾工程命名为"泾惠渠"，以示还有许多渠将陆续修建，灌溉三秦大地，重造天下粮仓。

一九三二年十月，杨虎城有感于泾惠渠给关中带来的福祉，专门作了一篇《泾惠渠颂并序》。姚文青在报纸上看到杨虎城所作的《序》，文字简约精练、叙事精准全面，毫无"粗人"痕迹，即使让自己写一篇记述引泾工程的文章，也不见得能超越这个自称"粗人"的笔墨。更让他钦佩的是杨虎城作的《颂》。

  颂曰：秦用郑国，开渠渭阳。关中以富，秦赖以强。
    越四百年，渠毁待修。汉白公起，比美千秋。
    历宋元明，代有改筑。渠口上移，入于深谷。
    有清一代，利用山泉。改名龙洞，仅溉低田。
    鼎革以还，渠更淤漏。饥馑连年，莫之知救。
    追怀前迹，思继古人。郭胡倡始，李主维新。
    涉水登山，远逾谷口。计熟图样，丝毫不苟。
    筹借赈款，即待兴工。胡天不吊，适降兵凶。
    扰扰数年，庶政俱废。救死不暇，遑论灌溉？
    天心厌乱，寓赈于工。华洋集款，得竟全功。
    二十一年，六月中旬。放水盛典，中外观钦。
    自后三年，设管理局。渠道维护，朝夕督促。
    民享乐利，实泾之惠。肇始嘉名，流芳百世。
    洛渭继起，八惠待兴。关中膏沃，资始于泾。
    秦人望云，而今始遂。年书大有，麦结两穗。
    忆昔秦人，谋食四方。今各归里，邑无流亡。
    忆昔士女，饥寒交迫。今渐庶富，有布有麦。
    秦俗好强，民族肇始。即富方谷，人知廉耻。
    登高自卑，行远自迩。复兴农村，此岂嚆矢！

  洋洋洒洒，凡十九行，三百零四字，谁能说此《颂》乃是粗人手笔？字里行间，姚文青真切感到泾惠渠建设确属丰功伟绩，永垂不朽！

  后人有诗赞曰：一水导引出仲山，安民原以食为先。
        赖有膏腴八百里，关中从兹乐尧天。

第三十二章

闹兵谏举世震惊　大誓师八路东征

斗转星移，岁月如梭，转眼间就到了一九三六年。这几年，姚文青在苏浙、湖北、四川、陕西等地到处奔波，精心打理天增公总号旗下各分号的生意，妻子刘纫秋先后为他生下女儿姚葆蘭（一九三一年出生，八岁病疫）、儿子姚应琦（一九三三年十一月出生）。在他的指挥调度下，天增公业务量大增，周转资金在二千万法币至一亿法币之间。日益兴隆的生意使天增公总号成为茶叶、药材、蜡烛、丝绸贸易的翘楚，再现了姚氏宗族商业贸易的盛景。姚文青没有因此就忘乎所以，而是时刻关注着时局，充满对天增公未来的担忧。

"一·二八事变"后，中日摩擦加剧，日军在东北、华北屡屡挑起事端，全国军民抗日情绪日益高涨，而蒋介石的国民政府置广大民众呼声于不顾，加紧了对中国共产党领导的工农红军的"围剿"。

一九三四年十月十六日，中央和红军八万余人从瑞金、于都等地出发被迫进行战略大转移。蒋介石调集中央军及地方军阀部队对红军一路围追堵截。一九三四年十一月底，当红军行进至湘江屏山渡至光华铺一带时，国民党军队在湘江两岸实行合围。此役红军损失五万余人，中共中央率领红军转兵进入云南、贵州等地。

报纸上不断报道着红军转移的踪迹，引起姚文青对这支队伍的好奇和关注。按照惯例，他于当年年底前回到雅安总号巡视，又听到了一段颇为传奇的故事。

总掌柜郭倬甫、总账房韩树德见东家来雅安，自然是喜不自胜。这几年，天增公各地分号捷报频传，生意兴隆，着实让许多陕商羡慕，也让他们感到自豪。

郭倬甫向东家汇报了各分号的经营情况后，顺便提及朱德、毛泽东率领的中共红军差点就到了雅安，随后他问道："东家知道甘川道上的哈达铺吗？"

姚文青愣了一下，随即说："自古以来，哈达铺就是甘川道上的一个商贸重镇和军事要地。三国时期属于阴平古道的一段，魏将邓艾当年就是从此翻越摩天岭入川灭蜀的。在我阅读过的史料中，好像哈达铺这个地名最早出现在《清史稿·甘肃土司传》中，说的是咱们陕西兴平乡党、东汉伏波将军马援后裔宕昌第一代土司马珍，在元至正年间防守哈达川九族而授指挥使之职的故事。据说是元朝开国皇帝忽必烈将哈达传入西藏，而哈达川这个地方地处藏汉接合部，最适合大批量经营哈达这种特殊商品，久而久之，附近民众就把具有驿站性质的哈达川叫哈达铺。从元代末年开始，陕西商人入川经商，基本上都是从洮州取道西康，哈达铺是必经之地，留在此地经商的陕商大有人在。郭掌柜，你咋突然考问我哈达铺这个地名呢？"

郭倬甫点了点头，算是肯定了姚文青的说法。随后他仔细听了一下，确认外面没有动静，这才压低声音向姚文青讲述了一段在陕商中隐秘流传的奇闻。

一九三五年九月十八日，中央红军攻克天险腊子口后，从四川进入甘南。中央红军先头部队到达哈达铺后，一举夺取国民党鲁大昌部在哈达铺的粮库，缴获一批大米、白面、食盐，使数月来缺衣少吃的红军战士及时得到物资补充。据说中央红军在那条街上住了一个星期。物产丰富、民风淳朴的哈达铺让中央红军在千难万险的长征中看到了绝处逢生的希望。

有一天，一个名叫梁兴初①的侦察连长带着两个士兵来到在哈达铺经营茶叶及杂货生意的三原义和昌王掌柜的商铺，无意间发现王掌柜兼营邮政代办所。梁兴初和气地问："掌柜的，你这里还兼营邮政业务啊，有最近的报纸没有？"

王掌柜说："有啊，《新秦日报》《大公报》都有，军爷想要哪一种？"

梁兴初说："我们是中国工农红军，大都是穷苦百姓出身，官兵平等，一律不允许老百姓把我们叫军爷。你就叫我红军同志吧。刚才你说这里有《新秦日报》《大公报》，麻烦你把所有报纸都拿出来，我全买了。"

王掌柜从柜台底下翻出了许多新旧报纸，一起拿给梁兴初。梁兴初掏出一块大洋给了他，抱着报纸就走了。

喜欢阅读报纸收集信息的毛泽东看到梁兴初带回来的各种报纸，喜不

---

① 梁兴初（1912—1985），江西吉安人，中国共产党党员，中国人民解放军高级将领，中将军衔。抗日战争时期，曾任八路军一一五师教导五旅旅长，新四军独立旅旅长等职。解放战争时期，曾任东北民主联军第十纵队司令员，中国人民解放军第三十八军军长等职。中华人民共和国成立后，曾率部参加抗美援朝战争。抗美援朝战争结束后，曾任海南军区司令员，广州军区副司令员，成都军区司令员等职。中国共产党第九届中央委员会委员。1955年，被授予中将军衔，获二级八一勋章、一级独立自由勋章、一级解放勋章。

自禁。当他阅读完诸如《阎锡山的部队进攻陕北红军刘志丹部》《阎锡山在绥靖公署及省府纪念周的报告》《国民党军第八十四师师长高桂滋的讲话》等消息后，对旁边的张闻天、周恩来等人说："陕北还有一个根据地哩！这真是天大的喜讯！此前我们还在为到何处去发愁，现在国民党的报纸就告知了我们前进的方向。"

过了两天，梁兴初又过来找王掌柜。他说："王掌柜，我看你这店铺比较大，能否借用一下，让我们在这里召开一个会议？"

王掌柜连连点头说："红军同志，只要你们需要，尽管用好了。"

九月二十二日上午，毛泽东、周恩来、彭德怀等人陆续来到义和昌商铺，等参会的团级以上干部都坐下之后，毛泽东手里拿着一张九月十五日出版的《大公报》对大家说："同志们，今天把大家召集到这里来，就是想商定一下工农红军下一步往什么方向走？大家都知道，我们从江西瑞金、于都出发之后，一路上血战湘江、四渡赤水、巧渡金沙江、飞夺泸定桥、爬雪山、过草地，突破天堑腊子口到哈达铺。说实在的，中央有意等休整完毕，进军新疆北部，在靠近边界之地建立革命政权，依托苏联的支持，借机发展壮大。当然，到新疆必然要突破甘肃、青海马鸿逵、马步芳骑兵组成的防线，部队肯定伤亡很大。为此，中央也做了最坏打算，就是如果部队被打散了，活着的同志就回到白区隐蔽，继续积蓄力量，发展组织，等待时机成熟，再次发动革命。但是，现在情况不同了，我要告诉大家的是，我们要改变行动方向，不去新疆了。"

在座的众人不知道又要去哪里，纷纷交头接耳，议论纷纷。

毛泽东打了个手势，让大家安静，甩起手中的报纸，继续说："前两天，我看了近期的报纸，在九月十五日出版的这张《大公报》上发现国民党在陕北进攻刘志丹、徐海东领导的陕北工农红军的消息，这是个天大的好消息啊！这份报纸给我们提供了陕北还有工农红军这个特大喜讯。我们决定召开今天这个会议，让团级以上干部都知道，我们要到陕北去，找刘志丹、徐海东去。"

周恩来接着说："毛主席看到陕北有刘志丹、徐海东领导的陕北红军正在和国民党反动派做斗争，很高兴。我看到《大公报》上面刊登的国民党在陕北'剿共'也很兴奋。我们决定，直接去陕北找刘志丹他们。陕北靠近内蒙古，与苏联联系也方便，我们就把革命的大本营扎在陕北，大家说好不好？"

在座的团级以上军官一齐鼓掌，高声赞同。

第二天，工农红军就踏上了去陕北的征程。

姚文青饶有兴趣地听完后，啧啧称奇，感慨地说："工农红军现在已经到陕北，和陕北红军会合了。国民政府费尽心思，倾尽全力围追堵截却屡屡失败，或许是天意。郭掌柜，泸定分号伙计们见过红军，他们见到的红军真的像国民政府宣传的共产共妻吗？"

郭倬甫说："据泸定分号掌柜柳金宝说，红军都是穷苦大众出身，对人很和气，还帮助贫苦百姓打扫院子，挑水劈柴，红军虽然缺吃少穿，但却与当地百姓和平相处，秋毫无犯，即使购买物品，也能公平买卖，与报纸上宣传的截然不同。"

姚文青没料到红军竟然是这样一支纪律严明的部队，这与他经常见到的国民党中央军和地方军阀部队截然不同。他端起茶杯抿了一口，打趣说："咱们陕商开的杂货铺啥都卖，真没想到一张报纸竟然把中央红军送到了陕北。"随即话锋一转，严肃地说道："另外，以后不要再议论此事了，免得给王掌柜带来麻烦。"

郭倬甫"嗯"了一声，说："凡是红军经过的地方，都有国民党的眼线，确实应该注意。这年月，要是和共产党扯上关系，不是倾家荡产，就是死无葬身之地。请东家放心，我保证这是我第一次向您说起此事，也是最后一次。"

后来的事实证明,哈达铺不仅成为红军长征途中的加油站,也成为决定红军长征命运的重要决策地。中国革命的历史从这里开始,翻开了崭新的一页。肖华将军在回忆哈达铺决策时,曾经赋诗云:"红军越岷山,哈达大整编。万里云和月,精兵存六千。导师指陕北,军行道花妍。革命靠路线,红星飞满天。"当然,这是后话。

姚文青处理完雅安总号的事务,就到了乐山分号。在乐山,他和张兴隆、赵振宇年龄相仿,都是所谓的科班出身,能聊的话题自然不少。

张兴隆开玩笑说:"文青,你现在家大业大,应该恭喜。但有一件重要事情,不知道该说不该说。"

姚文青说:"咱们之间可以无话不谈。既然是重要事情,就畅所欲言嘛,我不会见怪的。"

张兴隆说:"天增公总号现有十多个分号,仅靠你到各地巡视是难以有效管控的。我的意思是,你可以参照西方国家的管理制度对天增公总号的管理办法进行修订,让其更加适合当下管理的需要,这样就能减轻你的工作量,也可以提升各分号自主管理能力。"

姚文青赞同道:"我也深有同感。陕商自从登上历史舞台,就创造了东西制的管理办法,到现在有些陕商还在使用。清代初期,姚家祖上为开发自贡井盐,减少投资风险,和其他陕商创新管理模式,创造了合伙股份制和契约股份制。说实在的,东西制这种管理模式是针对商号内部的,合伙股份制和契约股份制是对合伙人的。对于各商号自主管理我也考虑过,但还没有成熟的办法。"

赵振宇说:"东西制、合伙股份制和契约股份制都是在传统农业社会条件下创建的,现在中国社会已经发生剧变,经营管理也应该顺时而变。

固守祖制，恐怕对长远发展不利。"

姚文青说："姚家祖制也是适应时代的产物，并非一成不变。现在时代变了，更不能墨守成规。俗话说顺势才能明道，明道方能趋势。只有顺势而为，乘势而上，才能把事情干好，把事情干大。为应对市场冲击，调动各分号掌柜的积极性，让伙员享受到天增公的经营成果，以劳取酬，共同推动天增公做大做强，就必须打破'祖宗之法不可变'的传统，紧跟时代步伐。"

张兴隆说："能有你这样开明的东家，肯定能把这件事情做好。文青，你是怎么考虑的？"

姚文青说："自从在乐山兴建蜡烛厂和进军缅甸曼德勒之后，我就一直在思考如何管理分布在各地的商号。今天和你们两个一聊，让我更坚定了改变祖制的决心。我想结合姚家商业经营的经验，制订《天增公总号管理办法》和《天增公总号商训》，探索当下管理的新路子。"

张兴隆按捺不住，追着问道："那就说来听听。"

姚文青说："我是这样想的，《天增公总号管理办法》主要分为伙员之来历、入号时间、新客的领本、领本制度、坐本及归本、支使之分发和东伙用钱之限制、坐堂制度、总号长之任命和撤职、伙员之发罚九章。《天增公总号商训》包括《格言》《商规》《行规》《八悔》《家训》五个方面。在办法中，我想增加伙员抚恤金这个概念，对受伤或病死的伙员进行抚恤，同时明确掌柜或经理在商号中股份增持或减持办法。目的是让所有人员牢记'洞悉时务，潜心向学，名以清修，俭以收成'才是保证生意兴旺发达之本，商事即人事，商场如战场，必须重学养讲形象，行儒商之道。"

张兴隆兴奋地说："那你尽快把办法和商训整理出来，好让我们先拜读一下。如果没有大的瑕疵，我建议应该尽快颁布执行，最好在今年各商号掌柜回来述职时讨论并施行。"

赵振宇接着说:"我同意张掌柜的建议。文青,明确掌柜或经理在商号中股份增持或减持办法,为伙员提供抚恤金保障,能够激励各级管理人员和伙员心存商号,用心经营,免去后顾之忧。同时,我建议更改掌柜这个称呼,把现在的掌柜全部改称经理,总号郭倬甫可以叫总经理,东家就叫董事长。"

看到两位挚友都同意自己进行改革,并且赞同自己的设想,姚文青欣慰地说:"把掌柜改称经理我同意,我这个董事长就不必明确了,还可以继续叫东家。既然你们都同意改制,我就尽快弄出一个文字稿来,然后咱们一起商议修改完善。不出意外的话,就在今年各分号掌柜回来述职时公布,征求大家意见后颁布施行。"

等姚文青、张兴隆、赵振宇共同商量,制订出天增公总号新的管理办法和商训之后,各分号掌柜、账房先生也陆续抵达乐山准备每年一度的述职。姚文青把《天增公总号管理办法》和《天增公总号商训》打印成册,分发给参加述职的所有人员征求意见。各分号掌柜见东家修订的天增公总号管理办法及商规,充分考虑了各自利益,都感到无比兴奋,表示坚决执行。

忙完改革管理制度后,姚文青心里的喜悦劲还未散,就听说西安爆发了震惊世界的"西安事变"。

姚文青让刘保荃派伙计到乐山邮局购买近期所有报纸,仔细梳理各大报刊发表的文章及评论,终于弄清了"西安事变"的来龙去脉。

一九三六年十二月四日,蒋介石为督促东北军、西北军继续"剿共"抵达西安。十二月九日,蒋介石写信给陕西省政府主席邵力子,密嘱《大公报》发表剥夺张学良、杨虎城"剿共"兵权交由蒋鼎文取代的消息。十二月十日，张学良到临潼华清池求见蒋介石，当时蒋介石正在召开军事会议，正式通过发动第六次"围剿"计划，决定在十二月十二日宣布命令。十二月十一日晚，蒋介石邀请张学良、杨虎城和蒋鼎文、陈诚、朱绍良等参加晚宴。晚宴期间，蒋介石宣读了蒋鼎文为西北剿匪军前敌总司令，卫立煌为晋陕绥宁四省边区总指挥等换将任命书，命令中央军接替东北军和西北军的"剿共"任务。当日晚间，张学良、杨虎城分别召见东北军和十七路军高级将领，宣布十二月十二日清晨进行兵谏。十二日凌晨五时，东北军奉命到华清池捉拿蒋介石，蒋介石从卧室窗户跳出，摔伤后背，躲在一块大石头后面被发现活捉。同时，十七路军扣留陈诚、邵力子、蒋鼎文、陈调元、卫立煌、朱绍良等国民党军政要员，邵元冲等人遇难，"西安事变"正式爆发。

这日姚文青与赵振宇、张兴隆在一起说起时局，三人都不由得长吁短叹。姚文青愁容满面道："现在日本军队强占东北三省，又对全中国虎视眈眈，国民政府不顾民众停止内战、一致抗日的呼吁，依然实行'攘外必先安内'的政策，必然激起爱国人士的强烈抗议。古人讲，唇亡则齿寒，户破则堂危。'西安事变'或许能够改变中国的状况，凝聚全国民心，共同抵御外侮。"

赵振宇说："今年一月，毛泽东、周恩来、彭德怀等人联名发出《红军为愿意同东北军联合抗日致东北军全体将士书》，东北军在'剿共'过程中损失严重的情况下，停止了'围剿'陕北红军，并就共同抗日达成共识。而蒋委员长对西北军、东北军联手'剿共'不力怨气冲天，这种水火难容的局面就只能采取非常手段解决了。"

张兴隆调侃道："张学良带着东北军到西北，被陕北红军打得丢盔卸甲，狼狈不堪，一月份就和共产党达成了停战协议。现在，蒋介石逼着他和杨虎城继续'围剿'红军，他能愿意吗？或许张学良到西安时间长了，吃惯了陕西的辣子和姜蒜，也有了陕西楞娃的习性。这两个楞娃一合计，就闹起了兵谏。"

赵振宇说："一个东北虎，一个西北狼，这下子西安又成了全国关注的焦点。"

姚文青心想，现在张杨两位将军利用兵谏扣押了蒋介石和南京政府一帮大员，又邀请共产党参与解决这件大事，结局确实难以预料。他长叹一声，说："唉，咱们走着瞧吧，看这场兵谏如何收场。"

"西安事变"发生后，《大公报》《申报》《益世报》与全国一百多家报纸联署发表《全国新闻界对时局共同宣言》，谴责张杨的义举；西安的《西京民报》《西北文化日报》等则支持张杨发动兵谏；有些报纸还称赞张杨为救亡领袖。新闻界的不同观点和争议，各有论据支持，也让姚文青眼界大开。因兵谏发生在西安，不免每日揪心时局的变化。

十二月十六日，国民政府劝诫张学良投降无效后，各界函电交驰，要求讨伐，遂由南京政府政治委员会决议派何应钦为讨逆军总司令，刘峙为讨逆军东路集团军总司令，顾祝同为西路集团军总司令，分别集结兵力，由东西双方同时向西安压迫，空军随即开始轰炸西安近邻城市，并逐渐转向西安。

姚文青给西安分号王智远打电话询问情况，王智远说现在西安城战云笼罩，不时能听到飞机的轰鸣声和远处的爆炸声，但民众抗日情绪愈发高涨，据说中共方面已经派出代表周恩来到西安参与调停。他在电话中还宽慰说，东家不必为此担心，他能妥善应付正在发生的一切，有啥情况他会及时告知东家。

听了王智远的回答，姚文青依旧无法安心。每日醒来第一件事便是找报纸看新闻，这样煎熬的日子过了八九天，总算等来了"西安事变"和平解决的消息。

"西安事变"的发生及和平解决，基本上结束了长达十年的内战，国内和平初步实现。在抗日的前提下，国共两党实现第二次合作已成为不可抗拒的大势。后人评论说"西安事变"是国内战争走向抗日民族战争的转折点，是时局转换的枢纽，极大地鼓舞了全国人民的抗日热情，奠定了全民族抗战的基础。

西安终于恢复了平静，而姚文青的心里又翻起了惊涛骇浪。从目前局势看，中日战争将无法避免。作为商人，他敏感地意识到，随着陇海铁路已经延伸到宝鸡，昔日丝绸之路上泾阳的"西部商务总汇""西部金融中心"的地位和美誉将不复存在。如果中日全面爆发战争，天增公各分号势必受到极大影响，甚至遭受灭顶之灾。作为一个小人物，他不能左右时局，只能根据时局发展随机应对。对于他来讲，是真心不希望发生战争。进入民国以来，家乡泾阳县城连续两次被困，战乱造成生灵涂炭，商业凋零，百姓流离失所。可现在日本侵略者步步紧逼，中华民族已到了生死存亡的紧要关头，自己期盼和平的愿望终究只是奢望。

有一次，姚文青和张兴隆、赵振宇闲聊时，张兴隆无意中说："东家，您和于右任关系不错，难道就从来没有过进入政界或者和政府亲近的想法？"

姚文青一听这话，愣了一下，随后说："我和于右任是忘年交，他在我赈济关中灾民时确实帮了大忙，但这仅限于私人之交。国民政府自中原大战之后，表面上统一了全国，其实内部派系林立，明争暗斗，纠缠不休，咱们最好别参与。古人云'关中自古不党'，作为商人，最好别和政府套近乎，也不要指望依靠政府发财。中国历史上官商结合、红极一时的商人不乏其人，但结果均不得善终。因此，我根本就没有接近国民政府的想法。"

赵振宇说："有些人为了利益，巴结官府，巧取豪夺，很快就成了暴发户。东家和于院长是忘年交，没想到却是这样的考虑。"

张兴隆多少知道一些姚家的往事，但好像姚家祖上并没有因为结交官府惹祸的。他说:"东家莫非是读书多了,害怕和官府接近?"

姚文青略加沉思后说道:"民间俗语'为官须看曾国藩,为商必读胡雪岩'可谓真知灼见,不可不察。远的不说,就说晚清十大商帮中徽商和晋商吧。胡雪岩可谓是中国历史上声名显赫的红顶商人,在全国各地开设阜康钱庄,被称为活财神,富可敌国,就因为卷入左宗棠和李鸿章之间的政治斗争,成为李鸿章'排左先排胡,倒左先倒胡'的牺牲品,最后被慈禧太后下令革职查抄家产,郁郁而终。再说晋商,同治年间太平天国运动及捻军起义之后,晋商票号以为清政府官吏个人服务为主,同时与清政府财政管理紧密相联。由于清政府大肆卖官鬻爵,晋商票号大力支助一些人买官,得官之人又把手中公款低息或无息存入票号,票号再高利贷放出,从中获利。辛亥革命之后,晋商票号贷给清政府的大量款项无法收回,同时受到个人存款挤兑,一夜之间土崩瓦解,走向衰落。姚家先祖姚昂干曾经说过,要想保持姚家商业百年昌盛,就要做到农、商、官相结合,粮、钱、印互糅合,只有这样才能左右逢源,畅通无阻,立于不败之地。但社会的变化、官场的腐败,比他预想的要快,而且结局并非他所愿。姚家祖上姚汉唐和马合盛祖上马昌民曾经支持过左宗棠收复新疆,马家因此受到牵连,导致马合盛只得白手起家。姚家虽说没有马家悲惨,但惠谦堂以后的发展受到了严重影响。由此看来,商人与权臣或政府绑锅,最终都逃不出'其兴也勃焉,其亡也忽焉'的规律。依我愚见,还是少介入政治旋涡为好。"

张兴隆听完姚文青的一席长谈,觉得很有道理。但处在这样一个社会,是无法避免和政府打交道的。他问:"东家,作为商人我们还有选择吗?"

姚文青说:"商人可以利用政府的政策,干好自己的事情,没必要非得介入政治。我认为,我们跟政府及各地军阀之间,要把握好一个尺度,就是不主动攀附,不主动参与,不主动献媚,最好不即不离,不党不派。

当然，大的方面，我们还要传承陕商以商事国的传统；小的方面，不参与政党之争，做好自家的生意。这就叫'君子抱仁义，不惧天地倾'。"

姚文青离开乐山后，沿长江而下巡查重庆、宜昌、汉口、巢湖、九江等地分号。他回到苏州不久，就爆发了"七七事变"。一九三七年七月底，日军相继占领北平、天津，中华民族面临亡国灭种的危机。

姚文青看到平津转瞬间沦陷，心里异常焦虑。中国和日本两国之间，无论是工业化发展水平、经济实力，还是武器装备、士兵素质都不在一个档次。日本军国主义对中国觊觎良久，早就做好了全面侵华的准备，其目的肯定不仅仅是占领华北。一旦上海和江浙富庶地区遭到日军侵略，天增公总号旗下各分号将如何生存下去？

他思来想去，还是觉得应以家人安全为重，最后决定送刘纫秋及四个子女先到成都分号暂避，静观战事发展，然后再做长远打算。打定了主意，却又担心妻子不愿意独自带着孩子们去成都，苦思冥想中，随手写道："世乱身何隐，乾坤正苦兵。江山焚渗气，笳鼓逼严城。老去愁难尽，情多梦不成。犹传飞羽急，常在汉家营。"

恰巧此时刘纫秋进了书房，看着笔墨未干的诗句，一下子明白了丈夫的良苦用心。她说："文青，现在华北激战正酣，日军接下来定会南下。身处乱世，还是保命要紧。"

姚文青说："你收拾行装，先带着孩子们和仆人到成都。我巡视完上海、九江、巢湖等地分号，就到成都和你们会合。"

刘纫秋说："战争一旦全面打响，短时间内很难结束。这么多分号和伙计该如何安排？"

姚文青说："看一下战争发展态势再说吧。这场中日之战，不同于以往的内战，有亡国灭种之危险。蒋委员长说'地无分南北，年不分老幼，皆有守土抗战之责！'我们又能如何？姚家生意上受点损失事小，千万不能让伙计们为守护姚家资产送命。"

送走妻子和孩子们之后，姚文青在离开苏州分号之前，特意交代董桂堂说："一旦日军进攻上海，就把分号资产连同所有伙计撤到重庆或者乐山分号，千万不能耽搁。"

董桂堂说："请东家放心，我自会确保伙计们的生命安全。"

八月十三日上午，姚文青准备动身前往上海时接到贾金明打来的电话。贾金明在电话中心急如焚地说："东家，看形势日军准备进攻上海了，上海分号咋办？"

姚文青没料到战争一下子就到了眼前，他说："贾经理，带上分号的账簿和伙计赶紧撤离上海，全部到重庆分号去，千万别惦记分号的固定资产了。"

放下电话，他就找来董桂堂，让董桂堂赶紧带领伙计们撤离苏州。安排完苏州分号的事情，姚文青一路上马不停蹄地奔赴九江、巢湖、汉口、宜昌、沙市等各分号，同样要求各分号经理带领伙计们撤离。

就在姚文青奔赴各分号安排撤离之事时，驻军泾阳的陕北工农红军正在此进行整编。他无法想到，家乡泾阳县云阳镇因机缘巧合，成了八路军抗战的起点，在中国当代史上留下一个无法绕过去的记忆。

"卢沟桥事变"爆发后，中国的全面抗战拉开了序幕。八月十三日，日军进攻上海，直接威胁国民政府首都南京。迫于形势，蒋介石发表"准备应战"谈话。九月二十三日，蒋介石发表承认中共合法地位的谈话。至此，以国共合作为主体的全国抗日民族统一战线正式形成。

此前，中共高层会议通过了《中共中央公布"抗日救国十大纲领"》和张闻天起草的《中共中央关于目前形势与党的任务的决定》，宣布红军改名为国民革命军第八路军的命令。

八月底之前，驻扎在渭北一带的红军整编为三个主力师和一个总预备队。

整编完成后，八路军总部和一一五师在泾阳县云阳镇大操场举行抗日誓师动员大会，一二〇师在富平县庄里镇举行誓师动员大会，一二九师在泾阳县桥底镇举行誓师动员大会。

一九三七年九月二十一日，朱德率八路军到达太原，二十三日进抵五台，八路军总部设在南茹村，指挥八路军对日作战。当日，朱德、彭德怀电令林彪一一五师立即向平型关、灵邱出动，机动侧击向平型关进攻之敌，同时必须控制一部于灵邱以南，以保障自己右侧。一一五师进入阵地后，在国民党友军的配合下，于九月二十五日一举歼灭日军精锐板垣师团一千多人，粉碎了日本侵略军"不可战胜"的神话，受到了国民政府的嘉奖，也拉开了八路军跟日军八年作战的序幕。

在全国抗战如火如荼之际，喜欢阅读报纸的姚文青无意中在《大公报》上得知，为泾惠渠建设呕心沥血的李仪祉病逝于西安。这条消息让他悲痛伤心不已。据《大公报》报道：一九三八年三月八日，一代水利大师李仪祉因连续修建关中八惠渠（泾惠渠、渭惠渠、洛惠渠、梅惠渠、黑惠渠、涝惠渠、沣惠渠、泔惠渠），常年奔波，积劳成疾，不幸与世长辞，终年五十七岁。噩耗传出，万民悲哀，西安参加追悼会的军、政、水利、文艺各界名流和群众达万人之多。时值西安大雪，天地为之举哀，国内外唁电交驰。李仪祉先生的学生胡步川记录了当时的情景："两翼闸上泾渠畔，负土为坟慰苦辛；流水高山声已杳，苍生霖雨惠常新；国仇未报生前恨，壮志期成死后身；此刻随棺送葬者，不期而遇五千人。"当灵柩运到泾阳社树堡附近陵园时，当地群众五千余人挥泪送葬，国民政府发特令褒扬，称他

"德器深纯，精研水利，早岁倡办河海工程学校，成才甚众。近来开渠、浚河、导运等工事，尤瘁心力。绩效懋著。"《大公报》发表短评称："李先生不但是水利专家，而且是人格高洁的模范学者，一生勤学治事，燃烧着爱国爱民的热情，有公无私，有人无我。"于右任为陵园作挽联称："殊功早入河渠志，遗宅仍规水竹居。"各界对李仪祉的褒奖，在姚文青脑海中挥之不去，他拿着报纸，口中喃喃自语，突然想起李清照《夏日绝句》中的两句诗"生当作人杰，死亦为鬼雄"。回想往事，更让他唏嘘、感叹。

全面抗战爆发后，日军先后攻陷上海、江阴、南京等战略要地。一九三八年八月至十月，武汉会战后，九省通衢的武汉三镇相继陷落，国民政府迁都重庆继续抵抗。天增公在上述地区的商号遭到空前劫难。

随着大批伙员陆续撤回重庆，重庆分号人满为患，经理徐元庆在电话中请示姚文青下一步该如何办。他说："东家，随着华东、华南、华中各地分号伙员陆续撤回，重庆分号已经无法继续安置了，你看往后再有伙员撤回来咋办？"

姚文青只能无奈地说："从今往后到达重庆的伙员全部撤往乐山分号。"

由此乐山分号也面临巨大压力，从各地撤回的各分号掌柜和伙员日渐增多，这些人的吃住都成了问题，刘保荃只好来找东家商量安置办法。

刘保荃满面愁容地说："东家，中日战事正酣，这么多人陆续返回，别说做生意，就连吃住都成问题。你得赶紧想办法解决此事，否则，长此以往，该如何收拾呀？"

姚文青摇头说："我也正为此苦恼不已。各分号经理及伙员，为天增公的生意，别妻离子，散布在华东、华南各地，多年来苦心经营，好不容易创下了天增公的辉煌。对于这些为姚家做出贡献之人，我不忍心遣散他们。可时局如此，我也不能让他们继续受罪了。"

刘保荃追问道："东家，你有办法啦？"

姚文青叹了一口气说："这么多分号人员同时撤回，我也没有好办法。刘经理，你看这样，先征求全体撤回人员意见，愿意留的，分配到成都、雅安、康定、泸定等分号，不愿意留的，发给他们路费及当年薪俸，让他们回到关中与家人团聚。这场战争，不知道何时结束，他们能和家人在一起，相互也有个照应，这样岂不更好！"

刘保荃说："这可能是当下的最佳办法。不知道伙员们能否同意？"

姚文青也不敢肯定，就说："你告知张兴隆、赵振宇，让他们通知已经撤回到重庆分号的人员全部到乐山集中，三天后，咱们在丝绸厂召开会议，专门商议此事。"

三天后，从各分号撤回的几百号人按照刘保荃等人的安排，全部集中到乐山丝绸厂议事大厅，他们迫切想知道东家将如何安排自己的去向。这些人有些目睹过日军的残暴，打砸抢烧奸淫无恶不作，至今想起来都毛骨悚然。各人心怀心事，都沉默不语，使得议事大厅静悄悄的，没有了秦腔秦调，也没有了昔日相见时的热乎劲。

姚文青见大家都已经到齐，大着嗓门说："各位经理、全体伙员，中日战争全面爆发，商号生意已无法正常进行，战争何时结束，我等无法预料。念及大家对天增公所做出的贡献，也顾及大家常年在外，很少与家人团聚，我决定暂时撤销华东、华南、华中各分号。各位经理和伙员，如果愿意留下来的，我尽量安置。如果想回关中老家的，总号发给路费和当年薪俸，大家意下如何？"

下面顿时七嘴八舌嘀咕起来。时间不长，苏州分号董桂堂大声说："东家，十多个分号因为战事财产损失殆尽，天增公遭受剧创，你这样做，可能就毁了天增公呀！"

上海分号贾金明接着说："东家舍财取义，我等钦佩，但你要考虑天增公总号今后该当何去何从啊！"

姚文青明白大家的心思，也理解大家对天增公的感情，但时局如此，他采取此法，实属无奈。姚文青说："感谢大家对天增公的厚爱，遣散大家，实属下策，希望大家谅解。如果战事结束，我们还能相聚，那是老天爷对天增公的眷顾，咱们一起再接着干。我对让大家回家感到遗憾，但有一点想告诫大家，无论大家身处何方，只要你承认曾经是天增公的伙员，就不允许在抗战期间落下奸商之名，更不能投敌当汉奸！大家能否做到？"

议事大厅顿时响起铿锵有力的回答："能够做到！"

姚文青欣慰地说："陕商素来以'忠义仁勇'作为做人处事的基本要求，我对你们提出不做奸商、不做汉奸的要求，我自己定会率先垂范，为此头可断、血可流！"

此次遣散华东、华南、华中各分号经理及伙员，耗资巨大，使天增公总号元气大伤。上海、苏州、长沙、九江、巢湖、沙市、汉口等地经理和伙计们悉数回陕西，就连乐山分号经理刘保荃也有了回陕西的念头。

遣散完聚集到乐山分号的各地分号经理和伙计们之后，刘保荃趁机向东家提出准备回陕西老家的打算。

姚文青和刘保荃交情甚好，对他提出回老家，心有不舍，就想挽留。

刘保荃难为情地说："东家，我老刘回老家确有难处。多年奔波在外，很少和家人团聚，虽说遗憾，但有东家对我的信任和委以重任，值了！日前，家里捎信来，说我老娘病重，我不得不回去尽孝了。再说，我也一把年纪了，虽说华东、华南、华中各分号经理不愿意抢夺西南各分号经理的饭碗，纷纷辞职回家，但东家也有大把人选，就不要挽留我老刘了！"

姚文青感到确实为难。刘保荃原来是康定分号二掌柜，为人耿直，办事诚信，在参与兴办乐山分号之后，恪尽职守、兢兢业业，没有出现过任何纰漏。可以说，以前乐山分号就是天增公商贸在四川的中转枢纽，现在更是有着举足轻重的地位，缺少了一位老成持重之人掌控乐山分号，让他多少有些遗憾。但对刘保荃回老家照顾母亲尽孝之事，他实在也找不出理由拒绝。

见姚文青没有回应自己的请求，刘保荃又说："东家，咱们打交道十多年了，我老刘是何样的人，您一清二楚。虽说现在国家危难，商家遭殃，但我老刘绝非树倒猢狲散之辈。就像您在大会上说的，如果战事结束，我还能干，一定会来乐山或雅安找您，再续前缘。"

姚文青遗憾地说："俗话说'宁作太平犬，不做亡国奴'。每个人都希望过太平的日子，但希望总会被突如其来的意想不到打破。刘经理，缘尽缘散非你我能决定，伤感的话就不说了。你回老家之后，如有困难尽管开口，我绝不会不管。"

刘保荃说："古人说'宽厚养大气，情义养人气'。东家能在国难当头之际，不惜天增公遭受重创，也要把各地经理和伙计们安排得妥妥当当，确实令老刘感动。有了您这般宽厚和情义，不愁天增公不会东山再起。"

姚文青沉默了半晌，没有回应刘保荃的话。

后人叹曰：倭寇侵华万众殇，千村残灭野魂荡。

　　　　百业凋零惹迷茫，长夜何时见曙光。

第三十三章

交鸿儒初心未央　遭空袭雪上加霜

安顿了乐山的事情之后，心绪不佳的姚文青回到雅安总号，却看到另一番景象。

一九三八年，国民政府行政院任命刘文辉为西康建省委员会委员长和西康省主席。一九三九年，西康省政府在康定成立，但刘文辉长期坐镇雅安，未去康定，而是将雅安作为西康省的政治、经济、文化中心。全面抗战爆发后，刘文辉提出了"十大建设"方案及"三进主义"和"三化政策"建设方略，姚文青回到雅安总号时，正值这些方案和方略积极实施中。

他弄不清刘文辉施政的具体内容，只是觉得雅安城比往日大不一样了。除扩建街道，整治市容，大力推进先进文化教育外，还修建了雅安明德中学，据说还要兴建青衣江铁索桥，改变以往过江仅靠木船的交通状况。

郭倬甫见东家满脸疑惑，就介绍说："刘主席的十大建设方案，您可能已经有了初步了解，对'三进主义'和'三化政策'这两项，您刚回来，估计还不知道。所谓三进，就是对康属稳进、对雅属逐进、对宁属猛进；所谓三化，就是对少数民族以德化代替征服、以同化代替分化、以进化代替羁縻。从目前来看，刘主席的这些方略对安定西康、发展经济有一定的作用。"

姚文青一时想不明白一直醉心于抢占地盘、扩充实力，企图实现"先统一四川，后问鼎中原"豪言壮语的刘文辉，怎么突然想起来关注民生，促进本地经济繁荣和多民族和谐发展了。

看到东家还在疑惑，郭倬甫又说："刘文辉主席兴建雅安明德中学后，专门请名人撰写了一副对联，其联云：'涓滴悉脂膏，漫云广厦欢颜，须知父老负担苦；栽培深杞梓，要到大材胜任，方慰乡邦望心。'从对联内容看，他想培育各类人才，可谓用心良苦。坊间传言，刘文辉对侄子刘湘率川军出川抗日，病逝疆场多有悔悟，因此想凭借掌控西康之际，做点好事，提高声望，重新夺回四川王的宝座。"

对于刘湘率川军出川抗日，姚文青是知道的。全面抗战爆发后，刘湘命令川军将士随时准备好出川抗日。一九三七年八月二十日，刘湘发表《告川康军民书》，号召四川军民团结起来、众志成城为抗战贡献力量。当时报纸转载刘湘的文章说："四川是天府之国，没有经过战火洗礼，所以理应承担更加重大的责任。"

对于刘湘慷慨请缨出战，蒋介石欣然应允，并授其"抗日救国第七战区司令长官"职务。随即令刘湘率十万川军驻防苏、皖两省。当年秋天，川军与日军血战于南京雨花台，一场硬仗下来，十万川军血流成河，损失过半，但其血性和顽强足以彪炳千秋。南京沦陷后，蒋介石想让刘湘承担首都失守之罪名，刘湘气得大口吐血，继而昏死。时过不久，刘湘病逝，蒋介石签署命令，追封刘湘为一级上将，国民政府各院隆重祭奠，并在成都武侯祠内举行了隆重国葬。

在雅安，姚文青专程去巡视了团茶加工厂。抗战爆发以来，华东、华南、华中各分号全部撤离，天增公现在剩下的分号大为减少，除缅甸分号还在继续经营，其他分号几乎都龟缩在西南，经营利润大幅度减少。他与刘增辉、于安泰等人谈起当前战局，均是一筹莫展，不知道这样的日子还要持续多久。

从雅安回到成都的家，在这里才让姚文青感受到一丝温暖，才有了难得的放松。大儿子姚应孚已经上中学，二儿子姚应禄即将完小毕业，女儿姚葆蘭上女小，小儿子姚应琦上小学二年级。人到中年的刘纫秋整日照顾四个子女，忙得不亦乐乎。姚文青很关心儿女们的学习，对他们在学业方面要求很严，在儿女们的心目中，小时候的父亲和蔼可亲、平易近人，而今的父亲则是表情严肃，很少欢笑，也让他们与父亲有了距离感。倒是小儿子姚应琦像个跟屁虫似的经常跟着父亲出入商号，博得成都分号掌柜杨茂财及伙员的夸奖。

姚文青在成都没过几天舒心日子，随后就发生了一件令他抱憾终生的事情。正在上女校的女儿姚葆蘭一天下午时分偶感风寒，姚文青夫妻见她照常玩耍，并没有在意。谁料第二天早上吃早餐时，姚葆蘭突然咳嗽不止，刘纫秋急忙问女儿，姚葆蘭哽咽着说："难受，喉咙不舒服。"

姚文青向来喜欢女儿，听她说喉咙不舒服，又见她喘息不停，急忙派人找来医生董周雨诊治。

董周雨仔细检查了一番，认为孩子只是咳喘，没有其他病症，就开了些麻黄素让其服下。而服下麻黄素的姚葆蘭病情丝毫没有好转，到了当天晚上却越发严重。姚文青夫妻见女儿痛苦难耐，恨不得替女儿受罪。两个大人一夜未曾合眼，悉心照顾着姚葆蘭，直到早晨七点左右。

捱到天色变亮，姚文青匆忙跑到董周雨诊所敲门。董周雨闻听急促的敲门声，忙穿上外衣，打开诊所大门，发现是姚文青。

董周雨吃惊地问："姚先生，令爱的病情还没有好转吗？"

姚文青说："不但没有好转，反而加重了。董医生，你赶紧随我去看看。"

董周雨一听这话，心里顿时发了毛。按道理说，咳喘病吃过麻黄素之后应该就好了，咋还能导致病情加重呢？看到姚文青心急火燎，他急忙进屋提上药箱就跟着姚文青来到姚家宅院。

进屋之后，董周雨发现孩子呼吸困难，脸色铁青，一下子就愣住了。他不敢耽搁，急忙挂上听诊器仔细诊听，确诊姚蓧蘭患了急性肺炎，打针吃药已经来不及了。他将诊断结果告知姚文青夫妇之后，姚文青急得团团乱转，捶胸叹气。

董周雨看到姚蓧蘭病情恶化，不敢离开，就想方设法减轻孩子的病痛。姚蓧蘭呻吟转侧，刘纫秋在旁低泣，无奈老天爷并未眷顾他们。三个小时后，姚蓧蘭就撒手人寰了，留下早已哭成泪人的姚文青和刘纫秋。

眼睁睁看着爱女在自己面前病逝，姚文青痛不欲生，失声大哭，泪水洒在了姚蓧蘭的尸身上面，刘纫秋更是哭得不省人事。听到东家爱女病逝的消息，杨茂财等过来安慰，谁也无法相信前几天还叽叽喳喳惹人喜爱的一个小姑娘，此刻竟与他们永诀了。

安葬姚蓧蘭后，姚文青的心情极为沮丧。尤其是耳边时常响起女儿病危时问他的稚嫩声音："爸爸为啥不学医？"更是让他伤心欲绝，抱憾终生。姚文青当年痛感母亲病逝，曾经发誓报考协和医学院，后来阴差阳错进了北京大学。每当夜深人静时，回想起爱女的问话，就觉得肝肠寸断，伤心不已。

痛失爱女的姚文青写了许多悼念爱女的诗词，其中一首曰："八岁游戏人间住，空负高堂爱女心。生死涅槃都似梦，梦中实相杳难寻。无尽伤悲哭女诗，至情流露见亲慈。试从散聚推因果，当悟风停水静时。"

杨茂财见东家很长一段时间都是萎靡不振，好心劝说了一番。姚文青轻轻摇头，不置可否。

他忽然想起姚文青和吴宓关系不错，就说："吴宓先生现在到了云南，在西南联合大学教书。东家和吴教授是至交，趁现在事情不多，您出去散散心也好呀。"

说者无心，听者有意。杨茂财的随意之语，还真的打动了姚文青。自从北平一别，他与吴宓已经有十多年不曾见面，前一阵在报纸上看到吴宓作的一首诗，仔细揣摩，能感到吴宓心里也不痛快，似有难言之隐。

见姚文青沉默不语，杨茂财以为自己说错了话，赶紧抱歉说："东家如无心去云南就算了，怪我多嘴。"

姚文青轻声说："爱女病逝，让我悔恨痛苦，也没心思打理商号生意。也好，我就去会会老朋友。不过他可能有难处，我在考虑现在去是否合适。"

杨茂财问："你又没去云南，咋知道吴教授有难处？"

姚文青说："我此前在报纸上见到了他写的一首诗，我念出来，你也来分析一下。"

杨茂财说："好呀！也让我见识一下吴教授的诗文风采。"

姚文青随后低声吟道："五十始欲满，往事尽知非。理明行多误，情真境恒违。破家难成爱，助友反招讥。贤父伤饥宦，慈姑念补衣。盐车身已老，龙战世安归。箴时文字灭，设教心力微。攘臂怯冯妇，余光思下帏，悼红书未就，梦想化鹤飞。"吟诵完毕，稍做停顿，他问："杨掌柜，你揣摩吴教授此诗何意？"

杨茂财沉吟道："我才疏学浅，不敢妄加猜测，但其中两句'破家难成爱，助友反招讥'应该有隐情。我劝你还是去一趟吧，看看老朋友遇到了啥问题，也可以散散心。"

姚文青说："好吧。我简单收拾一下，过两天就去云南找吴宓。多年未见了，也想得慌。"

几天后，姚文青到了云南昆明。西南联合大学在昆明名气很大，不用费多少周折，他就找到了位于昆明市西北角的国立西南联合大学。

黄昏时分，他进入西南联合大学校门。放眼望去，校舍简陋，远非当年自己就读的北京大学可比。不远处，三五成群、穿着朴素的学生手拿书本围在一起，正在交流，其中一个身材修长、长相文气的女生低声哼着一首歌。

姚文青好奇地驻足倾听，感觉像是《满江红》曲调，侧耳细听，才听清楚了歌词，大致如下："万里长征，辞却了五朝宫阙。暂驻足，衡山湘水，又成离别。绝徼移栽桢干质，九州遍洒黎元血。尽笳吹，弦诵在山城，情弥切！千秋耻，终当雪；中兴业，须人杰。便一成三户，壮怀难折。多难殷忧新国运，动心忍性希前哲。待驱除仇寇复神京，还燕碣。"

姚文青怕引起同学们猜疑，未敢多做停留，就直奔西门附近的联大教员宿舍。这是一座木结构的楼房，吴宓就住在楼顶上的一间小阁楼里。他上楼梯时，不宽的木质楼梯咯噔作响，在安静的员工宿舍里显得格外刺耳。上到顶层，他上前敲响了房门，随后有人打开房门，姚文青吃惊地望着面前的人，感觉眼生，迟疑地问道："您是吴宓教授？"

开门者说："我是吴宓，先生找谁？"

姚文青高兴地说："吴教授，我是文青呀！十多年没见，您咋变成这般模样，我都不敢相认了！"

听说来人是姚文青，吴宓仔细上下打量了一番，当年的相貌依稀尚存，他热情地说:"文青,真是文青。你咋跑到昆明来了?快进来。"

姚文青低着头,弓着身子进了门,发现这间阁楼中间高两边矮,屋内陈设仅一床一桌一书架而已,桌子旁边有一扇玻璃窗。他仔细打量吴宓,脑袋形似一颗炸弹,颧骨高起,两颊消瘦,只有戴着黑框近视眼镜后面一对炯炯有神的眼睛还是原来的样子。屋子里书稿盈桌,显得很凌乱,与当初留给他的印象截然相反。

吴宓招呼姚文青坐下,不好意思地说:"今不如昔啦,见笑了。"

姚文青看着衣履不周、孑然一身的吴宓,小心翼翼地问道:"吴教授,师母和孩子呢?"

吴宓长叹一声,伤感地说:"你师母陈心一带着三个女儿已经离我远去了。你师母忠厚诚朴,人所共誉,然我与她婚前婚后均不能爱之,只有敬重。与你师母离婚,我只有道德之缺憾,而无情意之悲伤。"

姚文青知道了吴宓现在的处境,不愿再提及令他伤感的话,就岔开话题说:"刚才我进校门时,听见有人唱一首《满江红》,慷慨激昂,饱含奋发图强的精神。"

吴宓说:"那是西南联大的校歌,已经传唱很久了。国难当头,再不奋发图强,就可能亡国灭种。你可能不知道,这首校歌前面有勉词,后面有凯歌词,都很鼓舞人心的。"

姚文青不好意思地说:"我初来乍到,刚才进校门时听到同学们在吟唱,只记住了几句,哪里能知道这么多。吴教授,麻烦您把勉词和凯歌词也说一下,让我长点见识,也好回去教育孩子。"

吴宓在杂乱的书桌上翻了一阵,找出一本小册子,顺手递给他,说:"你想知道的东西都印在这本小册子上了,西南联大师生人手一册,你自己看吧。"

姚文青恭敬地接过印刷并不精美的小册子,翻开扉页,西南联大校风、校徽等赫然在目。再翻一页，找到了《勉词》和《凯歌词》。姚文青快速浏览了一遍，感到《勉词》仿佛是抗战的号角，是发愤图强的战鼓，让他心潮澎湃，激动不已。同时觉得《凯歌词》虽好，但能否实现，尚待假以时日。

看到姚文青沉默不语，吴宓问道："你不是经商了吗，生意如何呀？"

姚文青苦笑道："一言难尽。"随后就把自己这么多年来经商的主要大事细述了一遍。

吴宓听完姚文青的叙说，半天才回应道："不容易啊！国难当头，生灵涂炭，民不聊生，生意更加难做，你当谨慎为要。"

"不说这些烦心事了。"姚文青好奇地问："校歌中有'万里长征'一词，难道西南联大也像当年红军一样经历了万里长征？"

吴宓说："这你就不知道了，西南联大的确经历了不亚于当年红军的万里长征。"

原来全面抗战爆发之际，为保存中华民族教育精华免遭毁灭，一九三七年四月，国立北京大学、国立清华大学、私立南开大学相继迁往湖南长沙，于当年八月组建国立长沙大学。后因战争局势进一步恶化，于一九三八年四月西迁昆明，改称西南联合大学，五月四日正式开课。从长沙西迁时，师生分两条路线前往昆明，其中一路乘火车经京广铁路至广州转香港，乘船到越南海防，经滇越铁路到昆明；另一路是经陆路到昆明，也就是被称之为"中国教育史上的长征"的这一路人马。陆路这一帮人马参加者是经体检合格的二百多名男同学，组成湘、黔、滇旅行团，由十一名教师组成辅导团，一九三八年二月二十日从湖南西部出发，完全依靠步行，经贵州进云南抵达昆明。师生们风餐露宿，跋山涉水，历时六十八天，行程三千余里。原本拟担任西南联大文学院院长，后被国民政府任命为驻美大使的胡适称赞此事说："这段光荣的历史，不但联大值得纪念，在世界教育史上也值得纪念。"

姚文青听吴宓讲述这段不平凡的历史，不禁为之神往。他钦佩这些师生坚韧不拔的毅力和不畏艰险的意志，心中觉得这或许就是中华民族不屈不挠、奋发图强、永远屹立世界民族之林的精神象征。

他对军阀割据、战乱不断、百姓流离有着切肤之痛，对国土沦丧、平民伤亡、商业凋零有着刻骨之恨。现在正值国难当头，他又听说国共两党时有矛盾，就是国民党内部，依然派系林立，不能够团结一致、共同对敌。他想就此请教吴教授，为身陷迷惘中的自己指条明路。

吴宓沉思片刻，缓缓说道："自推翻大清帝制之后，中国的政坛就没消停过，你方唱罢我登台，有几个为国计民生着想的？当前，倭寇大肆侵犯国土，山河大片沦丧，民众被烧杀奸淫，学校居无宁日。可惜，泱泱大国，缺少像戚继光那样的英雄，振臂一呼，大喊杀倭，扬我国威。至于国民政府派系斗争，利益相争，不说也罢。"

姚文青叹息了一声，随后又就国共两党等问题请教吴宓。

吴宓推心置腹地说道："我认为，只有能真正代表老百姓利益的政党才有光明的前途。"

此刻夜幕已经降临，吴宓止住话题，请姚文青去吃云南过桥米线。

从西南联大校园出来，一阵凉风袭过，吴宓打了个哆嗦。姚文青看着他弱不禁风的样子，笑着说："教授、教授，越教越瘦。你可真是跟以前判若两人了。"

吴宓扭头一笑说："我在西南联大是有名的高薪教授，没事，身体瘦点不要紧，只要精神不空虚即可。"

两个人吃饭的时候，姚文青忍不住想抽烟，就顺手递给吴宓一支，吴宓摇着手拒绝了，并说："我不抽烟，也不允许别人在我屋里抽烟。你刚才或许没注意，我那陋室的墙上就张贴着一张'禁止吸烟'的告示。"

姚文青笑了笑，点燃香烟，自己抽了起来。烟雾袅袅升起，随风飘散，犹如在空中的幽灵，自由自在，任意飞翔，转而就融入夜幕，不知所踪。想起自己半生商海沉浮，加上爱女病逝，不由得浮想联翩。

吴宓说："人生就是江湖。江湖或成就或毁灭人生，任何人都不能超然于外。无论你想通想不通，都要在江湖走一遭，不要期望任何时候都能弄起轩然大波，能掀起一串涟漪也不枉弄潮。"

姚文青佩服吴宓的见识，到底是教授，真是做到"世事洞明皆学问，人情练达即文章"了。

他关切地问："吴教授，您难道准备单身到底了？"

吴宓沉默了一会儿，随口吟出一首诗："渐能至理窥人天，离合悲欢各有缘。侍女吹笙引凤去，花开花落自年年。"

从他吟诵的诗中，姚文青读到他可能也被感情困扰着，就没好意思再追问。

姚文青后来才知道，在分别的这么多年里，吴宓也曾经历感情的煎熬。

吴宓在南京任教时，偶识毛彦文女士，一见倾心，约为伉俪，遂与陈心一离婚。当时亲友都不赞成，吴宓不顾亲友反对，坚持己见。后来毛彦文背约，于民国二十四年二月与熊希龄先生在上海成婚。熊希龄是湖南凤凰直隶厅人，时称熊凤凰，很有才干。民国初年，袁世凯秉政期间，熊希龄曾任国务总理，时号名流内阁，其夫人朱其慧，美貌多才。袁世凯窃国称帝后，曾聘朱其慧为宫廷女官长，朱其慧辞而不就，与熊希龄隐于慈善事业，举办香山慈幼院，民国二十年去世，留有一子二女。熊希龄续娶毛彦文时，熊希龄六十六岁，毛彦文三十三岁，毛彦文要求熊希龄先剃须，然后成礼，熊希龄慨然应诺，当时报章喧腾，佳话遍传中外。定情之夕，熊希龄特赋《贺新郎》词，让吴宓极其难堪。其词曰："世事嗟回首，觉年年、饱经忧患，病容消瘦。我欲寻求新生命，惟有精神奋斗。渐运转、春回枯柳，楼外江山如此好，有针神细把鸳鸯绣。黄歇浦，共携手。求凰乐谱新声奏，敢夸六老来北郭，隐耕箕帚。教育生涯同倚老，幼以及人之幼。更不止、家庭浓厚。五百儿童勤护念，众摇篮在在须慈母。天作合，得佳偶。"熊希龄的志得意满、春风得意，让吴宓满溢酸楚，无法言表。

更让吴宓难堪的是，毛彦文结婚时曾致电吴宓，邀请他参加婚礼。当时，吴宓正在编诗话，为避免尴尬，致谢推辞了。吴宓想起前因后果，心绪难平，遂作了两首诗表达感慨，其一曰："殉道殉情对帝天，深心微笑了尘缘。闭门我自编诗话，梅蕊空轩似去年。"

抗战爆发后，熊希龄在香港九龙患脑溢血病故，其时熊希龄与毛彦文结婚尚不足三年。吴宓对毛彦文的感情始终不渝，并曾作诗一首曰："问谁怜我复怜君？玉碎珠沉道各分。少觏闵凶同孽子，重遭捐弃斗孤军。婚姻已悔虚名误，楚毒空前世劫纷。七日短程逢百厄，死生流转未相闻。"他深陷在对毛彦文的顾念之中难以自拔，自己孤灯清影，平居寡言，除了专研学术，生活方面显得邋遢异常，与其在学术界的大名相比，反差极大。

从昆明回来，姚文青的心绪并未平复多少。吴宓的现状让他充满同情，想不到一个在中西方文学和红学研究方面颇有建树、知名度很高的教授，竟然为情所困，难以自拔。但他对时局的看法，尤其对政治斗争的研判，让自己如醍醐灌顶，茅塞顿开。姚文青思来想去，觉得还是不参与政治为好，做好天增公现存的业务才是自己的头等大事。

俗话说人生不如意之事十有八九，而在战争年代，不如意之事随时都可能发生。姚文青想做好天增公现存的生意，没料到日寇飞机的轰炸却让他根本无法施展拳脚。

他清楚地记得自一九三八年二月十八日起，日寇飞机就开始对国民政府陪都重庆进行轰炸，当时炸伤市民四人，炸毁民房两栋，虽说造成的损失不大，但这预示着即便是国民政府陪都，重庆也已经不安全了。对于如何安置重庆分号经理和伙员，姚文青一时也没有更好的办法，只能根据时局变化再做决断。

在他犹豫当中，一九三九年五月三日，日寇分两批十八架飞机侵入重庆上空，对太平门、商业场、神仙口、陕西路、朝天门等十九条人口稠密、商业繁荣的市区进行狂轰滥炸，顿时重庆陷入冲天火焰、滚滚浓烟之中。当时在乐山分号与张兴隆、赵振宇正在商议事情的姚文青闻听重庆被炸，赶紧打电话给重庆分号，但电话一直没打通，几个人心里忐忑不安，唯恐发生重大伤亡。

谁知轰炸并没有结束，第二天，也就是五月四日，二十七架日寇飞机再次对重庆进行轰炸，这次连英法使馆和美国教堂也未能幸免，整个市区精华毁于一旦，财产损失不计其数。仅都邮街一带被毁的绸缎商店即达十五家，全市三十七家私人银行有十四家毁于战火。天增公重庆分号未能幸免于难，被夷为平地，经理徐元庆和伙员尽皆罹难。

消息传到乐山，姚文青痛心疾首，失声痛哭。这些年，重庆分号在自己的直管下，积极创造机会，经营业绩相当出色，弥补了华东、华南、华中各分号陆续撤离之后的许多空缺，有着举足轻重的作用。作为开设在陪都重庆的分号，他也曾想过该分号是否撤离的问题，但最终还是自我否定了。陪都重庆都不安全了，偌大个中国哪里还有安生之地？

在大轰炸过后的第三天，姚文青、张兴隆和赵振宇带着蜡烛厂、丝绸厂的十多名精壮工人到重庆陕西路收拾残局。进入市区，到处都是残垣断壁、房屋倒塌之惨景，水电不通，战火烧焦肉体的味道依然在空气中弥漫，几乎让人窒息。一行人穿过救援人群，找到重庆分号，只见瓦砾遍地，原先的建筑荡然无存，东倒西歪的建筑材料覆盖在一片狼藉的瓦砾上面，残存的燃烧物还在冒着袅袅的青烟。姚文青下令寻找分号伙员，众人一起动手,小心翼翼地搬动杂物,从上午到黄昏,一共清理出十二具遗体。这些伙员不是被炸死,就是因房屋倒塌困在室内,最后被烟熏火燎,窒息而亡。

几天前还活生生的生灵,现在已变成焦枯的尸体,令大伙心情分外沉重。姚文青让人打来清水,为他们清洗掉血污,尽可能整理好遗容,用简易的棺木装殓了他们。

看着这样别离的场面,姚文青忽然想起了杜甫"存者且偷生,死者长已矣"的诗句,顿时泪流满面,不胜感慨。

处理完重庆分号伙员的善后事宜,姚文青的心情始终如在梦魇中游荡,很难恢复平静。他把张兴隆、赵振宇等一干管理人员召集在一起,安顿好这一阶段的事情之后,特意叮嘱他们尤其要注意防空警报,一旦警报声响起,就赶紧招呼全体人员撤离到防空洞,不要在乎财产损失。万没想到这次他与张兴隆的谈话,竟成了与张兴隆的诀别。

姚文青回到成都,杨茂财见其情绪不佳,也知道重庆分号人员和财产损失殆尽,东家心里肯定不好受。他打算尽量不打扰东家,让东家尽量多和家人接触,或许三个儿子能给他慰藉,能让东家尽快脱离苦海和自责。

虽说华东、华南、华中各分号尽皆撤离,但并无人员伤亡。而重庆分号地处陪都,却人财全失,令姚文青着实心痛、心酸。他知道这时候想这些只会徒增烦恼,于事无补,就开始购买大量书籍,如《西汉古鉴》《资治通鉴》《四库丛书》《东坡七集》等等,希望能借此排解自己的烦恼和郁闷。闲暇时,他会把三个孩子叫到身边,仔细询问他们的学业,叮嘱他们勤奋学习,将来报效国家,或者继承祖业。有时他也会叫上杨茂财,去逛成都的茶馆、书画市场,排遣心中的忧愤。这样的生活过了几个月,当姚文青的心情逐渐恢复时,一场更大的灾难降临了。

一九三九年九月十八日,一个阳光明媚的普通日子,乐山这个位于西南大后方的三角形小城,天色蔚蓝,江水澄明,波光熠熠,风景如画。远处山色如黛，老树轮囷，云烟缥缈，美不胜收。乐山还真像它的名字一样，商业兴隆，人流如织，丝毫没有战争的气味，却不知大难即将来临。

上午十一时左右，刺耳的警报声长鸣着划破天空，张兴隆他们以为会像往常一样，开始并没有太在意，直到看见大队飞机自远而近，机声隆隆，呼啸而来，这才急忙招呼大家赶紧进防空洞。不一会儿，尚在招呼伙员的张兴隆就看见天上不断落下纺锤形的黑色炸弹，顿时觉得大地就像装上了弹簧，微微在脚底下起伏、跳动，厂房及议事厅在自己眼前轰然倒塌，一瞬间，赤焰飞腾，蜡烛厂变成一座火山，他便消失在火海之中。

等轰炸声渐息，赵振宇等人从防空洞里钻出来，栋折梁摧之声仍不绝于耳，狂呼痛哭的声音不断传来，他们大声呼喊着张兴隆的名字，却没有任何回音。陆续出防空洞的伙员四散寻找张兴隆，最后在已倒塌的厂房附近发现一具已经烧焦了的尸体，清点所有伙员，唯独没有张兴隆，赵振宇这才确定他已经罹难。

据事后统计，此次乐山大轰炸，日寇共出动三十六架轰炸机，对乐山县城进行了惨无人道的狂轰滥炸，全城被毁街道十二条，半毁街道三条，死亡、重伤者五千余人，上万人无家可归。乐山城因此元气大伤，百业凋零，人心惶惶。

姚文青接到赵振宇打来的电话，手握听筒久久无语。听到挚友遇难，他如同乱箭穿心，眼冒金星，瘫坐在椅子上。

惊闻噩耗的刘纫秋和杨茂财赶紧过来，想劝劝他，却看见他瞪大着眼睛，面无表情，一副失魂落魄的样子。两人陪着姚文青坐了半天，这才听见他说："杨掌柜，麻烦你去一趟乐山，替我收殓兴隆的骨灰，我想把他亲自送回泾阳，让他陪伴他早已逝去的父母，也算是对兴隆及其家人一个交代。"

杨茂财二话没说，第二天就出发去乐山。到乐山后，按照东家的交代，把张兴隆的骨灰盛在一个楠木匣子里，准备带回成都交给姚文青。

离开乐山时，杨茂财对赵振宇说："不到半年，天增公重庆分号、乐山分号连遭大难，店毁人亡，让东家痛入心扉，精神萎靡，恐怕一时半会难以把心思放在生意上。我等食人俸禄，应该在此时多操心，多卖力，替东家担待。我看这样吧，振宇，你召集人手还是尽快把蜡烛厂建起来吧，蜡烛是日常用品，居家过日子难以离开。另外安排伙计整修丝绸厂，恢复生产。天增公现在除了雅安总号所属的康定、泸定、甘孜、阿坝等分号还在正常运转，再有一个就是缅甸分号了。如果丝绸厂倒闭，缅甸分号就得撤回，这样天增公将难以为继，我等就该回家了。何去何从，你们考虑。"

听得杨茂财所说有理，赵振宇表示会按照杨经理的安排，尽快恢复生产。

杨茂财还未回到成都，姚文青就接到老家泾阳发来的电报。电报说姚秉圭因病去世了，想请姚文青回社树堡参加葬礼。姚文青手拿电报，心如刀绞。姚秉圭是姚家宗族中德高望重的前辈，对他提供过许多帮助。现在老人去世了，堂弟姚鑫代表姚氏宗族邀请自己，不回去参加堂叔的葬礼于情于理都难以交代。等杨茂财带着张兴隆的骨灰盒回到成都后，他向杨茂财安排了有关事项，又打电话向雅安总号郭倬甫、韩树德打了招呼，就启程回陕西。

到西安后，王智远已亲自在西安火车站等候。回到西安分号，稍做停留，姚文青就准备回泾阳老家。离开西安分号前，姚文青特意交代王智远派一位精干伙计把张兴隆的骨灰送回老家安葬，并送去一笔丰厚的慰问金。

当他要起身回社树堡时，王智远执意要陪同。姚文青不好推辞，就应允了。王智远此举并非心血来潮，他觉得东家这几年连续受到打击，不管是生意上的，还是感情上的，每一个都足以击垮一个人。即使姚文青内心再坚强，回到故乡睹物思人，也可能会有脆弱的时候。泾阳自泾惠渠修成放水之后，粮棉产量稳定提升，百姓日子好过了，但因当年八路军在此地誓师抗日，国民政府对泾阳格外关注，他担心姚文青再有闪失，难以向刘纫秋母子交代。

回到社树堡，姚文青的心情极为沉重。这里除了只是自己的根之外，仿佛一切都与自己无关了。姚氏自己这一脉当下在社树堡已无宗亲，堡墙内的四家早已衰败、凋零，与普通百姓毫无二致。除了偶尔炫耀祖上昔日的风光，眼下的日子也过得恓惶。可气的是姚氏家族几个院落也被俗称"瓜子老一"①的李均华强占，花门楼被拆毁，被强占的院落修改成前后几拱的大厅和富丽堂皇的"行宫"。另外，"瓜子老一"为博取善名，还用拆下来的砖木石料修建了学校。

不管是姚氏哪家的产业，毕竟都是社树姚家一脉宗亲千辛万苦挣下来的家当，现在它们已不再属于姚家后人，却变成了"瓜子老一"的安乐窝，这使姚文青的心情更加忧伤。而身为手无缚鸡之力的商人，他又能把人家咋样？

在和姚鑫谈起堡墙内姚家宗亲的现状时，姚鑫叹气说："我现在已离开西安，在桥底一所中学任教。姚家的衰败，并非你我能够扭转。堂叔在世时，也经常叹息，无奈后辈们不争气，很少有人能像你一样让天增公起死回生。尽管现在战事正酣，天增公依然能够屹立不倒。"

姚文青摆摆手，说："各人都有一本难念的经。"

---

① "瓜子老一"：原名李均华，民国时期泾阳县人。善于投机钻营，屡次被收编，屡次反水。1949年2月，泾阳县自卫团接到陕西省保安司令部密令要求活捉李均华。因其狡猾多疑，活捉不易，自卫团于1949年2月13日在王桥街道诱杀了李均华。

姚鑫说:"不管如何,你总是姚家的一面旗帜。有了你的天增公商号,姚家才不至于颜面尽丧。"

姚文青说:"你明天陪我到堂叔墓地上去祭奠一下吧。接到你的电报时,乐山分号刚遭受日寇飞机轰炸,人员和财产损失惨重。等我赶回来,堂叔已经下葬。既然回来了,就应该尽一个晚辈的孝道,否则会惹人笑话。"

姚鑫说:"社树堡早就成了本地人茶余饭后的谈资了。'瓜子老一'强占堡墙内几家房产,拆毁了象征姚家财富和尊严的花门楼,又把堡墙拆了一大半。姚家昔日的辉煌和荣耀早就成了历史。"

姚文青长叹了一声,没再说话。

第二天早上,姚文青在姚鑫和王智远的陪同下,一起到姚家祖坟祭奠了姚秉圭。从墓地出来,不远处就是泾惠渠分水闸所在地,李仪祉就安葬在分水闸附近。他决定顺道去拜谒李仪祉陵园。

李仪祉陵园南依泾惠渠,北枕黄土高原,这里异常幽静,绝少有人打扰,估计是怕惊醒这位为民操劳的长眠者。姚文青顺着台阶而上,远远就看见墓园大门两侧镶嵌的由于右任亲书的楹联:"殊功早入河渠志;遗宅仍规水竹居"。雄健挺拔、气势磅礴的于氏书法,极富诗意地概括了李仪祉的一生。在简单朴素的坟墓两边,矗立着两通石碑,分别是《泾惠渠碑跋》和《泾惠渠颂并序》,驻足在这两通石碑前,阅读碑上的文字,姚文青仍感到心潮澎湃,激动不已。据说于右任后来在一首题为《题宋尚希教授著李仪祉传》的诗前小序中写道:"余肄业泾阳书院时,与同学李仪祉、茹怀西步行至三原。时,天旱连年,怀西曰:要人工造雨。仪祉曰:学水利可也。因述其语,至今五十余年矣。"对李仪祉早年立志学水利,造福民众,于右任慨然赋诗曰:"青年学生各言志,独悯生民遭旱荒。诸学方能移命运,成功岂仅救家乡。余生歌哭终何补,万众饥寒更可伤。闻道秦人说八惠，遗文理就几思量。"

王智远听到东家喃喃念叨着于右任撰写的"殊功""遗宅"等词语，知道他此刻想起了于右任、李仪祉等故交。

王智远说："东家，于右任先生在他老家斗口村创建了一个斗口农事试验场①，如有空闲，您可以看看。另外，我听说李仪祉先生堂妹李翥仪正在多方奔走，筹集资金，准备在泾惠渠中段杨梧村创建仪祉农业学园②，您若有空，可以见见她，了解一下学校筹建进展情况，我觉得这可能是对故交的最好纪念。"

姚文青听说于右任和李仪祉之堂妹李翥仪有如此举动，就动了去看一眼的念头。

和姚鑫分手后，王智远陪同姚文青一起去了三渠斗口村，参观于右任亲自主办的斗口农事试验场。斗口村，当地人称斗口于（此村于姓居多，故名），是于右任的祖籍。一九二九年陕西遭受百年不遇的大旱，深深刺痛了于右任的心，他便萌发了科学治农的思想，想改良农业，增加生产，解民众的倒悬之苦。一九三一年，于右任以自己祖上遗产和本户族人的三百亩土地为基础，并用公平价钱购进湖北等外地人转售的土地千余亩，创办了斗口村农事试验场。为表明他办场为公为民的宗旨和非牟私利的襟怀，于右任于一九三四年请上海建筑工人修建了一栋近五百平方米带地下室的小楼作为办公场所，并令农事试验场创建苗圃，繁殖推广优良品种，同时

---

① 斗口农事试验场：由于右任于1931年创建。新中国成立后先后易名"咸阳专区繁殖农场""陕西省农场""陕西省农业综合试验站"，现为"陕西省棉花研究所"。1984年春，在于右任先生105周年诞辰之际，经上级批准，在"陕西省棉花研究所"牌旁挂起了"斗口村农事试验场"场牌。

② 仪祉农业学园：位于泾阳县永乐镇西北的杨梧村，是以我国著名水利专家李仪祉先生名字命名的中等专业农业学校，由李仪祉先生堂妹李翥仪负责筹建，最初命名为"仪祉农业学园"，于1942年秋正式开学。新中国成立后改名为"仪祉农业学校"，"文化大革命"期间改称"杨梧五七干校"。现已成为一所省级重点普通中等农业学校，隶属咸阳市人民政府，主管部门为咸阳市农业局。

派出技术员进行指导。

姚文青他们走进农场时，四周的小麦已经起身，绿油油的麦苗地里，夹杂着一些正在怒放的野花，微风一吹，绿浪摇曳，颇具田园风光。通往试验场的道路两旁，杨树挺拔，柳树婆娑，树叶随风呼啦啦作响，仿佛是在欢迎客人光临。走进试验场大院，一栋坐北朝南的二层小楼拔地而起，与周围农村土坯房相比，显得伟岸高大。

姚文青远远看到楼房南面墙上嵌有石碑，走近一看，是于右任亲笔所书的铭志碑文：

"余为改良农业，增加生产起见，因设斗口村农事试验场。所有田地，除祖遗外，皆用公平价钱购进，我去世后，本场无论有利无利，即行奉归公家，国有省有，临时定之，庶能发展为地方永远利益。以后于氏子孙有愿归耕者，每家给以水地六亩，旱地十四亩，不自耕者勿与。右任。民国二十三年三月。"

他看着青色碑刻上的文字，仿佛感觉到是自己直接在和于右任对话。在国民党政府高官中，于右任衣着朴素，布鞋布袜、棉布长袍，生活简朴，从无官架子，他能把祖上遗产贡献出来，并自购土地搞农事实验，推广农业技术，这该是一种何等的胸襟和气度？这块语言明快、感情真挚、于氏草书的铭志刻石，俨然成了一道最美丽的风景。

姚文青无法预知，于右任也在时刻关注着斗口农事试验场的一切，即便之后离开大陆，仍对他所创建的斗口农事试验场耿耿于怀。于右任晚年居住台湾，曾在一首题为《斗口农场》的诗中写道："万木参天起箭杨，玉屏飞翠护农场。余生誓墓知无日，白首依依去故乡。"其心系乡梓、眷念故土、没齿不忘的情怀跃然纸上，让人为之动容。

在斗口农事试验场信步时，王智远告诉东家，这里曾经是中共举办"战时青年短期训练班"（以下简称青训班）第一期学员之地，为抗战培养了大批新鲜血液,有些人已经成了抗战的骨干。

姚文青没想到斗口农事试验场除了做实验,传授技术之外,还参与了如此重大活动,便细问究竟。

王智远说,青训班第一期于一九三七年十月十一日下午在斗口农场开班,中共中央青年部部长冯文斌、中央组织部乐少华大队长在开学典礼上做了重要讲话。他们讲述了中国共产党的抗日统一战线政策和青训班成立的经过,以及举办青训班的重大意义。参加第一期青训班的热血青年,大多是关中学校的民先骨干队员,他们聆听了冯文斌、乐少华的报告,从中看到了中华民族解放的曙光。

姚文青听说过安吴青训班,现在又听说了斗口青训班,感到很新鲜。原来,中共发起的青训班是从这里起根发苗的。他为于右任先生感到高兴,也为斗口能成为第一期青训班举办地感到欣慰。

王智远随后解释说,在斗口农场举办过为期两个星期的第一期青训班后,根据西安八路军办事处林伯渠的意见,后将青训班迁到云阳镇,随后举办了第二期、第三期青训班。第四期青训班又搬到云阳镇以北安吴堡继续举办。据说,中共毛泽东主席指示抗大教育长罗瑞卿选派了一批红军干部到青训班任教。青训班从斗口农场开始,到安吴堡结束,历时两年零六个月,培养了一万两千余名学员,在学生中发展中共党员近千名,这些人在全国抗战和青年救亡运动中做了大量工作,被各界人士称赞。

姚文青听完王智远的介绍,虽然没有作声,心里却十分认同中共提出的国共合作抗日的主张。

随后,在王智远的陪同下,姚文青在泾阳县城一个旅馆拜访了正在四处化缘、准备筹建仪祉农业学园的李蓁仪。

他没想到李蓁仪却是一个文质彬彬的纤弱女子,中等身材,圆盘脸,戴着高度近视眼镜，穿着一双黑色皮鞋，在迎接他们的时候，走路都有些打晃。

等二人坐下，说明来意后，姚文青简要介绍了自己和李仪祉先生的交往，并说来此看能否帮上什么忙。

李蓥仪苦笑着说："我是仪祉的堂妹，出生在蒲城县，生活在四川。我从北京女子师范大学毕业时，就有亲自办一所农业大学的夙愿，想为改变中国农业落后面貌做点事情。毕业后，在堂兄领导的黄河水利委员会工作，但怕荒废自己的学业就辞职了。后来，几经波折，来到西安，创办了陕西省女子中学并担任校长，算是为实现自己的理想跨出了一步。谁知抗日战争爆发，战火蔓延到潼关，西安各中学奉命南迁，我的校长职务也因学校合并而丢掉了。"

姚文青颇为同情地问："李先生家里还有何人？为何想起筹办仪祉农业学园？"

李蓥仪说："我在四川已成家，先生名叫刘雨若，曾留学美国，回国后在四川搞畜牧研究工作，我们没有子女。我之所以筹建仪祉农业学园，是因为泾惠渠建成放水之后，流域五县代表为纪念李仪祉伟绩，正在酝酿、呼吁建立一所农业学校。于是，我想以堂兄之名命名学校，一者纪念先兄，二者可以取得更多的支持。现在经多方奔波，协商筹划，准备把杨梧村棉花试验场的仓库作为校址，当下急需解决的一是资金，二是教员，我正为此事忙得焦头烂额。"

她刚说到难处，响起了敲门声。她风摆杨柳似的打开房门一看，是泾干中学校长高兰亭。李蓥仪向高兰亭介绍了姚文青、王智远。

高兰亭欣然说道："姚东家的大名早有耳闻，只是未见其人。今日一见，果然气度不凡啊！"

姚文青常年在外经商，在泾阳本地朋友不多，对高兰亭所说的早闻其名，不知从何说起，便没有接话。

高兰亭见姚文青看着自己未作声，就说："姚东家跟党国元老于右任先生熟悉吧？再说，修建泾惠渠时你慷慨捐款，大名远扬，泾阳县知道你的人不少啊。"

姚文青听到他提起于右任，好奇地问："您跟于右任先生熟悉？"

高兰亭笑着说："岂止是熟悉。我是王桥人，'五四'时期毕业于北平大学，一九三八年暑假被校董会请来当泾干中学校长。当时招收的四十多名学生在原址显神庙无法容纳，我租借中棉公司两间仓库解决了教室问题，但办学经费无从落实。在四处奔走募捐之际，于右任先生闻知此事，除捐助一批图书仪器之外，还汇来法币一千元，这才缓解了经费困难问题，我和于右任先生因此结缘。后来，于先生几次派人向泾干中学捐款捐物，都是我接待的。"

姚文青今天见到的这两位校长，都在为经费问题四处募捐，忧心忡忡。他想，于右任把自己祖上遗产和新购的土地都捐献了，又为泾干中学捐助图书仪器和资金，值得自己效仿。李蓁仪作为蒲城人，为实现自己的理想，舍弃家庭，来泾阳办学，既值得尊敬，更应该支持，否则于心不安。想到此，他说："两位校长为泾阳的教育事业呕心沥血，让人钦佩。我虽是一介商人，也知道报效家乡。这样吧，我给仪祉农业学园捐法币一万元，给泾干中学捐法币一万元，随后，你们看学校需要什么书籍，可以列个清单，我让西安分号王经理在西安采购，给你们送过来。二位校长，姚某财力有限，只能做到这些了，还请海涵。"

李蓁仪和高兰亭没想到天上会掉下来个财神爷，闻言不住道谢。

姚文青慷慨捐资之后，心里感到无比舒坦。他觉得能像于右任一样为家乡做点事情，义不容辞。

对东家的慷慨大方，王智远不以为然。他很清楚，自全面抗战爆发以来，姚家生意大幅度缩水，尤其是重庆分号、乐山分号更是损失惨重。与抗战前相比，天增公总号江河日下，无论在财力还是人气方面都大不如以前。他知道姚文青心存故土之情，想帮助家乡教育，但长此以往，天增公该如何继续经营？

在回西安的路上，王智远心怀忧虑地问："东家，您此次回泾阳，捐助不少啊！现在国难当头，商家也是泥菩萨过河自身难保，您一再无偿捐赠，天增公将如何维系呀？"

姚文青微笑着说："钱这东西虽好，但生不带来，死不带去，应该把它们用在最合适的地方。古人讲，行善为乐。我看此言有道理。不管是仪祉农业学园，还是泾干中学，我与它们都有渊源，能为它们的发展壮大做点事情，我就是倾家荡产也在所不惜。"

王智远由衷佩服东家有如此襟怀，觉得跟着这样的东家是莫大的幸运，既能学到经商，更能学到做人。由此，对姚文青更加敬重。

回到西安，姚文青亲自到几个书店转了一圈，购买了商务印书馆出版的《万有文库》全套，又让王智远购置了一套教学仪器，一并捐赠给泾干中学。《万有文库》是泾阳数十年文教事业中仅有的图书类资料，他所捐赠的教学仪器是泾干中学接受的第二批、也是数量最大和质量最好的一批教学用具和实验仪器。

后人叹曰：屡遭劫难心茫然，捐资助学获盛赞。

　　　　人生难有舒心事，纾困解难后世传。

第三十四章

过腾冲富贵逃亡　办实业黯然神伤

一九四一年十二月七日，日本帝国海军偷袭美国太平洋海军基地珍珠港，并在西太平洋向印度尼西亚、马来西亚、缅甸和菲律宾等地发动攻击，太平洋战争爆发。十二月九日，美国、英国和中华民国向日本宣战，与日本同盟的欧洲轴心国——纳粹德国与意大利向美国宣战，欧亚两大战场合流，中国的抗日战争进入新阶段。

广播播送和报纸上刊登的消息，使姚文青大为震惊！天增公在缅甸曼德勒设有分号，高富贵、罗玉龙领着一帮伙员正在此做丝绸贸易，一旦开战，这些人将陷入战争旋涡，死活难以预料。姚文青赶紧打长途电话，要求高富贵、罗玉龙等人迅速带领全体伙员撤离曼德勒。

日军进攻缅甸是从仰光开始的。仰光，缅语意为"战争终结"，没想到这里却成了第二次世界大战中缅甸战场的开始。在日军突袭珍珠港之前的一九四〇年，日本参谋本部为中国战场煞费苦心，国民党军队虽然败退至西南一隅，但依靠美国等国家支持，仍在坚持抗战，滇缅公路是援华物资的大动脉，也是日军的眼中钉、肉中刺。日本大本营认为，要逼迫蒋介石领导的国民政府投降，必须打断这条大动脉。

日军偷袭珍珠港之后，第二次世界大战正式爆发，但仰光却出奇的平静。盟国援助中国的大批物资从仰光上岸，经滇缅公路运往云南。仰光港内，悬挂星条旗、米字旗、镰刀斧头旗的巨轮进进出出，异常繁忙，各种军用物资堆积如山，滇缅公路车水马龙，川流不息。而这幅繁荣昌盛的图景并没有维持多久，一九四一年十二月二十三日，日军派出首批五十四架飞机空袭仰光，造成码头被毁，城市瘫痪，交通中断，缅甸战役正式开始。

高富贵在缅甸分号的日子这些年过得优哉游哉，异常舒服。他虽然和罗玉龙面子上过得去，但依然处处防范着罗玉龙，唯恐出现意外。有时为了消除罗玉龙的戒心，他无事时经常溜达出城区，坐在河边，看近处溪流潺潺，野花绽放，高大的棕榈树在微风中摇曳，远观蓝天白云变化，佛塔雄姿，静听山坳间不时传出缅女和小伙子缠绵的情歌。在外人看来，高富贵根本不像是一个生意人，反倒像一个世外高人、闲云野鹤。其实，他知道自己最需要什么。

无论高富贵怎么做，罗玉龙始终牢记着郭倬甫、韩树德对自己的叮嘱。这几年，高富贵表面上像换了一个人似的，不再争权夺利，不再跟自己有意过不去，有时还会教他一些生意经。尽管如此，他也丝毫没有放松对高富贵的戒心。在得知重庆分号、乐山分号被日寇轰炸，一手打造出"天增公牌"蜡烛的张兴隆被炸身亡后，让罗玉龙百感交集，感叹老天爷不公，世事难料。在缅甸的这几年，他经常琢磨一些事，对许多生意上的事情也有了自己的主张，完全不像刚出道时那样头脑简单了。缅甸分号丝绸生意相对简单，加上分号生丝质量上乘，织成的锦缎畅销，生意就越做越大，资金流水量猛增，已经占据了天增公总号贸易量的半壁河山。

就在高富贵、罗玉龙积极回收赊出去的生丝资金时，日军飞机空袭了缅甸首都仰光，遵照姚文青的指示，天增公缅甸分号撤离正式开始。

滇缅公路是此时中国与外部世界联系的唯一的运输通道，平时就异常繁忙，碰上中国商人搬家似的陆续撤回国内，南来北往的车辆时有剐蹭，导致并不宽阔的道路不时拥堵，交通不畅，喊叫声、怒骂声响彻云霄，形成滇缅公路运输大动脉上的一大奇观。

罗玉龙一行从曼德勒出发时，他和高富贵把缅甸分号的账务按照多年来形成的习惯分成两部分，原来由高富贵掌控的一套账归他负责保管，由罗玉龙分管的一套账由罗玉龙亲自携带。账目是缅甸分号经济来往的记录，也是缅甸分号的命脉，两人相互约定，即使损失了所有物资，也要用性命保护住各自携带的账目。

从曼德勒往北撤退还算顺畅，当罗玉龙一行撤退到腾冲口岸时，遇到了大麻烦。

因缅甸已成为战场，日寇飞机不断轰炸滇缅公路，企图切断这条援华物资大动脉，国军就加强了对滇缅公路的管控，尤其在腾冲口岸更是严格盘查，既查禁运物资，也查敌特人员，造成腾冲口岸人满为患，车满为患，拥塞不堪。

罗玉龙带着人到口岸时，国军一个排长要求所有撤回国内的商品必须上税，方可过关。和罗玉龙他们一起撤回国内的大多是云南商号，这些掌柜对国军此举大为恼火。原因是当初商品出关时已经缴纳了关税，现在又要再交税，岂不是被扒了两层皮。因战争缘故，在缅甸各地经商的商人本来已经多有损失，对口岸要求上税之事大家都想不通。军方要求交税，商人不愿意交，这样一僵持，拥堵在口岸的各商号撤离物资越聚越多，使本来就拥挤的口岸更加不畅，影响了军用物资运输。

军方无奈向国民政府财政部请示如何处理，就在各商号耐心等待财政部回复时，一场灾难降临了。

这天，腾冲口岸碧空如洗，万里无云，温润的空气里弥漫着野花的芳香，除了人声鼎沸、马达轰鸣、车辆穿梭之外，一切如往常一样，并无二致。临近中午，天空中突然出现了许多黑点，随着黑点越来越近，已经能清晰地看到是喷涂着膏药旗的日寇飞机飞临腾冲口岸上空，低沉的轰鸣声由远及近，几十架飞机做了简单俯冲之后，陆续投掷炸弹，顿时腾冲口岸爆炸声四起，烈焰腾空，惨叫声不断，让人毛骨悚然，惨不忍睹。

突然降临的灾难，惊得罗玉龙目瞪口呆，他赶紧招呼伙员放弃车辆和物资，往公路两旁的山坡上撤，寻找掩体，保护好自己。罗玉龙提着装账目的箱子刚跑到山坡下，只听背后"轰"的一声，一阵气浪就把他高高地抛了起来，随后就失去了知觉。

空袭开始时，高富贵提着装账目的箱子躲在缅甸分号车队的后面，看见罗玉龙在前面招呼伙员往公路两旁的山坡上跑，他就选择了与罗玉龙相反的方向跑上山坡，隐蔽在一棵老松树之下观察情况。远远地透过硝烟看到罗玉龙被炸弹的气浪抛了起来，手中的箱子坠入火海之中，人也不知道死活。高富贵掂了掂手中的箱子，心中暗想，老子这么多年忍气吞声，就是等着这一天，"量小非君子，无毒不丈夫"，你们去瞎忙乎吧，老子撤了。高富贵边念叨着，边提着箱子朝着曼德勒方向悄悄溜了。

等罗玉龙醒过来，日寇飞机已经飞走了，腾冲口岸一片狼藉，大轰炸使得军用物资和各商号运回国的商用物资全部毁损，到处都是惨叫声、呻吟声，口岸附近的建筑物已被炸塌，关口严重损毁。没有经历过战争的罗玉龙这次见识了啥叫惨烈。

周围几个伙计原以为罗玉龙死了，没料到他命大造化大，仅是受了皮外伤。对一个常年练武之人来说，这点皮外伤根本就不是伤。他把边上几个伙计招呼到一起，安排他们赶紧寻找其他人员，尤其是经理高富贵。

说起找高富贵，罗玉龙这才觉得两手空空，少了啥东西。一瞬间，想起自己携带的账目，四下里张望，发现装账目的箱子已成碎片散落在四周。看着眼前的一切，罗玉龙顿时呆若木鸡。

大约过了一个小时，散出去的伙员陆续回到罗玉龙身边。他们告知，缅甸分号伙员在此次轰炸中死亡七人，伤六人，经理高富贵活不见人，死不见尸，寻遍了口岸附近的山坡，没有踪迹。

罗玉龙一瞬间就意识到高富贵可能已经带着账目逃跑了。想到此，他浑身冷汗直流，直后悔没有盯住高富贵。眼下他无法腾出手再分派人员继续寻找高富贵，就地埋葬死亡伙员并做好记号，到腾冲城里救治受伤伙员才是当务之急。大伙按照罗玉龙的安排，在天黑前埋葬了死亡伙员，全部撤到腾冲城里。

第二天，罗玉龙又派一个精明的伙员去腾冲口岸等候高富贵，他不想放弃任何机会，也盼望高富贵可能是迷失了方向，等清醒之后就会回来。然而遗憾的是，伙计回来后告诉他，没有高富贵的丝毫音信，倒是在腾冲口岸的墙上张贴了国民政府财政部允许在缅甸经商的中国商人各类货物进关的通告。罗玉龙听说此事，仰天长啸，欲哭无泪。

这段时间，姚文青在成都整日过着提心吊胆的日子。按道理，缅甸分号应该撤回国内了，咋一点动静都没有。心里巨烦的他在成都待不住了，就来到乐山，他想在第一时间得知缅甸分号的消息。

姚文青到乐山后，赵振宇他们已经使天增公号蜡烛厂恢复了生产，并正在对丝绸厂损毁设备进行检修，估计时间不长就能投入运转。姚文青到来后，赵振宇陪着他到两个厂子转了一圈。

赵振宇见东家面无喜色，心不在焉，就知道他在担心缅甸分号两个经理和所有伙计的安危。这几年，天增公损失惨重，尤其是重庆分号、乐山分号接连遭受日寇飞机轰炸，造成大量人员伤亡，让东家痛心疾首，苦不堪言。如果缅甸分号再有个三长两短，东家很可能就会被击垮。

赵振宇安慰他说："东家，您已经提前给两个经理打电话让他们撤离缅甸，估计这会儿早就过腾冲口岸了。古人说吉人自有天相，再过几天，他们就能返回乐山，您就别再操心了。"

姚文青心里清楚赵振宇是一片好心，轻叹一声，说："几十号人远离中国到缅甸经商，我不见到他们平安归来，咋能放心得下？但愿老天爷保佑他们平安无事。"

然而祸不单行，他的愿望再次落空了。

三天之后，罗玉龙带着几个伙计衣衫褴褛地回到乐山。见到东家，号啕大哭起来。

姚文青看到如此情形，心里咯噔一下，颤声追问情况。

罗玉龙详细向他汇报了腾冲口岸发生的惨祸，最后哽咽着说："高经理现在带着缅甸分号唯一的账目，如果他起了异心，后果不堪设想。东家，你赶紧想办法吧！"

姚文青无奈地摇了摇头。罗玉龙能带着剩余的伙计安全回来，已属万幸。再说，高富贵生死不明，自己又能有什么办法？他不想让罗玉龙一行再受刺激，就安慰道："你们先在蜡烛厂住下休息，其他的事情等过两天再说不迟。天要下雨，娘要嫁人，随他去吧。"

罗玉龙能够体会到东家的无奈，知道过多的抱怨不但于事无补，反而会增加他的心理负担。东家对高富贵的重用，多是出于对高五爷当年挽救仁在堂的感激，他也没想到这个不争气的东西会干出这样的勾当，还真像郭倬甫说的是个司马懿式的人物。

见东家丝毫没有责怪自己，罗玉龙愈发感到难受。他不甘心就如此向东家交代缅甸分号的账目，就私下安排人到腾冲再去打探。他不相信，高富贵会一下子消失得无影无踪。

抗战进入相持阶段之后，蒋宋孔陈四大家族的官僚资本垄断了整个国民经济。民族工商业生存空间被极度压缩，天增公总号的生意也陷入了举步维艰、惨淡经营之境地。

姚文青终日在苦闷与彷徨中度日，他几乎把时间都用在了读书作诗和与吴宓、朱光潜（曾任武汉大学教务长）、刘永济（曾任武汉大学文学院院长）、马长寿（西北大学教授）、谢无量（著名学者、书法家）、黄稚荃女士（书画家、诗人）以及陕西耆老宋联奎、王典章、党仲昭、段民达、景梅九、王仲孚、高又明等人的交流。

其时，吴宓受邀请在成都任教于四川大学和燕京大学，姚文青与吴宓的接触就开始频繁了。他清楚地记得第一次到成都文庙拜访吴宓的情景。

他到成都文庙后，打听到吴宓的住处。敲门进屋子，只见室内只有一张军人常用的板床，草垫上覆盖着一张素色床单，上面放着一枕一被，屋子里仅有破藤椅一把、旧写字台一张，写字台上放着一个玻璃瓶，装着清水。看着陈设如此简单的知名教授卧室兼客房，他有点不相信自己的眼睛。

姚文青进门后，吴宓请他在藤椅落座，自己则坐在床上。姚文青奇怪的是，以前吴宓的桌子上都堆满了书籍和资料，现在反而一本书都没有看到。如果对吴宓不了解，可能谁都不相信，眼前这位就是大名鼎鼎的国学大师。

对于姚文青的好奇，吴宓笑着说："我授课多凭记忆，不靠书籍。即使要查阅资料，可以到图书馆去查，不需要购置。国家危难，时局多变，购置一大堆书籍，搬个家都不方便。还是目前这样好，屋内别无长物，也省得挂念。"

两个人就这样坐着聊天，时间长了，姚文青想抽支烟，掏出烟盒，却发现来的时候走得匆忙，忘记带火柴，眼光四处搜寻，看不到火柴的踪影。

吴宓知道他在找火柴，笑道："我不吸烟，也无此物，你不要指望在我这里找到火柴。我记得曾经告诉你，在昆明时，我不愿意朋友在我屋内吸烟，还特意在墙上写了'请勿吸烟'四个字警告。"

姚文青戏言道："如果有人偶然犯禁，你怎么办？"

吴宓说："那就指着墙上警告，要求他遵守。"

姚文青说："如果告知之后，对方还不听劝告，怎么办？"

吴宓严肃地说："那我就直言告诉他：'君非吾友，请出可也。'"

姚文青笑着说："我今天差点犯禁，被老朋友驱逐了。"

吴宓自嘲地说："自从来到成都，此条禁令已经取消。你没注意到墙上已经没有了警告？"

姚文青打量了一下不大的房间，果然没有发现"请勿吸烟"的字样。眼下成都经常停电，姚文青不知道如果有学生来请教问题，吴宓如何应付。他好奇地问："这里时常停电，您又不买火柴，如果有学生来请教恰逢停电，您如何应付？"

吴宓说："这有何难。我让学生在停电之前来这里解答疑问。也经常告诫学生，有电就应该认真学习，不得浪费时间。"

看到吴宓仍然孑然一身，姚文青免不了与他谈起他的第一任夫人。

吴宓慨然说："陈心一女士，德性夙所钦佩，但敬而不爱，终致离婚，至今仍有书信往来。我们之间，夫妻之谊虽绝，但良友之情还在。文青，你们夫妻伉俪情深，实为人生第一幸事。我知道你的妻子出身旧家族，自嫁给你，勤守自约，不以环境易其操，何况知书娴礼，当今女子，很难与其相匹。比之《红楼梦》，则和邢岫烟相媲美。"

姚文青知道吴宓嗜读《红楼梦》，至今依然，是当代研究《红楼梦》颇有建树的学者。其研究摒弃索隐，不事考证，专以人生讲《红楼梦》，论起亲朋故旧，也经常以《红楼梦》中人比喻。此番交谈，他就亲耳聆听了吴宓对自己妻子的评价。

对于《红楼梦》中的邢岫烟，姚文青是知道的。吴宓把刘纫秋比作邢岫烟，除了出身稍有差异外，其他方面倒是契合的。《红楼梦》中的邢岫烟，虽家道贫寒，却一向端雅稳重、温厚平和，因此贾府中人都看重她，凤姐、宝钗更是经常体贴接济她。从她的名字看，"岫"作"山"或"山穴、山洞"讲，"烟"指山中的雾气或云气，就如李白诗中所写"日照香炉生紫烟"，犹如"云无心一出岫"，都是说一种山中雾状朦胧的感觉。"岫烟"给人以出世淡雅之感，符合人物本身清淡娴雅的性格。姚文青觉得，岫烟的这些特征和刘纫秋相似。《红楼梦》中的岫烟出场不多，就像在自己家，刘纫秋也不喜欢抛头露面，她把相夫教子当成了自己的主业，毫无怨言，默默奉献。当然，《红楼梦》中的岫烟是有才情的，她写过一首《咏红梅花》，姚文青清楚地记得这首诗："桃未芳菲杏未红，冲寒先已笑东风。魂飞庾岭春难辨，霞隔罗浮梦未通。绿萼添妆融宝炬，缟仙扶醉跨残虹。看来岂是寻常色，浓淡由他冰雪中。"虽说刘纫秋也有才情，有时也作诗，只是与邢岫烟比起来，还是有差距的。但她聪慧贞静、随遇而安、不卑不亢的性格显示出与岫烟一样的傲骨。

姚文青深知，自与刘纫秋成家以来，他们夫妻聚少离多，儿女们都是她亲手带大，严加管教。尤其是镇嵩军围困西安城和泾阳县城期间，他们一家东躲西藏，刘纫秋从来没有抱怨过。即使是在国民党陕西省党部逼索赈灾款，她带着孩子们跋山涉水到苏州避难之时，同样处之安然。难能可贵的是，对他屡次捐款，妻子都竭力支持，没有二话。吴宓说他们伉俪情深，倒也不虚。

因为与吴宓相交甚厚，姚文青在不知不觉中对《红楼梦》产生了极大兴趣，有时也会带着大儿子应孚去旁听吴宓讲《红楼梦》，领略国学大师的风采高论。吴宓讲课时，真的像他自己说的那样，手里不拿讲义，全凭记忆给学生上课，尤其是讲《红楼梦》时，他把讲台当舞台，一个人扮几个角色，王熙凤的阴险毒辣、林黛玉的多情善感等等，都表演得惟妙惟肖。课堂内外，如若迥异两人。

有一次，姚文青听了吴宓讲《红楼梦》的课程，联想到他的身世和阅历，精雕细琢地写了如下一首诗："异国微言万象收，早年群羡紫骅骝。周情孔思黄虞志，白眼青山嵇阮俦。一代文章矜玉海，半生骚愿寄红楼。才人老去风流在，艳艳东南七宝州。"没想到吴宓不住称赞他有诗人潜质，劝他以后当专心致力于作诗，不应该因经商扰乱其心。吴宓对他的赞赏，激发姚文青更加喜欢读书作诗，对传统文化的研究和体会日益深刻。

在姚文青与吴宓交流渐多之际，国民党元老于右任到了雅安，并受到西康省主席兼二十四军军长刘文辉的热情接待。自"二刘"战争之后，刘文辉从人生巅峰跌入深谷，被刘湘赶到地瘠人贫的西康，但刘文辉毕竟不是平庸之辈，他因地制宜，在川康广袤的土地上开采金矿，广种鸦片，卓有收益。同时兴建学校，拓宽雅安街道，整顿市容，并用自己五十岁寿诞的捐索款兴建青衣江铁索桥，他把雅安第一座跨江大桥命名为"文辉桥"，所建医院改为"文辉医院"，并在各县建"文辉祠"或"文辉亭"。久而久之，把西康打造成了水泼不进的小王国。抗战开始后，蒋介石数次命令刘文辉出川抗日，又是威胁又是利诱，刘文辉汲取侄儿刘湘的教训，纹丝不动，以不变应万变。因其头脑灵活，宦海沉浮多年，经验老到，很有谋略，在军政界被誉为"多宝道人"。

于右任到雅安时，人瘦、脸黄、无须的刘文辉与三姨太在刘公馆热情款待了他。

两个人从当前抗战谈到川康建设，谈兴正浓时，刘文辉邀请于右任到雅安街道和温泉参观。于右任盛情难却，随着刘文辉及其手下一干人在雅安街道上浏览了一圈。

当走到二道桥望江楼时，于右任看到阁楼式的望江楼下建有一座双层排水、亭阁式雕梁彩绘的"文辉桥"，桥的左岸照壁题"小天竺"三字。走过"文辉桥"，刘文辉陪同于右任参观附近的楼堂、茶园、花圃。他见于右任兴致颇高，当面恳请于右任留下墨宝。

于右任听说过刘文辉在雅安兴办学校之事，对他发展教育及地方经济很是欣赏，现在刘文辉当面请他题字，怎好拒绝。他略加思索，挥毫泼墨写下"与点楼"三个于体草书大字。看到刘文辉盯着墨迹未干的三个大字发愣，于右任笑着说："刘主席别小看'与点楼'这三个字，这可是大有来头。"

刘文辉一时想不起来这三个字出于何典故，恭敬地说："请于老明示。"

于右任手抚美髯，笑着说："'与点'二字出自《论语》，乃孔子赞赏弟子曾点大同世界的理想。我今天写'与点楼'赠与你，其含义不言自明，请刘主席珍重。"

姚文青赶到雅安时，各界轮番款待于右任的热情劲刚过。于右任见雅安泾阳商帮众多，陕西街远近闻名，也想与远离家乡的老乡们叙叙旧，没想在这个时候，姚文青登门拜访了。

自从南京一别，两人已多年未曾见面，此次在雅安相见，彼此自是欣喜异常。话匣子从南京分别开始，姚文青恭敬地向于右任汇报这些年所经历的事，重点提到了于右任兴建斗口农事试验场、为泾干中学捐款捐物资等事情。

于右任听后，爽朗地笑道："文青，你是有心人，把我干的一点小事都查得一清二楚。其实，你做的才是大事。为赈灾，你两次捐粮捐款，差点被拘押了夫人和孩子。为修建泾惠渠你义不容辞捐款，带动泾阳帮商人捐款捐物，善莫大焉！"

姚文青不好意思地说："古人说'行善为乐'，晚辈只是在力所能及的情况下，为家乡建设尽点绵薄之力而已，没想到于老对这些事情如数家珍，让晚辈汗颜。"

于右任说："你这个人颇有一诺千金的君子之风。我听说你除了多年来一直资助高鸿读书，还帮助了一些学生让他们完成学业？"

姚文青如实回答说："除资助高鸿在中央大学和去美国留学外，还资助过姚增新（后易名姚周陶，生前任西北大学物理系党委书记，陕西省展览馆党委书记）等其他一些人。些许小事，不足挂齿。"

于右任夸赞说："你真是菩萨心肠啊！有你雪中送炭，他们才能完成学业，将来就可能成为有用之才。交了你这位忘年交，实乃人生一大幸事。"

姚文青谦逊地说："我本身就不屑于做锦上添花的事。只要他们能成为有用之才，我就心满意足了。"

于右任接着问起天增公重庆分号、乐山分号、缅甸分号等遭日寇空袭之事的详情，唏嘘不已。

姚文青四顾无人，就悄悄地问："于老，国民政府的报纸经常说共产党是一帮土匪，没有文化，但从我看到的有关资料来看，好像并不是这样。"

于右任知道他很少关心政治，便饶有兴趣地问道："此话怎讲？"

姚文青说："远的不说，'皖南事变'①后，我看到新四军将领彭雪枫写的一首《水调歌头》，也读过国军高级将领佟麟阁写的一首《沁园春》，从文采、胸襟等方面讲，国共的高级将领似乎没有多大差别。"

于右任先是面带微笑，继而表情凝重。他看着姚文青说："我在报纸上好像也见过这两个人的诗词。时间长了，记不太清楚了。你复述一下，我想听听。"

姚文青先后吟诵为抗日战争捐躯的国共两党两位高级将领的诗词。彭雪枫《水调歌头》原词如下："战迹壮山色，风雨慰忠魂。气吞万里如虎，叱咤皖南云。左右挥戈沙场，南北驱驰骁将，功绩两淮闻。一师制十万，巧力打千钧。战芒砀，攻夏邑，史诗存。三十七载，别样精彩耀星辰。有报曾名《拂晓》，探索人间正道，今日忆何人？但看新红日，正照满园春。"

姚文青抑扬顿挫地朗诵了彭雪枫的《水调歌头》，见于右任没有作声，就继续低吟了佟麟阁的《沁园春》："晓月卢沟，怎忘当年，战火曳空！惹英雄奋起，旗风所向，悲歌吼处，气贯长虹。永定河边，南苑巷内，多少男儿浴血中。一腔恨，俱凝刀枪上，怒向顽凶！天公竟妒豪英，弹飞处，焦石溅血浓。憾壮怀难已，山河未复；民崩倚恃，国损干城！浩气长风。唤起大众，卫我中华一脉同。西山上，有松涛怒吼，霜叶殷红。"

等他激情澎湃地吟诵完，于右任感伤地说："这两位将领，都是中华

---

① 皖南事变：1940年10月19日，蒋介石指使何应钦、白崇禧以国民党政府军事委员会正、副参谋总长名义致电八路军朱德、彭德怀和新四军叶挺、项英，强令将在黄河以南的八路军、新四军于1个月内开赴黄河以北。11月9日，朱德、彭德怀、叶挺、项英复何应钦、白崇禧，据理驳斥了国民党的无理要求，但为顾全大局，仍答应将皖南新四军部队开赴长江以北。蒋介石对此不予理睬，仍按原定计划密令第三战区顾祝同、上官云相将江南新四军立即"解决"。1941年1月4日，皖南新四军军部直属部队等9千余人在叶挺、项英率领下开始北移。1月6日，当部队到达皖南泾县茂林地区时，遭到国民党7个师约8万人的突然袭击。新四军英勇抗击7昼夜，终因众寡悬殊，弹尽粮绝，除傅秋涛率2千余人分散突围外，少数被俘，大部壮烈牺牲。军长叶挺被俘，副军长项英、参谋长周子昆突围后遇难，政治部主任袁国平牺牲，史称"皖南事变"，也是国民党第二次反共高潮的高峰。

民族的好男儿。他们为了民族存亡，慷慨赴义，为国捐躯，值得我们永久怀念。至于谁有文化，谁没文化，只有让历史去评说。汪精卫倒是有文化，却当了卖国贼，让国民党丢尽了脸面。"

见于右任提起汪精卫，姚文青小心翼翼地问道："您对蒋介石先生如何评价？"

于右任从未想到他会有此一问，一愣神之后，反问道："你一向不涉足政治，不关心政治，今天咋问起此事来了？"

姚文青说："我近期看到不少评价蒋先生的文章，各有说法，因此想请教于您。"

于右任问道："有何说法？说来听听。"

姚文青说："我看到有两种说法。其一，前美军驻华司令官、中国战区参谋长史迪威将军这样描述蒋先生：'他身材修长，言谈简洁，脸上毫无表情，但一双眼睛很机敏，好像一个人戴着假面具以其犀利的目光洞悉一切。他的卓越才干不在军事上而在政治方面。他这种才干是在各个派系和各种阴谋之间玩弄奥秘的平衡术而锻炼出来的，因此人把他称为'不倒翁'。其二，美联社记者约翰·罗德里克这样描述他：'在中国，最强大的思想传统是儒教，尽管有其他外来的影响，蒋中正仍是一个守成不变的中国人。他沉默寡言，讳莫如深。他姿势挺直，有军人作风，留着短发，不苟言笑。他虽然不是一个思想家，却有一种神通。他深谙纵横捭阖之道，而且他习惯于指挥命令。'于老，我知道中国人对蒋先生评价也很多，但都没有这两个美国人直白。我想听听您对蒋先生的评价。"

于右任慢悠悠地说："自第一次鸦片战争以来，中国就成为西方列强弱肉强食的对象。清政府丧权辱国，割地赔款，民不聊生，孙中山先生这才成立同盟会，号召推翻封建帝制。谁知清政府被推翻了，又造成军阀割据局面。倭寇见中国积贫积弱，发动了全面侵华战争。大片国土沦丧，东北、华北丢失，'七七事变'爆发之后，就连国都南京也被屠城，一个泱泱大国竟不敢对日宣战。直到日军偷袭珍珠港，美国对日宣战了，我们才对日宣战，这说明什么问题？蒋先生作为国民政府领袖，嘴上说联合共产党对日作战，暗地里却发动皖南事变，自相残杀，亲者痛，仇者快。文青啊，人在做，天在看，如今的国民政府早就不是孙中山先生创立的国民政府了，你最好不要参与政治，好自为之吧。"

姚文青默然无语。

随后，姚文青邀请于右任抽空接见了雅安泾阳帮商人。于右任对泾阳帮商人参与雅安建设，促进川康民间贸易，推进民族和谐发展给予了高度评价。他希望泾阳帮商人团结一心，共渡难关，共谋发展。泾阳帮商人受到于右任的鼓励，均无比兴奋。

离开雅安后，姚文青顺道去了乐山。在雅安和于右任交谈时，于右任提到泾惠渠建成后，关中粮棉产量大幅度提升之事，使姚文青产生了在老家泾阳创办棉花加工厂的想法。

到乐山分号后，姚文青和赵振宇、罗玉龙寒暄过后，几人就陷入了沉默。抗战爆发后的几年时间里，天增公商号已经损失了三分之二的业务，现在仅剩下川藏地区几个分号还在勉强支撑。国家命运尚无法预测，此时商议天增公生意该何去何从，大家的心里都没底。

姚文青见几个人都不吱声，就说："国难当头，商家不幸，千古一理。但生活还得继续，不能因此而沮丧萎靡。流通生意难做了，我看兴办实业可为，你们意下如何？"

罗玉龙在这几个人当中，年龄最长，又在缅甸分号当过经理，他不发话，赵振宇也不发言。他看了一眼赵振宇，发现赵振宇也在看自己，于是说："东家，华东、华南、华中各分号早已撤回，所幸人员和财产损失不大。重庆分号、乐山分号、缅甸分号先后遭受日寇轰炸，财产损失极大。依目前情况看，要想维持天增公生意，只有另想办法。我想东家已经有了主意。您就说吧，我们几个照办就行。"

姚文青点点头，说："川藏生意虽说艰难，但受战争影响不大，还可继续维持。去年，我回泾阳时发现，因泾惠渠建成放水，泾阳及附近几个县棉花产量大幅度提高，因此，我想在泾阳建设一个棉花公司，加工当地皮棉，扩展贸易领域，你们觉得咋样？"

赵振宇抢着说："这个主意不错，既为家乡父老解决了后顾之忧，又能为棉布生意建立基地，何乐而不为呢？"

罗玉龙说："看来振宇有去泾阳的想法了？"

赵振宇急忙辩解说："我只是说东家的主意不错，并没有说我想去泾阳。"

姚文青看着赵振宇笑着说："振宇不是泾阳人，就不必辩解了。再说，乐山丝绸厂也离不开你这个技术大拿。我的意见是振宇在丝绸厂选一个技术骨干陪着玉龙一起回泾阳创办棉花公司。"

罗玉龙疑惑地问："东家，你还真让我回去呀？"

姚文青肯定地说："是的。除了你，我现在已无人可派。建棉花公司一事，我此前和西安分号王智远经理提起过，也说到了你。你回去之后，有啥困难，尽可以找王经理，也可以直接向我汇报。此事就这样定了，你收拾一下，准备过几天动身。这里的事情，振宇推荐人选管理蜡烛厂，振宇管理丝绸厂。另外，玉龙到缅甸去了几年，耽误了婚事，这次回到泾阳，赶紧把你的终身大事解决了。"

罗玉龙明白了姚文青的真实用意后，感激地说："多谢东家关心，我一定把棉花公司和自己的婚事办好。"

罗玉龙带着赵振宇给他选派的技术骨干穆景升回到西安分号，受到王智远的热情接待。

当王智远听罗玉龙说东家真准备在泾阳兴办棉花公司时,就感到此事难办。棉花及其纺织品是战争时期的军需用品,国民政府对其控制极其严格,虽说泾阳附近几个县都是产棉大县,尤其是泾惠渠建成后,棉花产量大幅度增加,但能否兴办成棉花公司,还真不好说。他长叹一声说:"自抗战以来,国共虽然说实现了第二次合作,但好像一直面和心不和,尤其是去年发生的皖南事变,更让人觉得国民党一直没有放弃找机会消灭共产党。棉花是战略物资,姚家没有官方背景做后台,此事恐怕难办啊!"

罗玉龙一听这话就急了,他说:"八字还没见一撇,王经理就说丧气话,这事如果让东家知道了,肯定会生气的。"

王智远忙说:"罗经理,你先别着急下结论,等我给你介绍了泾阳的现状再说。"

王智远随后说,东家上次回西安时,曾经和他谈及想兴办棉花公司。等东家回四川后,他就去泾阳找泾阳商会会长邓监堂商量此事。邓监堂和姚文青在于右任率军收复泾阳时结缘,对姚文青捐赠仪祉农业学园和泾干中学极为赞赏,当听说姚文青要在泾阳兴办棉花公司时,邓监堂说国共合作抗战以来,田柏荫县长对共产党在泾阳的活动一直持中立态度,尤其是他对共产党在泾阳扩军不闻不问,听说已让省党部非常不满。如果田县长继续主政泾阳,估计此事还有可能。王智远觉得有希望,就赶紧在泾阳县城附近寻找地方,不料事情刚有眉目,田柏荫就被调走了。

对于为何将田柏荫调往其他地方任职,坊间传言说田柏荫在泾阳主政期间,有纵容共产党嫌疑,导致大量军需物资通过泾阳运往陕北。皖南事变后,国民政府为了打压共产党,开始对陕甘宁边区进行经济封锁,县党部向省党部反映说田柏荫反共态度消极,不适合在泾阳这个通往陕北的交通要道之地继续主政,否则,无法实现阻挠进步青年去陕北,不断搞摩擦的目的。省党部考虑再三，最后决定委派具有职业特工经验的向丕桢出任泾阳县县长。

向丕桢之所以愿意到泾阳出任县长，就是看中了泾阳是著名的产棉区，也是茯砖茶制作基地，地方富庶，民风淳朴，他可以坐镇泾阳，监视三原、淳化、高陵等地中共地下活动，控制泾河渡口，限制西安和陕北的联系，大捞油水，中饱私囊，达到公私兼顾、名利双收之目的。

王智远最后说："现在向丕桢主政泾阳，对与军需物资有关的事情管理都很严，动不动就给人扣上通共的大帽子，轻则拘押，重则枪毙。兴办棉花公司虽说有利于解决棉农的销售问题，为泾阳增加税收，但县政府一直在防范共产党发展壮大，把政治问题当作头等大事，没有人管经济发展。"

罗玉龙闻言，顿时感到头皮发麻。他不甘心地说："不管咋样，咱们总得去碰碰运气吧。否则，给东家咋交代？"

王智远见罗玉龙仍不死心，自己也想去看看情况，就说："明天早上咱们一起去泾阳县城找邓会长了解情况。如果县政府允许兴办棉花公司，咱们就一起着手。"

王智远、罗玉龙带着穆景升一起拜见了泾阳商会会长邓监堂。当邓监堂听说罗玉龙此番带着姚文青的嘱托专门回泾阳来兴办棉花公司时，顿时把头摇得像拨浪鼓似的。

邓监堂说："你们可能不知道，自向丕桢到泾阳走马上任后，就开始严格执行国民党反共任务并搜刮民脂民膏大发横财。他打着关心民间疾苦、仇视烟毒的幌子，以查禁鸦片为由，经常化装出行，以迅雷不及掩耳之势，使出打、抓、押、罚等卑劣手段，残害士民，并暗中侦查泾阳地下共产党的活动，企图抓住线索，聚而歼之。除了这些恶行，他还佯装查毒，随意出入民宅，在县城内的富户、士绅、商贾家中走动，寻找借口，罗织罪名，借机敛财。你们在这个关口想要兴办棉花公司，就如同与虎谋皮，轻了会落下个通共的罪名，重了有可能连累到姚文青。何去何从，你们掂量。"

罗玉龙不由得大失所望，但他依然心犹未甘，问道："这个向丕桢是啥人啊，这么牛逼？"

邓监堂说："向丕桢是国民党陕西省政府秘书长、民政厅厅长蒋坚忍的女婿，蒋介石的侄孙女婿。此人曾在北平警官学校受过专门训练，又在蒋介石的侍从室任过职，是一名货真价实的职业特务。他到泾阳县任县长，就是想以泾阳为据点，封锁去延安的交通要道，阻挠进步青年北上。"

罗玉龙一听向丕桢的来头，顿时不作声了。

随后，邓监堂又向他们讲了一件与棉花有关的事：不久前，向丕桢突然袭击了县城西关一家杜姓的轧花商号。他破门而入时，杜老板正在轧棉花，他随即查问收轧棉花情况，杜老板如实一一回答。向丕桢不问青红皂白，一口咬定数字不准确，诬称杜老板偷漏国税，以偷税罪将杜老板关押监狱，罚款三千五百元。县商会闻讯，据实申报也无效。后来，杜老板托人求情，向丕桢才看在众人面之上，才以少交三百元了事。

邓监堂最后说："王经理、罗经理，不是本人不想帮姚东家这个忙，实在是没有这个能力。向丕桢一天不走，姚东家就别想在泾阳兴办棉花公司。"

罗玉龙听了邓监堂一席话，知道在向丕桢统治下的泾阳县兴建棉花公司，基本不可能。无奈之下，回到西安，由王智远打电话告知东家在泾阳了解到的全部情况。

姚文青听了王智远的汇报，只说了一句"德不配位，必有灾殃"，就挂断了电话。

王智远品味了半天，才想起来东家说的是《易经》中的一句话。东家能这样说，估计已预料到在家乡办实业的难度。他只好让罗玉龙、穆景升先留在西安分号，等待时机。

大约半年之后，从泾阳传出消息说向丕桢被人暗杀了。王智远、罗玉龙闻听此消息，起初并不相信，后来坊间愈传愈烈，直到国民党陕西省政府主席熊斌指派咸阳专区专员温良儒进驻泾阳专门侦破此案的消息在报纸上报道后，他们才确信向丕桢这个有深厚背景的县长的确死于非命，也应了"德不配位，必有灾殃"的古语。

据知情人士透露，向丕桢被暗杀，最起码是两种因素共同推动的结果。一是向丕桢虽然在泾阳主政时间不长，但作恶多端，尤其是他借抗战之名，置兵役法于不顾，私定法令，规定每甲一丁，大抓壮丁，使城乡百姓破产者不计其数，激起了民愤。二是中共西北局决心除掉向丕桢，为民除害，同时保证战略物资和人员能顺利通过泾阳，到达陕北。

向丕桢被杀的消息，震动了国民党政府。陕西省政府主席熊斌咆哮如雷，立即给十区（咸阳专区）专员温良儒下死命令，要他限期破案，严惩凶手。温良儒带领卫队，前呼后拥，亲自到泾阳勘查破案，泾阳城中顿时暗探密布，鹰犬窥视，军警荷枪实弹清查户口，盘问行人，闹得气氛紧张，人心惶惶。温良儒兴师动众，煞费苦心，但终无结果。虽然他怀疑暗杀向丕桢是中共地下党所为，但无真凭实据，故不敢轻举妄动。就这样搞了一阵子，毫无所获，时间长了，此案随之不了了之。

等风波过后，王智远和罗玉龙专程回到泾阳，发现泾阳并没有多大变化。他们二人一起寻找适合兴建棉花公司的场地，最终也一无所获。两个人失望地回到西安，把泾阳的情况向姚文青做了汇报。

姚文青在电话中说："王经理，麻烦你去一趟社树堡，在李仪祉陵园附近看一看，如果有合适的地方，我想在那里办一所'仪祉学园'，教育和培养家乡子弟务农经商。"

王智远半天没有吱声，姚文青追问道："王经理，你没听见吗？"

他这才迟疑地回答道："听见了。我马上去查看，有情况立即汇报。"他想不通，东家为啥一再坚持要在泾阳兴办实业，给杨梧仪祉农业学园、泾干中学捐款不说，还要自己兴办仪祉学园，莫非东家还真有如此浓厚的家乡情结？

王智远把疑惑说给罗玉龙听，罗玉龙笑着说："东家的心思你是猜不透的。这样吧，我把东家曾经说过的一段话说给你听，然后你自己琢磨。"

没等罗玉龙说完，穆景升就插言道："赶紧说吧，我洗耳恭听。"

罗玉龙说："东家曾经说：'人生在世，犹如旅行，每个阶段都有不同的风景，别样的精彩。要看到好的旖旎风光，体验到快乐愉悦，关键在心态。人在旅途中能否成熟，有一颗不抱怨和感恩之心是标志。人生不如意之事十之八九，有时个人的能量有限，不能改变环境，就要尽量尽快适应，否则就可能被边缘化甚至淘汰。'景升，你觉得东家说的有道理吗？"

穆景升说："东家是读书人，见多识广，说的都是高深莫测的大道理。有一点我就想不通，他屡次捐款助学赈灾，为啥对自己的子女却颇为苛刻？"

王智远不相信地问道："我看东家仗义疏财，颇为大方，不会对子女苛刻吧？"

罗玉龙说："王经理常年在西安，有些事情你不知道。东家在助学赈灾方面，他把应得的分红拿出来搞捐助，毫不吝啬，但在自己和家庭用度方面，完全按照商号制度执行，就是子女也不允许随便在柜台上支取银钱，为此，还收拾过大儿子应乎。"

王智远诧异地问："真有这事？"

罗玉龙说:"去年秋天,已经上高中的应孚约了几个同学去吃饭,因身上没钱,跑到成都陕西街天增公商号,找到杨经理说要在柜台上支取现金。杨经理不好当面拒绝,就问应孚支取现金是否经过他爸同意,应孚就撒谎说已经给他爸说过了。杨经理虽说心存疑惑,但还是把现金给了应孚。此事过后,杨经理向东家提起,东家气得火冒三丈,大发雷霆。杨经理从来没有见过东家发这么大的火,一时间也噤若寒蝉,没敢辩解。谁知道东家回家后就把应孚收拾了一顿,而且要求各商号经理,以后不管姚家谁到柜台支取现金,没有他的话,一律拒绝支付,否则支取多少由当班经理负责。王经理,你看这是啥事嘛?"

王智远钦佩地说:"这种事情发生在姚家父子身上,我不觉得奇怪。玉龙,我与东家打交道几十年了,他这人从来说一不二,说到做到,很少迁就。严格约束家眷支取银两,在商号管理制度中有明文规定,他这是在按制度办事。至于控制子女用度,我理解是怕子女大手大脚,互相攀比,长此以往,养成纨绔子弟作风。不过这样也好,让子女知道,商号就是再有钱,也不是他们辛苦所得,更不能随便支取。"

穆景升似乎还是不能理解东家的做法,就说:"我真不知道东家积攒下那么多财富想干啥,不会都拿去捐赠吧?"

王智远微微一笑,没有作声。

他们确实还不能真正体会姚文青的心理。在姚文青的内心深处,泾阳社树堡就是自己的根,是自己的精神支柱。从社树堡起根发苗的姚家恒裕堂,曾经的富可盖省、枝繁叶茂早已成过眼云烟,现已变得衰败不堪,尤其是堡墙内的四家几乎与普通百姓毫无二致,并成了当地人讥讽的对象,好在还有天增公商号支撑着姚家的门面。俗语云:叶落归根。姚文青知道,姚家这棵大树现在已经千疮百孔,主干中空,仅自己一支勉强支撑,不足以恢复当年的荣耀,尤其是父辈当年遭受的羞辱,更是无法洗刷。他想在泾阳投资办实业，既想改变世人对姚家的看法，也想利用泾阳当地的资源，解决货源问题，提升商号经营利益。在他的内心里，自己在川藏把生意做大的同时，也要让家乡人看到"沉舟侧畔千帆过，病树前头万木春"的景象。至于自己是否叶落归根，回归社树堡，他暂时还没有过多考虑。

对子女的教育，姚文青历来都很重视。虽说现在儿子们大了，很少在他面前撒娇，但他心里明白，决不能因自己经济条件宽裕，就对他们放纵，前车之鉴就在眼前，他不得不防。不让家眷随意在柜台上支取银钱，这是祖制中原来就有的，他不愿破坏规矩，而且要求各地商号经理严格遵守。应孚在柜台上支取现金，这种事情是第一次发生。为杜绝这种现象，以儆效尤，他收拾了应孚，同时又对各商号重申了管理规定。这种防微杜渐的举动，儿子们虽觉颇为严厉，但也没有办法。时间一长，连刘纫秋都说丈夫让他们一家日子过得并不像一个富商大户之家，倒是养成了勤俭持家的习惯。

后人叹曰：屡遭磨难意志坚，兴办实业受习难。

约束子女戒骄奢，勤俭持家好习惯。

第三十五章

逢内战商事艰难　护吴宓躲避暗探

时序进入一九四五年。该年五月八日，苏联和波兰军队攻入柏林，德国宣布无条件投降并签署投降书，欧洲战区战事宣告结束。八月初，美国在日本的广岛和长崎投下两颗原子弹。八月八日苏联对日宣战，苏军以闪电般速度围歼了中国东北的日本关东军，同时中国抗日武装向日军发动全面进攻。八月十五日，日本裕仁天皇宣布无条件投降。九月二日，日本政府代表在美国战舰"密苏里"号甲板上签署无条件投降书，第二次世界大战结束。九月九日，在南京陆军总部举行的中国战区受降仪式上，日本驻中国侵略军总司令冈村宁次代表日本大本营在投降书上签字，至此，中国的抗日战争胜利结束。

在抗日战争尚未完全结束时，国共两党就中国未来发展前途、建设大计等频繁沟通，姚文青在《中央日报》《新华日报》《新民报》等报纸上看到了蒋介石和毛泽东三次往复的电文。在万众瞩目当中，毛泽东亲临重庆，除了与国民党谈判，还与各界人士广泛交流，尤其是与柳亚子先生的诗文唱和留下了许多逸闻趣事。国共两党经过多轮谈判，双方达成《政府与中共代表会谈纪要》，即《双十协定》。各大报纸均刊登了此消息，他欢欣激动不已，看到国共两党重庆和谈给人民带来了和平、民主、团结的希望和曙光，天增公总号或许有了新的发展机遇。

他时刻记得抗战前对华东、华南、华中各分号经理和伙员的承诺。现在中国的抗日战争已经结束，国共两党又达成了《双十协定》，国家太平了，商人的机遇就会大增。除了想恢复华东、华南、华中各分号，姚文青对在泾阳兴建实业始终不愿放弃，他打电话给西安分号王智远，要求罗玉龙再去找泾阳县政府，看有没有进行投资的机会。

在全国各界欢庆抗战胜利之际，已经在泾阳成家的罗玉龙又来找邓监堂。

罗玉龙恳求道："邓会长，如今抗战已经胜利，国共两党也签署了《双十协定》，和平建国的曙光就在眼前。姚东家从成都打来电话询问在泾阳兴办棉花公司一事的可能性。您老知道，我虽是泾阳人，但常年在外，人微言轻，无法说动王县长批准此事，因此又来恳请您亲自出面相帮了。"

邓监堂得知姚文青还惦记着在泾阳兴办棉花公司，他可没有这么乐观，心想就算是抗战胜利了，此事也未必好办。他说："死了向县长，来了王县长，表面上看是城头变换大王旗，其实质可能变化不大。既然文青一心想在家乡兴办棉花公司，你就陪我一起去拜见王县长，看他对此事的态度，然后你把结果告诉文青，让他定夺。"

罗玉龙见邓监堂愿意亲自出马，感激得不停作揖。

邓监堂说："玉龙啊，出水才看两腿泥哩，你也别高兴得太早了。否则,期望越大,失望越大。"

第二天一大早,罗玉龙穿戴整齐,手里提着四样重礼到裕兴重总号来请邓监堂。

邓监堂早上起来,洗漱完毕,刚缓步走到裕兴重总号门口,就望见罗玉龙手提礼品大踏步走来,他迎上前去说:"咱们这就去县政府,去晚了怕见不到王县长了。"

到了县政府门口,值班的卫兵问:"二位这么早到县政府来,有什么事?"

罗玉龙上前说:"这位老者是泾阳商会会长邓监堂先生,我们今天特地来拜会王县长。"

卫兵打量了一眼面前的两个访客,说:"你们在此稍等,我进去通报。"

时间不长,卫兵出来说:"二位请进,王县长在大堂等候你们。"

邓监堂到这个地方来过无数次。从清末的县衙,到现在的县政府,他见识过多任清末的知县、现在的县长。在经商的几十年时间里,他不时在这块土地上奔走,斗转星移,冬去春来,这里的主宰者以各种方式给他留下了不同的记忆。对即将见面的王县长,他不知道能否办妥罗玉龙所求之事。

王县长与邓监堂见过几面,但没有过深的私交。他见邓监堂领着一个壮年人走来,就放下手中正看的书,站起身笑着问:"邓会长好,一大早到县政府来,有何贵干?"

邓监堂双手抱拳行礼,随后说:"一大早来拜访王县长,是来给您添麻烦来了。"随即指着罗玉龙说道:"王县长,这个人名叫罗玉龙,是社树堡姚家天增公姚文青东家的经理,我今天来就是替他求情的。"

王县长履职泾阳之后,对当地名人士绅、商贾大户进行过比较详细的了解,对前任县长向丕桢遭到暗杀而无法缉拿到凶手心有余悸。按道理说,泾阳一直被称为首善之区，咋会出现暗杀县长之事？等他详细了解了向丕桢的所作所为之后，对自己如何在泾阳执政有了初步打算。

听邓监堂说来人是姚文青派来泾阳的经理，他微笑着说："社树堡姚家的天增公不简单啊！姚东家不但在川藏地区把茶叶贸易做得风生水起，而且在抗战前把丝绸生意做到了缅甸，这是家乡民众的骄傲啊。不知道邓会长来找本县，所为何事？"

邓监堂向罗玉龙递了个眼色，罗玉龙忙将手中的礼物放在王县长身旁的方桌上，说："王县长，姚东家多年来一直想在泾阳兴建一家棉花公司。现在土地已经谈妥，恳请王县长批准兴建。"

王县长以为邓监堂会开口说话，没想到他却让罗玉龙直接把问题提出来。泾阳是产棉大县，周边的高陵、三原、醴泉乃至富平也是产棉大县，在泾阳兴建棉花公司可谓占尽天时地利，但他却不能同意。

王县长为难地说："罗经理，棉花及纺织品是战略物资，姚家没有官方背景，仅是一个声名在外的民营资本家，你提的要求我没法批准。请你转告姚文青，当下想在泾阳兴建棉花公司，绝不可能。"

罗玉龙听到王县长一口回绝了开棉花公司之事，不由得着急地问："王县长，现在抗战已经胜利，国共两党也签订了《双十协定》，主张和平建国，所谓战略物资的性质就失去了意义。难道民营资本就不能介入棉花加工吗？"

王县长沉下脸，反问道："你知道《双十协定》，但你知道这个协定是咋签的吗？那是国共双方军队在山西上党用战争流血和巨大伤亡达成的阶段性共识。邓会长阅历丰富，见多识广，肯定知道近些年发生的事情。据我所知，自一九三四年石凤翔兴建过大华纱厂，陕西还有谁开过棉花公司？据说，石凤翔当年兴建大华纱厂，也是在当时的陕西省主席邵力子和西安绥靖公署主任杨虎城的支持下完成的。后来石凤翔之女石静怡嫁给蒋委员长的次子蒋纬国，石凤翔与蒋委员长结成亲家，这才有了大华纱厂的现在。天增公虽说是西北地区比较有名的民营商号，也有一定的实力，但没有过硬的政府背景，是不可能拿到批准建厂文书的。"

邓监堂插话道："王县长，泾阳是产棉大县，姚文青想开棉花公司之事已经经历了三任县长，也算是好事多磨吧。老朽不明白，难道开一家棉花公司非得有官方背景？"

王县长苦笑着说："邓会长，我的确是无能为力。国共两党能在上党地区为各自利益大动干戈，难保不会在其他地方再燃战火。我在接手泾阳县县长时，上峰就交代过，泾阳是通往陕北的要道，一定要格外关注各方动态……"

没等王县长把话说完，罗玉龙气哼哼地说："姚东家现在不可能为兴建棉花公司去高攀达官贵人吧？难道为开棉花公司，让东家去巴结西安绥靖公署主任胡长官不成？"

王县长一听这话，压在心里的火腾地一下爆发了。他说："罗经理，你找谁都行，没有官方背景的民营资本一律不准介入棉花加工行业，这是上峰的规定。再说了，民营资本也不能有钱就任性吧？更不能想干啥就干啥吧？如果都任性而为，还要地方政府干啥？要国家法律干啥？"

王县长发完这通火，一语双关地继续说："现在国家正处于敏感时期，罗经理，我是看在邓会长的面子上，想让你知难而退。何去何从，你回去转告姚文青，让他抉择吧。"

邓监堂看到王县长确实生气了，就劝说道："王县长，您别生气。玉龙为此事已经忙活好几年了，好不容易盼到国共两党要和平建国，这才再次提出申请。他年轻气盛，说话不知轻重，请王县长见谅、包涵啊。"

王县长借坡下驴地说："邓会长，我刚才一段气话就是想提醒罗经理，不管个人经济实力多么强大，一旦和政府对抗，倒霉的肯定是个人。"

罗玉龙清楚王县长这是变着法教训自己，也后悔自己刚才的冲动，他有些歉疚地说："王县长，此事拖了多年，让我无颜面对东家。刚才言语多有冒犯，请王县长海涵。"

王县长说："我知道姚东家在泾阳开棉花公司是想方便百姓，造福乡邻，但这种美好的愿望，目前尚无法实现。假以时日，咱们再说。"

邓监堂知道该识趣走人了。他站起身说："王县长公务繁多，我等就不打搅了，告辞。"

他向罗玉龙递了个眼色，罗玉龙连忙起身，说："草民不知道政府有政策，给王县长添乱了。不管如何，我代表东家感谢王县长的提醒和教诲！"

王县长说："我只是不想让你们走弯路，尽量把事情说在前面而已。邓会长，二位慢走，恕不远送。"

回去的路上，罗玉龙一直低着头默默跟在邓监堂身后，一抬头发现已到裕兴重总号大门口了。他不好意思地说："邓会长，事情总算有了个交代，我回去后马上告知东家。对刚才在县政府与王县长拌嘴之事，请您见谅啊！"

邓监堂叹了一口气，说："没事。你回去把情况告诉文青吧，我有事还要出去一趟，就不留你了。"

罗玉龙尽管清楚了在泾阳兴办棉花公司的艰难，但他不敢擅自做主。和邓监堂分手后，他回家简单收拾了几件换洗衣服，就赶到西安向王智远通报了求见王县长的详细情况。

王智远听完他的叙说，叹气说："此事只能由东家做决断，我们如实汇报就行了。"

姚文青在电话中听了罗玉龙的汇报，失望至极，铁青着脸说："玉龙，你已经尽力，就不要自责了。"

罗玉龙说："现在泾阳没事可干了，我马上回成都吧？"

姚文青说："你可以留在西安帮助王经理一起经营西安分号。现在你已成家，不比以前一个人吃饱全家不饿了。"

罗玉龙恳求着说:"东家,我在四川还有一件心事未了,你就让我回成都吧。"

姚文青猜不透罗玉龙的真实用意,还以为他在四川有风流债,只好同意说:"你可以回四川。现在乐山分号正缺人手,你来了可以帮助赵振宇管理乐山分号。"

罗玉龙带着穆景升回到成都,把他几次到泾阳县政府恳请办理兴建棉花公司审批文件的情况向姚文青当面做了详细汇报,姚文青长叹一声,说:"国共双方虽说签订了《双十协定》,但形势依然不容乐观。现在美国人也在插手中国内部事务,国家的前途变得更加扑朔迷离。既然你回四川了,就先到乐山帮助赵振宇打理乐山分号生意,让穆景升回到丝绸厂上班,等有机会再说吧。"

就在国内这段短暂的和平期间,坊间盛传着柳亚子评论毛泽东的一首词《沁园春·雪》。喜爱诗词的姚文青在《新华日报》上看到柳亚子先生的一首《和毛润之先生咏雪词》,词云:"廿载重逢,一阕新词,意共云飘。叹青梅酒滞,余怀惘惘,黄河浊流,举世滔滔。邻笛山阳,伯仁与我,拔剑难平块垒高。伤心甚,痛无双国士,绝代妖娆。　才华信美多娇,看千古词人共折腰。算黄州太守,犹输气概,稼轩居士,只解牢骚。更笑胡儿,纳兰容若,艳想浓情着意雕。君与我,要上天下地,把握今朝。"姚文青未读过毛泽东的《沁园春·雪》,但从柳亚子对其评价来看,肯定是佳作。柳亚子本身爱好诗词,自视甚高,岂能随意赞叹毛泽东为"中国有词以来第一作手,虽苏、辛未能抗,况余子乎?"

他四处打听想早日拜读毛泽东的这首《沁园春·雪》时,坊间不断有消息传出:毛泽东到达重庆的第四天,柳亚子就兴冲冲地到毛泽东居住的桂园探望,诗性不减当年的柳亚子一见面就赠了毛泽东一首诗,诗云:

"阔别羊城十九秋，重逢握手喜渝州。弥天大勇诚能格，遍地劳民战尚休。霖雨苍生新建国，云雷青史旧同舟。中山卡尔①双源合，一笔昆仑顶上头。"柳亚子称赞毛泽东为了全国人民的福祉，涉险来重庆谈判的"弥天大勇"。吟罢自己的诗，柳亚子又请毛泽东也赋诗一首。毛泽东于是就把他一九三六年二月在陕北清涧正逢一场大雪时挥笔写的一首旧作《沁园春·雪》赠给柳亚子。

起初，柳亚子想把这首词与自己的和词拿到中共在重庆的机关报《新华日报》发表，但《新华日报》的人员回复柳亚子说，毛泽东主席不想让青年人知道他作旧体诗，故只发表了柳亚子的《和毛润之先生咏雪词》。该报这样做，反倒吊起了大家的胃口，都想一睹毛泽东原词风采。柳亚子也每每拿出毛泽东的词同来人一同欣赏，这样这首词就传开来了。《新民晚报》副刊《西方夜谭》主编吴祖光读到坊间传抄的《沁园春·雪》时，击节称赞，他觉得作为一名报纸副刊编辑，遇到这样的好作品是可遇而不可求的事，加上《新民晚报》是民营报纸，受约束少，于是就自作主张在《新民晚报》副刊上发表了毛泽东的《沁园春·雪》，并在词后加上了一段按语："毛润之先生能诗词，似鲜为人知。客有抄得其《沁园春·雪》一词者，风调独绝，文情并茂，而气魄之大，乃不可及。据毛自称，则游戏之作，殊不足为青年法，尤不足为外人道也。"《新民晚报》原文刊登的全词如下："北国风光，千里冰封，万里雪飘。望长城内外，惟余莽莽；大河上下，顿失滔滔。山舞银蛇，原驰蜡象，欲与天公试比高。须晴日，看红装素裹，分外妖娆。江山如此多娇，引无数英雄竞折腰。惜秦皇汉武，略输文采；唐宗宋祖，稍逊风骚。一代天骄，成吉思汗，只识弯弓射大雕。俱往矣，数风流人物，还看今朝。"

---

① 中山卡尔：笔者理解为指孙中山和卡尔·马克思。

姚文青品读这首《沁园春·雪》，极为震撼。他认为毛泽东在这首词中，情寄予景、景牵于议、议通于情，景、情、议三者有机结合，由此产生巨大的感染力。他更觉得，这首词只能是身临其境，有感而发，绝非堆砌辞藻就能超越的。可能正因如此，国民政府豢养的许多文人都无法创作出超越毛泽东这首词的《沁园春》。据说蒋介石对毛泽东这首词中"数风流人物，还看今朝"一句大为恼火，而姚文青倒是觉得正贴合目前的处境。中国如果真能像国共两党达成的"必须共同努力，以和平、民主、团结、统一为基础……长期合作，坚决避免内战，建设独立、自由和富强的新中国"那样，民族工商业必将呈现新的繁荣，自己也好趁机恢复天增公各项生意，兑现抗战前对所有伙员的承诺，做到言而有信。

在钦佩毛泽东的这首《沁园春·雪》的同时，姚文青思考良久，也想赋诗一首，表达自己澎湃的心情。思虑良久，他终于提笔和诗一首："豪气英风世绝伦，无双才调沁园春。唐宗宋祖何劳数，终是青编第二人。"他将诗作拿给刘纫秋欣赏，妻子看后说："从和诗可以看出你对毛泽东非常敬佩，但我提醒你，此诗切勿外传，当心别有用心之人说你私通共党。"

姚文青惊出一身冷汗。他说："多谢夫人提醒！你知道我这个人一直不群不党，从来没有想过借助权势谋求利益。写这首诗，完全是仰慕毛泽东的才华和胸襟，别无他意。"

刘纫秋说："古人云：说者无心，听者有意。如果你这首诗流传出去，被别有用心之人告发，可能会带来难以预料的麻烦。因此，我劝你自己把玩即可，千万别再示人。"

姚文青笑道："谨遵夫人教诲。不过话说回来，我和于右任是莫逆之交，世人皆知。在他人眼里，要想借助于老之手在官场混个一官半职，易如反掌。可我从来没向于老提出过任何要求，更不想混进国民党官场这个染缸。连于老也劝我远离政治，安心经商。现在时局变化莫测，我们还是不要沾上党派关系为好。"

刘纫秋说："这才是你的一贯做法，我赞同。"

就在姚文青期待国内能够实现长久和平之际，罗玉龙告诉他一个消息，让他如同吞下了一只苍蝇。

罗玉龙这些年始终没有放弃追查高富贵的下落，这次回乐山之后，他派出的伙员历尽千辛万苦，终于打听到高富贵的踪迹。原来，高富贵当时看到罗玉龙带的账目箱子毁于战火，其人生死未卜，就带着他手中仅存的一套账目，先回到曼德勒。后来日军攻占曼德勒，他见曼德勒已经不是经商的理想之地，就带着账簿跑到东南亚躲藏起来。第二次世界大战结束后，高富贵凭借着缅甸分号在美国花旗银行的账单，取出所存资金，自己开办了私人银行，现在已成为当地首屈一指的富翁，小日子过得要多滋润就有多滋润。

姚文青听了罗玉龙的汇报，脸色铁青，沉默不语。罗玉龙说："想当初，郭总经理就劝您不要重用高富贵，您一意孤行，给自己种下了苦果。我知道，您当初是感激高五爷曾经保全了仁在堂，也怜悯他临终请求您照顾高富贵，可如今，您看这都是些啥事嘛！"

姚文青依旧没有作声。

罗玉龙自责道："也怪我没有看好这个狼心狗肺的兔崽子，才给天增公造成了无法弥补的损失。东家，您要觉得不解恨，就处罚我吧。"

姚文青这才说道："玉龙兄弟，重用高富贵，罪责在我。事情过去这么多年了，就让它过去吧。人心隔肚皮，咱暖不热人家的心，迟早都是祸害。说破财免灾也好，说疏忽大意也罢，今后这件事情就不要再提了。你也尽到了责任，不必这般不安。"

姚文青不曾预料到国民党很快就撕毁了《双十协定》，随后国共双方爆发了后来称之为解放战争的国共第二次内战。

一九四六年六月二十六日，美国国务卿马歇尔出面调解的停战期刚过，国民党就撕毁停战协定和政协决议，围攻中原解放区，长达三年多的全国内战就此爆发。经过辽沈战役、淮海战役和平津战役三大战役，国民党军队主力大部被歼，长江以北基本上解放。

一九四九年四月二十一日拂晓五时许，中国人民解放军发起渡江战役，到七月份，相继解放了华中、华东、华南，西北野战军和平解放了新疆。十一月初，云南省主席卢汉和西康省主席刘文辉通电起义，刘伯承、邓小平率领的第二野战军迅速攻占邛崃和雅安。至此，国民党在西南的大城市仅剩下成都和宜宾。

让姚文青感到惋惜的是，忘年交于右任于十一月底在重庆寻找发妻高仲林和女儿于芝秀未果，偏巧碰上了他的二儿子姚应禄。姚应禄见于老伯父孑然一身，不忍心他一人只身前往台湾，就给父亲姚文青留下一封信，随着于右任去了台湾。等姚文青收到姚应禄的书信时，重庆已经解放。姚应禄在信中说，于伯父原本不想去台湾，但被人强迫逼去，实为无奈。同时向父亲透露了一个秘密：于右任发妻及女儿当时已经离开重庆前往成都避难，他恳请父亲寻找并照顾。在信封中，姚文青看到于右任亲笔所书的两首诗，其一是他在广州拜谒黄花岗七十二烈士陵园时所写："黄花岗上有啼痕，白首于郎拜墓门。三十余载真一梦，凭栏不忍看中原。"其二是一首《越调子·天净沙》"谒黄花岗"："中原万里悲笳，南来泪洒黄花。开国人豪礼罢。采香盈把，高呼万岁中华！"姚文青读罢这两首诗，对于右任的无奈感同身受，对姚应禄陪同于右任前往台湾实为不舍却也鞭长莫及。他只希望儿子能跟着于右任学到更多做人处事的道理，照顾好这位民国元老和老乡。

他随即安排人在被围困的成都四处打听于右任发妻及女儿的下落。功夫不负有心人，时间不长，终于如愿以偿。姚应禄在台湾也得到了于右任的关爱，并亲自主持了他的婚礼。姚应禄去美国深造时，得到了于右任的担保和资助，后来在美国IBM公司工作，一九七七年成为首批访问大陆的海外科学家成员，在北京、武汉、成都、西安等地讲学交流，并每年前往天津计算机研究所做协作指导。当然，这是后话。

身处成都的姚文青从西安分号、康定分号、雅安总号、乐山分号等陆续反馈回来的消息看到，解放军对民族工商业秋毫无犯，允许他们正常经营，这才让他因国民政府废止法币，发行"金圆券"造成资产大幅度缩水的愤懑心情稍微得到了安慰。同时，他也得知，十月一日，毛泽东在北京天安门城楼宣布中华人民共和国成立，并郑重宣布："中国人民从此站起来了"。姚文青觉得，共产党领导的中国人民解放军能在三四年间打败蒋介石领导的国民政府及其军队，绝非轻而易举。民心所向，改朝换代，实在是大势所趋。他不想对新成立的中华人民共和国妄下评论，也想多听、多看，遗憾的是他身处成都，无法看到共产党解放区的情形。

在成都四面楚歌之际，姚文青压根没想到蒋介石会亲临成都。自从进入十二月份，成都市内的地方部队已经全部被胡宗南的部队替换。胡宗南部第三军军长盛文接任成都防卫司令后，在一些主要街道上都设置了路障，木栅栏、沙袋、铁丝网随处可见，把九里三分的成都分割成若干区域，就连著名的商业街陕西街也如临大敌。军方高度戒备，生意日渐萧条，路上行人匆匆，警特四处活动，居民人心惶惶，昔日繁华的成都变成了一座军事堡垒，进入临战状态。为进一步鼓励"川西会战"的将士，蒋介石亲临成都做了安排部署，《中央日报》对其行踪进行了连续报道。

就在蒋介石亲临成都督战时，中共地下党员郭汝瑰率领第二十二兵团装备精良的国民党军队四个师通电起义，宜宾宣布解放，成都的最后一道屏障灰飞烟灭。

一天夜里，成都市内新玉沙街骤然响起激烈的枪炮声，惊醒了寒冬腊月的穷苦百姓。第二天，坊间传言，盛文派第二五四师两个连袭击了刘文辉公馆，并对刘公馆"挖地三尺"，洗掠了无数金条、银圆、珠宝、翡翠、鸦片、名画、古董……消息传出后，成都富商大户更为胆战心惊，唯恐这样的厄运降落到自己头上。

紧接着又爆发了成都大中学校上万名师生到省政府门前的游行示威活动，四川省主席王陵基对师生们"反迫害、争民主""反饥饿、争温饱"的要求置之不理，反诬陷师生们受中共背后鼓动闹事，并威胁师生若不迅速返回学校，省政府将采取断然措施！

游行的师生们派出代表与政府谈判未果，学生中有人高呼："冲进去！""找王灵官（王陵基）去说理！"于是，万人队伍立刻像决堤的洪水向省府涌去。一瞬间，埋伏在沙包后面的胡宗南所部官兵扣响了机枪，学生们随即倒下了几个，游行队伍顷刻大乱。埋伏在周围的军警一拥而上，个个如狼似虎，见学生就打，打倒就捆……蒋介石听王陵基汇报镇压学生游行后，又要求查封《新民报》等报纸。此事在成都闹得满城风雨，民怨沸腾，纷纷指责国民党政府极端残忍，草菅人命。姚文青听闻消息，不禁暗暗摇头，心想这样的政府岂有不亡之理。

一日与成都分号经理杨茂财谈起眼下的形势，二人均是忧心忡忡。杨茂财问道："东家，时局变化很快，老蒋也没想到他精心布的局，竟然会变成这样。共产党统一全国已是大势所趋，民心所向，等共产党解放了成都，我们该咋办？"

姚文青说："我对共产党多少听说了一些。在他们的解放区，普遍实行土地改革，没收官僚资本，实现了耕者有其田，民主的气氛也很浓。我们不是官僚资本家，也没有做过伤害国家和民族利益的事，对没收资产之事不用担心。再说,不管是哪个党执政,人民要生活,就离不开商业经营,我们走着瞧吧。"

杨茂财点点头,说:"那就按照东家的意思,等共产党进城之后再说。"

姚文青郁郁寡欢地回到住所,心绪难以平静,看着摞满图书的书架,忽然产生了灵感,随即作了一首诗抒发自己此刻的情感。诗曰:"危楼聊纵目,室小且徘徊。书史围衾枕,茶烟乱几台。和风迟未至,宿雾喜初开。天意怜衰草,阳春庶可来。"

当天夜里子时,已经就寝的姚文青猛地听到一阵急促的电话铃声,他心里嘀咕这都啥时候了,还有人打电话,真有点烦人。原先想电话无人接听,对方就会挂断,谁知电话铃声一连响了三次,甚至连已经熟睡的刘纫秋也被吵醒。妻子推了他一把,睡眼惺忪地说:"你去接一下吧,三更半夜打电话,肯定有急事。"姚文青这才披上外衣,刚抓起听筒,就听到了吴宓的声音。

吴宓急促地说:"文青,我是吴宓,打扰你了。我在你家附近的电话亭里,你快开门,咱们见面再说。"

姚文青放下电话就出了卧房,走到前院,刚打开大门,就见吴宓神色紧张地站在门外,他冲着姚文青点了一下头,见四下无人,随后就挤了进来。姚文青从未见过大名鼎鼎的吴教授如此不顾礼节,把他让进来,领着他到了客厅。

刚坐定,吴宓就说:"文青,打扰你了,可能还要给你添麻烦。"

姚文青不解地问:"吴教授,此话咋讲?"

吴宓说:"蒋介石离开成都之前,美其名曰保护中华民族知识界精英,点名让我去台湾,我不想去,成都保密局就派几个人日夜监视我,强迫我跟他们走。今天夜里,我见他们防范疏忽,就翻窗户和围墙逃了出来。现在到你府上了，请你帮我找个地方躲过这一劫。"

姚文青清楚自己与吴宓的关系世人皆知，保密局又神出鬼没，嗅觉灵敏，只要发现吴宓失踪，肯定会找到自己家里来。轻易不开口求人的吴宓把话说到这个份上，自己自当义不容辞。

他知道让吴宓躲在自己家里不安全，说："吴教授，此地不宜久留，你还得跟我走一趟。"

吴宓说："我从未遇到过如此难堪境地，方寸已乱，一切全凭老弟安排。"

姚文青转身回到卧室，穿戴整齐后，领着吴宓出后门，直奔杨茂财家。夜晚的成都街道，静悄悄的，不见其他行人，有些瘆人，他们二人紧贴着街道两旁的屋檐，做贼似的急匆匆赶到杨茂财家的后门。姚文青抓起门环，使劲敲了起来，"咚咚咚"的声音在静谧的夜空里格外响亮，也让他们心惊胆战。好在工夫不大，杨茂财披着外衣打开了后门，看见东家和吴宓站在门外，他大吃一惊，随即问道："东家，有啥急事？"

姚文青说："别问了，赶紧拿上库房钥匙，跟我走。"

等到了天增公在成都一所比较隐秘的存放贵重货物的库房，姚文青这才缓了一口气。他对吴宓说："吴教授，这里条件比较差，让你受委屈了。"

吴宓说："只要安全，没事。"

杨茂财插言道："请吴教授尽管放心，此地即便是商号内部人员，也没几个人知道。我安排这里值守的伙计，照顾您的起居。"

姚文青说："杨经理，你赶紧回去打电话给我家里，告诉你弟妹，如果有人找我，就说我住在商号里，别的话不需多说，免得你弟妹担心。"

杨茂财想是东家有事要跟吴宓相谈，就按照东家的吩咐，交代值守伙计照顾好吴宓之后就回家了。

在库房的厅堂里，姚文青看着吴宓，不解地问："吴教授，你这是唱的哪一出啊？"

吴宓说："此事说来有点话长，既然你要打破砂锅问到底，我就索性全告诉你吧。一九四九年初，我在武汉大学中文系任教时，刚履新的国民政府教育部长杭立武曾专程到武汉拜访我，以学友情谊恳请我去台湾，我以不习惯南方水土为由拒绝了。他见苦口劝说无效，在离开时软硬兼施地说：国民党有抢运学术泰斗的计划，交给他执行，此乃非常之措施，党国大义，不论诸位大师个人意向如何，绝对不能听任诸位夫子'畏南山之雨，忽践秦庭；让东海之滨，遂餐周粟'，坐视你们这些国宝落入共方之手。随后杭立武又派来一位略带浙江口音的中年男子到武汉，要求我提前结束武汉大学中文系的课程，做好出行准备，他将陪同我登机赴台北。在我无计可施时，恰好重庆相辉学院院长许逢熙到武汉邀请我到重庆，在他的帮助下，我只带了随身衣服和一些书籍、日记，连夜离开武汉大学，过长江到汉口，乘飞机逃到重庆隐居，算是逃过了一劫。后来我到了成都，本以为在成都能安心教书，谁知前几天台湾又派人追踪到成都，强逼我去台湾，我仍以不服南方水土为由推辞，这些人只知道服从上司命令，不由分说将我囚禁，并准备挟持我去台湾。今晚后半夜，我趁他们防备松懈，就翻墙逃了出来。在成都，我真正放心的人就是你，因此找你帮忙。我第一次成功逃脱挟持是因为许逢熙帮忙，这第二次逃避挟持，你肯定能让我如愿的。"

姚文青见吴宓对自己寄予厚望，深感欣慰，故意问道："蒋介石离开成都时，不是说国民党在与中共的斗争中必将取得彻底胜利吗？说不定他会利用时机，以台湾做基地，反攻大陆，实现他的梦想。"

吴宓讥讽地说："他说的都是糊弄人的屁话，你也相信？"

姚文青说："我当然不相信了。你是知名教授，蒋介石点名请你去台湾，你为何不去？"

吴宓说："你问的这个问题，此前也有好友问过我。我两次拒绝去台湾，乃是拒绝跟随国民党，坚决抛弃那个政权。至于新成立的中华人民共和国，我拥护它，欢迎它。我这人，历来言行一致，既然今天说了，将来就一定做到。再说，短短几年时间，蒋介石政府就把整个大陆都丢给了共产党，说明了啥问题？现在偏居一隅，还梦想着反攻大陆，真是痴人说梦话！文青，中国历史几千年，你听说过有几个从南方起兵真正统一全国的？"

姚文青认真地问道："吴教授有何高见，愿闻其详。"

吴宓见难推辞，说："中国地理西北高，东南低。兵法上说，以西北伐东南是顺势，以东南伐西北是逆势。几千年文明史中，只有两个例外。项羽的反秦复楚和朱元璋的反元复汉。项羽于楚地挥师北上，一把火把咸阳烧了，定都彭城，一心想衣锦还乡，不足成大事。刘邦兴于蜀汉，以长安为都城，实乃明智之举。朱元璋取天下，从安徽起事，定都南京，但燕王朱棣发动政变，还是迁都北京。这也印证了司马迁在《史记·六国年表》中所说：'夫作事者必于东南，收功实者常于西北，故禹兴于西羌，汤起于亳，周之王也以丰、镐伐殷，秦之帝用雍州兴，汉兴蜀汉。'辛亥革命之后，山河破碎，国民党从南方起兵，始终没有实现真正意义上的统一。现在共产党从北方挥师南下，即将完成统一，再次应了司马迁的话。"

姚文青接着问道："除了风水之说，难道没有其他原因吗？"

吴宓意犹未尽地说："除了这些风水之说外，我看主要还是民心所向。"

姚文青催促道："您一次说完好不好？"

吴宓稍做停顿，接着说："中国是一个农业大国，按共产党的说法是一个半封建半殖民地的国家。在这样的国家，农民最关心的是啥？国民政府的经济基本上被蒋宋孔陈四大家族垄断，官员贪腐成风，物价一日三涨，民不聊生，哀鸿遍野，政府真正为民众办了哪些事？再看共产党，当年从江西闹革命开始,就响亮地提出了'打土豪、分田地'的口号,紧紧抓住农民希望拥有土地这个核心,吸引无数贫雇农为了拥有土地不懈奋斗。我听说,共产党已经在晋西北开始进行土改试点,估计将来统一全国后,要在全国搞土改,让贫雇农拥有自己的土地。"

姚文青钦佩地说:"还是共产党高明啊!"

吴宓说:"不管是'打土豪、分田地',还是进行土改,当然会触及一部分人的利益。我听说共产党对官僚资本是要没收的,对地主恶霸也要镇压。文青,如果共产党执政了,你就不怕吗?"

姚文青笑着说:"我又不是官僚资本家,我怕啥?这几年,生意难做,家底都快折腾光了,只剩下虚名。只盼天下太平,我能继续做生意。"

吴宓说:"如果共产党掌管了国家政权,就将打破陕商延续几百年'以商求富,以农守之'的格局,以土地和豪宅炫耀财富的时代也将结束。"

姚文青说:"您的意思是说共产党真会把地主的土地分给贫雇农?"

吴宓说:"我听到的消息是这样的。这就是共产党所说的让耕者有其田。"

姚文青说:"与其让人分,还不如自己把土地无偿赏赐给佃户,这样反倒可以落个心安。当年,吴教授的大妈、一品护国夫人周莹把土地无偿租给佃户二十年,至今还让人念叨哩。"

吴宓笑了笑没有接话。

姚文青说:"如果共产党统一全国,吴教授应该算是爱国人士了。"

吴宓说:"反正我认为大陆才是正统,才能成大事。至于是否爱国,岂是自己能标榜的?"

姚文青微笑道:"嘿嘿,那我也算是为新中国保护了一个难得的人才。"

吴宓笑着说:"别贫嘴了,你赶紧回去吧,万一有个啥事,你也好照应,免得弟妹担惊受怕。"

见时间真的不早了,姚文青说:"吴教授也早点休息,我这就回家,以防不测。"

吴宓关切地说:"听说胡宗南已撤离成都,但警特人员到处都是,你路上要小心一点。"

姚文青说:"您放心,这条路我走过无数次了,一定没事。"

真如姚文青所预料的一样,第二天一大早,有几个穿着便衣的汉子找上门来,询问他是否见到过吴宓。姚文青摇着头说:"你们知道吴教授和我关系不错,他会到我这里来吗?如果他傻到这种地步,既不配当教授,也是自投罗网。"

一个领头的人说:"我们也是来问一下,别无他意。如果吴教授到你家来,请你立即向成都保密局汇报,我们有要事找吴教授。"

姚文青假装吃惊地问:"吴宓教授失踪了吗?"

那人说:"蒋委员长要求我们保护吴教授,并请他去台湾,谁知道昨天晚上吴教授不知去向,考虑到你与吴教授关系非同一般,故而上门询问。"

姚文青说:"我昨天晚上一直在家,他没到我家里来。如果有他的消息,我会按照长官吩咐,第一时间告知你们。"

几个人见问不出啥名堂,既没有证据,也不便搜查这个富户的家,只好悻悻离开。

好在这种提心吊胆的日子没过几天,成都在没有遭到大的破坏的情况下就和平解放了。十二月三十日,贺龙将军率第一野战军进驻成都,受到各界人士的热烈欢迎,与之前胡宗南军队在成都不可同日而语。

后人叹曰:政权更迭几年间,危局护友不避嫌。

畅想未来商业事,心有谋略天地宽。

第三十六章

顺潮流公私合营　捐飞机青史留名

时间进入一九五〇年，当年中央人民政府颁布了《中华人民共和国土地改革法》，四川也开始进行土地改革，其基本内容就是没收地主阶级的土地，分配给无地少地的农民，在社会上废除地主这一阶级，把封建剥削的土地所有制改变为农民的土地所有制，解放农村生产力。随着土改运动的深入，中央在新解放区的土改中还专门邀请民主党派和无党派代表人士参与和参观、视察，防止出现"左"的偏差。新中国实行的土地改革，废除了两千多年的封建地主土地所有制，使"耕者有其田"的理想在共产党的领导下得以实现，长期被束缚的农村生产力获得了历史性的大解放。

在土改运动如火如荼之际，姚文青开始关注共产党将如何对待民族工商业经营者。在他的心里一直认为自己不是官僚资本家，没有凭借任何权势做过巧取豪夺之事，不属于共产党打击的对象。唯一让他感到担忧的是，自己虽没有占有大量土地，却在西安、雅安等地置办了许多房产。这些房产该如何处置，让他一时拿不定主意。

一天早上，西安分号经理王智远打电话汇报泾阳县对民族工商业进行社会主义改造的情况。王智远在电话中说，泾阳县县长涂洛克前不久召集泾阳商会开会，在会议上他按照上级指令，宣布所有经商者必须参加公私合营。现在，泾阳八大茶号东家以自己的字号和资产入股新成立的泾阳茶厂，有些东家出任泾阳茶厂股东，有些担任了管理职务。

王智远最后请示说："东家，陕西比四川解放早，有些政策比四川落实快。现在，泾阳本地茶商已经开始公私合营，我们咋办？"

姚文青沉吟片刻，说："公私合营是好事，既能整合资源，也能解决茶叶采购和销售渠道问题。你时刻关注泾阳方面的动态，等我考虑后再回复你。"

他尚在犹豫之际，杨茂财从成都分号打电话向他请示了一件事。杨茂财在电话中说："东家，分号来了几位第一野战军的军官，其中一位自称叫姚周陶，指名道姓要见您。"

姚文青愣了一下，自忖和解放军并无瓜葛，这个自称姚周陶的军官为啥非得要见自己。他想不管是福是祸，人家已经指名道姓，自己总不能不见，否则，不知道会惹来啥麻烦。他说："你让他们在商号稍等，我这就过去。"

随后，就听到一个熟悉的声音说："叔父，我是姚增新，现在改名叫姚周陶了。您不用过来，我到您府上拜访您吧。"

姚文青一听是姚增新，顿时放了心。他说："好吧，我就在家里等候。"

姚文青放下电话，赶紧招呼妻子收拾客厅，并对她说："纫秋，你还记得我的远房侄儿姚增新吗？"

刘纫秋迟疑了一下，随即想了起来，说："你说的姚增新是不是原来在西安南院门乡党高又明开设的德美药房当学徒，后来得你资助到北大街成德中学上学的远房侄儿？"

姚文青点头说："你的记性真好！增新现在改名叫周陶了。刚才杨经理在电话中说，周陶现在可是第一野战军的军官。他等会儿就来咱家，不知道登门有啥事？"

刘纫秋说："既然是来拜访，应该不是坏事，你就不要乱猜了。"

她的话音刚落，姚文青就听到一阵脚步声，等他走到客厅门口，就看见杨茂财领着三位身穿黄色军装，头戴军帽，腰挎手枪的军官快步走来。姚文青仔细一瞧，走在前面的正是自己多年未见的远房侄儿姚周陶。

姚周陶望见身穿青色长袍、戴着眼镜的姚文青正站在客厅外的台阶上，他急走几步，抢上前跪拜，说："侄儿姚周陶拜见叔父。"

突然间发生的这一幕，让众人大吃一惊。姚文青愣了一下，赶紧拉起他说："周陶，现在是新社会，不兴这一套了。你现在是解放军军官，就更不应该行跪拜礼。"

姚周陶站起身，用手拍打了几下膝盖上的尘土。他说："侄儿能有今天的成就，全赖叔父当年的全力资助。就是新社会，也提倡尊老爱幼。"

姚文青招呼大家到客厅就座，刘纫秋给大家每人沏了一杯茶，当她把茶杯递给姚周陶时，姚周陶没有接茶杯，而是又给她行跪拜礼。刘纫秋急忙把茶杯放在座椅旁边的茶几上，拉起他说："赶快起来，赶快起来，如此重礼，我可承受不起！"

姚周陶说："婶娘绝对能承受得起。没有您和叔父当年无私资助，就没有侄儿的今天。"

随后，姚周陶向姚文青夫妇、杨茂财介绍了一下随他而来的两位军官，并说："当年从成德中学毕业后，我就参加了革命，在八路军兵工厂专门制作弹药，度过了抗日战争的艰辛岁月，也把自己变成了武器专家。解放战争开始后，我随第一野战军四处作战。成都解放后，一直想来拜见叔父，没想到国民党军队残余又四处兴风作浪，破坏新生的革命政权，我就忙着随军到处剿匪。今天见到叔父、婶娘，这才了却了我一桩心愿。"

姚文青呵呵一笑，感到很欣慰。他说："当年你在德美药房当学徒，我就发现你是个读书的料，这才资助你去成德中学读书。我记得你曾向我借学费，当时我觉得借给你学费没问题，就怕你不好好上进，就和你约定以你的成绩单作为我资助你上学的依据。后来我发现你成绩确实优秀，就让西安分号直接给你支取学费了。"

姚周陶说："不光是学费，还有生活费。西安分号王经理曾经告诉我，说是叔父特意交代的。"

姚文青笑着说："亏你还记得这些小事。"

姚周陶说："叔父大半辈子屡次捐款捐粮，资助过无数人，可能自己都记不清了。对我来说，没有叔父的资助，我走的就会是另外一条路，就是想为革命做贡献，恐怕也没有现在的贡献大。"

谈起在西安的往事，姚文青突然想起鼎力支持李仪祉修泾惠渠、发动"西安事变"的杨虎城。这些年，姚文青一直没有听到他的确切消息，心中对这位老乡和当年陕西的主政者很是惦念。他问："周陶，你知道杨虎城的最新消息吗？"

姚周陶愣了一下，说："'西安事变'和平解决之后，杨虎城就被南京国民党政府撤职留任，失去了对十七路军的控制，一九三七年六月被迫去欧洲考察。'七七事变'后，他多次致电国民政府要求回国参加抗战，但没有得到蒋介石的批准。一九三七年十二月他偷偷回国，和秘书、家人一起在南昌被逮捕软禁，此后一直被秘密关押。一九四九年九月六日，国民党军队弃守重庆前夕，毛人凤受蒋介石指示，命令杨进兴、熊祥、王少山、林永昌等四名军统特务人员在重庆戴公祠将杨虎城及其子女等八人杀害，并用硝镪水毁灭了尸体。重庆解放后，解放军抓获了几个军统特务，经过审讯，才知道杨虎城等人已经遇害了。"

姚文青听到杨虎城遇害的消息，瞠目结舌，唏嘘不已。

姚周陶问道："叔父，现在全国已经解放，土改工作即将完成，您的商号将来咋办呀？"

姚文青看了看其他两位军官，说："我正在考虑此事，目前尚无良策。周陶，你对新中国的政策比较了解，有什么建议？"

姚周陶说："依我之见，您可能要效仿民生轮船公司，走公私合营的道路了。"

姚周陶说的民生轮船公司，原名"民生实业股份有限公司"，是旧中国最大的一家民族资本轮船公司，在民族资本企业中有举足轻重的地位。新中国成立时，民生公司拥有轮船九十六艘，员工近八千人，担负着长江上游百分之八十的运输及至广州、香港的运输任务。民生公司总经理卢作孚是一位爱国企业家，解放战争后期，他居留香港，与中共党组织取得联系，坚决拒绝去台湾，并巧妙地将台湾和海外的十八艘轮船驶回上海，参加了新中国的建设事业。一九五○年六月，他应周恩来总理邀请到北京，秋天从北京返渝路过武汉，会见了武汉军管会代表刘惠农，并对刘惠农说："很感激党。正当民生公司债台高筑，发不出工资时，中央政府在财政十分吃紧的情况下，还贷款一百万港元使民生公司渡过难关。"

一九五○年，就在刘惠农接待卢作孚之前，卢作孚向周恩来总理汇报民生公司的情况时，提出了公私合营问题。

卢作孚要求公私合营的请求涉及一项重大国策，就是如何将资本主义企业引导走社会主义道路。毛泽东同志根据当时的国情，特别是对民族资产阶级两面性做了科学的分析，在七届二中全会上提出对民族资产阶级实行改造的原则，并提出了国家资本主义的概念。经党中央决策，同意接受卢作孚的请求，并指示长江航务局一定要慎重、稳妥地做好这件事关大局的工作，创造一个好的典型，为全国实行公私合营提供榜样和经验。

姚周陶最后说："新中国搞建设，学的是苏联的计划经济模式，中央将进行大一统计划。现在，民生轮船公司已经做出了表率，其他的民间资本可能会走像民生轮船公司那样的道路了。"

姚文青沉吟着说："能走像民生轮船公司那样的道路最好，至少省去了各商号材料采购、销售渠道等方面的许多问题。只要中央政府有号召，天增公肯定会积极响应。"

跟随姚周陶一同来的两位军官见姚文青态度坚决，不禁对他竖起大拇指。其中一位军官说："姚先生真乃开明人士啊！"

姚文青说："四川解放前夕，有人曾劝我把资本转移到香港去，我没有动心。因为我经常与一些进步人士来往，对共产党的政策已有了解，加上多年来对国民党政府腐败无能不满，就决定留在内地等解放。当时我的想法就是要稳住商号，不能乱，不能随意动用商号资金，静待国家安排。新中国成立后，国家即将实行计划经济模式，我认为旧式的资本主义工商业及个人都确有必要进行改造。把商号完整地交给国家，为新中国出一点绵薄之力，这是我应尽的责任。"

他刚说完，刘纫秋进了客厅。她对大家说："别光顾着谈论大事，也该吃饭了。我准备了点简单饭菜，周陶，你们就一起在我家吃顿便饭。你们有话还可以在饭桌上继续聊嘛。"

姚文青抬头一看客厅的挂钟，确实到饭点了。他笑着说："周陶，你婶娘已做好了饭菜，你们就将就着在家里吃顿饭如何？"

姚周陶见叔父、婶娘盛情邀请，想着再推辞就显生分了。他对同行的两位军官说："咱们就一起在我叔父家打打牙祭吧。"

杨茂财笑着说："既然东家邀请，就客随主便吧。共产党的军队虽说不拿群众一针一线,但今天是姚长官拜访他叔父,吃饭也是家宴,不违反你们的纪律。"

两位军官对视一眼,笑着点了点头。

饭后送姚周陶出门时,他对姚文青说:"叔父,我过一阵可能要调回西安工作了,临走之前,我还会来向您告辞的。"

姚文青说:"这里也是你的家,想来就来,没必要拘谨和客气。"

姚周陶忽然担忧地说:"但愿将来公私合营时,不要像有的地方土改运动那样搞得过火就行。"

他临别之际的担忧之言,引起了姚文青的好奇。

本来,作为商人的姚文青不可能对土改知道得太详细,但他从与吴宓的交谈中,知道了农村土地改革中确实出现了过激行为,也引发了这位爱国学者的担忧。

新中国成立后,吴宓在西南师范学院任教,与学生邹兰芳结婚。有一次,姚文青和吴宓见面时,无意间谈起了这桩婚姻,吴宓说:"并非我有负初衷,实在是此女强迫我,不得已而为之。"

姚文青知道面前的这位挚友脾气有点古怪,但婚姻大事岂是女方强迫就能迁就的。吴宓这么多年都是单身,此次定是碰上了好姻缘。如果真是这样,他为吴宓教授结束单身生活而高兴。有人照顾吴宓的日常生活,他就能心无旁骛地搞研究了。

没等姚文青说话,吴宓继续说:"文青,你肯定会问邹兰芳是何等模样,让我痴迷?其实她人很一般。我这里有一张她的照片,你自己看。"他从上衣口袋摸出一张照片,递给了姚文青。

姚文青接过照片,只见相片上一青年女性面部微丰,梳垂双鬟,姿容中等,确实比较普通。他不知道吴宓如何能看上此人并与其结婚。

吴宓同情地说:"邹兰芳的两个兄长曾经是国民党少将军官,属于地主家庭。新中国成立后,她的两个兄长被镇压,家中土地在土改运动中被没收,留下几个年幼的侄子、侄女无人照管。当时她在西南师范学院读书,家中突生变故后经济拮据,又要照料几个侄子、侄女,生活非常艰难。你也知道,我算是学院里的高薪教授,孑然一身,经济相对宽裕,经常支助他人,历来同情弱者,尤其是见不得女性受艰难,在她哭求我给予帮助时就慨然应允。随着交往频繁,她向我表示愿意托付终身,经几个好心同事相劝,就与她组成了家庭。"

姚文青知道了事情的原委,说道:"你们能结为夫妻,乃是缘分,那就好好珍惜吧。"

吴宓问:"听说土改出现了个别过激行为,你就不怕改造民族工商业过程中出问题?"

姚文青就把前不久姚周陶拜访自己的详细情况说了一番。

听了姚文青讲的新鲜事,吴宓猜到他肯定有了想法。几十年商海沉浮,身心俱疲,休息一下也好。对于财富,吴宓想他已经看得很开了。为了探知他的真实想法,吴宓问道:"文青,你如何看当前局势?再就是你的天增公商号将来咋办?"

姚文青说:"依目前形势看,新中国模仿的是苏联经济发展模式,实行计划经济,估计民间商贸经营空间将受到极大压缩,要想继续生存难度很大,更别说发展了。我看土改完成之后,应该很快就要对民族工商业进行改造。现在,天增公各分号濒临破产,经营极其艰难,如果能实行公私合营,说不定是一剂起死回生的良药。"

吴宓笑着问:"你一生打拼,几经挫折,才挣下一点家产,难道就甘心这样失去?"

姚文青苦笑着说:"自古以来,过于贪恋财富,不懂得取舍,无异于自杀。吴教授，咱们俩从北平相识开始，至今已经几十年了，其间的许多事你都知道。说实在的，当年为夺回天增公商号经营权，我也是颇费心机。几十年打拼下来，阅尽人世沧桑，看惯商海沉浮，让我对拥有巨额财富已失去了欲望。要说不甘心，也是人之常情，可又能咋样？抗战期间，天增公商号损失惨重。抗战胜利后，国民党军队侵占了我的许多资产，并宣称那是他们的战利品。加上法币、金圆券一再贬值，商号经营每况愈下，原本寄希望于抗战胜利后恢复被毁损的商号，谁料想又是美梦一场。当今局势，顺潮流则有希望，逆潮流则难以立足，再说天增公所属各分号，不是官僚资本，没有干过伤天害理之事，没有损害过国家民族利益，不可能被全部没收。民生公司走公私合营的路子，已经给民营资本做出了表率，得到了中央政府的支持和肯定。鉴于此，我想选择公私合营，最起码能保住部分财产，你说呢？"

吴宓担心地问："你能保证弟妹和孩子们都同意你的做法吗？再说，天增公商号各位经理都拥有一定股权，你能保证他们都是和你相同的想法？"

姚文青说："你还不知道你弟妹吗？几十年了，我们一直是夫唱妇随，她从来不反对我干的任何事。孩子们都大了，受新思想的影响，都比较激进，我相信他们会支持我。至于各分号经理，我会向他们诠释利害，表明我的态度。何去何从，让他们选择。"

吴宓说："我赞同你的想法。虽说天增公各分号都有经理和员工的股份，但你的决策是最主要的。国家实行计划经济，商业经营的货源就会受到影响，不如公私合营，省心省力。你能把财富看淡了，就没有啥难办的事。"

姚文青笑着说："财富乃身外之物，生不带来，死不带去，能把它用到合适的地方最好。"

吴宓开玩笑说："文青如此做法，可谓儒商了。"

姚文青连忙摆手，说："吴教授这样夸赞，让我愧不敢当啊！"

吴宓认真地说："世人公认的儒商始祖是孔圣人的著名弟子子贡。据《史记》记载：'子贡结驷连骑，束帛之币以聘享诸侯，所至，国君无不分庭与之抗礼''与时转货赀……家累千金'。作为有德行和文化素养的商人，历代儒商创造了以人为本、义以生利、尚中贵和、诚实守信、勇于创新、为政以德等为核心的人性观、义利观、财富观、诚信观和公平观，能够做到顺时而变。这些观点并非我所创，在陈焕章所著的《孔门理财学》一书中有全面阐述，你可以抽空看一下。你是文人经商，身寄贾服，心潜儒林，沐雨栉风，诗书不辍，保持了儒商的高雅情态，做到了内敛自省，结缘各方，处逆境不放弃，遇顺境自奋蹄，实属罕见。我认为，传统儒商就是具有以儒家思想为核心的中华文化底蕴，以关爱亲友、弱孤，热心乡里和社会公益之事，能做到儒行与贾业的统一和良性互动，具有厚重文化底蕴的工商业者。你在听到民生公司走公私合营之路后，能敏锐地洞悉国家即将对民族工商业进行改造，做到顺时而变，顺势而为，积极走公私合营之路，就是在践行传统儒商倡导的因变而变、时中之变、权宜而变的经营策略。因此，我称你为儒商绝非口是心非、虚妄夸赞。"

在商海摸爬滚打了几十年的姚文青，对吴宓提到的儒商始祖子贡，早就在司马迁所著《史记》之《货殖列传》中读到过，对陈焕章所著的《孔门理财学》也进行过研读，但他认为中国早期商业理论家、被尊称为"商圣"的范蠡对中国商业的发展贡献更大。在姚家的祖训中，就曾记载有范蠡当年向越王勾践进谏之说："夫国家之事，有持盈，有定倾，有节事，持盈者与天，定倾者与人，节事者与地。"非但如此，姚家先祖还要求后辈经商子孙要研读范蠡的《陶朱公生意经》《计然篇》等典籍。几十年的商海沉浮，让他对财富的积累与捐赠看得超然，对经商的义与利有着自己的心得。自私的人性，往往是社会发展的原动力，如何将人性的自私用国家制度和社会倡导引向正途，是国家政策层面和社会主流文化应该高度关注的。中国商业虽然起步较早，但传统社会历朝历代对商业基本上采取的是打压政策，把经商视为末流，抑制其发展。对商业文化没有明确定位，任由商人及商业文化自我发展，贱商文化曾经占据主流地位。商人如果无利不起早，不以利为先，就无法立足，养家糊口，更不要说推动整个商业发展。商人如果单纯唯利是图、不讲道义，无异于自私自利、满足私欲的奸商，遑论引导商人形成符合道义的人性观、义利观、财富观。民国时期，政府与商人争利，随意设置商业经营禁区，巧立名目增加税赋，甚至提前收取几年后的税赋，弄得民生凋敝、哀鸿遍野，严重阻碍了民间商业的发展，也使自己举步维艰。新中国实行计划经济，肯定会在国家制度层面给民营工商业制定相关政策，倡导新的理念，此乃大势所趋。天增公所属商号走公私合营之路，也不是捐尽家财，充其量是损一人之利而利国家大局，与陶朱公三散家财之举不可同日而语。

现在听吴宓当面称赞自己为儒商，他谦逊地说："我无法望儒商始祖子贡、商圣范蠡之项背，更不敢以儒商自居。子贡是至圣孔子的高徒，是儒商的先祖，我对他经商取得的业绩很敬佩，但对集道德、儒雅、财智于一身的商圣范蠡更加尊崇。司马迁在《货殖列传》中说范蠡'十九年之中三致千金，再分散与贫交疏昆弟。此所谓富好行其德者也。'后人赞誉他'忠以为国，智以保身，商以致富，成名天下。'他广散钱财、救济贫民、淡泊名利的商人形象，被后世尊为财神、商圣、商祖。赵孟頫有诗赞范蠡曰：'功名自古是危机，谁似先生早拂衣。好向五湖寻一舸，霜黄木叶雁初飞。'这说明范蠡把天地人三道之说用于经商已经烂熟于心，把散财济困当成经商致富的归宿，就像他说的'居家则致千金，居官则致卿相，此布衣之极也。久受尊名，不祥。'这才有了'三致千金，三散岂啬。如此高人，千秋生色'的范蠡。抛开子贡、范蠡这些商圣、商祖所在的经商环境，豁达处世不说，就以当下情形而论，儒商要有立足当地、放眼全国的胸襟，要有顺应潮流、乘势而上的胆略，要有研判形势、勇于开拓的精神，要有忠义仁勇、乐于奉献的情怀，要有守望相助、互相提携的肚量。我自思从商几十年，仅是在儒商的门外徘徊，尚未进入门内。"

吴宓看着姚文青，第一次对他竖起了大拇指。

姚文青沉默片刻，随即吟诗道："万事原无定，谁能策计全。分张虽异地，聚合总由天。黾勉从吾志，功成待众缘。临风莫惆怅，把臂待他年。"

吴宓笑道："文青，你这是在报复我呀！这首诗本是抗战期间我邀请你去重庆游览北碚风景，因我突然有上海、南京之行，临时取消了游览计划而作。你现在把它再吟诵一遍，是何用意？"

姚文青说："就兴你糊弄我，我就不能吟诵一首旧诗抒发一下自己的感想？"

吴宓说："好了，不说了，咱们算是扯平了。以后有新作，一定让我先拜读。"

姚文青说："这句话应该是我对吴教授说才对。"

两个人四目对视，随后哈哈大笑。

吴宓笑过之后说："当年你在成都掩护我躲过了蒋介石强逼我去台湾，还说你保护了一位爱国人士。从你乐于参与公私合营这件大事上看，你才无愧于爱国人士之名啊！"

姚文青说："人就应该有阅尽千帆淡泊宁静，饱经沧桑世事坦然的心态，更应该顺势而为，不能逆天行事。姚家商业从起根发苗开始，历代都是按天道、地道、人道行事，这才延续到现在。我想公私合营或者联营，既是顺应三道之说，也是俯仰无愧天地了。"

姚文青见吴宓瞪大眼睛看着自己，他笑着说："战国末期的思想家荀子曾经说'天道不可违，地道不可逆，人道不可虐'和商圣范蠡之'夫国家之事，有持盈，有定倾，有节事。持盈者与天，定倾者与人，节事者与地'有异曲同工之妙。只有按天道、地道、人道办事，才不违背规律，才能生存发展。"

吴宓第二次对姚文青竖起大拇指。

姚文青回到家后，就召集在成都的家人开了一个小型会议。当他阐明自己准备将天增公总号所属天兴茶厂进行联营的打算后，妻儿都表示支持。在与家人达成共识后，姚文青亲临雅安，准备和义兴茶号、恒泰盛茶号两位东家商议。

姚文青在雅安总号与刘增辉、于安泰二位东家一番长谈，把他掌握的情况和想法向他们和盘托出，征求他们的意见。二位东家先是不理解，经过姚文青细致分析后，他们认为他的想法很有道理，但对于马上进行联营仍有顾虑，二人还是觉得应该全面考虑，慎重决策。

在和成都分号、康定分号、乐山分号、泸定分号等各分号经理商量联营之事时，姚文青也是费尽口舌，才把大部分人的思想做通，唯一令姚文青意外的是一直在天增公重大决策上支持和鼓励自己的总经理郭倬甫。

这天晚饭后，姚文青、郭倬甫、韩树德坐在商号二堂客厅拉家常，姚文青主动提起联营之事。他说："郭总经理，我看您在大家商议联营之事时一直沉着脸不吭声，是不是对我提出和其他商号联营有看法？今天就咱们三个打了几十年交道之人在一起闲聊，您不妨直言相告您的真实想法。"

郭倬甫放下手中的旱烟袋，一字一句地说："我从民国初年开始当仁在堂的总掌柜，后来承蒙东家赏识和器重，又当了天增公的总经理。说实话，几十年下来，我对国民政府就没有啥好印象。现在，新中国成立了，要实行计划经济，我也年老体衰，干不动了。东家和韩总账想咋干随便，不必在乎我老郭有啥想法。"

韩树德在一旁劝道："老伙计，咱们在一起几十年了，可以说是狗皮袜子没反正，彼此的心思都能猜个八九不离十。你在经理们参加的会议上只是低着头抽旱烟，黑着脸不吭声，我就猜到你对联营之事持不同意见，甚至是反对。我知道，一旦联营成功，天增公总号将不存在，但依你的威望，难道还怕没有一碗饭吃？大半生的老伙计了，我从来没见过你像现在这样一根筋，不知道变通。难道你忘了生意场上经常说的因变而变、权宜而变的经营策略？"

听到韩树德的话中有责怪自己临阵逃脱，不愿继续同甘共苦之意，郭倬甫明显感到不舒坦。他拿起旱烟袋，敲了一下座椅旁的茶几，冷着脸说："我这人天生就是一根筋，认死理，不知权变，对新事物接受得慢，尤其是年纪大了之后，更难适应新思想。天增公不存在了，我这个总经理自然应该下台。俗话说强扭的瓜不甜，强求的事不顺，强留的人不长。东家的心意我领了，就不必再好言相劝。老韩也不必用激将法逼我干不舒心的事。"

姚文青见郭倬甫决意要辞职，苦口婆心地劝道："郭总经理应该知道，新中国成立前夕，天增公总号已经举步维艰，各商号面临破产，而解放就好比是一剂起死回生的良药。解放后，国家实行计划经济模式，我认为旧式的资本主义工商业及个人都确有必要进行改造。如果我们不进行联营，将来既无原料来源，销售渠道也会受到限制，只能是死路一条。郭总经理，您和韩总账都是仁在堂时期的老人，也是天增公辉煌时期的功臣，现在国家实行计划经济在即，再不转变思想，就会被淘汰的。"

郭倬甫暗想自己大半生为姚家商号服务，现在却要为联营商号效劳，听别人指手画脚，心里极不情愿。他看了一眼姚文青，说："我大半辈子为天增公操劳，早已身心俱疲，不愿意在四川待了，就想叶落归根，回陕西颐养天年，过几年轻松的日子。老韩啊，不是我要狠心撂下你这个配合默契几十年的老搭档，确实是心有余而力不足了。人贵自知，各安其命。时代变了，与其让人淘汰，不如自我淘汰。其实，能在有生之年，过上一阵'秉耒耜以耕，掘泉水以饮，日出而作，日落而息'的清闲生活，就是老天爷对我最大的眷顾了。人生苦短，夫复何求？"

明知道郭倬甫去意已决，韩树德打心眼里还是不愿意他因为联营之事回陕西老家赋闲，从此失去一个合作默契的知心朋友。他说："老伙计，国家刚刚解放，各商号在资金、厂房、机器、原料、人员等方面都有欠缺，只有先走私私联营，再走公私合营，才能弥补各家的不足，保证商号正常经营啊。"

郭倬甫像四季豆不进油盐（游言）似的，全然不顾他们的好言相劝，依旧倔强地说："老伙计无需多言。我并非不知好歹之人，也不是故意让东家和你难堪。先走私私联营，再走公私合营，那是你们的事，与我无关。"

话不投机，几人不欢而散。姚文青、韩树德后来又劝说了郭倬甫数次，都没能让他改变主意，只得任其回陕西老家。这也应验了商界对陕西商人个性秉直的评价。

让姚文青感到意外的是，义兴茶号这个占据川藏茶叶贸易龙头老大地位几百年的老字号，也出现了与天增公总经理郭倬甫类似的情况。

刘增辉在和义兴茶号主要管理人员商谈联营之事时，经理白鹤初就极力反对。他说："义兴茶号自明代初年成立，是五属边茶贸易中连续经营时间最长、历史最悠久、与藏族民众联系最深、商业信誉最好的茶号。与其他茶号联营，无疑会有损义兴茶号的声誉。如果东家执意要参与联营，白某宁可辞职回家。"

刘增辉没料到白鹤初情绪如此激动，他劝说道："白经理，我知道你对义兴茶号的感情，更明白你对义兴茶号的贡献。依目前形势来看，联营是大势所趋。雅安三大茶商中天增公、恒泰盛都有联营的意愿，难道我们义兴茶号就不能和他们联营，做到优势互补？"

白鹤初冷眼瞧了一眼刘增辉，吊着脸说："你是东家，也是最大的股东，是否联营你说了算，我不参与。"说完站起身，拧身出了议事厅。

刘增辉看着白鹤初离去的背影，尴尬地对其他人说："人们对新生事物总会有个接受的过程。在座各位，对联营之事还有其他意见吗？"

众人见东家决心已定，并且也认识到只有联营才是唯一出路，便纷纷表态同意联营。

刘增辉没料到，白鹤初离开议事厅之后，立即收拾行装，不顾义兴茶号员工的阻拦，没有向他辞别，就独自搭车回陕西了。

他的离去，让刘增辉很难堪了一阵。

姚文青、于安泰听说白鹤初不辞而别，纷纷到义兴茶号给刘增辉宽心。

姚文青说："政府的意见是让泾阳帮茶商先搞联营，如果能够优势互补，合作愉快，再争取合营。白经理此举虽说不啻于拆联营的台，但不会影响大局。说实话，郭倬甫总经理辞职离去，也是有许多顾虑，其实质和白鹤初经理基本相似。现在他们已经离开，我们就不要再费心思猜测他们的想法了，还是商议怎么联营吧。"

于安泰说："你们是雅安五属边茶贸易中市场份额最大的两家，你们同意联营，恒泰盛茶号肯定会支持。"

刘增辉说："要搞联营，必须商议出一个具体的管理办法，否则就会引起猜忌，不利于联营的初衷。"

随后，由天兴、义兴、恒泰盛、聚成、丽生源、世昌隆六家陕西茶商发起成立了边茶联社。经过磋商，由股东会议讨论通过了《联营社简章组织细则》，并决定一九五一年五月一日正式挂牌。姚文青、刘增辉、于安泰和其他三家茶商商议，给新成立的边茶联社取名叫五一边茶联营社。经过磨合期之后，同年十二月，股东们推举丽生源茶号年轻有为、思想活跃的浩权吾任联营社经理，姚文青对股东们推举他为董事长表示感谢，他举荐丽生源茶号高南斗任董事长。

五一边茶联营社成立后，天增公总号的韩树德、罗玉龙、杨茂财、柳金宝、陶知非等人以股东或者员工身份进入五一边茶联营社，雅安天兴茶厂从此不复存在。随后，天增公总号所属的乐山蜡烛厂、丝绸厂也加入当地政府组织的公私合营，赵振宇、穆景升等人以员工身份进入了合营公司。

忙完雅安、乐山的事情后，姚文青给西安分号经理王智远打电话，语气坚定地说："王经理，除保留卢进士巷姚家大院外，我委托你把四府街、南院门等地十九处二十多院房产全部捐献给政府，支持国家建设。"

王智远听到这番话后，不由得一愣，随即问道："东家，是除了姚家大院外全部捐献？"

姚文青知道他心存疑惑，说："这还有假？难道我没说清楚？"

王智远说："东家，这些房产是您大半生的积蓄，捐给政府、支持国家建设是好事，但您想过没有，捐献之后您在西安的家财就所剩无几了。"

姚文青说："这些房产对我来说用处不大，捐献给政府，却能更好地发挥作用，做到物尽其用。现在，雅安天兴茶厂，乐山蜡烛厂、丝绸厂都参加了当地政府组织的公私合营，西安分号也应该参加政府组织的公私合营。人生在世，没必要太在乎自己的得失，应该传承陕商倡导的家国一体传统，更要识大体，懂事理，知进退。"

古语说，知之愈明，则行之愈笃。王智远早就听说了姚文青在雅安、乐山的举动，他打心眼里佩服东家世事洞明、豁达乐观的同时，对着话筒说："请东家放心，我一定按照您的吩咐照办，绝不走样。"

姚文青的爱国行动，受到各界人士的好评，随即被选为成都市城街爱国公约检查大组长。

一九五〇年六月二十五日，朝鲜内战爆发。七月，美国利用苏联代表拒绝出席联合国安理会讨论朝鲜问题之机，操纵安理会通过了指责朝鲜是"侵略者"的决议，联合国安理会决定组成"联合国军"干涉朝鲜战争，美国的麦克阿瑟将军被任命为"联合国军"总司令，朝鲜战争从内战扩大为一场国际性的局部战争。

当年九月中旬，朝鲜战争的战火烧到鸭绿江畔，严重威胁中国的安全。

一九五〇年十月初，朝鲜政府请求中国出兵援助。中国应朝鲜政府的请求，做出"抗美援朝、保家卫国"的决策，组建中国人民志愿军入朝参战。中国人民志愿军利用敌军轻敌和分兵冒进的弱点，解放了平壤，把联合国军赶回"三八线"以南。中国人民志愿军和朝鲜人民军虽然占有数量上的优势，但联合国军在技术装备上拥有明显优势，掌握着制空权和制海权，地面部队的火力和机动性很强。

中国人民志愿军以劣质装备抵抗"联合国军"，尤其是美国空军狂轰滥炸志愿军阵地和运输车队的消息传回国内，激起全国人民的捐赠高潮，各界人士纷纷慷慨解囊，捐款捐物，支持中国人民志愿军保家卫国，其中最典型的要数豫剧名家常香玉通过义演募集资金为志愿军捐献飞机。此事经广播报纸广泛宣传，引起了轰动，起到很好的示范效应。

广大民众捐款捐物支援中国人民志愿军"抗美援朝、保家卫国"的行动，极大地震撼了姚文青，他决心效仿常香玉，以实际行动支援志愿军。

回到家，姚文青召开了家庭会议。

他说："应孚已经成家，并有了两个儿子云郎、青郎，应禄到了台湾尚无音信，应琦也已成家立业。今天开这个家庭会议，是想和你们商议一件大事。之所以没有邀请应孚、应琦的妻子参加，是怕人多嘴杂，影响姚家统一意见。我的这种做法，你们有意见吗？"

刘纫秋笑着说:"啥大事嘛,还弄得这么正式。"

姚应孚见父亲神情严肃,表态说:"没有意见。父亲有啥事就明说,别让我们猜了。"

姚应琦附和着说:"长这么大,还第一次见父亲这么庄重。只要是好事,我都支持。"

姚文青说:"中国人民志愿军在朝鲜与美军艰苦作战,空中力量薄弱,战士伤亡惨重。我在报纸上看到常香玉通过在全国各地巡演募集资金,为志愿军捐献了一架飞机,我也想效仿她,拿出家中所有积蓄,捐献一架飞机,打击侵略者,保家卫国。"

刘纫秋等人听了姚文青的决定,顿时瞠目结舌。姚家产业虽说在抗战前达到了鼎盛,但在后来的连年战争中损失巨大。现在姚家产业经过公私合营之后,他们自己只持有股份,不能变卖。姚文青提出要捐献一架飞机,就只能从家中现有资产中筹集了。

刘纫秋说:"自一九五一年姚家产业参加公私合营之后,家中的经济来源主要依靠合营公司所分的股息,金额有限,而你又把所有股息认购了国家公债。我不反对你捐献飞机,可钱从何处来啊?"

姚应孚接着说道:"捐献飞机是好事,但需要大量资金。现在家中积蓄有限,仅靠姚家一家单独捐献一架飞机,恐怕力不从心吧?"

姚文青郑重说道:"我当然清楚姚家现在的状况。古人说,国家兴亡,匹夫有责。中国人民志愿军在朝鲜浴血奋战,就是为了保家卫国,也是为了保卫我们来之不易的和平生活。"

姚应琦半开玩笑地说:"爸,我们支持您捐献飞机,可是咱家也没有多少资产了。把所有积蓄捐献之后,恐怕咱们就真的一穷二白了。"

姚应孚瞪了弟弟一眼,说:"新中国刚成立,基础工业还很薄弱,飞机要从苏联购买。志愿军浴血奋战,不能没有空中力量支援。我支持父亲捐款买飞机。"

刘韧秋见两个儿子都支持丈夫,她笑着说:"我没意见,你们说咋办就咋办。"

姚文青看到家人都赞同自己,心情极为舒畅。他说:"战国时期著名的政治家、思想家、先秦杂家代表人物尸佼说,做事有四项准则:一是立志有所作为而不忘'仁'。二是智谋成事而不忘'义'。三是尽力做事而不忘'忠'。四是动口发言而不忘'信'。谨慎地守住这四项准则而一生都身体力行,保其名节,那么成功就会伴随着他,就像影子随形,回声随音一样。所以立志不忘仁,就能宅心仁厚;用智不忘义,就能够行动有文理;尽心不忘忠,就能够行动而不徒劳无功;开口不忘信,就能够出言如符节一样有信用。人生在世,把握好仁义忠信四大准则,即使不能干出一番轰轰烈烈的大事,也能做一个对家庭、对社会有用的人。既然大家都同意向志愿军捐献飞机,就一定要言而有信。对于将来的生活,我把林则徐的一句名言送给应孚和应琦:'子孙若如我,留钱做什么?贤而多财,财损其志;子孙不如我,留钱做什么?愚而多财,益增其过。'希望你们记住这番名言,做一个自食其力的劳动者。"

姚应孚和姚应琦笑着齐声说:"谨记老爸教诲,一定不会让老爸失望。"

姚文青统一家人意见,达成共识之后,发动全家,把自己大半生积蓄的黄金和首饰约二十公斤全部捐献给国家购买飞机,支持抗美援朝战争。此事经报纸宣传,轰动一时,带动成都市各界爱国人士积极加入捐款行动,留下了一段佳话。

面对各界人士对自己的称赞,姚文青极为冷静,没有飘飘然。在他看来,自清朝道光后期以来,中国一直都是西方列强欺辱的对象,割地赔款,丧权辱国如同家常便饭。推翻清政府之后的民国政府,一直也没能挺起腰杆,还受到日本长达十余年的侵占。新中国虽然刚成立,但却能一方面轰轰烈烈开展国内各种建设，恢复正常的生产生活秩序，一方面为保卫国家，毅然出兵朝鲜，抗击以美国为首的联合国军，这种气魄是近代以来罕见的。他觉得当下新中国热火朝天的新气象用毛泽东主席在《浪淘沙·北戴河》中所说的"换了人间"表达更为确切，他内心期盼国家繁荣昌盛，人民安居乐业。

二十世纪七十年代，姚文青携家眷返回西安，居住在芦荡巷（之前称卢进士巷）四十号姚家大院，任西安市政协委员、第八届人民代表、市工商联执委、西安市六届归侨代表。九十三岁时，姚文青亲自执笔留下《泾阳社树堡姚氏家族的起源及其兴衰》一文之后，溘然仙逝。

后人叹曰：食盐开中，陕商复生。茶马交易，顺风张扬。
　　　　　蹚平蜀道，贸易川藏。几经兴衰，文青传承。
　　　　　引入团茶，万民赞赏。制造白蜡，沪上名扬。
　　　　　丝绸入缅，姚氏首创。研判市场，创造辉煌。
　　　　　倭寇侵华，万民哀伤。山河沦丧，民商遭殃。
　　　　　约束伙员，勿当汉奸。民族大义，铭记心上。
　　　　　内战再起，希望泡汤。参加合营，贡献力量。
　　　　　抗美援朝，慷慨解囊。捐献飞机，儒商名彰。
　　　　　行善为乐，救死扶伤。捐款赈灾，仁爱为乐。
　　　　　兴建水利，多方奔忙。捐资兴学，大义传唱。
　　　　　频交鸿儒，探讨国事。迎合政策，百世流芳。

尾声

从2020年新冠肺炎疫情肆虐之际开始码字,到2020年"双十一"当天晚上敲下最后一个标点符号为止,总算为第四部陕商题材长篇纪实小说第一稿画上了一个圆满的句号,同时也了却了一个心愿。这种整天翻阅文史资料,和历史人物对话,还原他们的创业历程,弘扬他们身上表现出来的陕商精神的日子,也使我早就显出了疲态。当最后一个字符敲完,我感到了一种放松的快慰。

对于在如此短的时间内码完这部近66万字的作品,完全得益于我对明清至民国时期陕商史料的熟稔。 2016年,我在修订完善第一部陕商题材历史小说《三秦儒商》时,曾经自驾探访过西南茶马古道,沿着陈仓道过柴关岭、翻棋盘关、穿明月峡、看昭化、游剑门,在成都游览过陕西街的陕商会馆之后，亲临雅安、乐山、自贡、重庆、天全、名山、邛崃、泸定、康定等地探访，为以姚文青为原型的《三秦儒商》画上了圆满句号。2017年，在创作第二部陕商题材小说《大引茶商》时，我在朋友的陪伴下于该年7月中旬自驾从泾阳出发，走天水、赴兰州、过武威、越张掖、看嘉峪、拜敦煌、入青海，实地考察了陕甘茶马古道的北线，购买了河西走廊沿线各县文史资料。其间特意到马合盛出生地民勤县拜访了该县图书馆赵馆长、县志办孙明远主任，收集了大量陕商经营边茶贸易的精彩故事和历史资料。从河西走廊返回后，又于8月中旬自驾从西安出发，翻秦岭、跨丹江、观社旗、趋汉江、越洞庭、抵安化、走古道、看廊桥、访名家，沿着当年安化湖茶进陕西的南线跋涉万余里，实地收集陕商经营湖茶的历史资料和故事，为撰写《大引茶商》奠定了厚实的史料基础。

　　说实在的，撰写《社树姚家》这部长篇纪实小说，就像是一道再度创作的命题作文。之所以这么说，是因为此前我的第一部陕商题材长篇小说《三秦儒商》就是以社树姚家20世纪的典型人物姚文青为原型的，此番再写一部以社树姚家从明代中期到新中国成立初期为主要内容的大致相同题材的小说，是一般作家不愿意干的傻事。之所以干傻事，最初是受陕西泾阳恒昌茶业有限责任公司董事长穆保民（社树姚家恒昌堂后裔女婿）的频繁鼓动，后来又受到陕西省政协原秘书长姚增战先生的多次勉励。盛情难却，只好冒险一试。我认为命题作文或者叫主题创作，不但要考虑作品的文学性和艺术性，兼顾通俗性和商业性，更是对作者有无担当和情怀的极大考验。在仔细梳理社树姚家明清至民国时期的历史资料后，我为社树姚家十几代人纵横南北，搏击商海，立足三秦，贸易全国，他们创造的财富神话以及他们身上所表现出来的陕商"忠义仁勇"的家国情怀和"以商事国、以商护国、以商富国、以商兴国"的陕商精神再次感动了，于是我决定打破创作禁忌，动手撰写《社树姚家》这部纪实性长篇小说，同时也把自己逼上了绝路。

社树姚家经商的历史，从某种角度上讲，就是一部陕商"力农经商，发家致富"的历史。在明中期到新中国成立初期近四百年时空里，在经营西南、西北乃至缅甸的广阔地域里，在与清中期以后和许多历史名人交往的故事里，我们基本上可以窥探到姚家商业经营兴衰的密码。难的是如何解读姚家颇具传奇的第一代先祖的身世，如何还原明中期至清末姚家和历史名人的风云际会，如何讲述姚家立足西南、华中、华东、西北经营全国创造财富神话的传奇故事。据我所知，从来没有一部描写陕商历史的小说能够像《社树姚家》一样做到描绘如此漫长的时间跨度、如此广阔的空间地域、如此诸多的历史名人，从时间跨度和地域辽阔方面，全方位展现明清至新中国成立初期中国商业的发展历程。正因为这样，才促使我不断翻阅典籍，查阅地方史志，终于还原了一段陕商清正勇毅的历史，给读者交代了一段绝少凭空杜撰的陕西商帮艰难发展的过往。

中国小说学会原会长雷达曾在如何评价茅盾文学奖作品时说："长篇小说是一种规模很大的体裁，所以有必要考虑它是否表现了一个民族在某个特定时期的心灵发展和嬗变的历史。尽管有人认为，现在已从再现历史进入了个人言说的时代，但在根本上，文学即是灵魂的历史。"要反映姚家近四百年的经商史，我怀着一种"正史情结"，采取了纪传体的叙事方式，而这种所谓的"宏大叙事"，主要人物的命运走向在典籍中都有记载，重大事件的演变轨迹不可能完全臆想或杜撰，因此留给作者放纵思想、自由发挥的空间是极其有限的。就叙事策略而言，线性叙事就几乎成了唯一的选择。这是作者必须面对的最严峻、最苛刻的挑战，也顺理成章地成为衡量和评估作品得失的重要的、几乎是唯一的尺度。我在撰写《社树姚家》时，除了要面对上述因素，还有一个挑战就是如何超越已经正式出版、正在进行改编的《三秦儒商》。

有人说，决定一部历史小说成败的因素很多，而传达时代氛围、刻画历史人物，是其中最主要的两个衡估尺度，这两者又是相辅相成难以分割的。一个商业帝国的兴衰，犹如一个封建王朝的兴衰，有创业之人、守成之人、振兴之人，必然也有衰亡之人。如何选择长篇小说的主人公，是每一个作者都需要认真面对的问题。《社树姚家》这部小说，在时空上跨越了近四百年，姚家的先祖们没有一个人能如此长寿，始终处在商业家族的决策地位，他的故事也不可能不间断。我慎重考虑的结果，就是这部小说的主人公不是一个人，采用线性方式叙述姚家的商业发展历史，只能选择姚家商业帝国中的杰出代表。在此基础上，用陕商发展历史和陕商精神的形成及弘扬作为主线贯穿始终，可能就成了最佳选择。在掌握大量史料后，我把姚成作为社树姚家的始祖，选择了姚家第八代闯荡商海的姚清纯、姚方钟兄弟，第十二代姚一阳，第十四代姚昂干，第十八代姚德，第十九代姚汉唐，第二十一代姚文青等人作为故事的主要人物展开叙事。在创作中，我把全书分成三个部分，上部为闯关西，主要以姚清纯、姚方钟、姚一阳、姚昂干为主要人物，其中有川陕总督黄廷桂、四川巡抚宪德、湖北将军、袍哥精忠山总舵主陈近南等历史人物。中部为蹚西域，主要以姚德、姚汉唐为主要人物，其中有王鼎、林则徐、左宗棠、阎敬铭、严树森等历史人物。下部为纾国难，主要以姚文青为主要人物，姚秉圭次之，其中有宋伯鲁、于右任、李仪祉、吴宓、杨虎城等历史人物。同时选择和姚家同时期叱咤商海的名商大贾泾阳川刘村刘家、王桥镇于家、安吴堡吴家，三原东关胡家，渭南孝义镇严家，三水（今陕西旬邑县）唐家，甘肃镇番（今甘肃民勤县）马家等作为陪衬。小说上中下三部相对独立，每部都有姚家的杰出人物作为主人公，有比较完整的故事。三部之间相互牵连，商号分合清晰，或者遥相呼应，故事符合逻辑。每一部都可当作一本独立的小说阅读，三部贯通阅读，就是社树姚家商业发展兴衰和财富聚散的传奇。以时空穿越为经，以杰出人物为纬，就把陕商发展历史上诸多有突出贡献者刻画在了历史的天空中,组成了群星灿烂的陕商群雕,让"忠义仁勇"的陕商精神熠熠生辉,光照古今。小说写的是故事和人物,同时也是在写历史。在故事推进和人物塑造中,只有让尘封已久的历史活了,政治人物命运的跌宕起伏,商海人物的纵横捭阖及兴盛衰亡,就会让小说变得扎实厚重。大背景下的人物命运、历史风云中的陕商精神,就在我们面前高高地竖立起了一座丰碑。

古人说:"家之谱,犹国之史,史不作无以知一代圣哲,谱不续无以知一姓之英奇。"修家谱就是要向现在的宗亲和未来人交代宗族的起源、祖辈的生平、世代相传的家风,即使宗族中没有高官显贵,也要通过族训、家训,让后辈记住英雄起于平凡,伟大来自普通。同时修家谱不但能增强宗亲观念,怀念故土亲人,更能增强中华民族的凝聚力和向心力。虽然《社树姚家》这部纪实性小说不同于一般意义上的家谱,但通过它至少可以让姚家后辈了解姚家近四百年经商历史上曾经的荣耀与辉煌、征伐与局限,激励姚家后代以德育人、以教化人、以史鉴人、以事启人,铭记先祖,传承家风,立足当下,奋发创业。

"陕商研究第一人"、西北大学博士生导师、陕商文化研究中心主任李刚教授曾经说,明代初年响应政府"食盐开中""茶马交易"政策趋势而起的陕西商帮,是明清之际最早登上历史舞台的"天下第一商帮"。他们在祖国西部的广阔天地里,为沟通中西部贸易联系,满足边疆少数民族的生活需要,保证西北边疆的稳定和谐立下了汗马功劳。他们以"骏马快刀英雄胆"的威武形象和"以商事国、以商护国、以商富国"的精神追求,在西部茫茫戈壁和漫漫大漠中整整奋斗了五百多个春秋,留下了许多可歌可泣的悲壮往事。明清以来的陕西商帮及其经营历史和经营经验,是陕西商帮留给我们弥足珍贵的历史遗产和精神财富,是文学艺术发掘表现的"宝藏"和"富矿",但它是属于陕西的,不是属于某一个家族或某一个人的。

我们有责任将这一历史遗产在更大范围和深度上发扬光大，留下一份陕西人宋元以后清正的历史和博大劲直的浩然正气。我撰写《社树姚家》这本纪实性历史小说，就是试图将文字艰深的史书普及化，以利于大众接受，使小说相对于历史更能体现人类的心灵史。

习近平总书记2018年8月21日在全国宣传思想工作会议上讲话指出："中华优秀传统文化是中华民族的文化根脉，其蕴含的思想观念、人文精神、道德规范，不仅是我们中国人思想和精神的内核，对解决人类问题也有重要价值。"《社树姚家》这部书，虽然也反映了陕商的征伐与局限，但对现代陕商来说，极具借鉴意义。尤其是通过对典型人物、典型事件、典型场景的铺陈架构，以及透过这些经营和商场竞争所凸现出来的陕商的精神世界和内心追求，让现代陕商能够继续恪守一份历史的自尊和文化的自信，坚定陕西人是能够创造历史的信念。

一部《社树姚家》既是姚家明清乃至民国时期财富传奇的客观反映，也是明清乃至民国时期陕西商帮兴衰悲壮的真实缩影。